LOBA

Verónica Murguía

PREMIO
GRAN
ANGULAR
2013

sm

www.
literaturasm
.com

Primera edición: marzo de 2013
Tercera edición: marzo de 2014

Este libro se escribió gracias a una beca
del Sistema Nacional de Creadores de Arte de México.

Dirección editorial: Elsa Aguiar
Coordinación editorial: Xohana Bastida
Diseño y coordinación gráfica: Lara Peces
Ilustración de cubierta: Carlos Nieto

Impresores, 2
Urbanización Prado del Espino
28660 Boadilla del Monte (Madrid)
www.grupo-sm.com

ATENCIÓN AL CLIENTE
Tel.: 902 121 323
Fax: 902 241 222
e-mail: clientes@grupo-sm.com

ISBN: 978-84-675-5193-8
Depósito legal: M-06447-2013
Impreso en la UE / Printed in EU

Para David Huerta,

para mi abuela Enriqueta Álvarez
y para Iván Lombardo
in memoriam.

¡La esperanza de que pudieran comprender!
Lo que ofrecen los libros de esos hombres
habitantes de
una tierra guardada por dragones,
lo que muestran las pinturas de ninfas marinas en carros perlados
tirados por delfines.
Despertar el deseo
de vivir
lo que se fue
con los dragones.

W. B. YEATS, *Los realistas*

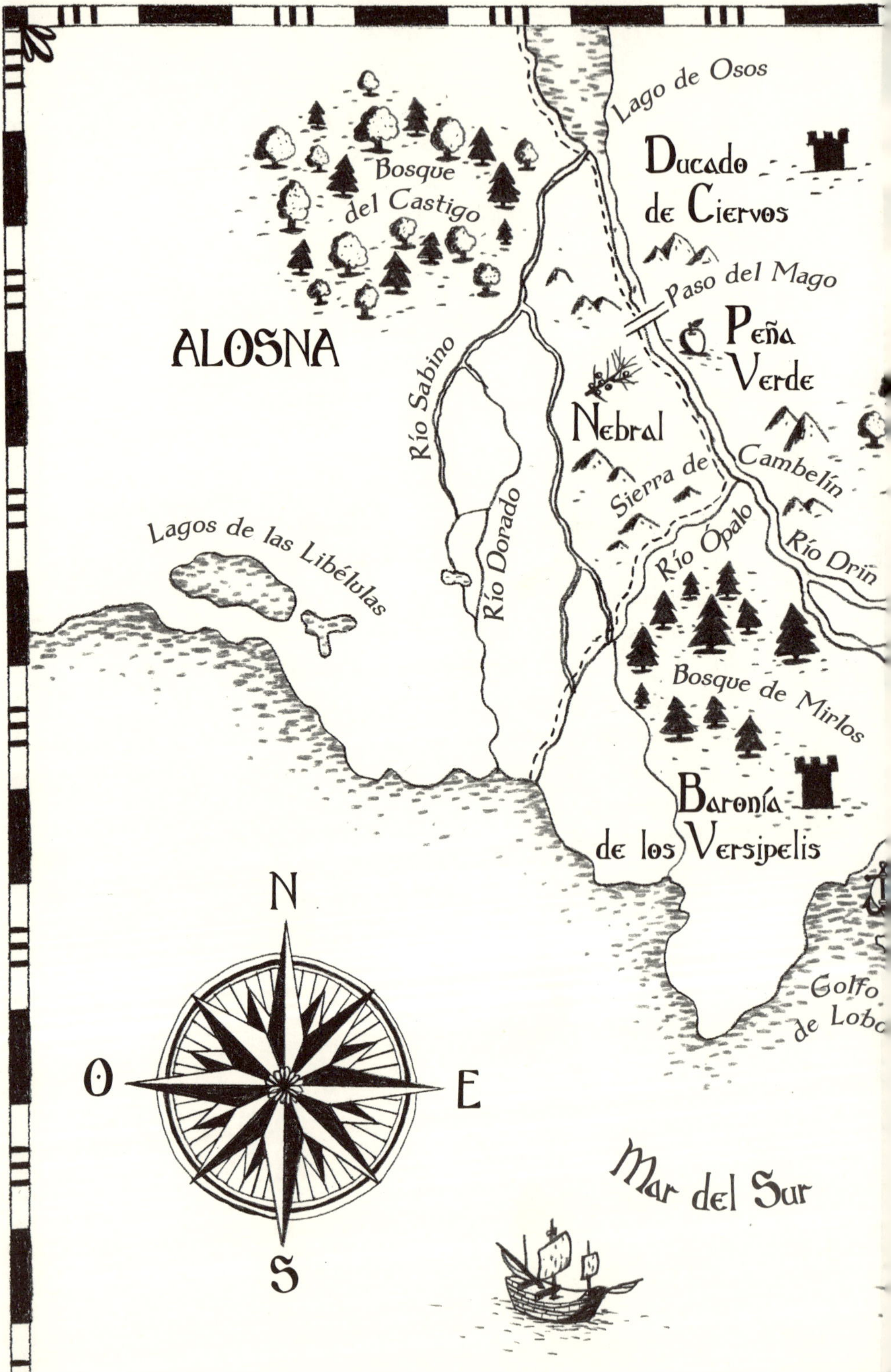
Lago de Osos
Ducado de Ciervos
Bosque del Castigo
Paso del Mago
Peña Verde
ALOSNA
Río Sabino
Nebral
Sierra de Cambelín
Río Dorado
Lagos de las Libélulas
Río Ópalo
Río Drin
Bosque de Mirlos
Baronía de los Versipelis
N
O
E
S
Golfo de Lobo
Mar del Sur

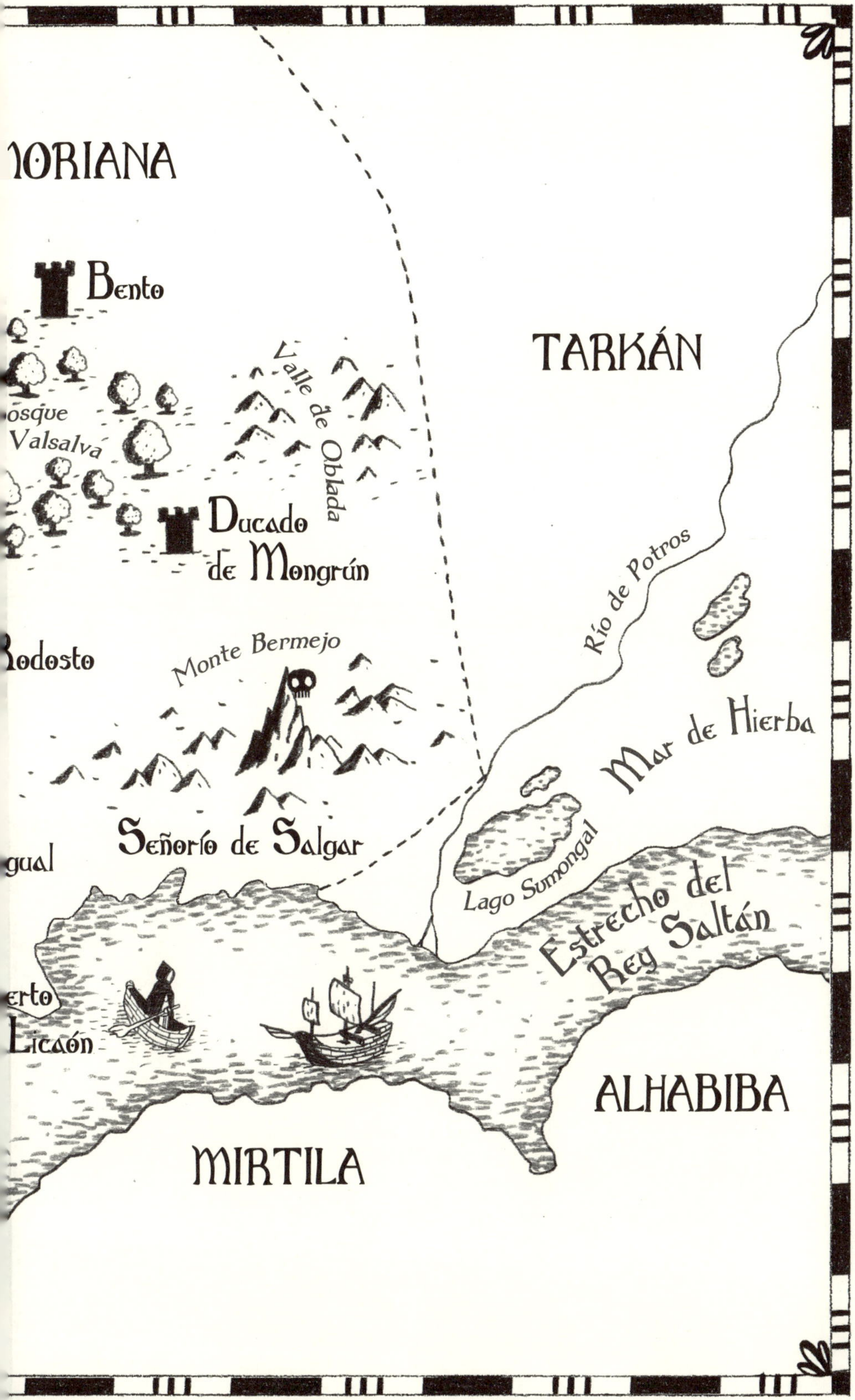

ORIANA
Bento
Valle de Oblada
TARKÁN
osque
Valsalva
Ducado
de Mongrún
Río de Potros
Rodosto
Monte Bermejo
Mar de Hierba
Señorío de Salgar
Lago Sumongal
gual
Estrecho del
Rey Saltán
erto
Licaón
ALHABIBA
MIRTILA

capítulo uno
La Soledad del Lobo

En el bosque rugía la tormenta. Semejante a un vasto y doliente animal, la lluvia corría entre los árboles. Las ráfagas, cargadas de agua, deshojaban las ramas y arrancaban puñados de maleza, alzándolos en turbios remolinos. Los nidos de los pájaros se desmoronaban bajo el chaparrón; los ciervos, empapados y temblorosos, buscaban refugio en las cuevas y su aliento dibujaba nubecillas en el aire. Los troncos se encorvaban bajo la embestida pero, al llegar al castillo, la tempestad se estrellaba contra las piedras y parecía detenerse, derrotada.

El castillo estaba protegido por una muralla rodeada de un foso lleno de maleza que solía, en tiempos de lluvia, convertirse en lodazal. Esa noche, el barro, encrespado por los goterones que caían con ruido de grava, subía como una sopa burbujeante en la que flotaban rastrojos. Una torre del homenaje, robusta y carente de gracia, se alzaba en una de las esquinas. De lejos, iluminado por el fulgor intermitente de la tempestad, el edificio semejaba un desordenado montón de peñascos oscurecidos por el agua que chorreaba por sus costados.

El viejo cubil de los Lobos se llamaba Bento. Quienes lo construyeron tenían una idea clara de cómo debía ser el lugar donde se colocara la primera piedra. Se necesitaba una colina para ver de lejos a los enemigos; bosques frondosos con madera para las armas, las cercas, la hoguera. La tierra debía ofrecer caza para comer, agua dulce para resistir los asedios y, por último, campesinos a quienes aterrorizar, para que alguien arara la tierra a cambio de protección. La belleza arquitectónica era lo que menos importaba a los apresurados guerreros que lo levantaron.

En una tierra llena de montañas, valles y ríos, encontraron la colina. En las laderas, pegadas como hongos en el tronco de un gran árbol, se arracimaban medio centenar de chozas. En la cima, un manantial miraba al cielo. Allí nacía un riachuelo helado que daba de beber a los campesinos y regaba las parcelas. El bosque lo envolvía todo. Hubo madera para los techos, las flechas, las lanzas y los escudos. Hubo para fabricar mesas, camas y corrales. También encontraron ciervos, jabalíes, piaras de cerdos salvajes, liebres y, en los arroyos, peces que relucían como dardos de plata.

Los guerreros trataron de convencer a los campesinos de que les convenía tener barones armados que los protegieran. Los campesinos, cuyos bisabuelos habían llegado allí huyendo de una guerra o de otra, se encogieron de hombros. No tenían necesidad de protección mientras no se acercaran nobles por allí, pero comprendieron que ya nunca podrían librarse de los recién llegados.

Más vale malo conocido que bueno por conocer, se dijeron. Besaron los dedos gruesos y sucios que los Lobos les pusieron frente a la boca; los Lobos, a su vez y según la costumbre, besaron las frentes requemadas y los labios de sus siervos. Con ese beso quedaron todos unidos para siempre en la guerra, la pobreza y la paz, ay, tan poco frecuente.

Los campesinos fueron obligados a construir la muralla. Desarraigaron los peñascos y los arrastraron ladera arriba, atándolos y haciéndolos rodar sobre troncos pelados. Algunos hombres y muchas mulas murieron aplastados por las piedras, pues estas parecían resistirse a la mudanza. Como siempre, los hombres prevalecieron: al cabo de un centenar de días lodosos y arduos, una maciza corona de piedra terminó por rematar la cima. Amparados por los peñascos, los guerreros levantaron el castillo alrededor del manantial, con grandes ventanas que se abrían hacia el recinto. En las paredes exteriores perforaron saeteras por las que podían asomarse brazos y arcos sin exponer el cuerpo de los soldados. Concluyeron su obra con una puerta inexpugnable hecha con veinte troncos de roble, una puerta para deshacer los arietes como si fuesen palos de escoba. Entonces los capitanes miraron la obra, la muralla y la torre, y rieron dándose palmadas en los muslos. La alegría les avivó la sangre. Llamaron a gritos a los escuderos, pidieron las espadas, se calzaron las espuelas y los yelmos. Los caballos de guerra, alborotados por el ruido infernal de las trompetas, asestaron coces a las maderas recién armadas de los establos y las astillaron. Complacidos, los Lobos se dedicaron a guerrear.

ooo

La muralla y las macizas paredes daban a Bento una apariencia marcial que ni los tapices ni los fuegos encendidos podían disipar. En la sala del consejo, un cavernoso galpón amueblado con mesas y algunos bancos, un grupo de hombres, iluminados por una chimenea que apenas daba calor, jugaban a los dados. Cuatro perros dormían cerca de la lumbre y una jarra de vino caliente humeaba sobre la mesa. Olía a paja mojada y a leña. La lluvia entraba en ramalazos por las saeteras y empapaba las baldosas.

La luz vacilante del fuego daba al trono, vacío bajo el dosel apolillado, un aire vagamente fúnebre. Sentada en medio de los hombres que jugaban, una muchacha pelirroja, envuelta en una raída capa, sacudía el cubilete.

–Veamos –dijo. Arrojó los dados sobre la mesa con gesto distraído y sonrió sin alegría al ver el par de seises–. Qué suerte –murmuró con voz inexpresiva.

Los hombres asintieron. Uno de ellos recogió los dados y dijo con jovialidad impostada:

–A ver si la fortuna me favorece a mí también.

Antes de que el hombre tomara el cubilete que la muchacha le ofrecía, se oyó un grito. Era una voz de mujer, agudizada por el miedo, la voz inconfundible de Jara, la reina. Los hombres se miraron. De nuevo la voz se alzó y el grito fue rematado por un reproche lastimero. Los sabuesos despertaron. Sansón, el perro favorito del rey, gruñó suavemente. La muchacha palideció y alzó las cejas sobre sus largos ojos verdes. Esos ojos felinos eran el único rasgo suave en la cara huesuda, y le conferían una expresión de pereza que contrastaba con la boca severa y la mandíbula angulosa.

La muchacha se incorporó con lentitud. Béogar el mariscal, un viejo alto y recio de blancos bigotes trenzados, la miró con gesto preocupado mientras los demás clavaban la vista en la mesa.

En otra parte del castillo, una ronca voz masculina contestó al grito de la reina. El Lobo vociferaba, gemía y se carcajeaba. La muchacha se dirigió a la puerta. Béogar fue tras ella y la tomó del brazo.

–Vamos –dijo.

Sagramor, el halconero, preguntó:

–Señora, ¿nos necesitáis? ¿Queréis que vayamos con vos?

La muchacha parpadeó como sorprendida y negó con la cabeza.

–No. Quedaos aquí... Jugad. Tal vez la suerte sea más generosa con vosotros que con mi padre –contestó. Se ciñó la capa y salió con Béogar.

ooo

En el resto del castillo, soldados, cortesanos y esclavos contuvieron la respiración. Algunos hicieron la señal contra el mal de ojo. Todas las voces se sofocaron a una y los animales que dormían en las cuadras se despertaron. Nadie se atrevía a intervenir en el pleito: el rey, lo sabían, estaba borracho y rodeado de fantasmas. Por eso lloraba y maldecía.

Llevaba tres días y sus noches encerrado con más de veinte odres de vino, y rechazaba la comida que sus hijas y la reina le ofrecían. Un esclavo, Cínife, lo había oído discutir con los fantasmas que lo atormentaban. Oculto tras un tapiz, había espiado al rey cuando este, arrodillado, pedía perdón a los espectros de los magos que había enviado a la hoguera. Más tarde, en las cocinas, describió a un público de esclavos alelados cómo el rey se arrastraba y rogaba al aire vacío:

–Se tapaba los ojos, se arrancaba los pelos y se retorcía como si tuviera un cuchillo en las tripas. Es la maldición de Tórtola –repetía con aire de suficiencia, mientras alzaba un índice autoritario.

Los mozos y las lavanderas que lo escuchaban asintieron. Orri el cocinero, un esclavo gordo y plácido que escuchaba la historia sin dejar de pelar cebollas, se limpió las lágrimas y señaló la puerta con la punta del cuchillo. Cínife se asomó para comprobar que ningún cortesano rondara cerca. Desde la puerta dijo:

–Y aun con esas vidas en la conciencia, busca magos para matarlos. Está loco.

–¿Por qué siguen viniendo? ¡Lo único que les espera aquí es la hoguera! –exclamó una mujer que limpiaba pescado.

–Por la montaña de oro que el Lobo ha prometido al mago que lo ayude a tener un hijo varón –contestó Orri.

–Pues yo no vendría, ni por oro ni por nada –afirmó un mozo.

Orri movió la cabeza y echó la cebolla en un caldero.

–Cínife –ordenó–, trae un saco de harina de la bodega. Y vosotros... ¡moveos! Los demás han de tener hambre, y las pesadillas del rey no nos servirán de excusa si no llevamos la cena caliente a las mesas.

Los esclavos se dispersaron.

ooo

«El rey está maldito», afirmaban los soldados que patrullaban los corredores y las murallas. Lo mismo repetían los esclavos en las cocinas, los establos y las letrinas, mientras frotaban las mesas con arena, cepillaban a los caballos o paleaban inmundicias.

«El Lobo está maldito», decían los cortesanos, y algunos sonreían al decirlo. «Nuestro soberano... Pobre, está endemoniado», suspiraba Senen, el consejero, fingiendo una piedad fraternal que era en realidad la espera del buitre. La mayoría conocía la historia del Lobo, y pocos sentían compasión.

ooo

Soledad iba rápida por el corredor. Béogar marchaba tras ella, cabizbajo y con los puños apretados.

–Di a todos, la reina incluida, que nos dejen a solas con mi padre –ordenó la muchacha a un esclavo trémulo.

Oculto a medias tras un arcón, el hombre trataba de pasar inadvertido. Una tarde, hacía casi un año, el Lobo, en un ataque de locura, había matado a los tres sirvientes que lo cuidaban. En su delirio creyó que eran diablos que venían a buscarlo. Desde ese día, en cuanto el rey se encerraba con el vino, la princesa Soledad le escondía la espada. Aun así, los esclavos temblaban al oír sus aullidos y rehuían atenderle, pues el Lobo también sabía cómo matar con las manos desnudas.

–Señora, vuestro padre está solo. La reina y sus damas salieron de la habitación y me enviaron a buscaros –balbuceó el esclavo.

Antes de que Soledad pudiera responder, la figura de Jara apareció al fondo del corredor. Iluminada por la luz vacilante de la antorcha, su cara parecía una máscara de yeso. Estaba desmelenada, y en los ojos hinchados y enrojecidos asomaba el miedo. La reina tartamudeó:

–Necesita jarabe de adormidera, pero no pude dárselo. Me ha maldecido, y mira, me dio un manotazo... Luego me desgarró la manga y quiso abofetearme –Jara se tapó la cara con las manos y sollozó.

La manga rota le colgaba de la muñeca, y en la carne blanca del brazo se veía la huella amoratada de los dedos del rey. Béogar refunfuñó y volvió el rostro. Soledad sintió una piedad confusa que se mezcló con impaciencia.

–Soledad..., ayúdame. Me trata muy mal. Soy una reina, no una esclava.

La reclamación, apagada por las manos que le cubrían la boca, sonó altanera. Soledad extendió la mano y le acarició el pelo con torpeza. Su madrastra se descubrió la cara y la miró.

–Si lo apaciguas, te peino. ¿Te gustaría? Y si te dejas peinar, te regalo un anillo.

Sonreía como una niña y mostraba los dientes pequeños y blancos. En sus mejillas brillaban las lágrimas.

Soledad chasqueó los labios.

–Jara, déjamelo a mí. No llores más. Que venga Tagaste con el jarabe de adormidera y yo lo obligaré a beber.

Béogar puso la mano sobre el hombro de Soledad y, volviéndose a la reina, se inclinó en una breve reverencia.

–Señora, ya nos ocupamos nosotros. Con vuestra venia... –y apresuró el paso.

Soledad fue tras él. Con el rabillo del ojo vio cómo su madrastra, entre suspiros teatrales, sacaba un pañuelo del escote y se secaba las lágrimas. El perfume de azahares de la reina llegó hasta ella. La princesa sacudió la cabeza y resopló. La piedad fue sustituida por la desconfianza de siempre. *Como si no supiera que quieres abandonarlo para regresar al lado de tu familia. No lo amas como yo. Te mereces el repudio por cobarde*, pensó.

Tal vez fuera verdad y Jara deseara volver a las tierras de su padre, pero nadie en su familia tenía el valor suficiente para provocar al Lobo. Quizás fuera cierto lo que los cortesanos murmuraban: que la reina era más una prisionera que una esposa. Muchas veces Jara había rogado al Lobo que mudara la corte a un palacio, en una ciudad. Imaginaba una plaza, tiendas, tabernas, templos, calles atestadas de jóvenes, viejos, nobles, plebeyos, hombres en fin, que se detendrían al verla pasar rodeada por las damas y los guardias, enjoyada y altiva, en la gloria de su juventud.

«Ahí va la reina, la hermosa, la dueña del Lobo», dirían. Los poetas compondrían versos en honor de sus rizos negros, de sus ojos como carbones, de su cuerpo gentil que no había perdido la esbeltez a pesar de la maternidad; los caballeros atarían el pañuelo de Jara en la cimera de los yelmos como enseña en los torneos. Emplearía las tardes en bailes, canciones, juegos de azar, enredada en las mallas de la sutil conversación cortesana, en vez de mirar cómo las esclavas empleaban las tardes de invierno en despiojar a los caballeros que se rascaban junto al fuego. Extrañaba la música de las flautas y los laúdes, la poesía de los trovadores, las risas cómplices de las damas que la rodeaban en la corte de su padre. Bento, alejado de todo, no era un lugar al que los poetas y músicos desearan acercarse. Los servidores del Lobo no pagaban bien, ni apreciaban las melodías, los poemas, las danzas. Obligaban a los músicos a cantar una y otra vez las coplas brutales de la guerra o vulgares tonadillas de burdel. A menudo las cenas terminaban con peleas de borrachos. ¿Quién querría tocar ante caballeros ebrios que rodaban por el suelo acuchillándose con entusiasmo, entre perros que ladraban y carcajadas soeces?

Además, anhelaba la compañía y los halagos para distraerse de la razón triste que la ataba al Lobo. Lo amaba. Quizás de forma mezquina, pues no le importaba de él más que el cuerpo correoso de muchacho y las manos callosas con las que, pocas veces, la acariciaba. Jara esperaba las noches para tocar la piel seca y cálida, el pelo inesperadamente sedoso, para recibir un beso brusco. Pero el Lobo, ay, hablaba dormido. Y Jara, dolida, escuchó muchas veces el nombre de Genoveva, repetido por el rey que soñaba. Por eso lo hostigaba y contradecía, por eso hacía enojar a la hija de su rival muerta.

ooo

Soledad imaginó lo que dirían las damas de la corte al ver la manga rota de Jara. Despreciaba la cháchara mujeril que cascabeleaba a todas horas en los aposentos de la reina, esas cámaras atestadas de telares, bastidores, perritos falderos, aceites preciosos y vestidos. Cuando entraba en ellas sentía que se ahogaba, envuelta por el aire perfumado que las lámparas teñían de amarillo.

Llegaron a la puerta de la habitación del rey y oyeron un rumor en el que se mezclaban gruñidos y murmullos. Béogar abrió: aunque en el resto del castillo hacía frío, la habitación del Lobo estaba caliente. Apestaba a orines, a vómitos y –Soledad y Béogar respiraron aliviados– a vino con azafrán y adormidera.

El rey los miró con ojos desorbitados. Estaba en cueros, agazapado sobre el lecho, en un caos de mantas y pieles. Gritó y trató de cubrir su desnudez con una manta; Soledad alcanzó a ver la cicatriz más reciente en el cuerpo marcado por la guerra. En el tórax enjuto se destacaba un tajo violáceo que bajaba del esternón al ombligo. Apenas habían transcurrido seis meses desde el día en que los soldados lo trajeron en el carretón de los heridos, tumbado sobre un montón de paja. Llegó sonriente, el vientre zurcido con costurones de zapatero y aferrando una bolsa en la que traía la cabeza del tungro que lo había herido. Ahora su macabro trofeo colgaba de una viga en la sala del consejo, y de la herida solo quedaba esa matadura purpúrea. El Lobo era un borracho, pero nadie en el reino manejaba la espada como él.

Soledad miró la barba enredada y sucia de su padre: la pelambrera roja, erizada como la de un anacoreta, lo hacía parecerse más a un león que a un lobo. La pecosa piel de su frente brillaba, humedecida por el sudor de la borrachera con la que había tratado de apaciguar el remordimiento. A su lado, arrodillado, estaba Tagaste, el eunuco. Era el maestresala del castillo, el mayordomo de Bento. Tenía el cuenco de jarabe de adormidera en el regazo, y en su rostro mofletudo se dibujaba un gesto de cansancio.

–¡Padre! ¿Qué pasa? ¿Por qué golpeaste a la reina? –preguntó Soledad.

Al oírla, Tagaste se volvió a mirarla y sus ojos se iluminaron. Sonrió con tristeza y –Tagaste era alto y obeso– se incorporó con dificultad. Antes de que pudiera hablar, el Lobo gritó:

–¡Hija! ¡Sálvame! ¡Este esclavo inmundo quiere obligarme a beber veneno! ¡Perro capón!

El rey lanzó un escupitajo que manchó las mantas. Las miradas de Tagaste y Soledad se encontraron. El eunuco se encogió de hombros y sus labios se curvaron en una sonrisa paciente. Soledad sintió cómo el rubor le quemaba el rostro, avergonzada por la injusticia del insulto. Tagaste le entregó el cuenco de jarabe y explicó:

–Lo mezclé yo mismo. Todos saben que está prohibido tocar mis frascos de adormidera.

Soledad le sonrió agradecida, tomó el cuenco y Tagaste se apartó. Se acercó a su padre. El Lobo retrocedió hasta quedar arrinconado. Con una mano enorme, colorada y cubierta de cicatrices, palpó la cama en busca de la espada. Al no encontrarla, arrojó una manta a los pies de su hija.

–¿Tú también me traicionas? ¿No ves a tu madre, allí junto al fuego? Jara fingió que no la veía... Por eso la tomé del brazo, para obligarla a ver. Dile a tu madre que no fui yo quien la dejó morir, sino el mago bellaco que vino de Alosna a engañarnos...

Soledad negó con la cabeza. Era lo de siempre. Había oído la historia cientos de veces: pese a la guerra entre Alosna y Moriana, un mago había venido al castillo para ayudar a su madre en el parto. Y a pesar de la magia, su madre, la reina Genoveva, había muerto, y el rey se había quedado solo.

Béogar murmuró:

–Espera, muchacha, si quieres lo hago yo.

Pero Soledad, sin contestar, se sentó en el lecho, al lado del rey. El Lobo la encaró: su aliento olía a vómito, a vino. Tenía los ojos llenos de lágrimas.

–Dime –gruñó, y le aferró el hombro–, ¿crees justo que contigo y tu hermana se acabe mi linaje? ¡Dos mujeres! –se dio un puñetazo en el pecho con tal ferocidad que tosió ásperamente.

Soledad levantó el cuenco de jarabe de adormidera, pero el rey la sacudió. El líquido viscoso le salpicó la túnica.

–¡Dos mujeres! –repitió el Lobo, enseñando los dientes y manchándose la barba con espumarajos de rabia–. Dos mujeres no valen lo que un tungro. ¡Necesito el filtro que me dé un hijo varón!

Soledad cerró los ojos. Detestaba la frase insidiosa y familiar: «Un hijo varón, un hijo varón».

–Los muertos han venido a reclamarme: mi padre, mi abuelo... –continuó el rey–. Sus manos eran ramilletes de huesos. Me dijeron que nuestro linaje existe desde que los lobos reinaban en los bosques y apenas había un puñado de hombres en el mundo. Y que ese linaje se terminará por mi culpa –gimió.

–Padre, no te aflijas. La reina es joven. Todavía puede darte un hijo sin ayuda de los magos. Son malvados. No te atormentes por ellos. Además, es una guerra que heredaste de mi abuelo... –argumentó Soledad, y le acercó el cuenco a la boca.

El rey le apartó la mano y siguió hablando:

–Pero mi padre no mató a ninguno. Sé que quiso matar a Erec, pero no pudo. No pudo. Lo supe porque cuando era niño me lo dijo Albano, uno de los soldados que estuvieron allí... ¡Es verdad!

Soledad miró a Tagaste con gesto de extrañeza.

–Yo he matado a muchos magos –masculló el rey–, y las maldiciones se acumulan sobre mí como piedras sobre la tumba de un muerto. Pero lo hice porque el reino necesita un hijo. ¿Quién me sucederá? –hipó y se tapó el rostro con la manta. Béogar se inclinó sobre él y le puso la mano sobre el hombro.

–Bebe –ordenó secamente.

El Lobo se descubrió el rostro y entrecerró los ojos.

–¿Recuerdas cómo me hicieron esto? –preguntó palpándose la sien. Una cicatriz, gruesa y pálida, bajaba desde allí hasta la comisura de la boca, arremangándole el labio en una sonrisa constante que dejaba al descubierto uno de los colmillos.

Béogar lo miró sin pestañear y sin soltarlo.

–Esa cuchillada te marca la cara porque te interpusiste entre mi espalda y el puñal del barón Acónito. Todo el reino lo sabe. Te lo agradeceré mientras viva. Toma.

El Lobo trató de apartarle la mano.

–¿Os habéis puesto de acuerdo para envenenarme? ¿Habéis conspirado con el eunuco? ¡Miserables! –rugió, y trató de levantarse.

Béogar le dio un empujón. Soledad trató de hacerse a un lado, pero el Lobo la tomó del cuello y la apretó contra su pecho, convirtiéndola en su rehén.

–Quieres casarte con ella, ¿verdad? ¡Con esta desdichada, que por más que se esfuerza en ser hombre, sigue siendo una pobre mujer!

Soledad sintió los dedos de su padre clavados en la garganta como ganchos de hierro. No podía respirar ni pasar saliva. Asustada, se soltó y tosió roncamente. Parte del jarabe de adormidera se derramó sobre el lecho. Béogar, rojo de furia, empujó al Lobo contra la pared y le arrebató el cuenco a Soledad, quien aprovechó para escapar. El mariscal se inclinó sobre el rey.

–No sabes lo que dices. Ya tengo mujer, y es prima tuya. No hables así de tu hija. Bebe, te dije.

Colocó el borde de la escudilla entre los dientes del Lobo y este exhaló una queja rabiosa. Pero no tuvo fuerzas para escapar: estaba borracho, llevaba tres días sin comer y Béogar era tan fuerte como él. El viejo soldado lo zarandeó y lo oprimió contra la pared. El Lobo bebió un sorbo y trató de volver el rostro. Soledad y Tagaste le inmovilizaron las muñecas y el rey fue obligado a tragar todo el jarabe de adormidera. Todavía farfulló insultos un rato, y luego se quedó adormilado con la boca abierta.

Soledad se inclinó sobre él y le apartó el húmedo pelo de la frente. El Lobo suspiró y sus párpados temblaron. Su hija le arregló las mantas y le puso una almohada bajo la cabeza. El rey exhaló un ronquido. Béogar, con gesto compasivo, tendió la mano a la muchacha y la ayudó a ponerse en pie.

–Déjalo ya. Cuando duerme así, ni oye ni siente. Tagaste –ordenó volviéndose hacia el eunuco–, dispón que alguien venga a limpiar y atender el fuego. Que saquen el vino del cuarto. Di a la reina que ya puede entrar.

Tagaste se inclinó profundamente.

–¿Quién le dará de comer? La reina y los esclavos le tienen miedo –susurró Soledad.

–Yo –contestó Béogar–. Tagaste, que traigan caldo, carne y pan. Soledad, vete a dormir. Estaré cómodo, no pongas esa cara. En peores lugares he dormido cuidándolo. Rodeados de enemigos, en la guerra... Ve a dormir.

–Yo mismo prepararé la comida del rey, señora –dijo Tagaste, y le tocó el hombro con delicadeza. Luego miró a Soledad con tanto amor que la muchacha no tuvo más remedio que sonreír.

Béogar la besó en la mejilla y le revolvió el pelo. Soledad olía, como siempre, a establo. A paja, a caballo, a estiércol.

–Eres más valiente que un soldado –dijo.

Soledad le apretó la mano y salió de la habitación. Béogar y Tagaste la miraron alejarse, derecha y esbelta como una espada. Béogar movió la cabeza, apiadado.

–Ni una palabra sobre los desvaríos del rey –ordenó a Tagaste.

El eunuco asintió gravemente. A pesar de todo, amaba al Lobo. Nunca decía nada. Salió apresuradamente al pasillo, en dirección a las cocinas.

Béogar extendió su capa sobre el suelo, al lado del lecho donde el Lobo roncaba con la boca abierta. Se quitó las botas, se recostó y esperó a que llegara el sueño.

capítulo dos

El Paso del Mago

El montañoso país de los magos se llamaba Alosna. No era un país rico como Moriana, pues en Alosna no había quien trabajara las minas y solo la tierra de los valles era buena para la labranza. Pero a pesar de que en Alosna no había esclavos ni ejército, era inexpugnable.

La mayor parte de los alosneños, labriegos y pastores, vivían en las partes bajas y templadas, pero los magos eran, casi siempre, montañeses. El mago más célebre de Alosna se llamaba Erec y había nacido en Nebral, un caserío prendido como un adorno en la sierra de Cambelín.

Nebral debía su nombre al espeso bosque de enebros que le daba sombra en verano y lo protegía del viento en invierno. Un arroyo espumoso daba de beber a los aldeanos y a sus animales, para luego precipitarse a saltos por barrancos y despeñaderos, transformándose en una catarata fragorosa que caía al fondo del precipicio que separaba Alosna de Moriana.

En otros tiempos un endeble puente de madera comunicaba los dos lados del desfiladero conocido como Paso del Mago, pero tanto el puente como la amistad entre los dos países se habían roto y nadie sabía si tenían compostura.

El río que fluía en el fondo del desfiladero se llamaba Drin. En Moriana, el Drin se sosegaba y ensanchaba hasta convertirse en una riada apacible de aguas pardas que regaba valles y planicies. Por su cauce se deslizaban las naves abarrotadas de madera, pieles y oro que los nobles de Moriana daban como tributo al Lobo y que este mandaba recoger en Rodosto, un puerto bullicioso donde los traficantes de esclavos levantaban sus tarimas para las subastas.

En Rodosto, Moriana adentro, las aguas que habían sido claras como cristales cuando bajaban de la montaña en Alosna, recibían en sus ondas arcillosas la basura y los cadáveres de los pobres que no tenían dinero para el entierro.

ooo

De muy joven, el mago Erec había dejado Nebral para proteger la frontera con Moriana de las incursiones de Dogoero, el padre del Lobo, a quien derrotó en combate singular. En cada choza de Alosna se relataba con orgullo que, en esos años, Dogoero, perjuro como todos los Lobos, había fingido interés en pactar la paz. Los dos países llevaban mucho tiempo en una incómoda tregua, sostenida por la magia de los alosneños y rota de vez en cuando por alguna tropa morianí que buscaba destruir los hechizos a punta de lanza.

La historia, tal como la contaban en Alosna, refería que Dogoero había llegado al Paso del Mago con una escolta pequeña, que acampó con sus hombres cerca de la frontera y se plantó, solo y sin armadura, a la orilla del precipicio. Ya los cuervos y las águilas habían advertido a los magos del viaje del rey de Moriana, y hubo tiempo para preparar una escueta salvaguarda. Al otro lado del barranco, un grupo de hechiceros esperaban, listos para defenderse. En esos años, el jefe de los magos de Alosna era el viejo Prisco. Este convocó una cortina de niebla para ocultarse mejor de los soldados y esperar a que Dogoero revelara sus intenciones.

Los hombres de Dogoero tuvieron miedo. La niebla formó un muro de vapor que se alzó ante ellos, a pesar de que había sol y el aire estaba caliente. Los soldados se amontonaron detrás de su señor. Albano, el escudero del rey, le pidió:

–Señor, apartaos de la orilla, que esa niebla ha de ser obra de algún diablo.

Dogoero miró la niebla y sintió cómo el sudor le empapaba las manos.

–¡Vengo en son de paz! –gritó.

Prisco sonrió con incredulidad y movió la cabeza. A su espalda alguien cuchicheaba rabiosamente. Erec, su joven discípulo, susurró:

–No sabe lo que es la paz. Déjalo allí hasta que se canse.

Prisco se puso el índice sobre los labios:

–Quiero oír.

–¡Escuchad! –repitió Dogoero–. Sé que estáis detrás de la niebla y me oís. El sol me calienta el yelmo y me atosiga. Quiero hablar y pactar. Prometo no haceros daño.

Prisco arqueó las cejas. Una larga historia de traiciones lo hacía dudar, pero no podía ignorar al rey que los convocaba. Erec le dijo al oído:

–Si me lo ordenas, conjuraré una ilusión que los haga ver monstruos: hombres alados con cabeza de buitre, quimeras y basiliscos armados con lanzas. Los haré enloquecer de miedo. Regresarán por donde vinieron y dejarán de contrariarnos.

Otros magos murmuraron su asentimiento. Prisco dudó un momento y repuso:

–Entonces la guerra no terminará nunca. Vamos a ver lo que quiere. Dice que viene en son de paz. Si es verdad, se trata de una oportunidad que no podemos desperdiciar.

Erec lo tomó del brazo, pero Prisco se apartó.

–No te preocupes por mí. Si te necesito, lo sabrás.

Erec no tuvo más remedio que asentir. Prisco era su maestro y nunca lo había desobedecido.

Dogoero vio cómo se abría un rectángulo semejante a una puerta en medio de la niebla. Un viejo de pelo blanco apareció y saludó con la mano. Los soldados retrocedieron. El viejo se acercó a la orilla con paso despreocupado y se detuvo sobre el borde. Las miradas de Prisco y Dogoero se encontraron.

–Tú vienes a nosotros en son de paz, pero nosotros nunca hemos hecho la guerra –dijo el mago–. ¿Qué quieres?

Dogoero, envalentonado por la voz temblona y el aspecto frágil del mago, se quitó el yelmo, se enjugó el sudor y exigió:

–Acércate y habla conmigo. No soy un heraldo ni estoy acostumbrado a hablar a gritos.

Prisco apareció a su lado. Dogoero, nervioso, dio un grito y un salto de conejo. Prisco rio y cruzó los brazos sobre el pecho. Dogoero extendió la mano y le tocó el hombro. Sintió bajo los dedos la tela, el hombro huesudo. Un mechón cano caía sobre la frente del mago y sus grandes orejas de anciano eran rosadas y translúcidas. Tenía las mejillas hundidas, la boca delgada, la nariz larga y aguileña. Bajo las cejas enmarañadas, los ojos grises miraban a Dogoero con interés.

El rey alzó la barbilla y señaló el pabellón, en cuya entrada los soldados habían clavado su espada y el estandarte con el lobo rampante sobre campo de azur. Prisco lo siguió.

Los magos esperaron el resto del día y la noche. Al llegar el alba, Prisco apareció entre ellos con una marca cárdena en una mejilla y el ojo derecho morado y cerrado por la hinchazón. Erec, a quien la espera le había parecido eterna, palideció y se arrojó a sus pies.

–¿Él te hizo esto? ¿Por qué no me escuchaste cuando te advertí que nada bueno podía venir de él?

–Levántate, hijo, no es nada. Un golpe. Levántate.

–¡Lo mataré! –gritó Erec. Se incorporó. Tenía los labios blancos y las manos le temblaban.

–No matarás a nadie, y menos por un bofetón –contestó Prisco, súbitamente áspero–. Ni siquiera lo digas.

Entonces describió, con dignidad de general, cómo Dogoero, borracho e impaciente porque no había logrado convencerlo de venderle algunos magos para su corte, le había cruzado la cara con el guantelete.

Erec se esforzó por conservar la apariencia de ecuanimidad. Cuando Prisco terminó de contar la historia, se puso en pie, giró sobre sus talones y se dirigió hacia el barranco.

–¿Adónde vas? –gritó Prisco.

Pero Erec ya se había protegido de la magia de su maestro con un conjuro. Echó a correr hacia la orilla, murmurando hechizos e injurias. Los viejos tablones del puente, colgados sobre el vacío, se elevaron con un rechinido para unirse en el aire. Los hombres de Dogoero escucharon la estampida de maderos que se articulaban sobre el abismo y acudieron a ver qué pasaba. Algunos gritaron. Prisco, tan espantado como ellos, tendió un rápido hechizo de protección sobre su discípulo.

–Contra las flechas, contra la espada, contra la piedra... –murmuró.

Los magos se apiñaron a su alrededor. Al puente le faltaban algunos tablones, pero Erec salvó los espacios dando grandes zancadas. Cuando puso los pies en la otra orilla, los soldados que se habían acercado para ver el prodigio huyeron. Erec gritó:

–¡Dogoero, Lobo perjuro! ¡Te reto a duelo, tú y yo solos! ¡Ven si te atreves, rey cobarde!

Dogoero salió del pabellón con la cara congestionada por la furia y el vino. Bajo la bulbosa nariz entrecruzada por venitas moradas, el bigote rubio se encrespaba de rabia. Ya Albano le colocaba la coraza sobre el coleto, ya un soldado traía el caballo irascible que jineteaba en las batallas y Dogoero mismo se encasquetaba el yelmo, gruñendo como un lobo de verdad. Albano lo ayudó a montar. Dogoero, armado de pies a cabeza, apretando las rodillas sobre los flancos del caballo acorazado cuyos ollares se abrían tratando de percibir el olor del miedo, se lanzó contra el mago.

Erec aguantó la embestida a pie firme. Solo su enmarañado pelo negro y los faldones de la túnica se movían, sacudidos por la brisa de la mañana. Los soldados de Dogoero vieron el gesto de odio en la cara del mago e hicieron la señal contra el mal de ojo.

Cuando el caballo de Dogoero se acercó lo suficiente para que Erec pudiera percibir su aroma equino y ver la saliva que le manchaba los belfos, el mago levantó el brazo con la palma de la mano hacia arriba.

El animal se quedó inmóvil y exhaló un relincho de espanto. Una bandada de pájaros posada sobre las ramas de un abeto cercano levantó el vuelo con escándalo. El caballo siguió petrificado. El rey le hundió las espuelas en los ijares. El caballo inclinó la testuz lentamente, con las cuatro patas empotradas en la tierra. Brillaban sus ojos desorbitados, y bajo los belfos arremangados se veían los dientes.

–¡Libérate! –gritó Erec, y bajó el brazo. Su índice huesudo apuntó a la tierra.

El caballo se alzó sobre las patas traseras y arqueó el lomo. Dogoero trató de aferrarse a la crin, pero resbaló y cayó con un estrépito de metales. Se puso en pie dificultosamente, ayudado por Albano, quien le tenía más miedo al rey que a toda la magia del mundo.

Dogoero caminó hacia Erec, con el paso de ganso de los hombres que andan con armadura. Erec movió los dedos de la mano derecha y la espada de Dogoero se convirtió en una rama de enebro. Dogoero se detuvo en seco. Miró la rama y la sacudió.

–¡Maldito perro, belitre, hijo de mala madre! –gritó–. ¡Mi espada! ¡La espada de mis ancestros! ¡Te mato, desdichado!

Erec rio. La cólera se había transformado en una alegría feroz. Corrió hasta llegar frente al rey, quien sacudía la rama con afán, apoyó las dos manos en la coraza y empujó. Dogoero cayó y se agitó, vulnerable como una tortuga panza arriba. Al ver el rostro moreno del mago sobre el suyo, el rey lo fustigó con la rama. Erec sintió un pinchazo múltiple en la mejilla, ardor y, luego, la sangre que escurría. Una calma pasmosa le despejó el ánimo. Apartó las manos revestidas de hierro de Dogoero, le puso la rodilla sobre el vientre y le quitó el yelmo. El pelo del rey apareció bajo el sol, hirsuto como un matorral. Con delicadeza, el mago colocó el yelmo en el suelo y afianzó la rodilla que tenía apoyada en la bragadura del rey. A pesar de la cota de malla, la rodilla del mago se hundió entre las ingles de Dogoero y este gimió. No se había puesto la bragueta de metal con la que se protegía en las guerras porque solo iba a matar a un mago vil y desarmado, y no pensó que la necesitaría. Ese mismo mago vil y desarmado ahora le aplastaba el sexo, lo miraba con odio y, finalmente, le propinó un bofetón con una fuerza tal que el pómulo de Dogoero le dejó pelados los nudillos.

–Para que aprendas a no golpear a tus huéspedes, bribón cobarde –dijo con serenidad el mago vil y desarmado. Y le dio otro.

La mano del mago quedó marcada en la mejilla del rey. Dogoero lo miró con los ojos desorbitados. Una huella colorada le inflamaba el pómulo. De su boca salió una queja que se agudizó cuando Erec volvió a hincarle la rodilla.

Un murmullo de angustia recorrió la fila de soldados. Erec, todavía sobre el rey, se volvió hacia ellos y estiró el brazo con ademán amenazante, el índice enhiesto, la mano tensa. Los soldados retrocedieron. El mago se incorporó con desdeñosa calma y dejó a Dogoero tendido sobre el costado, tratando de respirar. Se dirigió al puente y el caballo del rey lo siguió, trotando como un potro, mientras Dogoero gemía doblado sobre sí mismo.

Albano corrió a ayudar a su rey. Erec, sin mirar atrás, tomó las riendas del caballo y lo guio con cuidado sobre los tablones. Los soldados miraron al joven seguro y tranquilo, al caballo con la cabeza erguida, al rey tendido. Cuando los pies de Erec tocaron el suelo de Alosna, el maderamen se desbarató de nuevo y los tablones cayeron al vacío.

La neblina se evaporó. Entonces se oyó la voz cascada de Prisco, quien, cuando vio que su discípulo estaba a salvo, entonó un nuevo y más eficaz sortilegio de protección para cerrar la frontera. Los otros magos lo imitaron, esforzándose por no dejar ni una rendija por la que se pudiera colar la maldad de los reyes de Moriana:

No entrarán las lanzas, las flechas, el fuego griego que no se apaga con el agua, el ariete o la catapulta. Los caminos de la tierra se torcerán, el aire los engañará, el agua se ocultará y padecerán sed, o caerá en torrente sobre sus cabezas. Serán confundidos por las estrellas, por el sol, por la niebla. Todos los animales y las plantas serán sus enemigos. Por la savia que corre dentro del árbol y la leche de la madre, por la fuerza que abre la semilla, que la vida se defienda de la muerte y Alosna se proteja de Moriana.

ooo

Erec, con el pelo revuelto y la mejilla ensangrentada, llegó seguido por el caballo al bosque donde lo esperaban su maestro y los otros magos. Respiraba pausadamente, pero en sus ojos brillaba la cólera.

Espinela el yerbero le palmeó la espalda, pero los magos viejos lo recibieron en un silencio cargado de reproches. Entre los más jóvenes, en cambio, hubo gestos de complicidad y miradas de admiración. Erec se acercó a Prisco y trató de abrazarlo, pero el viejo dio un paso atrás y le puso una mano sarmentosa sobre el pecho. Erec lo miró y los ojos se le opacaron.

–¿Por qué me rechazas?

–Porque desobedeciste y cometiste un acto de guerra. No valía la pena. Soy un mago, no un soldado. La vejez no me impide defenderme.

–Dogoero es un cobarde. Solo le devolví el golpe. Con la mano desnuda, además. Él usó el guantelete para darte a ti y mira cómo te dejó...

Prisco lo estudió con el ojo izquierdo inclinando la cabeza como un pájaro, pues el derecho estaba tan hinchado que no podía abrirlo. Se enderezó y, con los dedos, peinó la melena sudorosa de su discípulo.

–No debiste ir. Ya había demostrado que venía a pelear, y se hubiera llevado tu vida sin dudarlo. ¿No ves que te gobierna la rabia, como a él?

–No soy como él. Acudí solo, sin armas. Fue una pelea justa, pero si quieres haré penitencia. Lo que me mandes –contestó Erec. Sin embargo, no había humildad en su voz.

El caballo de Dogoero resopló y se acercó a los magos.

–Este vivirá mejor entre nosotros –dijo Erec. El caballo le acarició el cuello con los belfos y Erec sonrió. Prisco lo miró sin corresponder a la sonrisa.

–Seis meses sin hablar con nadie. Seis meses limpiando las letrinas, lavando los establos, reparando los arados. Seis meses sin hacer magia. Si alguien intenta cruzar el Paso del Mago, me vienes a buscar. A pie –ordenó.

Sin esperar a la respuesta, dio la vuelta y se fue. Erec, con la mano sobre la testuz del caballo, lo miró alejarse.

capítulo tres

El mago de Nebral

Erec cumplió su castigo con minuciosa paciencia. Limpió sin una queja los vertederos, las letrinas, las pocilgas y los corrales de varias aldeas. Se ofreció, por señas, a tirar del arado para un viejo campesino cuyo buey había muerto, y no permitió que la dueña de la casa le curara las ampollas que el yugo le dejó en los hombros. Cortó leña, sembró avena, despiojó las cabezas de los niños, lavó las mataduras en las patas de los burros, ordeñó a las vacas y escabechó pescado. Aceptaba con una inclinación de cabeza el pan y el agua que le daban en pago y se apartaba para comer a solas. Dormía a la intemperie, cubierto solo con su manta.

En esos seis meses no dejó que nadie lo ayudara ni le diera las gracias. Cuando terminaba de trabajar en una casa, se iba a otra. Enflaqueció y las palmas de sus manos se cubrieron de callos. Pronto su ropa se convirtió en un harapo maloliente, pero no aceptó la túnica nueva que unas mujeres quisieron darle.

Cuando, agostado y andrajoso, terminó sus trabajos, regresó a Nebral. Allí se dedicó a enseñar todo lo que sabía a un joven aprendiz llamado Munin, un muchacho cinco años más joven que él. Poco a poco le delegó el cuidado del templo, de Favila la salamandra, de sus libros. Fue un año laborioso para los dos.

Munin era juicioso y sencillo. El conocimiento le interesaba por el conocimiento mismo, no por el poder que traía aparejado. Aceptó la encomienda de Erec porque no le quedó otro remedio, aunque hubiera preferido ser solamente el responsable de vigilar las cosechas. Dudoso, rehuía la obligación de ser el mago de Nebral. Él quería una mujer, familia, hijos. Pero Erec insistía y desgastaba la renuencia de Munin hasta que una tarde, en el templo, lo convenció:

–Soy yo quien debe encargarse de la frontera cuando Prisco muera. Debo ir al norte, pedirle a Prisco que me deje vivir con él en su ermita. Solo él puede educarme, ayudarme a gobernar la ira que me domina. Esto es parte de mi penitencia: abandonar mis libros, abandonar a Favila, abandonar a mis padres.

La salamandra, adormilada sobre los carbones del brasero, levantó la cabeza y miró a Erec con sus ojos dorados, como si entendiera lo que el mago había dicho. Ya quedaban pocas salamandras en el mundo cuando Favila llegó a Nebral, en tiempos del abuelo de Prisco. Era un dragón sin alas, del tamaño de una lagartija, que exhalaba una llama pequeñita y se alimentaba de carbones encendidos. Después de comer eructaba humo rojo que olía a cerezas quemadas. Su lengua bífida, amarilla y caliente, se enroscaba alrededor de los rescoldos que los niños le ofrecían con una cucharilla de barro. Sus ojos de oro escrutaban el mundo desde su nido de carbones.

Erec se acercó al brasero y extendió la mano. Favila exhaló una voluta, trepó a la palma de Erec y enroscó la cola alrededor de su antebrazo. Munin vio la escena con asombro.

–No se acerca así a nadie –dijo.

–Es cuestión de paciencia. Me conoce bien. ¿Qué has pensado? ¿Serás el mago de esta aldea?

–Quiero casarme con Val. Pedí su mano antes de que pelearas con Dogoero.

–Cásate con ella. Cuida la aldea. No te pido que sigas mis pasos: que no tomes mujer, que te alejes de la gente. Ese es mi destino, no el tuyo. Pero debo dejar a un mago en Nebral y tú naciste aquí. Cásate, cultiva tu parcela, ten hijos. Pero no te vayas.

Favila sacó la lengua y una llama brotó de su hocico.

Erec extendió el índice y lo restregó sobre la cabeza de la salamandra. Favila entrecerró los ojos y se arqueó como un gato. Erec le frotó el lomo y la salamandra exhaló un chorrito de chispas.

–Te lo ruego –insistió Erec sin apartar la vista de Favila–. Tengo que irme a vivir con Prisco. No puedo escoger: esa será mi vida. Si me necesitas, vendré a ayudarte.

Vencido, Munin aceptó.

Erec se marchó de la aldea al día siguiente. No se llevó nada. Dejó en el templo sus libros (ocultos bajo un hechizo de invisibilidad que solo Munin podía revertir), su ropa, su cuenco, su cuchillo, su peine de hueso. Otros magos relataron la historia del combate y la penitencia. El nombre de Erec se hizo célebre.

En los años que siguieron a la muerte de su maestro, se convirtió en el mayor enemigo de Moriana, pero las enseñanzas de Prisco habían calado hondo: batallaba sin odio ni rabia.

ooo

Mientras, en Moriana, Dogoero hizo jurar a sus hombres que jamás repetirían lo que habían visto. Para asegurarse de que cumplirían, los hizo encerrar en calabozos apenas llegaron a Bento y trató de borrar el episodio. Los días pasaron y nadie preguntó qué había sucedido en la expedición, ni se interesó por los soldados.

Dogoero inventó una historia idiota que los cortesanos repitieron con aire embelesado. Pero el Lobo, que entonces era un niño, había visto algo incomprensible una de tantas noches en las que esperaba despierto a que el rey regresara. Oyó el sonido de arreos y cascos en el patio y se asomó por la ventana. Vio cómo el verdugo conducía a una hilera de hombres atados, hombres cuyos rostros le eran tan familiares como el de su padre. Los hombres fueron conducidos a las mazmorras. El Lobo guardó silencio, pero no pudo dormir. Pasaron los días. El niño seguía sin entender lo que había ocurrido, hasta que la curiosidad pudo más y preguntó al rey:

–Padre, ¿tuviste suerte en tu guerra contra los magos? ¿Dónde quedó tu caballo favorito? ¿Encerraste a los soldados?

Su padre no contestó, pero le propinó un manotazo. El niño cayó de bruces. Entonces, Dogoero lo miró con una cólera tan pura que el niño echó a correr para refugiarse, llorando a lágrima viva, en el regazo de su nodriza, la hermosa Edurne.

Algo entendió ese día el pequeño Lobo. Fue una intuición oscura y punzante, que definiría sus relaciones con su padre y también su carácter. No le dijo a nadie, ni siquiera a Edurne, que iría a las mazmorras a visitar a los soldados que su padre había aprisionado. Bajó una tarde, mientras todos dormían la siesta, y le dio al carcelero un pequeño cuchillo con mango de plata a cambio de su silencio. Solo la certeza de que entendería mejor quién era su padre pudo obligarlo a poner los pies en esas mazmorras heladas por las que corrían las ratas, cuyo suelo estaba cubierto por un lodo espeso repleto de sabandijas. Esas mismas mazmorras que de adulto poblaría de verdugos y de prisioneros, entonces le daban pavor.

Albano, el escudero, estaba allí, con un grillete en el tobillo y la espalda llagada por los azotes. Espoleado por el rencor, dijo la verdad:

–Nos encerraron apenas llegamos. Tu padre mandó un emisario para que avisara al verdugo. No pudimos defendernos porque nos quitaron las espadas, según dijeron, para cambiarlas por otras mejores. Nuestras espadas, con las que defendimos la vida de tu padre, su oro, sus esclavos... ¿Y qué nos dio el gran rey Dogoero a cambio? Estas habitaciones –Albano miró las paredes cubiertas con un tapiz de légamo que se deshacía en negros borbotones– y esta muerte. Una muerte de cobardes, en lugar de la muerte de soldados que merecemos.

El Lobo lloró al saber que su padre era un hombre injusto que había sido vencido por un mago desarmado. Albano lloró también, en parte porque el único testigo que recordaría cómo fue traicionado por Dogoero era un niño que se limpiaba los mocos con la manga. Además, era el hijo del mismo hombre que lo había enviado a reventar en un calabozo pestilente.

El Lobo fue sacado a rastras por un guardia que temía la cólera de Dogoero. Albano murió poco después debido a unas fiebres, causadas por el agua putrefacta con la que los prisioneros acompañaban el pan mohoso que les daban para comer.

Con los años, el Lobo se impuso olvidar lo que había escuchado y enterrar el recuerdo de Albano, aunque este le hubiera enseñado a tensar el arco y a montar sin miedo. Igualmente olvidó, aunque no se lo había propuesto, que se había prometido a sí mismo no ser un mentiroso como su padre.

Dogoero murió diez años después y el Lobo subió al trono. Demostró ser un digno heredero: avaricioso y cruel, superó a Dogoero en la rapiña. De los cuatro puntos cardinales los mercaderes llevaban a Moriana largas filas de esclavos para subastarlos en las tarimas reales. Las panzudas naves de los traficantes atracaban en los puertos con las bodegas repletas de seres humanos. En Moriana, los esclavos eran la riqueza más codiciada. Levantaban castillos y fuertes, movían las norias, cultivaban los campos y pastoreaban el ganado. En sus manos aherrojadas, los remos eran alas que impulsaban las flotas diseminadas por el mar. Ellos sacaban el oro y el mercurio de la tierra, y sus vidas se apagaban por centenares en la noche interminable de las minas. Eran indispensables como el aire. Los más apreciados eran aquellos que habían nacido libres en Moriana y se tenían que vender a sí mismos por deudas, pues hablaban el idioma y conocían las leyes. Por toda Moriana había granjas de esclavos donde se obligaba a las siervas más bellas a copular con los más guapos para tener niños que vender. El rey creía que la sangre de los esclavos era la lluvia bajo la cual su reino, cada vez más radiante, florecía.

ooo

Al Lobo le quedó un odio implacable por los magos y un respeto contrariado por sus artes, que no sabía cómo interpretar y que colocó en el mismo lugar oscuro donde enterró las dudas de su infancia. Después de la muerte de la reina Genoveva, Alosna se convirtió para él en una obsesión, como lo había sido para su padre y su abuelo.

Tórtola, el mago presente en esa muerte de parto y cuya maldición le pesaba como una losa, había sido pariente de la reina. Pero esa era otra de las verdades olvidadas: que Genoveva tenía sangre de magos en las venas.

El Lobo culpaba a Tórtola de que la reina hubiera parido a Soledad, en lugar de dar al reino el hijo varón que tanto había deseado. Y como era un hombre contradictorio, también creía que solo los magos de Alosna podrían darle el filtro que necesitaba para que la reina Jara pariera un varón. Solo reconocía la verdad cuando estaba borracho y los fantasmas lo atormentaban.

No había dios o hechizo que pudiera darle consuelo, porque en Moriana cada quien creía en lo que podía y el Lobo creía en una variedad pueril de la magia.

Las personas instruidas atesoraban ecos de un panteón habitado por divinidades hermosas, crueles y prolíficas. Jurar por Mitra, el dios soldado, era un gesto aristocrático aunque no se conociera una sola representación del dios. Por otra parte, cada esclavo traía con él su religión y sus liturgias. En las apestosas ergástulas se oficiaban mezcolanzas de rezos, danzas y blasfemias; en el campo abierto, los campesinos juraban por las náyades; los mineros se encomendaban a los espíritus de la oscuridad.

De cuando en cuando, un evangelista cristiano se adentraba en Moriana, pero la suerte de Bonifacio de Fulda, asesinado en Frisia –una tierra más hospitalaria que Moriana– por haber ordenado derribar el olmo sagrado de Donar era conocida entre todos los adeptos del profeta Jesús. Por eso, los evangelistas que iban a tierras del Lobo eran pocos y discretos.

Los montañeses, tal vez por su cercanía con los magos, creían en Uno bondadoso y omnisciente que gobernaba la creación, y en la magia, que ayudaba a entender lo creado.

El Lobo no era religioso. Tenía el corazón repleto de ambición y la mente poblada por quimeras. El enmarañado sistema de supercherías que lo gobernaba tenía la fuerza irresistible de la culpa.

ooo

A la muerte de Prisco, Erec se convirtió en el mago más amado de Alosna. Habría podido coronarse rey si en Alosna hubiera reyes, pero para Erec pocas cosas eran más detestables que una testa coronada. Acostumbraba a bromear diciendo que seguramente la corona de Moriana estaba envenenada, pues bastaba que alguien se la pusiera sobre la cabeza para que hasta la más elemental noción de honradez se desvaneciera, aplastada por el peso del oro y el linaje.

Habitaba una adusta ermita en una montaña al norte, a tres días a pie de Nebral. Su choza era tan pobre que más bien parecía una cueva, pero también era el lugar en el que muchos siglos antes se había erigido el primer templo.

Desde allí protegía la frontera, acompañado solamente por Espinela, quien se había convertido en su servidor. Espinela sabía cómo procurarse las pocas cosas que necesitaban para su vida de anacoretas: frutas, las legumbres que cultivaba sin magia, con la ayuda de la sabiduría que le dio su niñez campesina, y la leche de unas cuantas cabras. Los campesinos de los alrededores acudían a ellos para que bendijeran las cosechas y los animales, o los curaran de las enfermedades que los aquejaban. A cambio les dejaban panes, sandalias y túnicas tejidas en sus modestos telares. Los magos también tenían una mula, tan solitaria y arisca como ellos. Rara vez la ensillaban.

Así, Erec y Espinela dedicaban sus días a conversar con los animales, a preparar pociones y a estudiar el cielo. Se rumoreaba que el Unicornio los visitaba y que dormía cerca de la puerta de la ermita como un animal cualquiera, pero nadie sabía si era verdad o una más de las leyendas que envolvían a los magos.

Erec y Espinela vieron por medio de los espejos de agua –ollas encantadas que reflejaban todo lo que sucedía en Moriana– el suplicio de Tórtola en Bento, y lloraron mucho. Los dos habían conocido al joven mago y sabían lo generoso que era.

Después de esa muerte, de toda Alosna llegaron los magos a la ermita para acordar la estrategia que debían seguir. Llevaron sus libros, los dados clarividentes de la adivinación, las bolas de cristal y las tablillas. Todos los instrumentos adivinatorios presagiaron lo mismo: si el Lobo lograba tener un hijo varón, sería el fin de Alosna.

Juntos, los magos reforzaron la maldición de Tórtola con todas las artes que conocían. Enviaron aves a los países vecinos: a las estepas de los tungros, a las nieves lejanas, al desierto en el sur. Las aves llevaban todas el mismo mensaje: aquel que cediera al llamado del oro y se atreviera a servir al Lobo, perdería sus poderes.

Los magos regresaron a sus aldeas y Erec y Espinela se quedaron en la ermita vigilando, como siempre, la frontera. Al igual que su enemigo el Lobo, Erec estaba preocupado por la sucesión. Ya era anciano. Aunque seguía siendo un mago poderoso, ni sus ojos ni sus manos eran los mismos. Estaba cansado, encorvado por los años y el estudio. Advertía el lastre de la vejez hasta en el más rutinario de los conjuros.

Aunque en Alosna había muchos magos, Erec no tenía discípulo a quien legar la responsabilidad principal de velar por las fronteras. Esa tarea requería de mucho más temple y disposición para la soledad que los mostrados por los magos que conocía. Espinela era un mago formidable, pero tan viejo como él. Sin embargo, Erec esperaba con paciencia a que el mundo le revelara lo que tenía que hacer.

Un día llegó a la ermita el rumor de que en Nebral, el hijo de Munin, llamado Cuervo, había decidido convertirse en mago. Se decía que su habilidad extraordinaria había llamado la atención de los magos que vivían cerca de Cambelín. Erec se alegró. No había regresado a Nebral y tampoco había vuelto a ver a Munin, a quien recordaba con gratitud. Llamó a Espinela:

–Viejo amigo, nos vamos de viaje a Nebral. Alista la mula, pues quiero conocer al hijo de Munin.

Espinela sonrió.

–El joven Cuervo... Ya sabía yo que esa hora se avecinaba. Desde hace semanas, desde el momento en que oí que estaba a punto de ser ordenado, apresté nuestro viaje. Todo está dispuesto: en la alforja guardé varias hogazas de pan cocido dos veces, huevos en salmuera, frutas secas y queso. También preparé un saco de forraje para la mula y remendé nuestras capas de viaje.

Erec abrazó a su servidor.

–¿Lo supiste gracias a la magia?

–Si conocer a un amigo y escuchar con atención lo que se dice es arte adivinatoria, sí –contestó Espinela encogiéndose de hombros.

–Las órdenes las deberías dar tú. Siempre sabes lo que hay que hacer. Vamos, pues.

Espinela se cubrió con la capa mientras Erec apagaba el fuego y tapaba la olla mágica.

Laboriosamente, los dos ancianos y su lenta mula se pusieron en camino.

capítulo cuatro

En un confín de Moriana

En Moriana, cerca de donde tuvo lugar el duelo entre Erec y el rey Dogoero, había una aldea, pequeña como Nebral pero más humilde, llamada Peña Verde. En la parte más próxima al Paso del Mago, a las afueras del poblado, se levantaba una choza: la casa de Liaza, la vieja curandera. Detrás de la casa había un huerto minúsculo donde Liaza cultivaba hierbas medicinales. Un perro llamado Carbón, negro y con el hocico emblanquecido por las canas, vigilaba la casa y el huerto, aunque apenas tenía ánimos para ladrar un poco a las ardillas.

Mientras en Bento el rey Lobo roncaba narcotizado por el jarabe de adormidera, sordo al tráfago de los esclavos que murmuraban en el pasillo, en Peña Verde, Liaza y su nieta preparaban potaje de nabos para su cena de pobres. El humo del fogón las hacía toser. El fuego, encendido en un brasero de barro colocado en medio de la choza, no calentaba. Ámbar removió los rescoldos con una vara. Un leño se partió y las chispas alborotaron a las gallinas que temblaban, esponjadas, en un rincón. Las plumas cubrían el suelo. De cuando en cuando, una flotaba hasta el fuego y el hedor a pluma quemada se añadía al humo acre de leña verde y bosta de vaca.

La muchacha se envolvió los dedos con la punta del delantal y sacó un cuenco de cerveza de entre la ceniza.

–Ya se calentó.

Se lo tendió a la abuela. Liaza, agradecida, sonrió y apretó el cuenco entre las palmas entumecidas. Bebió un trago y la cerveza, espesa y tibia, le caldeó la garganta. Bebió un poco más y dejó de tiritar.

–Abuela, ¿sabes? Sobró un pellejo en casa de mis padres. No está bien curtido y apesta un poco, pero nos servirá. Mañana, cuando termine de ordeñar, lo traigo y tapamos la ventana. Vamos a estar mejor.

Liaza asintió. Las mujeres cenaron y Ámbar metió a Carbón en la casa. El animal se echó a roer un hueso, gruñendo quedamente. Ámbar se incorporó con un bostezo. Liaza la miró.

–Acuéstate, que mañana tienes que ahumar pescado con tu madre.

La muchacha se volvió con una sonrisa.

–¿Te acerco el banco al fuego?

–¿Y si se me quema la falda? –preguntó Liaza secamente–. No, este frío no se quita acercándome al fuego. Es la edad... Me duelen los huesos. ¿No tienes sueño?

–Sí, pero no mucho. Abuela, háblame de los magos –suplicó la muchacha, acuclillándose frente a la anciana. Puso las manos, toscas y enrojecidas, sobre los magros muslos de la vieja. Ámbar tenía los ojos grandes y la nariz corta, quemada por el sol y el viento de la montaña.

Liaza, a su pesar, se dispuso a reprenderla:

–Ya he hablado mucho. Demasiado. Tu madre está furiosa conmigo. Dice que es culpa mía que tengas la cabeza llena de tonterías. ¿Es cierto que no quieres ayudar a tu hermano con el pescado?

–¡Abuela! ¡Ya hice lo que me tocaba! Ayudé en la siembra, anoche prensé el cuajo para los quesos y los acomodé en la casa para que acaben de fermentar. Florián se queja porque es un haragán. También escondí tres leños grandes y secos para ti. Mañana los traeré junto con el pellejo y dormiremos bien calientes, ya verás.

Liaza acarició la mejilla morena y el pelo rizado de su nieta.

–No desobedezcas –le dijo con severidad impostada–. Además, quiero que por la tarde me ayudes a secar valeriana para las infusiones. Duérmete, te digo.

Ámbar tomó las huesudas manos de su abuela entre las suyas.

–Enséñame el dragón y me acuesto –le pidió–. Anda.

Liaza rio. Los ademanes de su nieta le recordaban a los de su esposo, el difunto Cadal. Ámbar se le parecía en todo. Liaza y Caliela eran rubias. Según Liaza, la mirada azul de su hija era fría, sobre todo cuando la comparaba con el cálido fulgor que brillaba en los ojos negros de su nieta. Después de la muerte de Cadal en la batalla de Monte Bermejo, Liaza había languidecido hundida en un marasmo de dolor y resentimiento, hasta que Caliela tuvo a la niña. A Liaza le bastó una mirada para reconocer en el pequeño rostro arrugado y rojo las facciones de su marido muerto. Entonces comprendió cuánto la amaría.

Cuando Caliela tuvo a Florián y empezaron los problemas entre los dos niños, Ámbar se fue a vivir con su abuela. Su madre aceptó la mudanza, con la condición de que Ámbar ayudara a su hermano en el trabajo. Para la abuela había sido una bendición. A pesar de que Ámbar no hacía mucho caso a las lecciones de herbolaria que procuraba impartirle, su afecto aliviaba las cargas de la vejez.

A Liaza no le importaba si Ámbar era obediente. Le gustaba su brío, semejante en todo al de Cadal. Este había muerto hacía casi veinte años: los hombres del rey Dogoero se lo habían llevado a la guerra, junto con otros muchachos de Peña Verde. Cadal, tan hábil con el arado, había resultado torpe para manejar la lanza y el cuchillo que le dieron los capitanes. Esos capitanes, cubiertos de acero y tocados con yelmos empenachados, llegaron acompañados por la música infernal de los pífanos, galoparon sobre los sembradíos de coles y las dejaron inservibles. Permitieron que sus caballos ramonearan en el jardín de hierbas medicinales y asustaron a los niños. Un oficial le subió la falda a una pastora para darle una nalgada soez que resonó sobre las carcajadas de la soldadesca, otro le arrancó la falda a una muchacha que regresaba del río y la dejó medio desnuda en el centro de un círculo formado por soldados que reían y le hacían señas obscenas con los dedos. Cuando se cansaron de humillar a quienes se cruzaron con ellos, revelaron su encomienda: habían ido a reclutar a los aldeanos, y les dieron a escoger entre las filas del ejército o la esclavitud.

–Si aceptáis convertiros en soldados, os tocará parte del botín y podréis participar en los saqueos. Si no, os marcaremos el hombro con el hierro de su majestad y seréis subastados –dijo el capitán, un coloso rubio de aspecto feroz que exigió vino y se encolerizó cuando los aldeanos reconocieron que en la aldea solo había cerveza.

A los jóvenes no les quedó más remedio que consentir, pero nadie en Peña Verde vio nunca una moneda enemiga. El oro de la guerra fue a parar, íntegro, a las arcas del rey Dogoero, y los aldeanos se quedaron sin hijos, sin hermanos, sin maridos.

Cadal fue enterrado lejos de la aldea, junto con los cadáveres de todos los que perecieron sirviendo a Dogoero en su guerra contra el rey de los tungros. Por miles se contaron los campesinos, por decenas los nobles muertos en las faldas del Monte Bermejo. Se decía que allí era más fácil tropezar con el cráneo insepulto de un campesino de Moriana que meter el pie en una topera. Los tungros regresaron a sus tierras con las espadas y los escudos de cientos de morianíes. Dogoero, en lugar de manifestar un pesar decoroso por sus súbditos muertos, aumentó el tributo. Las familias enlutadas por la guerra se hundieron aún más en la pobreza.

Por eso, Liaza les temía más a los hombres del rey que a los tungros. Alimentaba en el corazón una llama de rencor hacia los Lobos, y su rabia solo se apagaría el día que la enterraran.

–¿En qué piensas, abuela? ¿Por qué pones esa cara?

–En nada. Trae al dragón, pues. Está en su escondite.

Con manos torpes por el reuma y el frío, Liaza se destejió la trenza para que el pelo le tapara el cuello. El aire le recorrió, como un dedo helado, la nuca y la espalda encorvada. Ámbar se levantó y se dirigió al rincón donde su abuela tenía el cesto de la lana sin cardar. Con los ojos entornados, metió la mano y la movió por el fondo, entre los copos de lana y los retales. Finalmente, con gesto de triunfo, sacó el puño cerrado, extendió la mano hacia su abuela y la abrió. La débil luz de los rescoldos iluminó su palma sudorosa, sobre la que descansaba una estatuilla negra: una serpiente alada, enroscada sobre sí misma en una tensa espiral. Ojos felinos se abrían sobre el hocico aguzado, del que salía una tosca llama de piedra.

–Abuela, abuela, ¡qué daría yo por ver un dragón! –exclamó la muchacha, besando la cabeza de la figura.

–¡No digas eso! –reprochó la anciana–. Son necedades. Eres como los rapazuelos que querían ir con tu abuelo a ver la guerra. Como si ver hombres destripados o aplastados bajo los caballos fuese una aventura. Si tus padres te oyeran, te prohibirían vivir conmigo. Acuéstate, o no te vuelvo a permitir tocar la estatuilla. ¡Dame!

La muchacha cerró el puño y lo apretó contra su pecho.

–¡No! Déjame verlo. Cuéntame de Alosna, de cuando los magos cruzaban el puente para curar a los enfermos. ¿Cuándo vamos al Paso del Mago a ver el puente roto?

Liaza negó con la cabeza. A los niños de Peña Verde les gustaba ir a escondidas de sus padres a la orilla del barranco, para arrojar piedras en dirección a Alosna y ver cómo se estrellaban contra una barrera invisible que las deshacía y las precipitaba al río convertidas en polvo.

–No, muchacha, no podemos ir, ya lo sabes. Pronto estarán aquí los recaudadores y no puedes decir que antes yo te llevaba allá, porque el rey prohíbe que nos acerquemos. Si los recaudadores se enteran de que alguien de aquí ha estado cerca del Paso del Mago, no nos dejarán ni un grano de centeno. Acuérdate: los hombres de Dogoero Lobo se llevaron a tu abuelo a la muerte. El único que volvió fue Liebre, y pudo regresar porque quedó manco, no muerto.

–¿Fue Liebre quien te contó que a mi abuelo lo mataron allá? ¿Él lo vio?

Liaza sintió el viejo dolor que no menguaba. Era como tener un animal vivo dentro del pecho, un animal de garras y colmillos afilados. A veces la nieta, con su curiosidad inagotable, la hería sin querer.

–¿Quién si no? –preguntó alzando la voz–. Sí, claro que lo vio, bañado en sangre. Algo le hizo un tungro en la cabeza, un sablazo, yo qué sé... Ya te lo he dicho mil veces y odio repetirlo. Para ti es una fábula; para mí, una pesadilla. ¿Crees que los recaudadores se tomarían la molestia de anunciar quién murió? Ah, no... Son tan viles como los tungros. Por eso, cuando vienen, te mando al bosque. El bosque es seguro. Ellos tienen miedo de andar por allí desde la muerte del mago aquel, de Tórtola. Y te voy a contar algo sobre los recaudadores. Escúchame, presta atención o no vuelvo a contarte nada.

Ámbar la miró, sorprendida por la severidad de la reprimenda. Se acercó, se sentó en el suelo, cerca de su abuela, y puso la estatuilla entre las dos. Cruzó los brazos sobre las rodillas y se dispuso a escuchar.

–Hace años, cuando eras una niñita, un soldado del rey vio a Alondra, la hija de Odo, el porquero, y la quiso para él. Dijo que Alondra era una bruja y que la llevaría al castillo del Lobo para que el rey la conociera. Que Alondra era hechicera porque había encantado a los puercos para que la obedecieran. Mentiras. Los puercos la obedecen porque los cría con cuidado, ¿entiendes?

Ámbar dijo en son de burla:

–Sí, pero tenía razón. Alondra parece una bruja, siempre con el pelo tapado y apestosa a pocilga.

–¡Escucha, tonta! No siempre fue así. Alondra era la muchacha más bonita de Peña Verde. Claro que el soldado quería a Alondra, pero para llevarla a su cama, no para llevarla ante el rey, y como Peña Verde tiene mala fama por su cercanía con la frontera, los recaudadores hacen lo que quieren. El hombre que la quería robar traía con él a una esclava a la que le faltaban dientes. Ella nos dijo que el soldado se los había quitado a golpes. Además, Alondra no quería irse: quería quedarse aquí y casarse con quien ella escogiera, no andar de barragana por los caminos, detrás de un recaudador.

»Cuando Odo se negó a darle a su hija, el soldado le clavó la espada en el pecho y escondió el cuerpo detrás del molino. Pero encontramos el cadáver y nos rebelamos. Ya se llevaba a Alondra, cogida del pelo, cuando alguien le arrojó una piedra. Cosmas lo amenazó con un azadón y los demás le arrojamos piedras, palos, estiércol. Era cobarde. Chillaba y llamaba a sus compañeros, pero ellos nos vieron tan furiosos que prefirieron no meterse. En la confusión, yo aproveché y escondí a Alondra en esta misma casa.

Ámbar hizo un ruidito de incredulidad. Liaza continuó:

–Quise matarlo con mis propias manos. Dejé a Alondra, salí con el rastrillo, el mismo que usa tu padre, y le di a su caballo en las ancas hasta hacerle sangre. Pobre bestia. No tenía la culpa de nada. Pero él... ¡Era un hijo de mala madre!

–¡Abuela! –exclamó Ámbar, asustada por la historia y por la tosquedad del lenguaje. Liaza parecía más joven, encendida por la ira.

–Nunca se hizo justicia. Enterramos a Odo esa misma tarde. El soldado escapó con una herida en el hombro. Sus compañeros nos juraron que llevarían nuestra queja al rey, pero no hicieron nada. Al año siguiente regresaron con sus aires de siempre, a exprimirnos. Nos odian, además, porque aquí nadie es esclavo ni tiene esclavos. ¿Tú sabes cuántas aldeas hay en Moriana que sean libres como esta? Muy pocas... Poquísimas. A dos días de aquí hay una aldea que se llama Despeñadero. Un año malo, todos los de allá se vendieron a sí mismos como esclavos y se fueron donde el Lobo para que les diera de comer. En Despeñadero ya ni las casas quedan en pie, y los fantasmas de los muertos enterrados allí no encuentran con quién hablar.

–Pero nosotros no somos así –dijo Ámbar con orgullo pueril–; somos siervos, no esclavos. Mejor el hambre que el hierro.

–Por eso Alondra no quiso casarse. Si vas a la tumba de su padre, verás que siempre hay flores frescas. Y por eso anda con el pelo tapado. En lugar de tener esposo, vive sola con los puercos. La única alegría que le queda es ver nacer lechones. Te lo cuento para que aprendas: ella siempre fue obediente, y aun así, mira lo que le pasó. ¿Por qué vas sola al Paso del Mago? ¿Por qué desobedeces cuando te pido que no salgas de casa?

Ámbar abrió mucho los ojos y comenzó a protestar, pero Liaza levantó la mano y la interrumpió:

–¿Crees que nadie lo sabe? Tu madre vino a decirme que andas sola por allá. Falta poco para que lleguen los recaudadores. ¿Qué les costaría llevarte? ¿Marcarte el hombro con el hierro del rey? Entérate: un esclavo, en Moriana, es menos que un perro –Liaza puso una mano sobre el hombro de la nieta y apretó con fuerza–. Júrame que no harás más cosas que te pongan en peligro. Ya soy vieja, no puedo andar detrás de ti todo el día. Pero si algo te llegara a pasar, me muero. Me muero, ¿oyes?

Ámbar hizo un gesto de dolor y apartó suavemente la mano de su abuela.

–Lo juro. Y no me hables así: me asustas. Sí que fui. Fui a ver... Siempre me siento a mirar al otro lado. ¡Cómo me gustaría cruzar!

–No puedes. Hasta el Lobo bellaco, con todo su oro, se tiene que quedar de este lado. Anda siempre en busca de magos, pero no puede cruzar desde que mandó quemar a Tórtola. Los magos lo odian. Yo también. Sí hay quien ha entrado en Alosna: los que huyen, los que no tienen nada, los que no regresarían jamás. A ellos sí los dejan pasar. No sé cómo lo saben... Ha de ser la magia. Sin embargo, son pocos los que se atreven. En el resto del reino creen que los magos son malos, pero son mentiras. Cuando mi madre murió, Prisco el mago vino a nuestra casa y nos ayudó. Mi madre se fue de este mundo sin dolor y sin miedo.

–Abuela, cuéntame esa historia de cuando murió mi bisabuela. Ella creía en los dragones, ¿verdad?

–Ya te la he contado miles de veces. Estoy cansada y esto –Liaza tocó la estatuilla del dragón con la punta del pie– es un secreto entre nosotras. Ay de mí si lo ve un soldado... Nos venderían por andar en tratos con los magos de Alosna. Bueno, a ti, pues no creo que nadie quisiera comprar a una vieja como yo. Ahora sí: duerme. Y que los dioses nos guarden de los soldados del rey y de los tungros.

–Abuela, solo una pregunta más: ¿tú has visto un tungro?

Liaza sonrió con amargura.

–De lejos, poco antes de que nacieras. No sabemos por qué no se acercaron y quemaron todo. Se quedaron abajo, en el valle, mirando hacia acá, mientras temblábamos de miedo. Nunca supimos qué hacían tan al norte, pues se dice que los tungros acostumbran merodear por el sur, cerca de los grandes pastizales.

–¿Qué más dicen? Cuéntame, abuela, cuéntame.

–Dicen que son como animales: que para ellos un niño y un perro son lo mismo, que no conocen la diferencia entre las bestias y los hombres. Liebre dice que son bestias, brutos hediondos con ojos de gato y colmillos de perro. Pero ante mis ojos, al menos de lejos, parecían hombres como todos. Ya, por favor, duérmete.

–¿Qué más dice Liebre?

–Que se deleitan con la vista de la sangre. Que son crueles como serpientes. Ya, niña, cállate y acuéstate. No quiero hablar más.

Liaza se restregó los ojos con las palmas de las manos y se levantó trabajosamente. Ámbar asintió con aire resignado. Ayudó a su abuela a tenderse sobre el jergón de paja y guardó la estatuilla en su escondite. Luego se tumbó junto a Liaza y se acurrucó. No tardó en dormirse.

En cambio, Liaza permaneció despierta, mirando cómo el oro de los rescoldos se cubría con una capa de ceniza.

–Ámbar, ¿me oyes? –murmuró en el oído de su nieta, y la muchacha farfulló una respuesta ininteligible–. Te regalo el dragón. Era de tu bisabuela. Prisco se lo dio para que se imaginara cómo eran los dragones. No te lo lleves de aquí, porque a tu madre no le gusta. Es tuyo.

–Gracias –contestó Ámbar desde el sueño, con voz tan baja que apenas se oyó sobre el crepitar del fogón.

Liaza besó la tersa mejilla de su nieta y cerró los ojos.

capítulo cinco

El sueño del dragón

Hacía muchos años que dormitaba en un sueño tan profundo que era casi la muerte. ¿Qué lo había despertado? ¿Qué había interrumpido su delicioso acoplamiento con el oro? Ya casi era una veta de metal, un sinuoso lingote oculto bajo las piedras y el barro. Era una escamosa piedra que soñaba, apenas viva. ¿Qué era lo que pasaba?

No lo sabía. Bostezó, y el horno de su hocico se encendió de nuevo. Un ojo amarillo relumbró en la oscuridad, una luna grasa dividida por una pupila vertical. La pupila tomó la forma de una almendra que flotó en el aceite del iris. Su sangre, idéntica al mercurio, había corrido pausada durante el sueño. Cuando despertó, comenzó a bullir: pesada y caliente, se deslizó por las arterias y le avivó los músculos. La presión de ese líquido plomizo se convirtió en un tormento insoportable que lo obligó a desperezarse: cada escama, cada uña, cada cicatriz fue sensible de nuevo. Dolía.

El calor atizó su corazón, la enorme fragua incandescente que le hacía buscar vidas para consumirlas. Inmenso, suspendido en el ámbito nocturno de su cuerpo, retumbó con el ritmo de la vigilia. Sus vísceras palpitaron, bañadas por la hiel corrosiva que lo animaba. La médula de sus huesos hirvió, escaldada por el calor que sus glándulas producían. Si su piel hubiera sido un poco más delgada, si sus escamas no fueran pétalos de acero invulnerables a todo menos al tiempo, habría alumbrado la tierra que lo envolvía como una mortaja esponjosa.

En sus pulmones había rescoldos que solo se enfriarían con la muerte; su hígado era un peñasco verdoso, bruñido y amargo, en cuyo centro colgaba la bolsa de bilis, y su bilis era un ácido amarillo capaz de carcomer cualquier sustancia del mundo. Los riñones del dragón eran semejantes a peces salobres que, al despertar, comenzaron a destilar la espesa orina verde que envenenaba los ríos. Su estómago de plata se crispó, abrasado por el hambre.

Un chorro de fuego le salió del hocico y le quemó la lengua bífida, que después de doscientos años de inmovilidad era casi una lápida. Bramó de dolor y de sed. No fue un despertar alegre. Entre el oro y él había una complicidad perfecta que se deshizo con un estruendo.

En su letargo había estado a salvo del envejecimiento y el deterioro: el sueño fue como regresar al translúcido huevo que lo había albergado cuando era una pequeña serpiente con alas. Pero en el huevo el hambre lo había inquietado; a través de la cáscara había sentido el fuego del vientre de su madre. La vida lo había llamado con urgencia, y él, inocente, había roto el cascarón con una furia llena de gozo.

Era muy viejo y estaba cansado. Por eso se había escondido, y la tierra se había convertido en un huevo más amplio, hospitalario y oscuro. Despertar le dolía. Quedaba expuesto al hastío y la muerte. Prefería dormir. Amaba la inmovilidad en la que apenas *era*, en la que soñaba con un mundo más joven, con otros dragones, con vastos cielos nocturnos, con el fuego compartido.

Había soñado con las hembras, con la forma en que había ardido junto a ellas como un solo cometa colosal que navegaba por el cielo. Cuando era joven, la voz de las hembras lo había llamado con estruendos de volcán. El deseo era un hambre deleitosa, no este tormento solitario.

Desde siempre su apetito y su deseo habían sido iguales al incendio: cuanto más devoraba, más poderosos se volvían. ¿Qué hacer si era el último de su especie? No deseaba morir, pero la soledad le carcomía la razón. Por eso había cavado la madriguera: para soñar en lugar de vivir y esperar a que el mundo se acabara.

Algo allá fuera lo había despertado, y al dolor del despertar se sumaron la rabia y la curiosidad. Abrió los ojos completamente y los terrones le rasguñaron las pupilas. Alargó el cuello, incómodo, y miles de monedas que ya formaban parte de su piel se desprendieron como una costra. La punzada lo hizo rugir de nuevo. A lo largo de siglos se había construido una armadura de oro para protegerse el vientre de sapo descomunal donde no había escamas, sino una blanda epidermis descolorida y lisa.

Movió la cabeza, atontado. A pesar de que comprendía todos los idiomas del mundo, en sus sueños no había palabras, sino imágenes. Despierto, las palabras comenzaron a agolparse en su cerebro, aturdiéndolo. Recordó las plegarias, las invocaciones y los cantos. A Quetzalcóatl, hermoso como un río de jade revestido de plumas verdes; al Cuélebre, el señor de las montañas; a Pitón, apagado en Delfos bajo el talón marmóreo de Apolo; a Fafnir, su hermano de voz de ruiseñor. Todos muertos. Entonces oyó la voz humana que le ordenaba despertar. El dragón, furioso pero sujeto por la magia, escuchó:

Hijo del Fuego, despierta. Te lo ordena Cuervo de Nebral, hijo de Munin. Que el fuego de tu corazón se encienda de nuevo. Que esta sangre que derramo sobre las ascuas del sacrificio anime la piedra en la que te has convertido. Que mi voz te despierte como la luz despierta a los pájaros.

La ira acabó de despertarlo. ¡Qué insolencia, compararlo con los pájaros! Una espiral de vapor, su risa, le salió de la nariz.

Toma mi sangre, siguió la voz, *y despierta. Abre las alas y no duermas más. Oscurece el cielo con tu cólera. Levántate contra nuestro enemigo, el Lobo, y calcínalo con tu aliento. Te ofrezco mi sangre, mi vida, mi alma. A cambio te exijo que vengues a los magos asesinados, a los campesinos muertos, a los esclavos torturados. Véngalos. Tú serás la justicia, la flecha encendida que iluminará la noche. ¡Despierta!*

El dragón rugió. ¿Quién era ese Cuervo que se atrevía a darle órdenes? *Te exijo*, decía el sacrílego. La voz parecía la de un hombre joven, pero la magia que la impulsaba hasta la mente del dragón era muy poderosa.

¿Qué me importa a mí la sangre de un hombre, por mago que sea?, se preguntó. *He matado tantos magos, reyes, guerreros... Mujeres perfectas, niños inocentes... He tomado tantas de sus vidas miserables... Y sin embargo, este insecto efímero ha logrado despertarme. ¿Quién será?*

No importaba. Seguiría durmiendo y en unos años se olvidaría de esta pequeña interrupción. Intentó reacomodarse, recogerse de nuevo en su madriguera. Cerró los ojos y enrolló la cola alrededor de su cuerpo: entonces, una fuerza invisible le impuso desplegar las alas. Se resistió con un gruñido de ira, pero tuvo que abrirse como un capullo monstruoso.

La tierra bajo la que estaba sepultado se hinchó como una ola coronada con espuma verde. Cayeron los pinos en cascada, el bosque que se había espesado desde que él había escarbado su madriguera bajo la tierra. Derrotado, abandonó su escondite.

La misma fuerza invisible levantó su cabeza y le alzó el torso. La luz de la luna brilló sobre el hocico, los ollares, los dientes. Se miró el vientre y comprobó que las espadas que antes lo habían amenazado, y que él había convertido en su pellejo, seguían formando parte de él. Coronas, espadas, puñales, yelmos, anillos, espuelas, monedas... Todas las formas del oro y las riquezas se habían fundido bajo el peso y el calor para componer su armadura.

Y bien..., se dijo, y exhaló un largo chorro de fuego, dispuesto para la lucha. Pero el adversario, el tal Cuervo, no estaba. Los pájaros que dormían cerca cayeron muertos y una manada de ciervos huyó por el bosque.

Estaba de nuevo en el mundo, expuesto a las devastaciones del tiempo. Echó mano de su voluntad, en la que había más magia que la contenida en los grimorios y hechizos del universo entero, sacudió la cabeza, lanzó otra llamarada y se libró del conjuro.

En Nebral, sin un gemido, Cuervo cayó al suelo. Se convulsionó, echando espuma por la boca. La mano que se había herido y por la que goteaba la sangre del hechizo se puso negra y se cubrió de ampollas. El fuego del templo se apagó. Favila, la salamandra, se revolvió entre los rescoldos, asustada al ver al novicio que se retorcía en el suelo. Las cenizas se enfriaron. Favila trató de buscar calor entre los carbones apagados. En vano. La salamandra se enfrió, encogió las patas y murió. Sus escamas relucientes se opacaron.

Lejos del templo, el dragón se contrajo como un gato a punto de saltar y levantó el vuelo. Giró sobre sí mismo, una voluta hecha de carne y metales. Allí donde había soñado tantos años quedó un cráter en el que brillaban las monedas que se habían desprendido de su cuello. Su amor por el oro, esa pasión que jamás había podido gobernar, le hizo exclamar con una voz semejante a un alud de piedras:

–¡Son como lágrimas!

El viento lo sostuvo. ¿Quién sería ese Cuervo que lo había despertado? Lo buscaría para carbonizarlo con una exhalación. Apagaría la llama de su vida ruin, como el viento apaga la llama de la vela. ¿A qué absurdas empresas se dedicaban ahora los hombres?

¿Qué nuevos tesoros habían creado, ellos, cuyos pobres cuerpos rastreros albergaban una codicia digna de él?

capítulo seis

Alagrís

El fuego ardía quedamente en la habitación de Soledad. Alagrís, el halcón de la joven, miraba desde su percha la cama donde dormían su dueña y Edurne, la vieja nodriza. Soledad había comprado el halcón, un neblí todavía pollo, a un mercader que traficaba con aves de cetrería. El mercader, un árabe elegante y taciturno que parecía conocer el idioma de las aves, las transportaba en nao de infieles desde Alhabiba.

–Elegisteis bien, señora. Es un macho, pero sabrá ser tan audaz como las hembras. Cuando termine de crecer tendrá las alas más cortas que los halcones noruegos que tanto le gustan a vuestro padre, pero os aseguro que será más rápido que ellos. Yo mismo lo robé del nido. Aunque no tenía casi plumas, quiso volar, herirme.

El árabe sonrió y sus dientes brillaron en la cara morena y curtida por el sol y el aire del mar.

–Tened paciencia con él –dijo antes de recoger su paga.

Soledad miró el bulto tibio que piaba en sus manos. A pesar de su ligereza y su pequeñez, el pollo estiraba las patas y buscaba asirle los dedos con las garras. Traía los párpados cosidos. Soledad pasó casi toda la noche con el halcón sobre el regazo, arrullándolo y cantándole en voz baja. Luego lo metió en una jaula preparada con un nido de trapos lavados y lo alimentó con papillas de carne de tórtola.

Lo primero que Alagrís vio en el mundo fue el rostro de Soledad, cuando esta cortó los hilos que le cerraban los ojos. Para el halcón no habría nunca un sol más brillante que esa cara huesuda y esa mirada verde y atenta. Soledad, instruida por Sagramor el halconero, lo crio con una dedicación absoluta, según los consejos del sabio Jenofonte. Alagrís aprendió a leerle el pensamiento. Dormía en la misma habitación que ella, sin capirote y con una pata atada a la percha mediante un lazo de seda.

Alagrís no temía a nada y solo aceptaba órdenes que vinieran de Soledad. La alianza que lo unía con su dueña estaba tan firmemente trenzada que hasta Sagramor se llenaba de asombro al comprobar cómo la obedecía. Como todos los halconeros, Soledad tuvo que instruirse en lograr la llamada de la grulla soplando a través de la garganta de un ave recién cazada para que Alagrís acudiera a ella sin dudarlo. Tibot derribó el ave de un flechazo, abrió el largo pescuezo, tiró de la laringe y la mostró a la princesa:

–Majestad, hay que aferrarla con la boca como si fuese el pico de una flauta. Y soplar y soplar hasta que suene.

Soledad asió la tripa, la enjuagó con agua de un odre y se inclinó sobre el cuerpecillo. Aguantó la respiración y puso los labios sobre la víscera. El regusto a sangre le llenó la boca. Una pluma sanguinolenta se le adhirió a la mejilla; el hedor a mierda de ave –quizás dilatado por el asco– saturó el aire. Una poderosa contracción le encogió el tórax, pero aguantó. El mundo dio vueltas, impulsado por la repugnancia, el tufo, la curiosidad de los otros. Cerró los ojos y sopló hasta que una débil llamada salió del pico. Alagrís no acudió. Soledad gritó:

–¡Alagrís! ¡A mí! –e inmediatamente volvió a soplar. El sabor a cobre y a sal se extendió por su lengua. Del pico de la grulla muerta salió un débil graznido.

La muchacha se enderezó y llamó al halcón por tercera vez. Se inclinó, apretó los labios alrededor de la pegajosa tripa y exhaló hasta que le dolieron las mejillas. Atontada por el esfuerzo de soplar, apenas advirtió que del pico había salido un graznido estruendoso. Con un aleteo brusco, Alagrís bajó del cielo y aterrizó cerca del pájaro. Soledad aferró el cuchillo, abrió el pecho del ave (nunca olvidaría el crujido de las costillas bajo el filo, sus dedos que buscaban con ansia en las entrañas todavía calientes y la mirada de Tibot sobre ella), le sacó el corazón y se lo ofreció al halcón. Alagrís lo picoteó entre graznidos de contento.

–De ahora en adelante, señora –dijo Sagramor con satisfacción–, aunque vuestra voz no parece la de la grulla, él vendrá a vos siempre que lo llaméis, dispuesto a cobrar su presa.

Soledad sonrió. Entonces, mientras los halconeros aplaudían, se dejó llevar por las náuseas. A gatas, hundiendo los dedos en la tierra, vomitó sobre la hierba hasta que las arcadas la dejaron hecha un guiñapo.

Nunca más, desde ese día, permitió que el asco la dominara en la caza. Una contradictoria voluptuosidad la avasallaba al flechar a la presa; experimentaba placer no por el acto de matar, sino porque se sometía a sí misma cada vez que la flecha derribaba a la garza o la tórtola. Sentía deleite al reconocer que era *ella* quien mandaba sobre su ánimo; que no la doblegaban la piedad o la ternura que le inspiraban las palomas y las liebres que destruía para su halcón. Además, no era lo mismo alimentar a Alagrís con muslos de gallina que los esclavos traían de la cocina, que criarlo con las palomas que derribaba con el arco y le manchaban las manos de sangre. Matar por él la convertía en su igual, en una halcona.

ooo

La bruñida mirada de Alagrís recorrió todo y regresó al rostro de Soledad. Le sobresaltó ver cómo la muchacha gemía en sueños. Edurne, en cambio, roncaba pacíficamente: el vaho de su aliento dibujaba nubecillas en el aire. El semblante de Soledad estaba rojo y descompuesto. La princesa arqueó el pecho y exhaló una queja. El halcón aleteó bruscamente: ¿qué dolor hería a su ama? ¿Qué enemigo invisible la golpeaba?

En la pesadilla, Soledad cabalgaba a Fum, su caballo. Alagrís volaba tras ellos. Pero no iban por campos conocidos, ni por el bosque que rodeaba Bento. Iban sobre una tierra yerma, pedregosa y cubierta de tizne. El cielo era una bóveda naranja. No había árboles ni ríos y el aire quemaba. Soledad empuñaba las crines de Fum y hundía la cara en ellas en busca de alivio, porque el calor la hacía lagrimear. Bajo las alas del neblí no bullía el viento puro del mundo, sino un aire tórrido sobre el que había que volar con esfuerzo, como sobre un pantano humeante.

Fum, con los ojos desorbitados y las orejas amusgadas, se alzó sobre las patas traseras ante un rayo que cayó frente a ellos sin trueno que lo anunciara. El rayo quemó la tierra y esta se agrietó; de las hendeduras, semejantes a heridas en la piel del yermo, brotó lava. Soledad se aferró al cuello de Fum.

Si Alagrís hubiera podido ver lo que su ama soñaba, se habría visto a sí mismo caer al suelo con las alas chamuscadas. Habría visto a Soledad desmontar y retorcerse de angustia al descubrir las plumas carbonizadas, el pico abierto, los ojos de oro empañados por la muerte; al ver a Fum doblar las rodillas para caer de costado sobre un cúmulo de piedras y levantar la cabeza para aspirar la última bocanada.

Soledad quiso gritar, pero como sucede en los sueños, el terror la amordazó. Ni un sonido le salió de la boca. El halcón vio los dedos rígidos sobre la manta, el pecho estremecido por cortos jadeos. Graznó y aleteó con furia. Los cascabeles de sus patas tintinearon. Soledad frunció las cejas y el halcón volvió a graznar.

La muchacha abrió los ojos y vio las vigas del techo, reconociéndolas. El rictus que le deformaba el gesto se atenuó. Miró a su alrededor y, al descubrir al halcón esponjado por la ira, sonrió con incrédula ternura. Apartó las mantas y se puso de pie. Cubierta solo por la liviana camisa que usaba para dormir, se acercó a la percha y le puso el índice detrás de las patas. Movió el dedo hacia delante y las garras del ave tantearon el dedo, la muñeca, el antebrazo. Dejó el brazo quieto y el halcón se acomodó. La muchacha dobló el codo, lo alzó y sintió el peso familiar y amado. Se lo acercó a la boca y le besó la cabeza. Acarició el compacto y potente cuerpecito y pasó la yema sobre el pico. Alagrís se dejó hacer hasta que se le acabó la paciencia: entonces aferró el dedo de Soledad con el pico y apretó. Soledad rio al sentir el alfilerazo y aproximó la cara al pecho del halcón.

–Mi gentil peregrino... –murmuró, y aspiró el olor a carne cruda y a polvo que impregnaba las plumas.

–¡Soledad! ¿Qué haces? ¡Te puede sacar un ojo! –gritó Edurne.

Soledad se volvió con una sonrisa. La anciana, desde la cama y con el pelo revuelto, la miraba sobresaltada.

–Le voy a decir a Sagramor... Yo no sé nada de halcones, pero sé que no se los puede tratar como a gorriones. ¿Por qué lo besas como si fuera un canario? ¿Por qué eres tan imprudente?

Soledad rio y devolvió al halcón a la percha.

–Le estaba dando las gracias. Tuve una pesadilla, mira, sudé... –levantó su camisa, translúcida por la humedad.

Edurne vislumbró el cuerpo esbelto, las piernas largas, los pies huesudos y arqueados. Soledad parecía un muchacho listo para la caza o la guerra.

–Sus graznidos me despertaron –explicó la princesa–. Fue un sueño horrible. Así han de ser los que atormentan a mi pobre padre. Pásame la capa, que tengo frío.

La vieja tomó la capa y fue a colocarla sobre los hombros de la muchacha. Se oyó un rechinido de arreos y el resoplar de caballos. Soledad apartó el tapiz que cubría la ventana y se asomó. Bajo la luz gris del alba descubrió el pelo rojo del Lobo. El rey se movía entre sus hombres con el andar cansino que le dejaban las borracheras.

Edurne, con la mirada fija en el patio, dijo:

–Por fin. Ya llevaba mucho sin comer. Se van de caza.

–¿Estás segura de que ha comido?

–Sí. Anoche, mientras dormías, Béogar y Tagaste lo obligaron a romper el ayuno con caldo, carne y pan. Ya sabes cómo se desentiende de sí mismo cuando bebe.

Soledad, absorta, miraba cómo Béogar ofrecía al rey las manos entrelazadas para ayudarlo a subir al caballo.

–También se desentiende de los asuntos del reino –dijo sin darse cuenta de que hablaba en voz alta. Arrepentida, se tapó la boca con el dorso de la mano. Edurne le acarició el pelo.

–Yo sé por qué lo dices. Cuando se embriaga así, Senen se aprovecha y hace mucho mal.

Soledad miró a la nodriza y alzó las cejas.

–Yo no soy nadie para enjuiciar a mi padre. Tú tampoco. Es el rey y no podemos juzgarlo.

Pero era verdad que, cuando el Lobo estaba borracho, Senen presidía las audiencias y abusaba: mandaba encarcelar, azotar y matar a hombres inocentes solo por el placer de ser temido. Alguna vez declaró una guerra que duró poco, pero en la que murieron muchos. Por eso, Béogar se esforzaba en lograr que Tagaste fuera nombrado consejero, pero era imposible. Tagaste no solo era esclavo: también era un eunuco, y en Moriana, a diferencia de Mirtila, los eunucos no aconsejaban al rey, al menos oficialmente. Edurne se encogió de hombros.

–Yo crie a tu padre. Mecí su cuna y le di mi propia leche. A ti te cuidé como a una hija. Por eso te digo que Senen es tu enemigo. Cuídate de esa víbora que busca la oportunidad de envenenar la mente del rey

Soledad la miró en silencio. Edurne sonrió y se inclinó en una profunda reverencia que tenía algo de burla.

–Me voy a las cocinas por tu desayuno, alteza –y con la cabeza en alto, salió de la habitación.

Soledad se asomó de nuevo. El Lobo, sobre el caballo, esperaba con sus hombres a que alzaran el rastrillo y bajaran el puente. En el oriente, detrás de la cresta de la muralla, se perfilaban las copas de los árboles con un borde incandescente que ya se abría en un abanico de luz. Soledad oyó un balido lejano. El caballo del Lobo relinchó, impaciente. El rey le palmeó el cuello. Entonces, como si supiera que su hija lo miraba, volvió el rostro y la descubrió en la ventana. La saludó con la mano y sonrió. Soledad sintió una oleada de amor. Pensó que su padre, al sonreír, parecía un hombre joven, aunque con los años el fuego de su pelo se apagara poco a poco bajo la nieve de las canas. El residuo de miedo que la pesadilla le había dejado se disolvió bajo la luz.

capítulo siete

Regreso a Nebral

Erec y Espinela tardaron cuatro días en llegar a Nebral, pues encontraron los senderos empantanados por la lluvia, y la mula tuvo que luchar no solo contra el frío, sino también contra un ataque de reuma que amenazó con dejarla clavada a medio camino. Cuando por fin llegaron a la aldea, la encontraron revuelta por la fiesta que se preparaba en honor del novicio que se convertiría en mago apenas terminara su ayuno en el templo. Erec miraba todo, comparando la aldea de sus recuerdos juveniles con la que veía ante sí. Encontró las casas más pequeñas y desvencijadas, la aldea más grande y populosa, y los enebros tan altos y nobles como siempre.

Nadie entre los aldeanos lo reconoció, y él tampoco vio caras familiares. Los hombres se habían puesto sus mejores ropas, y las mujeres, las faldas bordadas de las fiestas. A pesar de que en esas fechas el agua del río estaba helada, todos se habían bañado, pues así lo señalaba el ritual. Los niños, alborotados porque nadie les ordenaba irse a dormir, jugaban a hacer magia y saludaron a los magos a grito pelado, aunque no tenían idea de quiénes eran. Una anciana distraída les ofreció un odre de leche tibia para ellos y una manzana para la mula.

Alguien avisó a Munin, quien corrió al camino. Al verlos, se arrodilló.

–Señor, señor –repetía.

–¿Señor? No me llames señor. Eres como mi hermano menor. No soy un rey, ni tú eres súbdito de nadie; ponte en pie, que me incomodas –ordenó Erec. Pero Munin no quiso levantarse y trató de tomar la mano de su maestro para besarla.

–Dime, di en qué te puedo servir: mi casa es tuya, todo cuanto poseo... Qué casualidad, mi hijo termina su ayuno en el templo mañana –tartamudeó. Sonreía y temblaba al mismo tiempo, y trataba de besar la mano que Erec se esforzaba por arrebatarle.

–Munin, entre los magos no hay casualidades –dijo Espinela.

–Es verdad, es verdad. ¿Quién os lo contó? ¿Qué dijeron? Mi hijo es despabilado y memorioso. Hábil con las manos, con la mente. Es verdad, Erec. Espinela...

–Levántate y deja que nos calentemos cerca del fuego de tu casa. No inquietes a tu gente –dijo Erec.

Munin miró a su alrededor y vio a varios aldeanos que observaban la escena. Se puso en pie, ayudado por Erec y Espinela. Se sacudió la túnica y se alisó el pelo. Erec miró la túnica enfangada y lo reconvino:

–No debías haberte arrodillado...

–Es que me pareció un milagro –dijo Munin, y rompió a reír–. Mi hijo ha crecido oyéndome hablar de vosotros. Y ahora, unas horas antes de que rompa el ayuno, aparecéis en la vereda. Pero venid a mi casa. ¿Recuerdas, Erec, dónde estaba la casa de mis padres? Ahora yo vivo allí, con mi mujer. Veréis qué bien cocina.

Los magos se encaminaron a la casa, seguidos por un montón de niños y algunos muchachos que no pudieron resistir la curiosidad.

ooo

Al llegar, los viajeros se dejaron caer sobre un banco cubierto con una manta. Munin avivó el fuego y colgó el puchero sobre el brasero. Luego colocó un trozo de panal lleno de miel y un pan frente a sus huéspedes. Pronto, el olor a sopa llenó la estancia.

Val, la mujer de Munin, llegó del pozo, cubeta en mano. Tenía las mejillas rojas por el frío y los dedos amoratados, pero no permitió que Munin la ayudara. Saludó a los magos con timidez, puso más leña en el fuego y cortó el pan, mientras su marido servía la sopa. Entonces, ruborizada, alzó la cara y dijo:

–No te recordaba, pero ahora que te miro, me doy cuenta de que te conocí antes de casarme. Entonces tú ya eras un mago y yo era una muchachita.

Erec sonrió. Él sí la recordaba y le asombraba lo poco que había cambiado su expresión. Debajo de las arrugas, el rostro de Val era el de la jovencita que había enamorado a Munin.

–Desde que mi hijo Cuervo era niño, supe que sería un mago como Munin –dijo Val sintiéndose observada–. Me preocupaba su carácter, pues prefería estar solo a jugar con los otros niños. Pasaba horas y horas mirando el fuego, o en el bosque con los animales. Pero ahora sé por qué era así.

Erec la escuchó con atención mientras masticaba un trozo de panal. Sopesaba todo con cautela: la expresión de júbilo en la cara de Munin, el regocijo de Val y los pobres enseres de la choza. Tal vez había encontrado por fin a su sucesor: el mago que trabajaría sin descanso en el resguardo de las fronteras, a quien buscaba desde el día que se dio cuenta de que estaba hecho un viejo. Un mago que debía sumar un temperamento de asceta a una curiosidad de sabio; un hombre que no podría distraerse de su trabajo con mujer e hijos.

A pesar de la euforia de Munin, no quería ilusionarse con la esperanza de que un muchacho al que nunca había visto lo librase de sus preocupaciones. Espinela, tan silencioso como él, pensaba lo mismo. Munin, en cambio, estaba seguro de que su hijo tendría un destino excepcional.

–Tal vez soy un sapo inflado que se ufana en la charca, pero tengo la certeza de que llegará a ser tan poderoso como tú –dijo dirigiéndose a Erec. Entonces se dio cuenta de su atrevimiento y se sonrojó.

Erec sonrió.

–Ojalá resulte aún más poderoso, porque la fuerza del Lobo aumenta cada día. ¿Mañana termina su ayuno, dices?

–Sí. Ya tengo preparado un pan de celebración, dos docenas de huevos en salmuera, requesón y frutas secas. Ayer terminé de coser su túnica nueva –contestó Val.

Erec y Espinela cenaron en silencio, bajo la mirada de sus anfitriones. Reconfortados por la comida caliente, apenas tuvieron fuerzas para acostarse en los jergones que Munin y Val arreglaron para ellos. Se quedaron dormidos en cuanto se tumbaron sobre la paja, hundidos en un sueño oscuro y profundo como un pozo.

Al amanecer, mientras el resto de la aldea dormía, los tres magos se dirigieron al templo, construido, como todos los templos de Alosna, en las afueras de la aldea. Apenas clareaba y la hierba, mojada por el rocío, les humedecía los tobillos. El templo era una pequeña construcción que se distinguía de las viviendas por las columnas de madera tallada que flanqueaban la puerta, y porque dentro, frente al altar, había un brasero que nunca se apagaba.

ooo

La puerta estaba abierta de par en par. Espinela, incrédulo, se acercó y vio el brasero apagado. Tomó el brazo de Erec y murmuró:

–El fuego no está.

Que el fuego se hubiera extinguido era impensable. Erec miró la puerta y sintió que el corazón se le desbocaba.

¡El templo a oscuras! La intuición, en forma de un temblor repentino en los dedos, en las manos, le advirtió que estaba en presencia del mal. El fuego era el dios tutelar de Alosna. Para los magos, los animales del bosque eran las criaturas de la tierra; los pájaros, las del aire; los peces, las del agua. Los dragones y los hombres, que hablaban y amaban el oro, eran los hijos del fuego. Mantenerlo encendido aun en los inviernos más crudos y alimentarlo con leña escogida era la primera lección que todo novicio aprendía.

Erec miró a Espinela. Vio en el rostro de su compañero el mismo miedo que le sacudía las manos, que le doblaba las rodillas. Negó con la cabeza y volvió el rostro hacia Munin, pero el padre del novicio, más espantado tal vez que ellos, estaba inmóvil y con la boca abierta.

Favila, pensó Erec. La recordaba con el afecto límpido que sentía por todo aquello que había conocido en su juventud, antes de las guerras y del arduo trabajo de resistir. En cuanto entró en Nebral, deseó verla y aspirar su olor a cereza quemada.

Bruscamente se apartó de Munin y Espinela, entró en el templo y, a tientas en la oscuridad, descubrió el brasero. Metió las manos entre los fríos rescoldos y sus dedos se toparon con una cosa yerta. Con un gemido palpó el cuerpecillo de Favila. Parecía un camaleón disecado. Lo alzó con reverencia, salió y se lo mostró a los otros. Munin se tambaleó y se apoyó en el brazo de Espinela. Erec, casi llorando, dejó la salamandra muerta sobre la hierba y entró de nuevo en el templo. En la penumbra, distinguió el altar y se acercó. El templo apestaba. El olor familiar a humo de enebro había sido sustituido por el hedor de la asafétida, la hierba para los conjuros negros. La boca se le llenó con la fina baba de la náusea. Reconoció el tufo a sangre y pelo quemado.

Espinela y Munin entraron detrás de Erec. Casi al mismo tiempo, los tres magos descubrieron a Cuervo tendido detrás del altar. Munin sintió que las entrañas se le desleían en un líquido frío al ver el cuerpo exánime y la cabeza pelada de su hijo. Aun en la penumbra pudo distinguir el cráneo desnudo, moteado con pelo allí donde el cuchillo no había cortado al rape. Gruesos mechones cubrían el suelo, mezclados con las páginas quemadas de un libro. Apoyada en la base del altar había una tablilla de cera medio derretida, cubierta de signos casi borrados.

Munin, con un grito ahogado, se arrodilló al lado de su hijo. Trató de levantarlo, pero el temblor de las manos se lo impidió. Apenas pudo colocar la cabeza de Cuervo en su regazo. Con dedos trémulos palpó la garganta, el pecho, el cráneo rapado, las mejillas heladas, los labios blancos. Uno de los brazos del muchacho estaba hinchado y torcido.

Munin levantó con el pulgar el borde de un párpado y la curva inmóvil de la pupila lo asustó aún más.

–Hijo, hijo... ¿Qué pasó? –repetía entre sollozos.

Espinela le tomó el brazo.

–Munin, ven, deja que Erec lo examine...

Munin lo miró sin comprender, meciendo el cuerpo de Cuervo mientras balbuceaba su nombre. Erec sintió una punzada en medio de los omóplatos, el doble dolor de la artritis y la aprensión. Con un gruñido, se inclinó y levantó el brazo del muchacho buscando una huella de veneno, una picadura o dentellada. Debajo del codo, la piel se tensaba sobre una hinchazón que deformaba el antebrazo y llegaba hasta la mano. En el dorso tenía una ampolla llena de líquido amarillo. Hizo girar la mano para ver la palma y Cuervo no reaccionó, aunque la muñeca estaba rígida. Erec miró las uñas, negras como si las hubiera aplastado un peso tremendo. La punta del anular parecía la mecha de una vela, y pendía del dedo sostenida apenas por un pingajo requemado; bajo la piel calcinada del índice brillaba la carne, roja y húmeda. En la palma, manchada con sangre seca que ya se deshacía en polvillo, tenía una herida medio restañada por un coágulo. El viejo alzó la mano para ver mejor, pero al acercársela a la cara, un olor nauseabundo le hizo apartar la cabeza.

¿Qué cosa en el mundo huele así?, se preguntó. Se mojó el índice con saliva y lo puso debajo de la nariz del muchacho. Sintió el aliento casi imperceptible y exclamó:

–Munin, tu hijo vive. Ve por ayuda; que traigan una angarilla para llevarlo a tu casa. ¡Corre!

Munin asintió, pero siguió en la misma postura. Espinela se hincó a su lado y, con firmeza, apartó la cabeza de Cuervo y la asentó en sus propias rodillas. Erec se quitó la capa y cubrió el cuerpo del joven.

–Ve, Munin, rápido. Nosotros nos quedamos con él. ¡Aprisa!

Munin salió del templo tropezando como un borracho. Erec recogió la tablilla y salió detrás. Con el ceño fruncido, la estudió bajo la luz desvaída del amanecer. Pálido, regresó al templo, la arrojó lejos y se dejó caer al lado de Munin con la cabeza en las manos.

–Sí. Este infeliz es tan hábil como nos habían dicho. Y también es un necio y un desdichado –murmuró.

Espinela levantó la cabeza, sorprendido por la hiel que agriaba la voz a su viejo amigo, y preguntó:

–¿Por qué dices eso? ¿Qué muestra la tablilla?

–Que este imprudente, este temerario, trató de despertar a un dragón.

capítulo ocho

Un incendio en el cielo

Caliela contemplaba la noche, acodada en la ventana. La escarcha había dibujado estrellas de hielo en el lodo de la pocilga. De cuando en cuando se oía el gruñido de un cerdo aterido o, más cerca, el crujir de un leño que se acomodaba en el fogón.

Brau y Florián dormían. Caliela escuchaba sus respiraciones pausadas. Ella también quería dormir, pero el enojo la mantenía despierta. Pensaba en su madre y en su hija; en la desobediencia de la muchacha y en los pleitos, cada vez más agrios, entre Florián y Ámbar.

A mediodía los hermanos habían reñido a gritos. Ámbar había arrojado a su hermano una piedra que le dio en el hombro, agujereándole la camisa. Florián, furioso, la había abofeteado, y Ámbar, como siempre, había huido a casa de su abuela. Allí seguía. Brau había ido a buscarla para azotarla con una vara, pero Liaza la había protegido.

–No está aquí –mintió tranquilamente–. La envié al bosque a buscar hongos. Cuando regrese le digo que vaya a veros.

Ámbar, por supuesto, no había ido.

Caliela estaba harta y confundida. Por un lado, tiraban de ella Liaza y Ámbar; por otro, Brau y Florián. Unas pedían que las dejaran en paz, los otros exigían que Ámbar trabajara más con ellos en las labores de la familia. Caliela, aunque no excusaba los bofetones de Florián, creía que su hijo y su marido tenían razón y que Ámbar cooperaba poco, pero la sola idea de hablar por milésima vez con su madre la crispaba.

Habían peleado hacía solo una semana. Caliela había llegado a la choza y las había encontrado embebidas en una historia de hechizos y maldiciones, de espadas que salían del agua y reyes muertos que navegaban por el mar en barcos pilotados por hechiceras. Estaban tan absortas en su conversación que no la oyeron hasta que estuvo junto a ellas.

–Madre, deja de llenarle la cabeza con patrañas –pidió.

–¿Patrañas? Son las creencias de tus abuelos. Déjanos solas. ¿Qué daño te hace a ti que yo le cuente historias? –rebatió Liaza, encolerizada. La ira le rejuveneció el semblante.

Caliela calló, pero no pudo evitar la pelea. Ámbar no quiso ir con ella a cardar lana y Liaza la defendió.

Y es que Caliela no solo se preocupaba por la holgazanería de la muchacha, sino también por su intrepidez. Cuando llegaban los hombres del rey y se burlaban de los aldeanos instándolos a adivinar el futuro por medio de un estornudo o a llamar a la lluvia con artes de magos, Caliela se moría de miedo. Temía que Ámbar levantara la voz defendiéndose de las burlas o que riñera con un soldado.

Ojalá no volvieran nunca, los miserables. Nos arrebatan el centeno, se beben nuestra cerveza y amenazan con llevarse a nuestros hijos a la guerra, pensó Caliela, y apretó los dientes. Se frotó los párpados. Las tres estrellas que formaban el cinturón del Cazador titilaban. Debajo de ellas apareció un punto carmesí. Caliela entrecerró los ojos. El punto rojo fulguró como una antorcha.

–¿Qué es eso? –preguntó en voz baja.

El fulgor se alargó y avanzó velozmente. Una línea escarlata subrayó el cinturón del Cazador. Era como si un cuchillo abriera la piel negra de la noche y de la herida manaran fuego y ascuas. El cielo se puso rojo y Caliela dio un grito. Brau despertó al percibir la luz que entraba por la ventana y corrió a la puerta. Los perros comenzaron a aullar y un buey exhaló un bramido que despertó a Florián. Brau gritó:

–¡Cuidado con los techos! ¡Hay que mojarlos! ¡Vienen los tungros!

–Pero ¿qué hacen aquí los tungros? ¡Nunca habían subido a la montaña! –se extrañó Florián.

Nadie le contestó: solo se oían los chillidos de los animales. Caliela aguzó los oídos, esperando el galope de los caballos. En el cielo, en lugar de las flechas incendiarias que Brau temía, serpenteaba una figura semejante a un pájaro de larga cola que volaba ante el telón incandescente en el que se había convertido la noche. Caliela, aterrada, no acertó a entender lo que veía y se precipitó a buscar a su madre y su hija. Al trasponer el umbral, una vaharada de calor la envolvió y sintió que sobre ella se derrumbaba un muro de piedras calientes. Aturdida, tropezó y cayó al suelo.

–¡El cielo se quema! ¡Se acaba el mundo! –gritó, a gatas frente a la pocilga.

Los cerdos, despavoridos, rompieron la tranca y se desperdigaron entre las chozas. Caliela se puso de pie, indecisa entre ir tras los puercos o averiguar dónde estaba su madre. Brau la ayudó a levantarse. Juntos, se unieron al resto de aldeanos que miraban con ojos desorbitados los techos de paja de las casas esperando el desastre, el momento fatal en el que una chispa prendiera la aldea. Alguno sostenía un espetón en la mano, otro un cubo lleno de agua: sus endebles armas contra los tungros, inútiles ante el incendio del cielo.

–¿Los veis? –gritó Caliela–. ¿Veis si vienen? ¿Son los tungros?

Un niño contestó:

–¡Hay algo que vuela!

Su madre le tapó la boca con las dos manos y un hombre comenzó a rezar a grito pelado. Brau se volvió y miró a Caliela con la cara desencajada:

–¿Ámbar? ¿Y tu madre? –preguntó.

ooo

Cuando la luz despertó a Ámbar, ya Liaza miraba la ventana con gesto de horror. Las gallinas cloqueaban y Carbón, con las orejas pegadas al cráneo, ladraba con el hocico levantado al cielo. Liaza, trémula, abrazó a la muchacha con fuerza. Ámbar nunca la había visto tan asustada. Un calor infernal lo envolvía todo.

La abuela se inclinó sobre el hombro de su nieta y le gritó al oído:

–¡Niña! ¡Escóndete! ¡Son los tungros! ¡Déjame aquí y yo los distraeré!

Ámbar la miró sin comprender. ¿Los tungros? ¿En Peña Verde? No podía ser... Debían esconderse las dos. Sacudió la cabeza: no había dónde. La choza era tan pequeña que con una mirada se podía abarcar casi todo lo que había en ella. Se soltó del abrazo de su abuela y fue hacia la puerta a ver qué pasaba. Tenía miedo por sus padres, por su abuela, pero, extrañamente, no por sí misma. Nunca había visto un tungro: eran como los magos, criaturas fabulosas. Oyó gemir a su abuela y se impuso pensar con sensatez: si los tungros venían por el río, habría tiempo de huir con Liaza al bosque. Esta, arrodillada sobre el jergón, la llamó:

–¡Ámbar, hija! ¡Entra! ¡Ven!

Pero ya Ámbar había visto el cielo. Una sensación de triunfo, de gloriosa victoria, la embargaba. Esa luz rompía la monotonía de su vida campesina. Rio dándole la bienvenida al portento.

–¡Abuela! –gritó abriendo los brazos–. ¡Es el dragón! ¡Nuestro dragón!

Liaza corrió hacia ella, miró el firmamento y gimió.

–¡No! ¡Moriremos sin remedio! ¡Los magos nos han abandonado! –exclamó, llorando con desconsuelo. Tomó las muñecas de Ámbar y tiró de ella para meterla en la choza.

El calor bajaba del cielo en oleadas. El sudor les mojó los sobacos, el aire les quemó la nariz. La línea roja se tendía sobre el horizonte, encima de los castaños.

Ámbar se liberó bruscamente.

–¡Déjame! ¡Yo no tengo miedo! ¡Soy como los magos!

Su abuela trastabilló, pero la muchacha fingió no darse cuenta. La anciana cayó al suelo. Ámbar, sin mirar atrás, corrió hacia el bosque, con la trenza deshecha y la vista fija sobre la silueta que se dibujaba a contraluz. Carbón la rebasó, aullante, y la joven fue tras él, pero de pronto, un torrente de chispas cayó del cielo. Ámbar miró el fuego y, como si fuera una cascada de agua, se metió debajo de la lluvia de ascuas y recibió en las manos las quemaduras, punzantes como alfilerazos.

Fue como si mil avispas la picaran, como si la noche la mordiera con colmillos calientes. Gritó de dolor y se sacudió, pero no se alejó. Siguió, estremecida por las quemaduras, lloriqueando, dando saltos y bailando con la cara vuelta al cielo, cubriéndose los ojos con el antebrazo, recibiendo en los labios las chispas, el beso del dragón. Tenía la nariz llena del hedor a pelo quemado y de otro olor, amargo y cáustico. Algunos aldeanos pasaron corriendo a su lado, pero no repararon en ella, pues la mayoría traían la capucha echada sobre la cabeza y se protegían la cara con las mangas.

–¡No temáis! –los llamó Ámbar–. ¡No son los tungros! ¡Es el dragón!

No la escucharon. De pronto, el incendio se apagó. La noche volvió a ser negra y las estrellas aparecieron detrás de un velo tiznado. Ámbar miró a su alrededor, pero la humareda envolvía las chozas y el bosque. Solo distinguió formas imprecisas. Alzó la vista en busca de la luna y la divisó detrás de una nube de vientre aceitoso. Carbón se arrastró hacia ella, gimiendo y con el rabo entre las patas.

ooo

Sus padres y su hermano la encontraron desmelenada y con el perro cogido del cogote, camino a la choza de Liaza. Caliela la tomó del hombro y le preguntó:

–¿Dejaste sola a tu abuela?

–Sí –contestó Ámbar–, salí a ver al dragón. Era un dragón. ¿Lo viste? ¡Mi abuela no miente!

Sonrió desafiante y soltó al perro. Carbón corrió hacia la casa de Liaza.

–¿De qué hablas, muchacha estúpida? –preguntó Caliela–. ¡Mírate la cara! Tienes quemados el pelo, las mejillas, la boca... ¿Qué has hecho, miserable?

Caliela la tomó del pelo y le dio un tirón. Ámbar se soltó y retrocedió.

–¿Cómo pudiste dejar sola a tu abuela? –gritó su madre–. ¡Ingrata!

Ámbar recordó la cara de terror de Liaza y tuvo miedo. Sin volverse a mirar a sus padres, corrió a la choza de su abuela. La encontró tendida boca abajo en la entrada, con las manos clavadas en la tierra. Una gallina que se había echado a su lado protestó con un estridente cacareo cuando Ámbar la alzó para arrojarla lejos de la choza. Caliela entró, se arrodilló y tomó a su madre en brazos. Liaza temblaba y le castañeteaban los dientes.

–Hija, vi al dragón –murmuró–. ¿Ya se fue? ¿Quemó las casas? ¿Mató a alguien?

–Madre, voy a tratar de levantarte –contestó Caliela poniéndole el dorso de la mano sobre la frente–. Estás ardiendo de fiebre. Déjame echarte la manta encima.

Ámbar sintió el alfilerazo de las lágrimas y apretó los párpados para no llorar. Mientras ella miraba al cielo con la boca abierta como una necia, el miedo le partía el corazón a Liaza. Se acuclilló junto a su madre y contempló a su abuela.

–El dragón no quemó nada y ya se fue –aseguró mientras se llevaba las manos de su abuela a los labios. Las besó repetidas veces, las trató de desentumecer con su aliento, pero las manos de la vieja estaba tan frías como ardorosa su frente.

Liaza respiraba laboriosamente y apenas se movía. De pronto, se desasió de las manos de Ámbar y gritó como si acabara de verlas:

–¡Hija! ¡El dragón ha vuelto! ¡Los magos nos han desamparado!

Ámbar se puso en pie y retrocedió. Caliela trató de incorporarse con la anciana en brazos, pero Brau, con sorprendente ternura, se inclinó sobre la vieja y la levantó.

–Calma, Liaza, aquí estamos todos y no ha pasado nada. Calma... –le dijo con suavidad. La llevó a la yacija y la tendió con cuidado. Ámbar desató los trapos que envolvían los pies de su abuela y los halló aún más fríos que sus manos. Los friccionó con fuerza, mientras Florián se afanaba en avivar el fuego. Liaza no contestaba ni se movía. Caliela se inclinó sobre ella.

–Ya pasó, madre. Está amaneciendo, ¿ves?

Por la puerta se distinguía un pedazo de cielo gris.

–Va a volver –afirmó Liaza con certidumbre.

–¿Qué dices, abuela? –preguntó Florián.

–El dragón –dijo Liaza débilmente.

–Pero... el dragón no existe, abuela. Esas son mentiras –contestó Florián con timidez.

–Mírate, lleno de ceniza. No insistáis en mentir. ¿Es que no lo visteis? –contestó Liaza roncamente, y se incorporó.

–Madre, hazme caso, no te agites ni te apenes –la apaciguó Caliela–. Ya hablaremos después, pero escúchame ahora: todas las casas están en pie y nadie murió. Duerme. Dentro de un rato te traigo un poco de caldo y pan.

–¿Por qué no me crees? Ese fuego no fue encendido por manos humanas. No fue un rayo ni un ejército. Eso que vimos era un dragón.

Ámbar puso la cabeza sobre el pecho de la anciana.

–Es verdad lo que dices, abuela –dijo–. Yo lo vi.

La muchacha sintió bajo el oído el batir desacompasado del corazón de su abuela. La raída tela de la túnica olía a humo. Ámbar sintió vértigo y un calambre en el estómago.

–Madre, no sé por qué quieres que hablemos de eso ahora. Si es verdad que fue un dragón, ¿sabes lo que nos va a suceder? Atrapados entre los magos de Alosna y los hombres del rey Lobo, ¡nos llevarán a todos como esclavos! Siempre nos han mostrado desconfianza. Sospechan que tenemos relaciones secretas con los magos –se lamentó Caliela retorciéndose las manos. Florián se acercó a su padre y le tiró de la manga.

–Padre, ¿es verdad lo que dice mi abuela? ¿Nos castigarán por culpa de los magos?

Brau se volvió.

–Escucha, hijo: prefiero que cruces y te metas en Alosna a que te lleven los hombres del rey. Tu madre tiene razón. Cuando vengan nos culparán, y no quiero que estés aquí cuando eso ocurra. ¡Maldito dragón! ¡Maldita sea la cercanía con Alosna!

–¿Y qué les vamos a decir? –preguntó el muchacho, aturdido.

–¡Buscad a los magos! –gritó Liaza entre temblores antes de que Brau pudiera contestar. Tosió y trató de continuar, pero solo pudo exhalar un quejido sibilante. Los ojos se le pusieron en blanco y aferró la manta que la cubría. Abrió la boca, se arqueó y luego cayó sobre el jergón. La poca fuerza que le quedaba la abandonó. Su cabeza se ladeó un poco y una mano agarrotada se cerró sobre la tela de la túnica. Ámbar, estremecida, le tocó el hombro con cautela, pero Liaza no se movió.

–Abuela, ¡abuela! ¡Háblame! –suplicó sacudiéndola cada vez con más energía.

Al ver que no contestaba, Ámbar dio un grito y se dejó caer sobre ella. Caliela corrió al lado de su hija y trató de apartarla, pero Ámbar sollozaba y se aferraba al cadáver, besándolo y acariciándole el pelo.

–¡Déjame! –chilló la muchacha cuando Caliela tiró de su muñeca, y se volvió a escudriñar a su madre con el rostro contraído por la ira–. ¡Suelta! ¡Ahora estoy sola! ¿Cómo voy a vivir sin mi abuela? ¡Tú la hacías enojar! –gruñó, y se desasió con brusquedad. Caliela retrocedió y tropezó. Brau la sostuvo.

–Ven, hija, ven –insistió Caliela.

Ámbar apartó el pelo que le cubría la cara y mostró los dientes con un quejido feroz. Se inclinó, cogió un puñado de tierra y se lo arrojó a su madre, ensuciándole la falda. Luego se volvió a contemplar a su abuela y le cerró los ojos amorosamente. Caliela miró a su hija, a su madre muerta, se miró la ropa tiznada. Se dejó caer al suelo y se cubrió el rostro con las manos. Ámbar seguía acurrucada al lado del cuerpo. Sin hacer caso a nadie, murmuraba al oído del cadáver, le besaba las manos heladas, los pómulos exangües. Caliela pensó que, muerta, Liaza parecía mucho más pequeña y frágil. Después de un rato se puso de pie, se acercó y puso la mano sobre la cabeza de Ámbar. Ella la escrutó ya sin rabia, entre los párpados hinchados por las lágrimas. Caliela se sentó al lado de su hija y tomó entre las suyas una mano de Liaza. Brau y Florián, de pie, guardaban silencio.

Caliela rompió a llorar.

–Nos van a llevar a todos –murmuró, y las lágrimas le mojaron las mejillas.

capítulo nueve
La maldición de Tórtola

Casi todos los moradores de Bento creían que Tagaste, el eunuco, era lento de entendederas. Lo pensaban porque hablaba en voz baja, caminaba con paso tardo y se conducía con parsimonia. Su delicadeza contrastaba con los rudos modales de cuartel que reinaban en la corte de Moriana. Solo Béogar y el rey barruntaban lo aguda que era la inteligencia oculta tras la languidez de sus gestos, y ni siquiera ellos sospechaban la verdad.

En realidad, poco escapaba a la mirada sagaz de Tagaste, aunque apenas se le veían los ojos, anegados en la gordura de su cara. Sus rasgos armoniosos parecían diminutos, encerrados entre los mofletes y la papada. Siempre llevaba el negro y sedoso pelo recogido en una trenza que olía a perfume de jacintos.

Tagaste hacía poco por cambiar la idea que sobre él tenían los cortesanos, pues le resultaba útil. Era un escondite desde el que observaba todo.

El inquisitivo servidor del Lobo había nacido libre, pero había llegado a Bento cuando era un niño de diez años, junto con otros cuatro esclavos de valor excepcional. Uno de los barones del rey, Cicuta, lo había entregado al Lobo como regalo de cumpleaños.

Los mercaderes de esclavos habían arrancado a Tagaste de los brazos de su madre, pues su familia debía tributo a Cicuta. Tenía siete años.

–Qué bellos ojos. Además es despierto como un gorrión –dijo el mercader mientras palpaba las delgadas piernas del niño.

Los padres comenzaron a llorar y el pequeño Tagaste miró al mercader con miedo. El hombre le abrió la boca, le revisó los dientes y la garganta, le escuchó el corazón, que latía enloquecido, y le revisó las manos. Se lo llevaron porque vieron que era sano y hermoso y pensaron que podía convertirse en un buen eunuco. No les importó que la madre del niño se arrojara al suelo y les pidiera un año para pagar al barón los cuatro sacos de trigo que le debían, o que su padre se ofreciera a sí mismo como esclavo a cambio de la libertad de su hijo. Los mercaderes se rieron porque el padre tenía la piel quemada por el sol y arrugas en la cara. La piel de Tagaste era blanca. En lugar de los ojos azules de su padre, tenía unos ojos negros que resaltaban como los de un ciervo en su cara pálida y fina. Subieron al crío a la carreta y lo llevaron al castillo. La madre corrió sollozando detrás de ellos hasta que un soldado la derribó de un puñetazo en el pecho. En el castillo esperaban los esclavos ya marcados y las jóvenes destinadas a las cocinas.

Cicuta quería un eunuco completo, un *carzimasia* como los que se compraban en Verdún. Un *carzimasia* valía lo que cinco hombres íntegros y sanos o diez mujeres fértiles, pues pocos niños sobrevivían a la cirugía. Así, solo los muy ricos podían regalar un artículo semejante.

Cicuta anhelaba congraciarse con el rey, pero como era un hombre avaro, no estuvo dispuesto a pagar por el trabajo de un cirujano o por buenas medicinas. Se confió a la fuerza del niño. No hubo para el pequeño Tagaste ni un lecho limpio ni el mísero decoro de la soledad.

El médico de Cicuta le aplicó el hierro del barón en el hombro izquierdo y despojó a Tagaste de su hombría con un cuchillo para castrar terneros. El eunuco nunca olvidaría el dolor de la quemadura ni el hedor a carne chamuscada, su propia carne. El tormento de la castración fue tal que, misericordiosamente, perdió el conocimiento y lo recuperó cuando ya una vieja esclava le cambiaba los emplastos.

Pero no murió, a pesar del dolor y la fiebre, y de que las manos ignorantes del matasanos le vendaran la herida con trapos sucios. Sobrevivió para ser educado en las artes misteriosas de la lectura y la escritura; para ser regalado al rey y dirigir los destinos de la corte. Malva, la madre del Lobo, reconoció en el niño una inteligencia inusual y pagó el viaje a Mirtila, la vieja y fastuosa ciudad de donde venían la mayor parte de los gramáticos, médicos y astrólogos que dirigían las cortes más importantes de Moriana. Allá Tagaste aprendió las artes de los escribas. Una mañana de primavera se embarcó en el *Petrel*, una galera de tres velas. Iba asustadísimo, vigilado por un esclavo irritable llamado Topo, quien tenía el encargo de velar por él. Cada vez que podía, Topo abofeteaba o tiraba del pelo al niño, harto de ir en barco y de vomitar cada vez que el mar se picaba. En las bodegas el calor era intolerable, pero el niño prefería esconderse entre los fardos a estar en cubierta y aguantar golpes. Dos veces al día abandonaba su escondite para comer el pan y el pescado seco que le daban. Oculto en la oscuridad, Tagaste escuchaba el grito del capataz, el látigo que restallaba sobre las espaldas, el tambor que llevaba el ritmo, el chapoteo del agua y el furtivo cuchicheo de las ratas. Luego, cuando ya Topo roncaba en su hamaca, salía a cubierta y observaba las estrellas. Los marineros lo miraban con curiosidad, compartían con él alguna fruta y le enseñaban los nombres de las constelaciones. El piloto le regaló un odre y le enseñó dónde estaban los barriles de agua dulce. Así, Tagaste viajó casi todo el tiempo en la oscuridad, acompañado por sus miedos.

Cuando ya se acercaban al puerto, el capitán avisó a los esclavos para que se prepararan a desembarcar. Cuando el pequeño se acercó, Topo miró a Tagaste sin sorpresa.

–Ayúdame, holgazán. Toma, y ay de ti si la pierdes –dijo, y le dio una bolsa con la ropa de los dos.

Estaban aferrados a la barandilla cuando el *Petrel* entró en la bahía Juliana. Tagaste, deslumbrado por tantos días a oscuras, vio el contorno del puerto recortado contra el cielo, el bosque de mástiles que se mecían sobre el agua, los esquifes atestados de vendedores que rodeaban el *Petrel* como pollos a una gallina. El aire estaba saturado por el olor de las especias y las tripas de pescado. Un perro muerto flotaba cerca, meciéndose suavemente sobre el agua. Tenía la cabeza negra, el lomo manchado y la panza blanca. Un jovencito que hacía malabares sobre una barquilla apartó el cadáver con el remo mientras ofrecía a Tagaste un cuenco de arroz hervido con canela. El niño vio la panza hinchada del perro que se alejaba, ingrávido; los ojos sonrientes del vendedor; el cuenco de comida perfumada. Fue mucho, extraño y contradictorio. Se puso a llorar de miedo y de alivio por dejar el mar atrás. Al levantar la cara, esperando el golpe, vio que Topo lloraba también, avasallado quizás por la opulencia de la multitud que se amontonaba cerca del atracadero. Bajaron al muelle. Cogidos de la mano, buscaron la Puerta del Léon. Cerca de la Puerta vivía el eunuco Estiliano, quien recibiría la bolsa de oro enviada por la reina. Lo encontraron en una pequeña casa lujosa y simple, sombreada por un naranjo que crecía en medio del patio.

Estiliano había sido uno de los encargados de lavar las manos del emperador. Era culto y afable. En su casa todos los esclavos eran eunucos y nadie sufría malos tratos.

Topo regresó a Moriana y Tagaste permaneció tres años al lado de Estiliano. Fueron los más felices de su vida. Amó la ciudad, el mar, la muralla, la música del laúd y la noche mirtiliana, iluminada por la luz dorada de los lampadarios. Estiliano fue un padre compasivo que le mostró las posibilidades de una vida sin amor carnal, llena, en cambio, del ejercicio del intelecto. Solía llevarlo al mercado. Allí, el jovencito vio ávaros gatunos y morenos, a quienes luego aprendería a llamar tungros; varangios de trenzas rubias como el trigo; árabes aquilinos y orgullosos; negros más bellos que la noche.

Mirtila le enseñó a leer y a escribir, a creer en la magia y las reliquias, a desconfiar de las leyes y a disimular. Cuando, convertido en un jovencito regordete y sabihondo, regresó a Bento, sus antiguos compañeros apenas lo reconocieron.

Los primeros años en Bento fueron un martirio, a pesar de que los otros esclavos lo respetaban y lo miraban como a un extranjero rico y misterioso. Tagaste suspiraba por Mirtila. Le costaba trabajo aguantar el olor a letrina del castillo, los piojos, la vida bajo la autoridad de un rey que se sentaba a la mesa con las manos oliendo a perro y se limpiaba la boca sucia con el borde de la capa.

Años más tarde, Tagaste volvió a ver a Cicuta, a quien de niño solo alcanzó a vislumbrar. El barón fue invitado a la mesa del Lobo, pero no reconoció en el alto y obeso maestresala al niño esclavo regalado hacía años, castrado para aumentar su precio. De acuerdo con las reglas de su investidura, Tagaste probaba todo cuanto el Lobo comía o bebía para asegurarse de que los alimentos no estuvieran envenenados. Era, tal vez, un rito superfluo en la pequeña y cerrada corte de Bento, pero demostraba cuánto sabía el eunuco de ceremonial.

Tagaste sorbió un poco del vino, lo autorizó y dejó la copa sobre la mesa, a un lado del Lobo. Cicuta, ya borracho, con los ojos húmedos y arrastrando las palabras, tiró de la manga de Tagaste y dijo:

–Tu fama de buen servidor, maestresala, llega hasta mis tierras. Ten cuidado de no permitir que el deseo de poder te domine. La necesidad de mandar y la afición por la intriga es natural en hombres como tú, que no pueden tener hijos. A un eunuco le falta lo que a mí me sobra... –y el barón, antes de vomitar, soltó una obscenidad de burdel mientras se aferraba la entrepierna con una mano manchada de grasa del asado.

El Lobo, absorto en la conversación con Béogar, no oyó nada.

El odio que acometió a Tagaste lo sorprendió como una enfermedad repentina. Por la frívola voluntad del beodo que vomitaba como un perro enfermo sobre la paja que cubría el suelo del comedor, había perdido la posibilidad de vivir como un hombre; de ayudar a sus padres en el campo; de ir a la guerra y tener hijos. Cicuta ni siquiera recordaba el haberlo regalado. La mirada de Tagaste recorrió al viejo con asco implacable: miró la calva roñosa que brillaba bajo la escasa pelambrera, los ojos legañosos, las manos temblonas. Quiso matarlo. Anheló mojarse las manos con la sangre vil del rufián cuyo aliento de sepultura contaminaba el aire. Imaginó el líquido rojo y tibio, el olor metálico de la sangre, y tuvo que respirar hondo y dar un paso atrás, pues le espantó la posibilidad de que sus manos obedecieran a su corazón.

Con el poco dominio de sí mismo que le quedaba, se inclinó profundamente y se retiró, mirando de reojo los cuchillos embadurnados de grasa con los que Orri había trinchado el jabalí, abrumado por la tentación de clavarlos en la espalda del barón. El miedo a que mataran a todos los esclavos del castillo lo detuvo.

Las viejas leyes romanas, que todos acataban en Moriana, dictaban que si un esclavo mataba a un amo, hasta el último sirviente de la casa sería ejecutado con el culpable. Tagaste había leído a Tácito. Sabía de la matanza de los cuatrocientos servidores del cruel Pedanio Secundo, *Praefectus Urbi* de Roma, asesinado por un esclavo que no pudo contenerse. El homicida se llevó con él a trescientas noventa y nueve personas, acompañantes en el suplicio y la tumba.

Asustado porque sus sentimientos se extendieron instantáneamente al Lobo, corrió a confiarse en susurros con Edurne, quien vigilaba a los esclavos en la cocina. Esta, nacida esclava en el castillo, hizo salir a los demás y, a solas, le contestó con viveza:

–¿Y qué si lo odiaras? Es lo único que nos queda: el odio, siempre que ocultes lo que sientes. Yo tuve tres hijas de Dogoero y las dejé de ver en cuanto las desteté. La reina Malva era celosa y partidaria del látigo. Mira, mira las huellas que me dejó la madre del Lobo.

Con rabioso descaro, se levantó la túnica y le mostró la escuálida espalda, la piel morena y arrugada entrecruzada por largas cicatrices.

Tagaste sintió vergüenza.

–¿Dónde viven tus hijas? –preguntó.

–¿Qué sé yo? –contestó Edurne reacomodándose la túnica–. Dogoero las mandó lejos para salvarlas de Malva. Ahora han de ser mujeres adultas. Si hubieran sido varones, el rey habría tenido que darme la libertad. Eso dice la ley. Pero fueron hembras y sé que jamás las volveré a ver. Eso fue antes de que llegaras tú. Y a pesar de todo, quiero al Lobo como si fuera mi hijo. Es más justo conmigo de lo que jamás fue su padre, quien ojalá esté en el infierno. Tú odia a Cicuta. Y odia al Lobo, si quieres. Es tu derecho.

Tagaste sintió que su resentimiento se aplacaba. El Lobo nunca lo había mandado azotar y, aunque lo zahería con insultos cuando estaba borracho, era bueno con él. En el castillo había otros amos, como Senen, cuyos esclavos morían como moscas.

Regresó a la mesa del rey y se esforzó por ocultar lo que sentía por Cicuta, quien a esa hora ya roncaba, cubierto de vómito, debajo de un banco.

ooo

Tagaste, con su papada temblona y su andar de pato, era tan delicado como la reina Jara o la princesa Lirio. Y aunque pasaba largas horas con ella y sus damas de compañía, su gran amor era Soledad, la huérfana altanera, hija de la difunta Genoveva.

Genoveva, hija del conde Ciervo y de Reseda, una mujer de Alosna, había sido amiga y confidente del eunuco. Ciervo era uno de los pocos aliados con los que los Lobos contaban en el norte, y Malva había arreglado la boda para consolidar esa alianza. El Lobo se había enamorado de Genoveva desde el momento en que puso los ojos sobre la adolescente de piel dorada y pelo oscuro que bajó de la carreta con las manos temblándole de miedo y la barbilla alzada en una imitación inocente del orgullo. Llegó vestida con sencillez y solo traía una joya, un modesto anillo que el Lobo cambió por una sortija de oro adornada con un rubí.

Genoveva tenía la voz ronca, los ojos negros y una disposición natural para la alegría. Ella, a su vez, se enamoró del larguirucho guerrero pelirrojo cuyo rostro se endulzaba en cuanto se cruzaban sus miradas, y que la hizo feliz desde la primera noche.

El Lobo no le negaba nada, pues gracias a ella había descubierto la felicidad, y este fue un hallazgo tan estupendo que se olvidó de la guerra para estar con su esposa.

Postergó las promesas hechas a su padre, la campaña contra Alosna, su sed de riquezas y su odio por los tungros. Prefería salir a cabalgar con la reina, escucharla cantar o verla bailar, a pesar de que Senen insistía en traerle noticias de Aybar, el rey de las estepas.

Senen decía que Aybar y sus ejércitos se fortalecían gracias a la paz, o le susurraba al oído rumores de traiciones y de emboscadas.

El Lobo lo oía, con la mano en la empuñadura de la espada, fingiendo que prestaba atención, pero muchas veces lo dejó con la palabra en la boca para ir tras Genoveva, quien inventaba salidas al bosque para recoger flores, paseos en barca por el río y visitas de caridad a los aldeanos que vivían alrededor del castillo.

La reina era hermosa, y compartía con la gente de Alosna, aunque nadie lo dijera abiertamente, los pómulos salientes, los ojos negros y la nariz aguileña. Usaba los pesados vestidos de la corte con elegancia distraída, como si en lugar de brocados y terciopelos llevara puesto el sencillo ropaje de paño gris que vestía el día que llegó al castillo.

Era la mujer más bella de Moriana, pero su belleza no le importaba. No era afectada ni falsamente frágil. Junto a ella, las damas de la corte parecían quejumbrosas muñecas pintadas, y Malva, la suegra, una bruja de cuento. Malva murió poco después de la boda, y en su lecho de muerte no dejó de recordar a Genoveva que debía darle un heredero al Lobo.

Tagaste era de la misma edad que la reina, y Genoveva se confió a él para que la guiara y protegiera por el laberinto cenagoso de las intrigas cortesanas. El eunuco la quiso tanto como el rey. Su condición de esclavo le impidió saber si la amaba como hermana o como mujer. No importó jamás. Ella era cariñosa con él, y Tagaste había tenido tan poco afecto en la vida, que la amistad que la reina le demostró fue bastante para asegurarle una lealtad absoluta.

El eunuco sabía lo que la mayoría de los nobles ignoraba: que la reina tenía parientes en Alosna. Ciervo había ocultado el hecho como había podido y la pobre Reseda tenía prohibido mencionarlo. Pero Genoveva, en su niñez, había pasado días llenos de risas con Tórtola, su primo el mago, quien sabía cómo hablar con los animales y sacar flores de las piedras.

Cuando Genoveva pidió al Lobo que junto a su lecho de parturienta estuviera un mago de Alosna, el rey, superada la sorpresa del primer momento, le contestó:

–Haz lo que quieras. Pero arréglalo tú, porque yo respeto la memoria de mi padre y su pleito con los magos. Hazlo con discreción, pues no quiero que Senen se entere. Que nadie sepa que llamaste a un enemigo. Usa los pretextos que se te ocurran: a mí lo que me importa es mi hijo.

Fue Tagaste quien envió a Alosna un hombre de su confianza para que avisara a Tórtola, con una carta que escribió en nombre de Genoveva y el anillo de cobre que la reina usaba cuando niña. El mago, dispuesto a ayudar a la prima a quien tanto había querido, decidió cruzar e internarse en Moriana detrás del emisario para estar con Genoveva en su lecho de parturienta.

El hombre de Tagaste disfrazó a Tórtola de médico árabe para justificar su piel morena, y juntos entraron en Bento. Nadie les prestó atención.

Ahora, Tórtola y Genoveva estaban muertos. El emisario había huido al norte, a los dominios de Ciervo. Todos, incluso Soledad, ignoraban que Tórtola estuvo al lado de la reina en su muerte porque ella lo había pedido.

Tagaste fue como un padre para Soledad cuando ella era pequeña, pues el Lobo, al ver a su esposa exangüe sobre el lecho tinto en sangre, ordenó que Tórtola fuera ejecutado y la recién nacida llevada a los barracones de los esclavos. Tórtola, exhausto, agotados sus poderes debido a la larga lucha que había librado contra la enfermedad de Genoveva, no tuvo fuerzas para escapar.

–No hubo hechizo ni remedio que detuviera la hemorragia –le dijo al rey cuando este entró en la cámara de la parturienta.

El mago estaba demacrado y tenía los ojos hinchados por el llanto. Apenas pudo levantarse del escabel donde se había sentado a descansar, mientras acunaba una de las manos de la reina entre las suyas.

–¡Suéltala, bellaco! –rugió el Lobo, con la espada en la mano.

Tagaste, sobresaltado y con la niña en brazos, trató de apaciguar al rey y mostrarle a su hija, pero el Lobo le ordenó sin volverse:

–Largo, si no quieres morir tú también. Y llévate a la niña fuera de mi vista.

Tórtola miró al eunuco con un gesto de resignación y asintió. Besó amorosamente la mano fría de la reina, le cerró los párpados y se puso de pie con dignidad. Fue la última vez que Tagaste lo vio. Los verdugos del Lobo lo prendieron y esa misma tarde lo quemaron en el patio de armas del castillo, en una hoguera hecha con ramas de abedul. Mientras, encerrado dentro de su cuchitril de esclavo, el eunuco lloraba por Genoveva y por el mago, con la niña apretada contra el pecho.

Antes de morir, Tórtola maldijo al rey: *Por mi sangre, que vas a derramar como si fuera agua, te juro, rey, que los Lobos de Moriana desaparecerán contigo. Serás el último. No importa si tienes más mujeres: todas te darán hijas. Te irás a la tumba sin heredero que te suceda y en medio del fuego, como yo. Tu linaje desaparecerá como si nunca hubiera sido.* Murió con una sonrisa en los labios, a pesar de que la leña con la que lo quemaron estaba verde y su humo hizo toser y llorar a los testigos.

Después de la ejecución, el Lobo se dedicó a beber. El día del entierro de la reina se arrojó a la fosa tras el cuerpo, y Béogar, con ayuda de dos hombres, tuvo que sacarlo y llevarlo a rastras y cubierto de lodo a su habitación.

Soledad fue entregada a Edurne y esta buscó a la nodriza más sana y pródiga para que la amamantara. El rey, en su abatimiento, no quiso conocer a su hija hasta pasado año y medio. Tagaste trató de mostrársela, pero fue inútil.

–Ponle el nombre que quieras y a mí déjame en paz –gritaba el Lobo.

–¿Genoveva, como su madre? –preguntó Tagaste una de tantas veces.

–¡Lo prohíbo! –contestó el rey con el rostro descompuesto por la ira.

–¿Malva, como la vuestra, entonces? –insistió Tagaste, con las piernas temblorosas.

–No, como mi madre tampoco... –contestó el rey entre hipos y eructos–. ¿Se parece a mí?

–Es idéntica, alteza –contestó Tagaste con sinceridad.

El Lobo ordenó a un esclavo que le llenara la copa, la apuró hasta vaciarla y mandó que se la llenaran de nuevo. Con una sonrisa malévola decretó:

–Ponle Soledad. Por la soledad que trajo a mi vida –y arrojó la copa a la pared. El vino manchó un tapiz de Frisia y lo arruinó.

Tagaste se inclinó en señal de obediencia. Fue a ver a la niña a la habitación donde el rey jamás ponía pie y echó a las esclavas que hilaban junto a la ventana. La figura diminuta, sola en medio de la gran cuna real, lo conmovió. Se inclinó sobre la niña: la princesa abrió los ojos, aferró el índice que Tagaste le ofrecía y se lo llevó a la boca. El eunuco la levantó y la besó. La niña sonrió. Tagaste aspiró el olor a pan tierno que desprendía la pelusa pelirroja que le cubría la mollera y la besó una y otra vez.

Cuando Edurne llegó a la habitación para llevar a Soledad con su nodriza, la encontró sobre el regazo de Tagaste, quien roncaba con la boca abierta. La cría tenía asido el dedo del eunuco con las dos manos y miraba el techo con expresión apacible.

Jamás, durante la infancia de la princesa, Tagaste la llamó Soledad, y prohibió a los otros esclavos que lo hicieran. Soledad era el sol de Tagaste, de Sagramor, de Béogar y de Edurne. «Sol, mi Sol que ilumina todo, sol rojo del amanecer como tu pelo», le cantaba Tagaste al oído mientras la peinaba. «Mi Sol, mi luz», le decía Béogar cuando la paseaba a caballo. «¡Sol que del cielo ha salido!», exclamaba Sagramor cuando la niña se aparecía en el corral de los halcones para verlos comer.

Durante años, ese fue el único nombre que conoció, pues su padre la llamaba «niña». Cuando el Lobo la miraba, sentía que en ella se materializaba un fracaso: no tenía nada que ver con Genoveva. Era idéntica a él, blanca, de frente estrecha, los ojos felinos, los labios delgados. No había en su rostro nada de la belleza floral de la madre o de sus amables colores. No tenía las mejillas morenas, ni los ojos como castañas. Era flaca y huesuda. Faltaban en su cuerpo las delicadas curvas de Genoveva, las manos suaves, las uñas marfileñas como la carne de las almendras. Cuando la niña enrojecía, era como si su piel estuviera desollada. Roja, era roja y blanca. Se roía las uñas hasta que los bordes sangraban. El Lobo rehuía la visión de ese extraño espejo y la niña se refugiaba en los barracones de los esclavos.

Fue cuando Jara llegó al castillo que alguien la llamó por su nombre. Soledad, sorprendida por el tono severo que la reina usó para llamarla, nunca olvidó el desconcierto que sintió cuando se dio cuenta de lo que su nombre significaba.

capítulo diez

Fum

Soledad recibió poco afecto de su padre. Con los años, dejó de ir tras él como un cachorro. Jara no se esforzó por amarla o hacerse querer. La princesa creció rodeada de soldados y trató de parecerse lo más posible a aquellos que su padre admitía en su presencia. Era austera y malencarada. A diferencia de su madrastra y su hermana, solo poseía un objeto lujoso: un guante cetrero hecho con cuero repujado y bordado con flores de plata. Había costado veinte piezas de oro. Lo usaba poco. En cambio, casi siempre llevaba una pieza de piel de cerdo atada con gruesos cordones sobre la manga del brazo izquierdo. Allí se posaba Alagrís.

Cuando Tagaste la instaba a usar por lo menos un alfiler de plata o una fíbula sobre la túnica, contestaba:

–Déjame. No quiero joyas. Para mí, el halcón es alhaja suficiente.

Y Tagaste reía, encantado con la parquedad de la muchacha. Solo tenía una joya: siempre llevaba en el índice el modesto anillo de cobre que su madre había traído con ella cuando llegó al castillo. Al morir Genoveva, Tagaste guardó el anillo celosamente, y cuando Soledad cumplió quince años, se lo dio.

Ella lo recibió con sequedad, pero luego Edurne le confió al eunuco que Soledad había llorado esa noche. A la mañana siguiente el Lobo miró con desconcierto el anillo en la mano de su hija, pero no dijo nada.

Soledad se encogía de hombros ante los mandatos del protocolo y no admitía en su presencia a damas para que la vistieran. En lugar de la melena de la princesa Lirio, semejante a una nube rizada, llevaba el lacio pelo recogido en una trenza. Siempre vestía el mismo jubón de cuero sobre la túnica, calzas de lino en verano y de lana en invierno. Su capa negra estaba raída y decolorada por el sol. Aborrecía que la reina Jara dijera que amaba a los perros falderos «porque eran como niños». Para Soledad, lo mejor de los animales era su misterio.

También se negaba a tener escudero que la siguiera con la aljaba durante las agotadoras lecciones que Béogar le impartía. Aprendió sin una queja cómo empulgar una flecha y tensar el arco; montaba como hombre en una silla sin adornos, y tenía las palmas de las manos callosas de tanto empuñar la espada de madera con la que practicaba. Esa espada, a la usanza de Moriana, era tres veces más pesada que una espada de acero, y los hombros de la muchacha se acalambraban por el cansancio. Pero ella repetía las posturas, las defensas altas y bajas, los ataques, cortes, fintas, giros: el *pflug*, o arado, como llamaban los guerreros de Germania al golpe sobre el hombro; la *posta di falcone*, con la espada sostenida sobre la cabeza; la *porta ferrea*, o puerta de acero, una defensa con la espada apuntando al bajo vientre del enemigo; la *posta de donna*, o defensa de la reina, con la espada cruzada sobre el pecho desde la altura del hombro; la *finestra*, en la que el ángulo del codo formaba una ventana desde la que el guerrero miraba al adversario. La niña jadeaba, gruñía, sudaba y jamás pedía descanso. Béogar, quien rogaba a los dioses que Soledad jamás tuviera necesidad de emplear las destrezas que le enseñaba, admiraba la pericia innata con la que su aprendiza tensaba el arco o emplumaba las flechas. El primer día que tuvo un arco de verdad en las manos, casi sin necesidad de instrucción, metió la punta de la bota derecha en la parte inferior y soltando un gruñido se preparó para disparar, con la espalda erguida y la cuerda estirada bajo los dedos. Luego probó la fuerza de sus brazos flacos con un manojo de flechas, mientras Béogar la miraba con la boca abierta.

Soledad amaba la vida del cuerpo: el sudor, el cansancio, el relámpago de triunfo cuando aprendía una nueva estocada o daba en la diana. Tardó poco en dominar a Fum sin el uso de las manos, con el fin de tenerlas libres al desenvainar la espada –la funda sobre el muslo izquierdo, la mano derecha cerrada sobre el pomo– o al tensar el arco –siempre colgado a la espalda–. Todo lo hacía bien, pero aceptaba las felicitaciones y los elogios con sombrío recelo.

Solo cuando estaba cerca de Alagrís y de Fum se avivaba su alegría.

Fum fue el regalo que el Lobo dio a su hija cuando esta cumplió once años. Un potrillo oloroso a leche, patilargo y trémulo, con una cola blanca que bajaba hasta los corvejones. Soledad lo vio y sintió una punzada en el pecho. Lo abrazó torpemente y el potro lo permitió. El Lobo rio y Béogar acarició la mejilla de la princesa.

–Bien hecho. Ahora ya os conocéis –dijo, antes de besarle la frente arrebolada por la emoción.

La niña quedó convencida de que Fum entendía todo lo que ella le contaba. En las noches se escapaba del lecho para ir a dormir junto a él sobre la paja del establo. Recostada cerca del tibio cuerpo del potro, la niña cantaba con voz aguda la nana con la que Edurne la dormía a ella: *Bebe, mi caballo, bebe. / Dios te me libre del mal, / de los peligros del mundo / y de las aguas del mar*, y al caballo se le cerraban los ojos. En las mañanas, cuando la vieja esclava la buscaba en su habitación para darle el desayuno, comenzaba una búsqueda que terminaba casi siempre en el establo. Entonces Soledad aguantaba estoicamente los regaños de Edurne, quien, mientras la peinaba y le quitaba la broza del pelo, amenazaba a gritos con decirle al Lobo que su hija dormía entre caballos y mozos de cuadra.

En cuanto podía, regresaba con Fum. Le trenzaba las crines y la cola, lo cepillaba, le hablaba al oído.

Con el tiempo Fum se convirtió en un formidable tordo rodado, más alto que el caballo de Béogar. Tenía el pelaje casi blanco, marcado con manchas redondas de un gris un poco más oscuro que en el hocico se ennegrecía y sombreaba. Las crines y la cola eran blancas. Era de paso alegre y solía apoyar la fina cabeza sobre la coronilla de la princesa para hacerla reír husmeándole las orejas. Los mozos de las cuadras murmuraban con una mezcla de piedad y asombro:

–Ese caballo está embrujado. Le adivina el pensamiento.

Pero Sagramor, leal a Soledad, los interrumpía:

–No digáis eso. Nadie detesta la brujería más que Soledad. Si sabe de animales más que nosotros, ¿eso la vuelve una hechicera?

ooo

Un día, cuando Soledad ya era una muchacha alta y flaca, Tagaste fue al establo a darle un mensaje de Jara. Entró, como siempre, un poco amedrentado por la presencia de los caballos. El establo estaba oscuro. Olía a paja, al cuero de los arreos, a orines de caballo, a bosta. Las moscas zumbaban sobre las plastas de excremento y la paja húmeda de orina; los grandes cuerpos tibios de los caballos resollaban y se movían en las sombras. Tagaste esperó a que sus ojos se acostumbraran. Entonces los distinguió, recortados contra la luz que entraba por la puerta, y se detuvo, paralizado por el desconcierto.

Soledad no lo vio llegar porque, indiferente al resto del mundo, tenía los ojos cerrados. Estaba de pie frente a Fum, con un gesto exaltado en el rostro. El caballo tenía la cabeza inclinada y Soledad apretaba su frente contra la testuz. La muchacha tenía las manos abiertas y los dedos se encogían y estiraban en una caricia ávida sobre la cara del caballo. Fum se dejaba hacer con el hocico asentado sobre el esternón de ella.

El eunuco vio los ollares de Fum aspirando el olor de la muchacha; los dedos de Soledad recorriendo los párpados del caballo; los labios negros del animal que aprisionaban un mechón pelirrojo. Se sintió un indiscreto que presenciaba un diálogo de amor.

El aliento de Fum bajaba por el frente del jubón de cuero y lo humedecía. Ella, con el rostro hundido en el copete blanco, murmuraba: «Hermanito, hermanito».

Tagaste, al oír la voz apagada, dio un paso atrás. Fum movió las orejas y resopló. Soledad abrió los ojos como quien despierta, se apartó del caballo y se volvió hacia el eunuco. Fum arqueó el cuello, y un ojo negro, velado por pestañas lacias, lo miró. Tagaste creyó que Soledad se avergonzaría, pero no fue así. La joven echó los hombros atrás, alzó la barbilla y puso la mano sobre la cruz de su montura.

–Le digo que es mi hermano.

Tagaste sintió un confuso desasosiego: Soledad hablaba como un tungro. Los nobles morianíes se burlaban de los jinetes de las estepas porque los tungros creían que sus caballos eran familia. Soledad lo ignoraba: sabía pocas cosas de los tungros y nadie se había tomado la molestia de instruirla acerca de las creencias de sus enemigos.

Fum alzó una pata y Tagaste retrocedió otro paso.

–No tengas miedo. Fum no te haría daño. Sabe que eres bueno conmigo.

–Pero no es tu hermano, no digas eso –balbuceó el eunuco–. Que nadie te oiga decirlo... Está mal.

–Yo sé por qué lo digo –contestó Soledad, y se encogió de hombros.

Fum empujó levemente la cabeza de Soledad con la quijada y ella, con una sonrisa, dio la vuelta para montarlo. Metió un pie en el estribo y, con un fluido movimiento, se acomodó sobre la silla. Palmeó el cuello de Fum y se inclinó. La trenza roja destacó sobre la crin. Soledad miró a Tagaste desde lo alto.

–Fum y Alagrís son mis hermanos.

–Y... ¿y la princesa Lirio? Ella sí es tu hermana, Soledad.

Soledad rio alegremente.

–Ella también es mi hermana, pero no es hermana de Alagrís. No lo entiendes; no importa.

Apretó los talones contra los flancos del caballo. Este dio un salto y pasó junto al eunuco como una ráfaga sólida, olorosa a sudor y a paja. Con otro salto estuvieron fuera del establo.

Tagaste, en cambio, se quedó allí hasta que Edurne fue a buscarlo. Nunca dijo nada, pero el temor a que Soledad estuviera loca lo atormentó durante días.

ooo

Con Lirio Soledad se portó, sin querer, como el Lobo con ella: le permitía, con mal disimulada impaciencia, acercarse a jugar, pero le regateaba los mimos. Lirio no desistió y logró que Soledad la amara.

Lirio era tierna y aniñada, redonda y suave. El gesto natural que dibujaba su saliente labio inferior, rojo y regordete, revelaba su disposición caprichosa. Tenía de Jara los ojos castaños y redondos, las cejas arqueadas, que ya se depilaba, y la voz aguda. También de Jara heredó las manos regordetas en las que los nudillos dibujaban hoyuelos. Se peinaba con cintas de colores y redecillas de oro adornadas con perlas. Amaba las joyas, los rasos bordados, los manguitos de armiño. Del Lobo solo había heredado la afición por las joyas.

¡Qué distintas eran las pesadas botas de Soledad y las zapatillas de seda verde que el Lobo hacía traer de Panonia para la hija menor!

Las hermanas peleaban con frecuencia porque Lirio insistía en iniciar a su hermana en los misterios de las mujeres.

–Ven a que te depile esas cejas de soldado y no sufrirás. ¡Soy muy hábil! ¡Ven! –decía, y la tomaba de la mano para atraerla a su lado. Soledad, irritada por la perorata, se negaba.

–¡Deja! Sabes que detesto la aguja de depilar y tus potingues de comadre –replicaba, y salía de las habitaciones de las mujeres seguida por los perros, lista para ejercitarse con el arco.

Lirio suspiraba y hacía pucheros. La aguja de depilar ya estaba lista, al rojo en la lumbre. Las pinzas y los aceites brillaban sobre la mesa y la niña lloriqueaba lánguidamente bajo la mirada indignada de Jara, quien no disimulaba el disgusto que le causaban los groseros modos de la hijastra, áspera como una ortiga.

–Soledad, Soledad, en el nombre llevas la fama, muchacha mala, muchacha fea –canturreaba la reina.

Las damas reían, torcían el hilo de lana con los dedos, bordaban paños de lino en los bastidores y se cubrían los labios con un pliegue del vestido.

Jara se ensañaba porque, además, su rival era la madre de la hijastra. Su rival era un fantasma: el recuerdo de Genoveva.

ooo

–Soledad, mi niña solitaria, mi aguilucho –le decía Edurne cuando la miraba.

–Soledad –gruñía el Lobo al verla salir a montar en las madrugadas.

Nadie más que Tagaste sabía, como sabía todo lo que ocurría, que Soledad sufría por su padre. Tagaste también sabía, pero eso lo sabían todos, por qué el rey bebía y tenía pesadillas. Es que hacía la guerra a sus vecinos sin un hijo que lo acompañara en los arduos días de campaña, cuando, montado en el caballo, embestía a sus enemigos en medio de la batalla, y sus capitanes aullaban el grito de guerra: «¡Lobos! ¡Lobos de Moriana!».

Solo Béogar estaba a su lado cuando presidía la repartición de esclavos y riquezas. No había nadie de su sangre junto a él cuando se le rendían las aldeas arrasadas, cuando ajusticiaba a los rebeldes, cuando se sentaba a la mesa con los soberanos humillados por su poderío para establecer el monto del tributo. Sabía, como Tórtola había dicho en la hoguera, que sin un hijo que lo sucediera, el reino corría el peligro de desgajarse como un árbol seco después de su muerte.

Buscaba magos por doquier para que alguno aboliera los efectos de la maldición. *Un filtro. En el ancho mundo debe existir alguno que me haga tener un hijo. Un filtro*, se repetía en las noches insomnes, cuando pensaba en la muerte.

Hijas no le faltaban. La sagaz mirada de Tagaste había descubierto que, además de Soledad y de Lirio, había bastardas reales desperdigadas por el reino: las madres eran mujeres libres, esclavas o esposas de vasallos, y todas sin excepción habían parido hijas pelirrojas. Pero el Lobo se obstinaba en conseguir la pócima que lo convirtiera en padre de un varón.

A pesar de las advertencias de los magos de Alosna, hubo magos y hechiceras que desfilaron por el castillo, pero ninguno fue quien el rey buscaba. Sus poderes, envilecidos por el amor al oro, se consumieron en el fuego de la maldición. Algunos, los menos, fueron llevados a la fuerza por los recaudadores reales y protestaron antes de morir bajo el hacha del verdugo. Cada una de estas muertes fue observada por los magos de Alosna en las ollas mágicas, y reforzó el miedo y la rabia que les inspiraba el Lobo.

Todos los hechiceros que acudieron a la corte se fueron al otro mundo con las manos vacías y el corazón lleno de odio por el rey. Maldiciones aún más atroces se añadieron a la de Tórtola, empeorando las pesadillas del Lobo, aumentando el número de espectros que lo atormentaban. Pero el rey, obsesionado con la idea de un hijo, se empeñaba en su búsqueda, en la conquista de su Grial impuro. Se imaginaba a sí mismo como Lanzarote del Lago, pero en su corazón solo había lugar para la ambición.

Soledad odiaba a los magos. Los despreciaba. Eran sus enemigos, peores para el reino que los tungros. Los tungros que había visto en la vida eran todos esclavos, hombres vencidos por los ejércitos de su padre. Sabía que, en libertad, eran guerreros astutos y valientes. El nombre de Aybar se repetía con miedo por todo el reino. Ruga, el padre de Aybar, había derrotado a su abuelo Dogoero en Monte Bermejo. Además, los tungros no habían tenido parte en la muerte de su madre.

En cambio, los magos... Pensaba que sus artes no eran sino charlatanería, trucos para engañar a los inocentes. Nunca se preguntó por qué para ella el rey era, al mismo tiempo, el hombre más sagaz del reino y un ingenuo a quien los magos engatusaban.

–Por culpa de uno de estos murió mi madre –le espetaba a Tagaste cada vez que un mago cruzaba el umbral–. Mi padre y mi madrastra me lo han dicho. De nada valieron las pócimas ni los conjuros. Y el mismo bellaco ruin que la mandó a la tumba maldijo a mi pobre padre. Por él está mi madre en la tumba y mi padre ahogándose en vino. Los odio.

Tagaste recordaba a Genoveva y a Tórtola, el gentil, y callaba, aunque el secreto le corroía el corazón. Estaba seguro de que si hablaba, el Lobo lo mataría y Soledad quedaría destruida por la confidencia. Un día quiso contarle a Soledad el origen legendario de su estirpe. Esa historia, escrita en un pergamino que el Lobo, analfabeto pero consciente de su valor, atesoraba en una caja de roble, era una de las favoritas del eunuco. Tagaste cogió la caja de su lugar entre los tesoros del rey, sacó el pergamino y se lo mostró a la muchacha.

Soledad, tan ignorante de la escritura como su padre, miró con desconfianza los signos indescifrables que Tagaste acariciaba con sus dedos gruesos y blancos. Se negó en redondo a escuchar lo que decía, alegando que todo lo escrito era magia negra y que ella de magia no quería saber nada. Tagaste insistió hasta que Soledad aceptó y se sentó en un escabel. El eunuco se aclaró la garganta y leyó:

–Antes, Moriana no era un reino gobernado por los hombres, con caminos, aldeas y castillos, sino un bosque espeso y oscuro donde en lugar de fortalezas se levantaban los árboles, tronco con tronco, rama con rama. Las raíces se entrelazaban y enredaban una con otra, y debajo de la tierra el bosque era igualmente denso. La luz del día era verde: no alcanzaba a disipar la oscuridad que se estancaba en los matorrales. La niebla y la bruma ceñían los troncos de los pinos y las encinas, y los hombres creían que ese vapor era la respiración de los árboles innumerables. Debajo de las piedras dormían las serpientes, y los hombres caminaban con miedo de avivarlas.

»En la noche apenas se distinguían las estrellas, semejantes a frutos luminosos escondidos en el follaje. Solo existía una ley: la de la garra y el colmillo. Se dice, pero nadie sabe si es verdad, que los hombres, parientes de los dragones, conocían el fuego, su amigo, y gracias al fuego podían vivir y defenderse de las fieras y la oscuridad, pero que ignoraban el arte de la siembra. Cazaban sin caballos ni halcones, auxiliados solo por los perros. Casi todos cazaban con hondas, piedras y palos. Sus insuficientes espadas eran torpes hojas de hierro, y las puntas de las flechas eran piedras afiladas, duras y quebradizas. Tenían miedo del oso, del jabalí y del lobo, y los ciervos se les escapaban como agua entre los dedos.

»Los lobos eran los príncipes del bosque. Su reina era una hembra, roja como una llamarada. Su aullido hacía que los ciervos corrieran en estampida y que los pájaros levantaran el vuelo. Al escucharla, los hombres se arrimaban al fuego y arrojaban a la hoguera toda la leña que tenían, mientras los perros metían el rabo entre las patas y se arrastraban con el vientre pegado al suelo. Era despiadada y astuta, y se dice que su fuerza era tal que hasta el oso y el jabalí, al percibir su olor, se refugiaban en sus madrigueras y no salían hasta que la Loba cobraba su pieza.

Tagaste se interrumpió para beber un sorbo de agua. Soledad lo miraba fijamente, con los labios entreabiertos. Asintió en silencio, apremiándolo a seguir. Tenía en la cara la expresión de vivo interés que aparecía en su rostro cuando estaba con sus animales. El eunuco siguió leyendo:

–Pero uno entre los hombres no la temía. Se llamaba Numa y era hermoso y valiente. Se dice, pero nadie sabe si es verdad, que la Loba lo vio un día, mientras Numa desollaba una liebre, y que se enamoró de sus manos, sus diestras manos de hombre, tan distintas de las garras de los lobos. Y que desde ese día se esforzó por conducir a las manadas de ciervos hacia las flechas de los hombres. Iba detrás de Numa, y los perros, al sentirla, dejaban de obedecer a su amo, trastornados, y regresaban a la aldea gimiendo de terror.

»Una tarde, cuando Numa iba solo por los senderos, la Loba le salió al paso. Los perros huyeron. Numa, al ver a la enorme fiera que lo miraba, sacó de su morral una piedra y la puso en la honda. La Loba avanzó y una ronca queja escapó de su hocico. Numa no pudo lanzar la piedra, hechizado por la extraña mansedumbre con la que la Loba avanzó hacia él, y luego por la ternura con la que el animal le lamió los pies.

»Numa dejó la aldea y la Loba roja abandonó a la manada. Y se dice, pero nadie sabe si es verdad, que la Loba se convirtió en una muchacha pelirroja y que Numa aprendió de ella el arte de la caza y el lenguaje de los animales. Que tuvieron muchos hijos, y que sus hijos gobernaron sobre hombres y lobos por igual.

Soledad asintió de nuevo y los ojos se le llenaron de lágrimas.

–Esa es, mi Soledad, la historia de tus ancestros. En ella hay magia, pues ¿cómo, si no, se convirtió la loba roja en mujer? No se trata de la magia de Alosna, es verdad. Es, quizás, una magia más antigua. Pero magia al fin.

Soledad apretó aún más las manos que tenía sobre las rodillas. Se destacaban los nudillos, blancos bajo la piel colorada y tensa. La muchacha las miró, se restregó los muslos, estudió la punta de sus botas. Alisó su túnica, se enderezó y el rubor le subió del cuello a la raíz del pelo. Entonces frunció el ceño.

–¿Te das cuenta de que esa historia es una mentira? ¿Crees, acaso, que soy como las esclavas que hacen girar la rueca junto al fuego? Nos llaman Lobos por nuestro valor. La magia no existe. Adiós, Tagaste, me voy a los establos.

–Espera –alcanzó a decir el eunuco. Soledad fingió que no lo había oído y Tagaste se quedó solo, con el pergamino sobre el regazo.

Desde ese día, el eunuco desistió de hacerle entender cuál era su origen. No le reveló la verdad sobre la muerte de su madre ni el parentesco que la unía con los magos. De ahí en adelante, se resignó a verla hacer la señal contra el mal de ojo y escupir como un arquero cada vez que se hablaba de magia.

capítulo once

La confesión de Cuervo

Munin regresó al templo seguido por cuatro jóvenes asustados, en cuyos rostros lívidos aún había rastros de sueño. Traían con ellos una carreta llena de paja. Orientados por Espinela, acomodaron a Cuervo sobre ella. Aunque Erec procuró encubrir las heridas del novicio, los jóvenes se dieron cuenta de que algo gravísimo había sucedido.

–¿Está muerto? –preguntó uno.

–No –contestó Espinela, envolviendo el brazo quemado de Cuervo con la capa.

La cara del herido parecía una máscara de cera. Los jóvenes miraron el cráneo rapado, la boca amoratada, los ojos entreabiertos. Observaron a Erec con una mezcla de temor y reproche: ¿en esto iba a terminar el noviciado de Cuervo? Al ver cómo Munin trataba de ocultar su llanto, aumentó el miedo. Tendido en la paja, oloroso a chamusquina y con la boca azul, estaba el futuro mago de Nebral.

ooo

Munin, Erec, Espinela y Val lavaron el cuerpo exánime y cubrieron la quemadura con emplastos de telarañas. Erec drenó el veneno de la herida y Munin extendió sobre el cuerpo de su hijo treinta hechizos de protección heredados de Vainamoinen el Sabio, «aquel que creó el mundo cantándolo»: pidió al fuego que se retirara de la mano de Cuervo sin dejar huella; al veneno que abandonara la sangre; a la piel que se cerrara; a los nervios, los músculos, la piel, que se reconstituyeran. Quedó tan fatigado, que Espinela tuvo que recostarlo en un jergón al lado de Cuervo. Val, aturdida, miró a su esposo desfallecido, a su hijo moribundo, y comenzó a llorar.

–Val, escúchame –dijo Erec–. Necesito que me ayudes. Espinela y yo debemos elaborar un antídoto, no hay tiempo que perder. Calienta piedras en el fogón, envuélvelas en la manta y ponlas bajo sus pies. Cúbrelo y humedécele la boca. Si puedes, hazle tragar agua.

Val no tuvo tiempo ni para lamentarse. Erec y Espinela trabajaron sin descanso en la elaboración de una pócima que salvara a Cuervo de la locura. Mezclaron hojas de eléboro con pánace de Quirón, las molieron y las remojaron con miel. A las telarañas de los emplastos añadieron polvo de dionisíade, hojas secas de ortiga blanca e hinojo de Macedonia. Pronto, el aire de la casa se llenó de olor a resina, hierbas picantes y flores secas. Munin y Val quemaron leña de manzano para alejar la peste a dragón que despedía la mano de Cuervo y esparcieron ramas de enebro en el suelo.

ooo

Al tercer día Cuervo abrió los ojos. Lo primero que vio al despertar de su desmayo fue el rostro sereno de un desconocido que lo miraba con los ojos entrecerrados. Era un hombre viejo, con el pelo blanco y la barba cana recortada en punta. Tenía los ojos hundidos y negros, la frente amplia y ligeramente abombada. Cuervo, débil como un pollo que apenas hubiera salido del cascarón, sintió cómo el índice del hombre le levantaba un párpado. Luego le sostuvo la barbilla y dijo:

–Tu hijo ha despertado, Val.

Entonces Cuervo vio detrás del desconocido la cara macilenta de su madre.

–Gracias, Erec –dijo Val con voz temblorosa.

Cuervo, al oír el nombre mil veces escuchado en la infancia, el nombre del gran mago a quien su padre recordaba con amoroso respeto, trató de incorporarse para verlo de nuevo, pero el dolor se lo impidió. Se dejó caer con una queja.

Val, aliviada, se inclinó sobre su hijo y retrocedió, porque por un momento creyó que Cuervo no la reconocía. Los ojos del muchacho se veían enormes, rodeados por un halo oscuro y hundidos en las cuencas. De antes solo tenían el color. Eran los ojos de un viejo.

–Madre, perdóname –dijo Cuervo en un susurro.

–¿Perdonarte?

–Fallé –contestó el muchacho, y desvió la mirada. Una lágrima corrió por su mejilla. Val tomó la mano sana y la besó.

–¿En qué fallaste?

–En despertar al dragón –dijo Erec.

Cuervo trató de ocultar el rostro con la mano quemada, pero al levantarla exhaló un grito. Con cautela y gimiendo, la puso sobre su pecho. Erec ordenó secamente:

–No te muevas. Tuviste suerte, porque hubieras podido perderla. Hasta ayer creí que debía amputártela.

Cuervo se quedó quieto. Luego levantó el brazo herido y estudió su mano con gesto de amargura. Tenía el índice y el anular cubiertos con gruesos vendajes, pero aun así se notaba que el índice estaba doblado. Miró el agujero negruzco en la palma. La hinchazón le daba el aspecto de un odre de piel amoratada, en el que zonas de piel se habían infestado de pequeñas ámpulas.

–Favila murió por tu culpa –continuó Erec–. La encontramos tiesa, helada. Los niños la enterraron cerca del templo. El fuego se apagó. Ahora mismo tu padre y Espinela están allá, limpiando las huellas de tu sacrilegio.

Cuando Erec mencionó la muerte de Favila, Cuervo cerró los ojos.

–¿No dices más? –preguntó el anciano.

Cuervo volvió el rostro hacia la pared.

–Val –ordenó Erec–, ve por Espinela y Munin. Deben escuchar lo que Cuervo nos va a decir.

ooo

Cuando los magos llegaron, ya Cuervo bebía con trabajo el antídoto que Erec había hecho para él. El joven tenía el rostro contraído y la barbilla empapada de saliva. Las arcadas le agitaban el tórax, pero Erec, inflexible, le sostenía la cabeza y lo obligaba a beber. El eléboro tenía que ser la hierba más amarga de la tierra, pensó Cuervo. A cada arcada, su cuerpo se contraía con más ímpetu, y de la boca abierta, en un gesto que imaginaba bestial, salían chorros de saliva y un ronco gemido. Trató de apartar el cuenco con la mano sana, pero el viejo Erec era fuerte y no le temblaban los dedos cuando le clavaba el borde de la escudilla entre los dientes.

Al ver entrar a su padre, el rostro de Cuervo se relajó. La poción le mojaba el pecho. Con un gruñido quiso levantarse, pero Erec le dijo:

–Te ordené que bebieras todo. Te protegerá de la locura –y lo forzó a apurar hasta la última gota.

Munin, aliviado al ver despierto a su hijo, se acercó.

–¿Qué hiciste? ¿Qué fue lo que pasó allá? –preguntó mientras se acuclillaba para acariciarle la cabeza.

–Quise despertar al dragón, pero no pude –contestó Cuervo roncamente.

–¿Por qué hacer eso a mis espaldas? ¿Para eso aprovechaste la soledad del templo? ¡El fuego se apagó! ¿Sabes lo que eso significa? Nos has dejado desamparados –dijo Munin.

–¿Nosotros desamparados? ¿Y los pastores de las estepas? ¿Los esclavos, los animales? Vosotros, hombres de poder, no intervenís. Veis en la olla todo lo que pasa y os vais a dormir como si nada. Alguien tiene que detener al Lobo. Me duele que Favila haya muerto, pero más me duele haber fallado –replicó Cuervo con voz destemplada.

Agitó la mano herida sobre la manta y un goterón de sangre oscura mezclada con ungüento manchó la tela. Cuervo arrugó la nariz.

–Huelo horrible –dijo secamente.

Munin lo miró con asombro:

–¿Quién eres tú para despertar al dragón? ¿No imaginaste, desgraciado, cuántas vidas tomaría antes de matar al Lobo? ¿Qué sabes tú de los poderes del mundo? ¡Un dragón no es un perro de caza! –gritó, y alzó la mano con ademán amenazante como si fuera a golpearlo. Cuervo lo miró con descaro, y Munin, avergonzado, cortó en seco el movimiento. Era la primera vez en su vida que deseaba golpear a alguien, y ese alguien era su hijo.

Cuervo trató de incorporarse hasta quedar medio sentado.

–Mientras tú dormías como un lirón, yo estudiaba encerrado en el templo. A veces salía de noche y leía hasta el amanecer. Sé lo que tú sabes, padre. Sé cómo obra el dragón y cómo obran los hombres. No podía seguir sin hacer nada.

–¿Qué sabes tú de nosotros y de nuestra magia? –intervino Espinela–. Lo que trataste de hacer es impío. Fue pecado intentarlo, aunque hayas fracasado.

–¿Soy yo el impío? ¡Ni siquiera sé quién eres tú! No me conoces ni sabes por qué intenté despertar al dragón. ¿Yo pequé? Y él, el Lobo rabioso que agita en la punta de su lanza la cabeza de un hombre que no le ha hecho nada... ¿él no peca? ¿Acaso no tiene culpa? –gritó Cuervo con el macilento rostro afeado por la ira.

–Soy Espinela –contestó el viejo con dignidad–, y no he engañado a mis padres ni mancillado el templo. Además, yo sé que no fue Munin quien te enseñó a dibujar la runa prohibida en tu mano con el cuchillo, o las palabras secretas, que no repetiré, para despertar al dragón. Todos, joven insolente y fatuo, las conocemos. Si no las pronunciamos es porque así lo decidimos. No queremos ser esclavos de la ira, como un perro o un jabalí. Eres culpable.

–¿Culpable? Y tú, cómodo en tu sosiego, mirando el mundo en la olla y quieto como una piedra, ¿no serás culpable de algo? ¿De no esforzarte por mejorar el mundo? No hacéis nada... ¡Nada! –las venas del cuello del muchacho se hincharon.

–¡Cuervo! –lloró Val.

–Madre, mira mi mano –dijo Cuervo con rabia, extendiendo el brazo quemado.

Val negó con la cabeza.

–¡Cambiaría mi mano, mi vida, por la muerte del Lobo! –exclamó el muchacho con amargura–. Estuve... estoy dispuesto a morir a cambio de su destrucción. ¿Crees que lo hice por mí? ¿Qué beneficio me traería? Supe que esto podría suceder, pero no me importó porque soy un mago verdadero. Bien hubiera podido tratar de olvidar lo que vi en la olla, callar y cumplir con las sosas obligaciones que vosotros habéis impuesto. Desperdiciar mis poderes ayudando a los agonizantes, a las parturientas, vigilando las cosechas. Nada. ¡Eso no es nada! –y en un brusco ademán, golpeó el colchón con la mano sana.

Val se dejó caer sobre un banco, con la cara mojada por las lágrimas.

–¿Te parece poco ayudar a la gente de la aldea? ¿Quién crees que eres? ¡Me avergüenzas, me asustas! –gritó Munin. Espinela le puso la mano en el hombro.

–Sí, me parece poco. Mejor animar al dragón para que acabe de una vez por todas con los reyes de Moriana. Ya sé, conozco la historia: el rey no podrá tener hijos. ¿Y eso asegura las vidas de aquellos a quienes nos toca vivir al mismo tiempo que él? Debe muchas vidas, tú lo sabes tan bien como yo. Crees que eres bueno, refugiado detrás de tus deberes, y no haces nada. Disponed mi castigo. Matadme si creéis que eso os hará mejores –Cuervo sonrió con maligna arrogancia.

Erec dijo amargamente:

–Yo vencí a Dogoero Lobo sin convertirme en alguien como él. Aumentar el número de asesinos en el mundo no es una hazaña, es un error. ¿Te asquea el Lobo? Pues te pareces a él en lo soberbio.

Cuervo se incorporó.

–¿Yo? Ah, no... Lo que yo quiero es destruir Moriana y vivir en paz, con ayuda de la magia que vosotros desperdiciáis sintiéndoos virtuosos.

–Y convertir Alosna en Moriana... y nosotros convertirnos en el Lobo, o peor, pues sabemos más que él. Yo, al menos, no quiero que las acciones de un hombre vil dicten cuáles serán las mías –repuso Erec, casi con lástima.

–¡Nosotros no podemos convertirnos en hombres viles! ¡Somos hombres de poder!

–No sabes nada. En el pasado, magos mucho más sabios que tú trataron de dominar la voluntad del dragón y fueron destruidos. Y antes de morir se convirtieron en asesinos o se volvieron locos. El pacto entre los dragones y los hombres se rompió hace muchos siglos. Nos parecemos demasiado en la codicia: competimos con ellos por el poder y por el oro. Perdimos casi todas las batallas. Algunos héroes y magos mataron dragones, y todos murieron por eso. Si los dragones no nos amenazan es porque ya casi no hay. El tiempo, que acabará con todo, los ha diezmado. Nuestro turno de desaparecer del mundo no ha llegado todavía. Esa es la verdad.

Cuervo tragó saliva. Erec se encogió de hombros.

–Tu madre se quedará a cuidarte. Nosotros volveremos cuando hayamos decidido qué hacer contigo. Esperamos a otros que vendrán a ayudarnos con la decisión –concluyó secamente.

Cuervo, al ver la expresión desencantada de Erec, volvió el rostro. El desengaño en la cara del viejo le escoció más que cualquier reproche. El brazo le dolía como si lo tuviera metido en el fuego. Los oyó salir de la choza, uno por uno. Luego escuchó cómo Val se ponía de pie y se afanaba pelando cebollas para la sopa. Cerró los ojos.

Siguió con los ojos cerrados cuando Val se acercó a reponer el emplasto y fingió que estaba dormido cuando Munin se reunió con ella.

capítulo doce

El orgullo y el castigo

Cuervo sentía el dolor como un fuego que salía de la herida y se alargaba al corazón: lumbre que lo abrasaba desde la palma de la mano hasta el pecho. El resto de su cuerpo estaba arrinconado en la oscuridad del cansancio. Apenas podía mover los dedos. Era como si estuvieran enfundados en un guante de piel tiesa y estriada, la palma convertida en un cuenco bermejo en cuyo fondo había una costra de la que aún manaba pus. El meñique le quedó doblado por la mitad. La punta del índice semejaba una garra, pues la uña había comenzado a crecer en curva, cubriendo la yema con un garfio opaco. El dedo corazón, en cambio, había perdido la falange entera y el muñón estaba coronado por una astilla, una espina triangular que no parecía una uña. La hinchazón no cedía: la mano le pesaba, abultada, ajena.

En las mañanas, Val dejaba a los pies del colchón un cuenco de agua salada y se apartaba sin una palabra. Cuervo hundía la mano en el agua y pugnaba por abrir y cerrar los dedos: el esfuerzo era enorme y se cansaba pronto, así que muchas veces Val lo encontró dormido con la mano quemada sobre el pecho y la túnica mojada.

Cuervo soñaba a menudo con Favila. Su recuerdo lo llenaba de tristeza. En los sueños se repetía una imagen cotidiana: Favila lo miraba y lo reconocía cuando él avivaba el fuego. Cuervo le acercaba una vara encendida para ver cómo la salamandra se erguía sobre las patas traseras y envolvía el fuego con la lengua. Era una visión encantadora: bajo la lengua dorada de Favila, la llama se atenuaba y cambiaba de color hasta convertirse en una chispa blanca. Luego, la salamandra eructaba una llamita, tan fina que apenas calentaba el dedo que Cuervo aproximaba. Despertaba en ese instante lleno de remordimiento, pero su cólera siempre era más fuerte que la compunción.

Detestaba la gazmoñería de los magos: lo mantenían solo –aunque eso no le importaba, pues era solitario y tenía pocos amigos– y rodeado por un impenetrable muro de reprobación. Solo su madre le hablaba, y muy poco. En las noches, Munin, Erec y Espinela se turnaban para darle de beber el amarguísimo antídoto contra la locura.

¿Locura? ¿Hacer algo contra el Lobo, una locura?, se preguntaba entre oleadas de náusea. *¿Para qué, entonces, mis poderes, mi aprendizaje?*

Él no había sido el primero en llamar a un dragón. ¿No había encontrado el hechizo en uno de los libros del hipócrita Erec? ¿No era parte de los conocimientos que los magos habían acumulado a lo largo de los siglos?

Le daba tanta rabia que volvía el rostro a la pared para no verlos, o apretaba los labios cuando la mano de Munin le acercaba el cuenco lleno de eléboro. Pero los magos eran implacables y lo obligaban a beber.

Sospechaba que en la aldea se sabía lo que había hecho, pues cuando salía a caminar del brazo de su padre, la gente le rehuía y evitaba mirarlo. Sin embargo, lo acechaban cuando se alejaba. Sentía las miradas en la nuca, tan claramente como si lo tocaran. Le daba rabia. Suponía que hablaban mal de él, pero no le afligía. Se imaginaba a sí mismo señalándolos con el índice retorcido, a los aldeanos llorando de miedo. Si no fuera porque el dolor era tremendo, tampoco la herida le habría pesado. La quemadura era la prueba de que no era un cobarde, de que a él sí le importaban los hombres a quienes el Lobo asesinaba.

Aborrecía la forma en la que su padre se dirigía a Erec, con reverencia, casi con miedo. Una noche, a solas con él, le dijo:

–Ya vi que le tienes miedo a Erec. Lo tratas como si fueras un esclavo, inclinándote ante él, mirándolo con temor.

–¿Miedo? Muchacho estúpido. No es miedo, es vergüenza. Vergüenza porque el hijo del que me vanaglorié es un traidor. No es miedo. Sé que crees que Erec podría destruirme fácilmente. Que tú, ¡tú!, podrías destruirnos a los dos. No es así. Soy un mago y sé más que tú. Y él... no puedes compararte con él ni con nadie. Ni con el más humilde de los mozos que cuidan la siembra. Cállate.

Con violencia, Munin arrojó el cuenco lleno de poción al suelo y se marchó de la casa.

Cuervo, estupefacto, guardó silencio.

ooo

Una tarde, mientras Cuervo dormitaba, Munin, Erec y Espinela entraron en la choza acompañados por tres forasteros. Val estaba en el pozo. Los desconocidos eran mayores que Cuervo, pero visiblemente más jóvenes que su padre, Erec o Espinela. Lo estudiaron con suspicacia. Cuervo trató de disimular la inquietud.

Dos parecían campesinos: debían de ser sanadores, recolectores de yerbas y semillas para las medicinas. El tercero, alto y encorvado, miraba a Cuervo con hosca atención. Cuervo apretó los labios.

Erec dijo con sequedad:

–Estos son Senlac, Gan y Nit. Senlac y Gan han venido de los valles del sur. Nit –el hombre alto lo saludó con una inclinación de cabeza– viajó desde Montelibélula para hablar con nosotros. Lo que hiciste se sintió en toda Alosna.

–Todavía no sabemos si lograste despertar al dragón –dijo Nit con voz ronca–, aunque hemos consultado los dados y las ollas. Creemos que causaste un gran daño.

Los otros dos asintieron sin quitarle la mirada de encima.

Cuervo sintió la aprensión como una garra en el pecho y se incorporó hasta quedar sentado.

Munin se aclaró la garganta.

–Ellos llegaron ayer –dijo–. Hoy hemos decidido tu castigo. Cuando tengas fuerzas suficientes para caminar sin apoyo, te irás al bosque. No podrás hacer magia ni acercarte a la aldea. Tienes prohibido hablar con otras personas o pedirles comida hasta que alguno de nosotros vaya a buscarte.

Cuervo, a su pesar, sintió miedo y un brusco mareo. Se esforzó por aparentar serenidad y replicó:

–Ese es el castigo para los asesinos.

–¿No querías despertar al dragón para que matara al Lobo? –preguntó Nit. Movió una de sus largas manos como si esperara una respuesta. Cuervo no le contestó. Creyó que el mago se burlaba, pero Nit no sonreía.

–Te arruinaste la mano, pusiste en peligro tu vida y tal vez la de otros muchos. Vive con lo que hiciste –dijo Espinela con acritud.

Cuervo sintió terror. Ya casi era invierno. ¿Cómo haría para sobrevivir?

–Padre, ¿de verdad crees que es justo tratarme como si fuera un asesino? –exclamó, y trató de ponerse en pie. Sobresaltado, descubrió que las piernas no lo sostenían y se sentó de nuevo. Los miró con rabia. Nit le sostuvo la mirada con gesto sereno hasta que Cuervo se recostó y cerró los ojos. Cuando los abrió, vio a su madre que regresaba cargada con un cubo lleno de agua. Erec, Espinela, Senlac y Gan ya caminaban hacia la puerta. Nit se unió a ellos. En la choza quedaron Cuervo y sus padres.

–Madre, dile que no es justo.

Val colocó el cubo en el suelo y se tapó el rostro con las manos. Pronto, los sollozos le sacudieron los hombros.

–Val, por favor... –dijo Munin, y la abrazó. Val ocultó la cabeza en el pecho de su marido y siguió llorando. Cuervo esperaba que Val levantara la cabeza y abogara por él, pero no ocurrió. Sus padres también salieron de la choza. Val le dio la espalda.

En el umbral, Munin se detuvo y miró a su hijo.

–¡Dime! ¿Es justo? –gritó Cuervo.

Munin guardó silencio y le sostuvo la mirada con ecuanimidad hasta que Cuervo bajó los ojos, avergonzado. Entonces, el viejo se fue. Cuervo se cubrió con la manta. Se iría. Claro que se iría. Aunque se muriera.

capítulo trece

Manzanas asadas

Cuando los aldeanos echaron la última paletada de tierra sobre la fosa de Liaza, Ámbar sollozó y preguntó:

–¿Qué haremos para protegernos del dragón cuando vuelva?

–Calla, imprudente –dijo Caliela tomándola del brazo.

Ámbar se desasió y miró a su madre con incredulidad.

–Me lo dijo mi abuela, la misma que está enterrada aquí –exclamó–, tú lo oíste, que volvería. Tú, con esa boca, dijiste que tenías miedo del dragón y de los hombres del rey... ¿Por qué finges?

–Nadie finge... Cállate y ten respeto por los muertos –gruñó Brau con el ceño fruncido.

Ámbar lo escrutó con rabia. Miró a los aldeanos, a la pequeña multitud de hombres y mujeres que se había congregado alrededor de la tumba de su abuela. El cementerio de la aldea, levantado a orillas del bosque, estaba velado por una capa de ceniza, como los techos de las chozas y las copas de los árboles. En los rostros se dibujaban el miedo y el cansancio. Hasta los niños, cogidos de las faldas de su madre, callaban.

–¿Nadie? ¿Nadie entre nosotros dirá que vimos un dragón? ¿Que mi abuela murió por el miedo que tuvo? ¿Soy la única que tiene ojos en la cara? –volvió a preguntar, secándose las lágrimas a manotazos.

–Tu abuela era muy anciana... –dijoTemis, la pastora.

–¡Sí, pero murió de miedo, no de vieja! –gritó Ámbar.

Caliela le acarició la mejilla.

–Pobre hija mía, tienes la cara llena de ampollas. Por eso estás tan asustada, porque duelen...

En efecto, el rostro, los brazos y las piernas de Ámbar estaban cubiertos de ampollas. Nadie más estaba tan quemado.

Ámbar miró a su madre con rabia y le apartó la mano.

–¡Mirad mi delantal todo tiznado! ¡Mirad lo que nos rodea, cubierto de ceniza! ¿No visteis el cielo? ¡Mentís! Y tú –preguntó a Temis señalándose las ampollas en las manos–, ¿quién crees que me hizo esto?

Temis se miró las manos y volvió el rostro como si no la hubiera oído. Ámbar sintió el impulso de abofetearla.

Liebre, el viejo manco que había sido compañero de armas de su abuelo, se acercó y le puso la mano sobre el hombro.

–Ámbar, tu abuela fue una mujer buena, pero parlanchina... No debes repetir las cosas que te contaba, porque atraerás una desgracia sobre nosotros. Mira, mira, esto me lo hicieron los tungros –Liebre descubrió el muñón sonrosado que siempre ocultaba bajo la manga–, porque los hombres del rey me llevaron a pelear al Monte Bermejo. Debemos esperar a ver qué pasa. Eso es lo que los pobres podemos hacer: callar y esperar.

–Liebre, ¿ni por mi abuelo dirás la verdad? Solo estamos nosotros y ni siquiera sabemos cuándo llegarán los recaudadores.

El anciano la miró en silencio.

Ámbar se inclinó y cogió un tibio puñado de tierra.

–Esta tierra todavía está caliente... ¡Cobardes!

Tesela, con su niño en brazos, dijo:

–Todos sabemos cuánto querías a tu abuela. Pero debes callar. ¿Qué quieres? ¿Que cuando lleguen los hombres del Lobo los recibamos con la noticia de que un dragón pasó sobre nosotros sin matarnos? Demos gracias a los dioses porque no ocurrió nada.

–Mi abuela murió, necia –rebatió Ámbar–. ¿Cómo que no ocurrió nada? Sois unos cobardes...

Brau, con los dientes apretados, dio un paso hacia ella y levantó la mano. Caliela lo tomó del brazo y lo detuvo.

–Ven conmigo. Tenemos que trillar el grano.

Brau miró a su mujer y luego a su hija. Ámbar, desafiante, levantó la barbilla. Y como cuando era niña, al ver la expresión iracunda de su padre, tuvo miedo y echó a correr al bosque.

Caliela la miró alejarse. No tuvo fuerzas para ir tras ella. La pena que la embargaba era demasiado grande. Solo quería llorar, reunir a las gallinas que andaban desperdigadas y trabajar. Tiró del brazo de Brau y se encaminaron de vuelta a la aldea.

ooo

Florián fue tras su hermana en cuanto terminó de reparar el corral que los cerdos habían derribado. La encontró en el pomar, sentada bajo los árboles que, grises, parecían de piedra. Ámbar lo vio venir y se secó las lágrimas.

–Mira –dijo la muchacha.

Arrancó una manzana cubierta de hollín, la limpió con el delantal y se la ofreció a su hermano. Florián la tomó con timidez y la olisqueó.

–Pruébala –ordenó Ámbar.

Florián negó con la cabeza.

–¡Dame! –exclamó la muchacha.

Le arrebató la manzana y la mordió. Florián la miró con asombro, pero Ámbar le puso la fruta en la mano y le dijo:

–Está buena. Sabe como las manzanas que mi abuela me cocinaba en las cenizas...

Florián mordió la manzana y asintió. Tenía un sabor tierno y una textura blanda, pastosa. Miró el pelo chamuscado de su hermana, los brazos cubiertos de quemaduras, y se enterneció. Guardó silencio hasta que ella volvió a hablar:

–¿Qué vamos a hacer?

–No sé... Anoche creí que el mundo se había acabado. Y hoy, si no fuera por la ceniza, pensaría que el fuego fue un sueño. Ojalá el rey no nos culpe por la aparición del dragón. Me da miedo que vengan los soldados a llevarnos presos –farfulló Florián, con la boca llena.

–No tienen por qué apresarnos. No hicimos nada. Y para mí sí se acabó el mundo –tosió ásperamente en medio del llanto–. Vete. Quiero estar sola. Diles a todos que los árboles del pomar siguen en pie, que el agua del río corre limpia, que olviden lo que pasó...

Florián se acuclilló frente a ella y la abrazó, meciéndola suavemente, hasta que Ámbar dejó de llorar.

–No te enojes. Regresa pronto. Madre está tan triste como tú. ¿Cómo no iba a estarlo? Era su madre... Era mi abuela también... Ya, ya... No llores... –susurró con los labios sobre el pelo de su hermana.

–Bueno –murmuró Ámbar por fin–, pero déjame sola. Te prometo que cuando regrese ya no discutiré. Dile a madre que dentro de un rato iré a trillar.

Florián se puso de pie.

–Yo haré tu parte. Pero no pelees más. La abuela no va a resucitar porque insultes a Temis.

Ámbar lo miró mientras se alejaba.

En el bosque apenas se oía el suave roce de las hojas. Todo estaba cubierto de ceniza. Los troncos de los tejos, los castaños y los robles semejaban columnas de piedra.

Mientras en la aldea los campesinos comprobaban con asombro que sus casas estaban intactas, Ámbar caminaba por un mundo donde, excepto el azul del cielo, el color se había apagado bajo un manto de cenizas. El silencio era casi absoluto. Nada piaba, ni chirriaba, ni se escurría entre la hierba.

El arrepentimiento le roía el corazón. El pecho le dolía, le faltaba el aire y las lágrimas volvían a fluir. Cuando todos rezaban asustados, ella había mirado el fuego con arrobo. Recordaba nítidamente cómo su abuela había tratado de retenerla, la mano extendida, la mirada temerosa... ¿Cómo pudo abandonarla a su suerte? Si en lugar del dragón hubieran llegado los tungros, Liaza habría muerto bajo un sable, igualmente desamparada.

Tropezó, medio cegada por las lágrimas, y distinguió a unos pasos, bajo un matorral, un fulgor terso. *Un cráneo de cerdo*, pensó.

Pero no había rastro de otros huesos, del costillar o de las pezuñas. Al acercarse y mover las hojas con el pie, creyó que pisaba un cuerno de toro del largo de su antebrazo.

Se arrodilló, se limpió la nariz con la manga y apartó la hierba que lo escondía. No era un cuerno; era un triángulo blanquísimo, levemente estriado, con la punta aguzada. Uno de sus lados era cóncavo. *¿Un diente?*, se preguntó la muchacha empujándolo cautelosamente con la punta de los dedos. Estaba caliente. El corazón le latía con tal fuerza que escuchaba el rítmico batir de la sangre en los oídos.

Un diente de dragón. De dragón. De dragón, repitió triunfante, y sintió que las mejillas se le arrebolaban.

Debajo del diente brillaba un líquido metálico, reluciente y espeso. Hundió el índice en el fluido y sintió un tacto de seda. Se miró la yema: creyó que estaría húmeda, pintada de plata, pero seguía seca. Aunque el marfil olía a quemado, ni una mancha ensuciaba su pálida superficie. Ámbar se irguió y lo movió con el pie. Un pesado chorro de metal líquido se deslizó al suelo. Como si estuviera vivo, se añadió al charco de plata.

Ámbar se arremangó y alzó el diente. Pesaba. En su interior pudo ver el nervio como una rama de cobre y una densa maraña de arterias metálicas sobre las que brillaba un rocío plateado.

Tocó la cúspide del gran triángulo óseo con la punta del índice. El filo era tal, que la sangre brotó al instante. Ámbar ni siquiera alcanzó a sentir cómo la hería.

Sobre ella, el cielo otoñal resplandecía indiferente y azul, como siempre. Pero algo portentoso había surcado ese mismo cielo hacía apenas unas horas. La prueba era el extraño objeto que acunaba en sus brazos. Lo estrechó contra su cuerpo y sintió cómo le entibiaba el pecho.

Nadie podría desmentirla ahora.

–¡Mi abuela tenía razón! –gritó con fiero regocijo.

capítulo catorce

El hurón y el Lobo

El Lobo, pasadas unas semanas, se recuperó de la borrachera que lo había postrado, y los habitantes del castillo se esforzaron por olvidarla. Se acercaba el invierno y todos se preparaban para hacerle frente: desde el campesino más pobre hasta el mismísimo rey. Las leyes de la guerra decretaban que los combates se suspendieran cuando había nieve, así que el Lobo se dedicaba a cazar para su gente.

Lo principal era avituallarse, reparar las paredes de las casas y remendar mantas, capas y capuchas. El zumbido de la rueca se oía en las chozas, las barracas y los salones del castillo desde que amanecía hasta el anochecer. Incluso Soledad, cuyos dedos callosos y ágiles eran buenos para hilar, tuvo que pasar alguna tarde entre las mujeres y las ruecas, atontada por el aburrimiento y la conversación incesante de damas y esclavas.

–Mira, por eso no te duelen las yemas –murmuraba Lirio palpando las manos duras de su hermana–. En cambio, a mí se me ampollan. Pero tus hilos están llenos de nudos.

Soledad, harta del comadreo, asentía y se esforzaba por hilar como las otras. Su mente vagaba por el bosque. La princesa recordaba los ojos oscuros y el hocico fino de un cervato; un montón de graso excremento de oso en el que había distinguido las escamas de las truchas que el animal había comido; el nido de águilas divisado en un peñón; las garras de Alagrís. Las jóvenes que la rodeaban soñaban con el matrimonio, besos y citas de amor.

ooo

Una mañana, mientras el Lobo recorría el bosque en busca de piezas que cobrar, sucedió algo inesperado. Parecía un día cualquiera: fuera del recinto de la muralla, algunos soldados arrojaban lanzas y flechaban un par de viejos escudos tungros que habían colgado de las encinas. Los campesinos de la aldea, con sus costales de harina a la espalda, se amontonaban en el patio para usar el horno. El rey cobraba la octava parte del grano por permitirles el uso de la cocina del castillo.

Las esclavas acicalaban a la reina y a sus damas con peines empapados en aceite de rosas y les ataban las trenzas con cintas de seda roja. La princesa Lirio bordaba frente a su bastidor y un perrito blanco le roía la punta de la zapatilla. Soledad y Tagaste supervisaban a los tintoreros que trabajaban cerca de los establos, alrededor de los calderos malolientes donde se coloreaba la lana.

De pronto, en lo alto de la torre sonó el ronco cuerno del vigía. Tres veces: «Hombres en el camino». Soledad miró a Tagaste con gesto inquisitivo y el eunuco subió a ver de qué se trataba. El cuerno sonó de nuevo y el vigía dio la orden de bajar el puente y levantar el rastrillo.

En lugar del Lobo con su comitiva, entraron, rodeados por los soldados que hasta hacía unos minutos se adiestraban con los arcos, tres caballeros armados y cubiertos de polvo. Tras ellos venían quince soldados con las espadas desnudas. Los tres llevaban la visera levantada, pero Soledad no reconoció sus rostros fatigados. Los esclavos y los campesinos guardaron un cauteloso silencio. Solamente se oía el rechinido de las armaduras, el jadeo de los caballos y el crepitar del fuego que ardía bajo los calderos.

–Si nuestro señor el rey, vuestro padre, siguiera mis consejos, y en lugar de pasar los días en la mesa con la copa de vino en la mano, o con Béogar en la cacería, mantuviera encendida la llama de la guerra en todas las fronteras de Moriana, estos hombres no estarían aquí. ¿Qué querrán?

Incrédula, Soledad se volvió a mirar la cara de ratón del consejero, quien, sin quitar la vista de los hombres, pero consciente de que ella lo observaba, se encogió de hombros. Senen se pasó la lengua por los labios y se escarbó los dientes con la uña amarillenta y curva. Soledad sintió una mezcla de repugnancia y rabia: detestaba ese gesto. Las uñas de Senen, estriadas, mugrientas, innecesariamente largas, le daban asco. Las garras de Alagrís eran más limpias.

–Seguro que los tungros amenazan el reino, señora, mientras vuestro padre está aquí, peleando con la reina –siguió el consejero chupándose el índice.

Soledad apenas podía creer que Senen hiciera una crítica tan abierta a los hábitos del rey, pues la cobardía del consejero real era aún más famosa que su crueldad. Senen amaba la guerra, el expolio, la pira de los cadáveres enemigos, las cabezas en las picas, el incendio..., pero temía el combate. Hasta el último escudero en el ejército de Moriana sabía que Senen había huido de una batalla. Béogar lo encontró después de la lucha, escondido en una cueva, tembloroso y con diarrea. Senen explicó que la enfermedad lo había sorprendido de pronto.

Béogar, burlón, le dijo a Soledad al regresar al castillo: «La enfermedad que aqueja a nuestro consejero es la cobardía, y, desgraciadamente, es incurable». Los dos se habían burlado de Senen, de sus calzas manchadas como los pañales de un crío. Ahora, el miedoso, la mofeta espantadiza, se atrevía a juzgar al rey. La princesa, roja de ira, siseó:

–Yo creo que a ti te gusta tener al Lobo bien lejos, porque así puedes fingir que eres tú quien gobierna mientras él hace la guerra.

Senen sonrió.

–Los dioses nos concedieron a todos distintas habilidades... –dijo con burlona humildad.

Entonces Tagaste, a quien ninguno de los dos había oído acercarse, intervino calmosamente:

–Y a nuestro señor el Lobo se le concedió el don del mando y el de saber hacer la guerra. Pero ya que te inquieta que beba, puedo pedirle, en tu nombre por supuesto, que deje de hacerlo. Yo, en cambio, creo que tiene derecho a reparar su salud, quebrantada después de tantas batallas. Y no todos sus servidores podemos acompañarlo en el combate. Yo debo permanecer aquí... con otros que tampoco saben guerrear.

El eunuco miró a Soledad y le dedicó una sonrisa cómplice. Soledad rio por lo bajo.

Las fláccidas mejillas de Senen enrojecieron. Arrugó el ceño y escupió, pero Tagaste, sin darle tiempo a replicar, se adelantó a dar la bienvenida a los caballeros. Se había echado el traje de seda roja de las ocasiones solemnes encima de la remendada túnica cotidiana, y Soledad sonrió al ver cómo asomaba un faldón deshilachado debajo del borde escarlata. Con una señal, Tagaste, erguido y grave, ordenó a los esclavos que trajesen agua y vino. Ya estos apagaban las hogueras y llevaban los caballos a los establos. Los tres hombres esperaban, con la espada al cinto y la cabeza descubierta. Sus hombres seguían sobre las monturas.

Senen murmuró:

–Es un lechón arrogante, el eunuco. No quise decir nada en contra del rey, alteza. Lo juro por mi vida.

El aliento del consejero hedía horriblemente, tanto, que a los habitantes de Bento, que poca compasión sentían por el rey, se les encogía el corazón al pensar cómo Senen le hablaba de cerca largas horas. El rey, hay que decirlo, aguantaba a pie firme y no se quejaba. Pero su hija, asqueada, arrugó la nariz y dio un paso atrás.

–Ese lechón, como le llamas, es, no lo olvides, el maestresala de este castillo. Y yo lo amo porque es fiel –dijo secamente mientras estudiaba a la taciturna comitiva que intercambiaba saludos con Tagaste.

El guerrero que la encabezaba saludó al eunuco con una leve inclinación de cabeza y este, pesadamente, puso una rodilla en tierra. El que había saludado era un hombre alto y delgado, requemado por el sol, que llevaba la canosa melena recogida en una trenza. Sus ojos negros escrutaron atentamente las murallas y las paredes del castillo. Tenía la nariz larga y huesuda, los labios delgados y los pómulos salientes. Llevaba barba, anudada con un cordel. Los ojos, separados y grandes, le daban un vivaz aire de hurón, a pesar de su ascética flacura. Soledad se dio cuenta de que la armadura del caballero, opaca por el polvo, era de la mejor calidad. La cota de malla estaba hecha de anillos delicados y de cerrada trama; las puntas de las espuelas parecían estrellas de oro.

–Ese es Fura de Mongrún. En sus tierras hay viñedos, moreras y olivos. Es muy poderoso –susurró Senen–. Los otros dos son su cuñado Meroveo, barón de Alfán, y Zorro, conde de Álamos.

Fura hablaba queda y enérgicamente al oído de Tagaste, y el eunuco escuchaba con las manos cruzadas sobre la barriga.

Los otros parecían más jóvenes, aunque estaban igualmente curtidos por el sol y por la guerra. De pronto, Fura se volvió a mirar a la princesa, sopesando, quizás, lo que veía. Tagaste dijo en voz lo suficientemente alta para que Soledad lo oyera:

–Es la princesa Soledad, la hija mayor del rey.

Ella sintió cómo se le calentaba la cara. Se imaginó que la voz de Fura decía: «He aquí la primogénita que no fue varón y hundió al rey en la inquietud».

La muchacha levantó el mentón y estiró el cuello, irguiéndose para parecer más alta. Fura dobló la rodilla con indiferencia y, sin hablarle, devolvió su atención a Tagaste.

–¿El rey, dices, llegará hoy? –preguntó. Tenía la voz grave y el tono de quien está acostumbrado a mandar. Se volvió a mirar a sus hombres–. ¿Puedes dar órdenes para que mi gente descanse?

–Ahora mismo enviaré por él. Mientras, me honra recibir a sus aliados. Señora –dijo Tagaste con urgencia, dirigiéndose a Soledad e inclinándose apenas–, hay que avisar a la reina. Tú –le pidió al esclavo más cercano–, di a los mozos que desensillen los caballos y den vino a estos hombres.

Fura se pasó la mano por la frente.

–Señor, si me permitís, yo mismo os ayudo a desabrocharos el peto y las grebas –pidió Tagaste, formal.

El duque asintió.

ooo

Soledad, sorprendida por la actitud de Tagaste, entró en el castillo y se encaminó a los aposentos de las mujeres. Jara levantó la mirada de su bordado, alarmada al verla entrar a esa hora. Sus damas de compañía, parlanchinas como gorriones, callaron.

–¿El rey? –preguntó la reina, llevándose una mano blanca y enjoyada al pecho.

Soledad tuvo un breve momento de simpatía:

–No, señora. Mi padre está con sus hombres en el bosque. Tres caballeros han llegado buscándolo. Tagaste los recibió y me envió a buscarte.

–¿Quiénes son? ¿Por qué no advirtieron de su llegada? ¡Mira! ¡No estoy preparada para recibir a nadie! –gimió Jara con un mohín.

La simpatía que Soledad había sentido por ella al verla preocupada por el rey se disolvió.

–Son los barones Fura, Zorro y Meroveo –contestó fríamente, encogiéndose de hombros–. Traen soldados con ellos. No sé más.

Ante la insolente respuesta de Soledad, una de las damas chasqueó los labios con reprobación. Jara, colérica, frunció las cejas.

–¿Cómo ibas a saber más? No te interesa nada que no sea tu caballo o tu halcón. No sé por qué te pregunto a ti. Mientras me preparo, ve a cerciorarte de que los esclavos no arruinan la lana. Avisa a Tagaste, ya bajo –ordenó, repasando el aspecto rústico de su hijastra con evidente desagrado.

Su examen se detuvo en el rostro de la muchacha. Soledad, desdeñosa, pensó en Alagrís y quiso traer a su cara la ira del halcón. Jara miró el relámpago de desprecio en los ojos de gato de su hijastra y, abochornada por quién sabe qué vergüenza, volvió el rostro. Soledad sonrió, giró sobre sus talones y fue a buscar a Tagaste.

Bajó al patio cuando el cuerno sonaba para avisar que el rey estaba ante la puerta. El Lobo entró a la cabeza de su comitiva, con Béogar cabalgando a su derecha y Sansón, el sabueso favorito, corriendo a su izquierda. Tagaste había llevado dentro a los visitantes, y en el patio solo quedaban algunos esclavos y los campesinos que esperaban su turno para usar el horno.

Aunque lo habían obligado a dejar el bosque antes de tiempo, el Lobo había cobrado una pieza: en un carromato, sobre un lecho de paja limpia, descansaba el cuerpo de un ciervo de grandes astas bifurcadas como las ramas de una encina. En medio del pecho blanco sobresalía una flecha de plumas pintadas de azul que temblaban en la brisa. Una de las astas estaba manchada de sangre. Ante la visión del ciervo enorme derribado por una solitaria flecha, un murmullo de admiración recorrió la fila de los campesinos.

Soledad la reconoció con una sonrisa: esa flecha había salido del carcaj del Lobo. Detrás entró un paje con las jaulas de los halcones y otro con la bolsa de las redes. En un segundo carromato venía un sabueso con una pata rota, atendido por un esclavo que se esforzaba en mantenerlo quieto. El ciervo había luchado por su vida.

–¡Padre! –gritó la muchacha–. Te esperan los señores de Mongrún, Alfán y Álamos.

El rey desmontó y le hizo una seña a su hija para que se acercara.

–Ya lo sé: Tagaste envió un mensajero al bosque. Lleva el ciervo a la cocina. Dile a la reina que estaré en la sala del consejo con mis barones. Que nadie nos interrumpa. Nadie, ¿oíste?

–Padre, dime, ¿son leales? ¿Los atacaron los tungros?

–Luego hablo contigo. Haz lo que te he ordenado.

Soledad sabía que ese tono no admitía réplica. Inquieta, obedeció. Llevó a los halcones a las alcándaras y fue a la perrera a cuidar del sabueso herido. El perro se quejaba, pero movió la cola al verla. Soledad pidió a un esclavo dos varas rectas y un trapo para entablillar la fractura. El esclavo sostuvo al perro y le cerró el hocico mientras ella reacomodaba los huesos del animal. Luego, entablilló la pata y ordenó a los esclavos que llevaran el ciervo a la cocina. Ese era el pequeño reino gobernado por Orri, a menudo invadido por Jara y sus damas. Allí, en lo posible, Soledad evitaba poner el pie. No le contrariaba ver las presas recién capturadas; pero aunque no le entristecía mirar al ciervo cazado, caído como un rey en combate, siempre le dolía verlo sin pellejo, descuartizado, la noble cabeza abandonada sobre un banco, los cuartos destinados a la salazón metidos en un barril de salmuera. Los regios faisanes, sin plumas, tenían el aire inerme de un cortesano desnudo. Poco placer encontraba Soledad en mirar cómo la caza se convertía en comida.

ooo

Desde la perrera, mientras alimentaba a los sabuesos, escuchó cómo los esclavos llevaban vino, agua y comida a los visitantes. Dio de comer a los halcones, se aseguró de que los caballos de los huéspedes estuvieran bien cuidados y hasta trató de hilar junto al fuego, pero la cháchara pueril de su hermanastra la alejó. Volvió a la perrera, a ver al sabueso herido. Comprobó que las vendas estuvieran apretadas, pero no tanto como para hinchar la pata. El animal la reconoció y se quejó suavemente. Soledad se quedó con él, acariciándole la cabeza hasta que el sabueso se durmió. Entonces la princesa regresó al castillo y en vano recorrió los pasillos en espera de alguna novedad.

Al anochecer, cuando el Lobo mandó buscar a la reina para que lo acompañara a cenar con los huéspedes, Soledad supo que la reunión con los visitantes había terminado. No quiso sentarse a la mesa de su padre con Jara y Lirio, pues temía, como siempre que había convidados, las preguntas indiscretas.

Ni Fura de Mongrún ni sus caballeros parecían el tipo de hombre al que le intrigara saber por qué la primogénita del Lobo no estaba prometida en matrimonio, pero Jara era capaz de atraer el tema a la mesa. Cada vez que un huésped nuevo llegaba a la presencia del rey, la reina procuraba mencionar –y esa era una de las razones por las que Soledad la aborrecía– que la dote que le correspondía a la hija mayor del Lobo era enorme. En vano habían discutido ya decenas de veces:

–Soledad, si te embellecieras, si fueras más dócil, tal vez Tagaste podría establecer una alianza ventajosa para tu padre. Eso es lo que el rey Lobo necesita: dinero, hombres, tierras. No una hija que se comporta como un hombre y que, a pesar de los halcones y los perros, seguirá siendo mujer –le decía cuando Soledad era todavía una niña.

Pero ya desde entonces Soledad había decidido cómo iba a ser su vida.

–No quiero casarme nunca. Quiero quedarme aquí con él, con Béogar y Tagaste –contestaba a gritos.

Entonces Jara se mordía el labio con gesto pesaroso. Si había música y baile, Soledad, quien amaba la música pero era incapaz de bailar, se cubría con la raída capa negra y se largaba a los establos, donde le confiaba a Fum sus agravios mientras se aderezaba un lecho sobre la paja.

ooo

Soledad decidió interrogar a Tagaste. Atravesó el patio y se internó en los cobertizos de los esclavos, un auténtico laberinto adosado a la parte trasera de la muralla. La princesa conocía bien el camino: para escándalo de la corte, cuando niña prefería dormir allí con Edurne que hacerlo en el castillo, cerca de Jara.

Los guardias encargados de que ningún esclavo intentara escapar la saludaron respetuosamente, esforzándose por disimular el asombro que les causaba ver a la princesa caminando por las barracas.

Estaba oscuro y hedía, pues apenas a unos pasos fuera de la muralla estaba el vertedero donde toda inmundicia encontraba su lugar. Además, en los cobertizos no había letrinas; la cloaca era apenas un rincón entre las chozas, sin ninguna privacidad.

Tres desportillados braseros congregaban a las mujeres a su alrededor; unas se peinaban y otras remendaban sus vestidos a la luz apocada de los carbones. Había varios hombres dormidos sobre sus yacijas. Una pareja de jóvenes jugaba a los dados y una niña arrullaba una muñeca de arcilla. Todos hablaban por lo bajo.

La habitación de Tagaste era, quizás, la más alejada del castillo. Allí resultaba más tolerable el hedor. La habitación era mayor que las otras. Gracias a su rango de maestresala, Tagaste podía tener allí dos lámparas. Bien poca luz irradiaban, pero daban ilusión de tibieza.

Tagaste las mantenía encendidas al pie de un humilde altar presidido por un dios de su aldea, una figurita de barro que representaba un muchacho con alas en los tobillos y una guirnalda en la cabeza. Al llegar, Soledad, impaciente, abrió la puerta y entró sin anunciarse.

Tagaste, sorprendido, se volvió a mirarla bruscamente, con el gesto culpable de un hombre descubierto en un acto indecente. Tenía la parte superior de la túnica enrollada alrededor de la cintura; su torso desnudo, grueso y blanquísimo, resaltaba en la penumbra. Sobresaltado, dejó caer la pequeña redoma que sostenía. El frasco cayó al suelo y se rompió. El denso aceite que contenía empapó la piedra, esparciendo un perfume de jacintos. A pesar de la oscuridad, Soledad alcanzó a distinguir, sobre la curva lisa del hombro izquierdo del eunuco, una C. En el rostro de Tagaste, casi siempre sereno, invariablemente afable, se dibujó una expresión de dolor y vergüenza, y se cubrió la cicatriz con la mano.

Soledad sintió que el rubor le calentaba la cara. Nunca, a pesar de su trato cotidiano con él, había visto la señal que le afrentaba el hombro.

–Es la marca del barón Cicuta –dijo Tagaste.

Los ojos le brillaron como si estuviera al borde del llanto. Con su extraña voz de eunuco, aguda y pedregosa, explicó:

–Un mercader trajo este ungüento al castillo –alzó la mano derecha y mostró a Soledad la palma brillante por el líquido– y me prometió que si me lo untaba todas las noches, tarde o temprano la señal se borraría. Pero no ha sido así.

Soledad no supo qué contestar. ¿Qué podría decirle? Cicuta era un barón leal, con un ejército grande y bien armado. Azorada, se miró las botas mientras Tagaste se reacomodaba la túnica y se limpiaba las manos con un trapo.

–¿Qué te trae a los barracones de los siervos, alteza? –preguntó el eunuco, su expresión de dolor sustituida una vez más por la máscara gentil y apacible de siempre.

–Quería que me contaras por qué vinieron los barones de mi padre.

Tagaste se irguió y se pasó los dedos por el pelo.

–Soledad, alteza, lo que tengo que decirte es de la mayor importancia –respondió formalmente el eunuco–. Iba a buscarte... después.

El tono ceremonioso y la grave inflexión con la que Tagaste pronunció estas palabras sobresaltaron a la princesa.

–¿Por qué? –preguntó alarmada–. ¿Qué pasa?

Tagaste guardó silencio un momento. Luego miró a su alrededor y con la mano derecha describió un arco que abarcó la escueta habitación.

–¿Es aquí donde quieres que hablemos? No tengo escabel, banco ni arcón –contestó con una ceja enarcada.

El olor a jacintos se mezclaba con el hedor del vertedero y la chamusquina de las lámparas. Soledad, después de pasar la tarde merodeando por los pasillos y la perrera, tuvo ganas de sentir el fresco en la cara.

–Vamos a lo alto de la torre –dijo.

Tagaste sonrió:

–Alteza, antes de subir, vamos a las cocinas por una bolsa. Quiero recoger pichones para hacer una empanada y que mañana no falte carne en la mesa de tu padre. Yo sé que tu caza es de altanería, con tus halcones –dijo al ver la mueca burlona de Soledad–, pero la mía es en el palomar. ¿Vamos?

Soledad asintió.

capítulo quince

La prueba de Ámbar

Atardecía cuando los aldeanos, reunidos alrededor de una pequeña hoguera, vieron llegar a Ámbar, quien traía un bulto en los pliegues del delantal. La muchacha, pálida y desafiante, se acercó a Brau y preguntó:

–¿Estás seguro de que mi abuela se equivocó?

Brau, impaciente, se puso en pie y tendió la mano hacia el envoltorio que su hija apretaba contra el pecho.

–¡Dame! ¿Qué traes allí?

–Dime, ¿existen los dragones? –preguntó Ámbar con una sonrisa burlona.

–Ya te dije que no. No molestes más... La única que no trabajó hoy en la limpieza del pueblo fuiste tú. De nuevo escapaste. Eres odiosa, muchacha necia –contestó Brau. Tenía el ceño fruncido. Movió los dedos extendidos en gesto de impaciencia.

–Entonces, ¿esto qué es? –preguntó Ámbar con acento triunfal. Dejó caer el diente al suelo, cerca del pie descalzo y calloso de su padre.

La muchacha se enderezó. Los rastros plateados que le manchaban el delantal relucieron a la luz de la hoguera. Del centro del diente se deslizó una gota de metal que brilló sobre el polvo. Brau retrocedió y se frotó la mejilla. El miedo asomó a sus ojos.

–¿De dónde sacaste eso? –preguntó, incrédulo.

–Es del dragón... Estaba en el bosque –contestó Ámbar acuclillándose al lado de su hallazgo.

Los aldeanos se acercaron. Liebre, el antiguo compañero de armas del abuelo de Ámbar, se inclinó. Extendió su única mano para tocarlo, pero la voz de Salvia lo detuvo:

–¡No! ¡No lo toques!

Ámbar intervino:

–No hace daño. Eres una miedosa. Yo lo he manoseado toda la tarde. Deja que lo toque, si quiere. ¿Verdad que es del dragón, Liebre?

Liebre se incorporó.

–Creo que sí, aunque jamás he visto nada parecido –repuso–. Tampoco había visto un fuego como el de anoche, fuego del infierno o de un dragón. Lo ignoro. Pero sé que el metal que tiene ahí es mercurio. Mercurio... –repitió para sí.

–¿Qué es eso? –preguntó Temis.

–Es metal líquido. Cuando estuve en la guerra oí hablar de las minas de mercurio, porque el rey lo codicia y manda allá a muchos que no pueden pagar sus deudas. Los magos lo necesitan en sus alambiques. Con él se hacen las pociones para buscar la inmortalidad. Tal vez a los magos no les hace daño, pero mata a los esclavos. Los que bregan en las minas mueren tiritando. Hace que la gente tiemble. Le llaman azogue, y azogados son esos que se sacuden como hojas... Yo los vi.

–Además, está caliente todavía –intervino Ámbar–. Lo metí en el río para enfriarlo y no pasó nada. ¿Veis? Es del dragón.

–¿No oyes, hija? –la amonestó Caliela–. ¡Hace daño, es azogue!

–No me hizo nada –respondió la muchacha, y extendió la mano para demostrar que no temblaba.

–Pues hay que esconderlo, entonces –dijo una voz que raramente se escuchaba en la aldea.

Era Alondra, la porquera, la adusta hija de Odo, huérfana por obra de los hombres del rey. Ámbar, sorprendida, la miró con atención. Recordó la historia –la última– que le había contado su abuela.

–Escúchame, Ámbar –ordenó Alondra serenamente–, yo sé cómo te sientes por la muerte de Liaza y también sé cómo son los soldados. Tu madre tiene razón en no querer que los recaudadores se enteren de lo que pasó anoche. Por tu bien, por el de todos, ocúltalo. No sabemos si se puede quebrar o si al romperlo atraeremos otra desgracia sobre nosotros. Escóndelo ya. Y hagamos como que no pasó nada, aunque extrañaremos la presencia de Liaza entre nosotros. Siempre fue buena conmigo.

Los aldeanos murmuraron su asentimiento. Florián, sonriendo a su hermana, se adelantó.

–Yo lo haré –anunció con gesto decidido.

Ámbar le contestó con dulzura:

–No, hermano, esto es cosa mía. Para mí es la prueba de que mi abuela siempre supo lo que decía. Por algo lo encontré yo.

–Por desobediente –susurró Brau con voz fatigada.

–Es verdad, padre: por desobediente –contestó Ámbar mansamente, para sorpresa de todos. La barbilla comenzó a temblarle y se puso colorada. Entonces rompió a llorar, con las manos colgando a los costados y la cabeza baja.

Alondra le puso la mano sobre el pelo.

–Tu abuela no mentía. Nunca mintió, no llores.

Ámbar, sollozando, levantó el colmillo, lo envolvió de nuevo con su delantal y le pidió a su madre:

–Dame luces, ahora vuelvo.

Caliela entró en su casa y salió con un manojo de juncos untados de sebo. Los encendió en la hoguera y se los tendió a su hija. Ámbar los tomó y se alejó, estrechando el colmillo del dragón contra su pecho como si fuera un tesoro.

Cuando regresó, se dio cuenta de que los aldeanos habían echado tierra y piedras sobre el lugar donde había caído el mercurio. Su madre la esperaba, sola, junto al fuego que se apagaba suavemente. En silencio, Caliela le quitó el delantal y lo colocó sobre los rescoldos. La tela comenzó a arder.

Luego, abrazadas, lloraron largamente a Liaza.

capítulo dieciséis

Entre la tierra y la noche

D*e algo ha de servir este despertar abominable*, se repetía. Era presa de la ira, una red tejida con fuertes hilos de impotencia y desasosiego debajo de la que se retorcía sin poder escapar.

Todavía ignoraba por qué estaba despierto. El odio alimentaba el fuego que le brotaba del corazón, se deslizaba por su lengua y bajaba en cascada sobre los castillos, las aldeas y los bosques. Había encontrado nuevas riquezas: anillos, brazaletes, espadas, monedas, pero todavía no hallaba al dueño de la voz detestable que lo había despertado. Después de quemar un viejo castillo encontró, entre los rescoldos y los cuerpos quemados, un yelmo de hierro que creyó reconocer. ¿A cuál de los héroes a quienes había vencido pertenecía? Se posó sobre las ruinas para examinarlo y estas se desmoronaron bajo su peso, pero no quedaba nadie vivo para atemorizarse y huir.

Su lengua, negra, elástica, recorrió el yelmo con delicadeza. Deseaba encontrar en el sabor del metal que se reblandecía un rastro identificable, pero si lo hubo, no fue capaz de reconocerlo. Quiso rememorar a un rey anciano que lo había mirado sin miedo antes de morir, pero la presencia se desvaneció. Rio con amargura. Ni siquiera recordaba el sabor de sus victorias. El yelmo se deshizo como un pedazo de hielo insípido y fugaz bajo su lengua candente.

Antes, su mayor placer había sido echarse sobre los tesoros que ganaba en los combates, como un ave que empollara sus huevos en un nido hecho de metales preciosos. Entonces, rugía de gozo al sentir el metal que se fundía con sus escamas formando un escudo reluciente. Pero ahora el escudo pesaba, y el goce había sido sustituido por un hambre que solo hallaba alivio en devorar todo. Tal vez si encontraba al mago su rabia se apaciguaría, pero era como si Cuervo hubiera muerto. No había vuelto a oírlo ni había encontrado la huella de su magia, aunque buscaba con afán.

¡Qué le importaban las vidas insignificantes que había consumido en esos días! Saciaban apenas el dolor del hambre que lo atormentaba. No había suficiente sangre en el mundo para apagar su sed. ¡Los bosques, las manadas, los hombres que enmudecían al verlo, hechizados por el fuego! No eran casi nada. Su propia vida, la más viva de todas, se apagaba bajo la marea helada de los años. Sentía los siglos empotrados en medio de las alas como una lanza envenenada.

Por el día reptaba dentro de las cuevas y soñaba que era joven, pero al abrir los ojos en la noche y sentir la rigidez en las articulaciones, recordaba que estaba solo. Trataba de regresar al sueño prolongado, pero la ira se lo impedía. ¿Dónde estaba el mago infame que lo había llamado a la vida?

La rabia lo azuzaba, lo hacía salir de la caverna y vomitar fuego sobre el mundo. Reptaba, se arrastraba, humillado como una serpiente alevosa, recordando los insultos que los héroes habían proferido antes de morir, las afrentas que en el pasado escuchó con regocijo: gusano, víbora, monstruo. Él, en aquel tiempo dueño del cielo, había respondido con un batir de alas que arrancaba los árboles de cuajo.

Ahora la armadura dorada de su vientre rechinaba, se manchaba con lodo o se trababa en los matorrales obligándolo a debatirse hasta que se soltaba. Cada día que pasaba, la tierra lo ataba con lazos más pesados.

Su cuerpo se había convertido en un enemigo. No reconocía como suyas esas alas con los extremos roídos, deshilachadas como las velas de un barco destartalado. Sus alas habían sido gloriosas: amplias membranas cubiertas de una delicada trama de escamas de bronce. Ahora eran estas ruinas con las que tardaba en levantar el vuelo, que lo forzaban a arrastrarse torpemente entre las rocas y peñascos. La nieve se derretía bajo su calor y formaba arroyuelos. El vapor lo envolvía hasta que reunía la fuerza necesaria para dar el salto que lo alzaba. Un violento aletazo, un agitar las garras para trepar por la pendiente invisible, y entraba en el aire; pero el miedo a que tarde o temprano la vejez lo encadenara a las peñas lo hacía gemir.

Iba entre las estrellas, flores heladas en un prado negro. Debajo de él, la tierra se agitaba cuando su rugido despertaba a hombres y animales. Su aliento se convertía en mil espadas calentadas al rojo; su sola presencia bastaba para que el aire se convirtiera en una cortina ondulante que asfixiaba a los hombres y hacía hervir la savia dentro de los árboles.

Los bosques ardían y estallaban. Al estruendo se sumaban los clamores de las manadas, de las nubes de pájaros que caían al suelo, de las piedras que se partían en pedazos. Su fuego, cuantas más cosas devoraba, más hambre tenía. Se derramaba como agua por las laderas de los montes, llegaba a los ríos y los lagos y los convertía en nubes.

La noche se volvía roja. El cielo era una bandera incandescente que ondeaba. Y en el centro de esa bandera, un dragón rampante, el símbolo de la destrucción.

Esa bandera roja fue lo último que los campesinos que poblaban las tierras del Zorro vieron antes de morir.

capítulo diecisiete

La penitencia en el bosque

En los primeros días del destierro, Cuervo trató de escapar de Alosna. Quiso huir e internarse en Moriana para conocer a sus enemigos. Luego buscaría al Lobo para matarlo. Pronto, sin embargo, se vio obligado a aceptar que apenas tenía fuerzas para procurarse las raíces, las nueces y los tardíos rábanos con los que se alimentaba. También se dio cuenta de que le era imposible salir de Alosna: cada vez que trataba de aproximarse al Paso del Mago se perdía, a pesar de que conocía bien el trayecto. Era como si una venda le cayera sobre los ojos cuando se ponía en camino.

Cualquier gesto prohibido era imposible. En cuanto levantaba la mano para formar los movimientos de los conjuros, el dolor en la palma quemada aumentaba hasta provocarle náuseas. La lengua dejaba de obedecerle y se quedaba mudo. Tampoco podía entenderse con los animales, que huían al verlo como si fuera un cazador, no un mago. Estaba solo como nunca había estado, pues aunque la compañía humana le era indiferente, siempre había amado a los animales y en ellos había encontrado su alegría.

El rencor lo agobiaba: Munin se había aliado con los magos forasteros y había aceptado sin chistar que Erec lo enviara al bosque. Val solo había lloriqueado como un ratón, y ninguno de los dos se había preocupado por su mano herida.

Las noches eran largas y al ponerse el sol caían lloviznas que lo afiebraron, pues su ropa permanecía húmeda la mayor parte del tiempo y no traía consigo más que su capa y una manta ligera. El melancólico aullido de los lobos, que nunca antes lo había atemorizado, le impedía conciliar el sueño. No pudo descansar hasta que descubrió una cueva donde guarecerse.

El frío que sentía en la noche era como una enfermedad. Imaginaba con terror la llegada de las nieves. Temblaba todo el tiempo. Le dolían la cabeza desnuda, las orejas, los pies ateridos, los sabañones. La nieve iba a ser su tumba, estaba seguro. Alguien, Munin tal vez, le había contado que la muerte en la nieve era dulce, como un sueño profundísimo. Así, se decía, iba a ser la suya. Al menos no sufriría más dolor. Se quedaría adormilado y luego se pondría tieso.

Cuando se deshicieron las sandalias que apenas le protegían los pies, experimentó el frío como otra, distinta quemadura. Luego llegaba el entumecimiento, semejante a un golpe lento que calaba hasta los huesos.

¿Por qué nunca había sentido un frío semejante?

Tal vez porque allá en Nebral, cuando llegaba la noche, su madre le friccionaba los pies con un trapo caldeado con una piedra que sacaba de entre las cenizas del fogón; porque le daba de comer avena cocida y caliente; porque su colchón estaba relleno de paja y tenía una buena manta de lana. Ahora no dormía en casa sino en una cueva, sobre un montón de heno podrido.

A pesar de sus esfuerzos no había podido encender fuego para asar los pequeños rábanos y ajos que había encontrado, y los comía crudos, aunque lo hacían lagrimear.

No era justo, se decía. Mientras los otros niños aprendían cómo se encendía una hoguera, él había estudiado el conjuro para llamar al fuego, las invocaciones para mantenerlo encendido. Por eso no sabía cómo prender fuego con dos varas. Sabía, diestramente, cómo encender la lumbre con un conjuro, cuatro palabras de poder que ahora tenía prohibido pronunciar. *Ellos* sabían de su ignorancia, *ellos* habían sido sus maestros.

Intuía que el odio que sentía por el Lobo lo esclavizaba, pero ¿cómo no odiar a quien mataba? La noche aquella, el odio le había dado fuerzas para tratar de terminar el conjuro. El dolor físico, el miedo y la debilidad lo extenuaron, pero todo el tiempo recordó claramente las imágenes de los saqueos. Así, el odio lo sostuvo casi hasta el final. Había sido su cuerpo el que se había rendido, no su voluntad.

ooo

Después de las primeras semanas, decidió buscar al Unicornio. Tal vez, si lo encontraba, el Unicornio lo mataría como antes había matado a los cazadores que profanaron el bosque. Le temía más al frío y a la locura que a la muerte. Recorrió veredas casi ocultas por la maleza en la que se hundía hasta las rodillas y umbrosas extensiones de bosque.

Los animales escapaban al verlo, con excepción de un pequeño cuervo insolente que a veces lo seguí graznando en son de burla. De cuando en cuando, el muchacho le regalaba un escarabajo que el cuervo picoteaba mientras lo estudiaba con ojos brillantes como cuentas de vidrio. Cuervo lamentaba que en su castigo los magos le hubieran arrebatado la facultad de comunicarse con los animales. Era una de las sabidurías que más apreciaba.

Una mañana neblinosa se encontró con una manada de ciervos que pacían en un claro rodeado de abedules. Los ciervos, en lugar de huir, lo miraron serenamente. Cuervo, cauteloso, se aproximó. Los ciervos no se movieron más que para hundir el hocico en la hierba, empapada por el rocío. A gatas para no asustarlos, Cuervo arrancó un puñado de maleza y se frotó con él las manos y la cara, con el fin de enmascarar su olor humano.

Una cierva trotó hasta quedar frente a él. Cuervo extendió el brazo y tocó la cálida testuz. Luego le acarició el cuello, el pecho, el costado. La cierva se dejaba hacer olfateándolo con curiosidad, mientras el muchacho frotaba la mejilla y las manos contra su pelaje. Acompañado por primera vez en mucho tiempo, Cuervo lloró con la frente apretada contra el flanco del animal.

Cuando dejó de llorar, la cierva se alejó. Cuervo, cansado por el llanto, se sentó cerca de la manada, con la espalda apoyada en el tronco de un abedul. Un cervato diminuto, oloroso a leche, se acercó y se echó a su lado. Una suave luz brillaba en sus ojos negros. Cuervo le tendió la mano sana y el cervato le dio una pata, fina y liviana como una ramita tierna. Cuervo la levantó y besó la rodilla afilada, cubierta de pelo cobrizo. El cervato le lamió la frente y los párpados, donde quedaban rastros de llanto. Maravillado, Cuervo le acarició la cabeza, el lomo adornado con las manchas blancas de la infancia, el cuello largo y curvo, el vientre dorado. El cervato se durmió con la cabeza en el regazo del muchacho. Cuervo, en paz, sintió que los ojos se le cerraban y se hundió en el sueño.

Se despertó cuando el animalito se levantó para ir tras la manada que se alejaba. Cuervo comprendió: seguramente, cuando los encontró el Unicornio acababa de pasar entre ellos. Por eso estaban así, extáticos y dóciles. Por eso la luz verde que se filtraba a través del follaje tenía esa clemencia de primavera.

Se puso de pie, y aunque suponía que el Unicornio ya se encontraría lejos, corrió tras los ciervos.

–¡Ven, ven a mí, aunque soy ruin! ¡No te haré daño! –gritó.

Los ciervos se desbandaron. Cuervo anduvo por el bosque sin encontrar a ningún otro animal hasta que, agotado, se sentó sobre un tocón y acunó con la mano su brazo dolorido. Con un batir de alas, el cuervo familiar se posó en la rama baja de un castaño y lo miró. Cuervo se alegró de verlo.

–Ven tú, entonces –dijo con burlona resignación.

El cuervo revoloteó, se posó en su rodilla y lo estudió con tal descaro que Cuervo, a su pesar, se echó a reír. Le reconfortaba que el ave lo acompañara. Era como verse en un caprichoso espejo: el cuervo rara vez lo obedecía, era descarado y respondía a las caricias con picotazos.

ooo

En las caminatas que emprendió después de su encuentro con los ciervos, se topó con las murallas de espejismos que guardaban la frontera y se dio cuenta de que eran una obra perfecta. No intentó atravesarlas, como antes. Llenó la capucha de su capa con nueces y subió a un peñasco donde se sentó a comer. El sol de otoño entibió la piedra desnuda y Cuervo se dedicó a estudiar el trabajo de sus mayores.

Desde allí miró la bruma que cubría el bosque, semejante a un tapiz de vapor que se movía sobre los árboles en lentas espirales. En algunos lugares la niebla se adelgazaba hasta abrirse y el sol centelleaba sobre el agua.

Eran los lagos mágicos, que a la vista de los enemigos aparecían como pantanos hediondos donde el lodo burbujeaba llenando el aire de gases.

Recordó cómo una tarde, ya novicio, cedió al impulso de espiar a los recaudadores que merodeaban cerca del Paso del Mago. Entonces oyó cómo discutían la posibilidad de cruzar para apresar a un mago y llevarlo al rey. La cólera lo empujó a llamar a la niebla y mostrarse en la orilla del barranco con los brazos abiertos en un gesto teatral. Al verlo, los recaudadores volvieron grupas y trataron de escapar, pero Cuervo liberó a los caballos con un encantamiento de obediencia:

–Derribadlos, arrojadlos lejos –ordenó.

Los caballos desmontaron gustosos a sus jinetes. Los soldados, enloquecidos de terror, se arrastraron por el camino rezando a gritos, mientras Cuervo les mostraba los dientes y reía, con la niebla detrás como una pared impenetrable. Cuando regresó con su gente a contar su hazaña, Munin lo castigó después de reprenderlo.

–Jamás vuelvas a usar lo que sabes para hacer daño –le gritó antes de enviarlo a dormir.

Cuervo no pudo entender que Munin lo riñera por hacer lo mismo que a Erec le había dado fama. Luego, su padre le contó la historia del largo escarmiento de Erec y la humildad con la que aceptó su castigo. A Cuervo, esa parte de la historia se le había olvidado de inmediato.

Esa fue la primera señal de que la soberbia anidaba en su corazón. Pero ni él ni sus padres supieron entonces lo grande que era, cómo llegaría a cegarlo y a gobernar sus actos.

El sol comenzó a bajar y el frío se enconó. Cuervo se encaminó a su cueva. Entendía que debía sacar el desprecio de su corazón, pues a la soberbia debía la penitencia que acataba, pero añoraba la sensación de asustar a jinetes armados hasta hacerlos orinarse en las calzas.

En cambio, cuando los desesperados y los deudores, aquellos que escapaban de la justicia real, cruzaban la frontera para internarse en la niebla de Alosna, Cuervo se había alegrado de poder recibirlos con agua y pan. ¡Cuál no sería la sorpresa de esos desdichados cuando, en lugar de hallar la muerte en las fauces de un monstruo o ser convertidos en sapos, se encontraban en un paraje limpio de espejismos y de niebla, con un hombre como ellos, quien, además, les daba de comer!

Casi todos se quedaban en Alosna, a vivir entre los magos. Si habían matado en Moriana, eran purificados según las leyes alosneñas. A los pocos que elegían regresar, los magos les borraban los recuerdos y los sustituían por visiones de horror.

Desde que Cuervo podía recordar, solo uno había retornado. Se llamaba Demetrio y había huido a Alosna porque debía dinero a su señor. Además, había robado. Aunque los magos lo recibieron y le curaron la herida purulenta que traía en el pecho, Demetrio nunca pudo olvidar a su mujer y a su hijo. Comenzó a languidecer, a perder el sueño y el hambre. Entonces habló con Munin y le manifestó que prefería los recuerdos falsos y el riesgo a ser reconocido a vivir lejos de su familia.

Munin cruzó el río con Demetrio y, antes de dejarlo en la ribera de Moriana, le borró los recuerdos de su curación y los sustituyó con delirios y miedo. Demetrio corrió a internarse en el bosque y un mes después fue capturado por los recaudadores en una cueva donde se había ocultado. Las historias que contó asombraron de tal forma a quienes lo escucharon que, en lugar del grillete de la esclavitud, le fueron concedidos el perdón y diez monedas de oro.

Demetrio juró que el Unicornio había destripado a los dos hombres con los que había escapado de los alguaciles del rey. Explicó que los magos habían lanzado una especie de ciervo maligno contra ellos y que con sus propios ojos había visto cómo los magos devoraban los cadáveres. Les mostró la cicatriz de su pecho, les dijo que el cuerno lo había rozado. La verdad es que Demetrio había llegado solo, afiebrado y débil. La herida se la había hecho el cuchillo de un alguacil que servía al Lobo. Jamás vio al Unicornio. Y los magos no probaban la carne, pues para ellos sabía a muerte.

Cuervo rio para sí al recordar a Demetrio. ¿Acaso el Unicornio, la criatura más sagrada de Alosna, se ocuparía de vigilar los senderos como un mastín?

Demetrio –los magos lo sabían porque lo veían de cuando en cuando en la olla– seguía vivo, al lado de su mujer y su hijo. Con los años, sus historias crecieron y se llenaron de detalles minuciosos y terroríficos. Así, sin quererlo, contribuyó a que el encantamiento que sellaba las fronteras de Alosna se fortaleciera. Cuervo pensaba que ese encantamiento era obra tanto de los magos como de los hombres: unos creaban muros de niebla, los otros de superstición.

Divisó entre las ramas la vereda que llevaba a su refugio. Entró en su cueva y se dejó caer sobre el heno. Olía a moho. Para él, enemigo del Lobo y ahora rechazado por los magos, no había más que ese lecho maloliente.

capítulo dieciocho

El Unicornio

De un salto trepó a lo alto de un peñasco y miró abajo: las copas de los árboles parecían un rebaño de ovejas amarillas, y el río un listón de vidrio. Un águila graznó saludándolo. El Unicornio relinchó en respuesta. El otoño avanzaba y hacía frío en la cima de la montaña. La escarcha le cubría las crines como polvo de vidrio. Un tibio vapor se desprendía de su pelaje y sus ollares humeaban.

Llevaba ya varios días inquieto y galopaba de un lado a otro. Una noche tuvo un sueño vil que no pudo recordar, pero que lo intranquilizó. Luego sintió un cambio en la luz del mundo, una oscuridad que la luz no podía disipar. Una tormenta viva amenazaba todo. La lengua del Unicornio se cubrió de colérica espuma: corcoveó y golpeó la piedra con tanta fuerza que sus pezuñas, hendidas como las de los ciervos, dejaron una marca en la roca.

Aunque su cuerpo era parecido al de un ciervo blanco, su corazón era el de un león. Apenas conocía el miedo que gobierna a los animales parecidos a él, a los ciervos, al caballo. No lo arredraban ni el dolor ni la muerte. Siempre había estado solo. Tal vez fuera el único de su especie. No recordaba una infancia en la que hubiese sido un cervato con la frente lisa en la que aún no aflorara el cuerno, una madre, ubres tibias, leche. Tal vez siempre hubiera sido como era ahora, un animal joven, armado con una lanza invencible, una bestia que no envejecía. No conocía la brama o la enfermedad, solo sabía de la cólera y la piedad por los otros animales.

Era un rey amado. Los demás animales le rendían pleitesía. Incluso la araña y la larva blanca del pudridero.

Las aves cantaban a su paso y se posaban sobre el cuerno que le adornaba la frente, sobre la grupa o la delgada testuz.

Hacía mucho tiempo, se había enfrentado a los cazadores por vez primera. Vinieron pertrechados con redes, lanzas y espadas: las redes se deshilacharon al tocarlo y melló las espadas con el cuerno. Los hombres, en los que apenas veía la luz como una tenue llama vacilante en medio de los pechos –luces empañadas por el miedo, la ira y la codicia–, fueron tras él provistos de cuchillos. Los perros de los hombres se rebelaron en cuanto percibieron su rastro. Los caballos lo reconocieron como a un ancestro divino y trataron de librarse de los hombres que los montaban.

Los cazadores, al darse cuenta de que los caballos no los obedecían, se apearon y lo acosaron a pie. Lo rodearon y él se abrió paso entre ellos. Hundió sus pezuñas en los vientres, en las piernas, en las manos que aferraban los cuchillos. Se ensució con la sangre y con las heces. Su bramido, semejante a un gorjeo, los pasmó. Hubo quien, al escucharlo, dejó el pecho al descubierto y el cuerno le atravesó el corazón. Los perros, apaciguados por su olor, aguardaron echados. Solo se oía su relincho y los alaridos de los hombres.

El sudor le cubrió la piel y el olor atrajo a los ciervos, cautivados a pesar del hedor de los muertos. Los ciervos lo lamieron con deleite mientras él echaba la cabeza atrás, sacudía la crin y encogía los belfos mostrando los dientes.

Después de mancharse con la sangre de los hombres se lavó largamente en el río, mientras en la ribera bebía un jabalí que lo miraba con los ojillos transfigurados de amor. Todos los animales acudieron a beber mientras él se bañaba; juntos el ciervo y el lobo, la liebre y el águila que bajó de las cumbres al percibir el resplandor que iluminaba el agua; juntos el oso y los perros que habían acompañado a los hombres, la serpiente y el gorrión.

Los perros devoraron los cadáveres de sus amos y olvidaron que alguna vez tuvieron dueños. Las lanzas rotas, los arreos inútiles, las flechas y el carcaj quedaron en el suelo hasta que los cubrió la hierba.

El Unicornio odiaba a los cazadores que diezmaban a los animales, que cavaban trampas en las que terminaban sus días los ciervos y los jabalíes, atravesados por palos afilados como su cuerno, pero impuros. Se enfrentó a ellos una y otra vez.

Llegaban en gran número y anunciaban su presencia con el sonido de pífanos y clarines. Se cubrían con armaduras y cotas de malla que el cuerno cortaba como si estuvieran tejidas con telarañas. Perros, halcones y caballos se quedaban con él y volvían a ser salvajes.

Dormían a su alrededor. Los halcones lo custodiaban: anidaban en los árboles cuya sombra frecuentaba y lo protegían desde las ramas. Si los cazadores se acercaban, los halcones daban graznidos de alarma.

Luego hubo guerra entre los hombres de Alosna y los de Moriana, y los cazadores morianíes dejaron de invadir el bosque.

ooo

El Unicornio protegía a los hombres de Alosna porque entre ellos había magos con los que se entendía. Los magos no cazaban ni llevaban espadas, y a veces en sus pechos brillaba la luz dorada de los animales. La percibía como discernía la vida del polluelo dentro del huevo, suave y mortecina, una almendra luminosa. Erec y Espinela eran los más radiantes, los más serenos. Todos los que iban en paz y, sobre todo, aquellos que amaban el bosque tenían esa luz, aunque a veces era pequeña como una chispa. Hombres y mujeres, ancianos y niños: eran suyos, y los cuidaba cuando dejaban canastos llenos de manzanas a los pies de las encinas. Pero a quienes esperaba colmado de ansiedad, a quienes observaba escondido en la espesura, era a las vírgenes que irradiaban una luz azul, parpadeante como un enjambre de luciérnagas.

Ahora había uno de la tribu de los magos que había llegado al bosque y le inspiraba curiosidad. Su luz no era como la de los otros, oro desvaído. Tampoco como la de los cazadores, manchada con la llama plomiza de la codicia. La luz del alma de este hombre era roja, semejante a una amapola.

No solo la luz en él era distinta a la de los otros magos que el Unicornio había visto: un olor ominoso lo envolvía. Tal vez lo que percibía era la demencia, semejante a un rastro amoniacal que le hería la nariz. Cuando el mago se ofuscaba y hablaba solo, la luz de su pecho se opacaba y chispas verdosas se entreveraban en las llamas. El hombre apenas se daba cuenta de que estaba a punto de enloquecer, atento solo al rencor. Hablaba y hablaba gesticulando con furia, tropezando con las piedras y apartando las ramas, sacudiendo la cabeza de un lado a otro o cubriéndose el rostro con las manos. Luego se sentaba en silencio bajo los árboles y se quedaba dormido.

Aunque era evidente que el hombre lo buscaba, el Unicornio lo rehuía, pues no quería matarlo.

El hombre sabía cómo recorrer el bosque sin hacer ruido, aunque anunciar o no su presencia lo tenía sin cuidado. Estaba apegado a un cuervo. El Unicornio lo veía beber agua del río, comer rábanos, hongos marchitos por el frío, ajos y cebollas. Lo estudiaba cuando se esforzaba inútilmente en hacer fuego con dos varas.

Tenía la cabeza delicada, el pelo oscuro y lleno de precoces canas en las sienes. Una de sus manos estaba mutilada y cubierta de marcas amoratadas. No podía hacer fuego porque los dedos hinchados de la mano incompleta no sostenían las varas. Una noche, para examinarlo a sus anchas, el Unicornio entró en la cueva donde dormía.

Lo miró con atención. Las pestañas formaban medias lunas bajo los párpados y sus cejas eran oscuras y rectas; la nariz, breve y de aletas anchas. Un gesto de dolor le comprimía los labios dibujándole arrugas junto a la boca. Las mejillas lisas, lampiñas como las de la mayoría de los hombres de Alosna, estaban hundidas. Era un muchacho con el gesto de un viejo.

El Unicornio olfateó la mano herida del muchacho y retrocedió: un tufo a magia negra emanaba de esos dedos retorcidos como raíces de beleño. Tal vez le dolía, pues acunaba la mano deforme con la sana. El cuervo, que dormía a su lado, despertó, se posó sobre el cuerno del Unicornio y graznó por lo bajo.

El Unicornio escuchó el graznido con atención y venció su repugnancia: inclinó la cabeza y lamió la mano deshecha con la lengua fina y roja. El muchacho sonrió en sueños.

Desde esa noche, el Unicornio lo visitó muchas veces para curarlo. El joven no se dio cuenta de que a la cercanía del Unicornio debía su convalecencia, la fuerza que regresaba a sus miembros, la cordura que poco a poco volvía a su mente. Despertaba limpio de horror y bebía en el arroyo el agua destructora de venenos en la que el Unicornio sumergía su cuerno.

Poco a poco, una minúscula porción de fuerza regresó a su mano quemada. Por eso, cuando cayó la primera nevada, el muchacho pudo hacer fuego y pasar la noche. El Unicornio esperó a que el mago estuviese dormido para echarse a su lado. En sueños, Cuervo sonrió.

El Unicornio suspiró, bajó la cabeza y lo rozó suavemente con el cuerno.

capítulo diecinueve

La petición de Tagaste

Soledad y Tagaste subieron a lo alto de la torre del homenaje. La noche estaba fría y despejada. Alrededor de la luna se dibujaba un halo de plata que auguraba hielo. En lo alto de la torre, las esclavas habían construido panales techados con paja para las abejas. Algunas cajas de madera con agujeros en los costados hacían las veces de palomar. Decenas de aves se apelotonaban dentro. Las que se quedaban fuera se hacinaban en los merlones y las almenas.

Tagaste metía la mano en las pilas de tibios cuerpecillos, tomaba un pichón dormido, le retorcía el pescuezo y lo metía en la bolsa que le colgaba del cinto. Después de matar al quinto, se detuvo, miró al pajarillo muerto y murmuró:

–Con estos bastará...

Soledad agarró al maestresala por el codo.

–Dime ya. Llevo todo el día esperando. ¿Se va mi padre a la guerra?

Tagaste, parsimoniosamente, guardó el pichón en la bolsa y negó con la cabeza. Luego acercó su cara a la de Soledad y esta percibió el olor dulzón del vino en el aliento del eunuco. Estaban tan cerca que la muchacha podía ver a la luz de la luna las ralas pestañas que orlaban sus párpados.

–Soledad, alteza, hoy han llegado a este castillo graves noticias. Un fuego mágico ha destruido la bodega más grande del reino. Ardieron más de mil ánforas de vino moselano, cargamentos de ámbar, pieles de oso, costales de sal, lino y odres de aceite. Han sido abrasados sembradíos, bosques, graneros... El mismo fuego quemó un atracadero en Rodosto. Ardieron una docena de barcos y el agua del río Drin hirvió. Burbujeaba de tan caliente y mató muchos peces. Sus cuerpos flotaron río abajo llenando el aire con su fetidez, pues se pudrieron muy rápido en esa agua. A medias escaldados, todos corrompidos...

Soledad miró a Tagaste con incredulidad.

–¿Estás borracho? ¿Qué cuento es ese? –preguntó bruscamente.

Tagaste sonrió y se encogió de hombros.

–Sabía que no me creerías. Escúchame: el puerto de Rodosto está en los dominios de Fura de Mongrún. El río Drin baja hasta los campos de Álamos, el señorío del Zorro. Estos nobles saben lo que dicen. Los juncos de las riberas estaban tan cocidos que se doblaban como puerros en la sopa. A los peces se les desprendieron las escamas; a las ranas, la piel. Al castillo de Fura llegó un campesino con una nutria que quedó ciega porque tardó en salir del agua.

–¿Es por fuegos causados por un aldeano ebrio que esos hombres han venido a importunar al rey? –preguntó Soledad, huraña.

–Oye –dijo Tagaste, y movió el índice con lentitud beoda–: desapareció el oro de la bodega, ardieron los barcos y las casas quedaron intactas. Se quema el granero, pero permanece el roble que le da sombra. Se incendia la aldea y el bosque sigue igual. ¿Sabes qué dice la gente? Que los magos de Alosna, de donde jamás hemos podido traer un esclavo o un grano de sal, han enviado una bestia mágica para hacernos la guerra.

Soledad, desconcertada e irritada al ver un poco borracho al eunuco, contestó con rabia:

–¿Qué pruebas han traído además de la historia de un pobre animal, seguramente cegado con un junco encendido? Tú, tan hábil para descubrir las mentiras de Senen, ¿no te das cuenta? Algo traman estos nobles. Rebelión, una alianza con los tungros... Creen que el Lobo está débil a causa del vino.

La muchacha se sentó en el suelo con la espalda apoyada en el muro e inclinó la cabeza. El eunuco se acuclilló hasta quedar cara a cara con ella. Solemne, le dijo:

–Soledad, alteza, quiero pedirte que hagas algo por tu padre. Ve tú a buscar las pruebas de este prodigio. Fura, Meroveo y Zorro han solicitado que un leal de tu padre los acompañe a Alosna para parlamentar con los magos. Como consejero de tu padre pensé que tú, la más fiel entre todos, podrías ir. Nadie, ni Béogar, lo ama como tú.

Soledad alzó la cabeza bruscamente:

–¿Por qué me pides eso? ¿No te das cuenta de que es poner en sus manos a un rehén de sangre real? Ya sé... Mientras mi padre se ocupa de estos rumores, de estas torpes historias de aldeanos supersticiosos, los tungros, de acuerdo con estos hombres, entrarán en el reino. ¿Y dónde estaré yo entonces? ¡Con los enemigos del Lobo! –exclamó golpeándose el pecho con el puño.

Tagaste se puso en pie pesadamente. Desde su altura miró a la princesa con mal disimulado enojo.

–¿Me crees capaz de caer en una trampa tan burda? No, princesa, fui yo quien lo pidió. En este reino no se acostumbra que las mujeres intervengan en asuntos importantes. Tu padre quería ir él mismo, pero Béogar y yo nos opusimos por temor a que los magos de Alosna le hagan daño. Si regresaras con pruebas de que esto es una treta, el duque y sus aliados tendrían que rendir cuentas a tu padre.

–¿Quién te asegura que no hay intriga? –rebatió Soledad. Tenía las mejillas rojas y una vena, hinchada por la ira, le dibujaba una línea ondulada en la sien.

–Estos nobles han sido compañeros de batalla de tu padre. Le han cubierto la espalda en la lid, se han interpuesto entre las flechas tungras y él –el eunuco suspiró largamente y miró al cielo–. Pero eso, me imagino, no es nada para ti, pues nunca has visto la guerra.

La frase dio en el blanco: la joven hablaba constantemente de su deseo de acompañar a su padre a la batalla, pero el Lobo jamás lo había permitido y Soledad no ocultaba ni su anhelo ni su desilusión.

–¿Está decidido, pues? –preguntó. Ya no había rabia en su voz.

–Casi. Se quedarán aquí unos días para acordar los términos en que se redactarán las órdenes y el tratado con los magos. Tu padre signará los pergaminos con su anillo. Senen y los barones desean que sea Béogar quien vaya con ellos. Todos protestaron cuando pronuncié tu nombre. Además, tu padre no quiere que te arriesgues por él.

–¿Por qué? –preguntó Soledad, ofuscada.

–Porque, señora, eres mujer. Buenas noches. Ah, y casi me olvido: mañana tu padre desea salir al bosque a cazar con sus nobles. Ahora mismo los esclavos están en el monte, tendiendo las trampas para el jabalí y algunas redes para faisanes. Me ordenó pedirte que tengas listos a los perros al alba.

Soledad asintió.

Ceñudo, Tagaste se inclinó, le tendió la mano y la ayudó a levantarse. Soledad, con la barbilla alzada, esperó en vano una palabra cariñosa. El eunuco le hizo una reverencia y se alejó. Con la espalda rígida y aire casi marcial, bajó las escaleras sin pedirle dispensa. Soledad lo miró alejarse. Era la primera vez que Tagaste se enojaba con ella.

A lo lejos, en el otro extremo de la muralla, distinguió la antorcha del vigía, un punto rojo que avanzaba lentamente hacia la torre. Apoyó los codos sobre el parapeto.

Tagaste tenía razón: ¿no era su mayor deseo luchar por el reino de su padre? Además, esta podría ser la oportunidad de demostrar al Lobo que los magos no eran sino una caterva de embusteros. Quizás podría, de una vez y para siempre, curarlo de los delirios en los que los veía arder, y ellos, con bocas deformes por el fuego, lo maldecían. O sacarle de la cabeza las fantasías que le roían el alma, como el malhadado filtro para tener hijos varones.

capítulo veinte

El remordimiento

Sin Liaza, Ámbar se convirtió en otra. La rebeldía se apagó y fue sustituida por una taciturna obediencia. Dejó de hablar, de retar a los aldeanos, de pelear con su hermano. No conversaba ni siquiera con Alondra, cuyas atenciones recibía con tímido agradecimiento. Desde la muerte de Liaza, Caliela trataba a su hija con dulzura y una especie de solemne respeto.

En las tardes, después de trabajar codo a codo con Florián, Ámbar se recluía en casa de Liaza y se dedicaba a cardar, hilar y tejer. Carbón roncaba a sus pies mientras ella, ensimismada, tendía la urdimbre de arriba abajo hasta que el bastidor semejaba una cárcel de hilos. Después, con la lanzadera, entrecruzaba las hebras de la trama en líneas horizontales. Sus hábiles dedos entresacaban el hilo al tiempo que su mente vagaba de recuerdo en recuerdo. Urdimbre y trama se enlazaban, se convertían en una malla a la que Ámbar añadía más hebras hasta crear la tela. Entretanto, en su mente se desplegaba el tapiz del pasado: la risa de su abuela, las historias de los magos, los pleitos con Caliela, el dragón... El dragón.

El abuelo Cadal había fabricado el telar, y Liaza estaba orgullosa de su solidez y ligereza. A pesar de la insistencia de su abuela, Ámbar lo usó pocas veces: detestaba permanecer sentada las largas horas que las telas exigían, aunque le gustaba cantar con su abuela las coplas del telar: *Que no sé hilar, ni aspar, ni devanar. / Ya me trajo mi marido / una arroba de lino / y los perros y los gatos / en él hacen su nido. / Que no sé hilar, ni aspar, ni devanar. / Oh, qué trabajo es hilar, / está negra la estopa / y me pone sucia la boca / que no puedo ni hablar,* entonaba Liaza con una voz quebradiza que conservaba, sin embargo, un rastro de belleza.

Entonces Ámbar bailaba, para desentumecerse y para hacer reír a su abuela. Los pies morenos de la muchacha esquivaban el cuerpo tendido del perro, el cesto con los copos de lana, las ollas y las gallinas que corrían alborotadas por las risas. No paraba hasta que su abuela soltaba la carcajada.

Sentía que habían pasado años desde la última vez que rieron juntas. Ahora era una adulta sobria y solitaria. Además, con la muerte de la anciana curandera, había recaído sobre ella la responsabilidad de sanar a los enfermos, auxiliar a las parturientas, recolectar las plantas medicinales del bosque y separar los hongos buenos de los venenosos.

Cada vez que hacía falta, las mujeres se turnaban en la obligación de cuidar a quienes caían enfermos, y Ámbar las auxiliaba a todas en el entendido de que debía aprender cómo curar. El frío mortificaba a muchos con fiebres y tercianas; los viejos caían, ardiendo, y se dormían para no despertar; los niños moqueaban y dejaban de comer. Ámbar los cuidaba a todos, guiada por el recuerdo de su abuela. Demostró poseer una serenidad que ni ella misma había sospechado –no la asustaban la sangre ni los gritos– y manos firmes.

ooo

El dolor había despojado su rostro de los gestos infantiles. Ya no reía a carcajadas ni levantaba la barbilla como una niña. Sus grandes ojos negros irradiaban melancolía. Atendía sus deberes envuelta en un velo de tristeza, que sin embargo no podía ocultar a los muchachos de Peña Verde la estrecha cintura y las caderas redondas, la soltura imperiosa de los hombros y el pelo, que llevaba suelto. Los ojos de los jóvenes la seguían cuando la veían pasar de camino al bosque en busca de la leña que pudiera encontrar, erguida y sola, cada día más bonita. Aparecía en medio del camino nevado, cubiertas la boca, la nariz, las manos; solo los ojos se adivinaban sobre el tosco embozo de lana, y aun así era hermosa. Pero ella no lo sospechaba, pues iba absorta en su tristeza. Tampoco le hubiera importado. Era indiferente, pero no por desdén o rabia. Simplemente no los veía. Ellos se calentaban las manos, se frotaban los lóbulos de las orejas; ateridos, movían los pies y esperaban. Y pasaba de largo la bella, como si el barro congelado no le entumeciera los tobillos amoratados que los muchachos alcanzaban a vislumbrar.

Tampoco se acercaba a las otras muchachas para bromear con ellas. Se alejaba río arriba, golpeaba el hielo de la orilla, lo rompía y llevaba los trozos a casa de su abuela para calentarlos y tener agua con la que cocinar. Aquellas que habían sido sus amigas se hacían cruces sobre la mejor manera de reanudar la amistad, pero en las tardes, en lugar de reunirse con los demás a hablar en torno al fuego, Ámbar se metía en casa de Liaza y no se la veía hasta el día siguiente.

Caliela evitaba conversar con ella sobre muchachos y matrimonio. Ya varias mujeres se habían acercado a ella para hablarle de la belleza y la salud de su hija, pero Caliela no alentaba el interés en Ámbar:

–No es buen momento. Todavía está triste por la muerte de mi madre. Yo también sigo triste –decía. Solía aprovechar el miramiento que su comentario provocaba para poner punto final a la conversación, y es que Caliela no sabía qué hacer para reconfortar a Ámbar. Solo podía esperar a que el tiempo consolidara la tregua entre su hija y los habitantes de la aldea.

Intuía que ni el noviazgo ni el matrimonio eran asuntos que le interesaran, y sospechaba que la muchacha se molestaría si mencionaba la posibilidad del compromiso. Sabía que la tersa calma entre ellas era frágil y que, debajo de la obediencia, latían el desconsuelo y el remordimiento.

Caliela también sufría por la ausencia de Liaza. Extrañaba las discusiones, los pleitos, las reconciliaciones, el ingenio vivaz de su madre, el caudal de sus historias. Su relación con Liaza había sido, ahora se daba cuenta, un remedio que curaba el aburrimiento. Las otras mujeres de Peña Verde, jóvenes o viejas, eran, comparadas con Liaza, tediosas, insípidas.

ooo

Lo que nadie sospechaba era que, además del dolor, Ámbar necesitaba el trabajo incesante para vencer la tentación de ir al bosque a desenterrar el colmillo que imaginaba calentando, apacible y poderoso, el montón de piedras que había colocado sobre él.

El recuerdo del dragón seguía hechizándola. Quería poner las manos abiertas sobre la superficie tibia del colmillo para que los recuerdos del fuego la inundaran. Ansiaba sacar la estatuilla de su escondite en el cesto de los retales e inventar un ritual para congraciarse con el espíritu de Liaza, de cuya muerte se culpaba. Si su abuela hubiera sobrevivido al miedo de esa noche, ahora estarían más juntas que nunca. Tal vez hasta habrían cruzado la frontera para internarse en Alosna y vivir allí, aprendiendo cómo hacer magia.

Si hubiéramos salido las dos, si yo la hubiera abrazado y dado consuelo, estaría aquí, entre nosotros. Y ella podría decirnos qué hacer con el colmillo..., pensaba.

Y como el remordimiento se hacía insoportable, se inclinaba sobre el telar y trabajaba hasta que le sangraban los dedos.

capítulo veintiuno

La espera

Cuervo había comenzado a sanar. Una mañana amaneció con la certeza de que sus padres lo habían perdonado. Algo después, rio a carcajadas cuando el cuervo le robó una zarzamora arrugada. Poco a poco dejó de odiarse y una incipiente resignación ocupó el lugar de la ira. A pesar de que le estaba prohibido usar sus poderes, supo que un cambio importante había ocurrido. Algo había agitado malignamente la tierra, el aire. Tal vez había logrado despertar al dragón.

La posibilidad de haberlo conseguido lo asustaba. Esa idea, apenas imaginable, le provocaba angustia. Solo le apaciguaba pensar que si él lo había despertado, quizás él mismo podría destruirlo o contenerlo, aunque al sentir el dolor de la quemadura en su mano inútil –ese dolor que apenas cedía al paso del tiempo– sospechaba que el destruido sería él.

Aceptaba con humildad haber perdido casi totalmente el uso de la mano, los dedos deformes, el anular mutilado. *Me lo merezco*, se repetía.

Los animales parecían presentir algo. Las aves, sobre todo, estaban inquietas: las grandes bandadas migratorias se habían desgranado y los árboles estaban cargados de pájaros desorientados y ateridos. La miel de los panales tenía un regusto acre, como si las abejas estuvieran trastornadas. Hasta en el agua del río percibía una efervescencia, un sabor distinto, pero no podía descifrar los signos.

ooo

Una parte de él agradecía el exilio, pues le permitía reflexionar sobre lo que había hecho sin necesidad de fingir que ya estaba arrepentido. Se impuso, con las razones que Erec le dio, el lamentar lo hecho, y una parte de él estaba contrita. No tendría nunca mujer ni familia; no sería el encargado de velar por la tribu y el templo. Eso le dolía y atizaba su remordimiento. Pero el corazón era otra cosa: el odio era un amo implacable y poco dispuesto a salir de su alma. Rehuía el recuerdo del Lobo, o de las escenas que había vislumbrado en la olla mágica, pues cuando se representaba los muertos y la guerra, la sangre le hervía y volvía a enfurecerse.

¡Maldito rey beodo!, pensaba. Luego se abatía al comprobar hasta qué punto estaba unido a su enemigo por el odio.

A pesar de eso, llevaba días tratando de cumplir escrupulosamente con el esfuerzo de sosegarse: ni siquiera había vuelto a musitar un conjuro. Evitaba el Paso del Mago, para no correr el riesgo de enfrentarse con soldados de Moriana hasta que su espíritu se templara en el arrepentimiento.

Siguió, sí, buscando al Unicornio, a sabiendas de que la purificación podía costarle la vida. Nunca lo encontró. Se conformó con descubrir sus huellas: los animales extáticos, la nieve derretida, los pájaros cantando. Siguió bebiendo con una sed inextinguible el agua del río, que terminó por sanear el rencor que sentía contra sus padres. Ignoraba que el Unicornio lo visitaba mientras dormía, y que gracias a esos encuentros había escapado de la locura.

Un día despertó lleno de felicidad. Miró a su alrededor y sintió que un ciclo se había cerrado. Comió algunas nueces y a media mañana se encaramó laboriosamente –el brazo quemado servía de bien poco para trepar– a lo alto del olmo que usaba como observatorio. El cuervo, su leal compañía, se posó en su hombro y el muchacho sintió las pequeñas garras en la piel. La rama bajo sus talones no tenía ya una sola hoja.

Aunque no vio a nadie, presentía que pronto vendrían a buscarlo. Quería salir a su encuentro. Ansiaba el perdón, oírlos hablar, sentir sobre su frente las manos de su padre. Estaba listo.

capítulo veintidós

La cacería

Todavía estaba oscuro cuando Soledad, seguida por un esclavo, salió del castillo en dirección a la perrera. La escarcha crujía suavemente bajo sus botas. Aún brillaban las estrellas en el cielo, pero los esclavos ya habían comenzado a trabajar. A la luz de las antorchas que iluminaban el patio, Soledad vio a una mujer con una canasta que se dirigía al corral de las gallinas y a un niño que preparaba la ceniza para la colada. Una esclava salió del granero con una brazada de leña para el fogón y una niña pasó junto a ellos en dirección al establo, cargada con un balde.

Mientras el esclavo entraba en la cocina para preparar la comida de los perros, Soledad bostezó y se frotó la cara. La discusión con Tagaste la había perturbado, pero parecía irreal como un sueño bajo la luz violeta del amanecer. Se iba de caza, eso era lo único verdadero. Amaba la cacería: la astucia del zorro, la fidelidad de los perros, el vuelo de los halcones. En el bosque ella era un halconero más.

Cruzó el patio con paso ligero. Quería enterarse de cómo seguía el perro herido en la batida del día anterior. En el aire tibio de la perrera se mezclaban el perfume de la paja fresca con el hedor del excremento y los orines de los sabuesos. Soledad se asomó al cajón de paja donde habían colocado al perro para que descansara a solas, y se cercioró de que la pata no se hubiera hinchado durante la noche. El herido la miró y movió la cola plácidamente. Soledad lo acarició y recibió a cambio algunas lengüetadas. Satisfecha, se encaminó al corral donde dormían los otros sabuesos, abrió la cancela y los llamó. Pronto, alrededor de la muchacha hubo cinco sabuesos que saltaban sobre ella y le lamían las manos. Un esclavo trajo las escudillas de caldo mezclado con agua que los perros beberían antes de salir al bosque. A pesar de los ladridos y saltos pedigüeños, solo les dieron caldo y un bocado de carne magra.

Comerían a su regreso para evitar que, enloquecidos por los rastros, vomitasen en plena batida.

Un mozo asomó la cabeza y le aseguró que Fum estaba ensillado y que Sagramor la esperaba. Soledad dejó a los esclavos el cuidado de la jauría y subió a sus habitaciones para recoger a su neblí.

ooo

El rastrillo estaba alzado, el puente tendido. La princesa aferró las bridas con la mano derecha. Alagrís esperaba serenamente sobre su antebrazo izquierdo. Los cascos de Fum resonaron sobre las piedras. Soledad apretó los talones contra los flancos de su caballo: cabalgaría al lado de Sagramor, después de los ojeadores y antes que su padre. Sobre su cabeza, el día avanzaba como una creciente violeta que apagaba las estrellas y dibujaba los contornos de las nubes con filamentos rojos y amarillos.

Sansón iba delante. No solo era el más viejo: también era el más astuto entre los sabuesos. El resto de la jauría lo seguía con los rabos erectos y las narices pegadas al suelo; habían venteado un rastro. La escarcha matutina ayudaba a conservar el olor.

Sagramor iba en silencio, sobre su bayo y con un halcón en el brazo. Detrás venía la mula cargada con dos jaulas que albergaban dos halcones más. Soledad sentía en las mejillas la brisa fría que venía del bosque. Los cascos de Fum machacaban las matas de tomillo y la picante fragancia llenaba el aire. Alcanzaba a oír las voces de su padre y los barones, pero no quiso esperarlos. Se volvió a mirar a Sagramor y le indicó con una seña que se adelantaría. Sagramor sonrió y asintió.

Cuando el ladrido de Sansón, claro y sonoro, se levantó sobre el gorjear de los pájaros que saludaban la luz, Soledad apretó los talones sobre el flanco de Fum.

Una presa pequeña, dedujo, pues no había miedo en el ladrido. Estaba ausente la nota destemplada del perro que divisa al oso, al ciervo o al jabalí.

Alagrís se esponjó, expectante, y sus garras se movieron sobre el guante. Soledad le retiró el capirote. Los ojos dorados la miraron y Soledad besó la cabecita parda antes de elevar el brazo y abrir los dedos que asían el cordón, en el gesto que lo instaba a volar. El ave se lanzó al cielo, girando en círculos cada vez más amplios y más altos.

La muchacha escuchó a su espalda la exclamación de Sagramor que lanzaba a Nieve, su halcón; al esclavo abriendo las jaulas de los halcones más bisoños, la pequeña estampida del aleteo, los cascabeles y graznidos. Con las manos cruzadas sobre el pomo de la silla, alzó la vista. Pronto distinguió cómo subían detrás de Alagrís los halcones de su padre: Rayo, el dorado alfaneque de Tremecén, con sonajeros dobles en las patas, y Nieve, el sacre blanco de Sagramor, también cargado con campanillas.

Soledad se puso de pie sobre los estribos, con la mirada clavada en el cielo. Los cinco halcones giraban encima del bosque, sobre el lugar de donde venían los ladridos de los perros. Entonces se oyó la nota sostenida de la trompeta del montero.

Alagrís se lanzó en picado y los otros halcones lo siguieron. Soledad clavó los talones y Fum se internó en la espesura. Detrás de unos sauces oyó a los perros, que ladraban anunciando el cobro de la presa. En la luz de la mañana, el río, vislumbrado entre el follaje raleado por el invierno, parecía un camino de metal.

Cuando vio a la garza derribada entre los juncos con el largo cuello laxo, ondulante como una cinta que flotara sobre el agua, y a su halcón junto a la presa, lo primero que sintió fue la familiar alegría del orgullo. Pero aun antes de que su mente registrara lo que veía, su corazón batió con violencia. Alagrís estaba herido y aleteaba con medio cuerpo dentro del agua.

Con un grito desmontó y se precipitó sobre él. Alagrís batió las alas débilmente, esforzándose por volar, pero el pico de la garza –que, como Soledad veía ahora, estaba manchado de rojo– le había sacado los intestinos. Relucían como húmedos cordeles azules y blancos entre las claras plumas ensangrentadas. Los perros, agitados, ladraban a la garza muerta.

Un sollozo apretó la garganta de la muchacha arrodillada. Ciega por las lágrimas, se arrancó el guante del brazo, recogió al halcón y, tratando de no lastimarlo, le apretó las alas contra los costados. Los ojos del halcón se empañaron y Soledad ahogó un grito. La sangre del ave le manchó las manos.

–No te mueras, mi guapo, mi peregrino de oro, amor mío... –murmuró, con la cara mojada por el llanto y el halcón en el regazo. Fum resopló y pateó el suelo.

Soledad sintió una presencia a su lado y se volvió. Era Fura de Mongrún, quien desmontaba con la vista fija en el ave.

–Detenedlo así y no dejéis que se agite mientras me lavo las manos –ordenó, sereno–. Esa herida puede ser mortal.

Soledad oyó un rumor de voces y cascos de caballo que se acercaban, pero se propuso inmovilizar al halcón mientras Fura se enjugaba las manos con vino que sacó de la talega colgada del arzón del caballo. El duque se inclinó sobre Alagrís.

–Déjame ver, peregrino, no tengas miedo –murmuró, y movió los intestinos con el índice.

–¿Qué hacéis? ¿Dónde está Sagramor? –preguntó Soledad, sobresaltada.

–Miro si no están rotos. A Sagramor lo vi con Béogar, atrás. Creen que avistaron las huellas de un oso. Yo pensé que es tarde ya en el año para cazar osos. Seguí y, mirad, os encontré a vos y a vuestro halcón.

Soledad trató de serenarse, pero no pudo. El duque, con un ademán terso, devolvió las entrañas de Alagrís a su interior y detuvo los bordes de la herida con los dedos.

Alagrís, animoso a pesar de la herida, trató de volar y batió las alas con fuerza. Fura sonrió, se puso de pie, se acercó a su caballo y sacó una bolsa de la alforja. Volvió al lado de Soledad con una tijera y cortó las plumas hasta dejar al descubierto la piel grisácea.

Soledad, con las manos temblorosas por el esfuerzo de mantener inmóvil al halcón, lo miraba. Sus lágrimas seguían rodando. Fura se puso de pie y se quitó la capa. Con un gesto, indicó a Soledad que colocara a Alagrís en el centro de la tela y lo envolvió hasta dejarlo firmemente atado y con la cabecita fuera.

–Quitaos la capa vos también –ordenó.

Soledad obedeció y se la tendió. Fura le hizo una seña para que se acercara y dobló la capa hasta formar una bolsa amplia en la que metió el halcón. Cuidadosamente, la colgó de la espalda de Soledad. Tomó a la princesa del codo, la ayudó a montar sobre Fum y le ordenó:

–Llevadlo rápido al castillo. Pedid en las cocinas que os den lienzos limpios, que calienten agua y vino mezclados en una olla y que preparen un corazón de gallina hervido. Yo hablaré con Sagramor y os alcanzaré enseguida.

Y como Soledad se le quedara mirando sin moverse, Fura dio una fuerte palmada en el anca de Fum y gritó:

–¿Acaso no me oyes, mujer? ¡Ve!

capítulo veintitrés

La cara en el agua

Llegaron a buscarlo sin aviso. Si hubo signos que advirtieran de que esa noche sería la del reencuentro, Cuervo no supo leerlos. Una parte de él había perdido la capacidad de calcular el tiempo: ya no recordaba si llevaba semanas o meses en el bosque, alejado de todos, uncido a un ritmo que no era el de los hombres, marcado únicamente por el sol, el frío y la noche.

Dormía en la cueva, sumido en el sueño leve de los animales. El cuervo descansaba cerca de él con la cabeza bajo el ala. El crujido de la nieve bajo un pie lo despertó y se incorporó, alerta a pesar de la fatiga.

Los magos se acercaban a la boca de la cueva, nimbados por un débil resplandor que les mostraba el camino. Munin venía al frente, con la cabeza descubierta. A pesar de que los otros traían las capuchas echadas y las manos ocultas por las mangas, los reconoció: eran los que habían decidido su castigo. Se apresuró a arrodillarse para saludarlos. Sentía que los esperaba desde hacía mucho tiempo, y la sorpresa era solo porque llegaban de noche.

Cuando los tuvo enfrente, puso la frente en el suelo. Entonces sintió, sobre la capa raída que le protegía la espalda, el peso tibio de una manta. Había olvidado lo placentero que era el cobijo de una gruesa manta sobre el cuerpo. O no lo había sabido hasta ahora, después de tanto tiempo de andar muerto de frío por el bosque, ajeno a los objetos hechos por las manos de los otros. Su capa se había deshilachado poco a poco hasta convertirse en un harapo gastado que apenas lo abrigaba.

Munin le puso las manos sobre la cabeza y le acarició la pelusa corta y suave que la cubría, el pelo que le había crecido durante el castigo. Era blanco en las sienes. Vio el bozo en sus mejillas y las arrugas en las comisuras de los labios. Sintió cómo la piedad le encogía el corazón.

–Ya es hora. Ven con nosotros.

Al escucharlo, Cuervo supo que había sido perdonado.

Se puso en pie y abrazó a su padre, conteniendo el sollozo que le subía del pecho a la garganta. Munin olía a humo, el inequívoco aroma de los humanos. Cuervo lo notó más frágil, más delgado que la última vez que estuvieron juntos. La preocupación había dibujado un surco oscuro entre sus cejas hirsutas y había una sombra bajo sus ojos. Era por él, era su culpa. Sintió una punzada en la garganta y apoyó la frente en el hombro de su padre.

Erec miró al cuervo, que, insolente, observaba la escena encaramado sobre una roca. Sonrió y le tendió la mano. El cuervo, con un graznido, voló y se posó en la muñeca del viejo mago. Erec le preguntó:

–¿Así que hay que perdonarlo?

El cuervo graznó de nuevo. Erec rio y ordenó:

–Vamos de regreso. Cuervo, hoy dormirás en casa de Munin y mañana asistirás al consejo de los mayores. Hemos visto muchas cosas en los espejos de agua, y hay visiones que no sabemos cómo interpretar. También hemos examinado el vuelo de las aves, el fuego y el rodar de los dados adivinos, y hemos consultado nuestros sueños. Todo nos habla de ti. Por eso hemos venido ahora, porque en el brasero del templo las cenizas nos indicaron que era el momento preciso: debíamos traerte de regreso a vivir entre nosotros. Tú nos señalarás el camino en los días que vienen.

Cuervo se separó de su padre y asintió. Erec, Espinela, Senlac, Gan y Nit lo miraron con gesto sombrío. La gravedad de las palabras de Erec confirmó lo que Cuervo había sentido en los últimos días. Una fuerza desconocida, algo relacionado con el dragón y al mismo tiempo distinto, ajeno a ellos, se movía lenta e inexorablemente... ¿hacia Alosna? ¿Desde Alosna?

Le alivió comprender que *lo sabía*. Lo había presentido en la agitación del agua, en el aire, en las voces de los animales, en el desasosiego inmóvil de los árboles. Lo había presagiado sin los dados, los sueños de las amargas pócimas o las llamas en los braseros del templo.

Tuvo miedo. Los siguió tan sigiloso como ellos, con el cuervo posado, como siempre, en su hombro derecho. Solo alguna lechuza y los murciélagos que surcaban la oscuridad hacían ruido. Al ver las luces de la aldea se dio cuenta de que no la recordaba así, brillante, reluciente en la noche como una nube de fuegos fatuos. Pasmados, los aldeanos lo contemplaron sin acercarse

Los meses vividos a solas en el bosque le habían aguzado los sentidos. Cada sonido –el mugir apagado de un ternero, el llanto de un niño o la risita contenida de una mujer– resonaba en sus oídos como un trueno que estallara cerca de su cabeza. Había gente extraña, además. Estos exhalaban el olor agrio y triste del miedo, el tufo de un cansancio sin remedio.

Aquellos forasteros eran distintos de la gente de Nebral, no solo por el color de la piel, sino también por el terror dibujado en sus caras.

Cuando entró en la choza de su padre y aspiró el aire saturado de humo, sintió que se ahogaba y se tapó la cabeza con las manos, como si el techo le fuese a caer encima. El cuervo, tranquilamente, saltó de su hombro a la mesa.

Val lo abrazó dándole la bienvenida y acarició el bozo que le cubría las mejillas, las canas en sus sienes.

–Te hiciste un hombre allá en el bosque. Y tienes canas. Un hombre. Un hombre –repitió incrédula.

Le puso un cuenco lleno de gachas calientes en las manos. Y aunque Cuervo agradeció el calor del barro y el olor de la avena cocida, no pudo comerlo todo. Val insistió, pero fue inútil.

–No puedo, ya no puedo –dijo Cuervo, con el cuenco en el regazo. El cuervo revoloteó y se posó en el telar.

Su madre le dio la ropa que había tejido y cosido para la ceremonia con la que terminaría su noviciado: una capa de lana gruesa, calzas, una camisa de lino, una túnica. Munin le entregó unas botas y un peine de hueso. Cuervo añadió la capa nueva a la que ya lo envolvía y comenzó a cabecear. Nit, Gan, Senlac, Erec y Espinela salieron de la casa.

Val y Munin calentaron agua en las ollas, le arrojaron puñados de sal, raíz seca de asfódelo, hojas de caléndula, vinagre y aceite de almendras. Un vapor oloroso a hierbas saturó el aire. Cuervo, exhausto, los miraba sin preguntar nada. Munin y Val llenaron la cuba con el agua caliente y la acercaron al fuego. Entonces Val se dirigió a la puerta. Antes de salir dijo:

–Ya eres un hombre. Será tu padre quien te ayude a bañarte.

Salió y cerró la puerta tras ella. Entorpecido por el cansancio, Cuervo se desnudó. Munin lo ayudó a entrar en la cuba y Cuervo se acuclilló mansamente, aunque el agua le escaldaba la piel. Munin, con gestos, le pidió que extendiera la mano mala para lavarla con lentitud y cuidado. Cuervo cerró los ojos y se dejó hacer. Munin suspiró al ver la mano destruida, el índice como un garfio, el anular mutilado. Revisó los arañazos en las pantorrillas, los huesos salientes, la frente arrugada. Las costillas de su hijo parecían el armazón de un cesto de mimbre, sus vértebras una hilera de guijarros. Munin mojó el trapo en aceite y frotó suavemente los talones encallecidos, las rodillas, la nuca delgadísima, los hombros lastimosos.

Cuando Munin comenzó a lavarle la espalda, Cuervo apoyó la cabeza en el hombro de su padre y se puso a llorar. Munin le limpió las lágrimas con las manos mojadas y el llanto de Cuervo se mezcló con el agua perfumada. Lloró y lloró hasta que el agua se enfrió. Siguió llorando sin sollozos, casi dormido, mientras Munin añadía a la cuba el agua caliente de una olla. Cuervo lloraba y Munin sonreía, le enjugaba las mejillas e, incansable, le frotaba la piel con el trapo humedecido.

Poco a poco, el calor del agua le destensó los músculos y lo hundió en el sueño. Su padre lo levantó –y Munin sintió una dolorosa punzada en el pecho al comprobar que su hijo había enflaquecido tanto que era como alzar a un niño–, lo acomodó sobre un banco y lo secó. Entonces lo cubrió con una túnica vieja y gruesa, lo tendió sobre el jergón, abrió la puerta y llamó a su mujer.

ooo

En los vívidos sueños que tuvo esa noche, Cuervo no solo entendió que se había revocado su castigo; también supo que su pecado, él mismo y la lucha que se avecinaba formaban parte de algo que lo abarcaba todo: a Moriana y Alosna, a los magos y a sus enemigos. Al despertar, sin embargo, lo olvidó.

El alba lo encontró alerta, esperando con impaciencia la luz y el canto del gallo para ir al templo y asomarse al espejo de agua. El cuervo dormía con la cabeza bajo el ala. Val dormía también. Cuervo salió sin hacer ruido.

Cuando la olla fue destapada, Gan lo instó a asomarse y ver el rostro que ellos, sin lograr entender de quién se trataba, habían visto aparecer con frecuencia. Cuervo se sorprendió, pues la cara era la de una muchacha. Carilarga y ceñuda, con párpados gruesos que le daban un aire soñoliento y triste, la muchacha parecía mirarlos. Detrás de ella se alzaba una cortina de fuego que nimbaba con un halo escarlata su pelo, rojo también. El fuego, lo supo al verlo, era el aliento del dragón. Había despertado. Quiso llorar, pero logró serenarse.

–Despertó –afirmó. Su voz sonó aguda.

–Eso creemos. Hemos visto incendios y muerte. No sabemos si está ocurriendo o si esas llamas pertenecen al futuro, pero esa gente que viste anoche llegó hace días huyendo del fuego. No trajeron consigo más que a sus perros y la ropa con la que están vestidos. No saben si el fuego era del dragón o de la guerra, pero prefirieron bajar por los barrancos y cruzar el río, aunque todavía no está congelado. Tienen hambre y no saben si podrán regresar.

–Hay suficiente para todos, aunque sea poco –dijo Senlac–, pero jamás habían cruzado tantos desde Moriana para venir aquí.

–Tú que lo llamaste, dinos quién es esta mujer –le ordenó su padre.

Pero Cuervo no lo sabía.

Si el dragón había matado, entonces los magos tenían razón: el Lobo y él no eran tan distintos. El horror le secó la boca.

–No sé, padres míos. En las noches de mi exilio nunca soñé con ella –contestó.

–Sospechamos que es la hija que el Lobo tuvo con Genoveva, a quien tanto quisimos. Hace años, cuando Tórtola fue quemado en la hoguera, juramos que el Lobo no tendría un heredero varón que le sucediera, porque entonces correríamos un gran peligro. Pero ahora vemos a esta virago cubierta con la armadura y la espada en la mano, y tememos que nuestra magia no haya sido suficiente –dijo Erec con pesadumbre.

–La hemos visto y se comporta en todo como un hombre. No sabemos cómo es su corazón, pero, ay, es hija del Lobo –se lamentó Nit.

–Cuervo –preguntó Senlac–, en los días de tu destierro, ¿viste al Unicornio?

Cuervo negó con la cabeza y rio con amargura.

–Lo intenté. Recorrí el bosque entero, lo busqué para que me purificara aunque sé que corría peligro de muerte, pues mi alma es indigna. Pero quería estar limpio de nuevo –contestó.

Los magos se miraron entre sí. Entonces Gan dijo:

–El Unicornio, a pesar de que lo hemos llamado, no ha venido a nosotros y no sabemos qué hacer. Solo su deseo soberano puede traerlo a Nebral. Hemos dejado ofrendas de miel y leche, pero no ha acudido. Estamos solos. Nit soñó que la mujer que vimos en el agua vendrá por la senda de Peña Verde. No sabemos cuándo, pero creemos que será antes de que la nieve cierre los senderos. Tú serás el encargado de enfrentarla.

–Entre todos te protegeremos con encantamientos y conservarás tus poderes aunque entres en Moriana –añadió Munin–. Te daremos, además, poderes para curar. Tal vez te resulte doloroso, pues tu mano está rota y cuando cures a alguien sufrirás. Eres un novicio todavía y es una tarea difícil, pero tienes que ser tú quien libre esta batalla.

–¿Quién lo dispuso? –preguntó Cuervo.

–Lo que los hombres llaman el destino... –contestó Erec–. Son fuerzas con las que no se comercia, ante las cuales la magia y la vida se inclinan. Debes ser tú. Así lo leímos en el fuego y el agua. ¿Irás?

Cuervo asintió.

capítulo veinticuatro

La curación de Alagrís

Fura de Mongrún curó a Alagrís sobre una de las mesas de la cocina, con una destreza que sorprendió a Soledad, al Lobo, a Sagramor y a los esclavos que se amontonaron cerca del fuego para ver si el neblí se salvaba. El señor de Mongrún sacó de su alforja algunos instrumentos de metal, frascos, agujas e hilos. Después de lavar los intestinos del ave con agua limpia, los devolvió a su lugar y cerró la herida con hilo negro y una aguja afiladísima. Las puntadas, más primorosas que las de las damas de la reina, cerraron el agujero grotesco que había hecho el pico de la garza. Sagramor, asombrado, observaba pegado al hombro del duque hasta que este le dio un codazo.

–Muévete, halconero. No me dejas trabajar –dijo con buen humor. Pero Sagramor, quien amaba a los halcones como a sus hijos, se apartó un momento y luego, como atraído por un imán, volvió a acercarse.

Fura le indicó a Sagramor que inmovilizara al halcón y calentó en el fuego unas barras de hierro con cabeza cuadrada. Cuando estuvieron rojas de tan calientes, las aplicó sobre la herida de forma que los labios de esta quedaron pegados por la quemadura. El halcón piaba lastimeramente, abría el pico y apretaba los párpados. Soledad se retorcía los dedos y lloraba.

Béogar tomó la mano sudorosa de la princesa y la apretó. Entonces Fura destapó un frasco lleno de un ungüento rojo y denso.

–Esto es sangre de drago. Es la resina de un árbol que tarda cien años en florecer y solo crece en las islas del sur, donde siempre hay sol –dijo mientras frotaba la herida con el ungüento. Sagramor suspiró, envidioso.

El halcón, tal vez vencido por el dolor, dejó caer la cabeza. Béogar soltó a Soledad y se acercó a ver si estaba vivo. Alagrís le picoteó el dedo y Béogar soltó una maldición:

–¡Bellaco! ¡Que los diablos se lo lleven! ¡Está vivo y fuerte! –gritó llevándose el dedo a la boca. Soledad rio y se secó las lágrimas con el dorso de la mano. Sagramor se inclinó ante Fura.

–Duque, no he visto nunca habilidad como la vuestra. Os ruego que, si mi señor el rey lo permite, me dejéis aprender de vos lo que pueda.

Fura asintió, con la mirada puesta sobre el vientre del halcón.

Lo vendó con el paño que Orri usaba para el queso, y que rasgó hasta hacerlo tiras. Alagrís, para sorpresa de Soledad, se dejó hacer sin aletear ni picarle, laxo y dócil, como si conociera de siempre al señor de Mongrún. Cuando Alagrís estuvo vendado, Fura le ofreció a Soledad una pelotita comprimida y dura, del tamaño de un garbanzo.

–Está hecha con semillas de mastuerzo, pez y hierba zaragatona. Haced que coma esta medicina. Metédsela en el pico. Tengo suficiente para diez días, y cuando me vaya de aquí os habré enseñado cómo hacerla vos misma. Tomad vuestro halcón y llevadlo a vuestras habitaciones. Tenedlo allí veintiún días, dadle de comer corazones de gallina picados, esta medicina, mucha agua, y ya veréis cómo se cura.

Soledad, ofuscada por una gratitud que no había sentido en la vida, contestó sin pensar:

–Señor, habrá que enseñarle a Sagramor cómo curarlo, pues yo me voy con vos como pedisteis anoche.

Calló, tan sorprendida por su repentina declaración como los demás. Sentía la cabeza ligera y una extraña expansión en el pecho. Se le llenaron los ojos de lágrimas. ¿De alivio porque Alagrís estaba a salvo? ¿De miedo por haberse comprometido así, sin pensarlo?

Fura levantó la vista con el ceño fruncido y la mirada medio oculta por los párpados entrecerrados. Vio la cara de ella, la piel pálida, la respiración anhelante. La vio como era: agradecida, imperiosa, ingenua. Una tibia oleada de simpatía lo obligó a sonreír y se inclinó en una pequeña reverencia. La reacción de la hombruna hija del Lobo le recordó por un momento a su hijo Esparvel, muerto en una escaramuza contra los tungros. Si Esparvel viviera, sería de la misma edad que Soledad. Esparvel también amaba a sus halcones, y era tan orgulloso y taciturno como la hija del Lobo. Aguantó sin un gesto, como siempre, la familiar punzada de añoranza por el hijo muerto. Soledad, apurada, dijo con acento infantil:

–Os doy las gracias, duque. La vida de este halcón es preciosa para mí.

Fura rio. El Lobo, quien había sentido pena por la suerte del neblí, rio también y apoyó la mano en el hombro de su hija.

–Bien contestado, muchacha. Tagaste tenía razón al abogar por ti. Los argumentos que mejor entiendes son los del honor.

Le ciñó la cintura y le besó la cabeza. Soledad, asustada por su temeridad e incómoda por el abrazo, levantó al neblí, lo apretó contra su pecho y salió de la cocina con las mejillas ardorosas, sin volverse a mirar a su padre.

Es mi deber. Soy la hija del rey. Es mi deber. Es mi deber, se repetía, aturdida por la decisión fulminante que había tomado. Alagrís piaba como un polluelo. Soledad pasó el resto del día al lado de la canasta donde lo colocó, mirándolo como en un sueño y repasando las posibles consecuencias de su determinación, oscilando entre la euforia y el arrepentimiento.

ooo

Al día siguiente el Lobo llamó a Soledad para que estuviera presente en la audiencia. Todos se reunieron en el salón del consejo. El fuego ardía en la chimenea y los colores de los tapices, que mostraban escenas de guerra y caza, brillaban como recién tejidos. De la viga sobre el trono pendía la cabeza amojamada del tungro que el Lobo había traído de la guerra.

Soledad, con el corazón en la garganta, se sentó a los pies del trono y trató de disimular el temblor de las manos. Jara, vestida con lujo injustificable, apenas podía disimular el aburrimiento. Estaba sentada en un suntuoso escabel, cerca de su marido. Sansón, el sabueso, dormitaba cerca de los pies de su amo con la enorme cabeza apoyada sobre las patas.

La princesa se sorprendió al ver a su padre tan alegre. Después de todo, la pequeña comitiva había traído malas noticias. Pero los ojos del Lobo brillaban, y tenía la barba trenzada y recogida en un anillo de hierro. Llevaba puesta la corona de los Lobos, la ancestral diadema de oro labrado tachonada con esmeraldas y rubíes. Béogar, tan acicalado como se lo permitía el carácter, estaba sentado cerca de Fura de Mongrún. Meroveo y Zorro sostenían ante sí los escudos con las puntas hacia abajo, señal de malas noticias.

Fura pidió formalmente la presencia de Soledad en la embajada:

–Vuestra hija, majestad, será quien atestigüe que en esta encomienda nosotros no pactaremos con los magos si no se incluye en el trato la paz con vos y la destrucción de la bestia mágica que han arrojado sobre nosotros.

Béogar, quien miraba preocupado a Soledad, intervino:

–Majestad, ¿no sería mejor que fuera yo? Aunque ya se ha decidido que Soledad los acompañe, estoy inquieto. Pasé la noche en vela, pensando qué hacer. No sé si decidimos correctamente.

–Esto se acordó después de largas horas de debate –le interrumpió Senen–. ¿Qué te ha hecho cambiar de opinión? ¿No confías en la princesa Soledad? ¿La juzgas niña y débil, mujer al fin? Tanto habló Tagaste de sus virtudes que hasta yo quedé convencido de que ya está en edad de servir al reino...

Béogar continuó como si no hubiera escuchado a Senen:

–Debemos recordar las historias que han llegado a esta corte en los últimos años. Yo supe de un campesino, un tal Demetrio. El hombre pudo escapar de Alosna, y contó a quien quiso escucharlo cómo los magos devoraron a los hombres que iban con él cuando cruzó el Paso del Mago. Tenía una cicatriz en el pecho, la marca de una herida que le hizo una bestia infernal, un ciervo mágico que mató a todos.

Tagaste palideció.

–Es verdad, señor –dijo–, esa historia yo la conozco bien; pero la había olvidado, pues sucedió hace años. Tal vez el mariscal Béogar tenga razón.

–Nadie desconfía de la sinceridad de Béogar, ni de Tagaste, ni dudo que sepan más que nadie de ciertos asuntos –intervino Soledad, inquieta–. Por eso su presencia es necesaria a tu lado, padre. Debo ir yo. Yo también lo he meditado. Además, quien debe la vida de su halcón al duque de Mongrún soy yo, y tú mismo dijiste que hay que atender las razones del honor.

Fura miró a la princesa y sonrió levemente.

Zorro y Meroveo hablaron también. La bestia mágica, dijeron, había quemado campos y cosechas. Pidieron al Lobo la dispensa del tributo. El Lobo accedió. Luego dijo:

–Mi hija, la primogénita, ha hablado. A falta de un heredero, será ella quien vaya. Sabed que su presencia en la embajada es prueba de mi amor, del sostén que mi corazón debe a sus nobles. Será como si una parte de mí estuviera con vosotros.

Soledad se puso de pie con brusquedad y besó la mano del Lobo.

–Iré a parlamentar con los magos, padre. Seré tus ojos y tu brazo allá donde hagan falta. Echaré mano de toda mi prudencia. No tengo miedo –dijo, con la mano del Lobo apretada contra su frente.

–Gracias por tu fidelidad, hija, Soledad –contestó el rey con una sonrisa.

–Loba, alteza; ese es el nombre que merezco –dijo la muchacha, pero al ver que el Lobo enrojecía y que Jara abría la boca para protestar, calló, ofuscada.

Tagaste, pálido, carraspeó:

–Señor –dijo–, yo no dudo de la honradez de vuestros nobles. Sin embargo, me atrevo a pedir que el barón Meroveo se quede aquí con nosotros mientras la princesa Soledad acompaña al duque de Mongrún y al conde de Álamos.

Meroveo, con el desprecio pintado en el rostro, miró a Tagaste.

–¿Desconfías, esclavo? ¿Qué sabes tú de la palabra empeñada por un soldado? ¡Ni siquiera eres un hombre completo!

Tagaste, palidísimo, le sostuvo la mirada: si se trataba de Soledad, era tan valiente como el más temerario de los capitanes. Con determinación, se encogió de hombros, alzó la barbilla y miró al Lobo. El rey lo contempló con gesto de perplejidad.

Soledad se dio cuenta de que esa mediación se debía a la charla que habían sostenido en lo alto de la torre. Ansiosa, escudriñó a Béogar, instándolo a intervenir. El viejo soldado comprendió que entre la muchacha y el eunuco había un pacto y se interpuso entre Meroveo y Tagaste.

–Tagaste solo nos ha recordado el viejo proceder de esta corte. ¿Acaso el barón duda de la benevolencia del Lobo, quien apenas hace un momento le ha concedido la dispensa del tributo? –preguntó secamente. Meroveo enrojeció.

–No. Lejos de mí dudar de mi señor el rey. Me quedaré y honraré mi palabra. Tú –dijo dirigiéndose a Tagaste–, no te metas si tu rey no te lo pide. No eres nadie.

Entonces se oyó la voz serena de Fura:

–Basta, Meroveo. Deja que hable. Es el maestresala de nuestro señor el rey. Habla, esclavo, no temas.

Tagaste se inclinó en una profunda reverencia y logró hablar sin que le temblara demasiado la voz, de por sí aguda y pedregosa. Se dominó y los convenció. Él era un eunuco, pero a pesar de los prejuicios de Meroveo, era también mil veces más inteligente que ningún guerrero de Moriana.

Logró que el Lobo enviara un pequeño ejército a Álamos, el condado del Zorro, pues allí se había visto por última vez al dragón. Béogar admitió la decisión con cautela, pues temía por los soldados, pero no hubo forma de disuadir ni al Lobo ni a Tagaste.

El agradecimiento del Zorro selló la orden y Béogar tuvo que resignarse. Soledad y Senen, en cambio, no temían. Sospechaban que los incendios eran obra de los tungros. Un ejército del Lobo, mejor preparado que los pequeños destacamentos del Zorro, podría hacerles frente y destruirlos. Las espadas, se decían, acabarían con los incendiarios.

Al regresar a sus habitaciones después de la audiencia, Soledad encontró a Lirio mirando con curiosidad la cesta donde descansaba Alagrís. Cuando su hermana entró, Lirio la abrazó, impaciente y parlanchina:

–Tu halcón parece un niño en pañales, envuelto así. ¿Es cierto que se le salieron las tripas? ¡Cuéntame!

–Vete a tus habitaciones. Quiero estar en silencio –contestó Soledad, y se dejó caer en la cama, repentinamente fatigada.

–Dime –continuó Lirio–, ¿alguno de esos nobles ha venido a pedir mi mano?

Soledad se incorporó y, con la boca abierta, miró a su hermana.

–¿Qué dices? ¡Han venido porque los tungros y los magos de Alosna amenazan el reino! Se dice, incluso, que han logrado que el Drin hierva como la sopa en la cazuela...

–Eso no es posible, Soledad. Y si fuera verdad, ¿qué podría hacer yo, una mujer? –contestó Lirio con una risita. Ensayó un paso de baile y levantó un pie regordete enfundado en una chinela de seda amarilla.

–Eres una niña, no una mujer. Yo iré con ellos a ver qué se puede hacer. A Alosna –contestó Soledad con una voz sin inflexiones.

Lirio se acercó, le besó la cabeza y le olisqueó el pelo.

–Si quieres que el conde se fije en ti, debes oler como una mujer, no como un soldado. Ven y te peino con esencia de romero. Apestas como un esclavo, a bosta de caballo y a la carne que le das a Alagrís. Mi madre dice que debes cambiar para tener marido.

Soledad la apartó con impaciencia.

–¿Qué puedo hacer para que tu madre mantenga sus blancas manos fuera de mis asuntos? ¡No quiero casarme con nadie! Ningún hombre querría casarse conmigo, además, aunque me peinaras con hilos de oro y me perfumaras como a una ramera. Nunca abandonaré a mi padre ni a Béogar. Aquí me haré vieja.

–Para mí eres hermosa, Soledad –contestó Lirio con un puchero–, hermosa pero grosera como un soldado. Eres cruel conmigo, y yo solo deseo tu bien. Pero aun así te quiero.

Comenzó a llorar hasta que Soledad la sentó sobre sus rodillas, le besó la punta de la nariz y le prometió que se dejaría peinar.

ooo

Al día siguiente, la princesa, sin permitir que nadie la ayudara, lavó con arena y vinagre la armadura que había sido del Lobo cuando era niño hasta que la coraza brilló como si estuviera hecha de plata. Revisó los tirantes de su escudo, un liviano redondel de madera reforzado con una lámina pintada de azul. Béogar le consiguió un coleto. Él mismo la cubrió con la cota de malla más ligera que pudo encontrar y abrochó las correas del peto, asombrado de que la breve cintura de Soledad fuera de la misma medida que la del Lobo cuando este tenía apenas trece años. Soledad sintió el metal que le cubría el corazón y lo tanteó con incredulidad. Ella misma se puso las grebas y caminó lentamente, abrumada por el peso de la armadura.

–Ven y quédate quieta –dijo Béogar con el yelmo juvenil del rey en las manos.

Soledad se acercó. Béogar, con involuntaria solemnidad, le colocó el yelmo sobre la cabeza y levantó la visera.

Soledad sintió que se ahogaba. El interior del yelmo olía a sudor y a moho. Estaba acolchado con almohadillas de fieltro rellenas de paja. El peso la atosigaba.

Béogar parpadeó:

–Eres idéntica a tu padre. Es verdad que debería haberte llamado Loba.

No había vuelta atrás. Soledad se quitó el casco, lo colocó en el suelo y abrazó al mariscal.

–Yo sería tu escudero si no fuera un viejo, niña –susurró Béogar–. Te he traído un regalo: la espada más vieja que hay en este reino. Es Mirals, la espada de los Lobos, aunque los reyes no la usan desde hace siglos. La espada de tu padre fue forjada para la coronación, y Dogoero, tu abuelo, tuvo muchas, todas con el pomo tachonado de esmeraldas. Mirals es simple, vieja y leal. Cuídala, porque a ella se debe el reino.

Béogar sacó de una bolsa una espada enfundada, la desenvainó y la puso en la mano de Soledad. Mirals era más corta y delgada que la espada del Lobo, y en lugar del pomo recamado con piedras preciosas tenía una simple tira de piel atada alrededor de la empuñadura. Sobre la hoja había un taraceado de nácar que representaba una manada de lobos coronados con guirnaldas de acebo. Parecían correr sobre la hoja.

–Es hermosa. ¿Quién la forjó? Nunca vi nada parecido.

Béogar se encogió de hombros.

–Nadie lo sabe. Es viejísima, de la época de Numa. Mira los lobos, con sus coronas de ramas. Cuando la mueves parece que van sobre el filo. Y es un filo agudo. Yo mismo la afiné con la piedra de amolar.

Soledad la sopesó y probó el filo con el dedo. Una línea roja se dibujó en la yema y una gota de sangre asomó a la piel de la muchacha. Soledad, con una exclamación, se llevó el dedo a la boca.

–Ya es hora de que dejes tus armas de niña –rio Béogar–. Mirals ha estado en incontables batallas. Esos lobos de nácar están cebados con la sangre de los enemigos de Moriana.

Soledad sintió que el pulso se le aceleraba: Mirals había derramado sangre de hombres; Soledad, jamás. *Matar*, pensó, *hombres como ciervos en el bosque*. ¿Podría? En las fantasías que se había hecho sobre la guerra, casi nunca había pensado en el acto de matar. Se tranquilizó pensando que en el campo de batalla los ánimos cambiaban, y que a los novatos no les quedaba más remedio que hacer lo necesario para sobrevivir. Lo había oído incontables veces. Eso lo sabían todos en Bento.

Béogar la miraba fijamente.

–¿Te gusta? –preguntó.

Soledad asintió, envainó la espada en su vieja funda y se la colgó del cinto.

En la noche se la mostró a Edurne, quien miró el arma con repugnancia.

–Quita, que me da miedo. ¿Recuerdas la nana aquella que te cantaba cuando eras niña? *Bebe, mi caballo, bebe...*

–*... Dios te me libre del mal, / de los peligros del mundo / y de las aguas del mar* –entonó Soledad con su voz un poco grave–. La recuerdo. ¿Por qué?

–Porque tiene más versos. Tiene unos que nunca quise cantarte: *Oh, mi espada, espada mía, / de rico oro y buen metal. / Si de muchas me libraste, / hoy no me quieras faltar, / que si de esta me libraras, / te vuelvo a sobredorar...*

–¿Por qué no me los enseñaste? ¡Son muy hermosos! Repítelos.

Edurne negó con la cabeza.

–Porque me parecía de mal agüero cantarle eso a una cría. Luego, cuando vi cómo te aprendiste los versos del caballo, me alegré de no haberte enseñado los de la espada. Pensé que podrías hacerte aficionada a las armas. De nada me sirvió, hermosa mía, pues te vas con el peto sobre tu pecho de niña... –contestó la nodriza, y se echó a llorar.

ooo

Sagramor y Tagaste le prometieron que velarían por Alagrís. Tagaste estaba preocupado: la historia recordada, la que contó Demetrio por todo el reino, le hacía temer. Al anochecer fue por Soledad para hablar en lo alto de la torre.

–Si te sucediera algo malo, me moriría de pena antes de que los hombres de tu padre me llevaran a la horca –le dijo.

–No pasará nada. Además, me fío del señor de Mongrún –contestó Soledad–. Es como Béogar, un soldado. Te lo repito: no creo en la existencia del dragón, ni en la magia. Esto es la guerra. Como siempre, es la guerra.

–Guerra o magia, tanto tu padre como yo deseamos que haya hombres de nuestra confianza cerca de ti. Nap y Tibot serán parte de tu séquito.

–¿Nap? ¿Por qué Nap? No siente aprecio por mí, solo por mi padre. Es malencarado y detesta la caza. ¿Tú lo elegiste?

–Lo eligió tu padre. ¿Qué importa si le gusta la caza o no? Nap no es un cortesano, es el mejor arquero que hay en Bento. Por eso irá contigo, para que regreses viva. No vas a una fiesta, Soledad. Además, irá Tibot. ¿No te alegra?

Soledad asintió.

–Tibot es gentil y amable. Tienes razón: son buenos soldados. Eso es todo lo que necesito, porque el resto es puro engaño. Dragones... Dime la verdad: ¿tú crees esas consejas de ignorantes?

–Sí –contestó Tagaste simplemente.

–Nunca hemos visto un dragón, ni sus rastros –replicó Soledad.

–Hay muchas cosas en las que creo y que jamás he visto. El amor, el odio, el honor. El amor no se ve como vemos las cosas que proyectan sombra y, sin embargo, existe. El honor también.

Soledad se encogió de hombros y bajó la vista con una sonrisa sardónica.

–¿Sabes cómo es Alosna? –preguntó.

–Llegué aquí y luego viví en Mirtila, donde aprendí a leer y a creer en la magia. Regresé para convertir la muralla de Bento en la frontera de mi existencia. Nunca he ido a Alosna. He visto los dragones en los libros, en los estandartes, en los tapices. Lo que sé del país de los magos lo saben todos. Allá no hay esclavos, solo magos y animales prodigiosos...

Soledad lo miró en silencio. Después de un momento, preguntó cautelosamente:

–¿Es verdad que no hay esclavos? ¿Y quién ara los campos, mueve la noria y baja a la mina? Es una aberración. Unos hombres están hechos para mandar, como mi padre; otros están hechos para obedecer. O aconsejar a su rey, como tú.

Tagaste entrecerró los ojos.

–¿Sabes cuánto cuesta un esclavo en Moriana? –preguntó.

–Dos bueyes si es hombre y está sano –contestó Soledad frunciendo el ceño–. Cinco cerdos si es mujer. ¿Acaso no lo sabes?

–Recuerda, Soledad, que en este reino la mujer libre que tenga amores con un esclavo puede ser acusada de tener comercio con animales. ¡Animales! No protesto en mi nombre. Nunca nadie me ha visto con deseo: mi panza y mi voz declaran mi condición. En Mirtila vi que hay muchos como yo, aunque soy, quizás, el único en Moriana. Cuando los hombres de Cicuta segaron mi hombría, también segaron parte de mi vida. No me quejo, vivo aquí cerca de ti y del rey, pero no soy un animal.

Soledad lo miró con asombro.

–Yo amo a mi halcón, que es un animal, tú mismo lo dijiste. Y te amo más a ti. Como a un hermano, aunque seas mi esclavo. No sé por qué protestas.

Tagaste sintió que una oleada de devoción lo cubría como una vaharada tibia. Soledad, la hija de Genoveva, lo amaba. Aturdido, sintió que la discreción y las precauciones se le disolvían en un impulso de ternura:

–Sol, sol de mi vida, ¿has pensado que tú, heredera de sangre real, podrías también ser convertida en una esclava si tu padre, los dioses no quieran, perdiera algún día la guerra?

Soledad comenzó a reír, sin ironía ni malicia. Rio hasta que se le saltaron las lágrimas y siguió riendo hasta que tuvo que apoyarse en el muro para no caer.

–¿Acaso no ves dónde estamos? En el castillo del Lobo, hijo de Dogoero. Mi padre no pierde las guerras. Además, primero muerta que esclava... –y rio un poco más.

–Antes, los sabios que conocían bien la vida de los hombres se encargaban de advertir a los reyes que una frente coronada podía terminar con la señal de la esclavitud sobre el hombro.

–Antes, tú lo has dicho. Antes de que naciera mi padre –replicó la muchacha con inocencia.

Tagaste detuvo la respuesta que ya se deslizaba por su lengua. Un escalofrío le recorrió la espalda y el vello de la nuca se le erizó. El amor le dulcificó la voz:

–Es verdad, mi Sol. Lo decían antes de que naciera tu padre. Tienes razón: tengo comida, el traje de seda roja con el ceñidor verde y los óleos perfumados que traen los mercaderes. Estoy a salvo de los bárbaros que saquean las aldeas y jamás iré a la guerra. No sé por qué hablé así.

Soledad le sonrió y le tendió la mano. El eunuco la tomó, sintiendo bajo sus dedos suaves y blandos la palma callosa de la princesa.

–Señora, dueña mía, permíteme besar tu mano.

Soledad asintió porque no supo qué otra cosa podía hacer. Los labios de Tagaste se posaron sobre el dorso de su mano en un gesto formal. Abochornada, la retiró. El eunuco se irguió y recobró la compostura flemática de siempre.

–Yo cuidaré de tu halcón, Soledad. Te estaré esperando.

Soledad se apartó, sofocada por tanta efusión. En las últimas horas había sido besada por Tagaste, por Lirio, por Béogar y hasta por el rey.

Les temía más a las lágrimas y a las ternezas que al bramido del jabalí. Estaba exhausta. Se dio la vuelta y fingiendo un entusiasmo que estaba lejos de sentir, pero que le permitía escapar sin más confidencias ni besos, corrió escaleras abajo.

capítulo veinticinco

El dragón hace la guerra

El destacamento enviado por el rey Lobo a las tierras del Zorro fue aniquilado: cien hombres a caballo y trescientos de infantería. Nadie quedó vivo, ni siquiera los escuderos que llevaban el estandarte real o los pajes desarmados que cepillaban los caballos. Los cocineros también murieron, inclinados sobre las ollas donde hervía el rancho insípido de la cena.

Fueron atacados de noche y no quedó de ellos sino un montón de piltrafas carbonizadas que exhalaban un efluvio agrio, un vaho penetrante que provocó pesadillas a quienes lo percibieron. El olor cubrió una gran extensión que terminaba en el lindero de un bosque, también quemado.

ooo

Los pastores llegaron a Bento cargados con esas reliquias inverosímiles después de seis días de viaje. El rey los recibió sin ofrecerles de comer. Los pastores tenían miedo de los cortesanos envarados y burlones; de los soldados acorazados de pies a cabeza; del rey que resollaba y bufaba como un león mientras escuchaba la historia y que después los miró con rabia, como si hubieran sido ellos los culpables de tanta muerte. Esperaban encontrar a su señor el Zorro en el castillo del rey. Cuando Tagaste les contó que el Zorro había salido de viaje con el duque Fura, los campesinos se sintieron todavía más desamparados.

El rey Lobo, crispado por el relato de los pastores que vieron el cerro humeante en el que fue convertido el ejército y por los restos retorcidos de las armaduras, transformadas en un montón de hierro negro, quiso encabezar él mismo la gran hueste que debía invadir Alosna sin más dilaciones.

–Béogar, alista a los hombres y envía mensajeros a todos mis barones. Debemos preparar el más grande ejército que haya salido jamás de Moriana y marchar sobre Alosna –ordenó.

Tagaste, pálido, intervino:

–Alteza, os ruego que me escuchéis... Allá está vuestra hija, con el duque Fura y una docena de soldados. Si Moriana ataca, ¿qué será de ellos? Esperad, os lo imploro. Si me equivoco, enviadme a la horca –suplicó, acercándose y poniéndose de rodillas ante el rey.

Senen se acercó sigilosamente y le golpeó la espalda con el puño. Tagaste levantó los brazos para protegerse y Béogar se interpuso entre el consejero y el eunuco.

–¿Qué vale tu vida? –exclamó Senen–. Esclavo vil, eunuco ignorante... ¿No te das cuenta de que nuestros enemigos nos cercan? Fura es leal, pero los soldados que murieron en las tierras del Zorro eran leales también.

Meroveo levantó la mano.

–Yo opino como el esclavo. Hay que esperar –dijo, y luego se volvió a Senen–. No por miedo, sino por prudencia. No os atreváis a decir que es miedo lo que me detiene. Fueron las tierras de mi primo el Zorro las que arrasó la bestia mágica; los hombres que acudieron en su auxilio eran de las mesnadas del rey. Pero debemos esperar por la vida del duque y la princesa.

Béogar, sombrío, asintió. Ayudó a Tagaste a levantarse y le palmeó el hombro con torpe afabilidad, no sin antes dirigir una mirada de advertencia a Senen. Entonces se acercó al rey. Susurró algo en su oído y, con Meroveo, salió del salón de audiencias. El rey los siguió y los tres hablaron largamente en el pasillo, mientras los pastores le contaban a Tagaste lo que habían visto:

–Cuando cayó sobre ellos era de noche, y por eso al principio creímos que solo era un incendio. Pero nunca nadie había visto un incendio así... Entonces vimos al dragón en el cielo y tuvimos tanto miedo que nos tiramos al suelo y nos tapamos la cabeza.

–La savia hirvió dentro de los troncos de los árboles, haciéndolos estallar con un ruido espantoso. Algunas ramas encendidas salieron volando como flechas, por eso nos escondimos. Alguna de esas ramas mató a una oveja, la atravesó de parte a parte. Todos los perros ladraban y los rebaños se dispersaron.

–La tierra quedó dura y negra. Y ahora mismo, si se escarba allí, debajo hay rescoldos vivos, encendidos y calientes. Pero más caliente era su aliento, señor, lo juro.

–El bosque ardió después durante días, pero no pudimos hacer nada, pues el fuego se propagaba de copa en copa, y ahora solo hay un montón de árboles quemados que termina en la orilla del río... El río, que corrió sucio y apestoso durante días. Sobre el agua había manchas de un líquido verde y espeso, una nata que nos dio miedo.

–Pasamos sed también, porque a pesar del calor del incendio, los animales no querían abrevar de sus aguas. Nosotros lo entendimos como una advertencia y tampoco bebimos de ellas hasta encontrar, en el camino para acá, el río limpio.

–¿Cómo vamos a reparar las casas que se quemaron si ya no hay madera?

Tagaste llamó al esclavo Cínife y le pidió que llevara a los pastores a las cocinas y que les diera comida. Bajó con ellos. Orri el cocinero les ofreció pan, vino, queso y cecina. Los pastores comieron en silencio y deprisa, aturdidos por el hambre, por la suavidad del pan y de la carne y por el vino, tan distinto de la cerveza que hacían en sus casas. Cuando terminaron, Tagaste envió a Cínife a buscar al rey y a Béogar y se dirigió así a los pastores:

–Yo hablaré con el rey, nuestro señor, para que os ayude. Y os prometo que lo hará, pero vosotros debéis auxiliarlo también. Decidme y, por el bien del reino, decid la verdad: ¿visteis algún hombre cerca de la bestia mágica? ¿Algún mago o bruja, gente de Alosna? ¿Llegó alguien a despojar a los muertos? ¿No visteis algún tungro?

–Señor, si hubierais visto a los muertos, no nos preguntaríais. Solo quedaron los cuerpos carbonizados; el metal de las armas se hizo todo así –señalaron el montón de metal derretido– y no se puede distinguir espada de anillo, yelmo de escudo. Tampoco la carne de hombre de la carne de caballo.

–Por eso enterramos todo como pudimos y recogimos estos pedazos para traerlos al rey nuestro señor y que los viera. Para que sepa lo que sucede y nos proteja; pero no, no vimos a nadie, solo al animal que iba por el cielo y echaba fuego.

–El rey os dará oro para que compréis comida y leña, para que levantéis de nuevo vuestras casas y corrales. Yo me encargo.

Los pastores se retiraron con lágrimas y fervorosos juramentos de lealtad. Tagaste fue a la sala del consejo y se encerró con Béogar, Senen, Meroveo y el rey. Béogar, casi siempre imperturbable, lloraba de rabia:

–Seguramente los magos y las brujas mataron a mis hombres y devoraron su carne quemada –gemía.

Meroveo asintió:

–Hacer la guerra en invierno va contra todas las leyes: los caminos están cerrados por la nieve y solo tenemos la cosecha pasada para comer. ¡Ni siquiera los tungros son tan viles!

–Señor, escuchadme. Los pastores declaran que no vieron ni brujas, ni magos, ni tungros. Solo vieron la serpiente voladora de la que los barones trajeron noticias –intervino Tagaste.

–¿Tú les das crédito? Seguramente inventaron esa patraña para sacar al rey el oro que les diste –interrumpió Senen–. ¿No has oído decir que «al villano, con la vara de avellano»? Unos pocos azotes y dirán la verdad.

–Y dime, ¿cómo hicieron esos pobres para quitarles a mis hombres la armadura y convertirla en un pedazo de hierro derretido? –terció Béogar–. No hay fragua en el reino donde se pudiera hacer algo así sin que nosotros lo supiéramos, ni pastores capaces de enfrentarse a uno de mis hombres.

–No presumo nada. Algo hay en su historia que nosotros ignoramos. Pero Tagaste siempre está dispuesto a creer a los palurdos miserables, tal vez porque fue uno de ellos hasta que Cicuta lo trajo aquí –repuso Senen.

–¿Qué más dijeron? –le preguntó el Lobo a Tagaste sin hacer caso a las insinuaciones del consejero. Estaba pálido, pero guardaba la compostura.

–Mientras comían en las cocinas, majestad, me contaron cómo la serpiente arrojó lumbre por el hocico y la empujó sobre el ejército con un batir de alas. Eso aseguraron...

–Y tú, ¿crees lo que dicen un montón de destripaterrones? –preguntó Senen.

Nadie le contestó.

capítulo veintiséis

Mensajes

Montados sobre caballos incansables, los mensajeros de Aybar, rey de los tungros, recorrían Tarkán. El rumor se propalaba de yurta en yurta como un fuego que encendía a quienes lo escuchaban: el aliento de Tengri había destruido un ejército morianí y devastaba el reino del Lobo. Era como si el dragón tuviera una querella con él.

Tengri era el dios de las estepas y, a pesar de su larga ausencia, los tungros seguían adorándolo. Era el señor del cielo, del fuego y la guerra. Antes, para apaciguar su furia, los tungros acostumbraban ofrecerle vírgenes en sacrificio: muchachas aherrojadas con brazaletes de oro, el pelo trenzado en cien crenchas perfectas y vestidas con túnicas empapadas en aceite de rosas. Los sacerdotes de Tengri solían, cuando se acercaba la muerte, autoinmolarse en honor del dios. En horas difíciles también le habían sacrificado caballos sin mancha y hasta algún guerrero anciano e inútil. Invocaban al dragón y casi siempre este les hacía el honor de convertirlos en cenizas, no sin antes mostrarse ante ellos en toda su gloria.

Los tungros creían que esa era una buena forma de irse de este mundo, solo superada por el júbilo de morir en batalla con el sable en la mano. El oro que le consagraban era parte del botín y los expolios.

Cuando dejó de aparecer, los sacerdotes soportaron la espera sostenidos por la fe. Durante generaciones, el dragón había permanecido oculto y los tungros, desamparados, habían seguido combatiendo, pues no sabían vivir de otra manera. En esos siglos sin Tengri, los sacerdotes morían de viejos, amargados por la incertidumbre. Las ofrendas de oro eran enterradas en una gran fosa cerca del lago Sumongal, allí donde las tribus se reunían en cónclave cada primavera.

Ni el padre, ni el abuelo, ni el bisabuelo de Aybar habían visto a Tengri. Y los abuelos de estos, tampoco. Sin embargo, en la hora de los funerales, mientras los jinetes daban vueltas alrededor de las piras oscureciendo el cielo del amanecer con nubes de flechas, los guerreros, los sacerdotes y hasta los esclavos elevaban plegarias al dragón, rogándole que los favoreciera y habitara de nuevo el cielo del mundo.

Ahora el dragón estaba de vuelta y hacía la guerra a Moriana.

ooo

Los tungros respetaban a su rey –Aybar hijo de Ruga–, pero no estaban acostumbrados a obedecerlo más que en la guerra. Tampoco les gustaba quedarse más de un mes en un lugar, ni sembrar o construir casas. En Tarkán abundaban los pastizales, la caza y los mosquitos, pero no había un solo sembradío. Ellos eran los hijos de Tengri: tenían los pies inquietos y la vista larga de los nómadas. Las costumbres de los hombres que se conformaban con nacer y morir en una parcela, por grande que fuese, les parecían dignas de lástima. Ellos eran los dueños de cuanto veían. Su patria, como afirmaban sus poemas, era el viento.

Se movían al ritmo de los rebaños: lentamente cuando las yeguas y las ovejas parían, rápidamente cuando los pastos escaseaban. Sus herreros desconocían el arte de fabricar joyas y solo encendían las fraguas para forjar puntas de lanza, sables y flechas. Las razones para vivir en guerra con Moriana eran, pues, las joyas, el grano y los esclavos.

Con los magos no se metían. Sabían que Alosna era inexpugnable por virtud de la magia y que, contra los hechizos, el sable era inútil. Los hechiceros tungros reconocían que la magia de Alosna era más potente que la suya y respetaban esos poderes. Además, Alosna estaba lejos: para llegar allá tendrían que atravesar la montañosa Moriana en dirección al noroeste, arriba, arriba, hacia la nieve, hacia el frío, hasta llegar a un territorio aun más escabroso que el reino del Lobo; un país erizado de picos, señalado por valles profundos y ríos helados. Los tungros aborrecían las montañas: los hacían sentirse oprimidos, y el aire de las alturas les parecía ponzoñoso. Los pocos que se habían aventurado en las comarcas montañosas habían regresado con historias de delirios y ceguera. Moriana ofrecía riqueza suficiente en los valles, las laderas y las planicies. Alosna era pobre y mágica.

¿Para qué ir? Lo poco que sabían de los magos era que no poseían oro ni armas y que conocían cosas de Tengri que hasta el sacerdote más sabio ignoraba. Era mejor dejarlos en paz.

ooo

Además de la noticia de que Tengri había regresado, los mensajeros llevaban a los jefes la exhortación a reunirse de nuevo en asamblea extraordinaria a orillas del Sumongal.

En primavera todas las tribus deponían sus rivalidades y se congregaban alrededor del lago. Allí levantaban una ciudad hecha de yurtas de fieltro, y los rebaños de caballos y ovejas se fundían en un extenso hato que se desplegaba hasta el horizonte.

La asamblea duraba una semana y en esos siete días las tribus compartían todos sus bienes, los hechiceros intercambiaban amuletos y los jóvenes, a caballo, jugaban al chaugan con mazos de fresno y pelotas de cuero.

El chaugan era peligroso, pues los jinetes podían romper las patas de los caballos con los mazos, o caer de la silla con los pies atados a los estribos. El juego solía terminar con algún muerto y caballos baldados, pero en el peligro radicaba la feroz alegría del chaugan: los choques, las caídas, el momento de triunfo en el que la pelota de cuero entraba en la red del adversario. Los caballos tungros eran rápidos y bravíos; los jinetes, igual. El premio era un hato de ovejas.

Al terminar la asamblea, las tribus se separaban con la intención de no volverse a ver hasta el año siguiente. A veces acontecía que, antes de que eso sucediera, un clan se encontraba con otro en los caminos, pues aunque cada quien tenía sus itinerarios y sus rutas, no siempre se atenían a ellos. Como en Tarkán no había leyes que obligaran a un hombre a respetar las propiedades o las mujeres de otro, los encuentros solían terminar en escaramuzas sangrientas.

Pero en primavera y al lado del Sumongal los tungros resolvían los pleitos, censaban el ganado, pactaban matrimonios, intercambiaban hijos –una forma habitual de respaldar juramentos de amistad– y se jugaban la vida en carreras de caballos y juegos de pelota. Amaban la cacería, el pugilato y los dados, pero sobre todo, las carreras.

Aybar era el mejor jinete de una nación de jinetes. Clanes enteros se citaban para verlo montar de pie sobre dos caballos. Lo veían llegar plantado sobre el lomo de su caballo negro, un pie frente al otro como un funámbulo, el caballo blanco detrás y las bridas de los dos animales enlazadas alrededor de la muñeca izquierda. Poco a poco tiraba de las riendas del blanco y, cuando los flancos de los animales se rozaban, Aybar afianzaba el pie que tenía sobre la grupa del caballo negro, ponía la planta izquierda sobre el lomo del blanco y cabalgaba erguido sobre los dos: un auriga sin carro. Entonces, mujeres y hombres gritaban y le arrojaban puñados de hierba.

Les alegraba comprobar que su rey era audaz y hábil en la carrera, justo en la repartición de los botines, hermoso a los ojos de las mujeres. Aybar ostentaba sus cicatrices, las huellas de la guerra y la caza, como otros se jactaban de sus joyas. Amaba tanto la lucha que era capaz de revolcarse en el polvo con ricos y pobres, pastores o generales.

Los tungros lo amaban porque podía ejecutar decenas de hazañas parecidas –ecuestres o amatorias– y, sobre todo, porque no temía a nada.

Aybar era hijo de Ruga, el vencedor de Dogoero en Monte Bermejo. Había crecido escuchando las historias de batalla de su padre y creía que el destino le deparaba a él una guerra aún más importante. Tal vez Tengri le permitiría emular la hazaña de Ruga en una campaña que reuniera de nuevo a los clanes en unánime victoria y les permitiera regresar con esclavos y oro a Tarkán. Aybar deseaba para sí un Monte Bermejo cien veces más arduo y sangriento, para ser cien veces mejor guerrero que su padre.

Era verdad que amaba el oro y las mujeres, pero sobre todo amaba la guerra. Sus mensajeros llevaban, junto con la noticia y la exhortación a reunirse pronto, una talega llena de monedas de oro para convencer a los reacios. Pero no fue necesario hablar, suplicar, persuadir. Ninguno de los jefes vaciló. Dos palabras bastaron para convencerlos: Tengri, Aybar.

capítulo veintisiete

En la frontera

La comitiva de Soledad y Fura llegó a Peña Verde cuando ya la nieve cerraba las veredas y la mayoría de las árboles se había quedado sin hojas. En el camino a la sierra de Cambelín encontraron procesiones de campesinos cargados con sus pertenencias y arreando a sus familias, con sus burros famélicos y sus ovejas. Los campesinos se esforzaron en vano por esconderse, pero eran muchos y el duque Fura los abordó. Logró sonsacarles que huían del dragón y que iban hacia las montañas.

Soledad se había empeñado en preguntarles si estaban seguros, si no habían sido incendiarios tungros quienes habían quemado las tierras, pero los campesinos la miraron con miedo y rehusaron responder. Fura prefería dejarlos en paz y Zorro tenía prisa por llegar a sus tierras, pues había dejado a su mujer encinta de su primer hijo. Las preguntas de Soledad se quedaron sin respuesta.

Fura, inescrutable, cabalgaba al frente y apenas le hablaba. Conversaban poco, siempre acerca de los halcones, de arquería y de caza. Fura sabía más que Sagramor, más que nadie.

Admitía que la princesa había demostrado más temple de lo que había imaginado. Al principio, la joven insistió en ir armada de pies a cabeza, aunque los soldados se rieran de ella. Fura, compadecido al verla exhausta y dolorida, le indicó que debía usar solamente el peto y llevar el yelmo en la alforja.

–El trabajo de los escuderos es cargar con la armadura, el escudo y la lanza, señora. Dadle vuestra armadura a Nap o cansaréis inútilmente al caballo –dijo, y Soledad lo obedeció.

Aunque era aficionada a la caza, nada en su vida en el castillo la había preparado para cabalgar diariamente desde el amanecer hasta el ocaso, comer pan rancio y carne seca, escuchar la zafia conversación de la soldadesca y dormir en el suelo. Ellos, al principio, fueron obsequiosos, pero el silencio impenetrable de la muchacha los alejó. Pronto se acostumbraron a su hosca presencia. Casi todos, claro, murmuraban y se mofaban cuando ella no estaba. Una tarde, Soledad se apartó con Nap y Tibot para ir tras la liebre. Regresaron al anochecer, cuando ya los soldados reían junto al fuego. Soledad y sus hombres, acostumbrados a andar en silencio, alcanzaron a escuchar la burlona conversación:

–Es feísima. Su padre es feo, pero nadie espera belleza de un hombre, y al Lobo le sobra la hombría. La otra hija es hermosa, dicen –comentó un hombre de Zorro. Tenía la espada sobre las rodillas y, absorto, frotaba el filo con la piedra de amolar.

Tibot sintió que la cara le hervía de humillación y apresuró el paso, pero Soledad lo detuvo con una mano que parecía de hierro y se puso el índice sobre los labios. Nap entrecerró los ojos, crispado de ira y con el puño sobre el pomo de la espada. Soledad lo miró y negó con la cabeza. Entonces oyeron la respuesta:

–La otra se parece a Jara. Yo la he visto. Esa Jara sí es una mujer guapa, buena moza. Tiene tetas, cintura, caderas. Esta pobre, cuerpo de espiga seca, no es ni la sombra de su hermana. ¿Cómo será Soledad en la cama? Parece un muchacho. Monta bien, hay que admitirlo.

–¿Qué importa que monte bien? Es una mujer, fea como un diablo. Buenos jinetes hay donde sea; mujeres feas, también. Pero como esta, pocas. Y lo feo no se le quita sobre el caballo. Además, seguramente es virgen y morirá virgen. A pesar de la dote. Yo, ni por todo el oro del mundo –farfulló Dungalo, el escudero de Fura, con la boca llena de pan y haciendo señas obscenas con los dedos.

Soledad escuchó el escarnio como si Dungalo estuviera muy lejos, apagada la voz del escudero por el latido de la sangre en los oídos. Las rodillas le temblaron. Nap bufó, furioso. Entonces Dungalo levantó la vista y los descubrió entre los árboles. El escudero sintió vergüenza y miedo. Trató de sonreír, pero no pudo.

Soledad alzó la barbilla y se acercó a la lumbre, con el cuerpo de la liebre cogido por las orejas.

–Aquí está la cena de mañana. Para comer algo que no esté salado o seco –dijo, y arrojó la liebre a los pies del hombre que limpiaba la espada. La voz le tembló, a punto de quebrarse en un sollozo, pero logró gobernarse.

Dungalo se puso en pie, avergonzado. Tibot pasó a su lado dándole con el hombro en la barbilla, retándolo. Dungalo no reaccionó y Tibot fue tras su señora.

–Alteza, mi niña –murmuró el soldado, lleno de piedad–. No le prestéis atención a ese bellaco, hijo de mala madre. Vos sois bella, mi Sol.

Nap asintió.

–Resiente que una muchacha sea mejor jinete que él.

Soledad no contestó. Luego, como si no los hubiera oído, se tendió en el suelo, se envolvió en la capa y fingió que dormía. Apenas pegó ojo. Dungalo había repetido a su manera las crueles burlas de las damas de compañía de Jara. ¿Por qué se ensañaban así con ella? ¿Acaso se le había dado a escoger entre ser hermosa o fea? Recordó el rostro de su padre. Nunca le había parecido feo. Las lágrimas pugnaron por salir, pero apretó los párpados y los puños. Cuando amaneció, Nap la encontró sentada sobre un tocón, trenzándose el pelo. Ninguno de los dos mencionó lo sucedido.

Desde esa noche la muchacha se sentó aparte, envuelta apretadamente en los pliegues de la capa, mirando pensativa el fuego de las hogueras. Siguió cazando con Nap y Tibot y compartiendo con los soldados las presas que cobraba. Alguno quiso hacerle un regalo conciliatorio –un silbato de madera, una cuentecilla de vidrio–, pues todos supieron de la indiscreción de Dungalo y hubo quien la compadeciera, pero ella no dejó ver nada. Sin alharacas, aceptó los presentes y siguió callada.

Estaba mucho más flaca que al salir de Bento y tenía las mejillas despellejadas por el frío y el sol. Tibot y Nap habían intentado suavizar los rigores del camino con pequeñas atenciones: la ayudaban a ensillar a Fum, le preparaban algunas comidas y cabalgaban a su lado, pero la verdad es que ella se esforzaba por ser un soldado como cualquier otro. A veces un calambre fulgurante le atenazaba el estómago, poco acostumbrado al hambre, o se le engarrotaban los muslos y las pantorrillas, pero no se quejaba. Cuando los hombres cantaban tonadillas obscenas, se ruborizaba hasta la raíz del pelo, pero fingía indiferencia; masticaba interminablemente la dura cecina de las posadas y jamás le oyeron una protesta. La reina Jara le había regalado una hermosa capa de lana negra con una capucha orlada de piel de marta para sustituir la vieja capa que Soledad usaba todos los días. Ahora, el espléndido regalo estaba cubierto de manchas y tenía los bordes llenos de calvas.

ooo

Cerca de Álamos hallaron varios hombres ahorcados. Desprendían un hedor insoportable; las ramas de donde pendían se doblaban no solo por el peso de los cuerpos, sino por una extraordinaria cantidad de buitres y cuervos que, ahítos, se amontonaban cerca de las sogas. Cuando se acercaron, los pájaros levantaron el vuelo y dejaron a los ahorcados meciéndose en el viento.

Soledad interrogó a Fura sobre los muertos.

–Es la justicia de vuestro padre –dijo él.

–Pero decidme, ¿qué crimen cometieron?

Fura, indescifrable, retorció el cordel que le sujetaba la barba y la miró sin abrir la boca. Soledad insistió:

–Decidme, duque...

–Huir de la guerra –contestó Fura por fin.

–¡Pero si son palurdos que ni zapatos tienen! ¿Cómo podrían luchar?

Fura se encogió de hombros. Zorro, con una mirada esquinada, intervino:

–Yo le he dicho eso mismo a vuestro padre, princesa. Que no saben pelear y que son pobres. Pero el rey se empeña en hacer de cualquier par de manos un soldado. La guerra no es para todos, y si ellos mueren, ¿quién arará nuestros campos?

Soledad miró con asco los cuerpos picoteados por los cuervos. Enrojeció como si hubiera sido ella quien los había mandado matar. Sintió un baño caliente de vergüenza intolerable, que pudo disimular prestando una atención reconcentrada a lo que tenía frente a ella. A uno de los ahorcados le faltaba el brazo, cortado desde debajo del codo.

–¿El verdugo hizo eso? –preguntó.

Zorro contestó con una sonrisa irónica:

–No, señora, eso lo hacen los mendigos falsos para pedir limosna y asustar con la mano corrupta a los ricos. La sujetan con la suya, cubren las dos con la manga y así pide el muerto por ellos. Es una visión horrible, la de una mano putrefacta. Yo les doy monedas de cobre, pues se necesita tener mucha hambre para hacer eso. A eso y a otras cosas viles o atroces los orilla la justicia.

–¿A qué otras cosas?

–A internarse en el bosque de Valsalva, señora, donde no entra el sol y merodean los fantasmas. Nadie en Moriana se atreve a entrar allí, pues nadie sale. Pero los fugitivos y los desertores sí que se aventuran, porque todavía son más oscuros los calabozos de vuestro padre.

Fura miró a los ahorcados.

–Estos no pudieron llegar allá, aunque Valsalva no está tan lejos.

–Por eso tengo prisa –añadió Zorro haciendo la señal contra el mal de ojo–. Cuanto más lejos de Valsalva, mejor. Y también porque ya quiero ver la cara de mi mujer.

–A estos ya vendrán los lobos a roerles los pies –dijo Dungalo, el escudero de Fura.

Soledad creyó que se burlaba, pero un vistazo al rostro circunspecto del escudero le bastó para entender que decía la verdad. Se volvió a mirar a Nap y a Tibot con la esperanza de que refutaran lo dicho por el duque, pero ellos contemplaban tranquilamente a los ahorcados. Los muertos apestaban. Sintió una oleada de náusea y bilis quemante que le subía del estómago a la boca.

–Mi padre sabrá por qué lo hace. No es asunto nuestro.

Fura y Zorro –a quienes la disensión les parecía asunto peligroso, pues el Lobo era vengativo– se miraron con aire cómplice y asintieron, aunque estaban lejos de aprobar las medidas de los reclutadores del rey. Alguna vez los hombres del Lobo habían tenido la osadía de entrar en sus señoríos, y les costó mucho trabajo librarse de ellos.

Esa noche, Soledad tuvo pesadillas y despertó contrita. No sabía qué le deparaba el camino, o si la embajada tendría éxito cuando se encontraran con los magos de Alosna. Sabía, eso sí, que el reino era mucho más grande que lo que había imaginado. Intuía centenares de miles de vidas que se entrecruzaban, formaban nudos, chocaban y se diluían en el tiempo. No era ya la joven incauta y ansiosa que había salido de Bento con la idea de regresar pronto y demostrarle al rey que la magia era mentira. Seguro que la magia era pura fabulación, pensaba, pero una fabulación poderosa que se extendía por el reino como una plaga gracias al miedo que la gente sentía por los magos.

El poder de su padre era igualmente vasto y además cruel, aunque eso solo lo admitía por momentos, momentos que la dejaban desorientada. Con cada día que pasaba, se distanciaba no solo de Bento, sino también de la certeza de que su padre era un rey intachable. Cuando de nuevo se pusieron en camino, dejó de hacer preguntas y pasó en silencio entre las multitudes que huían.

ooo

Unos días después llegaron a Álamos. La sorpresa inicial de Zorro ante la destrucción dio paso a una amarga cólera. En el cuerpo de Poma, su mujer, una muchacha apenas mayor que Soledad, se advertía ya el embarazo. Por culpa del dragón, en lugar de estar lozana y esplendorosa, estaba estragada por el miedo. Sus grandes ojos azules se desbordaban constantemente y se demudaba si perdía de vista a su marido.

Soledad la trató con mal disimulado desprecio: el llanto de Poma le recordaba a Jara. Poma se esforzó por ser una buena anfitriona, pero fue en vano; ni los patos rellenos, ni el pan de almendras, ni el suave lecho que ofreció le granjearon una sonrisa de la princesa.

Fura y Zorro atizaron sin querer esa hosquedad, pues nunca la incluyeron en las conversaciones que sostenían después de cenar, conversaciones en las que trataban asuntos importantes y planeaban qué podría hacerse si el dragón aparecía. Zorro recibió a muchos hombres: viejos o muchachos, ricos o pobres, cada uno trajo con él una historia, una estampa del dragón. Soledad, sentada –exiliada– al lado de Poma en el ala del castillo destinada a las mujeres, se moría de curiosidad, de deseos de escuchar a los campesinos. Pero Poma la llamaba con la mano blanca asiendo el huso, la otra posada sobre la barriga a punto de parto. El hilo de lana bajaba al suelo, las damas le sonreían y Soledad, a pesar de sus modales, tenía que ir con ellas. Afortunadamente, los rumores llegaban hasta el salón donde Poma hilaba: el dragón, los magos, los fantasmas de Valsalva ocupaban la mente y las bocas de las damas, y las tardes que Soledad pasó hilando al lado de su anfitriona fueron mucho más instructivas de lo que hubiera imaginado.

Zorro decidió no seguir hasta la frontera y quedarse a cuidar de su casa y su mujer. Fura aceptó la resolución con ecuanimidad. Soledad, en cambio, trató de convencerlo de que continuara con ellos hasta Alosna.

–No, princesa. Vuestro padre comprenderá. Son las tierras de mis padres, y mi gente me necesita. Fura seguirá a vuestro lado y su compañía es más que suficiente. Ya he pasado mucho tiempo lejos de aquí. Cuando fui en vuestra busca, en el bosque de Álamos todavía pendían las hojas. Ya cayeron las primeras nieves, los álamos están desnudos y mis hombres tienen miedo de que el dragón regrese. Quiero ver nacer a mi hijo. Me quedaré aquí hasta que vuestro padre me llame para hacer la guerra. Entonces, no me separaré de vuestro lado hasta que ganemos y yo vengue esta matanza.

Soledad suplicó, pero al final tuvo que rendirse. Trató de que Fura interviniera, pero este mantuvo su silencio. Finalmente, la princesa dijo con rabia:

–Haz lo que quieras, Zorro de Álamos. Pero oye mi consejo: no prestes atención a quienes te digan que los incendios fueron causados por una bestia mágica. Levanta acantonamientos con soldados bien armados y espera a los tungros. Fueron ellos, maldita la hora en que nacieron. También mataron hombres de mi padre. Me cuesta seguir adelante con esta absurda misión en lugar de quedarme contigo a pelear.

Pero empeñé mi palabra y acompañaré a Fura hasta Alosna. Allá veremos qué se hace.

El señor de Álamos escuchó a Soledad en silencio, inclinó la cabeza y salió del salón en busca de su mujer. La hija del Lobo lo tenía harto.

La comitiva descansó tres días con sus noches. Luego tomaron el camino en dirección a Alosna, con las alforjas, que Poma abasteció, repletas de bizcocho, carne seca, nueces y pellejos rebosantes de agua pura y vino.

ooo

En Peña Verde, a unos días de camino, los aldeanos se congratulaban cautamente. Sorprendidos porque habían caído las primeras nevadas sin que los recaudadores aparecieran, albergaban la esperanza, por primera vez en sus vidas, de no pagar tributo.

Miraban con incrédula alegría la lana tejida en el bastidor, los barriles llenos de pescado salado, los perniles que colgaban de las vigas. Ese otoño hubo muchas manzanas asadas, cortesía del dragón. Los campesinos habían preparado confituras con manzanas horneadas en la rama, cidra ahumada y negras mermeladas que dejaban un regusto agrio en la lengua.

Tal vez los víveres fueran pobres, pero eran suyos. Jamás antes el rey Lobo, o Dogoero antes que él, habían dejado de extender la garra soberana para arrebatar a sus súbditos el grano, la cerveza y una que otra muchacha.

Ahora, los aldeanos se sentían ricos. Florián había cazado un ciervo y esa noche todos habían comido hasta hartarse. La piel del animal serviría para tapar las ventanas en casa de Brau, y las mujeres rellenaron las tripas con nabos picados. Algunos sospechaban que semejante suerte tendría, por fuerza, relación con la noche aquella del fuego en el cielo, pero ¿cómo saberlo?

A Peña Verde, aparte de los recaudadores inflexibles, apenas arribaban buhoneros, y jamás en invierno. El escueto comercio con otras aldeas se suspendía apenas aparecía la escarcha, pues quien se atrevía a desafiar la nieve podía aparecer en primavera convertido en una estatua de hielo, azulada y dura. Así, los aldeanos de Peña Verde, aislados por la montaña y la nieve, se juntaban por la noche a hacerse cruces sobre su buena suerte.

–Tal vez el buen rey se haya dado cuenta de que no puede exprimir con tanto empeño a sus pobres súbditos, y nos dé un respiro –dijo

Cosmas el herrero, mientras se frotaba las grandes manos, ennegrecidas sin remedio por el carbón, contra el delantal de cuero que lo protegía de las chispas.

–Sería demasiada suerte –contestó Brau.

–Quizás haya perdido la guerra contra los tungros –dijo Liebre, y escupió dentro del fogón.

–No, no –dijo Brau–. Ya hubieran llegado ellos a esclavizarnos y llevarnos a su tierra.

–Ya nos salvamos una vez, este año –dijo Tesela, y miró a Ámbar tímidamente, esperando su opinión. Pero Ámbar callaba y poco a poco la conversación se extinguía, sofocada por el recuerdo del portento, de la noche aquella cuando se incendió el cielo y el dragón voló sobre la aldea.

Ámbar no había vuelto al lugar del bosque donde había enterrado el colmillo. A veces sentía como si lo hubiera soñado todo: el dragón, el fuego como una pared incandescente, el diente cargado de mercurio fluido como plata viva... Pero bastaba una mirada a la casa vacía para que la nostalgia por su abuela la devolviera al luto y a la vigilia.

ooo

Una mañana, mientras Ámbar y Caliela entretejían zarzo para tapar los agujeros en el techo del establo, oyeron un griterío y el ladrido de los perros. Soltaron el zarzo y, limpiándose las manos en las faldas, acudieron a tiempo para ver llegar a la comitiva.

El grupo que se acercaba sobresalía de la nieve como un bordado. Los estandartes con el lobo rampante sobre campo de azur restallaban sacudidos por el viento.

Los caballos parecían surgir de la nieve, nimbados por el vapor que salía de sus hocicos y ollares. Avanzaban resquebrajando la escarcha y resoplando. Los hombres que los montaban venían tocados con gorros de piel, arrebujados dentro de capas de lana, con las manos abrigadas por guantes de gamuza. Las capas eran lo suficientemente amplias para tapar las grupas de las monturas. En los talones de las botas brillaban las espuelas como minúsculos cometas de hierro. Todo relucía bajo el sol invernal: las crines, los arreos, los pomos de las espadas, las fíbulas suntuosas que cerraban las capas.

Los aldeanos de Peña Verde observaron sus pies calzados con esparteñas de pobres, se miraron los unos a los otros, flacos y pálidos por el invierno, y tuvieron miedo.

En medio de los soldados venía una muchacha vestida con una túnica de cuero sobre la camisa de lino, calzas de lana y una capa negra y amplia. Montaba un enorme bridón gris con crines blancas y era la única que llevaba la cabeza descubierta. El pelo rojo brillaba bajo la cruda luz de la mañana.

Ámbar la miró y supo con una certidumbre absoluta que la pelirroja muchacha, angulosa y ceñuda, era la hija del Lobo. La hija del rey. «Rey», esa palabra que nombraba seres lejanos, poderosos, apenas concebibles. La consigna en la boca odiosa de los recaudadores y sus esclavas, mujeres tristes o barraganas escandalosas a quienes su abuela detestaba.

Abuela, abuela de mi vida, ilumíname, ¿qué hago yo ahora que tengo frente a mí a la hija del Lobo?, pensó. *Y viene porque algo sabe del dragón.*

Tiró de la mano de Caliela y murmuró:

–¿La ves? Es la hija del rey.

Caliela se volvió a mirarla, asustada.

–¿Y tú cómo lo sabes? –preguntó.

Ámbar se encogió de hombros y se puso el índice sobre los labios. Hasta ellas llegaba el relinchar de los caballos, el trueno sordo de los cascos sobre la nieve, el rechinar de los arreos, el murmullo de las voces militares. Los aldeanos, medrosos, cogían los cogotes de los perros para que no ladraran y las mujeres escondían a los niños tras sus faldas.

Cosmas salió al encuentro de la comitiva, con el gorro en la mano, y esperó en silencio.

El conde de Mongrún se adelantó y dijo con voz clara:

–Buena gente de Peña Verde, venimos en nombre del rey Lobo.

Cosmas abrió mucho la boca y no dijo nada.

–No son recaudadores –murmuró Ámbar.

–Seguramente son peores –contestó Caliela, con infalible pesimismo montañés.

El conde desmontó ágilmente y tendió las riendas al campesino que tenía más cerca. Era Liebre, el manco. Alarmado, Liebre tomó las riendas que con gesto majestuoso se le ofrecían y, temiendo tal vez que el duque lo requiriera para otra cosa, retrocedió mirando al caballo con recelo y tirando de los arreos con precaución.

–Bienvenidos –dijo Comas con un hilo de voz.

Fura lo observó un momento antes de continuar.

–Este año, el tributo no será cobrado en grano. Lo que el buen rey quiere de vosotros, sus leales súbditos, es consejo. Necesitamos que uno de vosotros nos acompañe al Paso del Mago para parlamentar con la gente de Alosna. En nombre del rey, debéis cumplir.

–¡Nosotros tenemos prohibido ir allá, por orden del rey! –se oyó decir a alguien.

La expresión de Fura era inescrutable. Dungalo contestó desde la altura de su caballo:

–Sabemos, como lo saben todos en Moriana, que la gente de Peña Verde tenía amistad con los magos.

–Antes de que muriera el rey Dogoero, esa amistad había terminado –refutó Alondra con serenidad.

–Sabemos dónde termina Moriana y dónde comienza Alosna... –comenzó a decir Ámbar, pero la presión de la mano de Caliela sobre la suya la interrumpió.

–Deja que hable la muchacha –ordenó la joven de pelo rojo con voz grave.

Ámbar la miró, pensó en Liaza, en la muerte miserable de Cadal en Monte Bermejo, y apretó los labios.

–Habla, moza –exigió la mujer.

Ámbar frunció la nariz y siguió callada. Caliela le apretó la mano con tal fuerza que se le entumecieron los dedos.

–¡Habla! –repitió la mujer. No levantó mucho la voz, pero la orden resonó como una campana en el silencio punteado solo por el resoplar de los caballos.

–Cualquiera sabe dónde queda el Paso del Mago. Eso es todo –contestó Ámbar.

Los otros aldeanos parecían de piedra. Algunos se miraban de reojo, otros volvían el rostro en dirección a las chozas. Hasta los niños guardaban silencio. ¿Vendrían estos a culparlos de la aparición del dragón?

Fura suspiró.

–Soy el duque de Mongrún –dijo–. Buenas gentes, venimos en son de paz. El rey necesita de la ayuda de sus súbditos, pues graves amenazas se ciernen sobre el reino. Sentémonos a hablar cerca del fuego; cabalgar cansa y venimos de muy lejos.

Los aldeanos iban de sorpresa en sorpresa: ¿en son de paz? Estaban acostumbrados a los recaudadores y a sus modales de guerra, a sus insultos, sus humillaciones y sus manos amenazantes sobre el pomo de la espada. Cosmas se volvió a mirar a su gente con la confusión pintada en el rostro. Alondra, sosegada y digna, se adelantó.

–En mi casa, si no os importa el olor de la pocilga, hay un buen fuego.

Fura se inclinó, como si en lugar de una porquera con manchas de estiércol en las faldas, Alondra fuera una gran señora.

–Gracias por tu hospitalidad. Tú –y se dirigió a Florián–, muestra a mis hombres dónde pueden descansar nuestros caballos.

ooo

Caliela envió a Ámbar a sacar agua del pozo. Ámbar protestó, pues adivinó que era una treta de su madre para mantenerla lejos de la casa de Alondra, pero fue. Desde la muerte de su abuela, obedecía sin chistar.

La cuerda que sostenía el cubo estaba casi congelada. Ámbar llenó el cubo con piedras y lo bajó. El cubo hizo un ruido seco al chocar con el hielo del fondo. Ámbar bufó, fastidiada. Buscaba otras piedras para hacerlo aún más pesado cuando oyó el rechinido de los pasos en la nieve y la voz de la mujer a su espalda:

–Tú has tratado de entrar en Alosna.

Ámbar, asustada, se volvió y el cubo cayó dentro del pozo. La hija del Lobo estaba a unos pasos. Su afilado rostro hubiera podido ser el de un joven si no fuese por las espesas pestañas y el cuello liso. Debajo de los párpados felinos, las pupilas verdes la estudiaban con atención. Asombrada, Ámbar se dio cuenta de que sentía animosidad, pero no el rencor quemante que albergaba hacia el Lobo. Tal vez fuera porque jamás había imaginado a los Lobos con la cara de una joven; en su imaginación, los reyes eran todos hombres barbados cubiertos de joyas, coronados y vociferantes. Esta muchacha era apenas un poco mayor que ella y hablaba con arrogancia, pero parecía menos belicosa que la mayoría de los recaudadores.

–Soy Soledad, la hija del rey. No creo en dragones ni en la magia, por eso no estoy con los otros. Algo en tu cara me dice que has estado en Alosna. Dime, ¿conoces a los magos? –preguntó, y se puso la mano, callosa y salpicada de pecas, sobre el pecho. Los nudillos resaltaban enrojecidos, quemados por el frío. Un modesto anillo de cobre le adornaba el índice.

–Nunca he entrado en Alosna –contestó Ámbar, esforzándose por no admirar el peto de acero pulido y la capa negra que caía sin arrugas hasta los tobillos de la muchacha. Se enjugó las manos en la falda y, al notar la tosca urdimbre de la tela bajo las palmas, se sintió pobre y sucia.

–Alguien entre vosotros debe conocer esas tierras. Están cerca... Imagino que a veces los hombres de mi padre se exceden y os piden demasiado grano. ¿Por qué no huir?

Ámbar no contestó. Esta era la nieta del rey que había causado la muerte de su abuelo. Se miró los dedos y comprobó que temblaban de rabia.

–Dime, no tengas miedo –dijo Soledad.

–No tengo miedo. No hemos hecho nada, ni hemos pasado al otro lado. No se puede. Los hombres de tu padre no son magos... y se dice que los magos tienen poderes terribles. Además, ¿qué puede saber una aldeana como yo? –contestó fríamente.

Soledad sonrió ante la insolencia de la muchacha.

–Yo no temo porque no creo en patrañas. Tú tampoco tienes miedo. ¿De veras crees en la magia de Alosna?

–Como creo en el día y la noche, alteza –contestó Ámbar con la barbilla alzada.

Soledad rio con amargura.

–Todos creen esas supercherías, esos embelecos de quimeristas. Dicen que el Drin hirvió una noche y que por la mañana el hedor era insoportable. Que ningún animal ha vuelto a beber de sus aguas, aunque ya corren claras y los hombres retiraron la carroña. Cuando veníamos comprobé que hubo un incendio en un lugar llamado Álamos, pero estoy segura de que lo provocaron manos humanas.

Ámbar palideció al imaginar el río hirviente.

Soledad frunció el ceño.

–No tengas miedo, te digo que todo es mentira. No sé por qué muchos creen estas historias. Hemos encontrado multitudes en el camino, aldeas enteras que huían. Les dijimos que volvieran a sus casas, que mi padre iniciará pronto la represalia contra los tungros incendiarios que envenenan las aguas y queman los bosques, pero la gente tiene miedo.

–Señora, sean tungros o dragones, hay razón para temerle al fuego –contestó Ámbar–, pues nosotros no tenemos armas y nuestras casas son de madera.

Soledad se encogió de hombros.

–Yo no huiría.

Ámbar estuvo a punto de replicar. ¿Qué sabía del fuego la imperiosa muchacha que estaba frente a ella? Nada. ¡Nada! La miró con rabia, pero Soledad le sostuvo la mirada.

–Aquí no hay esclavos, ¿verdad? Es extraño. ¿Cómo habéis hecho para no vender a nadie?

–Somos libres desde siempre. Preferimos morir de hambre que morir bajo una lluvia de palos –contestó Ámbar.

Soledad sonrió.

–¿Cómo te llamas?

–Ámbar.

–Pues bien, Ámbar, creí adivinar por tu rostro que eras valiente y habías entrado en el país de los magos, pero me equivoqué. Me voy a casa de la porquera por un vaso de cerveza caliente.

Sin más, Soledad se dio la vuelta y con paso rápido se encaminó a casa de Alondra. Su trenza se destacaba como un listón rojizo sobre la capa.

Ámbar, rabiosa, recogió una piedra grande, la metió en el cubo y lo dejó caer. Escuchó el satisfactorio crujido del hielo al romperse, el chapoteo del agua. Subió el cubo, sacó las piedras que lo llenaban y lo bajó de nuevo.

Le dieron ganas de correr tras Soledad y hablarle del dragón, de la noche en que murió su abuela. Pero no podía hablar de Liaza a esta mujer, porque no soportaría una burla ni una réplica desdeñosa. Si hubiera estado en Peña Verde aquella noche, la engreída princesa Soledad no habría corrido a ver el dragón. Estaba segura. La altanera princesa se hubiera meado, como se mearon en las calzas algunos de los aldeanos que antes se mofaban de Liaza y de sus historias de dragones. Fue necesario que el dragón apareciera para que dejaran de burlarse.

Aferró la cuerda y subió el cubo. Lo puso sobre la nieve y se irguió frotándose los riñones. Las manos le dolían por el frío.

Liaza, Cadal, abuelos de mi alma, mis muertos queridos... Muertos por culpa de la familia de esta mujer, alumbradme, dadme astucia, señaladme el camino. ¿Qué hago?, preguntó Ámbar.

Bebió un sorbo de agua helada que la hizo gemir y restregarse la frente.

capítulo veintiocho

La decisión de Ámbar

Por la noche, mientras la princesa y los hombres del rey descansaban en casa de Alondra, los aldeanos se reunieron en casa de Cosmas. Caía una ligera nevada. Dentro de la casa del herrero hacía calor y el humo irritaba los ojos de los campesinos apretujados alrededor de la mesa. Olía a sudor y a cebollas. Temis se retorcía las manos. Los hombres discutían.

–Callad, dejad oír –pidió Liebre. Se hizo el silencio, roto solo por toses y carraspeos. A lo lejos se escucharon los relinchos de los caballos.

–Quieren que alguien de Peña Verde los lleve al Paso del Mago, pues dicen que temen caer en alguna emboscada preparada por la gente de Alosna –dijo Cosmas, sombrío–. A cambio, aseguran que nos dispensarán el tributo durante siete años. ¡Siete años! Dicen que no se llevarán ni una espiga... No sé si creerlos...

El herrero se dejó caer sobre un banco y hundió la cabeza entre las manos. Ámbar sintió pesar al verlo así.

–Debemos ir con ellos –musitó Alondra, pero tan bajo que nadie la escuchó.

–¡Yo los llevo! –dijo Sacca, el molinero. Le puso la mano a Cosmas sobre el hombro y se irguió–. ¡Mañana mismo!

–No conoces las veredas ni el camino –repuso Temis–. Que vaya Liebre. Él sí sabe dónde es.

–¡Es una engañifa, necios! –gritó Liebre adelantándose–. Nada bueno puede venir del rey. El duque Fura es cortés, pero es un noble y no creo ni una de sus palabras.

–Algo más han de querer –murmuró Caliela–, y podemos caer nosotros también en alguna trampa puesta por los magos.

–Ellos nunca tendieron trampas de este lado. Eso decía Liaza y yo lo creo –contestó Tesela.

–Eso decía Liaza... –repitió Temis con recelo.

–Entonces es verdad –zanjó Tesela, y escupió en dirección al fuego.

Mientras Tesela y Temis discutían, Caliela se volvió hacia su marido.

–¿Preguntaron algo sobre la noche aquella? –inquirió.

–Calla. Nada saben y nosotros nada dijimos –contestó Brau haciendo la señal contra el mal de ojo.

–¿Por qué no? –preguntó Florián.

–Hijo, ¿tienes una boñiga sobre los hombros? –le espetó Brau–. No queremos la enemistad de los magos. Si es verdad que arrojaron el dragón contra el reino, ¿qué cosas podrían hacernos a nosotros en su cólera? La princesa Soledad y los hombres del rey regresarán pronto al castillo y nosotros nos quedaremos aquí para siempre, cerca de Alosna.

–La princesa ¿prometió algo? –preguntó Ámbar.

–Sí. Dio su palabra, pero yo no creo nada que digan los reyes. Nada –contestó Liebre–. He peleado junto a ellos, estuve en la guerra y supe de traiciones asquerosas. No los creáis.

–¿Han dicho qué nos harán si no obedecemos? –preguntó una voz.

–No, pero vienen armados, así que pueden hacernos lo que quieran. Matarnos, llevarnos como esclavos, reclutarnos para pelear contra el dragón.... Si es que se puede pelear contra un dragón –aseguró Cosmas con amargura.

–Pero si dicen que no vendrán por tributo, debemos tomarles la palabra –dijo Temis–. ¿Os imagináis? Siete años de paz en los que podremos conservar el fruto de nuestro trabajo...

Alondra, serena, intervino:

–Han de necesitar de veras ir a Alosna para pedirnos ayuda a nosotros, que nunca hemos sido nada para el rey. Yo podría ir con ellos al Paso del Mago. Creo que es poco precio por siete años de tranquilidad.

–Si es verdad que la mujer que viene con ellos es la princesa Soledad y no una barragana disfrazada para aprovecharse del candor de unos simples campesinos, yo creo que hay que hacerlo. No nos queda otro remedio –dijo Perdiz.

–Yo los llevaré, pues –concluyó Liebre, resignado. Bajo las cejas blancas y enmarañadas le brillaban los ojos, enrojecidos por el humo–. Pero que caiga sobre vosotros mi sangre si me matan.

–¡Liebre! ¡No nos maldigas! –gritó Caliela, exasperada.

Ámbar, sin esperar la contestación del viejo, se levantó, salió de la casa de Cosmas y se dirigió a la choza de sus padres. Sintió que el aire, frío como agua limpia, le lavaba de la cara los olores del humo y el sudor. No quería ir a la choza de su abuela, no esa noche. La nostalgia se haría insoportable. Al rato llegó Caliela y se tendió a su lado.

Ambas dormían ya cuando la pequeña asamblea se disolvió y los campesinos, cansados de tanto discutir sin haber llegado a un acuerdo, se fueron a sus camas.

ooo

Ámbar soñó con el fuego. Feliz, lo veía caer del cielo, como la noche aquella. En el sueño apretaba el colmillo del dragón contra su pecho, y la médula plateada se deslizaba por su delantal y caía sobre sus pies. Pronto estuvo de pie sobre un diminuto lago de mercurio. El colmillo la protegía, la convertía en parte de la bestia que calcinaba todo con su aliento. Ámbar lo llamaba: «¡Dragón! ¡Ven!», y algo oscuro se agitaba en la negrura de la noche cada vez que ella pronunciaba esas palabras.

Se despertó con los brazos entumecidos y los puños apretados sobre la tela de su túnica. Y comprendió: era ella quien debía llevar a la princesa y al duque al Paso del Mago. Debía mostrarles el colmillo, la prueba irrefutable de la existencia del dragón.

Miró a su madre dormida, escuchó los ronquidos de su padre y la suave respiración de Florián. Examinó sus rostros, iluminados apenas por los rescoldos moribundos que se apagaban en el fogón. Si tenía suerte, con mostrar el colmillo daría a la aldea siete años de tranquilidad. Se levantó sigilosa, se envolvió en la manta y esquivó el cuerpo dormido de su madre. Salió de la choza. El relente helado la hizo temblar.

Faltaba un rato para que amaneciera y Ámbar ya corría en dirección al bosque, palpando la oscuridad como una sonámbula. El borde de la falda le pesaba, empapado por el rocío. Al cabo de un rato, jadeante, llegó al escondite. Alcanzó a distinguir una mancha oscura que se destacaba en la nieve. Las piedras que había puesto sobre el colmillo estaban limpias de escarcha.

Escarbó con torpeza y vio cómo un leve vapor se desprendía de los terrones y pedruscos. Con fuerza, hundió las manos en el agujero y sintió el calor, el fuego inextinguible del dragón.

Lo sacó y lo limpió con la falda. Fosforescía tenuemente. Ámbar lo acarició y sintió bajo sus dedos la tersura, la tibieza, el peso tantas veces recordado. Lo estrechó repitiendo el gesto del sueño.

Imaginó con agrio regocijo la cara que pondría Soledad al verlo. Ni la arrogante princesa ni el duque Fura podrían disimular el asombro. Y era ella, la campesina pequeña y sucia de la que se había burlado Soledad, quien lo había encontrado. Ya les diría a los hombres del Lobo lo que quería a cambio de llevarlos al Paso del Mago. Por aquello que deseaba estaba dispuesta a cederles el colmillo, su tesoro.

Lo ocultó bajo la túnica y el colmillo le entibió el pecho. Su contacto le infundió un valor inapelable. El cielo se ponía violeta. Ámbar se puso en pie: debía hablar con el duque Fura de Mongrún antes de que Brau la buscara.

capítulo veintinueve

Desde la tierra de los tungros

Recostado sobre el piso de tierra de su yurta, rodeado por los cuerpos tibios de sus esposas y una docena de hijos, Aybar meditaba con los ojos cerrados. No podía dormir. Sentía una regocijada agitación que le había quitado el hambre y el sueño. Los guardias que custodiaban la entrada jugaban a la taba: el brusco trac trac de los huesecillos al caer sobre los escudos lo arrullaba, pero la alegría le impedía estar quieto a pesar del cansancio.

El tungro se regodeaba con las noticias traídas por un puñado de hombres que pastoreaban a un centenar de leguas de distancia. Hacía dos noches –¡dos noches!–, los pastores habían visto a Tengri pasar sobre ellos. El dragón había incendiado un bosque de una sola y furiosa exhalación. «Muchos murieron quemados», dijeron. Llegaron consumidos y agitados, febriles a causa del miedo. Aybar no dudó: decían la verdad. Estaban demasiado asustados para mentir.

Dijeron que el fuego se extendió y que tuvieron que reventar los caballos para escapar. Uno de ellos había guardado el cadáver de un mirlo carbonizado, caído del cielo, quemado en pleno vuelo. Ahora, el cuerpecillo del mirlo, con las plumas calcinadas y el pico derretido, estaba bajo la almohada de Aybar.

Este dio una yegua preñada al hombre a cambio del pájaro quemado, porque esa ave convertida en un mineral negro era la señal sagrada de que se avecinaba la mejor guerra de su vida.

Mientras escuchaba a los pastores, concibió un plan: por primera vez en su historia, los tungros, en lugar de marchar en invierno hacia el sur, donde el clima era más clemente y había pastos para el ganado, entrarían en Moriana.

Aybar opinaba que Tengri atacaba al Lobo debido a la cantidad de ofensas que el rey de Moriana había hecho a los magos de Alosna.

Como todos los tungros, sabía que la magia de Alosna era muy superior a la magia de Tarkán. En Moriana, en cambio, no había magia.

Era natural que los magos se cansaran de resistir sin contestar. Llevaban muchos años sobrellevando la insolencia de los Lobos y estos se habían vuelto cada vez más desvergonzados.

Aybar bostezó, se estiró bajo las pieles del lecho y se frotó los ojos. La resina de la antorcha burbujeaba y el aire olía a humo. Los guardias terminaban su juego, riendo por lo bajo. Aybar se imaginó a sus emisarios cabalgando sin parar en dirección a los jefes. Pronto, se dijo, se reunirían a la orilla del Sumongal y les expondría su plan. Moriana esperaba, hermosa como una virgen enjoyada.

Además, Aybar anhelaba guerrear al lado de su tío Húbilai, el hombre que lo había enseñado a tensar el arco, a emplumar flechas y a seguir cualquier rastro. Húbilai era un guerrero célebre. El terror que inspiraba difería de su aspecto delicado y su estatura de adolescente.

Húbilai era parsimonioso y hablaba sin alzar la voz. Usaba una pulsera hecha con los incisivos de los hombres a los que había vencido en batalla y botas de piel de oso atadas con cintas de lana verde. Tenía el bigote espeso, la barba rala y la trenza canosa. El rostro moreno de anchos pómulos y nariz chata estaba estragado por el sol y el viento de la estepa. Los tungros temían su mirada de lince, no solo porque parecía ver las mentiras o el miedo, sino por el color de estaño de las pupilas. Esa mirada de humo paralizaba de miedo a propios y ajenos, pero bajo esas pálidas pupilas, Aybar se sentía aceptado.

Cuando era niño había vivido cuatro años al lado de su tío. La familia de Húbilai había sido asesinada por las huestes de Dogoero mientras Húbilai guerreaba al lado de Ruga. Un sobreviviente de la matanza le dijo a Húbilai que quien había matado a su mujer y a sus hijos era Senen, el consejero. Húbilai, devorado por el deseo de vengarse, lo buscó en cada batalla y a lo largo de la frontera, pero no lo encontró. Senen se escondía detrás de las murallas de Bento. Húbilai no desistió. Cada vez que podía se internaba solo en el reino de Moriana, pero después de intentarlo varias veces, se dio cuenta de que para llegar al castillo del Lobo necesitaría tener otra cara o pagar a un asesino, pues sus ojos de humo y su estatura adolescente eran famosos hasta en la aldea más recóndita. Pero la idea del asesino a sueldo le repugnaba: el cuchillo de la venganza debía ser blandido por su propia mano. Anhelaba ver en los ojos de Senen el miedo al reconocerlo.

Como la tristeza y la rabia amenazaban con destruirlo, se llevó al hijo de Ruga para tener a alguien a quien educar. En cuatro años luminosos y agotadores lo convirtió en un hombre. Húbilai le mostró a Aybar todo cuanto amaba del mundo, tal vez como una forma de redescubrirlo. Con la luz de los amaneceres contemplados desde los lomos del caballo, quiso borrar el recuerdo de las yurtas quemadas donde murieron sus hijos, sus padres y su esposa. Los años juntos los marcaron. A Húbilai le salvaron la vida, pues el deseo de venganza había estado a punto de destruirlo, y fue en esa época que Aybar se convirtió en el guerrero y cazador sutil que superaría a Ruga como jinete y estratega. Ninguno de los dos olvidaría los arduos y deleitosos aprendizajes, las noches en el bosque y las conversaciones bajo la luna, abrigados por la misma piel de oso.

Después de devolver al sobrino, Húbilai se fue a las estepas orientales a vivir solo. No volvió a tomar mujer ni quiso adoptar otra familia. Vivía en compañía de sus caballos y las águilas a las que se esforzaba en domesticar.

ooo

Aybar se incorporó y desenvainó el sable que, como siempre, tenía al alcance de la mano. El hierro se deslizó con un siseo –*Siempre parece que dice «sí»*, pensó el tungro– y reflejó la luz de la antorcha. Acarició la hoja desnuda con las yemas de los dedos y comprobó el filo. Estaba preparado. Miró a sus esposas, a los niños dormidos en una confusión de rostros cerrados e inocentes, de piernas y brazos. También por ellos pelearía, para darles esclavos, yeguas y oro.

Ahora, el Lobo estaba preso en una trampa hecha con hierro al rojo. Por un lado, el dragón. Por otro, Aybar y sus hombres, dispuestos a entrar en Moriana en pleno invierno y morir luchando del lado de su dios.

No se engañaba: sabía, como cualquier tungro, que la voluntad del dragón era inescrutable. No había forma de garantizar que respetaría las hordas tungras una vez estuvieran frente a él. Por eso le ofrecerían sacrificios.

Se calzó las botas. Saldría a montar su caballo, a correr por la planicie, aunque faltaba mucho para el amanecer. Debía escoger alguna mujer para el sacrificio. Tal vez una esclava, o incluso una mujer libre. Podía ofrecer a su esposa más joven, la hermosa Bilisa, que todavía no le daba un hijo a pesar de que llevaban ya dos años casados. Pensó con alegría que pronto, si Tengri quería, volvería a ver el yelmo del rey de Moriana en la batalla, el casco de cimera rematada con las peludas colas de lobo, el redondel pintado de azul. Su enemigo, igual en fuerza y astucia, digno de medirse con él. El adversario que Tengri le había designado para que aprendiera a ser mejor guerrero.

Cogió un haz de flechas, lo metió en el carcaj y se colgó el arco del hombro: su arco, que cantaba como una alondra cuando lo colgaba de las ramas de los pinos y el viento le acariciaba la cuerda.

Dispararía al cielo en honor del dragón y más tarde enviaría a un esclavo a buscar las flechas, pues en esos días todas las armas del mundo iban a ser necesarias.

capítulo treinta
La demostración

Cuando Ámbar regresó a Peña Verde, Caliela la esperaba en la vereda, iluminada por la luz oblicua del amanecer. Pálida y despeinada, tenía el ceño fruncido y los ojos brillantes por la ira. Se acercó a su hija y le tendió la mano.

–¿Lo traes contigo? ¿Por qué nos desobedeces? Al abrir los ojos lo supe, aun antes de ver que no estabas. ¿No cuenta la voluntad de todos los que vivimos aquí? Loca, tonta. Creí que habías cambiado, pero no, sigues siendo la misma testaruda que hace lo que quiere sin pensar en nadie más.

La rabia hacía que le temblara la voz.

–Te equivocas, madre. Es por todos los que viven aquí que hago esto. Y por la memoria de mis abuelos –contestó Ámbar desafiante, y apretó aún más el bulto contra su pecho.

–No digas tonterías. No te creo. Sé que tu abuela te amaba y que deseaba lo mejor para ti. Este es un asunto de hombres –dijo Caliela.

Dio un paso y aferró el brazo de Ámbar. Aun a través de la tela, la muchacha sintió cómo las uñas de su madre se le hundían en la piel.

–Entra en la casa y escóndelo bajo la leña, o te doy un bofetón –ordenó.

En ese momento oyeron la voz de Fura:

–Señoras, quería saber qué se decidió ayer y me encaminaba a la casa del herrero para preguntarle...

Estaba de pie detrás de ellas y en su rostro severo se dibujaba un gesto de curiosidad. Sonrió y ladeó la cabeza, mirando primero a Caliela y luego a Ámbar. Caliela sollozó sordamente y estrujó el brazo de su hija con más fuerza. Ámbar se quejó y Fura levantó las cejas.

–Señor, traigo aquí algo que será de utilidad al reino –dijo Ámbar con voz trémula que el miedo hizo aguda.

–No la escuchéis, señor. Es solo una aldeana que no sabe nada –suplicó Caliela–. No habléis más con ella. Está triste por la muerte de su abuela y va por todas partes diciendo sandeces.

Pero Ámbar ya había abierto la capa. Alzó el colmillo como si fuera una ofrenda y se lo mostró a Fura. Despedía vapor y brillaba como si estuviese mojado.

Fura retrocedió un paso. En su rostro se reflejaba la incredulidad mezclada con el anhelo. Extendió la mano como si fuera a tocar el colmillo. Bruscamente, antes de rozarlo, la retiró.

–Esto es del enemigo –explicó Ámbar–. Es verdad lo que dice mi madre: solo soy una muchacha que no sabe nada, pero encontré esto en el bosque. El dragón pasó sobre nosotros y lo dejó allí, tirado en la maleza. Os lo ofrezco a cambio de que nos dejéis en paz, de que jamás volváis a reclutar a uno de nosotros para ir a la guerra... Creedme ahora que os lo muestro: nosotros no tenemos comercio con los magos ni con los adversarios del rey, pero el tributo nos deja flacos y hambrientos. Además, somos malos para la guerra.

Su voz sonó clara, aunque sentía que las piernas se le habían convertido en espuma.

Caliela sollozó.

–No temas, hizo bien en decir la verdad –musitó el duque.

Se acercó a Ámbar y puso un índice cauteloso sobre la punta del colmillo.

–Por mi honor... ¡Está caliente! –exclamó.

–Y dentro tiene azogue, mirad... –dijo Ámbar, envalentonada.

Con familiaridad, asió el diente con la punta hacia arriba y lo sacudió. Una gota de mercurio cayó al suelo. Fura miró la gota, esférica como una cuenta de plata, y luego miró a la muchacha. En su cara se dibujó la perplejidad. Palideció y carraspeó suavemente.

Sin añadir nada, dio media vuelta y se alejó con paso lento en dirección a la choza de Alondra, donde estaba alojada Soledad.

Al verlo alejarse, Caliela dio un grito:

–¿Qué has hecho, desdichada? ¿Por qué?

Se desplomó sobre el barro helado y se tapó la cara.

Ámbar envolvió el colmillo y se acuclilló a su lado.

–Por la memoria de mi abuela –contestó con los labios pegados a la frente de su madre.

ooo

Cuando Soledad, Fura, Dungalo y varios soldados más se acercaron con Cosmas y Liebre adonde estaban la madre y la hija, las encontraron tomadas de la mano. El diente del dragón brillaba sobre el lodo.

–¿Qué es esto? –preguntó Soledad. En su mirada había rabia.

–Ya se lo dije al duque: lo encontré en el bosque, después de ver el aliento del enemigo. Esa noche el miedo mató a mi abuela, así que os pido que no creáis que amamos al dragón. Hubiéramos preferido que fueran los tungros –al oír esa palabra, Dungalo escupió–, o cualquier otra desgracia. Llevadlo ante el rey y concedednos lo que pido. Nada de tributo, ni de guerra... –contestó Ámbar y, con calma, recogió el diente–. Es del rey, no mío. Tocadlo y veréis que está tibio. Siempre desprende calor, aunque haga frío. Lo enterré en el bosque y derritió la nieve que había sobre él. El tuétano está hecho de eso –dijo, y apuntó con la barbilla la gota de mercurio que brillaba sobre el lodo.

Soledad se encogió de hombros y cruzó los brazos.

–Azogue –afirmó la voz cascada de Liebre.

–¿Plata viva? –preguntó Dungalo arqueando las cejas con gesto burlón–. ¿Tenéis plata viva en Peña Verde? ¡No seréis tan pobres como decís!

–Yo conozco el azogue –explicó el manco–. Cuando era un muchacho, estuve con el rey Dogoero en una campaña contra los tungros. Ahora soy viejo, pero nunca lo olvidé porque los médicos hacían bebedizos milagrosos con él y, como perdí la mano en Monte Bermejo, me untaron una pomada que, según dijeron, tenía una gota de azogue. El médico me mostró un poco, que guardaba en una redoma que llevaba colgada del cuello. Nunca volví a ver mercurio hasta que Ámbar encontró el colmillo.

Fura extendió las manos hacia Ámbar y dijo:

–En nombre del buen rey Lobo, acepto que nos entregues este colmillo como prueba de que los magos han lanzado contra el reino a un dragón. Pero no puedo aceptar esas condiciones en su nombre. Debo consultarlo con él. Tal vez la princesa quiera... Ella tiene la autoridad.

Miró a Soledad, pero esta, despectiva, se apartó cubriéndose con la capa hasta la barbilla.

Ámbar colocó el diente sobre las palmas de Fura.

–Iré con vos. He ido adonde está el puente, pero es verdad lo que os dije –aseguró mientras buscaba la mirada de Fura–: jamás he cruzado la frontera. Ninguno de nosotros la ha atravesado.

El duque la miraba con los ojos muy abiertos. En sus manos, el colmillo brillaba, tibio y liso. Lo apretó contra su pecho y se inclinó ante Ámbar haciendo una profunda reverencia. Soledad lo miró con asombro.

–Muchacha, te aseguro que me esforzaré por que tus condiciones sean aceptadas si nos llevas al Paso del Mago. Haré lo que pueda por lograr que nadie vuelva aquí jamás, ni por tributo ni por hombres. ¿Qué decís, princesa Soledad?

–No olvido que tengo una deuda con vos, Fura de Mongrún, pero no creo a estos. No quiero ver este objeto horrendo, ni oír más historias estúpidas. Estoy harta de falsarios; los he visto a todos desfilar por el castillo de mi padre.

–Princesa –pidió Ámbar–, ¿no queréis mirarlo? ¿Comprobar que no es un fraude?

–Es una fullería, y no necesito nada más que mis ojos para comprobarlo –contestó secamente Soledad–. Llévanos al Paso del Mago, y te ordeno que no te dirijas más a mí si no quieres conocer los alcances de mi enojo.

Ámbar la miró con desconcierto y abrió la boca, pero no salió sonido alguno de sus labios. Fura, con el rostro contraído, se dirigió a Soledad y alcanzó a decir su nombre, pero esta ya giraba sobre sus talones y se alejaba.

–¡Ensillad a Fum, haraganes! –gritó la princesa agitando una mano.

Fura miró a Ámbar:

–Ya hablaré con ella –murmuró con un dejo de vergüenza.

El único sonido que le contestó fue el llanto de Caliela.

ooo

La princesa Soledad regresó de su cabalgada ya entrada la noche. En casa de Alondra, los hombres del rey examinaban el colmillo. Probaron sus espadas contra la superficie, pero ni la más afilada le hizo siquiera un arañazo. Cosmas lo golpeó con el mazo y tampoco sucedió nada. Los soldados se turnaron con el mazo, pero el colmillo siguió íntegro y tibio. Los hombres, absortos, ignoraron a la princesa que caminaba de un lado a otro murmurando imprecaciones contra la credulidad de sus súbditos. Inclinados sobre el colmillo, no se volvían a mirarla, aunque ella se esforzaba por hacerse notar.

Con el paso de las horas, Fura sintió cómo su asombro crecía al vislumbrar de qué tamaño era el poder y la fuerza del dragón. Si un diente resistía de esa manera, ¿qué podrían hacer contra la bestia entera?

Comprendió que la guerra contra Alosna era imposible. Debía hacer las paces con ellos o Moriana entera perecería bajo el aliento del monstruo. Soledad, encerrada en un feroz mutismo, ignoraba las instancias del duque:

–Miradlo, tocadlo. No es un engaño, es una prueba –le dijo él varias veces.

Pero a pesar de que tenían frente a ellos un testimonio concreto de la existencia del dragón, Soledad se empecinaba en su silencio. Fura, exhausto, se tendió a dormir en la yacija de la porquera y Soledad salió a dormir en el establo.

ooo

En casa de Brau reinaba el dolor. A pesar de que la mayoría de los aldeanos bendecían a Ámbar por su valor, Caliela lloraba sin cesar.

–Tengo que hacerlo –decía Ámbar –, porque nunca te lo he confesado, madre, pero la noche aquella dejé sola a mi abuela a pesar de que me suplicó que permaneciera a su lado. Si me hubiera quedado con ella, tal vez seguiría con vida. Pero no. Habíamos hablado del dragón y me emocionaba verlo. La dejé sola, gritando mi nombre, mientras yo salía a mirar el cielo. Si ahora puedo salvar nuestro grano y nuestra comida, si logro impedir que vengan a empobrecernos, a reclutarnos para sus guerras, debo hacerlo. ¿Qué me puede pasar?

Brau guardaba silencio, pálido y fúnebre.

Caliela, con los párpados hinchados por el llanto, contestó:

–¿Es que no ves la crueldad en el corazón de la hija del rey? ¡Puede matarte! ¡Viene armada!

–Madre tiene razón –terció Florián–. Esa mujer es mala.

–El duque me protegerá, lo sé –contestó Ámbar, con una serenidad que estaba lejos de sentir.

Brau se acercó a su hija.

–Júrame que si adivinas algún peligro, regresarás –le pidió–. Nos enfrentaremos a Fura y a la hija del rey aunque nos aplasten. No quiero que mueras como murió Liaza... Hija, perdóname por haber hablado mal de tu abuela... Era una buena mujer y no mentía.

–No te apesadumbres, padre –dijo Ámbar besándole la mano.

La muchacha puso la cabeza sobre el regazo de su madre, como acostumbraba hacerlo con su abuela. Caliela le acarició las mejillas requemadas, el pelo rizado, las manos encallecidas, hasta que se quedó dormida con su hija en brazos. Brau y Florián, agotados, se tendieron cerca del fuego y durmieron también. Ámbar, en cambio, permaneció despierta. *¡Alosna!*, se repetía, y era como si una luz tibia y brillante la esperara en el fondo de la noche.

ooo

Al amanecer, mientras la familia comía las cebollas y el pan del desayuno, Dungalo llegó a buscarla.

–En nombre del rey –dijo al entrar, y los aldeanos lo miraron en silencio–. Hemos decidido partir ahora mismo. El duque ha dicho que hará lo posible por cumplir lo que la moza ha pedido. Uno de nuestros hombres, Tibot, velará por su vida. Vamos.

Caliela se puso en pie:

–Señor, dadme un momento con ella: debo preparar las pocas cosas que se llevará. Pan, pescado seco, un poco de cecina... Todo cuanto tenemos. Dejad que nos despidamos de ella.

Ámbar recibió el atado y besó a su madre.

–Te estaremos esperando –dijo Brau con voz temblona.

–Con suerte, cumplirán y nunca volverán a molestarnos, ni ellos ni los recaudadores –contestó Ámbar.

ooo

Los aldeanos salieron de sus chozas y se amontonaron para verlos partir. A lo lejos, Soledad esperaba sobre Fum. La princesa, con el rostro vuelto en dirección a Alosna, no se dignaba mirar ni a sus hombres ni a sus súbditos.

Carbón, el viejo perro que había sido de Liaza, al ver a Ámbar sobre una montura comenzó a ladrar y a dar vueltas alrededor del caballo, hasta que Florián lo cogió de la blanda piel del cogote y lo metió en el establo. Los otros perros de la aldea comenzaron a ladrar también, y Fura hizo un ademán para apresurar a la comitiva. Caliela nunca olvidaría la visión de su hija sobre el caballo de Tibot, rodeada por los soldados. A los ojos de su madre parecía tan hermosa como una princesa. Alondra se acercó a Caliela.

–No temas. Tu hija es más inteligente de lo que crees. Estoy segura de que el espíritu de su abuela la protege. Le debemos mucho –le dijo al oído.

Caliela agitó la mano en señal de despedida. Las lágrimas le desdibujaron la cara de Ámbar, quien sonriente gritó:

–¡Volveré!

capítulo treinta y uno

El miedo de Senen

Desde que las noticias del dragón llegaran a Bento, Senen se había adjudicado el derecho de entrar en las habitaciones del rey sin solicitar audiencia. Aseguraba que era por el bien de reino, aunque solo entraba en el salón del consejo para quejarse de enfermedades imaginarias y hablar de su miedo.

En cambio, el Lobo se había robustecido ante el peligro. Como cada vez que había guerra, su paso se avivó y reía más a menudo. Pero esta era una guerra distinta, y a la risa se sumó una serena exaltación. Senen, en cambio, parecía haber envejecido diez años. El azul desvaído de sus ojos se encendía de cólera ante cualquier comentario y las manos le temblaban sin cesar. Iba ceñudo y sombrío, hablando solo por los pasillos, mirando con gesto receloso a todo el que se cruzaba con él. La untuosa cortesía con la que trataba a quienes temía había desaparecido con el miedo, y solo le quedaba una quebradiza facilidad para la ofensa.

El consejero suponía que Béogar, Meroveo y Tagaste conspiraban contra él; que la tardanza de Fura, Zorro y Soledad en regresar de Alosna se debía a la intriga; que solo él en la corte podía calcular la vileza de los magos. La visita de los pastores le provocó una angustia frenética que se tradujo en crueldad hacia los esclavos.

Nunca antes había creído en la existencia de la magia, ni había vacilado a la hora de enviar a los magos al patíbulo porque, para él, eran embaucadores que intentaban engañar al rey.

Era uno de los principales adversarios de Alosna, y no se hacía ilusiones: los magos –pues ahora sí creía lo que se decía de ellos– seguramente conocían su rostro gracias a sus artes, y se vengarían de él. Después de todo, la idea de meter los cadáveres de los ajusticiados en jaulas que pendían de las murallas había sido suya.

Ordenó que las bajaran y que enterraran los restos fuera del baluarte. El Lobo no le pidió explicaciones, absorto en la espera de su hija, y Béogar solo dijo:

–Ya era hora. No eran espías. Ni siquiera eran nuestros enemigos.

Senen sintió un retortijón.

Sus espías le avisaron que Aybar había sacrificado a la más joven de sus esposas. Los tungros engalanaron a Bilisa como para una fiesta, la cubrieron de joyas y la emborracharon. Entonces la llevaron en palanquín a la cumbre de una colina cercana a la frontera con Moriana y la dejaron sola. El dragón cumplió. Los tungros, regocijados y agradecidos, descubrieron tres días después el monte carbonizado y ni rastro de la muchacha.

Al saberlo, Senen sintió que el pavor le nublaba el entendimiento. No le contó ni al rey ni a nadie la noticia, y dio al espía más oro del que habían acordado para perderlo de vista lo antes posible, pues la visión del rostro trémulo del hombre le recrudecía el miedo. Esa noche recorrió mil veces el pasillo, en una caminata insomne que era más bien el desplazamiento de un animal en una jaula. Iba sosteniéndose el vientre con las dos manos y gimiendo de dolor. De cuando en cuando, se interrumpía para sentarse en el orinal de su habitación. La diarrea, el signo del miedo, lo acosaba y no le permitía olvidar sus temores. Sabía perfectamente que sus razones para temer se habían duplicado: era responsable de muchas muertes entre los tungros, entre ellas las de la familia de un jefe célebre, el gran Húbilai. ¡Cómo se había arrepentido de matar y torturar a esos viejos esqueléticos y esas mujeres sin gracia cuando supo que eran el clan de Húbilai!

ooo

El Lobo, en cambio, estaba tranquilo. No había vuelto a beber pese a que Senen había mandado traer expresamente para él veinte botellas de malvasía, su vino favorito.

–Señor, mirad, por si queréis distraer las preocupaciones –dijo, y le mostró las altas botellas cerradas con tapones de cera, frescas en la oscuridad de la bodega.

Pero el Lobo, por primera vez desde la muerte de Genoveva, no tenía sed de vino, y salió de la despensa sin llevarse siquiera un poco. Senen fue tras él.

–¿Deseáis que mande calentar una botella? Puedo ordenar a Orri que la meta en la ceniza del fogón y que la lleve a la mesa a la hora de la comida.

El Lobo se encogió de hombros.

–Pregunta al barón Meroveo si le apetece –contestó–. A mí no me sirvas más que agua.

Cuando el consejero salió de la bodega, el Lobo resopló, asqueado. En esos días de sobriedad había descubierto rasgos de Senen que le parecían repulsivos: la crueldad con los servidores, la untuosa voz que usaba para dirigirse a él, las miradas furibundas que le dedicaba a Tagaste... Siempre había sabido que Senen era un cobarde y, como todos en Bento, había oído los rumores acerca de los esclavos que morían a decenas en la casa del consejero, pero nunca le había parecido tan irritante. *El vino me permitía tolerarlo*, tuvo que admitir. Se arrepentía vagamente de haber permitido que Senen maltratara a Tagaste, pero dedicaba poco tiempo a estas reflexiones. Le obsesionaba la guerra.

Lo que deseaba era abastecer el castillo como para resistir un asedio. Llenó el foso de troncos cuyas puntas habían sido afiladas hasta convertirlas en armas mortíferas y lo cubrió con paja. Cualquier hombre que cayera dentro moriría atravesado. Almacenó brea, grasa y resinas para fabricar flechas incendiarias y proveyó la armería con todo tipo de proyectiles. Ni siquiera despreció las piedras redondas que el río le ofrecía. Todo era un arma si se sabía utilizar.

La fragua trabajaba todo el día, y del yunque salían láminas de plomo para cubrir los techos de madera, puntas de lanza, espadas, flechas y esferitas espinosas para arrojar a los pies de los atacantes. El Lobo permitió que los campesinos que vivían en las laderas se guarecieran de noche dentro de las murallas, y almacenó todo el grano que había en los alrededores. Envió, antes de que la nieve cerrara del todo los caminos, a un centenar de soldados provistos de oro a comprar aceite, vino, lana y pescado seco a las aldeas más próximas, y celebró el regreso de las carretas rebosantes de víveres con un festín que repartió entre nobles y menesterosos. Muchos de sus barones acudieron a su llamado y el ejército acuartelado en el castillo aumentó en número.

Pronto, los barracones estuvieron atestados por las huestes de Acetábulo y Tirant, los viejos compañeros de armas de Béogar; la mesnada de Lémur de Islán, quien trajo consigo médicos; los arqueros del marqués de Estigia; los jinetes de Vulpeja y la guardia de Coscoja de Diploé. Los nombres se fueron sumando: Faraute de Calcis; Vindel de Támara; Lot de Sarpenic y hasta Daguenet el Cobarde, quien prefirió luchar acompañado que a solas. Otros muchos llegaron y no cupieron dentro de las murallas. El rey los autorizó a ocupar las chozas de los campesinos por las noches y a cazar en los bosques de día. Los soldados cavaron trincheras, letrinas, fosos; colgaron los escudos en las entradas de las chozas y se fueron extendiendo concéntricamente hasta que alrededor de Bento hubo tantos soldados como antes hubo campesinos. Estos, dentro del castillo, trataban de no hacer ruido, dejar que las cosas pasaran y que todos, desde el rey hasta el último arquero, se olvidaran de ellos.

Jara veía con alarma cómo la soldadesca devoraba las provisiones, pero no tenía a quién quejarse, pues veía a su marido solo por las noches y prefería entregarse a este Lobo nuevo, sobrio y tranquilo, que hablar con él de avena y perniles de cerdo. A veces, durante la noche, se despertaba y comprobaba con sorpresa que era feliz. Miraba el semblante del Lobo dormido, escuchaba su respiración pausada, y pedía a la suerte que los tungros y el dragón se hundieran en la nieve. Odiaba la guerra. No se había dado cuenta de cuánto la aborrecía hasta que la guerra llegó a su puerta.

Siempre supo que la batalla fascinaba al rey; que el Lobo esperaba con impaciencia el momento de salir al mundo a enlutar familias de enemigos, a entristecer a mujeres que Jara no podía imaginar porque nunca había visto más tungro que los esclavos y la horrenda cabeza momificada que colgaba de las vigas del salón. Pero ahora le daba miedo que él muriera, porque por primera vez era gentil con ella. Y Jara –que, como en los sueños que había acariciado cuando era joven, se paseaba todo el día delante de hombres que enmudecían al verla, pasmados por su belleza– no tenía ojos más que para su marido. Los nobles la contemplaban, se daban codazos, se mordían los bigotes, y ella, protegida de la inquietud por la nueva conducta del Lobo, sonreía con benevolencia.

Garlón de Salgar, un guerrero alto y moreno que le debía la vida al Lobo –el rey se había interpuesto entre él y dos tungros en una celada–, la buscaba todo el tiempo. Dejaba a los otros barones con la palabra en la boca para escuchar cantar a la reina, jugaba al ajedrez con ella sobre un espléndido tablero hecho con bloquecitos de oro y lapislázuli, le regaló una cinta adornada con campanillas y un galgo gris. Tagaste, con el instinto infalible que la experiencia le daba, se dio cuenta de que el señor de Salgar sentía por Jara algo más ardoroso que la pura admiración, así que se esforzó por hacer que se fijara en Lirio. Fue inútil: parecía que Garlón de Salgar estaba ciego ante la belleza de la joven. Lirio, por su parte, mostraba entusiasmo. Garlón poseía una belleza varonil sazonada con un punto de brutalidad que la princesa encontraba atractiva. Pero él no le hacía caso.

–Es una hermosa dama, pero tiene el pelo rojo como su padre –comentó una mañana a un grupo de barones, mientras bebían un vaso de hipocrás.

Tagaste lo miró arqueando las cejas con gesto de sorpresa.

–¡Hermoso como el cobre! ¡Como un velo de seda roja! –exclamó el eunuco.

Pero Garlón no escuchó la respuesta de Tagaste, porque Jara cruzaba frente a ellos seguida por sus damas. Cuando el señor de Salgar se dio cuenta de que había interrumpido la conversación al ver pasar a la reina, se ruborizó hasta las orejas y murmuró:

–El pelo rojo es hermoso en la cabeza de un hombre, sobre todo si, como nuestro señor, es un guerrero. En una mujer es signo de mal carácter, tozudez y vanidad. Dicen que Soledad, la hija ausente, es terca y ruda. Dime tú si es cierto.

Tagaste clavó la vista en la mesa y no respondió.

ooo

Mientras Tagaste fracasaba en su intento por alejar a su ferviente admirador, Jara lidiaba descuidadamente con otros seguidores. El duque Azarbe la requebraba devotamente, y Arides, su primo, se sentaba a sus pies como un cachorro y la miraba bordar. Ella los contemplaba como desde lejos, amable y distraída. El rey era suyo. Soledad estaba quién sabía dónde y el fantasma de Genoveva parecía exorcizado, desterrado quizás por la urgencia de los acontecimientos.

La guerra, sin embargo, esperaba: negra, hedionda y paciente, un buitre posado en las almenas de Bento que Jara no podía ahuyentar.

ooo

Con lo que la reina nunca había contado era con tener que alimentar a sus adeptos: llenar los tarros, supervisar la molienda, la cocina, la colada... Aprendió cómo hacerlo auxiliada por Tagaste. El eunuco, sabiamente, le procuraba el tiempo necesario para el esmerado acicalamiento que requerían tantas miradas y le ahorraba lo más que podía el aburrido trabajo de organizar el castillo. Jara le inspiraba una ternura fraternal. Él mismo la peinaba, le untaba carmín en los labios y colorete en las mejillas. Se había dado cuenta de la nueva cordialidad que endulzaba los días de los soberanos y la animaba lo mejor que podía.

Lirio, feliz, iba detrás de su madre, imitando sus ademanes y esforzándose por aprender las artes del coqueteo. Por las tardes, el salón del consejo se llenaba de hombres que conversaban con las damas de Jara y jugaban a los dados al son de las flautas de los músicos que el refinado señor de Islán había traído con él.

ooo

El Lobo casi no participaba de las diversiones vespertinas de los barones. A pesar de la nieve, adiestraba sin cesar a los soldados. Su obsesión con la magia, que muchos habían considerado una locura, resultó ser una causa justa: el dragón podía acabar con todo. Los nobles lo respaldaban, aterrados por las noticias de los incendios.

Él, desde el día en que los pastores llevaron los restos de las armaduras, había dejado de tener pesadillas. Era como si los fantasmas que poblaban sus remordimientos se hubieran materializado todos juntos en el cuerpo del dragón, y se acercara por fin la batalla final contra sus pecados.

Pasaba los días con Béogar. Se despertaba al alba y salía a cabalgar. Dedicaba las mañanas a ejercicios militares y por las tardes dictaba a Tagaste cartas para sus aliados, llenas de advertencias sobre el peligro y ofertas de ayuda. Se reía de las bromas de Béogar, era afectuoso con Meroveo y se encogía de hombros ante la cobardía de Senen, quien insistía en ofrecerle vino. En cada ocasión, el rey se había negado. La última lo miró con recelo y Senen se arrepintió de haber dejado a la vista sus intenciones, aunque el Lobo no le había hecho ningún reproche.

Tagaste también se percató de que el peligro era un brebaje beneficioso para el Lobo. Nunca, desde la muerte de Genoveva, lo había visto tan alerta y sereno. Llegaron heraldos con la noticia de que los tungros se habían internado en el reino, y el Lobo la recibió con la misma ecuanimidad con la que esperaba al dragón.

El rey nunca había hecho la guerra en invierno y al principio había sentido desasosiego, pero en las solitarias horas que pasaba mirando el fuego mientras los demás se divertían, concluyó que la nieve sería su aliada: los tungros eran hombres de otras latitudes e inviernos más clementes. Él era el Lobo de los bosques. Bento era su cubil, un cubil donde había agua y víveres. Ya verían los tungros lo difícil que era cazarlo.

Una tarde, mientras el Lobo, Meroveo, Béogar y Tagaste, acompañados de Acetábulo y Tirant, los señores de Sagite, revisaban un mapa del reino y señalaban con piedrecillas los lugares donde se había visto el dragón, Senen entró en la cámara con los ojos desorbitados. Sin saludar a los demás, se acercó al rey.

–Traigo noticias –dijo–. Hemos sabido que en Rodosto dos barcos fueron abandonados por los galeotes y que ahora permanecen vacíos. Los habitantes del puerto, mala sombra los lleve, han comenzado a desmantelarlos para usar la madera en sus fuegos. Necesito vuestro permiso, señor, para enviar un regimiento a castigarlos por su osadía.

El Lobo lo miró con una sonrisa oblicua pintada en la cara. Meroveo se inclinó sobre el hombro del rey y murmuró algo en su oído.

–Dice el barón que esas tierras pertenecen a Fura. No se hará nada sin su conocimiento.

Senen, sofocado, gritó:

–¡Señor! También me han informado que el Zorro está en sus tierras y que tu hija y Fura tuvieron que seguir adelante hacia Alosna sin él. ¡Hay que escarmentarlo por no mantener su promesa!

Acetábulo chasqueó los labios y puso la mano sobre el pomo de la espada, pero Senen tenía los ojos fijos en el Lobo y no veía nada más. El rey se levantó tan bruscamente que el taburete sobre el que estaba sentado rodó hasta la puerta. Se acercó a Senen y le puso la mano sobre el hombro.

–Si el duque decidió quedarse porque hubo un nuevo ataque en sus tierras, no solo está en su derecho, sino cumpliendo su obligación. Luchar contra el dragón o esperar un ataque suyo no es fácil. Y ahora, lárgate y déjanos solos.

Senen aferró la mano del rey.

–Señor, hay que demostrar que ni siquiera en estas circunstancias habrá perdón para aquellos que se atrevan a tocar las propiedades del rey. Los barcos venían repletos de sal, y el cargamento ha desaparecido. Se dice que los pescadores están salando más pescado que nunca. El Zorro –Senen, con miedo, escudriñó a Meroveo y se lamió los labios temblorosos– tiene sal para pagar a sus soldados. Si mostramos clemencia, el desorden cundirá por todas partes.

–Fuera de aquí –ordenó el Lobo serenamente, y se desasió de la mano del consejero. Sansón, el sabueso favorito, levantó la cabeza y gruñó roncamente desde el lugar junto al fuego donde estaba echado.

Senen se dejó caer al suelo y sujetó las piernas del rey. El Lobo lo miró. ¿Era este hombre que le aferraba las rodillas como una niña el mismo que enviaba sin pestañear a los magos a la hoguera? Los gemidos, las protestas, las manos temblorosas, le parecieron detestables. Asqueado, aferró un pliegue de la túnica para apartarlo, pero Senen apretó con más fuerza y abrió la boca en un gemido lastimero. La baba manchó las calzas del Lobo. El rey se inclinó, le tomó el brazo y lo levantó.

–¿Qué quieres? ¿Que te cuide como si fueras una doncella? ¡Mi propia hija está lejos, procurando el bien del reino!

–Señor, podéis morir –contestó el consejero protegiéndose el rostro con la mano como si esperara un golpe–. Yo solo pienso en salvar vuestra vida.

El Lobo lo soltó. El consejero trató de sobreponerse y juntó las manos con gesto suplicante. El rey soltó una risotada sin malicia:

–¿No sabes, infeliz, que no hay nadie que pueda salvarte de la muerte? ¿Que ni el oro, ni los hombres, ni siquiera la juventud pueden preservarte? Tu muerte puede ser un dragón o una pedrada. Una espada que brille en la batalla o una espina de pescado que se te atasque en el gaznate... Solo sabemos que vendrá. Es la única certeza del pastor, del rey, del porquero y del consejero. Ten valor, y si no puedes callarte, vete lejos, a morir en otra parte...

Béogar comenzó a reír estruendosamente.

–¿Valor? ¿Senen? Señor, ¿no os acordáis...? –y, mecido por las carcajadas, se inclinó. Luego, rápido y brusco, tomó una copa y la arrojó contra el consejero. Senen quiso esquivarla, pero le dio en pleno pecho y el vino le manchó la túnica. La mancha parecía sangre. Senen la miró y exhaló una aguda queja. Trató de limpiarse, pero solo logró que las manos le quedaran coloreadas por el vino. Todos escucharon su estrepitoso resuello.

El Lobo se acercó y le puso una mano sobre el hombro.

–Escucha, Senen. Hay un verso de un poeta que mi padre repetía siempre: *La muerte alcanza incluso al que evita el combate.* No hay nada que hacer. Moriremos aunque venzamos a los tungros o al dragón.

Senen no respondió.

–¿No entiendes? –insistió el Lobo.

Senen continuó en silencio. Béogar intervino:

–Solo entiende el miedo.

Sansón se levantó y se acercó al consejero mostrándole los dientes. Tenía las orejas pegadas al cráneo y el pelo del lomo erizado. Gruñó una vez más y ladró: fue un solo ladrido, una advertencia que obligó a Senen a obedecer con tanta prisa que se pisó el borde de la túnica y se tambaleó. Escupió en dirección al perro, miró a Béogar con malevolencia y salió apartando el tapiz con brusquedad.

El Lobo bostezó y estiró los brazos sobre la cabeza con un gruñido de placer. Sansón, moviendo la cola, se echó a sus pies capítulo treinta y dos

La frontera

El cortejo subió por las laboriosas laderas de la montaña envuelta en la niebla. Tibot, con Ámbar en ancas, iba delante. La muchacha, con una tímida mano sobre el hombro del soldado, señalaba el rumbo con voz tranquila, disimulando lo mejor que podía la euforia provocada por mirar el mundo desde lo alto de un caballo. Recordaba bien el camino, aunque hacía meses que no iba por ahí y los senderos estaban borrosos por la nevisca.

El soldado, aterido, miraba los pies amoratados de la joven, apenas cubiertos por las esparteñas de corteza, y se preguntaba cómo no se quejaba. No podía saber que Ámbar estaba tan exaltada que no solo no sentía frío, sino que iba arrebolada, con las mejillas encarnadas y las orejas calientes. Si le temblaban las manos no era por la nieve, sino por la proximidad con un desconocido.

Conforme subían, el aire se iba enrareciendo. De las ramas de los pinos colgaban carámbanos semejantes a agujas de vidrio, y los caballos hundían los cascos en la espesa capa de nieve que cubría la pendiente. Reinaba el silencio, roto apenas por el resoplar de las monturas, el rechinar de los arreos y el tintineo de las armas. Los jinetes cabalgaban con cautela, pues debajo de la nieve podía haber un agujero o la torcida raíz de un árbol, trampas capaces de baldar un caballo y desmontar al jinete.

Comieron a la sombra de un peñasco que los amparó de una ligera nevada. Los copos que caían, finos y harinosos, enfriaban cada vez más el aire. Soledad, apartada, vigilaba a Ámbar con la misma mirada suspicaz y altiva que dedicaba a los magos que morían en el castillo de su padre.

ooo

Por la tarde, cuando ya las sombras dibujaban largas manchas en la nieve, Ámbar extendió el brazo y dijo:

–Allí.

La comitiva se detuvo. Frente a ellos se abría un estrecho claro que terminaba en el borde del barranco. Del otro lado se alcanzaban a distinguir los restos del puente. Ahí estaba el legendario Paso del Mago: una ristra de tablones congelados que pendía sobre el despeñadero; un precipicio cuya profundidad, según las historias que habían oído, era inimaginable.

–Al fondo corre el Drin; a estas alturas del año, está casi helado –dijo la muchacha.

Tibot la ayudó a desmontar del caballo y Ámbar caminó hacia el borde del precipicio. Fura se apeó y fue tras ella. En el rostro de Ámbar apareció una sonrisa exaltada.

–¡Mirad! –gritó, y se inclinó a recoger una piedra. La arrojó al otro lado.

Ante los ojos atónitos de los soldados, la piedra se desmoronó con un chasquido en pleno vuelo. El polvo cayó al fondo. Fura dejó escapar una exclamación y se acercó a la orilla. Soledad se asustó.

–¡Esto es obra de diablos! –gritó sin poder contenerse.

Ámbar se volvió violentamente, la buscó con la mirada y alzó la barbilla antes de contestar:

–Es el encantamiento de protección. Mi abuela decía que no era el único: hay senderos que terminan donde comienzan, vueltas, niebla mágica... Pero los que nada tienen, los fugitivos y los pobres, pueden entrar. Yo no sé si es verdad que los magos se comen a la gente, pero mi abuela juraba que no –declaró con aire desafiante.

Soledad se acomodó en la silla. *Bribona*, quiso decir, pero antes de que pudiera abrir la boca, se oyó una voz:

–En Alosna jamás nadie se ha comido a otra persona.

Ámbar retrocedió con una exclamación y chocó con Fura, quien ya tenía la mano sobre el pomo de la espada. En la vereda apareció un joven alto, moreno y delgado. Tenía los ojos negros bajo las cejas rectas y espesas. Llevaba la cabeza descubierta y el pelo cortísimo. Su jubón era de modesto paño de lana y calzaba sandalias de esparto. Una capa gris le cubría la espalda y una bolsa le colgaba del hombro. Estaba desarmado. Un cuervo pequeño se acicalaba las plumas, posado cerca de él. Con un acento montañés aun más abrupto que el de Ámbar, dijo:

–Os esperaba. Venís en nombre del rey Lobo, ¿no es así? Soy Cuervo de Nebral, hijo de Munin. Soy un mago.

–¡Un mago! –exclamó Ámbar, atónita.

Nap gritó con alarma:

–¡Va con un ave de mal agüero!

–Los cuervos traen la desgracia –vociferó un soldado.

–¡Devoran los cuerpos de los muertos! Son impuros y carroñeros –dijo Dungalo, y señaló a Cuervo con el dedo–. Este ha de ser tan carroñero como el pájaro que lo acompaña. La abuela de la aldeana mentía. Este ha de comer hombres.

Ámbar, enfadada, se dirigió al duque:

–Mi abuela nunca mintió.

Fura asintió. La aldeana le despertaba una viva simpatía; además, la necesitaban para negociar con el mago. Estudió el rostro moreno y agostado del desconocido y vio que el joven no tenía miedo.

–En nombre del rey Lobo, queremos parlamentar con el rey de Alosna. La princesa Soledad viene con nosotros –declaró.

Cuervo los contempló. Olían a sudor, a grasa rancia, a vinagre. Unos pocos lo miraban con temor, pero en los rostros de la mayoría vislumbró una arrogante hostilidad. Su mirada se detuvo sobre Soledad. Reconoció el pelo rojo, la boca delgada, la cara larga. ¡Ella! Sintió el latir desacompasado de su corazón y tragó saliva. La expresión hosca del rostro de la princesa contrastaba con la tristeza que teñía su mirada en la olla mágica. Soledad, muda, lo observaba con desprecio. Bajo los párpados largos y gruesos brillaba una chispa de rencor. Los labios apretados dibujaban un rictus huraño.

Cuervo se dio cuenta de que se mantenía apartada y sola, aunque estuviese rodeada por sus hombres. Soledad. Esa mujer andaba por Moriana como él en el destierro, sin un alma en quien confiar. Venció su agitación, apartó la atención de la cara de Soledad y sonrió a Ámbar.

–Tu abuela decía la verdad. El cuervo no es mi servidor, sino mi compañía. En Alosna, los animales son tan libres como los hombres. Jamás he comido carne. Es verdad que el cuervo come carroña; es su naturaleza. ¿Quién de entre vosotros sería tan necio como para culpar al halcón por comer gallinas, o al perro por roer un hueso?

Soledad chasqueó los labios y sintió que la rabia le borboteaba en el cuerpo. Comparar un cuervo con un halcón era una impertinencia. Recordó los cuerpos de los desertores colgados del árbol, cerca de Álamos. Los cuervos los habían dejado sin ojos, sin labios, les habían picoteado las mejillas. A leguas se veía que el mago era un rufián. Masculló una maldición y entrelazó los dedos en la crin de Fum.

–No hay reyes en Alosna –prosiguió Cuervo–. Mis mayores me enviaron a tratar con vosotros y ayudaros. No podéis entrar en mi país, pues carezco de la fuerza o la inclinación para levantar los hechizos que protegen la frontera. Como dijo la moza, son muchos.

–Necesitamos hablar con el monarca de Alosna –reiteró Fura.

Cuervo se acercó al duque y contestó con placidez:

–Aquí no hay reyes. Esto me fue demandado por los magos más sabios. Hablad conmigo. Y, señor, tu rey es el Lobo y nadie afirma que se come a los pastores...

–¡No pronuncies el nombre de mi padre, bribón! –gritó Soledad, de pie sobre los estribos y con una mano sobre el pomo de Mirals.

Cuervo se volvió de nuevo hacia ella. Vio la piel del color de la masa cruda. Vio la severa línea de la quijada, que le daba un aire despótico; vio la boca fina y grande, semejante a una herida. Sintió un profundo desagrado, pero se esforzó por mantener la ecuanimidad.

–Tengo que nombrarlo, dado que vosotros habláis en su nombre. Yo hablaré por los magos.

–¡Insolente! Yo solo convendré con un príncipe o un capitán. No tengo nada que pedirte a ti –declaró Soledad con arrogancia, desde las alturas del lomo de Fum. Este, nervioso, respingaba y sacudía la cabeza.

–Nadie vendrá. Esta tarea me ha sido confiada a mí.

–Pero eres apenas un cachorro... –objetó Fura alzando una ceja.

–Soy un hombre. He de tener la misma edad que la princesa, que viene aquí en nombre de su padre. Soy un mago. Mis obras lo demuestran. Comprobaréis, si me dejáis acompañaros, que soy un hombre, no un niño. Mirad mi mano, mis canas –contestó Cuervo, y se tocó las sienes con una mano torcida.

Fura reparó en la mano contrahecha, que hasta ese momento había estado oculta por la manga. Contempló los ojos del mago y supo que el hombre que tenía enfrente era joven y viejo a la vez. Sin dejar de observarlo, hizo una señal y ordenó:

–Desmontad y encended el fuego.

Con vacilaciones, la tropa obedeció. Soledad, terca, siguió montada, con las manos metidas en la crin de Fum y los pies afianzados en los estribos. El silencio fue sustituido por el bisbiseo nervioso de los soldados, alguna risotada inquieta y el piafar de los caballos.

Mientras Fura escudriñaba a Cuervo, Dungalo se acercó a los dos con la espada desnuda en la mano.

–¿Qué haces? –exclamó Ámbar al verlo.

El mago se percató:

–Enfunda la espada, que esta no es la forma de hablar con quien quiere ayudaros.

–¿Es que no oyes, bellaco? –lo reprendió el duque, incrédulo–. ¡Enfunda!

Pero Dungalo no se detuvo. Dio un paso y otro más, mientras Cuervo se esforzaba por no retroceder aunque la espada en la mano del escudero le daba miedo.

La tropa calló. Los soldados miraban la escena y Fura dudaba entre desenfundar o interponerse a mano desnuda. En el rostro de Soledad, la curiosidad sustituyó a la mueca de aversión. Dungalo apuntó la espada al pecho del mago y Cuervo levantó la mano quemada. El cuervo aleteó y un graznido atravesó la niebla. Dungalo gimió y dejó caer el arma en la nieve.

–¡Perro! –se quejó frotándose la muñeca.

–¿Qué esperabas? ¿Que me dejara herir? Estoy aquí para ayudaros. ¿Por qué no me creéis? –contestó el mago. La sonrisa se borró de su rostro. Entrecerró los ojos y lo ponderó fríamente.

–Yo sí te creo –dijo Ámbar.

–Eres una mujer de Peña Verde. Tus ropas y tu acento te delatan. ¿Qué haces con ellos? –preguntó el mago sin tomar la mano que se le ofrecía. Ámbar enrojeció y le mostró las palmas con gesto conciliador.

–Lo mismo que tú. Los traje aquí porque necesitan ayuda. Moriana está en peligro, y Peña Verde está en Moriana. Además, encontré un colmillo de dragón.

–¿Un colmillo de dragón? –repitió Cuervo.

¿El dragón había perdido un diente como cualquier animal, como un hombre? El desconcierto le cruzó la cara, pero se sobrepuso y volvió a enfrentar a sus interlocutores con la expresión sosegada con que los había recibido. Fura intervino:

–El colmillo está en mi alforja, y mi caballo se encabritó en cuanto la colgué del arzón. Bajel es un bridón de Mongrún; me ha salvado la vida cuatro veces. Hay en el mundo un tungro al que le faltan tres dedos de la mano derecha, pues Bajel se los arrancó de un mordisco. Y sí, Bajel teme a lo que guarda la alforja. Soy un soldado, poco acostumbrado a combatir portentos, pero Ámbar dice la verdad. Responde: ¿por qué un hombre tan joven ha venido a nuestro encuentro en lugar de un mago que sepa de la guerra?

–Porque no hay mago en Alosna que sepa guerrear. Yo he aprendido de mis mayores lo necesario para ayudaros. Si yo no puedo hacerlo, ellos tampoco podrán. Os pido que me mostréis el colmillo.

–El dragón, ¿no es un monstruo mágico enviado por vosotros para destruirnos? –preguntó Soledad. En su voz había resentimiento.

Cuervo rio amargamente.

–Alguna vez creí que eso era posible. Por eso estoy aquí. Pero ahora sé que el dragón no es un perro de caza que se lanza sobre la presa. Nadie en Alosna ha visto al dragón, nadie manda sobre él. Es más viejo que los bosques, más sabio que los magos y más sanguinario que los reyes. No es un arma. Enseñadme el colmillo. ¿Cómo sabéis que de verdad es un colmillo de dragón?

–Porque lo encontré en el bosque después de que el dragón pasara sobre nosotros. En lugar de tuétano tiene azogue, y siempre está caliente –aseguró Ámbar.

El mago la miró y esta vez la estupefacción apareció en su cara sin que pudiese ocultarlo. Ámbar sonrió. El mago reparó en los ojos que lo miraban con franqueza, en la sonrisa cándida y el pelo de la muchacha, negro como el plumaje del cuervo. Mientras Cuervo y Ámbar se estudiaban mutuamente, Dungalo volvió a montar y adelantó el alazán.

–Vosotros, par de rústicos, explicaos cuanto deseéis. Yo voy a cumplir las órdenes del rey. Si mi señor el duque no se opone, mis hombres talarán algunos árboles y los tenderemos sobre el despeñadero. Así atravesaremos el barranco. Si interfieres, te atravieso con la espada. Si haces que la mano me duela de nuevo, uno de mis soldados te matará. No puedes contra todos nosotros... Se acabó la cháchara –gruñó.

Fura miró al escudero, frunció el ceño y alzó la mano con autoridad.

–¿Cómo te atreves? –preguntó.

Dungalo bajó los ojos ante la cólera de su señor, pero no enfundó la espada.

–No os dejéis hechizar por este maldito, señoría –contestó–. Lo que yo haga, lo haré por protegernos. A la princesa y a vos antes que a nadie.

Soledad rio y su carcajada, aguda y burlona, subrayó las palabras del escudero. Lo había detestado desde el momento en que lo oyó burlarse de ella, pero ahora sentía que solo él tenía el valor o la astucia necesarios para enfrentarse al mago. Dungalo, envalentonado por la complicidad implícita en la carcajada, decidió que ese era el momento de congraciarse con la hija del Lobo.

Cuervo sintió que la furia se apoderaba de él. Tuvo el impulso de hechizar a la princesa, de aterrorizarla con una visión maligna, pero se refrenó. La rabia y la soberbia eran los pecados que debía gobernar;

sin embargo, la insolencia de Soledad lo crispaba. Debía actuar, si no con serenidad, al menos con astucia. No podía fracasar en la hora primera de su misión. Con esfuerzo, levantó la mano quemada y le ordenó al caballo de Dungalo:

–¡Atrás! Tú, ¡detente! ¡No obedezcas más!

El caballo se detuvo. Dungalo lo espoleó. El caballo rehusó y exhaló un relincho agudo, con las orejas pegadas al cráneo. Dungalo le clavó las espuelas con saña, pero el caballo piafó y resolló, con las cuatro patas afianzadas sobre la nieve. Una gota de sangre se deslizó por el flanco castaño y la cola oscura azotó el aire. El cuervo, nervioso, graznó. Dungalo volvió a clavar la espuela y abrió un desgarrón en la piel. El animal, bufando y quejándose, corcoveó con violencia y el escudero cayó al suelo.

–¡Basta! –ordenó Fura, pero ya Dungalo insultaba a su montura y la fustigaba.

–¡Camina, bestia cobarde, jamelgo de mierda!

Los belfos del caballo se cubrieron de espuma. La crin, negra y sedosa, se le erizó, y los músculos de sus patas temblaron. La fusta le dejaba largas huellas. Dobló las patas delanteras y bajó la cabeza como si estuviera a punto de derrengarse. Un largo hilo de saliva le salió del hocico.

Dungalo golpeó con el puño cerrado las ancas del animal. Cada vez más descompuesto, empuñó la espada y le dio en el cuello, el pecho y las ancas con el plano de la hoja. La piel del caballo se cubrió de surcos. Dolorido, el animal se irguió y la punta de la espada le hirió el costado. El relincho sonó como una queja humana y la sangre que manó dejó un reguero en la nieve. Los otros caballos, perturbados, se encabritaron, y los soldados tuvieron que aferrar las bridas y apaciguarlos para que no huyeran. Fum tascó el freno y dobló ligeramente las patas traseras. Soledad sintió la poderosa contracción de los músculos del lomo. Empuñó las riendas y tiró con toda el alma, pero Fum no cedió hasta que ella se inclinó sobre su cuello y le susurró al oído:

–Calma, calma...

Cuervo se llevó el puño cerrado al pecho y murmuró algo incomprensible. Dungalo, con un alarido semejante al relincho de su montura, cayó de rodillas.

–¡Basta, he dicho! –gritó Fura con la mano en el pomo de la espada.

La voz de Cuervo se alzó sobre la algarabía:

–Hace muchos años, en tiempos de Dogoero Lobo y aquí mismo, pasó algo semejante. Solo reitero el hechizo usado entonces. Dogoero fue derrotado por Erec y no pudo entrar en mi país, a pesar de que traía muchos hombres con él. ¿No lo sabíais? ¿Por qué porfiáis en las mismas obras necias y ponéis en peligro la vida de vuestros animales? –preguntó dejando caer la mano y ocultándola bajo la manga.

Fura enrojeció. Él conocía la historia, aunque no sabía si era cierta. En tiempos de su padre, el relato de cómo Dogoero Lobo fue derrotado por Erec circuló en secreto por toda Moriana. La anécdota escapó de los calabozos donde Dogoero había confinado a los soldados que presenciaron su derrota. Fue repetida en muchos castillos.

«Es inútil tratar de entrar en Alosna», se decía entonces en las mesas de los barones. «Los magos son poderosos aunque no tengan ejército». Por lo visto, pensó Fura, era verdad. Miró a Dungalo y se le secó la boca. El escudero se quejaba tendido sobre la nieve, encogido sobre sí mismo. Fura intentó la vía de la sensatez:

–Escuchadme todos: lo primero es salvar al reino. Cuervo, perdona a mi escudero. Es un hombre leal que quiere servir a su rey. Si lo heriste con tu magia, cúralo –pidió, esforzándose por que la voz no delatara su miedo.

–No está herido; solo he hecho que sintiera exactamente el mismo dolor que él estaba infligiendo a su caballo. Se le pasará en cuanto cure a este pobre animal –contestó Cuervo. El esfuerzo de gobernar su rabia lo obligaba a hablar con calculada parsimonia. Se sentía como cuando miraba la olla mágica: ansioso por acabar con todos.

La sangre del caballo dibujó un rastro curvo sobre la nieve. Cuervo miró las largas espuelas que armaban los talones de Dungalo, la espada con el filo reluciente manchado de rojo, y movió la cabeza. Dungalo, hecho un ovillo, gimoteaba quedamente.

–¿Cómo se llama? –preguntó el mago.

–¿Quién? ¿Qué? –preguntó a su vez Fura, aturdido.

–El caballo –contestó el mago con impaciencia.

–Dardo.

–Dardo, Dardo, ven conmigo.

Dardo movió las orejas hacia delante y dio un tímido paso ante las miradas incrédulas de los soldados. El mago sonrió, y el caballo se acercó y le apoyó el hocico sobre el hombro. Tomó la larga cabeza de Dardo en sus manos: tanto la quemada como la sana palparon con diligencia la testuz, los belfos, los ollares, las crines, el pecho, y se detuvieron en el costado.

Cuervo salmodió un conjuro mientras pasaba una y otra vez los dedos sobre la desgarradura, repitiendo el mismo movimiento de apretar entre el índice y el pulgar. Cerraba, suturaba sin más hilo que la sangre que manaba de la abertura, unía y echaba el vapor de su aliento sobre la herida. La sangre le tiñó las yemas. El caballo se dejaba hacer. Cuando retiró las manos, la herida había sanado. En la piel de Dardo solo quedaba una ranura encarnada, y donde Dungalo había clavado las espuelas, dos manchones sanguinolentos.

Cuervo se enjugó los dedos en la nieve. Soledad, recelosa, con la boca seca, escudriñaba al caballo buscando la trampa.

–Perdón –murmuró Dungalo con el rostro congestionado por la vergüenza, pero nadie supo si se dirigía al caballo, al duque o al mago. Cuervo acarició la quijada de Dardo y este le lamió la mano.

–Está curado.

Ámbar sintió que las lágrimas le arrasaban los ojos. Tuvo la misma sensación que cuando vio al dragón: estaba en presencia de una fuerza más grande que la de las armas, que el poder del rey y sus soldados. Todos callaban. Fura se acercó al caballo y se inclinó para estudiar la herida. Dardo corcoveó, receloso, pero Fura le palmeó la testuz y lo tranquilizó. El duque examinó la herida y sus últimas reticencias sufrieron el golpe de gracia ante la curación.

Se irguió, pasándose la mano por la frente. Desde el momento en que tuvo noticias del dragón, sintió que su vida cambiaba. Cuando vio el colmillo en manos de Ámbar, las duras certezas de su experiencia de soldado comenzaron a desmoronarse. La curación de Dardo terminó de disolver el sedimento de escepticismo que le quedaba. Decidido, le tendió la mano a Cuervo y el mago la tomó venciendo el enojo. La mano que Fura le dio era huesuda, cálida y seca. Cuervo lo miró a los ojos y creyó descubrir en ellos la misma calidez.

–Ahora mismo verás el colmillo, Cuervo de Alosna –dijo el duque, y le hizo una seña a un soldado para que le acercara la bolsa que colgaba del arzón de su montura. Soledad desmontó de un salto y se colocó al lado de Ámbar.

–¡Os digo otra vez que esto es sucia obra de diablos! Si este hombre es un mago de verdad y no arrojó al dragón sobre nosotros, ¿por qué no lo ha aprisionado? ¡No le muestres nada! ¡Debe de estar confabulado con la gente de Peña Verde! –exclamó.

Ámbar se volvió a mirarla, dolida por la sospecha.

–Señora, yo jamás había visto a este hombre ni me he confabulado con nadie –dijo.

Soledad no le respondió. El duque la miró de arriba abajo, como si no la conociera, y preguntó con aspereza:

–¿No me debéis la curación de Alagrís, Soledad? Vos, mejor que nadie, deberíais comprender por qué busco la amistad de este hombre, que frente a nosotros ha sanado a un buen caballo –dijo, y le dio la espalda para sacar el colmillo.

Fura colocó el diente en el suelo frente a Cuervo y este palideció. Soledad vio al duque inclinarse ante el mago y ya no pudo contenerse: si Fura se comportaba como un paisano crédulo, ¿qué pasaría cuando su padre viera el diente? Estaba segura de que duplicaría el peso del yugo de superstición que ya lo aplastaba.

–¡Lobos de Moriana! –gritó mientras apartaba a Ámbar de un empujón. Con dos zancadas quedó entre Fura y Cuervo. Los hombres, sorprendidos, le abrieron un espacio. Entonces, Soledad se inclinó para asir el colmillo y arrojarlo al barranco. Ya era suyo: allí y entonces terminaría esa embajada ridícula. Por fin podría volver a Bento. Sintió en la palma la tibieza que emanaba del marfil. Cerró los dedos.

Una descarga irresistible le suspendió el aliento. Con un sollozo trató de soltar el diente, abrir los dedos, pero fue como si sus huesos se hubieran fundido con el colmillo. Ardía, quemaba. Creyó que se moría. Quiso tocarse el corazón. Su mano, prisionera, siguió cerrada sobre el colmillo. El pecho le estallaba de dolor. Se le cimbraron las piernas y se desplomó.

ooo

Fura la vio derrumbarse lentamente, una estatua que se desmoronaba. Los tobillos cedieron, dobló las rodillas y se inclinó sobre sí misma hasta quedar de bruces sobre la nieve. El duque se apresuró a levantarla: le aferró los hombros y trató de ponerla en pie. Entonces descubrió que Soledad tenía la mano derecha cerrada sobre el colmillo y pegada al pecho. Trató de aflojarle los dedos, pero fue inútil: parecían de acero. El duque sintió cómo la piel de Soledad se calentaba. El torso de la joven comenzó a arquearse: echó la cabeza atrás y los labios se distendieron sobre sus dientes en un gesto agónico.

Amedrentado al comprobar hasta qué punto ardía la piel de la princesa, Fura aferró el colmillo con las dos manos y tiró de él. Quemaba. Este objeto abrasador no parecía ser el mismo trozo de marfil tibio que hasta hacía unos momentos traía en la alforja. La mano de Soledad no se movía un ápice: por más que el duque se esforzaba, no podía liberarla. Los párpados de Soledad vibraron y se abrieron un poco, pero era evidente que no veía ni oía. Un espasmo le sacudió las piernas, todavía dobladas. Fura sopló sobre sus manos, cogió un puñado de nieve y, cuando las tuvo frías, volvió a tirar del colmillo. Nada. La respiración de Soledad se convirtió en un estertor.

Los soldados se apartaron con gritos de miedo. Nap gimió y sujetó el pomo de su espada con dedos sudorosos. No sabía qué hacer. El rey le había confiado a su hija, pero la escena le parecía aterradora y confusa. Buscó a Tibot con la mirada, pero no lo vio. Dungalo, todavía dolorido, rogó:

–Mago, sálvala, tú has de saber cómo.

Cuervo, asustado, sintió el dolor familiar en la mano quemada y supo sin lugar a dudas que aquello era un diente de dragón, pues solo el dragón tenía esa fuerza mortífera; solo el dragón podía herir a distancia con esa potencia. Sentía la culpa como un nudo en la garganta: ¿habría traído tras él la furia del dragón? ¿Por qué la princesa se contorsionaba en el suelo como, seguramente, se había revolcado él en el templo? Tal vez su ira trajera detrás una estela de catástrofe. Quizás el diente quemara solo a los violentos, a los arrogantes. La idea de parecerse a Soledad lo abochornó, pero Fura también había tocado el diente y nada le había sucedido.

ooo

Por fin, Ámbar se arrodilló al lado de Fura y apartó con rudeza las manos del duque. Él perdió el equilibrio y quedó sentado sobre la nieve. Ámbar, con la mano envuelta en el delantal, procuró liberar los dedos de la princesa, pero era como si estuvieran cosidos sobre el marfil. Un grueso hilo de baba se deslizó desde la boca entreabierta de Soledad hasta la barbilla. Una nueva convulsión le clavó talones y nuca en el suelo. Ámbar, exasperada, tomó un puñado de nieve y frotó la mano unida al colmillo mientras repetía:

–Suelta, suelta...

Fura se inclinó sobre ella para ayudar, pero la campesina levantó el brazo para atajarlo.

–Mira, a mí no me quema. Aparta –murmuró.

Fura obedeció. Ámbar, decidida, se arremangó y con una mano echó nieve sobre el colmillo, mientras metía la otra bajo la palma de Soledad.

Por fin, insertando los dedos, duros y callosos, debajo de los de Soledad, logró despegarla. Soledad siguió agarrotada, con el cuerpo contraído en una tensa curva. Ámbar echó mano de la fuerza que le quedaba y le colocó los rígidos brazos cruzados sobre el pecho. Entonces se acuclilló cerca de la cabeza de la princesa, la acomodó en su regazo y le frotó las orejas, llamándola:

–¡Soledad! ¡Soledad!

Los labios de la princesa se aflojaron y su cuerpo quedó laxo. Ámbar se inclinó, exhaló su aliento sobre ella y siguió friccionándole las mejillas, las orejas, los hombros. Fura se arrodilló al lado, desabrochó las correas que cerraban el peto, lo abrió para que pudiera respirar mejor y le envolvió las manos con la capa, mientras Ámbar seguía repitiendo su nombre:

–Soledad, ven. Regresa, ven, Soledad, regresa, ven.

Cuervo, tan petrificado como los soldados, miraba a la aldeana, a la princesa exánime, al duque diligente y sofocado. Ahora no era la rabia lo que lo detenía: era el miedo. ¿Podría cumplir con su misión, si apenas en las primeras horas fracasaba y se llenaba de rabia y terror?

El cuervo se posó sobre su hombro, pero el mago, paralizado por el dolor que comenzaba en su mano y se detenía en su corazón, no se movió.

ooo

El dragón despertó con un rugido súbito. Sintió un leve tacto en la piel del pecho, la piel protegida por la coraza de oro. Un roce sobre él, a quien nadie tocaba desde hacía siglos. Abrió los ojos y vio en la noche total de la cueva el mismo rostro con el que había soñado: la cara blanca, igual a una luna ovalada, cuya mirada verde lo había conmovido. ¿Por qué había creído ver una dragona? ¡Era apenas una muchacha, una efímera larva! Hecha de carne modelada sobre el leve armazón de un esqueleto... Un diente de león, un pétalo rojo en el viento.

–¿Quién eres? –susurró, y un chorro de humo le salió del hocico.

Soledad, escuchó que decía una voz de mujer. Soledad. *¿Mi soledad? ¿Eres la soledad?*, preguntó a la visión, que reverberaba y se desvanecía como un espejismo. ¿Qué tenía ese rostro que lo inquietaba? Inquietarse por un ser humano era como sufrir por las hormigas que aplastaban las carretas.

Su corazón se detuvo a medio latido y su cuerpo colosal tembló. Un seísmo sacudió la cueva. Sus uñas, semejantes a espadas leprosas, se clavaron en la tierra. ¿Qué magia desconocida era esta? *Soledad*. Tenía que buscarla. ¿Dónde estaba? ¿Quién era? Tal vez había despertado para hallarla. O quizás ella lo buscara a él. *Los buscadores son lo que buscan*, pensó, y tuvo miedo.

ooo

El Unicornio descansaba en un calvero, rodeado de ciervos. Había cerrado los ojos. Entonces tuvo una visión. Ofuscado por la fuerza de la imagen, sacudió la cabeza y miró a su alrededor. En la visión había aparecido *ella*, la más valiente y feroz entre las vírgenes del mundo. Vio su cara, rodeada de un halo de luz. La vida en esa mujer era fuerte, pura. Era como él: la animaban el amor y el coraje. Un recuerdo –no suyo, un recuerdo que pertenecía a otro unicornio que había vivido antes– se removió en su mente. En ese recuerdo se dibujaban los términos de la antigua alianza entre las vírgenes y los unicornios. Su dueña debía ser pura de cuerpo y tener un alma como la de él.

El Unicornio dejó a los ciervos dormidos soñando con la primavera, con campos cubiertos de hierba tierna y dulces campánulas amarillas. Se internó en el bosque y corrió como una ráfaga blanca entre los árboles. Cuando rozaba las ramas desnudas y heladas, la savia se avivaba y un botón o una hoja despuntaba en ellas. La mujer no lo sabía, pero lo esperaba. La ardua luz de su alma era un rastro fosforescente y azul: estaba en la frontera que separaba Alosna de Moriana.

Podía cruzar sin dificultad. Era capaz de librar de un solo salto el Paso del Mago. Ni los encantamientos de los magos ni las armas de los soldados eran obstáculo para él. Cruzaría y la seguiría, ocultándose de su vista hasta saber quién era y qué hacía tan cerca de Alosna. Relinchó alegremente y los pájaros le contestaron con cantos y gorjeos. Era ella, por fin.

capítulo treinta y tres

La confesión de Soledad

Lo primero que Soledad vio al abrir los ojos fue el rostro de Ámbar casi pegado al suyo. Sintió el aliento tibio, levemente ácido, de la muchacha, percibió su olor a sudor y miró el pozo oscuro de las pupilas que reflejaban el resplandor de la nieve.

La briosa voz de la aldeana la había rescatado cuando parecía que naufragaba para siempre en un cráter de dolor. Soledad tenía la boca tan seca que le costó trabajo despegar la lengua del paladar.

–Tú me llamaste aquí –balbuceó.

Ámbar sonrió aliviada y le dio un beso en la frente.

Soledad no tuvo fuerzas para protestar y agitó la mano lastimada. Ámbar la tomó en las suyas y de nuevo la refregó con nieve hasta que Soledad pudo mover los dedos.

–El dragón existe, ¿verdad? –preguntó con resignación. Su voz era un débil susurro.

–Sí. ¿Para qué os mentiría? No soy más que una aldeana. No sé nada de magia, ni conozco el mundo más allá de esta montaña –contestó Ámbar acariciándole la mejilla.

Soledad levantó la cabeza para mirarse la mano. No quedaba huella del encantamiento que la había derribado. Le ardía; los dedos estaban rojos y empapados por la nieve, pero podía moverlos. Era inaudito. El dolor había sido insoportable: una hoguera que creyó la iba a reducir a cenizas. En su pobre cabeza habían resonado voces, cantos, quejas, imágenes de sangre y muerte. Un sufrimiento tan horrible como el de su mano le había hendido la mente. La aldeana la había salvado de la muerte o la locura; había abierto la trampa cuyos dientes se habían cerrado sobre ella. Con trabajo, se sacó del índice el anillo de su madre, lo puso en la mano de Ámbar y le cerró los dedos sobre él.

–Toma este anillo. Era de mi madre, la reina Genoveva. Guárdalo bien, porque es la prueba de mi protección. Te concederé cualquier cosa que pidas –quiso decir algo más, pero no le dieron ni las fuerzas ni el entendimiento. Permitió que Fura la ayudara a ponerse en pie y la envolviera en una capa.

–Señora, descansad y luego hablaremos. No entiendo cómo la muchacha logró salvaros. Yo no pude apartaros de este objeto maléfico –dijo el duque.

Soledad asintió, exhausta. Atontada por el dolor, no sabía si había comprendido.

–No fue culpa vuestra –murmuró.

Los soldados se apartaron cediéndoles el paso. Tibot preparó un lecho de heno y hojas secas que cubrió con mantas. Nap, demacrado por el susto, enrolló su capa para que la princesa apoyara la cabeza. Estaba extenuada.

–Fura –murmuró–, es verdad, eso es un diente de dragón. ¡Pobres de nosotros! Dile al mago que nos ayude, en nombre de mi padre... Dile...

Fura le acarició la frente, el pelo empapado por el sudor.

–Vendrá con nosotros. Él mismo lo propuso, ya lo oísteis. Descansad.

La princesa cerró los ojos. No quería dormir, pues temía que las voces y los llantos se agolparan de nuevo en su mente; pero por más que se esforzaba, los párpados se le cerraban. Apenas había podido quitarse el anillo de su madre. Sí, la aldeana la había salvado. Pugnó por abrir los ojos de nuevo. Quería comprobar que estaba cerca de ella.

–Ámbar... –llamó en un murmullo.

–Aquí estoy.

Soledad, con la mano izquierda, le aferró la muñeca y se dio por vencida. Ámbar sintió el tacto frío de la mano de Soledad, miró las sedosas cejas fruncidas, los párpados apretados y la boca exangüe. La piedad la movió a acariciarle la mejilla como a una niña. Soledad se quejó suavemente y Ámbar la arrulló repitiendo su nombre, asegurándole que estaba a su lado. Cuando Soledad se quedó dormida y sus dedos se aflojaron, Ámbar se apartó, cuidando de no despertarla. Fura le ofreció vino y Ámbar bebió. Luego se puso el anillo en el meñique –sus dedos eran mucho más gruesos que los de Soledad– y fue a sentarse a la orilla del barranco.

ooo

Soledad despertó al alba. Sentía como si tuviera algo muy caliente en la palma de la mano. Sopló sobre sus dedos. Había soñado con un majestuoso árbol cubierto de flores blancas, cargado de herrerillos que cantaban. La imagen del sueño había sido un alivio después de la confusión y el dolor que le habían rozado la mente. Cuando tocó el diente, vislumbró entre ramalazos de sufrimiento un fuego inmenso, vivo, contenido en un cuerpo hecho de carne y metales...

Fura y los soldados dormían envueltos en sus capas, sobre el barro helado. Ámbar, acurrucada bajo la capa de Tibot, dormía también. Soledad miró con atención la cara sosegada, las manos enrojecidas, el pelo negro y rizado. Ámbar era una campesina pobre a la que Soledad le debía la vida. Esa aldeana dormida era la acreedora de la deuda más grande imaginable. Soledad bostezó y su aliento humeó en el frío. La nieve parecía el interior sonrosado de una concha.

El mago estaba despierto, iluminado por la luz oblicua del amanecer, sentado sobre un tocón. El cuervo estaba posado en su hombro.

Soledad se incorporó sobre un codo. Sintió los miembros débiles. Tenía la boca seca y los párpados le pesaban. Tanteó el suelo frío en busca de Mirals. No estaba. Cuervo la miraba, silencioso.

Soledad se frotó los ojos. *Fura la ha de tener*, pensó. Trató de ponerse en pie, pero no pudo: las piernas no la obedecían y los brazos le temblaban. El mago, impasible, seguía con los ojos sobre ella. Sofocada, se recostó de nuevo. El mago se acercó y se sentó a su lado. El borde izquierdo de su capa estaba manchado por el excremento del cuervo y una de las mangas de su túnica estaba cubierta de pequeños agujeros hechos por las garras del ave. Soledad recordó a Alagrís y tuvo ganas de llorar. El mago la ponderó y dijo:

–El duque tiene tu espada. No la necesitas, no soy tu enemigo.

Soledad sintió vergüenza. El mago continuó:

–El dragón no es nuestro servidor. Iré con vosotros al castillo de tu padre y os asistiré lo mejor que pueda.

La princesa callaba, silenciada por el dolor. Cuervo se inclinó, enrolló la manga de su túnica y le mostró la mano deforme cubierta por cicatrices estriadas, la piel encogida, los dedos torcidos, el anular mutilado, el grueso costurón que salía de la palma y subía por el antebrazo. Soledad sintió una ambigua mezcla de asco y clemencia.

–¿Lo tocaste?

–¿Qué? –preguntó Cuervo.

–Que si tocaste al dragón y por eso estás quemado.

El mago movió la cabeza. Soledad vio las arrugas a los lados de su boca. Cuervo movió los dedos torcidos.

–Nunca lo he visto, ya te lo dije –repuso–. Jamás lo he visto. Tampoco mis mayores lo han visto jamás. A mí, como a ti, me mordió de lejos, pero yo tuve la culpa. Por eso quiero ayudar. Mis mayores me lo encomendaron. Yo, como tú, actúo en nombre de mi padre.

Soledad observó la mano quemada del mago y levantó la suya; estudió el dorso blanco salpicado de pecas, los dedos largos y callosos, los nudillos huesudos. Abrió los dedos con dificultad. La sentía caliente y le costaba trabajo moverla. ¿Qué hubiera pasado sin la intervención de Ámbar?, se preguntó. ¿Hubiera quedado como él, con la mano convertida en una garra?

–¿Por qué no te curaron como tú curaste al caballo?

–Porque la herida de Dardo fue hecha con un cuchillo, y esta –subió más la manga y mostró la gruesa línea púrpura que salía de la palma y llegaba hasta el codo– fue hecha con la magia más poderosa del mundo.

Soledad lo miró a los ojos.

–¿Por qué me quemó a mí y no a Fura o a la muchacha? Fura dice que los aldeanos lo tocaron. El herrero lo golpeó con el mazo, Tibot lo guardó en la alforja. A ellos no les pasó nada.

El mago se encogió de hombros:

–No sé. He pensado en eso toda la noche. Examiné el diente mientras dormías. Lo toqué, lo sopesé y lo miré con atención. No me pasó nada. No sé por qué te escogió a ti. Lo único que sé es que ese diente pertenece al dragón. Si te hacía falta una prueba para tener fe en su existencia, ahí está. Pero no sé si debes volver a tocarlo. ¿Viste algo cuando caíste al suelo?

Soledad tragó saliva y se esforzó por decir algo que tuviera sentido.

–Fuego, del dragón, creo. Escuché voces y llantos. Me dolió el cuerpo y sentí tristeza. Entendí que algún día voy a morir. Que mi padre y todos a quienes amo morirán también. Fue horrible. Pero cuando me dormí, a pesar del miedo que sentí cuando se me cerraban los ojos, soñé con un árbol lleno de flores, y una luz blanca y pura salía de cada pétalo. ¡Qué disparates!

–No son disparates, pero no sé qué significan. No vuelvas a acercarte al colmillo. Está bien guardado, envuelto en paños y mantas, dentro de la alforja del duque.

–No lo tocaría de nuevo –dijo Soledad con lentitud.

–Bien –contestó Cuervo secamente.

Soledad cerró los ojos. Tenía ganas de llorar, pero no derramaría ni una lágrima delante de este hombre. Ella era la hija del Lobo. Pero ¡qué daría por una caricia de la vieja Edurne! ¡Por sentir la mirada de Tagaste!

El cuervo se acercó dando saltitos que dejaron pequeñas huellas en la nieve. Aleteó cerca de Soledad y la observó con interés. El mago alzó las cejas.

La princesa, al ver al cuervo, se quedó quieta. El ojo que la estudiaba era un negro abalorio. Le acarició la cabeza con el índice y sintió bajo la yema el tacto liso de las plumas. El pico del cuervo era curvo, menos afilado y ganchudo que el de un halcón. En el nacimiento del pico, una cresta diminuta le daba un aire juguetón. El ave abrió las alas con descaro y brincó acercándose más. Soledad sonrió y le ofreció el antebrazo. Fue demasiado esfuerzo: su mano abierta cayó sobre la nieve y se quedó dormida.

capítulo treinta y cuatro

En las riberas del Sumongal

Largas caravanas compuestas por carromatos cargados con las yurtas y seguidas por caballos, cabras y ovejas recorrían la gran estepa, el Mar de Hierba de Tarkán. No buscaban los últimos herbazales del invierno: apenas era posible encontrar algún pastizal medio quemado por la escarcha. Las grandes matanzas de ganado habían terminado. Tampoco se dirigían al sur, donde todavía quedaba forraje. Iban al lago Sumongal en busca de Aybar, el primer jefe que lograba reunirlos en un solo ejército al mando de un único capitán desde el día lejano en que Ruga los arengó la víspera de Monte Bermejo.

En los carromatos se balanceaban grandes toneles de carne salada, quesos y odres de leche agria. Las mujeres, a pie tras los jinetes, llevaban a la espalda los niños pequeños. Otras cargaban con los grandes sacos de forraje que los tungros solían almacenar para sus animales. Cada guerrero llevaba dos arcos de doble curva y un carcaj lleno de flechas. Los ancianos, los únicos a los que se les permitía viajar sentados en los carromatos, trabajaban incansablemente en la confección de armaduras hechas de laminillas de metal entretejidas con cordeles de pelo de caballo.

Por la noche, cuando la oscuridad les impedía avanzar, levantaban sus ligeras yurtas hechas de fieltro, encendían las hogueras alrededor de las efigies que representaban al dragón y se emborrachaban estrepitosamente con un licor amargo que destilaban del ajenjo negro que crecía en las estepas.

Ese invierno marcaba el comienzo del tiempo que los adivinos y hechiceros habían llamado el Año del Dragón. Algunos habían divisado los incendios, otros lo vieron pasar sobre ellos en dirección a Moriana. Después de estas apariciones, repetidas y agigantadas por los rumores, habían llegado los mensajeros de Aybar: la guerra se avecinaba y era preciso congregarse para formar un solo ejército, el más grande ejército tungro que se hubiera visto nunca. Moriana era la presa y esperaba como una doncella vestida de oro a que los tungros la tomaran. Los jefes se aprestaban a obedecer. Para entonces, la mayoría había visto alguna quemazón o una niebla pestilente, o había escuchado una historia sobre el advenimiento de Tengri.

Húbilai el Viejo había llegado del oriente con una manada de caballos herrados. En cuanto escuchó al mensajero de Aybar, Húbilai se encendió ante la llegada del día esperado: el de la venganza. Supo entonces que su deseo no se había apagado, que seguía ardiendo bajo la ceniza de los días.

–Señor, Aybar el Joven espera tu respuesta. Ojalá quieras unirte a nosotros –dijo el mensajero.

Húbilai sonrió ampliamente y puso una mano sobre el hombro del mensajero.

–Llegó la hora. Ansío ver la cara de Senen. Di a Aybar que nada podría detenerme.

Y es de todos sabido que Húbilai llegó mucho antes de lo esperado, a pesar de que traía cien caballos.

ooo

Bati, Kadac y Sibidei, los primos de Aybar, ya estaban con él. El campamento semejaba una ciudad de tiendas levantada sobre la planicie. Los herreros trabajaban sin cesar fabricando puntas de flecha, lanzas y sables.

En las asambleas nocturnas, los tungros habían bosquejado un plan. Por primera vez en su historia, atacarían en invierno y de forma distinta a la tradicional: en lugar de asaltar en bandas pequeñas y rápidas que guerreaban y tomaban el botín para desaparecer –a ese esfumarse repentinamente a lomos de un caballo se le llamaba *el giro del estandarte* o *tulughma*–, avanzarían en orden, sin ocultarse, hasta llegar al castillo del Lobo. No habría *tulughma*, excepto para las bandas de ojeadores. Sus enemigos los verían avanzar hacia el interior del reino.

En la gran tienda central, Aybar, Sibidei, Húbilai, Kadac y Bati hablaban y recibían el homenaje de los jefes menores. Cada uno de los recién llegados mostraba su estandarte adornado con crines de caballo, se acercaba a Aybar el Joven y besaba el arco de cuerno, el sable y la mano del jefe. Este, a su vez, le otorgaba el derecho al expolio y a guerrear a su lado.

La luz de las antorchas y los braseros iluminaba los restos de un banquete en el que los hombres habían devorado medio caballo. Repantigado sobre vastos cojines de seda, envuelto en pieles de armiño y nutria, con el cuerno de la bebida en la mano, Aybar pidió silencio. Tenía el rostro arrebolado por la bebida, y al verlo levantar la mano todos los hombres callaron.

–¡Tungros de la estepa! ¡Escuchad! La guerra se avecina y Moriana será nuestra. Este es el Año del Dragón; nosotros somos sus hijos.

Húbilai extendió el brazo, con el cuerno de aguardiente vacío en la mano, y un esclavo se apresuró a llenarlo. El viejo soldado bebió el contenido de un solo trago y exhaló un suspiro satisfecho.

–Escuchad, tungros: hay un morianí al que quiero vivo. A Senen –dijo con engañosa suavidad. La ira que apareció en sus ojos de lince desmintió la voz apacible con la que hizo la petición.

–Ah, Senen... –dijo Sinocur, quien ignoraba la historia de la familia de Húbilai–. Cegados, mancos, tuertos... martirizados en el potro de tormento, con el hierro candente, con el látigo de puntas de acero. ¿Cuántos muertos debe a cada tribu? Sus esclavos son los que más sufren. ¿Lo quieres vivo, pues?

Bati intervino:

–¿No sería mejor poner su cabeza en la punta de una pica y mostrarla a los esclavos?

–Esa venganza es mía. Lo quiero vivo.

Aybar quiso sellar el pacto. Tomó la mano de su tío y la besó.

–Te ayudaremos a que tengas tu venganza. Y si quieres que te ayude a castigar a ese cobarde, afilaré mi cuchillo y conseguiré venenos sutiles, de los que matan con mucho dolor y lentamente.

Húbilai sonrió.

–Aybar –preguntó Sinocur–, ¿has pensado que en Moriana el invierno es distinto que en la estepa? Hay más nieve, más frío y menos comida.

–Lo he pensado, y no hay forma de saber lo fríos que serán los días que vienen. He sacrificado dos caballos y un esclavo a Tengri, he consultado al oráculo, he mirado el cielo. Como todo, solo lo sabremos de cierto cuando llegue el momento.

–Yo no temo al frío –dijo Sibidei en son de burla–: para abrigarnos y calentar nuestras camas, conquistaremos mujeres y saquearemos cofres llenos de pieles y capas de lana.

–El invierno puede ahuyentar al que sea –dijo Kadac, y se encogió de hombros.

–Que no temo al frío –repitió Sibidei con la sonriente terquedad de quien ha bebido de más–, que no le temo, no. Ni tiemblo de frío, ni de miedo, ni de nada...

–Nadie aquí teme a lo que se puede vencer con la espada –contestó Kadac con sobriedad.

–No tengo miedo de nada, tungros, de nada, de nada –canturreó Sibidei.

Entonces los jefes oyeron un alboroto que venía de fuera: relinchos de caballos, gritos de hombres y mujeres, balidos desconsolados... Los pliegues de la tienda se abrieron y un centinela entró, pálido. El hombre se inclinó con el puño cerrado sobre la frente y avanzó entre los jefes tumbados, quienes, alarmados por aquel rostro desencajado, buscaron sus sables y sus arcos en el desorden de cojines, restos de comida y odres de aguardiente vacíos. Los esclavos retrocedieron, asustados, y se apelotonaron en una esquina, en la penumbra que las antorchas no alcanzaban a iluminar.

–Señor... –murmuró el centinela, postrándose ante Aybar y apretando la frente contra el piso.

Aybar, de pie y con el sable en la mano, preguntó con urgencia:

–Di, di, ¿qué es ese ruido? ¿Qué pasa?

–Señor, es el dragón... Ahora mismo vuela sobre nosotros... Sal, señor, y sálvanos de su furia. Es Tengri.

El centinela se estremeció en un sollozo y levantó la cara. Bajo la frente manchada de tierra, sus ojos brillaban humedecidos por las lágrimas. Los esclavos gritaron, aterrados. El rostro de Aybar se iluminó. De un salto pasó junto al hombre arrodillado. En tres zancadas alcanzó la salida de la tienda y Sibidei, tambaleándose, salió detrás. Un largo cometa rojo surcaba la noche y dividía en dos la negrura. Sobre el bólido escarlata que chisporroteaba y dejaba una estela carmesí, la noche se teñía de rosa y los astros eran vagos puntos luminosos. La luna estaba opacada por el dragón. Debajo parpadeaban las estrellas. Aybar, exaltado, abrió los brazos. Bati señaló el cielo y Aybar gritó:

–¡Mirad, tungros, mirad al dragón! ¡Preparaos para el sacrificio! ¡Mirad cómo amanece en medio de la noche!

Los jefes, tambaleándose por la borrachera y el asombro, salieron en desorden. Húbilai, con la espada en la mano, miró al dragón con los ojos entrecerrados. Entonces rio a carcajadas, dándose palmadas en los muslos.

–¡No será nuestro el sacrificio de esta noche! ¡Va hacia el oeste! ¡Va hacia Moriana!

capítulo treinta y cinco

La promesa

La comitiva regresó a Peña Verde a la mañana siguiente. Soledad, después de descansar todo un día y toda una noche, logró ponerse en pie y montar a Fum. Ámbar había colocado el brazo derecho de la princesa en un cabestrillo improvisado con la capa de Tibot. Fum parecía comprender la debilidad de su dueña y se movía con cuidado.

Dungalo no logró que Dardo le permitiera acercarse. El caballo intentó morderlo y los otros soldados se burlaron. Fura se lo ofreció al mago, quien ya se alejaba con su bolsa al hombro.

–No sé si sabes montar, pero si puedes, vuelve a la aldea a lomos de Dardo.

Cuervo asintió, se volvió a mirar al caballo y le tendió la mano. Dardo se acercó y le lamió los dedos.

–Por favor, quítale los arreos –le pidió a Fura–. No los necesito.

Fura le hizo una seña a Tibot, quien desató la cincha y dio la silla y el arzón a Dungalo. Luego le ofreció las manos a Cuervo para ayudarlo a montar. El mago se acomodó sin vacilar sobre el lomo de Dardo y empuñó un mechón de crin. Dardo se dejó montar y guiar sin bocado ni rienda. Cuervo se echó la bolsa a la espalda y le tendió la mano a Ámbar.

–Ven, mujer de Peña Verde. Monta conmigo.

Ámbar accedió: tomó los tibios dedos que se le ofrecían y, con ayuda de Tibot, montó. Puso las manos sobre la estrecha cintura del mago y miró su nuca lisa y morena. Sonrió. Prefería estar con Cuervo que con cualquier soldado. Ojalá su abuela viviera: le hubiera enorgullecido verla llegar a la aldea acompañada por un mago de Alosna.

–Hasta que Dardo olvide lo que le hiciste, tendrás que ir a pie –le dijo Fura a su escudero. Dungalo asintió: estaba pasmado por la forma en la que el caballo se sometía a la voluntad de Cuervo.

Cuando llegaron a Peña Verde, los aldeanos, atónitos, salieron a recibirlos.

–¡Viene un mago!

–¡El hombre del cuervo es un mago!

–¡Un mago de Alosna, con Ámbar! –decían mientras se daban codazos y cuchicheaban. Un corro de curiosos se formó alrededor. Alondra puso la mano sobre la rodilla de Ámbar y la encaró con amoroso beneplácito. Ámbar apretó los dedos de Alondra y sonrió. Carbón, detrás de Dardo, movía la cola alegremente.

Soledad, desde la elevada altura de Fum, miraba todo con remota dignidad y el brazo derecho en cabestrillo. En su rostro severo no había reprobación como antes, pero los aldeanos no supieron descifrar su gesto. Distante y macilenta, se alejó, desmontó y permitió que uno de los hombres tomara las riendas de Fum y lo llevara al establo.

Caliela quiso dar la bienvenida a su hija, pero solo atinó a decir su nombre:

–¡Ámbar!

–¡Madre! –gritó la muchacha, y desmontó.

Se abrazaron estrechamente y Caliela sintió en el cuerpo enérgico de su hija un brío renovado. La apartó para mirarla mejor. Aunque solo habían transcurrido un día y una noche, la encontró cambiada. Miró el anillo que brillaba en su meñique y le preguntó:

–¿Qué es eso?

Ámbar se puso el índice sobre los labios.

–Espera un poco y lo sabrás.

ooo

Después de la comida en casa de Brau, un humilde banquete preparado por los aldeanos con lo mejor de sus despensas, Fura se dirigió a ellos:

–Buenas gentes, en unos días nos iremos de regreso al castillo del rey. Cumplisteis con lo solicitado, así que durante siete años no tendréis que pagar tributo. Gracias a vosotros, hemos encontrado a Cuervo de Nebral y vendrá con nosotros. El buen rey Lobo os agradecerá vuestra lealtad en esta hora difícil.

El mago, quien había permanecido aparte y solo había aceptado comer pan y leche, se acercó. El cuervo, imperturbable, estaba posado en su hombro. Los aldeanos lo miraron con curiosidad y miedo.

–Lucharé al lado del rey por proteger Moriana. También Alosna corre peligro.

Ámbar sonrió, se puso de pie y miró a la princesa. Soledad inclinó la cabeza y sonrió brevemente. La muchacha no había vuelto a hablarle desde que le puso el anillo en la mano. Intuyó lo que la aldeana quería decir y asintió. Ámbar pidió silencio.

–Duque, alteza –dijo con una torpe reverencia–, yo creo que sabéis lo que quiero pediros. He demostrado mi lealtad y mi amor por el reino.

Los campesinos la miraron: Ámbar volvía a ser la misma temeraria de siempre. ¿A qué se refería?

Fura rio por lo bajo: esta pobre muchacha con la ropa remendada y sucia, espeso acento montañés y manos callosas era tan sagaz como el mejor de sus soldados. Soledad estaba en deuda con ella. Por lo visto, este era el momento de cobrar.

Estudió cuidadosamente el rostro de la princesa y le alegró la serena expresión con la que miraba a Ámbar. Soledad era agradecida; su presencia en Peña Verde se debía a la curación de Alagrís. También era tenaz y valerosa. *Lástima. Hubiera sido un buen príncipe*, pensó. A pesar de que lo impacientaba con frecuencia, Soledad había comenzado a inspirar en Fura una lealtad no comprometida por el linaje. El duque creía que Béogar había sido un buen maestro: Soledad no se había quejado una sola vez desde que dejaron el castillo. Nadie le había oído decir que extrañaba a su padre o que estaba rendida. Dormía entre ellos y como ellos, compartiendo la carne salada y el vino áspero del camino, sin protestar por el frío o la nieve. Tibot y Nap la custodiaban, pero ella procuraba no pedirles nada.

–Este anillo fue de la reina Genoveva –prosiguió Ámbar.

Levantó la mano para que todos lo vieran y los campesinos comenzaron a hablar al mismo tiempo. Sonó la voz de Liebre:

–¡No puede ser!

–Deja que hable, Liebre –ordenó Alondra.

Se oyó el cloquear de una gallina.

–La princesa Soledad me dijo que podía pedirle cualquier cosa a cambio de mis servicios. Pues bien, alteza, quiero que nos liberéis de la leva para siempre. Nosotros no somos buenos soldados. Solo sabemos manejar el arado. Así es como trabajamos por el bien del reino. Mi abuelo murió en Monte Bermejo, con muchos de aquí. Que no se repita, alteza, os lo ruego.

Ámbar se arrodilló. Las manos le temblaban. No sabía cómo iba a formular su petición hasta que las palabras le salieron de la boca, y ahora le parecían insolentes. ¿Qué sabía ella de modales, de la forma correcta de dirigirse a una princesa? El valor se le había agotado.

El silencio en la choza era tan absoluto que solo se oía el crepitar del fuego.

Soledad había intuido que Ámbar le pediría algo parecido. Entendió que la solicitud era justa. Ella era la hija del Lobo y podía conceder a la aldea lo que su acreedora le pedía. Exhausta pero decidida a ocultar su cansancio, se obligó a erguirse y encubrir la debilidad que le aflojaba las piernas. Levantó la barbilla y contestó:

–Sea. Nadie vendrá nunca más por vosotros para llevaros a la guerra. Tampoco estaréis sujetos al pago de tributo. Lo único que os pido es que améis al rey mi padre como lo amo yo, pues en su nombre os libero. Que el anillo de mi madre sirva de prueba.

Luego se inclinó y, sin sonreír, caminó lentamente hacia la puerta. Los aldeanos y los soldados le abrieron paso, estupefactos. En cuanto salió de la choza, todos empezaron a hablar a la vez.

Caliela se puso a llorar y reír al mismo tiempo. Avanzó entre los campesinos que gritaban de alegría, los soldados que alborotaban y golpeaban la mesa con los cuencos de cerveza, las gallinas y los perros que correteaban de un lado a otro. Ayudó a su hija a levantarse y la abrazó. Entonces oyó que Ámbar le decía al oído:

–Por mi abuela. ¡Por Liaza!

capítulo treinta y seis

El consejo en casa de Cosmas

La comitiva permaneció en la aldea dos semanas más. Aunque el invierno avanzaba acortando los días y helando los caminos, tanto los caballos como los hombres necesitaban descansar después del viaje desde Bento hasta el Paso del Mago. Los aldeanos, desconfiados y temerosos, alojaron a los soldados en sus casas.

La mayoría de las mujeres se refugiaron en la choza de Temis y se prepararon para resistir los soeces requerimientos de los hombres del rey, pero no tuvieron que soportar nada: Fura ordenó a los soldados respetar a los campesinos y ayudarlos, so pena de azotes.

Los incrédulos habitantes de Peña Verde tuvieron que aceptar, primero a regañadientes y luego con agradecimiento, el ruidoso auxilio que los soldados les prestaron en sus tareas. Los víveres, sin la merma del tributo, alcanzaron para llenar las alacenas y alimentar a todos. Hasta sobró para resistir el invierno.

Tibot hirvió los huesos, las pezuñas y la pequeña cornamenta del venado que Florián había cazado. Con la cola que obtuvo, fabricó pegamento para sellar las pieles en las ventanas de casa de Liaza. Ámbar lo agradeció mucho, pues en las mañanas se despertaba con la manta húmeda por el rocío. Cosmas trabajaba sin pausa en la reparación de las herraduras y los arreos de los caballos.

Soledad trataba de comer para restablecerse, pero no tenía hambre. Alguna vez, frente al pescado salado o el pan oscuro que los aldeanos le ofrecían, sintió náuseas. En cambio, mientras el apetito de Soledad desaparecía, Cuervo, recelosamente, se dejaba alimentar por Ámbar. Una tarde probó las extrañas conservas de manzana cocinadas por el fuego del dragón que los campesinos guardaban, sin mencionarlas jamás, en los rincones más oscuros de las casas.

–Pruébalas. A ti el colmillo no te hizo nada. ¿Por qué habría de dañarte una manzana asada? –preguntó Ámbar.

Cuervo tragó saliva. Las manzanas estaban negras, y la cáscara, lisa y brillante, semejaba una piedra pulida.

–Yo descubrí que estaban buenas el día que murió mi abuela. Recogimos todas las que pudimos. Las de arriba no servían, porque no tenían jugo, estaban durísimas y temimos que fueran venenosas. ¿Ves cómo estas parecen piedras? Las otras *eran* piedras. Incomestibles. En cambio, las de las ramas de abajo quedaron sabrosas. Come –ofreció la muchacha.

El almíbar que manó de la pulpa era negro y rayado con vetas rojas que parecían pedazos de cáscara. Cuervo, con miedo, se metió una pesada manzanita en la boca. Era blanda, casi insípida, pero al masticarla quedaba en la lengua un regusto ahumado y vagamente acre. La cáscara, en cambio, tenía una textura quebradiza y era dulce. El mago alzó las cejas.

–¿Qué piensas de nuestras conservas?

–Que es extraño que el dragón haya dejado algo sabroso. Pero lo hizo –contestó Cuervo, con la boca llena.

Ámbar le cocinó lo mejor que tenía en la casa. Cuervo agradeció el queso, las castañas, los hongos secos, las cebollas, la cerveza en la que veía flotar el lúpulo. Ese día se sintió, un poco, de regreso en Nebral.

ooo

Soledad ya no llevaba el brazo en cabestrillo, pero, con desasosiego, se dio cuenta de que el dolor había cedido paso al entumecimiento: los dedos se movían con dificultad y le hormigueaban. Estaba cansada. Lo único que deseaba era dormir, dormir sin soñar.

No sabía si el duque se había dado cuenta de la languidez que la aquejaba. Trataba de mantenerse lejos de su vista, pues no deseaba hablar de lo que había pasado. También evitaba encontrarse con Ámbar, ya que la aldeana le recordaba la tarde aquella en el Paso del Mago. Así pues, en cuanto alumbraba el sol, pedía a Tibot una alforja con provisiones, montaba en Fum y se internaba en el bosque helado, donde solo los pinos conservaban el verdor. Nunca llevaba el arco, y los soldados se dieron cuenta. ¿No había sido ella quien llevaba piezas recién cobradas al puchero desabrido del camino? ¿Por qué ya no le interesaba cazar?

Si se lo hubieran preguntado, Soledad no habría sabido qué responder. Quería ver a los lobos. Eso era lo único que le interesaba. Las advertencias de Fura acerca de los lobos que bajaban de las cimas empujados por la nieve fueron desoídas.

ooo

Una mañana venturosa, encontró las huellas entrecruzadas de dos lobos en un pálido bosque de abedules. Habían pasado por allí enredándose entre los delgados troncos, impulsados por la cacería o el retozo. Fum resopló, alarmado por el olor. Soledad se inclinó sobre el cuello del caballo y lo acarició hasta tranquilizarlo. Desmontó para estudiar las huellas y examinó la marca triangular de la almohadilla, rematada con cuatro dedos ovalados. Las uñas que coronaban las marcas de los dedos habían dejado profundos agujeros. Soledad imaginó el filo de esas garras y la sacudió un estremecimiento de orgullo. Colocó la mano sobre una de las huellas y comprobó con regocijo que su palma cabía perfectamente dentro de la pisada. Sus dedos eran más largos que las garras, pero supuso un parentesco que la hizo feliz por primera vez en muchos días.

También halló alivio en lavarse la mano en el agua helada de los arroyos que bajaban de la montaña para desembocar en el Drin, murmurando su monólogo de plata cuando no los cubría el hielo. Estos pequeños afluentes sin nombre, bordeados de hierbas ennegrecidas por el frío, recorrían todo el bosque. Cuando Soledad se mojaba la mano, sentía que la fuerza regresaba a sus dedos. Entonces se lavaba la cara, se frotaba los párpados y miraba alrededor como si hubiera llegado allí en un sueño.

Fum era más paciente que nunca. A veces, en una brusca caricia, mordisqueaba la mano débil de Soledad o le olía el pelo. Ella, doblegada por su rara fatiga, se habituó a soltar las riendas y dormitar erguida sobre la silla. Todas las tardes, sin necesidad de órdenes, Fum la llevaba con paso juicioso a Peña Verde.

El Unicornio la seguía sin que ella se diera cuenta. Cuando Soledad se volvía con gesto de agitación sonámbula, él, como un remolino de nieve, desaparecía sin dejar huellas.

Como la estancia en la aldea estaba decidida y el viaje se alargaba, el duque Fura envió un mensaje al rey Lobo, pues las noticias que tenía para él no podían esperar. Después de verlo partir, Fura envió a Dungalo a buscar a Cuervo y a Soledad para hablar con ellos. Los esperaría en casa de Cosmas, pues a pesar de que apreciaba la hospitalidad de Alondra, ya no podía tolerar el hedor de la pocilga. Además, la casa de Cosmas, como la de cualquier herrero, estaba apartada de las demás y muy cerca del pozo. Fura quería hablar en privado, lejos de los otros, ya fueran soldados o aldeanos.

El herrero, aturdido por la petición, salió de su casa veloz como un conejo y fue a refugiarse a la choza de Liebre, donde los aldeanos, a su vez, se reunían cada noche para hablar de sus asuntos.

Cuervo y Soledad llegaron casi al mismo tiempo. El mago, con el cuervo al hombro, parecía sereno. El ceño contraído de Soledad, en cambio, revelaba su preocupación. El recuerdo del dolor la amedrentaba. Se sentía señalada por el dragón. ¿Atraería la furia de ese enemigo inconcebible sobre el reino? ¿Qué significaba lo que vio? El mago le había dado pocas respuestas. Él también había sido marcado. ¡Valiente ayuda le llevaba a su padre! Bajo los ojos de Soledad había ojeras, y el sombrío gesto de siempre se había hecho aún más amargo.

–Henos aquí, duque –dijo, y se dejó caer en un banco.

El mago permaneció en el umbral hasta que Fura le hizo señas para que se acercara. El duque tomó asiento en una silla, apoyó los codos en la mesa negra por el humo y retorció el cordel que le sujetaba la barba con el gesto meditabundo que Soledad ya conocía.

–Un hombre de mi confianza va ya camino del castillo de tu padre, Soledad. Le di oro suficiente para cambiar de caballo, y mi sello como salvoconducto. Ahora debemos hablar... Cuervo, dime, ¿cómo vas a ayudarnos? –preguntó con una sonrisa amable.

Cuervo se sintió muy culpable. Su cuervo saltó al suelo, voló por la puerta abierta y se perdió en la noche. A lo lejos se escuchó el melancólico ulular de un búho. El mago se pasó el dorso de la mano sana por la frente.

–No lo sé. Mis mayores me enviaron a serviros –contestó–. El mundo es uno. En él están tanto Moriana como Alosna. Todo cuanto sé está al servicio de Moriana. Mi magia, la de mi padre y mis mayores, que ahora mismo trabajan en conversaciones semejantes a esta... Cuando la guerra me lo exija, daré mi vida por defender el reino. Cuándo y cómo será eso, no lo sé. Estaré con vosotros en todo momento para ayudaros, pero no he concebido estrategia alguna.

Soledad lo miró y preguntó con ansiedad:

–Pero algo has de saber si tus mayores, dices, te mandaron con nosotros. ¿Acaso los magos no conocen el futuro? ¿Cuáles son las debilidades de una criatura como esa?

Cuervo se encogió de hombros y negó con la cabeza.

–No lo sé. Hay muchas leyendas. Una habla del mar; otra, del Unicornio. Otra más, de una espada mágica. No sé cuál de ellas es la verdadera.

Soledad lo miró entrecerrando los ojos. En medio de los largos párpados, Cuervo vio brillar una chispa verde, alimentada tal vez por la ira. La princesa sopesó al joven mago una vez más. El nombre le quedaba muy bien, se ajustaba a él como un guante. Era un cuervo, sí, pero un cuervo arruinado, desplumado –ese pelo cortísimo–, inservible.

–Di, Cuervo, ¿podemos nosotros apagar su fuego? –preguntó Fura.

Cuervo sonrió con amargura.

–No. Un dragón es una criatura mágica y su fuego es mágico también. Soledad ha sentido su quemadura. Mirad mi mano. La calcinó de lejos, pues nunca lo he visto, y juro por los dioses que jamás he padecido dolor semejante.

Soledad se mordió el labio. ¿Se habrían dado cuenta el mago y el duque de que no era la misma desde el día aquel?

–El dragón ¿es un demonio, entonces? –quiso saber Fura.

–No. No es un demonio. Es mil veces rey, soberano e inquebrantable –se volvió para encarar a la princesa–. Tu padre ¿por qué reina sobre sus súbditos?

–Por el derecho de sangre, por la fuerza de la espada –contestó Soledad con un rastro de altivez.

–Pues un dragón es un gran rey demente que ha vivido siglos y siglos. Es al mismo tiempo el rey y su ejército, la ley y la espada. Su sangre es pesada y venenosa como el azogue, su reino es el aire y su cuerpo alienta un fuego casi inextinguible. Siempre está sediento de oro y poder. No sabemos por qué ama el oro sobre todas las cosas, pero ¿acaso no es ese un pecado común a la mayoría de los hombres? ¿No está la historia del mundo llena de príncipes que ansiaban más riquezas y más poder aun cuando ya poseían demasiado? Las viejas canciones cuentan que los dragones no permitían que se les escamoteara una sola moneda o un pequeño anillo sin por eso destruir reinos enteros.

–¿Y si le ofrecemos oro? –preguntó Fura.

–En las arcas del reino debe de haber oro –dijo Soledad–. Podemos pedir más tributo a los nobles, a nuestros súbditos. Ellos han sufrido los embates del dragón y aceptarán darnos lo que tengan. Reuniremos lo que haga falta... Solicitaremos oro de nuestros aliados.

–El dragón lo tomará aunque no se lo ofrezcan, y solo si el oro del Lobo fuera más abundante que las hojas de los árboles podría apaciguarlo. ¿Y por cuánto tiempo? En la naturaleza del dragón no hay lugar para comprender una voluntad que no sea la suya. Os digo que es como un rey que se alza sobre la creación y arrebata lo que desea. Si a cualquier hombre, libre o esclavo, le cuesta trabajo acatar un mandato, ¿podéis imaginar a un dragón obedeciendo las órdenes de un hombre?

–Convéncelo. Tú sabes cómo hablarle en las lenguas de la magia. Dile que nos deje en paz –Fura abrió las manos y las puso sobre la mesa–, que le concederemos lo que sea, siempre que sea honorable.

–No tengo poder suficiente para resistir su mirada. Además, debemos guardarnos de los tungros, pues el dragón es su dios y le sacrifican mujeres y animales –dijo Cuervo.

–¿El dragón los protege? –preguntó el duque con un rescoldo de rabia en la voz.

–No –Cuervo sonrió sin alegría–, el dragón no protege a nadie. Es como creer que el águila se inclinaría a socorrer a las lombrices que hacen túneles en la tierra. Los tungros lo adoran como su dios, tal vez porque reconocen en él la violencia que anida en sus corazones. El sacrificio de mujeres es, para ellos, algo necesario, un tributo pagado con sangre. Como todos los tributos, señor. Siempre hay sangre, sudor y dolor en el pago. Por eso los aldeanos pidieron a Soledad que los dispensara de la leva.

–No le sacrificaremos mujeres, ni esclavas ni libres –afirmó Fura encogiéndose de hombros–. Es villanía tratar de comprar la vida de los hombres con la de esas pobres desdichadas.

Cuervo lo miró con atención. El duque tenía la vista puesta sobre Soledad y un gesto paternal se dibujaba en su cara. ¡Qué distinto era este soldado de aquellos que había visto en la olla mágica! Si Fura supiera que él era responsable del despertar del dragón, lo mataría, y Cuervo se iría al otro mundo sin poder reparar lo hecho. El mago sentía una soledad más definitiva que la del exilio, aunque estuviese rodeado de gente.

–Cuervo, estos aldeanos ya están libres del tributo. Si es duro de pagar o no, eso no es lo que nos preocupa. El reino es lo primero. Dime, ¿qué vamos a hacer? –preguntó Soledad incorporándose a medias–. Tú debes de conocer el futuro, los magos lo conocen... Di, di qué pasará, quién saldrá victorioso de esta guerra...

–Yo no sé del futuro mucho más que tú. Acaso lo que presentí ha sucedido ya. Vi muchas cosas en la olla mágica que guardan mis mayores en el templo –Cuervo se guardó de decir que la había visto a ella–: fuego, destrucción, los ejércitos de Moriana, los tungros... No sé más. Por ahora creo que debemos regresar al lado de tu padre. Mientras, mis mayores, en quienes confío, buscarán la forma de protegernos a todos. Yo seguiré con vosotros y os guardaré lo mejor que pueda con mi magia.

Soledad se puso de pie con aire fatigado y lo miró de arriba abajo. En su rostro se leía la decepción, que Cuervo sintió como un alfilerazo. La princesa reprimió un bostezo.

–Pues entonces debemos dormir.

Se envolvió estrechamente en la capa y con una concisa inclinación dijo:

–Me voy al pajar, al lado de Fum. Señores...

Sin más, giró sobre sus talones y salió.

Fura inclinó la cabeza.

–Gracias por tus palabras.

Cuervo hizo un gesto de impotencia con las manos. La frustración y la culpa hicieron que el llanto acudiera a sus ojos. Él era culpable de todo cuanto había sucedido. Erec tenía razón. El camino del odio conducía a la muerte de inocentes y al remordimiento.

–Señor –contestó con sinceridad–, si pudiera ahora mismo hacer algo más por nosotros lo haría, pero solo soy un hombre entre hombres –contestó con un hilo de voz.

–Tal vez eso no sea tan poca cosa como crees –contestó Fura, y le puso una mano sobre el hombro.

capítulo treinta y siete

Bajo el signo del dragón

En el bosque cercano a Peña Verde, el Unicornio, echado sobre la nieve, miraba cómo las estrellas se desplazaban lentamente sobre la negra bóveda. La luna era una hoz de plata. La luz se reflejaba en la nieve y todo estaba iluminado por un leve resplandor azul. No había viento, y solo se oía el ulular de los mochuelos y el aleteo de algún murciélago. Los perros de la aldea habían percibido el olor del Unicornio y dormían tranquilamente.

De pronto, el Unicornio movió las largas orejas. Estaba inquieto. Adivinaba al dragón y sentía las ondas de ira y destrucción que irradiaba aquel cuerpo inmenso. En el aire había una perturbación, una oscuridad luctuosa más densa que la noche. La luz de la virgen estaba cerca, así como la del hombre del bosque. Y sobre todos –animales y hombres– se cernía la misma amenaza.

El cuervo, con un aleteo brusco, se posó en la nieve frente a él. Dos ásperos graznidos atravesaron el silencio.

El Unicornio escuchó con atención, golpeando el suelo con el rabo en un gesto de león. El cuervo le habló del mago con la mano quemada, de la hija del rey, de los aldeanos. También le contó lo que había visto en el Paso del Mago: el colmillo de dragón, el extraño diente que esparcía un calor que nunca aminoraba.

El Unicornio resopló y sacudió la cabeza. Un mechón de pelo más blanco que la nieve sobre la que estaba echado le cayó en la frente.

El aliento que salía de sus belfos, oloroso a miel, dibujó nubecillas de vapor que se disolvieron en el aire frío. Su espesa crin se erizó. El cuervo volvió a graznar y del hocico del Unicornio salió un relincho musical.

El cuervo se pavoneó por la nieve esponjando las plumas. El Unicornio inclinó el cuello y sopló sobre el ave. El cuervo sintió una tibieza deliciosa y se acercó más. El Unicornio volvió a soplar sobre él y el cuervo, con renovado vigor, echó a volar en dirección a Alosna.

ooo

Erec y Espinela dormían en el suelo del templo, cerca del altar. En el brasero sagrado ardían suavemente varios leños ya cubiertos por una capa de ceniza. El cuervo, con tres aletazos, entró por la puerta y se posó sobre un pie huesudo cubierto por una manta. Erec despertó con un estremecimiento y, al ver al cuervo, rio por lo bajo y sacudió el hombro de Espinela.

–Un mensajero conocido, Espinela. Mira el ave que nos trajo la noche.

Espinela extendió el brazo y el cuervo se posó sobre él. Erec le sonreía. Le acarició la cabeza con el pulgar.

Los dos magos hablaron largamente con el ave y se levantaron para asomarse a la olla mágica. Erec murmuró un conjuro y, con el índice, dibujó un signo sobre el agua. Cuando la superficie se alisó, los magos miraron atentamente las imágenes que aparecieron. Vieron a Cuervo platicando con el duque y con Soledad en casa del herrero; al Lobo dormido en el castillo; a los tungros postrados frente a una tosca imagen de piedra que representaba al dragón, y por último, para su sorpresa y alivio, al Unicornio tendido sobre la nieve en Peña Verde, atento al trayecto de las estrellas. El cuervo graznaba sin cesar en un ronco murmullo.

–¿Cómo no lo adivinamos? ¿Cómo pudimos pensar que algo tan importante podía suceder sin que él lo supiera? ¡Lo siguió hasta Moriana!

–Entonces, ¿Cuervo está bajo su protección?

El cuervo graznó cuatro veces.

–¿La mujer también? ¿Por qué? ¿No es ella un remedo del varón que destruiría Alosna? Y si la magia del colmillo la hirió, ¿no será porque hay afinidades entre ella y el dragón?

El cuervo graznó varias veces. Espinela se encogió de hombros.

–¿Cómo saber qué impulsos rigen a un Unicornio? Tal vez la siga para destruirla... Él destruye lo impuro.

Erec extendió el brazo y se lo ofreció al cuervo. El ave saltó del brazo de Espinela al suyo. El mago se dirigió al ave con cortesía:

–Estimado cuervo, gracias por venir a ponernos sobre aviso. Eres un ave fidedigna y sagaz. Acepta nuestra hospitalidad. ¿Te apetece un huevo fresco de gallina, tal vez? ¿Un pedazo de pan? Val debe de tener.

–Cuando vayas a él, llevarás contigo nuestro mensaje –le pidió Espinela–. Debemos conversar entre nosotros para acordar los términos. ¿Dices que él ignora que el Unicornio lo ha seguido?

El ave graznó. Espinela se inclinó sobre él y lo envolvió con la manta. El ave se dejó hacer. El mago acomodó al cuervo sobre la yacija.

–Hasta mañana, pues.

El cuervo, exhausto, metió el pico bajo el ala y se durmió.

ooo

El dragón, suspendido en el cielo, miraba la tierra. Debajo de él los bosques eran una mancha oscura que se dilataba sobre la blancura de la nieve, y los ríos semejaban una delicada nervadura metálica. Por primera vez en su prolongada existencia, percibía el frío. Sus alas, semejantes a las amplias velas de un barco, batían el aire helado. Cuando era joven, el calor de su cuerpo evaporaba la lluvia antes de que tocara su coraza. Jamás antes había sentido frío, ni el contacto detestable del agua. Ahora, el aguanieve lo empapaba cuando atravesaba las nubes –esas nubes que antes se desvanecían abriendo paso a su cuerpo ardiente– y se cristalizaba sobre sus escamas. Estaba enfermo. La fiebre que lo hacía temblar era helada, lo enfriaba. Esa enorme vida que se apagaba esparcía el hielo por donde iba. Era como si el invierno lo persiguiera.

Siempre había sido un dios para los hombres: el dios del fuego, del aire, de la sangre y la batalla. Le habían levantado templos en todo el mundo: altas pirámides presididas por una serpiente emplumada, casas de techos que se curvaban como volutas de humo, piedras a las que amarraban vírgenes puras para que él comiera. Él las mataba, aunque apenas aplacaran su hambre. Una muchacha era una gota de agua en una garganta sedienta. No. Sus necesidades eran mayores: muchas vidas, oro. Ciudades enteras, bosques, sembradíos, manadas, ejércitos. Ahora era un demonio temido por todos menos los tungros. Ellos recordaban los tiempos en los que él había sido el dios, no el demonio. Ellos sabían.

Él, que había sido un sol negro cuyo calor reducía todo a cenizas, más antiguo que el diablo y tan viejo como la vida, temblaba ahora como un perro enfermo, mojado por la lluvia. Pero a pesar de la edad, conservaba intacta la capacidad para indagar más allá de lo visible.

Ella estaba abajo, oculta entre los hombres. La percibía, como percibía también a su viejo enemigo, al cuadrúpedo vil que reinaba sobre los animales, armado con la larga y aguda espina de marfil; el animal hecho de luz y agua, el torpe caballito blanco que había desafiado a otros dragones.

Se dejó caer planeando sobre una corriente de aire. Dejaría que el viento lo llevara y, cuando estuviera cerca el amanecer, quemaría lo que hallara en su camino. Una vez que el mundo fuera un yermo en el que solo hubiera hielo y rescoldos ardientes, cuando los montes se convirtieran en túmulos de piedra ennegrecida, la vería a ella como una esbelta llama. Vería su rostro, la cara ovalada, los ojos verdes, la frente estrecha y el pelo color de fuego. Tal vez la devoraría. ¿Qué pasaría entonces? No importaba.

ooo

Soledad cerró los ojos y esperó a que el sueño llegara para librarla de la incertidumbre; pero, a pesar del cansancio, el sueño tardaba. Soledad se revolvía, se frotaba la cabeza, los ojos, movía los pies y suspiraba. Ámbar había encontrado el colmillo y no había sentido nada al tocarlo. En cambio, ella había estado cerca de la muerte. ¿Por qué?

No sabía lo que eso significaba, pero desde ese momento sentía envidia por todos los que la rodeaban. Se hubiera cambiado por el más pobre de los aldeanos de Peña Verde: por el anciano manco que temía hasta a su sombra, por la porquera adusta, por los niños mocosos, por quien fuera. Con la única excepción de Cuervo: su mano la asqueaba. La sola idea de tener algo en común con él la apabullaba. A menudo se preguntaba qué le habría sucedido en la mano. Cuervo dijo que nunca había visto el diente del dragón. ¿Entonces? Y, sobre todo, ¿en qué se parecían ella y él?

Se sentía muy sola. No sabía cómo acercarse a la gente de la aldea, pues la temían aunque la trataran con deferencia. Para demostrarle gratitud por la concesión que les había hecho, los campesinos habían llevado al establo un colchón relleno con la paja más fresca que había en Peña Verde y un sedoso vellocino. Fum, por su parte, tenía siempre avena a su disposición.

Soledad se cubrió la cabeza con el vellocino y aspiró el olor dulzón de la paja, de las ovejas. Movió los dedos de la mano derecha. Ya no dolían, pero tampoco obedecían como antes: seguían entumecidos. Además, le bastaba con pensar en el colmillo para recordar vívidamente la sensación de quemadura y sentir miedo. Mientras Fura y Cuervo pensaban en el futuro y en la oscuridad que se cernía sobre todos, mientras los campesinos imaginaban días luminosos gracias a que se habían liberado del peso del tributo, Soledad solo deseaba que llegaran las noches y el sueño.

Se le cerraban los ojos, las piernas le pesaban como si fueran de plomo. Respiró hondo. Debía dormir.

capítulo treinta y ocho

Espadas y hielo

El reino de Moriana resultó, bajo tres codos de nieve, poco apetecible y en nada parecido a las ideas que los jefes tungros se habían hecho de él. Los ateridos invasores avanzaban entre aldeas vacías, ciudades quemadas por el dragón y bosques congelados. Iban aturdidos por los malos augurios, y cada día más mohínos.

La verdad es que los tungros estaban acostumbrados a entrar en Moriana durante el verano, cuando el reino estaba lleno de sembradíos a punto, rebaños de vacas con los terneros prendidos de las ubres y ríos henchidos de peces. En cambio, en invierno, Moriana parecía un osario de mármol.

Durante los primeros días, cuando encontraron las huellas de los incendios, su devoción por Tengri se intensificó, animada por el espectáculo de la tierra humeante –caliente a pesar del frío–, de los árboles en los que la ebullición de la savia había reventado el tronco y de los huesos retorcidos de hombres y animales. Pero luego, esas mismas visiones les dieron miedo.

Cada tribu había llevado su propio hechicero, y estos apenas podían disimular el pavor que les inspiraban los signos adversos que leían en todo lo que los rodeaba. Los cuervos los sobrevolaban siempre por el lado infausto; las nubes se amontonaban sobre ellos en disposiciones desastrosas; una noche de tormenta, un rayo se abatió sobre el campamento y mató tres caballos.

Había tanta nieve que las carretas se hundían en ella como en un pantano, y las provisiones y el oro se perdían junto con los caballos y sus jinetes. Estas pérdidas eran alarmantes, porque los víveres se terminaban y la caza escaseaba. Los pocos animales que encontraron –ciervos, linces, jabalíes, liebres– los miraron con ojos socarrones antes de esfumarse en el monte.

Desesperados, los hechiceros ataron a dos esclavas hermosas y sanas a un gran peñasco negro, visible desde todas partes, con la esperaza de que Tengri las calcinara e hiciera patente su buena voluntad. Al día siguiente, regresaron para ver qué había sucedido y encontraron a las muchachas convertidas en témpanos, con los pies morados y los labios azules. Estaba claro: la expedición marchaba bajo un signo aciago, aunque habían triunfado en todas las refriegas contra los barones del Lobo.

Durante las primeras semanas, los tungros aplastaron la débil resistencia que les opusieron los morianíes. Los nobles de Moriana no podían creer que un guerrero honrado –morianí, tungro o de donde fuese– violase la tregua de invierno, y ese era el peor invierno en veinte años. Las lorigas de los barones de Moriana se oxidaban, el aguanieve se les metía bajo las grebas y los yelmos; era un incordio. Y sin embargo, pelearon con arrojo, aunque nunca habían combatido en la nieve y el dragón los diezmaba desde el otoño. Pero los tungros eran muchos y sus armaduras ligeras; los dirigían Aybar y Húbilai, que eran ferocísimos, y no había quien resistiera cuando escaseaban los víveres y el ánimo.

Aybar tomó los castillos después de pasar por la espada a sus habitantes y liberar a los esclavos. Muchos de estos participaron en las degollinas, asistiendo a los tungros en el expolio, revelándoles cuáles eran los escondites donde los barones habían ocultado sus riquezas o señalando con el dedo los lugares donde se refugiaban los sobrevivientes. Los tungros se arrojaban sobre los pobres víveres de los morianíes y devoraban ansiosamente el pescado seco, el pan duro y la cecina correosa con que los nobles se habían alimentado durante el asedio.

Los tungros cercaron el gran castillo de Cicuta, el barón que había mandado castrar a Tagaste. Dentro, la comida ya escaseaba y los esclavos alimentaban a los caballos con virutas mojadas. Por las noches los tungros golpeaban los tambores, tocaban los pífanos y cantaban para que sus enemigos tuvieran pesadillas.

Una noche Bati escaló la muralla, degolló sigilosamente a dos centinelas, abrió la puerta y bajó el puente levadizo. Los tungros entraron tranquilamente y mataron a los soldados que no quisieron rendirse. Cuando el barón Cicuta compareció delante de Húbilai, quiso salvar la vida.

–Te entregaré a Senen, el consejero del rey –ofreció.

El astuto corazón del tungro dio un vuelco, pero disimuló su exaltación.

–Sé dónde se esconde la rata miedosa que mató a mi mujer: vive debajo de la capa del rey. Se oculta detrás del Lobo, le lame las botas y ensucia el aire con la peste de su aliento. Es un cobarde. Conozco el camino a Bento. No necesito de traidores como tú para hacer mis guerras –contestó con una sonrisa.

Cicuta apresó una de las manos de Húbilai y se la llevó a los labios.

–Señor, señor, te daré un mapa que muestre los puntos débiles de la muralla de la casa del Lobo... Te revelaré cuáles son las debilidades de los ejércitos y dónde están las puertas secretas de las fortificaciones, si me dejas vivir –rogó.

Pero Húbilai apartó la mano y se la secó con el borde de la túnica. Entonces miró al barón con desprecio.

–Me has dicho todo lo que necesitaba saber, Cicuta –dijo, mientras acariciaba con el índice su brazalete de dientes humanos–. De ti solo quiero uno de tus dientes, para añadir a mi pulsera. Perteneces a tus esclavos. Ellos decidirán qué hacer contigo.

Cicuta lloró, se arrastró, suplicó. Todo fue inútil. Húbilai le arrancó el diente con la pinza, lo guardó en su talega y entregó el barón a los esclavos. Estos habían decidido matarlo, y eso fue lo que hicieron. Tuvieron que arrastrarlo por escaleras y patios. Cicuta vomitó sobre sí mismo y manchó su hermosa capa de lana púrpura. Aunque era ya viejo, los esclavos no tuvieron compasión, pues cada uno de ellos tenía cicatrices de latigazos o algún dedo amputado por capricho. La C que afeaba el hombro de Tagaste deshonraba las mejillas o la frente de la mayoría de los hombres y los senos de las mujeres. El cocinero la tenía en la mejilla derecha y carecía de orejas, pues el barón se las había mandado cortar una noche de borrachera con el pretexto de que la carne estaba mal sazonada.

Las esclavas miraron pasar a los hombres que arrastraban al anciano sucio de vómito camino del fogón del suplicio, y tampoco chistaron. Ellas habían aguantado aún más humillaciones y dolores: tuvieron que recibir al barón en sus camas y mirar para otro lado cuando Cicuta se metía en los lechos inocentes de sus hijas, así que se encogieron de hombros o se taparon los oídos con las manos para no escuchar los gritos.

Cicuta era más cruel con las mujeres: si alguna lo desobedecía, la mandaba azotar casi hasta la muerte y luego la vendía a los burdeles de soldados. Los niños que nacían de sus visitas nocturnas eran vendidos cuando aprendían a caminar, y ninguna de sus esclavas alcanzó la libertad después de darle varones, aunque así lo ordenara la ley de Moriana.

–¿Quién dice que son míos? –reía Cicuta mostrando los dientes sucios de sarro. Claro que eran suyos. Los dormitorios de las mujeres estaban vigilados por soldados de confianza, y jamás otro hombre pudo entrar en ellos.

El cocinero, ayudado por otros esclavos, lo mató con el asador. Luego tiraron los restos de Cicuta en el vertedero. Se dice que ni perros ni buitres quisieron comerlo. El cadáver de Cicuta se congeló donde lo echaron y con los años se convirtió en polvo.

ooo

También cayeron barones amados por sus siervos, como Altán, el padre de la reina Jara, y Lucio Estrella, el hermano de Zorro de Álamos. Los tungros los atrajeron fuera de las murallas y en el campo efectuaron la temible *tulughma*. Sus caballos, pequeños y peludos, eran más rápidos que los fornidos corceles morianíes, y los tungros eran mejores jinetes que los nobles del Lobo. Así, un destacamento escogido formó un círculo alrededor de la retaguardia de los barones de Moriana y atacó cuando estos estaban ocupados en combatir a los que tenían enfrente.

Sus esclavos prefirieron morir con ellos a seguir a los tungros, y los castillos fueron quemados. El botín fue inmenso. Al principio todos los tungros se regocijaron por ese oro conseguido con poco esfuerzo, pero luego ese mismo oro se convirtió en un lastre.

Los guerreros, además, se negaron a pasar una sola noche dentro de los castillos. Abominaban los techos de piedra. Las espesas paredes eran, para ellos, las tapias de la prisión. Preferían la nieve y las incomodidades. En esas noches de campaña, los tungros repararon el fieltro de sus yurtas con los estandartes de seda y los orgullosos tapices que habían adornado las paredes de los castillos.

Hasta el más humilde hondero tungro iba cubierto con las joyas de los nobles de Moriana; los arqueros quitaron los anillos de boda de los dedos yertos de las duquesas y se los ataron a las trenzas y a las barbas; de los arreos de los caballos colgaban las diademas, las fíbulas, los brazaletes; las mujeres tungras usaron los translúcidos velos de las vírgenes morianíes para hacer pañales. Pero eran los tungros jóvenes los que vestían con el lujo más desordenado: las capas de raso, estolas de armiño y sedas bordadas que se ataban a los hombros contrastaban con sus mejillas agostadas por el viento, sus trenzas aceitadas y sus manos callosas.

En esos días, a pesar del frío y de que el Lobo no daba la cara, todos estaban satisfechos. Las monedas que habían guardado en sus pellizas los obligaban a caminar con lentitud, pero la mayoría estaban contentos con el botín y obedecían a los capitanes con regocijo.

Una dificultad imprevista fue que los esclavos –excepto aquellos que habían sido soldados antes de ser hechos prisioneros– demostraron ser malos aprendices del arte de la guerra. Obligados con azotes a labrar la tierra o empujar la noria, habían besado fervorosamente las manos que los libraron del látigo, pero no supieron cómo guerrear

A menudo los tungros perdían la mañana entera calentando la nieve para obtener agua, y el agua que obtenían debía ser mezclada con vinagre para que quitara la sed, pues hasta el hielo sabía mal en las montañas de Moriana. El forraje se acababa y los esclavos liberados salían a buscar hierba y regresaban con los morrales llenos de cortezas que los caballos despreciaban.

Arqueros de la tribu de Bati encontraron un enorme pellejo translúcido y duro bajo un árbol quemado. Los caballos se encabritaron al olfatearlo, pero los arqueros lo llevaron de vuelta al campamento para que lo examinaran los hechiceros. El pellejo resultó quebradizo y poco manejable, inútil a pesar de su resistencia. Los hechiceros lo quemaron, pues olía a pescado podrido. No supieron que era un trozo de piel de Tengri, que se deshacía entre las estrellas como una culebra vieja.

Pasaron dos semanas más sin combates ni escaramuzas. Los jefes habían repartido escrupulosamente el oro y las provisiones que habían saqueado, pero los guerreros se aburrían y murmuraban con los labios azules de frío: «Quién estuviera en Tarkán bajo las pieles esperando el deshielo, como hacían nuestros padres».

Los tungros duplicaron el número de vigías y de ojeadores, pero fue inútil. Nadie se acercaba a ellos, ni para suplicar la liberación ni para enfrentarlos con la espada. Solo los espías de Sencn, dos hombres disfrazados de campesinos y montados sobre mulas blancas, se acercaron al campamento. Los centinelas, contentos por la novedad, los llevaron a empujones a la tienda de Aybar, y este, al escuchar de parte de quién venían, envió por su tío inmediatamente. Húbilai entró y los estudió con frialdad. Los espías vaciaron a los pies de los jefes las talegas que llevaban. Los diamantes, rubíes, esmeraldas y zafiros brillaron bajo el sol de la mañana como pedazos de vidrio. Ninguno se inmutó ante el tesoro.

–Hablad ahora que mi tío está aquí –ordenó Aybar.

Los espías se inclinaron ante Húbilai.

–El Lobo está atrincherado con víveres y armas. Su hija fue a Alosna, pero se teme que esté muerta, pues nada se ha sabido de ella –explicó uno.

–¿A Alosna? ¿Con los magos? –preguntó Húbilai, extrañado.

–Sí, pero seguramente fracasó. No somos amigos de los magos, como sabéis –añadió el otro.

Aybar y Húbilai se miraron. ¿Paz entre los magos y los Lobos? ¡Los reyes de Moriana tenían en la conciencia más muertes de magos que de tungros! No podía ser. Aybar entrecerró los ojos.

–Senen, nuestro amo, entregará Bento si le perdonáis la vida: matará al rey y a Béogar. Nos dijo que podíamos ofreceros a la reina Jara y a Lirio, su hija, quienes son bellas y podrían convertirse en esclavas –agregó el primer espía.

Los tungros escupieron, escandalizados por la cobardía de la oferta. Húbilai rio como había reído frente a Cicuta.

–Recoged esto –metió la punta de la bota en el montón de piedras preciosas– y llevadlo de vuelta a vuestro amo. Decidle que su deuda conmigo es de sangre y solo con sangre se paga –Húbilai hizo una seña al verdugo para que se acercara–. Córtales la lengua, pero cúralos bien para que no mueran y puedan mostrar sus bocas vacías a Senen –ordenó.

Los espías regresaron a Bento con el tesoro, montados los dos sobre una sola mula. La otra se la comieron los tungros.

ooo

Los capitanes tungros se reunieron en la yurta de Aybar para hablar sobre las noticias traídas por los espías. Concluyeron que la embajada de la princesa Soledad había fracasado, pues nada en Moriana detenía el avance del ejército y la nieve atormentaba a morianíes y tungros por igual. Moriana parecía indefensa.

A pesar de eso, cada día era más difícil para Aybar hacerse obedecer por hombres cuya costumbre era hacer lo que querían, sin someterse a nadie.

Aquellos que decidieron seguir aprendieron a dormir en agujeros cavados en la nieve, a chupar pedazos de sal para no morir de sed y a untarse sebo mezclado con carbón bajo los ojos para ver en la blancura. Pero los cascos de los caballos, húmedos todo el tiempo, comenzaron a pudrirse. De las patas reblandecidas manaba un humor maloliente; algunos respiraban con trabajo y apenas podían con el peso del jinete.

Además, un sueño sobrenatural había comenzado a cernerse sobre el ejército como una nevada paralizante y entristecedora. Muchos soñaban con Tengri; pero en sus sueños Tengri no los amaba y ellos no eran su pueblo, sino un puñado de hombres perdidos en la nieve. Cuando encontraban un pozo envenenado o un río cubierto por la nata verde de la orina del dragón, se miraban entre sí, sintiéndose traicionados.

El que más soñaba, pero se guardaba de decirlo, era Húbilai. Soñaba incluso cuando estaba despierto y sobre el caballo. Solo el deseo de vengar a su familia lo animaba a seguir, pues siempre había sido indiferente al oro, y oro y victorias fáciles era todo lo que había obtenido en esas semanas. Estaba ahíto de la sangre con la que cómodamente regaba la nieve: sangre de hombres enflaquecidos por el invierno, de mujeres temerosas, de niños asustados. Una mañana glacial, después de mirar a un viejo que se tambaleaba lastimosamente entre la nieve, Húbilai decidió enviar a la mayoría de las mujeres y a muchos ancianos de regreso a Tarkán.

Aybar, aunque resentido porque Húbilai no lo había consultado antes de dar la orden, sintió alivio al verlos partir con las carretas atestadas de oro. Los espías, hombres de su confianza que conversaban con todos los soldados, lo habían puesto sobre aviso: los tungros estaban hartos de esa campaña fallida y querían regresar lo más pronto posible a Tarkán. Algunos generales opinaban abiertamente que hacer la guerra en invierno daba mala suerte.

–Señor nuestro, al lado de las fogatas en la noche, en la carreta, dentro de las tiendas, sobre el caballo... En todas partes tus soldados dicen lo mismo: hay que regresar a Tarkán antes de quedar convertidos en hielo.

Aybar recorría la tienda con paso rápido y malhumorado, hablando para sí: el frío y el agotamiento de su ejército le arrancaban los sueños de gloria y se veía a sí mismo de regreso en Tarkán, cargado de oro pero con victorias insignificantes. *Como un mercader*, pensaba.

Húbilai no decía una palabra. Quería ver la cara de Senen, matarlo lentamente y regresar a las estepas con sus caballos. Había liberado ya a cientos de esclavos. Con sorpresa, comprobó que eso era lo que más alegría le daba. Una noche soñó con los hijos de Lucio Estrella, muertos bajo su espada en la cocina del castillo. En el sueño recordó vívidamente las paredes manchadas de sangre; los charcos humeantes; los cadáveres de los niños con las delicadas bocas abiertas y los labios azules. Se despertó, asustado por la sospecha de que se estaba convirtiendo en un hombre parecido a su enemigo: un hombre que se deleitaba en matar a quienes ni siquiera podían empuñar la espada.

Quería regresar a Tarkán con la venganza cumplida para ser libre de nuevo. Despertaba exhausto y, excepto cuando lo acometía el sueño nítido de las degollinas, con ganas de seguir durmiendo. Frente a él se abría Moriana, nevada y desierta. Blanco el suelo, blanco el cielo del invierno como una lámina de plata. Algún capitán se quejaba de que el albor le quemaba los ojos, y Hubilai, hastiado por las contrariedades que los demás manifestaban, regresaba al sueño multicolor y tempestuoso. Aybar lo miraba con preocupación, inquieto por el cambio que se registraba en el ánimo feroz de su capitán, al que respetaba como a un padre.

Así, el ejército de los tungros, el más grande ejército de hombres de la estepa jamás visto, se adentraba en Moriana, dirigido por un guerrero impaciente y un viejo que soñaba.

ooo

Los ojeadores vacilaban: frente a ellos se abría Moriana, enfundada en su mortaja de hielo. ¿Estaban camino a Bento, como creían? ¿Por qué el castillo no aparecía ya ante ellos?

Era como si el castillo mismo del Lobo hubiera aprendido el artificio tungro de esconderse. El Lobo no acostumbraba caer por sorpresa sobre el enemigo y retirarse. Siempre salía y daba la cara.

La verdad es que la magia que Erec y los otros magos habían tendido sobre Moriana era la misma que antes habían desplegado sobre la frontera, y no había explorador que no se confundiese. El ejército de las estepas se fatigaba marchando en círculos y lanzando flechas a espejismos, mientras el Lobo aguardaba en su cubil.

capítulo treinta y nueve

Tagaste aprende cetrería

En el cobertizo de los halcones, Tagaste, meditabundo, vigilaba a Alagrís. El halcón, inmóvil, respiraba pausadamente y le devolvía la mirada con ojos que parecían cuentas de oro. Finos listones de cuero le ataban las patas a la percha, cubierta con una manta de lana que le mantenía tibias las garras. A unos pasos, los otros halcones eran atendidos por Sagramor.

El cobertizo estaba caliente. Había cuatro braseros y dos antorchas que iluminaban la penumbra. Las ventanas estaban casi totalmente tapadas con translúcidas láminas de cuerno, colocadas allí para impedir que el frío mortificara a las aves.

Tagaste todavía no se acostumbraba a ser él quien alimentara a Alagrís, pero se esforzaba por cumplir cabalmente la promesa que le había hecho a Soledad. Así, todos los días iba al cobertizo con muslos crudos de gallina, pechugas de tórtola, agua y un pequeño cuenco con sangre fresca de pollo, que llevaba bajo la túnica y cerca del pecho para que no se coagulara. Con precaución lo alimentaba, lo bañaba con oropimente, le revisaba el pico y las garras temibles y lo limpiaba con un paño húmedo. Alagrís se dejaba hacer, estudiándolo con ojos que atravesaban todo como agujas. Tagaste, aleccionado por Soledad, no le devolvía la mirada, sino que fingía ver más allá. A los halcones no les gusta que los observen; ellos son los que miran, critican y juzgan. Tagaste sabía todo eso y no le gustaba ser tasado por el ave, pero había prometido cuidarla y era hombre de palabra.

Alagrís estaba tan sano como antes de ser herido. Según Sagramor, era hora de lanzarlo. La tarde anterior le había dicho al eunuco:

–Ya el halcón de la princesa está listo para ir de cacería. Me imagino que no querrás que lo saquemos nosotros, pero sería bueno que lo hicieras volar mañana, porque si no enfermará, ahora debido a su inmovilidad. Él está hecho para cazar, no para pasar los días en el cobertizo como una gallina ponedora.

Tagaste había asentido. Sagramor ya no lo miraba con el descarado menosprecio de antes, y Tagaste no hubiera confesado el miedo que le inspiraba el halcón ni bajo tormento. Por eso estaba esa mañana en el cobertizo, con el guante de Soledad calzado en la mano izquierda, el capirote berberisco en la derecha, el silbato de arcilla en el bolso y el corazón en la garganta.

El eunuco hizo una seña a Cínife, el esclavo.

–Dame un muslo de gallina.

Cínife miró el guante con cara de asombro y le alcanzó un muslo crudo, templado en agua tibia. Entonces se apartó para ver qué pasaba. Alagrís, al ver la comida, abrió el pico obedientemente, pero esta vez, en lugar de dársela, Tagaste solo le acercó la vianda y la retiró.

Con un alegre graznido, el halcón clavó el pico en la carne y devoró un trozo. Tagaste, atento, apartó el muslo para dejarlo con hambre y atraerlo después. Con la punta de los dedos le mostró el capirote. Alagrís se quedó quieto. Reconocía en el capirote la señal de que saldría al campo. Los mozos, interesados, callaron. Tagaste, con mano temblorosa, desató los listones que le ataban las garras y le acarició el lomo. Luego le acercó el brazo izquierdo y asió los listones con las puntas de los dedos. El halcón se aferró al guante con un graznido suave semejante al maullido de un gato. Tagaste, aliviado, le colocó el capirote. Alagrís graznó de nuevo y movió la cabeza, cubierta por la diminuta capucha adornada con plumas rojas, que brillaron a la luz de las antorchas. Tagaste soltó una carcajada. Los esclavos aplaudieron y rodearon al eunuco, quien sonreía orgulloso.

ooo

Tagaste salió al campo, con el halcón sobre el brazo y carne fresca en una cesta, esforzándose por caminar sin sobresaltos y con los listones –llamados pihuelas por los halconeros– bien sujetos para que el neblí no se cayera, porque había oído decir que nada encolerizaba más a un halcón que quedar colgado cabeza abajo del brazo del halconero.

Los cascabeles atados a las patas del neblí tintineaban suavemente. El aliento del eunuco formaba nubecitas. La nariz le dolía por el frío y apenas sentía los dedos de la mano descubierta. Sus botas hacían crujir la escarcha, y todo cuanto veía estaba cubierto por la nieve. Hasta las cuadradas almenas parecían suaves almohadones blancos. El halcón esponjó las plumas.

Tagaste buscó un lugar llano, sin árboles donde el halcón pudiera ocultarse, y, con aprensión, le quitó el capirote. Alagrís miró el cielo azul, casi blanco. Aleteó brevemente. Tagaste alzó el brazo, abrió los dedos y sacudió la muñeca con un gesto que quiso fuera tan majestuoso como el de Soledad cuando volaba al ave. El halcón, con un aletazo, se alzó. Los cascabeles repicaron y esa música fue un gorjeo, otro pájaro. El neblí voló alrededor de Tagaste y este giró sobre sí mismo mirando cómo Alagrís se regocijaba con la libertad, después de semanas de convalecencia en el cobertizo. Alagrís se elevó y aumentó la velocidad con cuatro aletazos rápidos.

Pronto se convirtió en una pequeña figura que dibujaba círculos cada vez más amplios en el aire sobre el eunuco, quien, con el corazón batiendo contra las costillas, les rezaba a todos los dioses que conocía para que no se perdiera. Tagaste sentía, mezclada con el miedo a que el neblí no regresara, una viva exaltación. Era como si una parte de su cuerpo se hubiera librado de las ataduras de la obesidad y la torpeza, para volar al lado del neblí por el aire cristalino y radiante del invierno. Esa exaltación tenía algo de alegría. El eunuco, con los ojos entrecerrados, pensaba que si le fuera posible pedir un deseo, pediría volar. Nunca había mirado el cielo con tanta atención. ¡Qué distinto era ese azul infinito de los techos oscurecidos por el humo debajo de los que transcurría su vida!

Inhaló con fuerza y sintió cómo su débil pecho, hundido y suave, se ensanchaba. Una gozosa punzada le atravesó la garganta. Siempre había caminado con la vista fija en el suelo. Los esclavos tenían la obligación de bajar la cabeza frente a sus amos, y mirar al amo a los ojos era considerado una grave falta. Pero puertas afuera estaba el mundo, el cielo, los árboles y animales, frente a los cuales era un hombre como cualquiera. Se imaginó a sí mismo en el aire, sobre el rey y el castillo, a gran distancia de la tierra, lejos de Senen y de los hombres como él. Como Cicuta. Los vería en su tamaño real y verdadero: hormigas.

Tagaste sacó la carne de la cesta, se la acomodó en los dedos de la mano cubierta con el guante y gritó el nombre del halcón. Su voz, aguda y opaca, resonó en el silencio. Alagrís recorrió su amplia órbita sin cambiar de velocidad. Tagaste se llevó el silbato a los labios y haciendo un esfuerzo, pues tenía la boca seca, sopló con toda el alma.

El halcón graznó al oír el silbido y recogió las alas, pegándolas al cuerpo. Como un pequeño meteoro, se dejó caer hasta el brazo que se le ofrecía. Las cintas volaban tras él como la cola de un cometa. El eunuco alzó el brazo y el halcón se detuvo en el aire con un movimiento lleno de gracia, aleteó y alargó las gruesas patas para aferrar el guante. El halcón y el hombre se miraron. Tagaste le ofreció la carne, y Alagrís, con dos picotazos, arrancó un bocado y lo tragó. Luego volvió a mirar al eunuco. Un delicado pacto de lealtad se tendió en esas miradas, y la fidelidad transitó del ave a Tagaste sobre un puente invisible.

Tal vez no había en el castillo dos seres más distintos: el pesado esclavo, atado a la tierra y a la servidumbre de un rey arbitrario, y el pequeño pájaro refulgente y feroz, educado amorosamente, regido por el hambre y el viento, que había obedecido por su solo deseo.

Tagaste guardó el silbato y el cebo en la canasta.

–Gracias, pequeño rey –murmuró. Tomó el capirote y, suavemente, tapó la cabecita de Alagrís. Entonces oyó pasos. Al volverse vio que Senen se aproximaba con aire furtivo, la capa apretada contra el cuerpo, encorvado y silencioso. Más ratonil que nunca, el consejero le sonreía con aire cómplice.

–Enhorabuena, esclavo –dijo sin aliento cuando estuvo a unos pasos. Se sorbió la nariz húmeda y, con un tosco gesto, se limpió los mocos y las lágrimas con el dorso de la mano–. Por lo visto, ahora imitas a tu ama. ¿Sabe ella que sacas a su halcón a volar? ¿No has pensado que, si lo pierdes, ella no te lo perdonaría?

–Ella misma me lo encomendó. Volarlo es parte de los cuidados que requiere –contestó Tagaste con altivez.

–¿Te crees un halconero solo porque este –y Senen señaló a Alagrís con recelo– no te ha sacado los ojos todavía?

Tagaste se encogió de hombros y apretó los labios, reprimiendo la respuesta. En su experiencia, Senen hablaba más ante el silencio que cuando se le interrogaba. Alagrís se acomodó sobre el guante y los cascabeles tintinearon. La cara de roedor del consejero se avivó.

–Vengo a decirte algo importante, eunuco. ¿Te has dado cuenta de que tal vez Soledad no regrese? ¿Que tal vez el dragón haya quemado a ella y a Fura? Es extraño: no hemos recibido noticia alguna desde que dejaron las tierras de Zorro. El rey finge serenidad, pero teme... Yo lo sé.

Senen dio un paso hacia el eunuco. Tagaste sintió una ráfaga de miedo: él también se preguntaba día a día por la suerte de la expedición. Hizo un esfuerzo por mantener un semblante apacible. El consejero lo miró con atención y arqueó las cejas.

–No aparentes sentir la confianza que no tienes. Estás más pálido que el vientre de una rana. ¿Sabes? Los tungros se preparan, mis espías me lo han dicho. Aybar está reuniendo a sus jefes.

Tagaste se encogió de hombros.

–Los tungros siempre están en pie de guerra. ¿Por qué habría de temerlos ahora más que otras veces?

–Porque, bruto estúpido, ahora el dragón se cierne sobre todos nosotros –respondió Senen, condescendiente–. Vengo a ofrecerte una salida para salvar tu pobre pellejo: te propongo que cambiemos nuestras vidas por la del rey. Tú eres cercano a él y a Béogar. Dime, ¿qué planea tu señor ahora? Desde hace días Béogar me impide participar en el consejo. No sé qué hacer... Temo por el reino. El rey, tú lo sabes, es un borracho. ¿Vale la pena morir por él? ¿Que todos, hombres y mujeres, libres y esclavos, mueran por su culpa? Dime lo que se propone, y yo haré llegar la información a Aybar así... –chasqueó los dedos.

Tagaste sintió vértigo. Sacudió la cabeza, apabullado. El halcón aleteó y abrió el pico.

–Eres un gusano vil, Senen –contestó Tagaste alzando la voz–, y mereces la muerte más afrentosa. ¿Cómo te atreves a pensar esto?

–Baja la voz, eunuco –contestó el consejero–, que por más que grites no parecerás un hombre. Piénsalo. Y no trates de denunciarme al rey. Recuerda que eres un esclavo, y yo un hombre libre. ¿Cuánto vale tu palabra? La palabra de un esclavo solo vale si es extraída bajo tormento... Escoge, miserable: el rey o tú.

Senen escupió y el salivazo manchó las botas de Tagaste. Este, casi sin darse cuenta, le quitó el capirote al halcón y soltó la pihuela.

–Lo lanzaría en tu contra si Alagrís supiera cómo cazar víboras... ¡Eres un miserable! –gritó el eunuco fuera de sí, alzando el brazo. El halcón aleteó con furia, pero no levantó el vuelo.

Senen retrocedió y se cubrió la cara con la manga.

–Hazlo, perro... ¡Lanza a ese pajarraco inmundo en contra mía, y ya verás si el rey te permite volver a tocar el halcón de su hija!

–Lárgate, Senen. Fuera de mi vista, o hablaré con Béogar y ofreceré testimonio de tu traición, aunque tenga que ser torturado primero. Y oye bien lo que te digo: esclavo o no, sabré cómo defender al Lobo de la víbora simuladora que vive cerca de él... Recuerda que no hay enemigo pequeño. Te vigilaré todo el tiempo. Ya verás. ¿Te da miedo el halcón de Soledad? Ella es aún más fiera –tartamudeó Tagaste.

Con mano temblorosa, trató de ponerle el capirote a Alagrís, pero no pudo. El neblí, inmóvil, parecía esperar.

–Calma, calma... Quería comprobar tu lealtad –contestó Senen sonriente y con una amable compostura que solo podía ser disimulo–, y me alegra saber que hay servidores leales en este castillo. ¿Lo creíste? ¡Cómo se nota que nada sabes del mundo! Era una prueba, Tagaste.

Yo amo al rey tanto como tú. Más todavía, pues soy su consejero, no su esclavo. Me agrada verte convertido en un... en un halconero, según tú. Adiós.

El consejero rio y escupió de nuevo. Se dio la vuelta y se encaminó hacia el castillo. Tagaste jadeó y sintió que las piernas se le doblaban. Miró a su alrededor y la nieve, que hacía unos momentos le había alegrado la vista con su muelle pureza, le pareció una blanca mortaja. ¿Qué hacer? Era verdad que en Moriana, como en el resto del mundo, la palabra de un esclavo no valía nada. Solo le quedaba esperar a que Soledad regresara y contarle lo que Senen había dicho.

¡Si al menos tuviera noticias de ella!

capítulo cuarenta

Cuyuc

Cuando llegaron al valle llamado Oblada, en el que los caballos sufrieron por las quebradas, lo sinuoso de los senderos y el hielo, Húbilai tuvo un encuentro bienaventurado. Una noche, los batidores advirtieron que, por los atajos que conducían a la cima de un monte cercano, un grupo de nobles morianíes huía con sus mujeres y sus esclavos en dirección a Rodosto. En una carreta desvencijada llevaban a varios tungros viejos metidos en jaulas, prisioneros desde los años de las guerras de Ruga contra Dogoero.

Húbilai quiso liberarlos. Sin decirle nada a nadie, esperó a que cayera la noche. Amarró tres caballos al suyo y les envolvió los cascos y los arreos con trapos para no hacer ruido. Guiándose por las estrellas, fue en busca de la caravana. Subió por senderos empinados y resbalosos hasta que encontró el acantonamiento a la orilla de un bosque de abetos, cerca de un peñasco cuya punta sobresalía en la nieve como un negro gorro de piedra. Ató las riendas a las patas de los caballos para evitar que se movieran, les puso las bolsas de forraje bajo el hocico para silenciarlos y se arrastró hacia la luz.

Los morianíes habían encendido dos grandes fuegos, alrededor de los cuales se apiñaron a dormir. Húbilai vio –y la ira hizo que se le empañaran los ojos– que la carreta con las jaulas de los tungros estaba lejos del fuego y que los bultos que las ocupaban eran pequeños.

Despachó a los dos centinelas degollándolos con la daga antes de que supieran qué pasaba. La sangre de los hombres perforó pequeños agujeros humeantes en la nieve. Húbilai hincó las espadas en el suelo y con ellas apuntaló los cuerpos. Los dejó donde los había encontrado, pero sentados. *Ya los descubrirán mañana*, se dijo con una sonrisa malévola antes de ir a las jaulas.

Se metió un puñado de hielo en la boca para que el vapor de su aliento no lo delatara y abrió sigilosamente las trancas. Los prisioneros dormían encogidos sobre sí mismos.

–Seguidme en silencio, tungros –siseó–. Soy Húbilai el Viejo y he venido por vosotros.

Los esclavos lo miraron con patética sorpresa y obedecieron temblando de frío, de miedo, tal vez de alegría. Al llegar a la tercera jaula, una mano esquelética y torcida por la artritis salió de entre los barrotes y, con vigor inesperado, le aferró la muñeca.

–Húbilai, Húbilai, me alegra ver tu cara de raposa, primo mío –susurró una voz cascada y socarrona.

Húbilai sintió que el corazón le daba un salto.

–¿Cuyuc?

–Sí, zorrito, soy Cuyuc. ¿Me hacías muerto en una mina?

Húbilai acercó el rostro y miró los ojos brillantes, la sonrisa torcida y la nariz respingona de su primo Cuyuc el hechicero, perdido en una algarada dirigida por el Lobo treinta años atrás.

–¡Cuyuc!

–Abre y hablamos luego, o estos perros te meterán aquí y se te congelará el culo como a mí. Ya ves, no les preocupa mucho la salud de sus esclavos –susurró el viejo.

Húbilai le abrió y condujo a los tungros hacia los caballos. Los ancianos, desnutridos y magullados, apenas podían sostenerse sobre las sillas. Húbilai vio que Cuyuc estaba muy débil, así que lo colocó frente a él en el mismo caballo y galopó de regreso al campamento.

Uno de los tres viejos sollozaba sin parar. Cuyuc y el otro guardaron silencio hasta que las yurtas y el centenar de antorchas del cuartel de Aybar aparecieron ante ellos, como una pequeña aldea de fieltro en el fondo del valle. Entonces los tres lloraron. Cuyuc, el burlón, no pudo resistir y sollozó apoyado en el pecho de Húbilai. Hasta la nariz del veterano guerrero llegó el aliento hediondo del esclavo despreciado, el olor de los harapos y la mugre. Húbilai acarició el cráneo sucio y la trenza rala como un rabo de rata. Sintió bajo las manos la espalda esquelética, las vértebras salientes, los omóplatos como alas tronchadas, y se alegró de haber matado a los morianíes. Cuando se sosegaron, los ancianos preguntaron:

–Di, Húbilai, ¿es verdad que Tengri ha declarado la guerra a Moriana?

–¿Qué hacéis tan dentro del reino? ¿Cómo habéis hecho para avanzar a pesar de la nieve?

–¿Es verdad que los hechiceros de Tarkán han llamado al dragón?

Los viejos, sobresaltados por las confusas noticias y los rumores fantásticos de la ergástula, no podían contener la curiosidad. Húbilai contestó como pudo, mientras los cuatro se dirigían a la tienda de Aybar.

Esa noche, la historia de la solitaria hazaña de Húbilai se contó alrededor de todas las hogueras. Tulam, el hechicero de la tribu de Bati, le dio a Cuyuc hasta el último de sus amuletos, pensando que un encuentro como ese no podía ser obra de la casualidad y que Cuyuc algo tendría que cumplir entre ellos. Los esclavos de Aybar bañaron y ungieron a los ancianos con aceite de caléndulas, les cortaron las uñas, los despiojaron cuidadosamente y les trenzaron el pelo.

Al amanecer el día siguiente, una partida de guerreros encabezada por Bati se separó discretamente del campamento y, casi con el mismo sigilo que había empleado Húbilai la noche anterior, mató a todos los morianíes de la caravana antes de que se dieran cuenta de que los vigías se habían convertido en dos espantapájaros de carne y hielo.

ooo

Cuyuc, antes de ser esclavo en Moriana, había sido hechicero. Fue él quien explicó a los tungros cómo había cambiado Moriana desde la aparición del dragón. Aybar esperó a que el anciano se repusiera un poco de su cruel encierro en la jaula y lo invitó a beber en su tienda. Allí aguardaban los jefes, llenos de curiosidad y aprensión. Todos esperaron a que Cuyuc, quien entró apoyado en el hombro de Húbilai, tomara asiento sobre la espesa piel de oso y bebiera dos tragos de aguardiente de ajenjo. Entonces comenzaron las preguntas:

–Di, Cuyuc, cómo fue tu vida en esta tierra –pidió Kadac.

–Tungros, prefiero hablar de lo que sucede en el presente, pues el recuerdo de mi vida como esclavo es horrible y me entristece. Mejor os explico lo que veo ahora que estamos todos aquí. Antes, en esta tierra no había magia. Ninguna. El Lobo mandaba a sus hombres a buscar magos para que lo ayudaran a tener un heredero de su sangre, porque nadie de aquí sabía o recordaba cómo hacer un hechizo. Y ya se sabe: en cuanto esos desdichados entraban en Moriana, su magia se apagaba como una vela en la lluvia. Lo mismo me sucedió a mí.

–¿Sabes cuál es la causa? –preguntó Bati.

–¿Cómo lo voy a saber? –repuso el viejo con una sacudida de la cabeza–. La magia de nuestro pueblo es sencilla, simple. No se puede comparar con la magia que hay en Alosna. El Lobo quemó a los magos porque fracasaron en su intento por ayudarlo.

–Y di, di, ¿los nobles de Moriana temen a Tengri? –preguntó Húbilai.

–Todos. Y creen que los magos de Alosna lo lanzaron contra ellos, hartos de las incursiones y las impertinencias del Lobo, quien, hay que decirlo, los hostiga todo el tiempo.

–Pero nadie manda sobre Tengri, Cuyuc. ¿O crees tú que es verdad y los magos de Alosna han encontrado la forma de gobernarlo? Y si es así, ¿cuál es la disposición de los magos hacia nosotros? ¿Nos consideran sus enemigos? –preguntó Aybar.

–Yo te vuelvo a preguntar: ¿cómo voy a saberlo, Aybar el Joven? La magia se alejó de mí en cuanto puse el pie en Moriana. Y no creas que no luché por mantenerla conmigo: mira lo que me hice cuando llegué. Solo y a escondidas, con un asqueroso cuchillo para limpiar pescado. Fue muy arduo hacer esto sin un instrumento consagrado según nuestras reglas y sin otro hechicero que me apoyara –dijo Cuyuc.

Sacó la lengua y la mostró a la concurrencia. Se oyeron exclamaciones de asombro. A la luz de las antorchas pudieron ver que la punta estaba dividida como la de una serpiente. La lengua bífida, lograda con un cuchillo y muchos ensalmos, era el rasgo distintivo de los hechiceros tungros más temidos, aquellos especializados en las maldiciones. Cuyuc, como ellos, ceceaba, y sus eses eran sibilantes y largas.

–Mi amo se dio cuenta y me azotó con una cuerda mojada, aunque no le dije por qué lo había hecho. Ayuné, oré, y en las noches, mientras todos dormían, cumplí con la danza secreta. No sirvió de nada. Mis maldiciones, las peores que conozco, no afectaron a la esposa de mi amo, quien me apaleaba por cualquier cosa. Esa mujer malvada tuvo buena salud hasta anteayer.

Los tungros rieron. La mujer había muerto a manos de un lugarteniente de Bati.

–Ahora, desde que Tengri regresó, hay más magia que la que sentí en mi juventud en las ceremonias de iniciación en Tarkán –continuó Cuyuc–. Es tanta la magia que hay en el aire, que me aturde. Oíd, tungros: cada animal de este reino trae magia en el pelo, en las plumas, en las escamas. Hay magia en los árboles dormidos, en las semillas que esperan el sol, en los copos de nieve, en el agua y las nubes. Y mi magia, antes exigua, se fortalece con cada día que pasa. Es como beber este aguardiente después de años de beber apenas un poco de agua para no morir de sed.

Cuyuc levantó el cuenco y apuró hasta la última gota. Luego eructó y se frotó las costillas con aire satisfecho.

Húbilai lo miró y sonrió:

–Qué bueno.

–¿Quién sabe, salvador de mi vida? –contestó Cuyuc mirándolo afectuosamente–. Algo me dice que esta campaña no es favorable para nosotros, porque ando melancólico a pesar de haber visto el oro en las carretas y el cadáver de la mujer que me tundía. Los otros hechiceros me han contado que los signos no son auspiciosos. Daré siempre las gracias a Tengri porque me permitió volver a estar entre tungros de la estepa. Solo eso sé.

capítulo cuarenta y uno

Cuervo en Peña Verde

Cuervo abrió los ojos y miró el techo. No reconoció la techumbre de varas ennegrecidas por el humo, ni el áspero tacto de la colcha de lana que lo cubría. Se incorporó y la conciencia de dónde estaba regresó a él, borrando el recuerdo de un sueño en el que hablaba con su padre. Estaba en casa de Liaza, la difunta abuela de Ámbar, en Peña Verde. ¿Cuántas veces ya había despertado sin saber bien dónde se encontraba? ¿Hasta dónde lo iba a llevar su penitencia?

Bostezó y se puso de pie. Bajo sus plantas, el suelo de tierra estaba frío.

Carbón se le acercó moviendo la cola y el mago le acarició el hocico canoso. Luego, seguido por el perro que lo acompañaba a todas partes como una sombra lenta y devota, salió de la choza para orinar en el pequeño jardín de plantas medicinales, ya medio cubierto por la nieve. Faltaba poco para que amaneciera. Oteó el cielo en busca del cuervo, miró las desnudas ramas de los árboles y, al comprobar que no estaba cerca, se encogió de hombros con resignación. Un pájaro cantó a lo lejos, repitiendo la misma nota cada vez más aguda. El gorjeo fue como una suave carcajada. Cuervo sonrió. Esos días le habían deparado un regalo: de nuevo se entendía con los animales. No con la fluidez de antes, cuando era un novicio que no había pecado, pero ya no sentía la incomprensión, la extraña sordera con la que había vivido en el bosque de Alosna. El perro se sentó sobre las patas traseras y lo miró solícitamente.

–Ahora tú eres mi compañía, Carbón, pero extraño al cuervo –dijo el mago mientras rascaba la tibia cabeza del animal.

Carbón golpeó el suelo con el rabo y se incorporó con dificultad.

Cuervo entró en la casa, templó un cuenco de cerveza en las cenizas casi frías del brasero y comió una corteza de pan. Las gallinas cloqueaban suavemente en un rincón. El invierno avanzaba y traía con él un frío inusual.

Cuando la luz pálida del amanecer entró por la puerta, Cuervo dispuso sobre la mesa pequeños montones de hierbas secas y semillas que había encontrado, perfectamente ordenadas, en las vasijas y tazas de arcilla que Liaza guardaba debajo de la mesa. Quería molerlas, cocinar un emplasto de hipérico para las quemaduras, machacar los altramuces que Liaza había desecado para mezclarlos con miel y enseñar a Ámbar cómo preparar un remedio contra la ciática. Liaza, como era de esperarse, no tenía mazo ni mortero, pero en su lugar Cuervo encontró una piedra plana, pulida por el uso, y un guijarro de río redondo como un huevo macizo y pesado, con los que, evidentemente, Liaza molía los remedios.

Las hierbas que la anciana guardaba en su choza lo habían llenado de asombro: Liaza sabía mucho acerca de las virtudes de las plantas que crecían en la montaña. En su despensa había hierbas silvestres y domésticas, miel, vinagre, bayas de laurel, raíz de mandrágora, acónito e incluso diez granos de incienso, que quién sabe cómo habían llegado a Peña Verde. Ámbar le contó que su abuela encargaba remedios a los buhoneros que a veces llegaban en verano, pero ignoraba cuáles eran. Cuervo se imaginaba a la anciana aspirando el olor oriental del incienso y lamentaba no haberla conocido.

Había decidido que, mientras estuviera en la aldea, trabajaría en lo que mejor sabía hacer y lo que la anciana hacía para vivir: cuidar a los enfermos. Había curado a Liebre de un dolor de reuma que le baldaba el brazo bueno; había hecho tragar jugo de regaliz a Brau para aflojarle una tos que no lo abandonaba, y había puesto una cataplasma de raíz de altramuces sobre los ojos del viejo Carbón para que el perro viera mejor, pues estaba casi ciego por las cataratas. Descubrió con amarga resignación que cada vez que sanaba a alguien, la mano quemada le punzaba hasta hacerlo jadear, pero no desistió de sus curaciones

No le importaba. Si acaso, su decisión de servir a los aldeanos se redobló. Algunos días se levantaba cuando todavía era de noche e iba a ordeñar las vacas al establo más pobre de la aldea, donde, se había fijado, Soledad nunca había puesto el pie. Todos en Peña Verde hablaban de cómo la princesa prefería dormir al lado del caballo que en la mejor cama de la aldea, pero al menos aceptaba pasar las noches en el establo más digno, el más amplio y limpio. Por eso Cuervo prefería ir donde estaban las vacas más flacas, al establo más pobre.

Las llamaba suavemente y, con la mano buena, exprimía las ubres y llenaba los baldes. Eran momentos de paz, la poca que podía encontrar. Lo apaciguaban los aromas de la hierba, la leche, la bosta y el dulce olor vacuno. Allí, rodeado de la maternal presencia de las vacas, no le era posible pensar en el dragón, en su furia. Se dejaba arrullar por la respiración pausada del animal, en contrapunto con el ritmo del chorro de leche que caía en el cubo. Algún ternero soñoliento se le acercaba y le colocaba la cabeza en el regazo; entonces, el mago le frotaba la testuz. Finalmente, se quedaba dormido con una mano sobre la rodilla y la otra asentada sobre el borde del balde hasta que lo despertaba su propio ronquido.

Al terminar el ordeño acomodaba los baldes, alineándolos contra las paredes del establo. Regresaba a casa de Liaza siempre antes de que amaneciera, para ahorrarles a las pastoras el sobresalto de encontrarse con él.

Antes de irse tendería sobre Carbón un encantamiento contra los dolores, para que pasara feliz el tiempo que le quedaba; otro sobre las gallinas, para que pusieran más huevos, y uno más sobre las ovejas, para guardarlas de la morriña. Los cerdos, pensaba, no necesitaban de su magia. Les bastaba con los cuidados de Alondra.

Ámbar iba siempre llena de orgullo, erguida y jovial. Sentía que habitaba las historias de su abuela: junto a ella, gracias a ella, iba el mago tendiendo redes de encantamiento sobre los aldeanos, el grano, los animales; curando a los niños acatarrados, a los viejos dolidos por los lumbagos y los reumas. Los aldeanos les pagaban con lo que tenían: huevos, hogazas de pan, hilos de lana, un retazo de tela y hasta un gatito gris de ojos dorados que Ámbar llevó a casa de sus padres. Florián le demostraba una lealtad nueva, su madre era más cariñosa con ella que nunca y hasta Liebre sonreía al mirarla. Además, el mago la respetaba.

Lo que más le interesaba a Cuervo era adiestrarla en lo que su abuela no alcanzó a enseñarle. La muchacha conocía los nombres de las plantas y sabía cómo cuidarlas, pero ignoraba cuáles eran sus propiedades. Todos los días venía de casa de sus padres, donde vivía mientras Cuervo ocupaba la choza de su abuela, para aprender de él.

Cuervo descubrió en ella a una aprendiz avispada y memoriosa, que apreciaba su sabiduría y estaba ávida por ejercer el oficio de curandera de su abuela.

ooo

Ámbar fue a verle por la tarde con un pan caliente bajo el brazo, un cuenco de sopa y un pescado seco. Puso todo en la mesa y, mientras Cuervo comía, inspeccionó las pilas de hierbas trituradas que el mago había dispuesto en los cuencos. Cuervo, que tan pocas mujeres había tratado en la vida, se sentía observado e incómodo, aunque reconocía en la muchacha una abierta simpatía, una aceptación que nadie, desde el día en que llamó al dragón, le había ofrecido.

–Y tú, ¿has visto al dragón? –preguntó Ámbar cuando el mago terminó de comer.

Cuervo levantó las cejas y se ruborizó.

–No. Jamás lo he visto más que en los libros que hay en mi aldea. La noche aquella, ¿lo viste bien? –replicó.

Desde hacía varios días tenía ganas de preguntarlo.

–Sí. Era como un pájaro muy grande, rodeado de lumbre. Pero ya no me gusta hablar de eso. Había fuego que bajaba del cielo hasta casi tocar los techos de las casas. Mucho calor, cenizas. No sé si puedo decirte bien cómo era, pues no se detuvo a destruirnos. Mira, te mostraré algo que, si te gusta, te puedes llevar.

Ámbar se dirigió al cesto de la lana sin cardar, metió la mano y la sacó cerrada. Cuando la abrió, el mago no pudo contener una exclamación al ver frente a él la pequeña escultura del dragón.

–¿De dónde la sacaste? –preguntó sin acercarse.

–Me la dio mi abuela. ¿No la quieres? Un mago de tu tierra la trajo aquí en tiempos de mis bisabuelos. ¿No te gusta? Así es el dragón.

Cuervo tragó saliva. La escultura tenía una belleza expresiva y simple. A pesar de la curiosidad que le inspiraba, se abstuvo de tocarla. Ámbar lo miró esperando una reacción, pero Cuervo mantuvo las manos inmóviles sobre el regazo.

–No sé si fue hecha en Alosna –contestó él en voz baja–, pero me asusta un poco. Tal vez quienes la hicieron vivieron en la época lejana en la que había un pacto con los dragones. Pero ese pacto se rompió hace muchos años... No, no la quiero.

Ámbar miró el semblante sombrío del mago y se sintió avergonzada.

–Bueno –dijo la muchacha con gesto resignado–, la enterraré en el bosque. A mis padres no les puedo mostrar esto. No les gustaría saber que mi abuela me dio la estatuilla y que yo la he escondido todo este tiempo. ¿Sabes? Todo lo que he hecho, hasta separar a la princesa del diente, ha sido en memoria de mi abuela.

Intrigado, Cuervo levantó la cara

–¿Por qué? –preguntó.

–Porque la noche en que murió la dejé sola por salir a ver el dragón. Se murió por eso, se murió de miedo, abandonada por mí. Eso me pesa. Fue un acto malo. Nadie entiende mi vergüenza. Hasta mi madre me dice que lo olvide, que no fui yo quien la mató, pero no puedo –contestó Ámbar, cabizbaja.

Cuervo sintió que el vello de la nuca se le erizaba.

–¿Tu abuela murió por la aparición del dragón?

–Sí –contestó Ámbar con la cabeza gacha.

En los ojos del mago se agolparon las lágrimas. Estaba maldito. Había causado mucho mal, mucho más del que imaginaba. La culpa había cavado un agujero en su corazón, y cada vez que se encontraba con las consecuencias de su pecado, el agujero se llenaba de dolor. Empleó toda su fuerza en serenarse.

–Te juro, muchacha, que te entiendo. Ojalá pueda algún día reparar mis errores tan limpiamente como tú –murmuró.

Ámbar sonrió con tristeza.

–A mi abuela le hubiera gustado, eso sí, saber que nunca más vendrán los soldados a llevarse hombres de aquí para la guerra. ¿Tú crees que cumplirán su promesa?

–Sí. Son tiempos difíciles, pero creo que Soledad es muy celosa de su honor y toma en serio sus compromisos. Te dio el anillo de su madre.

–Es una mujer extraña. Tiene algo de hombre... No la amo, pues es nieta de Dogoero, quien causó la muerte de mi abuelo. Pero tampoco la odio. Siempre está sola y triste... Me alegra haber hecho algo por ella.

–Fuiste valiente. Yo no pude ayudarla. El dolor en la mano me lo impidió –confesó Cuervo–, y todavía me avergüenzo cuando la miro. Ha de creer, con razón, que fui cobarde. Pudo haber muerto. El dragón es poderoso. No sé por qué otros no sufrimos daño al tocar el colmillo.

–Yo tampoco lo sé. No me dolió. Aquí lo tocaron también Liebre, mi madre, Cosmas, Alondra... No nos pasó nada. Tal vez seamos poca cosa y la mirada del dragón esté puesta en otro lado. Pero no sé, tú también puedes tocarlo y eres un mago. ¿Qué te pasó en la mano? –preguntó Ámbar.

Cuervo bajó la cabeza y miró su quemadura.

–No puedo decírtelo, pero fue el dragón. De lejos –contestó con sequedad.

Ámbar se remangó la túnica y le mostró el antebrazo.

–Mira. Como a ti, pero en pequeño.

Cuervo miró un reguero de cicatrices blancas y redondas en la piel morena.

–¿Qué te sucedió?

–La noche en que apareció, corrí debajo del fuego y me quemó –repuso ella–. Porque quise. A pesar de que me dolía, me quedé ahí debajo, quemándome con su aliento. Cuando regresé a la choza, mi abuela estaba a punto de morir. ¿Ves por qué no tengo paz?

Los dos guardaron silencio. Cuervo pensó en las diferencias entre Ámbar y Soledad. Cuando las veía juntas no podía evitar fijarse en la gracia de Ámbar, la frente alta, los hombros redondos, los senos pequeños y erguidos. La cintura breve contrastaba con la curva de las caderas, apenas disimuladas por la gruesa tela del vestido. Ámbar tenía la voz cálida, la risa repentina y hospitalaria, las manos grandes. Cuervo miraba entonces la frente estrecha de Soledad, el cuerpo delgado, fibroso y magro, los modales de soldado. El pelo de Ámbar caía sobre los hombros en oleadas de rizos negros; Soledad lo usaba severamente recogido en una trenza. Ámbar, al sonreír, mostraba los dientes y un hoyuelo se dibujaba en su mejilla morena. Soledad sonreía con los labios apretados en una mueca oblicua. Ámbar, en fin, era una mujer, y Soledad era una virgen feroz de aires masculinos, seca y poco agraciada.

Ámbar decidió buscar la complicidad por otro lado.

–¿Ha vuelto a ofenderte Dungalo? –preguntó en un tono que revelaba su antipatía por el escudero.

–No. Me teme, creo. Rehúye mi mirada, aunque ya he perdonado su afrenta. Su caballo todavía la recuerda y no tolera su contacto. Pobre Dungalo... Regresará al castillo montado sobre un jamelgo de aldea, hecho para tirar del arado. Ha de ser duro para él.

Ámbar rio.

–Se lo merece. Ese hombre no me gusta. Estaremos mejor cuando se vayan.

–Y gracias a ti, no volverán nunca. Me alegro.

–Tú te irás con ellos, ¿verdad?

Cuervo asintió y Ámbar sintió una repentina pesadumbre. Guardó la estatuilla en el cesto y volvió a sentarse junto a él. Cuervo percibió el olor a sudor y a mujer, miró sus manos grandes y maltratadas puestas sobre las rodillas y el rubor le calentó la cara. Ámbar tosió nerviosamente y Cuervo se volvió a mirarla. Ella le sostuvo la mirada con franqueza hasta que Cuervo, ofuscado, preguntó:

–¿Ya sabes los nombres y las propiedades de todas estas hierbas?

–Sí. Ahora mismo te lo demuestro.

ooo

Ya había anochecido cuando la muchacha regresó a casa de sus padres. Aunque el mago no había sonreído mucho más y no parecía registrar las pequeñas audacias de ella, Ámbar cantaba.

capítulo cuarenta y dos

El sonámbulo

El dragón dormía escondido en las ruinas del castillo de Lucio Estrella, el hermano de Zorro de Álamos. Soñaba, padecía sus dolores, envejecía un poco más. Allí se estaba mejor que expuesto a la nieve, pues las piedras guardaban un poco del calor del incendio. Los tungros habían prendido fuego a todo lo que pudiera arder. Al dragón le hacía gracia esa furia incendiaria. Los tungros eran, efectivamente, sus criaturas. Los guerreros de la estepa, como él, calcinaban todo a su paso y se acorazaban con oro.

Entre las decenas de historias que pudo discernir al hundir la nariz entre el carbón y las cenizas, había una que le había interesado: un agrio dolor que no se atenuaba. Un hombre lleno de hiel. Un hombre que, excepto por la cadena del rencor, era libre. El dragón abrió una pequeña puerta en su mente y por ahí miró a Húbilai.

Lo consideró con curiosidad y decidió acercarlo a él. Pensó en su nombre y lo dijo tres veces: *Húbilai, Húbilai, Húbilai.*

No era un hechizo. Era apenas un posarse de la atención, un movimiento de la voluntad. Pero él era un dragón y Húbilai era solo un hombre, cuya mente quizás no soportaría el interés que suscitaba.

El dragón quiso saber cómo lo llamaban sus hombres y supo que le decían Húbilai el Viejo.

¡Viejo!, se dijo el dragón, y le dio risa. Los hombres no sabían lo que era la vejez. Eran, a su lado, moscas de mayo, insectos que vivían un día; efímeras larvas. Pero le gustó que el apodo de Húbilai fuera ese. Era un hombre valiente y tenía un fuego encendido en el pecho.

El dragón dormido exhalaba chorros de vapor por el hocico y abría las garras como un gato colosal mientras Húbilai gemía, dormido sobre el caballo.

ooo

El resplandor de la nieve había cegado a muchos. Después de cabalgar todo el día escudriñando la blancura en busca de enemigos, los guerreros tungros sentían dolor de cabeza, luego un ardor insoportable en los ojos, y al final dejaban de ver.

Los esclavos liberados, acostumbrados a las devastaciones del invierno morianí, afirmaban que esa ceguera era temporal, pero los guerreros tenían miedo de quedarse ciegos y sufrían. Tulam, el hechicero del clan de Bati, fue uno de los primeros en perder la vista, y el jefe interpretaba el hecho como el peor de los augurios.

Tulam, ciego y asustado, repetía:

–Regresar es la única forma de salvarnos, porque esta modorra mágica es mala y el frío nos matará. Decidles a vuestros jefes que hay que volver, pues no se puede flechar al frío ni golpear a la escarcha.

Cuyuc lavaba los párpados de Tulam con agua salada y los hechiceros mezclaban pociones para mantenerse despiertos. Temían que fuera el Lobo el causante del adormecimiento, y todo el tiempo luchaban contra el sueño. Abrían sus pellizas para que el frío los hiriese o se punzaban los brazos con cuchillitos hechizados.

No comprendían el empecinamiento de Aybar. Reconocían que el asunto de la venganza de Húbilai era distinto. La legitimidad de una deuda de sangre era absoluta, y nadie le hubiera escatimado el buscar a Senen hasta debajo de la última piedra morianí. Pero los hechiceros estaban asustados por lo que percibían en el humo, las estrellas y las visiones del licor de adormidera. El aire del campamento se adensaba, lleno de ensueños y delirios que se mezclaban con el humo de las hogueras.

El más intrigado era Cuyuc. Desde el momento en el que vio la cara de Húbilai detrás de los barrotes de la jaula, el agradecimiento ocupó todo su corazón. Llamaba al viejo guerrero «salvador de mi vida», y si Húbilai no correspondía plenamente a sus demostraciones de afecto, no le importaba. Iba detrás de él, dispuesto a servirle. Por eso se dio cuenta de que Húbilai pasaba casi todo el tiempo dormido; pero, a diferencia del resto de los hombres del ejército, aunque estuviese dormido seguía sobre el caballo, conversando y hasta comiendo.

Los demás se dormían y se tendían, como cualquiera, a roncar con los ojos cerrados y el cuerpo laxo. Húbilai, en cambio, apenas si entrecerraba los ojos. Solo lo delataban el ritmo pausado de la respiración y la parsimonia submarina de sus movimientos. Cuyuc conjeturaba que, si los demás no se habían dado cuenta, era porque el letargo les embotaba los sentidos.

ooo

Húbilai temía que la locura se hubiese apoderado de él. Comenzó a ver el campamento en sueños y a entrar en los de sus hombres: soñó el sueño del más humilde hondero, poblado por una yegua gorda y una mujer sonriente, y soñó los sueños del mismo Aybar, historias de gloria, espadas y triunfo que contrastaban con el tedio de los días.

Húbilai tuvo sueños en los que era mujer; sueños de zorro, en los que corría ligero por la nieve detrás de la sangre tibia de la liebre y su olfato dibujaba paisajes; sueños glaucos de abedules que esperaban la primavera para que brotes verdes despuntaran en las ramas; sueños de semilla, ciegos, sordos y llenos de vida. Los sueños absorbían su atención y solo la sed de venganza le impedía tenderse en la yacija y olvidarse de todo, como algunos de sus guerreros.

Había, sin embargo, unos sueños a los que temía y que llegaban sin aviso. Eran los del dragón. En ellos buscaba a la mujer pelirroja, el único ser que lo comprendía, su semejante, la dragona. En la búsqueda miraba al ejército tungro desde el cielo y lo veía arrastrarse laboriosamente por la nieve. El mundo le parecía, entonces, un pudridero en el que reinaba la muerte. Distinguía en cada cosa viva la mancha que señalaba su fragilidad: la cana escondida en la barba de Aybar, la cicatriz en la pata del caballo, la marca amarilla en el colmillo del lobo. Su propia muerte lo esperaba escondida en un pliegue del tiempo, y no había nada más verdadero que esa espera.

Cuando tenía esos sueños, despertaba anonadado por un desaliento extraño que no era el suyo. Su tristeza habitual y humana solía estar mezclada con la ira contra Senen. Esta tristeza del sueño, en cambio, estaba llena de una opresión mortal. Sentía una presencia lúgubre que le atenazaba el pecho, que le hinchaba el corazón hasta estrujárselo contra las costillas.

capítulo cuarenta y tres

Adiós a Peña Verde

Estuvieron listos para partir cuando el sol del amanecer pintó la nieve de rojo. Los soldados iban alegres: los esperaban tierras conocidas, un clima, quizás, más benigno. Los aldeanos, agradecidos por la caza y la leña con las que los soldados habían atestado las despensas, habían llenado las alforjas de la comitiva con los mejores víveres y algunas mantas. Era la primera vez en su vida que regalaban sus bienes en lugar de que estos les fueran arrebatados, y muchos aldeanos descubrieron la cálida sensación de ser generosos. Así, la comitiva dejó Peña Verde mejor pertrechada que cuando llegaron.

La tarde anterior Cuervo se había despedido de Ámbar en casa de Liaza. En la despensa, perfectamente ordenada, se alineaban las vasijas con medicamentos. Cuervo dispuso vendajes hechos con tiras de trapo, cuencos llenos de miel, vinagre, grasa de cerdo y sal. Juntos derritieron un trozo de panal y colaron la cera para hacer tapones con los que sellaron los cuencos. Trabajaron bien, moviéndose por la pequeña choza sin estorbarse, adivinando lo que el otro requería. Carbón, rejuvenecido gracias al encantamiento y los atentos cuidados del mago, estaba echado junto al brasero, roncando como un oso.

–Adiós, Ámbar –dijo Cuervo–. Me hubiera gustado enseñarte más, ejercitarte en todo cuanto sé acerca de las hierbas y sus cualidades, pero tengo que cumplir con la misión que me encomendaron mis mayores. Me voy mañana, al alba.

Ámbar, súbitamente llorosa, le aferró la manga.

–¿Es necesario que vayas con ellos? ¿Por qué no regresas a tu tierra? Luego, cuando quieras, puedes cruzar el Paso del Mago para venir a vernos. ¡Vuelve con tus mayores! ¿Qué castigo pueden imponerte por volver, si Soledad y sus hombres llevan con ellos el colmillo del dragón?

Cuervo sonrió con amargura.

–No son mis mayores quienes me castigarían, sino yo mismo. Gracias a ti y a lo que tu abuela te enseñó, la amistad entre los magos y Peña Verde se ha reanudado. Tú cruza si quieres y entra en Alosna. Di a quien te encuentre que eres mi amiga.

Ámbar se echó a llorar. Cuervo, triste e incómodo, le acarició la mejilla.

–Hermana, hermanita, escúchame. ¿Quieres aprender más? Nunca una mujer ha cruzado la frontera para convertirse en aprendiz de los magos, pero cosas más extrañas suceden estos días. En Alosna vive el Unicornio, el verdadero guardián de la frontera. Tú eres, de todos aquellos que conozco, la única que puede enfrentarlo sin temor. Atraviesa por el río, que ha de estar helado. Di a mi madre que yo te envío.

–No lloro por eso –contestó ella, y levantó la cara empapada–. No sé qué me pasa: quiero aprender, quiero verte todos los días y preparar los bebedizos contigo... He sido feliz estas dos semanas. No quiero que te vayas. Si alguna vez quise aprender magia y los modos de Alosna, fue antes de que muriera mi abuela. Es otra cosa.

Cuervo sintió un repentino bochorno ante la ingenua confesión de la muchacha. Él también había sido feliz haciendo precisamente aquello que había despreciado cuando vivía en Nebral: cuidar a los enfermos. Su culpa había aumentado: él era, en parte, responsable de la muerte de Liaza, y solo el pensar en confesarse con Ámbar lo hacía sentirse un miserable. Cuando recordaba que él era el causante de todo, le parecía que era otro el que, con soberbia, se había impuesto la tarea de hacer justicia despertando al dragón. Ahora, pensaba, no le quedaba más que seguir adelante por el camino que ese Cuervo duro y soberbio le había impuesto.

–Oye, hermanita, oye: la alegría de estos días ha sido un aprendizaje muy grande también para mí. Pero tengo que irme.

Decía la verdad. La felicidad había sido una lección más profunda que el exilio: la modesta satisfacción de esas semanas era la alegría más auténtica que había sentido en la vida.

Ámbar suspiró y se limpió las lágrimas.

–No sé si quiero irme de aquí. Les hago falta, y ellos a mí. Gracias por haber tenido paciencia conmigo. Toma –contestó ofreciéndole una bolsa–, está llena de vendas, hilo, agujas, frutas y pan. Me la dio mi madre para ti. Sus sabañones desaparecieron gracias a tus cuidados, y es la primera vez en años que no le duelen las piernas en el frío. Ya no piensa en el bastón, sabe que no lo necesitará. También te puso allí una manta, para cuando andes por el monte.

–Di a tu madre que le agradezco todo esto. Quiero pedirte, además, un poco de los remedios que fabricamos juntos, para servir como médico donde haga falta.

La muchacha asintió, y juntos se ocuparon de guardar montoncitos de hierbas en retazos de tela.

Al acabar, Ámbar lo abrazó. Él besó las mejillas morenas y pecosas y acarició los rizos negros que le enmarcaban la cara. Ella le besó los labios con la boca entreabierta.

Cuervo probó la sal de las lágrimas y la frescura de la saliva de Ámbar, y un fuego vergonzoso le quemó el rostro. El corazón le latía con furia: se sentía inútil frente a un dolor que no comprendía. Él era un mago y tenía un deber que cumplir. Debía enfrentarse a las consecuencias de su pecado, seguir adelante, enfrentar al dragón. Incluso vengar a la abuela muerta.

La estrechó con fuerza, pues le estaba agradecido por la breve felicidad que habían compartido. Pero cuando ella comenzó a llorar de nuevo, se soltó suavemente y salió de la choza.

ooo

Soledad la encontró sentada frente al brasero, con la vista perdida y huellas de llanto en la cara. Quiso retroceder, confundida por la expresión de la muchacha, pero era demasiado tarde. Ámbar ya la había visto. ¿Por qué lloraba?, se preguntó. Quizás tuviera amores con el mago, se dijo. La había visto mirándolo como si Cuervo fuera hermoso, pero no había prestado mucha atención. Los amoríos de las personas que la rodeaban le parecían tediosos.

Le había costado mucho decidirse a acudir a la choza: la deuda que tenía con Ámbar era enorme, pero dar las gracias no era algo que hiciera con naturalidad. Desde niña se había educado en la convicción de que, entre los príncipes, el agradecimiento no solo era una expresión de gratitud; también tenía una naturaleza política, y debía mostrarse con precaución. El agradecimiento real debía manifestarse con cautela, pues podía ser usado por quien lo recibía.

Esas enseñanzas, que Tagaste impartió solemnemente y que Soledad memorizó con fastidio, resultaron ciertas. Tanto era así que, por la vida de Alagrís, Soledad estaba en Peña Verde, y por gratitud a Ámbar la aldea había sido liberada del tributo y la leva. No obstante, todo aquello que Soledad amaba –el honor, la dignidad real, los bellos gestos– la obligaba a dar de nuevo las gracias a la aldeana.

Miró a su alrededor y reconoció el orden y la armonía que dignificaban la choza. Sintió envidia. Ámbar se quedaría cerca de sus padres, con su perro, en la casa que habitaba con tanto aplomo. Ella, en cambio, se iría con las certezas rotas detrás de Fura y el mago, y quién sabe cuándo vería de nuevo el rostro de su padre.

ooo

Ámbar, al advertir la sombra que delataba el cuerpo en la puerta, se volvió. Por un momento creyó que el mago había vuelto a ella, y al distinguir el rostro pálido de Soledad, soltó un «¡Ay!» de abierta decepción que ofuscó a la princesa. Carbón levantó la cabeza y, con un gruñido indiferente, la dejó caer de nuevo entre las patas.

En su dolor, Ámbar había olvidado por completo a Soledad, a Fura y a los hombres del rey. Ahora, la hija del Lobo, inoportuna, entraba en la choza de su abuela y presenciaba su dolor. Soledad iba vestida para el viaje, con el peto sobre la túnica de cuero, envuelta en la capa negra y con la espada al cinto. Ámbar pensó por un segundo en la pobreza del mobiliario, en las paredes pringadas de grasa y humo, en el piso de tierra, y se alegró al comprobar que no sentía vergüenza.

–Bienvenida a la casa de mi abuela –dijo con burlona humildad.

–He venido a darte las gracias y a despedirme de ti –respondió Soledad, tiesa de vergüenza.

Ámbar la miró y la juzgó: vio las pestañas rubias, la pelusa que le cubría las mejillas y la frente, las pecas, la boca delgada y severa. Miró el cuerpo largo y estrecho, las manos toscas, los nudillos callosos. La encontró varonil y se alegró, porque con ella se iba el mago y no quería añadir celos al dolor.

–Adiós –contestó con indiferencia.

–Te debo mucho. Nunca más, pase lo que pase, vendrán hombres de mi padre por tributo o a llevarse a nadie para servir en la guerra. Te doy mi palabra.

Grave, formal y tímida, le tendió las manos. Temblaban un poco. En la penumbra de la choza parecían dos pájaros blancos. Ámbar se mantuvo en su lugar, inmóvil, disfrutando de la confusión pintada en el rostro de la princesa, hasta que finalmente la vulnerabilidad en su mirada la conmovió y tomó los dedos que se le ofrecían. Soledad tiró de Ámbar y la estrechó con torpe gratitud. Ámbar aspiró el aroma de la princesa, que contrastaba con su aspecto de muchacha soberbia y dura. Olía como una niña pequeña, a algo dulce. A leche, quizás.

Sus defensas cedieron. ¿Qué culpa tenía Soledad de que Cuervo no quisiera quedarse?

–Cuidaos, cuidaos mucho, señora mía. Cuidaos del dragón y poned buenas palabras sobre Peña Verde en el corazón de vuestro padre –le dijo al oído.

Soledad, ruborizada, asintió desmañadamente, se soltó y salió de la choza sin volver la cabeza. Ámbar la miró alejarse. Con un suspiro se inclinó sobre Carbón, le acarició las orejas y se sentó de nuevo frente al brasero.

Fura había hablado con Cosmas y con Brau para asegurarles que el pacto de la princesa con Peña Verde se cumpliría.

–Tu hija –le dijo a Brau– tiene, además, el anillo de Soledad. Ya nunca nos veréis por aquí, ni a nosotros ni a los recaudadores. El rey sabrá recompensaros por vuestros servicios. Nos llevamos el colmillo y nos acompaña el mago. Hemos cumplido, vosotros y nosotros.

El duque salió de la choza. Cosmas se volvió y murmuró en el oído de Brau:

–Como dice el refrán, «para enemigo que se va, puente de plata». Qué alivio.

Brau rio, contento con la idea de perderlos de vista, sobre todo al mago. Su hija, no estaba ciego, pasaba demasiado tiempo con él.

Fuera, los hombres, la princesa y Cuervo esperaban, listos para partir. Los gallos cantaban. En el aire cristalino de la montaña, se levantaban aquí y allá delgadas columnas de humo.

ooo

La comitiva siguió el río montaña abajo, lentamente al principio y con más soltura en las faldas de la montaña, donde los caminos se ensanchaban. Dungalo iba a pie.

Soledad, según su costumbre, iba delante, precedida a ratos por un ojeador que se aseguraba de no encontrar tungros en el camino.

Avanzaban más velozmente que a la ida, pues tanto los caballos como los hombres iban descansados y ya se habían habituado al frío. Además, aunque la ladera estaba resbalosa por la nieve, no era lo mismo trepar arduamente que descender por veredas ya conocidas.

Al tercer día llegaron a una aldea más grande y próspera que Peña Verde: Retama. Se albergaron en una posada llamada el Cuerno del Cazador, limpia y lo suficientemente amplia para albergar a la mayoría de los soldados.

ooo

En Retama, Dungalo intentó de nuevo montar a Dardo, pero este se resistió con mayor encarnizamiento que el mostrado en Peña Verde. Cuando el escudero puso el pie en el estribo, Dardo se encabritó y lo derribó. Luego le mostró los dientes y trató de morderle el brazo. Dungalo insistió, pero una coz dirigida a su cabeza, que apenas pudo esquivar, lo convenció de que era inútil. El caballo no había olvidado la afrenta, y tal vez no la perdonaría. Ya de las heridas quedaban solo las cicatrices, pero era peligroso montar un caballo que sentía semejante animadversión por el jinete. Más aún si encontraban enemigos contra quienes luchar.

Tuvo que resignarse y dejarlo en paz, entre los murmullos de conmiseración de los otros soldados.

–¿No estará hechizado? –preguntó un lancero.

–Es rencoroso –aventuró Berengario–, como un galgo que tuve. Ese perro me dio un mordisco y todavía tengo la marca en la pierna.

Cuervo, testigo de la escena como todos, no dijo nada. A pesar de que no sabía hablar con los animales tan fluidamente como Munin o Erec, cada día los comprendía mejor. Se dio cuenta de que si echaba mano de todo lo que sabía sobre los caballos, los perros o los pájaros, podía, poco a poco, ganarse su confianza. Dardo y él se entendían perfectamente.

El posadero, quien había presenciado el acontecimiento con asombro, no perdió la oportunidad de ganar un poco más de dinero y ofreció a Dungalo su propio caballo, un tordo rodado, joven, corpulento y plácido llamado Calabaza, a cambio de dos monedas de plata. Dungalo, agotado por la caminata en la nieve y el peso de sus enseres, lo consideró un buen trato.

A Dungalo no cesaba de asombrarle la docilidad que Dardo le mostraba al mago: lo seguía y dormía cerca de él sin necesidad de atarlo. Los veía juntos a menudo: Cuervo en actitud reflexiva, apoyado sobre el flanco del caballo y con un brazo sobre el lomo, mientras Dardo le olisqueaba el pelo. O al mago sosteniendo la larga cabeza del animal y hablándole por lo bajo, mientras el caballo le acariciaba las mejillas con los belfos. Solo durante esas extrañas comunicaciones el mago reía. Nunca sonreía mientras estaba en compañía de los hombres, aunque estos ya lo aceptaban con naturalidad. Únicamente entre Fum y Soledad existía un vínculo tan firme. Cuervo y Dardo parecían estar encerrados en un círculo encantado en el que nadie más podía entrar. Dungalo sabía, además, que si existía una puerta, le estaba rigurosamente vedada.

Pero no solo Dardo confiaba en el mago. Todos los caballos del séquito se le acercaban: le lamían las manos, le olisqueaban el pelo y lo empujaban cariñosamente con la cabeza. Incluso Fum. De eso nadie hablaba, pues era evidente que Soledad se encelaba. Por las tardes, después de que ella lo cepillara, Fum trotaba hacia Cuervo y se quedaba con él y con Dardo hasta el anochecer.

Una tarde, cuando ya todos descansaban, Dungalo buscó a Cuervo. El mago, según su costumbre, comía su escueto rancho apartado de todos y sentado sobre un tronco. En la mano tenía un pan. Un cuenco con leche caliente humeaba a sus pies. Dardo ramoneaba en la hierba a unos pasos. El caballo lo vio venir y resopló con desaprobación. Dungalo se acercó a Cuervo, mostrándole las manos abiertas en señal de concordia.

–Mago, habrás visto que mi caballo se niega a que yo lo monte. No me perdona el haberlo herido. He venido a pedirte perdón y a ofrecértelo. Te lo regalo. Lo quise mucho y, a pesar de eso, se niega a olvidar. Espero que tú, en cambio, me perdones.

Cuervo, asombrado, puso el pan en el suelo, se incorporó y lo miró sin decir nada.

–Vamos, Cuervo, no me lo hagas más difícil. Es incómodo estar aquí frente a ti, parloteando como una comadre. Perdóname –insistió el escudero, ruborizado hasta el pelo.

–Te perdono –dijo Cuervo.

Dungalo dio un paso, le aferró la muñeca y lo atrajo hacia sí. Entonces lo abrazó. Cuervo correspondió tímidamente.

–Lo cuidaré lo mejor que pueda –dijo.

–Ya lo sé, mago. No eres el mejor jinete del mundo, pero el caballo te quiere. ¿No sabes que «alazán tostado, primero muerto que cansado»? Dardo es rapidísimo y muy inteligente –contestó Dungalo encogiéndose de hombros.

Cuervo regresó a su asiento y mojó el pan en la leche.

–Y yo lo quiero a él –aseguró.

ooo

Soledad, quien veía la escena de lejos, suspiró al ver cómo el mago y el escudero se sonreían con timidez después de abrazarse. Desde el día fatídico en el que tocó el diente, se sentía incapaz de hablar con nadie. Ni con Fura, en quien confiaba, ni con Tibot, a quien conocía desde niña y con quien había salido a cazar muchas veces allá en el castillo. Tampoco podía conversar con el seco Nap, el hombre de su padre.

Tibot la buscaba con la timidez natural de un vasallo, pero Soledad no podía confesarse con él. ¿Qué le diría? ¿Que un desánimo extraordinario se había apoderado de ella desde el día que supo que la magia sí existía? ¿Que le daba miedo estar vinculada al dragón? ¿Que sentía celos porque Fum confiaba en el mago?

Dio la vuelta y se encaminó a los establos. Fum estaba allí. Quería cepillarlo, revisarle las herraduras y limpiar los arreos. Mientras realizaba esas humildes tareas se daba cuenta de que estaba más fuerte con cada día que pasaba, aunque seguía triste.

–¿Por qué vas con el mago, Fum? ¿No sabes que me encelo? Tú eres mío, mi caballo. ¿Te hechizó? Eres mío, eres mío, mío, mío... –canturreaba en un sonsonete pueril cerca de la oreja del animal, mientras le trenzaba las crines con dedos torpes.

En el viaje Soledad había descubierto que ignoraba muchas cosas de su caballo. Fum era más paciente, más sereno y mucho más inteligente de lo que jamás hubiera sospechado mientras vivían en Bento.

En realidad, no solo el carácter de Fum se le había revelado: también el suyo propio. Su vida antes del viaje le parecía la de otra persona, la de una niña mimada. Y si ella había tenido la experiencia de una niña mimada, Fum, en Bento, había vivido lo que un potrillo. Habían madurado juntos a lo largo del trayecto.

capítulo cuarenta y cuatro

La emboscada

Ocurrió una semana después de salir de Retama. Soledad, a la cabeza de la comitiva, cabalgaba entregada a sus pensamientos. Nap se había adelantado para buscar los caminos más despejados. A Soledad le gustaba dejar la rienda suelta a Fum para que el caballo decidiera por dónde ir. Marchaban cerca de la orilla del Drin. Allí el fresco era más penetrante, pues el aire de la mañana traía consigo el relente de la ribera, donde el hielo aprisionaba los juncos. El Drin se alcanzaba a ver como un espejo de metal entre los matorrales quemados por la escarcha. Soledad vislumbró la silueta de una cigüeña. De cuando en cuando se oía el graznido de un martín pescador o el chillido de un tordo de agua.

De pronto, Soledad se dio cuenta de que los pájaros habían callado y Fum estaba nervioso. El caballo resopló y olfateó el aire. Una vaharada fétida alcanzó a la princesa. Olía a letrina, a matadero. Asqueada, entrecerró los ojos y alcanzó a distinguir, río abajo, una niebla gris, algodonosa y espesa. La niebla estaba fuera de lugar: parecía una nube opaca que hubiera descendido del cielo para posarse sobre la tierra. A cada paso el hedor se hacía más intenso. Soledad, con el estómago revuelto, vio venir a Nap a todo galope.

–¿Qué es eso? –preguntó la princesa–. Nunca he visto una neblina así. Parece sólida como una pared. Además, apesta.

–No sé –contestó Nap con miedo–, pero más vale desenfundar la espada y embrazar el escudo. Allá –y señaló la niebla– es verdad que huele mal y no se puede ver nada a cuatro pasos. Es un vapor caliente como el de una olla. Creo que sonaban voces, aunque no estoy seguro porque la niebla las apagaba –dijo mientras desenvainaba la espada.

Soledad, apresuradamente, sacó el yelmo que guardaba en la bolsa colgada del arzón y desató las tiras que aseguraban el escudo. Fum resollaba y sacudía la cabeza. Fura los alcanzó. Soledad se puso el yelmo, levantó la visera y embrazó el escudo.

–¡Cuervo! –gritó–. ¡Ven!

El mago, sobre Dardo, llegó a su lado. Estaba pálido. Detrás de él los soldados murmuraban y aprestaban las armas. Los caballos piafaban. No se oía ni el viento ni los pájaros. Fura hizo una señal para que sonara la trompeta y el portaestandarte izó la insignia azul del Lobo.

–¡A las armas! –gritó el duque.

Entonces, de la niebla brotó el opaco repicar de las espadas y el rumor de las flechas al salir de las aljabas.

–Cuervo, ¿sabes tú qué es eso? –preguntó Fura.

–No lo sé, señor. Como tú, desconfío. Huele a muerte. Presiento una sombra. Puedo traer un viento que se lleve la niebla para que veamos qué nos espera allá delante...

–¿Puedes hacer tal cosa?

Soledad también se sorprendió. Esperaba que Cuervo se mostrase reticente; después de todo, no había querido revelarles sus poderes en el Paso del Mago, y solo había usado hechizos de curandero para sanar a los aldeanos.

Pero ya Cuervo extendía la mano quemada y murmuraba algo. Dardo levantó la cabeza y se quedó inmóvil, como participando del conjuro que su jinete lanzaba contra la niebla. Soledad observó el brazo estirado, los dedos torcidos que temblaban un poco y los labios que se movían, pronunciando palabras que no alcanzó a oír.

Una brisa fría se levantó de la nieve con un tenue silbido. Cuervo, con los ojos cerrados, echó la cabeza atrás y siguió murmurando la salmodia. La brisa arreció y sopló entre las patas de los caballos, alborotándoles el pelo de los menudillos. Nap, con disimulo, hizo la señal contra el mal de ojo.

Fum corcoveó y Soledad apretó las rodillas contra los flancos del caballo. El aire convocado por Cuervo se deslizó debajo de los estribos y le enfrió las suelas de las botas. Parecía que soplaba desde abajo de la nieve, que salía de la tierra. Algunos caballos piafaron, nerviosos. Los soldados se tensaron todavía más: ni la niebla ni el viento parecían de este mundo, y las dos cosas los inquietaban.

Fum pateó el suelo y el aire frío hinchó brevemente la capa de Soledad. El corazón de la princesa latió con violencia. Los músculos del cuello de Fum vibraron y amusgó las orejas. El aire olía a carroña. Sintió una oleada de náusea, no supo si de miedo o de asco. La saliva se le convirtió en abundante baba y tuvo que hacer un esfuerzo para no vomitar.

Sonó la trompeta y los caballos se agitaron, resoplando y moviéndose. Soledad sostuvo a Mirals con una mano que el sudor hacía resbaladiza y sintió bajo la palma las tiras de piel que rodeaban el pomo. La hoja de la espada, con su marquetería de lobos nacarados, centelleó bajo la luz. Se dio cuenta de que la extenuación que la había acometido en esos días cedía un poco y que, apremiado por el miedo, algo de su vigor de siempre regresaba a su cuerpo.

En unos minutos, la nube comenzó a deshilacharse y los esqueletos de los árboles aparecieron. Estaban quemados. Fura chasqueó los labios, desenvainó la espada y galopó en dirección a los árboles. Soledad gritó:

–¡Fura!

Entonces, una flecha silbó y se clavó con un sonido seco cerca de Dardo. El caballo retrocedió y el mago interrumpió su conjuro, mirando el astil con pasmo. Desmontó y asió la flecha con las dos manos. Soledad alcanzó a gritarle:

–¡Deja! ¿Qué haces?

El mago se volvió a mirarla con rostro inexpresivo. Soledad levantó el brazo del escudo sobre su cabeza y apretó los talones contra el flanco de Fum. Otra flecha siseó cerca de ella. Algo le golpeó el yelmo con violencia. Sintió el miedo como un caliente veneno que bañaba su cuerpo y le hacía querer salir de su piel.

Había llegado la hora de su primera batalla.

Los tungros emergieron de la niebla. Primero aparecieron los soldados de infantería, con las lanzas en las manos. Detrás, los jinetes, con el arco tenso. Montaban sin tomar las riendas, pues gobernaban el caballo con las rodillas y aferraban el arco como si fuese un liviano carrizo. El vapor ocultaba las patas de los caballos y parecía que estos flotaban sobre la nieve que se derretía en charcos. Por suerte, los tungros estaban demasiado cerca y habían apuntado alto: las flechas silbaron sobre las cabezas de los morianíes. Los sables brillaban en las manos de los enemigos. Se oyó la voz de Fura que gritaba:

–¡A mí! ¡A mí! ¡Antes de que vuelvan a tensar los arcos!

Tibot, a la cabeza de un grupo de soldados, pasó con la espada en la diestra junto a Soledad, gritando también de rabia, de miedo, de alegría:

–¡Arqueros! ¡Por Moriana!

Una flecha de plumas azules –una saeta de Moriana– atravesó el cuello del tungro que iba al frente y lo dejó muerto sobre su montura. El caballo siguió en su carrera con el cadáver cabizbajo trabado en los arreos, bamboleándose sobre la silla empapada en sangre.

Soledad vio a Cuervo de pie en medio de la barahúnda, arriesgándose a que lo arrollaran. Parecía un niño, con la delicada cabeza descubierta, los brazos colgando a los costados y la flecha tungra asida en la mano quemada.

Soledad logró interponerse entre Cuervo y dos tungros que convergían sobre ellos y oyó detrás de ella la voz de Dungalo, que le gritaba al mago:

–¡Si no puedes pelear, escóndete!

Cuervo miró frente a él la poderosa grupa de Fum, las patas traseras dobladas, la cola alzada. Los cascos del caballo apisonaron la nieve con tal violencia que el mago sintió cómo goterones de lodo le salpicaban el rostro. Oyó un alarido y vio a un arquero llamado Berengario a su derecha, tan cerca que casi podía tocarlo, con una flecha hundida en el muslo. La flecha temblaba con el trote de su caballo; la pierna del arquero se tiñó de sangre y Berengario cayó de la silla. Un tungro, al verlo en tierra, se acercó, inclinado sobre su montura. Berengario aferró la espada con las dos manos y esperó la carga, con la intención de herir al caballo de su enemigo en el pecho. El jinete se desvió y Berengario le tajó el tobillo, del que brotó la sangre como de un surtidor. El tungro gritó y se miró el pie: la espada había partido el cuero de la bota y el pie colgaba inútil fuera del estribo. Berengario, bañado por la sangre de su contrincante, retrocedió arrastrando la pierna herida.

El tungro ululaba y en su voz se mezclaban la ira y el dolor. Se inclinó de nuevo sobre Berengario para traspasarlo y Soledad arremetió, con Mirals en ristre. La princesa percibió la contracción de los músculos de las ancas, la mínima pausa para concentrar la fuerza en las patas traseras, la curva exacta del cuello: Fum dio un salto hacia delante. El tungro, sorprendido, se volvió y la espada de Berengario entró por su axila. El hombre cayó del caballo con un grito semejante a un ladrido y el sable se deslizó de sus dedos.

ooo

Cuervo, al percibir el hedor que despedía la tierra, supo inmediatamente que era el aliento del dragón. Cuando vio los árboles quemados antes de que la flecha se clavara a su lado, sintió que el miedo lo atontaba. Trató de tejer un conjuro, de transformar –como Erec en su combate contra Dogoero– las espadas en ramas, pero por más que se esforzó, no pudo. Quiso proteger a Soledad, a Fura, a sí mismo, pero el miedo le había vaciado la memoria. Levantó el brazo, pero las palabras no acudieron. Oyó un gemido repetitivo, agudo, como la queja de un perro. Trató de entender de dónde venía y se dio cuenta de que salía de su propia garganta –*ai*, *ai*, *ai*, *ai*– y que era una especie de llanto. Desenterró la flecha para tener algo con que defenderse, pero apenas la tuvo en la mano se dio cuenta de que era inútil. Otras flechas volaban a su alrededor. Los gritos de dolor y de rabia, el entrechocar de las espadas y los relinchos, lo aturdieron.

Este es mi castigo, se dijo mientras luchaba por no orinarse de miedo. Las rodillas le temblaban. Sentía cómo las rótulas subían y bajaban y el temblor descendía hasta las pantorrillas, los tobillos. Iba a caer, a hundirse en el lodo como en un pozo, a ahogarse: ansió taparse los oídos y untarse los párpados con fango, convertirse en una piedra insensible y abandonar a los hombres a sus batallas y sus muertes. Un grito se escapó de sus labios y comenzó a llorar. Se sentía como un conejo hostigado por lobos.

Al mirar a Berengario y Soledad enzarzados en el combate contra el tungro, retrocedió.

De pronto, sus sentidos, aguzados por el miedo, le advirtieron: sintió una fuerte brisa que le sacudía los faldones de la túnica, un aire fresco que barría la niebla pestilente y que no era el viento que él había convocado. Asombrado, volvió la cabeza y se encontró frente al Unicornio. Fue como ver surgir una fuente de agua en medio del lodazal. Cuervo retrocedió con un grito y soltó la flecha. Dardo relinchó alegremente.

El Unicornio se levantaba sobre las patas traseras. De los ojos negros –ojos de mujer, pensó el mago– emanaba una cólera que contrastaba con la gracia de sus movimientos. El Unicornio relinchó y las aves que volaban alrededor de su cabeza como una guirnalda viva –que el mago confundió por un momento con flechas –le contestaron con gorjeos. Cuervo se cubrió el corazón con las manos. *Ha llegado mi expiación*, pensó, y no supo cómo explicar que el Unicornio hubiera escogido la batalla para castigarlo, ni qué hacía cerca de los tungros, en Moriana, en la guerra.

El Unicornio saltó. Alzó la pata delantera y la fina pezuña derribó a un tungro que se adelantaba sobre ellos. El tungro, con las dos manos, asestó un sablazo que dio en una de las paletillas del Unicornio. Cuervo gritó; pero al tocar el blanco pelaje, la hoja del sable se rompió como si estuviera hecha de barro. El tungro, desconcertado, miró la empuñadura de su arma y levantó la vista. Entonces el cuerno se hundió en su pecho. La mano del tungro quiso cerrarse sobre el asta, pero solo alcanzó a rozarla en una caricia incongruente. Quiso inhalar y una burbuja roja se formó en sus labios. El hombre cayó al suelo.

El Unicornio avanzó. Alzaba la cabeza, escogía a su adversario e inclinaba la frente, enfilando la punta del cuerno al corazón. A su paso, los caballos se apartaban y desmontaban a sus jinetes. Los tungros, tan hechizados como Cuervo, lo miraban con una suerte de mansa resignación. El cuerno agujereaba el peto, abría la piel y entraba en el pecho. La agonía era breve: la boca se les llenaba de sangre, soltaban la espada y caían.

Cuervo buscó a Soledad con la mirada y vio cómo un tungro la acometía.

ooo

Soledad empuñó a Mirals. Quiso gritar «¡Lobos de Moriana!», pero, como en los sueños, nada salió de sus labios. Con el rabillo del ojo distinguió a un tungro que se sujetaba el vientre y a un hombre de Fura que, de rodillas, alzaba la espada sobre su cabeza. El tungro cayó de frente y su cara se hundió en el fango. El soldado clavó la hoja en la espalda del herido.

Uno de los jinetes se desprendió del grupo y se lanzó contra ella. Era un hombre joven y moreno, de pómulos redondos y ojos oblicuos. El caballito que montaba era un bayo de crines rubias que tenía los huesos de la quijada abultados como los de los burros. El hombre no llevaba yelmo. Se tocaba con un gorro puntiagudo de fieltro rojo, y Soledad pudo ver la sonrisa en su cara. El tungro trabó el arco en el pomo de la silla, aferró su sable con las dos manos y lo levantó. Estaban tan cerca que Soledad vio el bigote incipiente, los labios rojos, los dedos regordetes cerrados sobre el mango del arma.

Empuñó a Mirals y, de pronto, todo lo que sabía de los combates, de la guerra, todas sus fantasías y anhelos fueron silenciados por la mordaza del pavor. Con asombro, se dio cuenta de que no quería morir, ni por su padre ni por nadie. Por primera vez sintió su vida como algo precioso, pero la idea la avergonzó: ¿no era este acaso el momento de convertirse en la hija guerrera que tanta falta le hacía al reino? Si moría, moriría como un hombre, como el hijo que su padre esperaba. *¡Es el momento, es la hora!*, se dijo, pero el valor no acudió a su llamada.

Por instinto, alzó la rodela para protegerse la cabeza en el momento justo en que el tungro asestaba el golpe. El impacto le zarandeó el hombro y perdió el control de la mano. Un calambre le atenazó el lado izquierdo del cuerpo y su cabeza rebotó en el interior del yelmo. A pesar del cuero que acolchaba el interior del casco, sus dientes chocaron y el sabor metálico de la sangre le llenó la boca. Se había mordido la lengua.

Con la energía del miedo, plegó el brazo, con la hoja del tungro incrustada en el escudo. El hombre se puso de pie sobre los estribos y trató de zafar su sable, pero la fuerza del golpe había sido tal que no pudo. Fum, encolerizado al sentir el cuerpo del guerrero sobre la testuz, reparó. Al caer, una de sus patas delanteras golpeó al tungro en la mano. El hombre, con un grito de rabia, abrió los dedos. En la mano vapuleada se levantó un cardenal con forma de herradura. Soledad escupió la sangre que le llenaba la boca y aspiró una bocanada de aire caliente y hediondo. Una arcada la sacudió. La baba le escurrió de los labios y le mojó el cuello. Encogió la mano, soltó el escudo y sacó el brazo. El escudo, con el sable empotrado, cayó al suelo entre las patas de los caballos.

El tungro perdió el equilibrio y cayó sobre el cuello de su montura, aferrando la crin. Soledad, enfurecida por el ataque, lo hirió en la muñeca derecha y le abrió una herida que se llenó inmediatamente de sangre negra. La abertura parecía una boca sobre la muñeca tersa y rolliza. Al verla, Soledad sintió un roce helado en la nuca.

El hombre se miró la mano con asombro. Colgaba laxa de su antebrazo, y con cada latido salía un borbotón de sangre que chorreaba por el cuello de su caballo. Bajo la piel brillaban la grasa, la sangre, el blanco de los huesos. Soledad sostuvo a Mirals ante sí, pero fue incapaz de herir de nuevo a su enemigo. Entonces, detrás de ella oyó cantos de pájaros.

El caballito del tungro se adelantó de tal forma que el hombre, que sostenía su mano herida con la sana, quedó con la punta de Mirals sobre el vientre. El tungro, con un bramido, apartó la espada con la mano izquierda y se hirió los dedos. Soledad, paralizada, sintió bajo los muslos el movimiento familiar del lomo de Fum, que se apartaba de la montura del tungro. Entonces el tungro, con la mano negra de sangre, se palpó el cinto, empuñó un cuchillo corto y se lanzó. Soledad sintió una línea de fuego en el muslo. Enardecida, descargó un cintarazo con la parte plana de la hoja en la nuca del hombre y lo desmontó.

El tungro vio cómo su montura lo abandonaba y trató de huir, pero estaba inutilizado y aturdido. Se tambaleó. Soledad desmontó de un salto y el muslo herido se dobló bajo su peso. Buscó el flanco de Fum para apoyarse y alzó a Mirals. Un perfume a espliego llenó el aire y le disipó la confusión.

Alargó la espada y golpeó a su adversario. El cuchillo cayó al suelo y Soledad lo alejó con la pierna sana. El olor del tungro –pelo grasiento, sangre y sudor– llegó hasta ella. Volvió la cabeza y vio una figura que resplandecía en medio de la batalla: era un león blanco que se alzaba sobre las patas traseras. ¿Un león?

¿O era un caballo más grande que Fum? Una bandada de jilgueros volaba y cantaba alrededor del animal. Su relincho era la música que ella oía. Un largo cuerno en espiral le coronaba la frente. El cuerno estaba esmaltado con sangre. Era como un ciervo armado con una lanza. Cuervo estaba de pie detrás del animal, pero Soledad no alcanzó a verle la cara. ¿Qué era eso? ¿Una aparición debida al mago?

Devolvió la atención a su enemigo, quien seguía con la mirada puesta sobre ella. Lágrimas de dolor le humedecían las morenas mejillas, y el labio inferior temblaba. Soledad vio los dientes blancos, los ojos desorbitados, y se dispuso a matarlo.

–¡Por mi padre! –gritó, y alzó la punta de Mirals hasta el pecho del hombre.

No pudo. Apenas conseguía tocarlo, pues el miedo a matar le detenía la mano. El tungro era joven. Apretó la empuñadura y se dijo: *Ahora seré la hija de mi padre.* Empujó. El tungro cerró los ojos y Soledad aspiró una bocanada de aire oloroso a espliego. La punta de la espada atravesó el peto, el hombre sollozó y Soledad retiró el arma. Con asombro, descubrió que no podía matar ni siquiera a este hombre, a su adversario.

¡Es el momento, es la hora!, se repitió, pero estaba paralizada. Su corazón le sujetaba la mano. Impotente, se preguntó: *¿Por qué no puedo? ¿Soy, acaso, una cobarde como Senen? ¡La vida de este hombre es mía! ¡Estaba dispuesto a matarme!*

El Unicornio se metió entre los arqueros tungros y estos huyeron en desbandada. El adversario de Soledad cayó de rodillas, se cubrió la cabeza con la mano izquierda y comenzó a hablar, meciéndose. La sangre que le manaba de los dedos le humedeció el pelo y le cayó sobre la frente. Soledad lo miraba sin comprender ni una palabra, pues el clamor le impedía escuchar. Fum relinchó y trotó con las orejas erectas hacia el animal misterioso.

De pronto, el tungro se dejó caer boca abajo en el fango. Soledad jadeó. ¿Lo había matado? El pesar le contrajo la garganta y un ronco grito salió de sus labios. El hombre se estremeció.

Soledad apoyó el pie en la espalda de su enemigo y dijo en voz baja:

–Te perdono la vida. Ojalá mi padre pueda perdonar mi cobardía.

El muslo le ardía y la calza estaba roja y pegajosa. Al doblar la rodilla, un nuevo borbotón le mojó la pierna y la sangre bajó hasta mojarle la bota.

Miró a su alrededor. Los tungros huían y el vocerío continuaba, aunque la lucha había terminado. Fura iba tras los fugitivos gritando: «¡A mí, hombres de Mongrún! ¡A mí!».

Atolondrada por el furor de la batalla, Soledad buscó con la vista al animal blanco y no lo encontró. *Una visión traída por el miedo*, se dijo. *¿Dónde está Fum?*

Apretó el talón, apoyando el peso del cuerpo sobre el omóplato derecho de su antagonista. Se quitó el yelmo y escupió. Algo semejante a una piedrecilla rodaba sobre su lengua y entre sus carrillos. Volvió la cabeza, escupió otra vez y vio brillar una muela sobre el lodo, el lodo donde corría la sangre del tungro herido como un riachuelo negruzco que ya se coagulaba por el frío. Su escudo, con el sable incrustado, estaba a varios pasos, a medias hundido en el cieno. Entonces rio.

La risa la sacudió hasta doblarla, una risa absurda que contrastaba con el horror que había sentido y que todavía le aflojaba las piernas. Era como si el cuerpo, sabedor de que había logrado salvarse, riera sin la participación de la mente o el corazón. Bajo su pie, el tungro temblaba. El hombre levantó la cabeza y, al ver a la mujer con la que había luchado, la muchacha que reía con la barbilla manchada de sangre y baba y el pelo convertido en una melena sudorosa, dio un grito de asombro.

Soledad aferró la espada y levantó el pie, calculando que el hombre había perdido tanta sangre que le sería imposible pelear más. El tungro logró arrodillarse, pálido y con los labios blancos. En la cara roja de sangre brillaban los ojos. Con la mano izquierda sostenía su muñeca partida, de la que colgaba la mano derecha, suelta como un guante.

La princesa sintió un suave contacto en la espalda. Era Cuervo. Tenía el rostro sucio y crispado. El afilado contorno del puente de la nariz, los pómulos y la quijada resaltaba en la piel, agostada por el miedo y la fatiga. En su hombro iba posado el pequeño cuervo que lo acompañaba en el Paso del Mago.

–Dame –dijo Cuervo al tungro con voz inexpresiva, señalando el brazo herido. El tungro lo miró sin moverse y una pregunta cruzó la mente de Soledad, rápida como una golondrina: *¿Desconocen nuestro idioma? Ni siquiera eso sé de ellos.*

–Te voy a curar. Dame acá o morirás desangrado –continuó el mago. El tungro, cautelosamente, extendió el brazo.

Cuervo cerró la cuchillada del tungro con los dedos, murmurando un conjuro. En la cara del herido, el sufrimiento y el miedo fueron sustituidos inmediatamente por una suerte de placidez, mientras que en la del mago se dibujó un gesto de dolor.

–La otra –pidió Cuervo, y el tungro le alargó los dedos cruzados por un largo tajo. Cuervo unió los bordes de la herida y la vendó. El tungro se dejó hacer.

–Gracias, mago –dijo.

–¿Cómo sabes que es un mago? –le preguntó Soledad, estupefacta.

El tungro se encogió de hombros.

–Te pertenezco –dijo, y extendió hacia arriba los dos brazos con las palmas vendadas. Ella lo miró con desconfianza–. Soy tu prisionero, tu esclavo. Soy hijo de Bati. Me llamo Atalai. Márcame con el hierro de tu casa, aquí –señaló su hombro izquierdo–, y comprobarás que el dolor no me asusta.

Soledad no contestó. Trató de alejarse pero, al dar el paso, la pierna acuchillada se dobló. Apoyó la punta de la espada en el suelo, puso las manos sobre el pomo y respiró hondo.

–¿Estás herida? –preguntó Cuervo–. ¿La sangre es tuya?

Soledad esperó a que el mareo pasara y contestó:

–Ha de ser un rasguño, porque me arde pero no sangra más.

Cuervo se inclinó y examinó la pierna. La sangre había pegado la tela a los labios de la incisión. Trató de desprenderla y Soledad, con un grito, le apartó la mano.

–Es verdad que no es profunda, pero puede enconarse –le dijo el mago–. Deja.

Metió la mano bajo la tela y sus yemas recorrieron la herida apretando, uniendo. La sangre de la muchacha le bañó los dedos. Soledad sintió la curación como una caricia y enrojeció.

El mago se enderezó.

–Te dejo con este hombre. Voy a curar a otros. Berengario ha perdido mucha sangre y cinco de nuestros hombres han muerto. También han caído varios tungros –dijo, y luego se dirigió al herido–. No te atrevas a hacer nada o verás para qué sirve la magia de Alosna.

Atalai lo miró con aprensión y negó con la cabeza. Soledad preguntó a Cuervo:

–¿Qué fue aquello que apareció en medio de la batalla? ¿Qué magia usaste para ayudarnos a ganar?

–El fantasma blanco, el caballo mágico... Yo lo vi. Es nuestro enemigo. Es sagrado para nosotros, aunque nos mate. Es el espíritu de la nieve –interrumpió Atalai alzando los brazos.

Cuervo sonrió y la sonrisa le iluminó la cara, hasta ese momento crispada por el horror.

–Yo no lo traje. Es el Unicornio de Alosna, y nadie puede obligarlo a hacer nada. Creí que me mataría a mí también, pero no lo hizo. Además, el cuervo vino con él. El Unicornio fue el primer animal de la creación al que Adán dio nombre, y las espadas se quiebran al tocarlo.

Hay muchas hojas rotas, flechas partidas. Es tan rápido que cuando desapareció con sus pájaros, no supe adónde fue. Estaba junto a mí. Su olor me animaba... y de pronto, ya no estaba. Pero verlo... verlo tan cerca... Casi lo toqué.

Cuervo se miró la mano quemada con un gesto de anhelo. El tono de su voz era el de un devoto.

Soledad se frotó la cara. Estaba exhausta. El olor a espliego había desaparecido y ahora, a la pestilencia del dragón se sumaba el tufo a sangre, heces y vómitos de los heridos. Dungalo se quejaba de una herida en el hombro. Soledad volvió a escupir, miró alrededor y perdió la migaja de compostura que la mantenía en pie al reconocer el pelo amarillo de Nap, tirado boca abajo en el lodo, con la espalda erizada de flechas. Junto a él estaba el cadáver de un tungro con una enorme herida en el vientre. Las vísceras grises y rojas brillaban, convertidas en un húmedo amasijo, bajo la luz blanca del invierno. Más allá había otro muerto, tan sucio que no se distinguía si era morianí o tungro. Soledad comenzó a llorar sin pudor, con un desconsuelo infantil. Se arrodilló al lado del cadáver de Nap y le tomó la mano. Estaba dura, yerta como un trozo de madera.

Dungalo se le acercó y sacó las flechas de la espalda del muerto. Juntos, pusieron el cuerpo boca arriba. Soledad colocó la cabeza del soldado sobre su regazo y, con los dedos, le peinó la desordenada pelambrera. Le cerró los ojos y besó la frente fría, las mejillas manchadas de sangre. El rostro de Nap le pareció, por un momento, una máscara rígida hecha de materia inerte, distinta de la carne. Acomodó una de sus manos debajo de la nuca del muerto y sintió que un fluido espeso le escurría entre los dedos, pero no se movió. Tal vez, si se movía, una nueva catástrofe caería sobre todos. Mejor quedarse así, quietos los dos, la viva y el muerto. Era como si toda la muerte del mundo estuviera contenida en el cuerpo de Nap, en la cabeza cuyo peso helado le entumecía los muslos.

No supo cuánto tiempo estuvo así. Tibot la apartó con cuidado hablándole, acariciándole la mejilla, frotándole las manos heladas entre las suyas.

–La guerra huele a mierda –dijo Soledad. Su voz sonó adelgazada y tensa como un hilo a punto de romperse.

Tibot asintió.

Había estado equivocada al imaginar la batalla. También acerca de Cuervo estaba equivocada: era un mago verdadero.

–¡Mago! –llamó.

Cuando Cuervo se acercó, Soledad le preguntó:

–¿Puedes curar a Nap?

Cuervo miró el cadáver y la miró a ella.

–No.

El rostro de Soledad se contrajo como si la hubiera golpeado. Preguntó modulando las palabras con cuidado, tratando de ser persuasiva:

–¿No quieres? ¿Por qué? Dijiste que nos ayudarías.

Había algo histriónico, demente, en el tono. Cuervo la observó. El esfuerzo de Soledad por no perderse en un torbellino de miedo se le notaba en los ojos desorbitados, en la lentitud de sus palabras, en los labios blanquecinos.

–La muerte es invencible. Si pudiera, lo volvería a la vida, pero nadie en el mundo puede hacerlo –le respondió suavemente.

Soledad levantó las cejas como si saliera de un sueño y se frotó la cara. Entonces le dio la espalda al mago y caminó hacia Fum. *Me salvó la vida*, pensó. Y en verdad, gracias a la oportuna coz de Fum, el tungro había soltado el sable.

Sorteó como una sonámbula a los heridos y los charcos de sangre y lodo. Cuervo la siguió con la mirada, preocupado por su cordura. Se fijó en la melena despeinada y mojada por el sudor, en la delicada cabeza y en la mano con la que se limpiaba la baba sanguinolenta. El yelmo colgaba de la otra mano en un ángulo grácil. *Ningún hombre tiene esas muñecas, esas manos*, pensó el mago al ver cómo el yelmo se balanceaba, pendiente de los largos dedos. Soledad cojeaba, pero iba erguida.

Miró a Atalai. Él también la observaba.

–Pudo matarme, pero no quiso –declaró el tungro con la mirada fija en la silueta que se alejaba entre los soldados y los heridos–. Por eso la obedeceré. Nos miramos y vi cómo se compadecía de mí. Creí que era un guerrero. No quiso matarme –repitió.

–No, no quiso –repuso Cuervo con inesperada alegría–. ¿Te duele la mano?

–No, por la virtud de tu magia. ¿A ti? –y con una intuición incomprensible, le señaló la mano quemada.

Cuervo suspiró:

–A mí sí.

ooo

Cuando Fura regresó, agotado y cubierto de fango, Soledad fue a su encuentro. El duque advirtió la calza manchada de sangre, la cojera, el moretón que le manchaba la frente. Se inquietó, pero cuando le preguntó si estaba herida, Soledad negó con la cabeza.

–¿Mataste a tu enemigo? –quiso saber el duque, quitándose el yelmo y limpiándose el sudor con el dorso de la mano.

Un esclavo acudió a desarmarlo y le ofreció vino en un odre. Fura bebió un poco, se lo pasó a Soledad y levantó los brazos para permitir que el mozo le desabrochara las correas del peto.

–No. Pero no es por eso que he venido a buscarte. Ganamos, y no solo gracias a nuestras espadas. Una bestia mágica vino en nuestra ayuda –contestó ella, y dio un largo trago al odre. El vino le quemó la lengua y el estómago, pero también la lastró agradablemente. Dejó de sentir que flotaba en una nube de pánico y confusión. Dio otro trago y otro más. El vino se le escurrió por la barbilla y Soledad se secó la boca con la manga.

El duque la miró con aprensión.

–¿Qué dices?

Temía que la princesa, alterada por la batalla, dijera locuras. A veces el miedo trastornaba la razón de los soldados. Soledad era mujer, además.

Soledad le habló del Unicornio y Fura, incrédulo, le preguntó:

–¿Estás segura?

–Duque, tú sabes que yo no creía en la magia y que sospechaba que el dragón era un invento de los enemigos de mi padre. Tampoco sabía del Unicornio, y si me hubieran hablado de él, me habría reído. Pero lo vi. Mató a varios enemigos nuestros.

–¡Por fin! ¡Una esperanza para Moriana! El *monoceros*, así lo llaman en Mongrún. ¿Sabes, muchacha, que el *monoceros* es el enemigo del dragón? El Unicornio conoce el secreto de la vida. Cuando Adán le dio el nombre, le confió el porqué de todo lo que sucede. Tras su expulsión del Paraíso, Adán olvidó ese secreto, pero el Unicornio lo recuerda. Sabe lo que hay en los corazones y su justicia es dura e inapelable. Demos gracias al mago por su intervención, por haber llamado a esta criatura mágica en nuestra ayuda. Tu padre se alegrará al saberlo.

–Cuervo dice que él no lo trajo, que la criatura vino porque quiso.

–Entonces fueron sus mayores. Él nos dijo, ¿recuerdas?, que desde Alosna trabajan por el bien del reino y por vencer al dragón. ¿Y cómo es...?

Soledad bajó la cabeza.

–No lo vi bien. Primero creí que era un león, un león blanco, aunque no he visto más leones que los pintados en los escudos, pero era tan aguerrido su aspecto que me confundí... Luego entreví un ciervo y un resplandor. Creo, duque, que la exaltación del combate me aturdió. Perdóname, no sé cómo es. A duras penas sé dónde estoy ahora. Pide a tu esclavo que nos traiga más vino, pues siento que lo necesito.

Fura sonrió, le tomó las manos y las apretó entre las suyas.

–Ahora mismo te traerán el mejor vino que tenemos aquí. No es muy bueno, pero ya beberemos a la salud de Moriana con buen vino de Malvasía en cuanto estemos en Rodosto.

Soledad sintió que la garganta se le contraía. El deseo de llorar le atenazó el pecho de nuevo.

–Nap murió.

Fura retorció el cordel que le ataba la barba y apenas cambió de expresión, pero se volvió, llamó al esclavo y le pidió el vino. Soledad sintió que se ahogaba. Sonrió como pudo y continuó:

–Pude haber sido más gentil. Ahora ya no hay nada que hacer. Mis insolencias ya no tienen remedio. La última vez que hablé con él, me dio un pan y no se lo agradecí.

–Soledad, Nap era un soldado. Había luchado ya muchas veces y sabía que la muerte acecha en cada batalla.

–Tuve miedo –siguió ella.

–Todos hemos tenido un poco.

–No fue poco –contestó ella con amargura–. Jamás sospeché que un miedo tan grande cupiera en un cuerpo tan flaco como el mío.

El duque la abrazó, le apartó de la mejilla un mechón empapado de sudor y le dijo:

–Me hubiera gustado ver al Unicornio para que me curara de la herida que no cierra, la de la muerte de mi hijo Esparvel. Esparvel, quien hubiera sido feliz sirviéndote...

Soledad alzó el rostro y lo miró con los ojos llenos de lágrimas.

–Duque, ojalá lo hubieras visto tú, no yo, pues yo no soy valiente ni pura. Soy cobarde. La guerra no es hermosa, como yo había imaginado allá en el castillo. Si muero antes de volver a ver a mi padre y a Béogar, diles que yo no era tan temeraria como todos pensábamos.

El esclavo llegó con el vino, y Fura aferró el odre y lo puso en las manos de Soledad. Esta bebió largamente. El vino le aclaró los pensamientos y disipó poco a poco el terror. Devolvió el odre al sirviente y, con un gesto de niña, apoyó la frente en el pecho del duque y le rodeó el cuello con los brazos.

Fura le besó la cabeza.

capítulo cuarenta y cinco

El cónclave de los magos

En Alosna, el viejo Espinela dormitaba en el templo al lado de la olla mágica. Los magos habían decidido hacer guardia día y noche junto al artefacto que les permitía ver lo que pasaba en Moriana, y Espinela velaba desde la noche anterior. Los ojos se le cerraban. El arduo ejercicio de mirar el agua no podía desempeñarse de forma continua porque la vista comenzaba a mentir: bastaba contemplar durante horas el líquido para imaginar visiones y llenarse de dudas. Por eso, cuando Espinela se inclinó sobre la olla con los ojos arenosos por el cansancio, creyó que se engañaba, pues vio al Unicornio correr por el bosque seguido de una nube de jilgueros y herrerillos. Pero cuando el Unicornio entró en el combate y Cuervo apareció junto a él, Espinela corrió a la puerta y llamó a gritos a los otros.

–¡El Unicornio está en la guerra, al lado de Cuervo! –exclamó al ver a Erec, en cuya cara se mezclaban el sueño y la alarma. Munin, pálido, entró detrás. Pronto se les unieron Senlac, Gan y Nit. Los magos olvidaron el recato y se apiñaron alrededor de la olla, atropellándose en su afán por ver lo que pasaba.

Vieron a Cuervo, a Fura, a los tungros sin caballo, a Soledad acosada por Atalai, al Unicornio matando a los hombres de la estepa. Munin, aterrado, esperaba el momento en el que el Unicornio se volvería contra su hijo, pero en lugar de eso vio cómo lo protegía.

–¡Lo ha perdonado! ¡Perdonó su sacrilegio! –gritó con un jadeo.

El miedo y la desazón flotaban en el recinto y los magos, agitados, se arremolinaban alrededor de la olla como comadres alrededor del pozo. Senlac apartó a Munin y se arrodilló junto a la olla.

–Calma, Munin, déjame ver si es verdad –dijo.

–Es cierto que lo ha indultado –murmuró Erec aferrando la mano de Munin, fría y sudorosa–, y eso, aunque el cuervo nos advirtió que podía suceder, es extraordinario. Ten ánimo, Munin.

La imagen de Soledad frente al tungro herido emergió del fondo de la olla y las otras figuras se diluyeron. Los magos contuvieron el aliento al ver a la hija de su enemigo –a la Loba– con la espada en la mano. Conocían el yelmo porque había sido del rey: una cola de lobo adornaba la cimera. Era ella, la enemiga. Soledad se quitó el yelmo y los magos miraron el rostro odiado del Lobo, repetido y suavizado en la cara de la muchacha.

–Es ella –dijo Erec.

Esperaron, transidos, la muerte de Atalai. Cuando comprendieron que la muchacha dejaría vivir a su adversario, Senlac se puso la mano sobre el corazón y exclamó:

–¿Habéis visto? ¡Lo perdonó! ¡Ahora el Unicornio acabará con ella! ¿Cuándo terminará este baño de sangre?

Gan se apartó, perturbado.

–Es la hija del Lobo, nuestra perdición... Pero no quiero ver su muerte, es solo una muchacha –murmuró.

Los demás aguardaron con la certidumbre de que el Unicornio la mataría, pero este ya había abandonado el campo de batalla.

Se inclinaron sobre la olla para ver mejor. Erec tenía la cara tan cerca del líquido que su respiración encrespó la superficie y las imágenes desaparecieron. Solo quedó el agua.

Se miraron, estupefactos. El Unicornio no había matado ni a Cuervo, el profano, ni a Soledad, la virago cuya existencia ponía en peligro la supervivencia de Alosna. Y la mujer no había matado al tungro. ¿Por qué? ¿Qué estaba pasando en el mundo, que el Unicornio, el destructor de lo impuro, corría entre los pecadores sin ajusticiarlos?

–Lo perdonó –repitió Munin, extenuado.

–Sí, pero también perdonó a la hija del Lobo –replicó Gan.

–No entiendo por qué. No entiendo... –murmuró Senlac–. Ella es nuestra enemiga; su padre ha matado a muchos magos. Mandó quemar a Tórtola.

–Cuervo es mi hijo y él despertó al dragón. Ella es hija del Lobo y quizás no se le parezca tanto como creíamos. Cada quien es hijo de sus actos... –dijo Munin.

Erec levantó la vista y observó a Munin con atención. Un relámpago de entendimiento brilló en los ojos del anciano.

–Has dicho la verdad, Munin. De ella solo conocemos la apariencia, no el corazón. ¿Quién dice que discernimos todo? ¿Que somos más sabios que el Unicornio? Hay que tener cuidado con la soberbia, porque es más dañosa para el entendimiento que la ignorancia.

–¿Qué podemos hacer por ellos? –preguntó Espinela frotándose los párpados–. No podemos esperar a que los tungros o el dragón los maten. Debemos ayudar a Cuervo.

–Tú, viejo amigo, debes dormir. Hemos de meditarlo, planear con cuidado cómo proteger a nuestro novicio... Pero no ahora –ordenó Erec afectuosamente–. Yo permaneceré aquí. Y tú, Munin, quédate. Hablemos de lo que vimos. Son señales insólitas, pero buenas: Cuervo está vivo y el Unicornio lo ampara.

capítulo cuarenta y seis

Después de la batalla

Los muertos fueron enterrados con solemnidad, aunque la tierra apestaba y nadie quería dejar allí a sus camaradas. Los seis tungros que cayeron bajo la espada de los soldados de Moriana fueron enterrados aparte, en una fosa común alejada de los muertos del duque, pero se les permitió a los cautivos, Atalai y Mengu –herido por Nap en el cuello–, hacer una libación ceremonial sobre el túmulo.

Los dos tungros aceptaron con resignación las cadenas que Tibot les impuso en los tobillos. Atalai contestó, con la candidez de quien no teme ni a la muerte ni al dolor, a todo aquello que se le preguntó: contó que eran hombres de Aybar y que iban tras el dragón, siguiendo la huella de los incendios y las nieblas hediondas que dejaba tras él. Pensaban atacar alguna aldea para conseguir comida, e ignoraban todo acerca del colmillo.

Tratar con Mengu fue distinto. Parecía buscar la muerte. Se negaba a comer, bebía poca agua y escupía al carcelero. Apenas permitía que el mago se le acercara para cambiarle los vendajes y se resistía débilmente cuando Cuervo lo tocaba. Contestaba en un bisbiseo monótono, sin mirar a sus interrogadores a la cara y con la vista fija en un punto lejano.

Así, Fura se enteró de que Aybar deseaba entrar a saco en el castillo del Lobo y que en esta guerra los tungros intentarían avanzar hasta el corazón mismo del reino.

Cuervo estaba exhausto, pues el trabajo de curar a los heridos le recrudecía el dolor de la mano. Los que habían perdido sangre tenían mucha sed; el mago, ayudado por Tibot, iba de yacija en yacija dándoles de beber.

Fura decidió que pasarían allí la noche, y que al día siguiente reanudarían la marcha hacia Rodosto. Acomodaron a los heridos en parihuelas improvisadas y se alejaron lo más que pudieron del campo de batalla. Ya era de noche cuando levantaron el campamento en un claro rodeado de árboles cuyas ramas se doblaban bajo el peso de la nieve. Aún se percibía el hedor del dragón, pero por lo menos el fango no estaba mezclado con sangre. En la nieve inmaculada solo se dibujaban las huellas de un zorro vagabundo.

Los soldados no hacían más que hablar de la aparición del Unicornio. Todos coincidían en que la música de los pájaros los había llenado de alegría en medio del combate; algunos afirmaban que el Unicornio parecía un ciervo.

Fura permitió a los hombres beber doble ración de vino durante la comida, y la atmósfera en el campamento era extrañamente festiva a pesar de las heridas y el luto.

Las palabras de los prisioneros habían perturbado al duque: Aybar creía que la presencia del dragón señalaba el comienzo de una guerra distinta, en la que ya había empeñado a todas las tribus de la estepa. Fura apenas podía imaginar el ejército innumerable de los habitantes del páramo. Los prisioneros habían dicho que eran miles, y que el famoso Húbilai estaba ya al lado de Aybar.

El duque buscó a Cuervo y lo encontró junto al lecho de campaña de Berengario, curando el muslo del arquero. Berengario sonreía soñoliento y maravillado por la eficacia del bebedizo que Cuervo le había dado. Reclinado en su yacija, miraba serenamente cómo el mago frotaba ungüento en los bordes del agujero, ya cosido, que le había dejado la flecha.

–Si no fuera por él, estaría muerto. Me curó en el campo de batalla. Sangraba como un cerdo y creí que me iba al otro mundo –dijo el arquero.

–Tienes suerte, porque a pesar de mi magia, si la flecha hubiera entrado por aquí –y el mago indicó un punto en el muslo–, estarías cojo. Tampoco tocó la gran vena de la pierna.

–Son buenos arqueros esos tungros. No envenenan las flechas –murmuró Berengario con los ojos casi cerrados.

–Y el mago es un buen médico, señor –dijo Dungalo desde su catre, con el hombro recosido–. Ha curado lo que la espada del tungro me hizo. Dardo está bien y mi nuevo caballo, a pesar de su aspecto, entró en la batalla como un bridón.

Fura miró al mago para ver el efecto que le hacían las amistosas palabras de quien antes lo había odiado, pero Cuervo siguió trabajando como si no hubiera oído.

–Dormid ya –ordenó mientras sacaba una venda de la bolsa.

Berengario contestó con un ronquido y Dungalo se arrebujó en la capa.

ooo

Cuando Cuervo terminó de recorrer las yacijas de los heridos, siguió al duque a su tienda.

–Los tungros dijeron que el dragón les ordenó hacer la guerra contra el rey, mi señor. Y que los protege. ¿Tú lo crees? –preguntó Fura al mago señalándole un escabel.

Cuervo palideció aún más y se dejó caer sobre el escabel. Sintió el impulso de contarle todo al duque. Con trabajo, se contuvo.

–No es verdad. El dragón despertó por otras razones. No apareció para proteger a los tungros y acabar con Moriana, aunque hubo quien deseó que así fuera.

–¿Quién pudo desear que ese monstruo acabara con nosotros, sino Aybar? –preguntó Fura–. ¡Quema cosechas, mata a los animales y el ganado, corrompe los ríos!

–Un mago malvado y necio; un hombre equivocado, soberbio e ignorante –contestó Cuervo en voz baja. La vergüenza hizo que le temblaran las manos.

–¿Por qué? –preguntó Fura caminando de un lado a otro–. ¿Quién es ese mago? ¡Maldito sea!

–Porque, señor, el Lobo ha sido un enemigo cruel, sanguinario, de los magos y de los tungros. Por eso. La guerra es así. El mago ha sido castigado –contestó Cuervo.

–Ojalá en Alosna hayáis sabido escarmentarlo. Ese hombre ha arrojado el fuego de ese demonio sobre nosotros –exclamó Fura revolviéndose el pelo.

–Estoy seguro de que se ha arrepentido –contestó Cuervo mirándose la mano.

–Pero el Unicornio está de nuestro lado. Lo enviaron tus mayores, ¿no es cierto? En mi infancia, allá en Mongrún, oí hablar de él, y sé que solo un corazón puro puede acercársele. ¿Vino por ti? –preguntó el duque.

Cuervo rio con amargura.

–No, señor. Mi corazón no es puro. No sé cómo hicieron mis mayores para enviarlo, pues el Unicornio es semejante al dragón en que no está en su naturaleza obedecer. Hay un misterio en su aparición y no sé cómo aclararlo. A mí me sorprendió tanto como a ti. Y como a ti, me llenó de esperanza.

Fura se dejó caer sobre un banco.

–Debes de estar cansado por la refriega. ¿Conocías la guerra? –preguntó.

–No así, señor. Y sí, estoy cansado. La batalla es aún más horrible de lo que había imaginado.

Fura rio, una breve carcajada que sonó como si tosiera.

–Puedes retirarte. Si deseas beber un poco de vino, pídeselo al esclavo. Debe de estar cerca, cuidando mi caballo. Ve, descansa –ordenó.

Cuervo salió de la tienda y fue a buscar a Dardo. El cuervo apareció entre las sombras, semejante a una sombra más densa, y se posó en su hombro. El mago extendió su capa junto a Dardo, se cubrió con la manta y se acostó a dormir, con la bolsa de los vendajes como almohada. Pero a pesar del cansancio, cuando cerraba los ojos veía la batalla, y los gritos de los caídos resonaban una y otra vez dentro de su cabeza.

La túnica, tiesa por la sangre y el lodo, le picaba. La comezón lo enloquecía, pero ocupado en curar a los heridos, no había tenido tiempo ni ánimo de ir al río a lavarla. Sintió la tentación de purificar con un hechizo el trapo nauseabundo en el que se había convertido su única prenda, pero no quería desperdiciar la fuerza que hacía falta para trabajar. Tampoco quería andar en cueros delante de los soldados y de Soledad, por más que los guerreros ya lo miraran con respeto. No podía conciliar el sueño. La mente le zumbaba como una colmena. Estaba a punto de dar un trago al pellejo en el que llevaba el bebedizo de adormidera, cuando oyó un susurro:

–Mago, Cuervo, ¿duermes? –preguntó Soledad.

Cuervo se incorporó. Ella estaba de pie frente a él, pero no se le veía la cara, enmascarada por las sombras.

–No. No puedo dormir. El recuerdo de la batalla me atormenta. ¿Qué quieres? –preguntó con aspereza.

Soledad se acercó. Cojeaba. Cuervo distinguió su rostro. Estaba demacrada. Debajo de los pómulos, la dura línea de la mandíbula parecía labrada en piedra. Ella también había envejecido durante la refriega.

–Quiero que me ayudes, tú que puedes alzar un viento y cerrar las heridas. Hechízame para que el miedo me suelte y pueda servir a mi padre. ¿No te diste cuenta de que fui incapaz de matar al tungro? –musitó con voz trémula.

Cuervo se puso en pie con fatigada torpeza. Quedaron frente a frente. Eran dos solitarios, desamparados y aturdidos en la noche helada; dos ilusos que habían creído que poseían más fuerza y más crueldad de la que tenían. Estaban rodeados por soldados curtidos que ya se habían olvidado del miedo.

–No puedo hacer eso. Quien no teme, no comprende. Entrarías en la batalla a matar sin entender y sin prudencia. Además, perdonar a Atalai no fue cobardía. Es una forma del valor, tal vez la más alta, no matar a tu enemigo aunque puedas hacerlo. Yo te vi pelear, Soledad. No eres cobarde –murmuró.

–No entiendes... Yo llevo a Mirals, la espada de los Lobos, para servir a mi padre. Y tuve miedo. Miedo de morir, miedo de matar –Soledad tomó la mano sana de Cuervo y la apretó con fuerza. Su piel estaba caliente.

Cuervo la miró y vio los ojos brillantes y húmedos. Retiró la mano para tocarle la cara y sintió el mismo calor febril y la hinchazón de un golpe. Soledad tenía sobre la ceja un bulto duro que le deformaba la frente. El mago escrutó la cara de párvula enojada, miró los gruesos párpados enrojecidos, los labios despellejados por la sed. Sintió lástima.

–Tienes fiebre. Déjame curarte la pierna y luego te daré medicina para dormir –contestó.

–No quiero dormir. No es fiebre, es vergüenza. Mi honor pende de un hilo –murmuró Soledad, y le acercó la cara. Su aliento dibujaba nubecillas en el aire.

Cuervo sintió una tenue impaciencia. Soledad hablaba como un cortesano: honor, fama, reputación, gloria... Hermosas palabras que los soldados usaban para adornar su indecente tarea. ¿Qué honor podría existir en matar? Un sabio de la Antigüedad decía que era más digno que los hombres aprendieran a morir que a matar.

–Hechízame, por piedad –insistió Soledad.

La dulzura intempestiva de sus palabras lo conmovió. Una extraña intimidad se consolidó, invocada por la súplica.

Cuervo miró sobre el hombro de la muchacha a los centinelas, que hablaban entre sí. Vio las piernas de los soldados, iluminadas por el débil fuego de la hoguera. Las espadas que los hombres tenían sobre las rodillas reflejaban el fuego en los filos.

–Soledad, ¿qué pensarán tus soldados si te ven conmigo en la noche? Tu honor tiene otros flancos por donde puede ser manchado –preguntó, más inquieto por ella que por él.

–¿Qué me importa? ¡Te lo ruego! –repitió la princesa, y una lágrima rodó por su mejilla dejando un rastro que brilló en la noche. El olor lácteo de su boca llegó hasta él. Cuervo lo aspiró profundamente. Sintió la piedad como una ola tibia que reventó sobre su pecho y cuya espuma le cortó la respiración. Con la mano quemada acarició la cara de Soledad, mientras con la otra le retiraba el pelo de la frente. Ella, en un gesto animal e inocente, pegó la mejilla a la mano del mago y murmuró con los labios pegados a la cicatriz:

–Eres el único que puede ayudarme. Hoy pude ser la hija... No, el hijo, el varón que mi padre desea. El miedo me lo impidió. No soy esa en quien mi padre confiaba. No sé quién soy –un sollozo entrecortado la sacudió.

Cuervo quiso retirar la mano, pero ella la aferró con fuerza. *¿No se da cuenta de que es mi mano quemada?*, se preguntó. Había visto cómo ella estudiaba de reojo la cicatriz con la misma extrañeza y asco con que la miraban todos. La cicatriz, el recordatorio de su arrogancia, servía para mantener a distancia al resto del mundo, y ahora ella ponía los labios allí. Entonces sintió la dolorosa punzada que experimentaba cada vez que curaba a alguien, como si la boca de Soledad fuera una herida. El aliento de la muchacha le calentaba la palma y evaporaba el frío. Cuervo sintió el dolor mezclado con un placer desconocido que lo sofocó. Avergonzado por el suspiro de deleite que se le escapó, liberó la mano y la escondió bajo un pliegue de la túnica.

Soledad, sin percatarse de lo que su contacto provocaba en él, continuó:

–¿Sabes qué pienso? Que cuando toqué el colmillo, el dragón devoró mi valor. Se apoderó de parte de mí. Dime: ¿es así? ¿No devoró parte de ti cuando te pasó eso? –señaló la manga que ocultaba la mano quemada–. Te aseguro que no soy la hija en la que mi padre confiaba.

–Yo tampoco soy el hijo en quien mi padre confiaba, Soledad.

No supo si ella alcanzó a oírlo. Soledad le tendió la mano, pidiéndole que le mostrara la cicatriz. Cuervo negó con la cabeza.

–Muéstrame –pidió ella secándose las lágrimas–, enséñame lo que te hizo.

–No.

–¿Por qué a mí no me quedó así? Cuando toqué el colmillo fue como si aferrara un rescoldo, como si hubiera querido apagar una antorcha con la mano. Y no me quedó huella. Solo me marcó la memoria. ¿Por qué?

–Porque tú no pecaste como yo. Yo tuve la culpa... ¿Por qué quieres ver? ¿No te da asco? –preguntó él. Su voz sonó aguda y ampulosa.

–¿Asco? No –sonrió ella con amargura–. ¿Asco? ¿Después de haber herido a Atalai, de casi haberle arrancado la mano del brazo? No. Cuando vi su herida no sentí asco, sino miedo.

–¿Y no te da miedo esto? –preguntó Cuervo y, bruscamente, le puso la mano quemada frente a los ojos–. Mira, ¿de veras no te da asco?

La cólera lo dominó. Tuvo ganas de aferrarle el pelo y obligarla a poner de nuevo los labios sobre la cicatriz, de sentir de nuevo su aliento.

–¡No! –exclamó ella, y apartó la mano que Cuervo le aproximaba–. No me da asco. Hoy vi hombres con las tripas fuera... Nap está muerto. ¿Crees que me da asco? No soy una niña... Soy un soldado que sirve a mi padre –afirmó con el ceño fruncido.

–Pues a mí me repugna, aunque sea mía –contestó Cuervo con los dientes apretados–. Déjame en paz. No voy a usar mi magia para que te conviertas en lo que no eres. No eres un hombre, eres una mujer. Aunque no quieras, eres una mujer. Si quieres que te cure la pierna, lo haré. Si no, vete.

Soledad chasqueó los labios rabiosamente, pero se inclinó para bajarse la calza hasta media pantorrilla. Cuervo distinguió en el largo muslo el tajo hecho por el sable de Atalai. La curación había cerrado los labios de la herida y la piel estaba amoratada, pero limpia. Al ver la rodilla, fina y estrecha, el corazón le dio un vuelco.

–Me lavé con vino –dijo ella–. Mi padre me enseñó que eso es lo que se debe hacer con un rasguño.

Cuervo rozó la herida y sintió la piel fresca y sedosa bajo los dedos. Imaginó –sin poder evitarlo y temblando– el cuerpo desnudo de Soledad, firme como el de una yegua, fortalecido por las largas jornadas de ejercicio y cacería. El deseo, una fuerza que nunca había intentado disciplinar pues jamás la había sentido, lo cimbró de pies a cabeza.

Absorto en el estudio de la magia, nunca había mirado a las muchachas de Nebral que lo seguían por la aldea murmurando como palomas. Se imaginaba a sí mismo como Erec, el mago sin mujer que estudiaba las estrellas en la noche, y sospechaba que su padre, casado y feliz, desperdiciaba tiempo y energías en amar a su madre. No sabía que Erec, Espinela y todos aquellos que se dedicaban por completo a la magia habían tenido que vérselas con ese impulso formidable. Ignoraba todo acerca de las noches de añoranza que ellos, insomnes y tristes, habían pasado: la onerosa compensación de no tomar mujer, de dejar pasar la belleza y el amor a cambio de una porción de sabiduría.

Nadie se lo dijo. No hubo tiempo de advertirle. Su precocidad y su arrogancia lo habían dejado expuesto e inerme. ¿Quién le hubiera dicho que rozar la piel de una mujer con aires de soldado lo iba a dejar tembloroso y lleno de ansiedad? Asustado, se esforzó por recordar el conjuro de curación.

–¿Te duele? –preguntó mientras frotaba la frágil costra con el índice. A él le ardían las manos, el pecho, la cara.

–Poco.

Cuervo retiró la mano trémula. Ella se inclinó y se subió la calza.

–¿Me curaste? No siento diferencia. Me quema.

–Soledad, ve a tu lecho y duerme. No te hace falta magia, solo un poco de tiempo para que la costra se endurezca –dijo él.

No pudo evitar fijarse en que, a pesar del agotamiento, ella se erguía como una reina, con la barbilla en alto y los hombros echados para atrás.

–Vete –repitió.

–Sea –contestó ella–. Solo te pido que lo pienses. Allá en el Paso del Mago dijiste que tú, como yo, obras en nombre de tu padre. Eres igual que yo –le señaló la mano quemada–. Ayúdame –insistió en voz alta.

Los centinelas los miraron.

Se fue cojeando y con la barbilla alzada. Cuervo buscó en el morral el odre lleno de jarabe de adormidera y dio un largo trago. El jarabe sabía a humus, a miel. Le dejó un rastro espeso en la lengua. Bebió un poco más. Si no descansaba se iba a volver loco. ¿Por qué había sentido el impulso de ponerle la mano quemada en la boca y luego acariciarla como uno de los labriegos de Nebral, que perseguían a la novia con flores y panes a cambio de un beso? ¿No habían pasado cosas graves, como la batalla y la aparición del Unicornio? ¿Qué hacía su mente representándose los senos y la cintura angosta de una muchacha que, además, había sido su enemiga? Imaginó la boca de ella sobre la suya. ¿Qué magia exquisita fluiría entonces de esos labios? Una exclamación de alarma se le escapó antes de que pudiera evitarlo. ¿Qué le pasaba?

Estaba ebrio de cansancio. Eso pasaba.

La adormidera le soltó los miembros y le cerró los ojos. La molestia en su mano quemada se convirtió en un débil latido. Antes de hundirse en el sueño, recordó el olor fresco del aliento de Soledad. Se preguntó, como otras, tantas veces, si sus mayores, allá en Alosna, podrían verlo en la olla mágica. Sintió, bajo el cansancio, cómo se removía una pequeña inquietud. ¿Qué dirían los magos si lo supieran?

ooo

El Unicornio, oculto entre los árboles nevados, vio la luz azul de la vida de su amada: vio cómo esa luz pura se hacía más potente y cómo rayos amarillos se mezclaban en el halo azul. Dobló la cerviz con resignación.

La había protegido en la batalla, y la había amado aún más al comprobar que en su corazón de fiera había lugar para la piedad: la bondad de esa mujer no emanaba de la mansedumbre, sino de la pasión que la vida le inspiraba. No era una blanda muchacha que nada sabía; era una fiera resuelta y compasiva, un lince capaz de soltar a su presa.

Su sabiduría le indicaba que tal vez pronto la perdería. Ella podría dilapidar su virginidad y tomar otro camino, junto a un hombre. Quizás decidiera ir por la vida al lado del mago Cuervo, que él ya conocía. Iría de la mano del solitario que había estado exiliado en el bosque. Entonces ya no podría ampararla y tendría que regresar a Alosna, acompañado solo por sus pájaros.

Ya había pasado antes: miles de veces, a miles de Unicornios. Y se quedaban solos, sin voz humana que hablara por ellos, sin el amor puro de la virgen que solo vivía para la devoción del espíritu. Y no habría a quien comunicarle cuál era la razón de la vida, pues las mujeres enamoradas oficiaban otros misterios.

¡La había esperado tanto tiempo! Ella era un árbol, un joven olmo fuerte y vigoroso. Las otras eran flores suaves y lánguidas. Jamás podrían vivir con él en la soledad del bosque. Si hubiera podido hablar, le habría dicho: lince, pequeña hoguera, olmo, águila, chorro de agua. Pero para que Soledad lo entendiera, tendría primero que renunciar al amor humano.

Desolado, inclinó la testuz y relinchó tan suavemente que nadie lo oyó. Las aves que lo acompañaban y que dormían en las ramas del árbol se movieron, inquietas, y soñaron con las flechas de los cazadores, con pequeños corazones atravesados, con niños armados de hondas y piedras.

Un búho que lo miraba con arrobo profirió un triste ulular y los heridos se quejaron en sus yacijas.

capítulo cuarenta y siete

Sinocur regresa a Tarkán

Bati estaba desesperado. Buscaba disimuladamente una oportunidad para regresar a la estepa sin deshonor, pues el invierno implacable de Moriana lo amedrentaba. Además, su hijo Atalai había desaparecido en una incursión y, sin él, Bati no sentía ánimos para pelear.

Húbilai, taciturno, no hablaba más que con Cuyuc en conciliábulos nocturnos; en la tienda y sin esclavos que los atendieran, los dos se esforzaban por combatir o siquiera entender el letargo que atenazaba el ánimo de Húbilai. Cuyuc buscaba fórmulas mágicas para despertar a su salvador, pero era inútil: Húbilai tenía pesadillas en las que aparecían sus muertos y los hombres a quienes había matado, o soñaba con sus hijos y sus caballos favoritos. Muchas noches soñó con el pantano palúdico donde nació; con la risa de su padre o el primer caballo que domó y al que quiso con toda el alma; con potros que corrían por la estepa o con la boca fresca y dulce de su esposa muerta. Y aunque dormía muchas horas, no le bastaba y a menudo se sorprendía a sí mismo dormido sobre la silla del caballo. Tal vez se debía a la magia que adensaba el aire, o a la venganza que se le escapaba entre los dedos como un puñado de nieve que se hacía agua.

Aybar no se daba cuenta, absorto en su esfuerzo por retener a los capitanes. Los soldados eran incapaces de disimular su temor y su hastío. Cada noche, Bati se acostaba a dormir con el puñal en la mano, temiendo el motín en el que se vería obligado a pelear contra sus propios hombres, sus hermanos de tribu.

ooo

Sinocur, muerto de frío y desilusionado porque el enemigo no se mostraba ante ellos, regresó al norte de Tarkán con los cien caballos que había traído, una recua de nobles morianíes con la argolla en el tobillo y una carreta repleta de monedas de oro. Antes de su partida, avisó de su decisión a sus parientes y a los otros capitanes. Se reunieron en la tienda de Aybar y este escuchó a su primo con desdén.

–Quédate y tendrás más oro –le dijo, pero Sinocur se rio y negó con la cabeza.

–No te vayas, no seas el primero de nuestra familia en regresar –le pidió Bati lleno de envidia, pues Sinocur hacía abiertamente lo que Bati deseaba hacer en secreto.

Sinocur se encogió de hombros y se pasó la lengua por los labios en un gesto de gato.

–Tungros, juradme que Tengri no nos está haciendo la guerra también a nosotros. ¡Tener que calentar nieve para beber agua! ¿Por qué envenena los ríos, si sabe que nosotros necesitamos agua como cualquier hombre?

–Vete si quieres, pues –repuso Aybar con fastidio.

–Mira, Aybar, mira a tu alrededor. Pozos envenenados por la saliva de Tengri, ríos silenciosos bajo losas de hielo. Ayer, cuando encontramos los pinos quemados, decidí regresar. Estoy harto.

Húbilai lo miraba sintiéndose remoto y decaído. Sinocur le sonrió y el viejo le devolvió la sonrisa. ¿No había soñado ya con este momento? Estaba seguro de que ya lo había vivido. Bostezó. Indudablemente, Aybar trataría de retener a su primo y Sinocur se negaría.

–¿Dónde quedó tu valor, primo? –preguntó Aybar con malicia.

Húbilai se inquietó. ¿Por qué se mezclaba lo soñado con lo real? Se esforzó por mantener la calma, pero los dedos le temblaron.

–Se congeló y quedó bajo la nieve, en el castillo de Lucio Estrella –contestó Sinocur con una sonrisa.

Había peleado en ese asedio con una audacia solo comparable a la de Aybar, y le tenía sin cuidado la opinión de su primo. Los jefes rieron ante el descaro de Sinocur. Húbilai quiso intervenir para apoyarle en su decisión, pero antes de que pudiera decir nada, se quedó dormido con la barbilla apoyada en la mano. Cuyuc, siempre vigilante, le tocó la rodilla y el tungro abrió los ojos.

Sinocur regresó rico y con una pizca de gloria a Tarkán. Su partida sembró más profundamente la duda en los corazones de otros capitanes, quienes estaban preocupados por la poca caza que habían encontrado. Habían perdido ya tres carretas de provisiones: se habían hundido en la nevisca y solo un hombre había sobrevivido. Los caballos y los otros conductores quedaron enterrados bajo el hielo, junto con los víveres y el oro.

Además, los caballos, sus preciados caballos tungros, habían cambiado desde que estaban en Moriana: muchos tenían los cascos destemplados por la humedad, otros los ojos hinchados, los de allá no comían, los de acá padecían cólicos de muerte. Ninguno se sometía como antes. Los jefes ignoraban que el cambio se debía a la presencia cercana del Unicornio, y que por eso no obedecían más que al freno cruel. Creían que sus monturas estaban bajo un hechizo que los hacía encabritarse sin motivo.

Llovió durante dos días. El agua derritió el hielo y trajo con ella un poco de sol que deshizo la nieve y les permitió recordar otros colores que no fueran el blanco, el negro de los peñascos y el verde oscuro de los pinos. Al principio los tungros agradecieron el cambio, pero pronto se enteraron de que no les convenía: las carretas se atascaban en el lodo, las provisiones se mojaban y los caballos se morían de cansancio cuando se esforzaban por subir las cenagosas laderas de los montes de Moriana.

Cuando dejó de llover, cayó más nieve y muchos murieron. Algunos se perdieron entre los remolinos, encandilados por el resplandor de la escarcha y atolondrados por el deseo de regresar a Tarkán; otros, vencidos por la fatiga, se acurrucaron sobre el hielo y se congelaron. Los capitanes corrían de un lado a otro, instando a los hombres a beber aguardiente, a encender el fuego o a cavar agujeros en la nieve para protegerse del viento. De los ollares de los caballos salían chorros de vapor y sus crines parecían cortinas de escarcha blanca.

Húbilai ordenó juntar a los caballos de forma que se dieran calor unos a otros, y ordenó a los hombres guarecerse lo más cerca posible de sus animales. Algunos soldados le hicieron caso, pero otros lo rechazaron riendo, con los labios azules y los bigotes tiesos por el hielo. Húbilai los veía entre sueños y no sabía si esas pestañas pegoteadas y esas trenzas rígidas eran de verdad o si eran pesadillas.

A la mañana siguiente contaron a los muertos y vieron que eran muchos. Los enterraron con los tesoros que les habían tocado –y los antiguos esclavos recordaron su vida de servidumbre, pues tuvieron que cavar las fosas en una tierra dura y fría– y marcaron el lugar con piedras. Esa noche, todos menos Aybar tuvieron pesadillas.

capítulo cuarenta y ocho

En las tierras de Mongrún

La actitud del duque Fura cambió conforme se acercaban a Rodosto, pues el puerto era parte de sus dominios. Se conducía con la serenidad de siempre, pero prestaba atención redoblada al estado de los caminos y el ceño fruncido revelaba su inquietud. Soledad cabalgaba a su lado, más sombría aún que antes, con miedo a verse forzada a luchar si se enfrentaban de nuevo a los tungros. No quería matar y le aterraba la idea de ser cobarde. Así, pasaba los días pensando en el valor, la muerte y el deber. Las noches eran un infierno. En sus sueños, la batalla se repetía una y otra vez, pero el Unicornio no aparecía en ella. A veces se despertaba creyendo que había matado al tungro; otras, que un tungro había matado a Cuervo o a Fura. Abría los ojos, miraba alrededor y daba las gracias porque estaban vivos y porque ella estaba viva también. Otras, despertaba y lloraba furtivamente por Nap. No podía olvidar el tacto, el peso de la cabeza del soldado muerto en su regazo. Tenía miedo.

Quería estar de nuevo junto a su padre, pues pensaba que al verlo las dudas se disiparían y sería de nuevo la Soledad feroz que no temía; pero por más que se esforzaba, no lograba recordar con claridad el rostro del Lobo. Podía recordar la cara de Tagaste, de Edurne, de Jara incluso. Pero el rostro de su padre se le escapaba. No entendía los caprichos de su memoria.

Cuervo la estudiaba a hurtadillas, ocupado en cuidar a los heridos, distraído de sus miedos por el trabajo de vendar, cambiar apósitos, recoser heridas y hacer pociones. Había logrado que Mengu le permitiera acercarse a él, pero el tungro seguía sin beber más que unos cuantos sorbos de agua al día y comiendo apenas.

En las tardes, cuando se detenían para preparar el campamento, el mago cepillaba a Dardo y aprovechaba para mirar a la muchacha mientras esta intercambiaba bromas y jugaba a los dados. A veces Soledad practicaba con la plana de la espada y Cuervo se encandilaba mirándola dar vueltas, con Mirals en la mano, alrededor de Tibot. Se le ponían los ojos brillantes y una sonrisa desafiante en el rostro. Tibot contestaba los golpes con honestidad y jamás le ahorró uno solo: ella se había adiestrado como un soldado, y dejarla ganar por ser mujer era una cortesía inútil que la hubiera ofendido. Los hombres se arremolinaban a su alrededor y daban gritos de aprobación cuando uno de ellos tocaba o derribaba al otro.

Casi a diario, los soldados colgaban un escudo de un árbol para practicar con el arco. Soledad, por supuesto, participaba en los ejercicios. Cuervo sentía cómo el rubor le quemaba la cara al mirarla: el brazo tenso, el rostro grave, el fino torso erguido, el brío contenido en ese cuerpo educado largamente en sabidurías guerreras que el mago, en el fondo, detestaba. Cuervo concluía ambiguamente que estos juegos poco tenían que ver con la batalla, y que eran lo que Soledad sabía hacer mejor que cualquier otra cosa en el mundo. Ignoraba que ella se cansaba a propósito para poder dormir, para que cuando llegara la oscuridad, la fatiga venciera a la aprensión y tendiera un velo sobre la imagen del cadáver de Nap. Desde que tocó el colmillo y la presencia del dragón deshizo la idea que tenía del mundo, se había movido como una ciega, a tientas. Ahora, después de la muerte de Nap, también la ira la había abandonado. Las grandiosas ideas de honor y gloria, las difusas nociones que había albergado, los juramentos, se convirtieron en palabrería. Quedó el miedo. Pero seguía amando el movimiento, la cabalgada, el peso exacto de Mirals.

Un día se carcajeó mientras practicaba con la espada al sorprender a Tibot con una finta. Esa alegría, semejante al fogonazo efímero del relámpago, fue la primera manifestación de una felicidad que recibió como un regalo. Duró poco, pero le mostró una posibilidad: la de ser feliz con sus compañeros de batalla. Era ya mucho más cercana a los hombres que cuando salió de Bento; se sentía libre de los modales distantes que el amor por el Lobo le había impuesto. Los soldados habían dejado de murmurar y de hablar mal de ella desde el momento en que Soledad había entrado en la batalla espada en mano, dispuesta a morir a su lado. La obedecían sin reparos y le procuraban lo mejor del magro alimento con el que contaban. La incluyeron en sus toscas bromas y le enseñaron las canciones obscenas que cantaban por las noches. Ella agradecía con dignidad todo lo que le daban.

Comenzó a visitar a los heridos para tratar de animarlos con torpe solicitud. Con Atalai el tungro sostenía cautelosas conversaciones que solían terminar con declaraciones de fidelidad por parte de él y silencio por parte de ella. En secreto y lentamente, Soledad se fue convenciendo de que haberle perdonado la vida había sido mil veces mejor que matarlo. Una mañana lo escuchó cantar y tuvo que ocultarse de la vista de los otros para llorar, sacudida de pies a cabeza por el regocijo. Esa canción *era* gracias a ella. Esa garganta que cantaba una brusca canción de amor *era* gracias a ella. Atalai seguía vivo porque no había podido matarlo, y su vida la alegraba.

Una tarde, después de la práctica, Soledad pasó cerca del mago y le sonrió. Iba jadeante, con la cara encendida. Se apartó un mechón de la frente y lo miró.

Cuervo sintió un ramalazo de miedo y deseo mezclados.

–Peleas muy bien.

–Casi como Tibot. Me falta fuerza, pero lo compenso porque soy más rápida que él. Todavía me duele el muslo.

–Eres muy valiente –contestó el mago, y se sintió pueril al decirlo.

–No tanto. Tú lo sabes.

Cuervo no dijo nada y Soledad se alejó en dirección a la tienda de Fura. De pronto, regresó sobre sus pasos y lo encaró. El rubor de sus mejillas se había apagado. Estaba pálida y seria.

–Dime, y por tu honor no me mientas: ¿le darías a mi padre un bebedizo que le concediera un hijo varón?

Cuervo la miró sin comprender.

–¿Qué?

–¿Le darás el bebedizo? Te lo va a pedir, no te quepa duda. Te ofrecerá medio reino a cambio –repuso ella secamente–. Es, después de la guerra, lo que más le importa en la vida.

Cuervo recordó la profecía y todo lo que había visto en la olla. El odio por el Lobo volvió a azuzarlo, ahora mezclado con la piedad que Soledad le inspiraba.

–Los magos de Alosna saben de la búsqueda de tu padre y creen que puede atraer grandes desgracias. Por eso quienes trataron de ayudarlo se quedaron sin poderes. En esa búsqueda tu padre ha matado a muchos inocentes. Yo lo sé.

Soledad, incondicional y ceñuda, justificó al rey:

–Es que lo desea con toda el alma.

–Debería conformarse con la lealtad que le tienes. ¿Quién puede asegurar que un hijo varón lo amaría? En este mundo, ¿cuántos príncipes de sangre no han traicionado a sus padres?

Se miraron en silencio. Ella fue la primera en bajar la vista. Se dio la vuelta y se fue. Cuervo, exhausto, se frotó las mejillas con la mano sana y comprobó asombrado que le temblaban las piernas.

ooo

Fura y Dungalo también habían cambiado su actitud hacia Soledad desde el día de la batalla, cuando comprobaron que la hija del Lobo estaba dispuesta a morir con ellos. Dungalo, más que nadie, sabía que la había juzgado mal. Una tarde, después de cenar, se arrodilló frente a ella y le tomó la mano. Soledad trató de retirarla, atónita, pero el escudero la miró a los ojos.

–Una vez, hace mucho, me oíste decir algo de ti. Un insulto. Me porté como un hombre sin honor, un fullero, un bellaco. Me he arrepentido. Y cada día que pasa me doy más cuenta de lo equivocado que estaba: eres digna de ser la reina de Moriana. Perdóname, princesa, mi dueña, y permite que te sirva con la misma lealtad con la que asisto a mi señor el duque.

Soledad, abochornada, respondió:

–Te perdono. Levántate. Me avergüenzas.

–¿Por qué habrías de avergonzarte tú por los errores que yo cometí? –preguntó el escudero con un sollozo, y para horror de Soledad, le abrazó las rodillas. La muchacha sintió el húmedo aliento del escudero sobre las piernas y miró el pelo, los revueltos rizos negros entreverados de canas. Le puso la mano en la cabeza y le pidió:

–No llores. Te perdono. No llores más.

Cuando Dungalo se puso de pie, los soldados y el duque la vitorearon.

ooo

Un atardecer, mientras Cuervo daba de comer a Dardo, Soledad se acercó.

–Dime, ¿cómo es que tú puedes sanar y aquel que trató de curar a mi madre la dejó morir? ¿Era un mago falso?

Cuervo se volvió bruscamente y la encaró.

–No. No era falso. Nosotros podemos curar, pero nadie puede vencer a la muerte. ¿Viste a cuántos hombres socorrí después de la batalla? A seis. De esos seis, perdí a tres. Además, ese mago te salvó a ti, Soledad. ¿No habías pensado en eso? Te salvó. Se llamaba Tórtola.

Soledad palideció.

–En la casa de mi padre está prohibido decir su nombre. Si mi padre bebe es por su culpa –contestó con un dejo de vacilación.

–Tu padre bebe porque quiere. Otros han soportado dolores peores y no beben –contestó el mago en voz baja y con los dientes apretados.

–Mi padre es un buen rey.

–No me hagas hablar, que no quiero ofenderte. Tu padre es un rey cruel. ¿Sabes cuál es mi pecado? ¿Por qué estoy en Moriana, obligado a ayudarte en lo que sea? Porque lo he odiado mucho, y odiar, para un mago de Alosna, es falta grave.

La cara de la muchacha se crispó.

–¡Maldito! ¿Qué te ha hecho a ti mi padre para que lo odies?

Cuervo dio un paso atrás y dejó caer las manos. Luego, en voz aún más baja, le preguntó:

–¿No viste el temor en la cara de los aldeanos de Peña Verde? ¿Sus casuchas miserables? ¿El terror que inspira el nombre de tu padre? Eso, en Moriana. ¿Te imaginas el miedo que provoca en mi tierra?

–No entiendes. La guerra es cara, se necesita oro para pagar a los soldados... Por eso mi padre exige tributo.

–Un buen rey sabría cómo defender hasta al más miserable de sus súbditos. En Alosna, los magos velan por todos.

–Eso dices porque lo odias –contestó Soledad, pero Cuervo no había terminado.

–¿Sabías que Tórtola era pariente de tu madre? ¿Que desafió las prohibiciones y cruzó porque ella le pidió ayuda?

Soledad negó con la cabeza.

–¡Mentira! ¿Cómo iba a ser su pariente?

–Pregúntale a tu padre. ¡Pregúntale por qué mató al pariente de tu madre cuando no pudo salvarla de la muerte! ¿Por qué mata a los magos? ¡Por ambición!

Soledad abrió mucho los ojos y palideció.

Cuervo se acercó, la tomó de los hombros con toda su fuerza y la sacudió. Ella le aferró las muñecas y trató de soltarse, pero el mago apretó y volvió a zarandearla. Creyó que ella lo abofetearía y esperó el golpe, rígido de ira. Dardo relinchó asustado y se levantó sobre las patas traseras.

Soledad desvió la vista para mirar al caballo. Sus ojos se llenaron de lágrimas. Cuervo miró el terciopelo verde del iris, vio cómo se arremolinaba alrededor de la pupila, vio el blanco casi azul del ojo, las rubias pestañas que orlaban los párpados gruesos y alargados, la salpicadura de pecas sobre el puente de la nariz. Sintió las palmas de las manos de Soledad sobre sus muñecas. El olor inolvidable de su aliento llegó hasta él.

Soledad bajó la cabeza y se miró las botas. Una sospecha le removió el ánimo. Siempre había sabido cuánto de espejismo había en la imagen del Lobo padre que atesoraba en el corazón. Alzó la cara y miró el rostro grave del mago. Llevada por un impulso inexplicable, puso la mano sobre la mejilla de Cuervo. El mago sintió que el deseo lo mareaba como vino fuerte.

–¿También me odias a mí? ¿Qué pensarías de mí si yo no fuera fiel a mi padre? Yo pensé que mi lealtad te gustaba. ¿Esperas que lo traicione?

–No. A ti nunca podría odiarte, porque eres fiel y valiente. Ya no quiero odiar a tu padre.

–Yo tampoco quiero odiarte, mago...

Soledad giró sobre sus talones y lo dejó solo y confundido. Cuervo se llevó las palmas de las manos a la cara. Olían a ella. Dardo se le acercó y resopló inquieto. El aliento del caballo le humedeció la cara.

Descubrió que una de las razones por las que había comenzado a amarla era que le conmovía su lealtad al padre beodo y cruel. El recuerdo de su propia arrogancia, del desprecio que tanto Munin como Val le habían inspirado, lo obligó a sosegarse. Pensó en la noche aquella, cuando terminó el exilio en el bosque y su padre lo bañó al regresar a Nebral. Sintió un ramalazo de remordimiento.

Soledad era una hija fiel. ¡Y qué distancia había entre el amor de Munin y la indiferencia del Lobo! Cuervo enrojeció. Más extraño aún que reconocer que la amaba, le resultaba admitir que ella podía enseñarle algo.

capítulo cuarenta y nueve

Rodosto

En la mañana del cuarto día después de la emboscada vieron dos barquitos que iban río abajo, lentos a causa del hielo. Los remeros los saludaron sin temor. Después, en una playa diminuta, descubrieron una docena de esquifes varados que estaban en reparación. Semejaban un grupo de enormes tortugas que se asoleaban. El aire olía a resina de pino y a pescado.

Fura sonrió al verlos.

–Ya estamos cerca de Rodosto –dijo señalando un bosquecillo de castaños–. Detrás de esos árboles veremos aparecer las torres.

Rodosto era grande y centenario: había casas de piedra, chozas de madera, establos lujosos, pobres hosterías y calles empedradas que desembocaban en lodazales. Lo nuevo y lo viejo se mezclaban con el orden que imponían el dinero, la pobreza y la maña. En la dársena, la madera nueva se mezclaba con la que había sobrevivido al incendio, tiznada y negra. Había pocos barcos, apretujados unos con otros. Algunos pájaros graznaban, describiendo círculos sobre las naves y peleando por la basura que se amontonaba cerca de los pilotes.

Los mástiles, con las velas enrolladas, relucían cubiertos de escarcha. Casi todos los navíos estaban inmóviles, incrustados en el hielo, y el maderamen crujía con un ruido semejante al que hacen los árboles empujados por el viento. Unas pocas embarcaciones, ancladas más adentro del río, se mecían suavemente. Las orillas del Drin estaban congeladas, y en lugar de percibir la pestilencia natural del río, los recién llegados vieron que las aguas corrían claras y que debajo del hielo se podía ver el fondo. Los postes del muelle, ennegrecidos por la edad y el fuego del dragón, sostenían una nueva estructura que todavía exhalaba olor a pino.

Fura comparó lo que veía con la escena familiar, con la peste de siempre, con el detritus de cualquier puerto en Moriana. Recordó el aspecto oleoso del aguachirle en el que se mecían los peces panza arriba, la basura, los miles de insectos muertos que espesaban el lodo, los perros ahogados, el légamo putrefacto en el que se hundían los postes del muelle. Le asombró ver el agua limpia. Unos muchachos que pescaban en un agujero en el hielo los avistaron y corrieron a casa del alcalde para advertirle de la llegada de soldados.

Cuando los miembros de la comitiva entraron en la ciudad, se dieron cuenta de que la gente parecía esperarlos. En sus oídos, acostumbrados ya al silencio del camino, resonaron con más fuerza los graznidos de los patos, los gruñidos de los cerdos que habían sobrevivido a la matanza de otoño, los pregones de los mercaderes y el rebuznar indignado de un borrico. La enseña de Fura –un lince dorado sobre campo de sinople– ondeaba sobre la torre más alta del puerto, la de la casa del alcalde. Junto a la enseña del duque, Soledad distinguió el azul del estandarte de su padre.

La princesa se esforzó por parecer indiferente aunque Rodosto la abrumaba, y es que era enorme, próspero y bullicioso comparado con Bento. Los niños, los gansos y los perros retozaban o ladraban entre las patas de los caballos. Fum, enfadado, resoplaba y bajaba la testuz. Soledad fingía que el puerto no la asombraba y se enderezaba sobre la silla, con el mentón en alto y la mirada al frente. Los cordeleros, estibadores y vendedores de pescado se codeaban, estudiaban a la comitiva con alegre descaro y reían. Algunos se acercaron y les ofrecieron agua y vino en jarrones de barro. Fura quiso volver al muelle para ver cómo iban los trabajos de reconstrucción, pero Agila, el alcalde, llegó antes de que el duque ordenara la visita.

Era un hombre de Fura, y había luchado a su lado en varias ocasiones. Rubio, macizo y pequeño, tenía el torso redondo como un barril, una voz de bramido de toro que asustaba a los niños y una disposición pragmática que le permitía negociar con comerciantes y soldados por igual. Llevaba, como Fura, la barba trenzada y el pelo recogido, pero sus mofletes colorados revelaban un gusto por la comida y la bebida que el ascético duque no tenía.

–Señor, sabía que vendríais pronto –exclamó, asiendo a Bajel por el cabestro e inclinándose en una florida reverencia–, y os esperaba con ansia para contaros lo que pasó hace unos días. ¿Habéis traído más hombres con vos?

Fura, intrigado, desmontó y se dejó desarmar por dos esclavos sonrientes.

–No. Somos los que ves. La hija del rey viene con nosotros. Hay que dar de comer a mis hombres y acomodar a los heridos en donde puedan descansar y ser curados –respondió, dejándose abrazar por el alcalde.

–¿Curados? ¿Están heridos? ¿La hija del rey? ¿La princesa Soledad? –preguntó Agila, atropellándose y abriendo mucho los ojos azules.

–La misma –contestó Soledad apeándose del caballo.

Una mirada le bastó a Agila para darse cuenta de que se hallaba frente a la hija del Lobo, aunque estuviese desaliñada y con un cardenal negruzco en la frente. Los Lobos tenían el nacimiento del pelo como un pico rojo, y la nariz larga y pecosa sobre los labios de fiera. Soledad parecía la loba roja de las leyendas. El alcalde hincó la rodilla en tierra y besó la mano helada y sucia que se le ofrecía.

–Señora, este puerto es vuestro y de vuestro padre. Es un honor recibiros entre nosotros –dijo con un vozarrón que llevó la noticia a todos lo que estaban cerca.

Pronto el rumor de que la princesa estaba en Rodosto recorrió las callejuelas, las tabernas y las chozas. Soledad caminó guiando a Fum del cabestro y la multitud se abrió para dejarla pasar. Una vieja que llevaba un cesto de pan de haba sobre la cabeza dio un pequeño grito y le tendió la mano. Soledad le sonrió y la mujer rozó el hombro de la muchacha con la punta de los dedos.

–Majestad, ¡sois bella! –alabó.

Soledad enrojeció, avergonzada. No creyó que la vieja se estuviese burlando de ella, pero no supo qué hacer con el cumplido. Se mordió los labios, bajó la cabeza y dio las riendas de Fum a un hombre de Agila. El alcalde se acercó a ella.

–El dragón quemó parte del puerto. Lo sabíais, ¿verdad, excelencia? Envié gente con pruebas al castillo de vuestra señoría, una nutria ciega. Así, señora, se quemaron muchos animales, y los carrizales y juncos de la ribera. Y por si fuera poco, los tungros, ¡malditas sean sus madres!, avanzan por estas tierras aunque es invierno. Por eso os esperaba.

–Sé de los tungros porque hace una semana sostuvimos un combate con un destacamento –intervino Fura–. Los vencimos, pero traemos dos prisioneros. Los hemos interrogado y dicen que, más que asolar Rodosto, quieren ir a Bento para poner sitio al rey nuestro señor. También viene con nosotros un mago de Alosna que nos socorrerá en nuestra lucha contra el dragón.

Fura no quiso mencionar el colmillo que llevaba en la alforja, porque temía incomodar a Soledad con el recuerdo de su quemadura. Más tarde y a solas, se lo mostraría al alcalde.

Agila movió la cabeza y resopló como un caballo.

–¡Uf! ¿Cómo socorrernos? Todavía no terminamos de reparar los daños. Varias familias perdieron sus casas, pues el dragón quemó hasta el último cacharro, animales y huertas del lado este del puerto. ¿Puede el mago traer un poco de calor y alejar la nieve? ¿Son los magos quienes gobiernan al demonio infernal que nos arruina?

–No –intervino Soledad–. Yo tenía esa misma creencia, pero mucho ha sucedido y ha cambiado nuestras opiniones acerca de ellos.

Fura asintió y Agila retomó la palabra:

–Nadie quería desembarcar aquí, y hemos perdido mucho dinero. Solo atracó un comerciante de esclavos. Aquí está y necesita vender ya, pues no tiene oro para la comida de sus cautivos. Ahora mismo ha de estar preparando la tarima de las subastas. Pero venid, venid a mi casa, donde hay buen hipocrás y pasteles de anguila.

Fura y Soledad asintieron y fueron tras él. Los hombres del alcalde se adelantaron para abrirles paso. Cuervo, azorado por el tamaño del puerto y la cantidad de gente que se movía de un lado a otro, se dio cuenta de que era observado por muchos. Temió que su piel morena lo delatara como un mago de Alosna; temió por los tungros heridos, enemigos de Moriana, pero la gente del puerto los miró con curiosidad y los interpeló sin beligerancia, preguntando de dónde venían, cómo se llamaban y si querían comprar pan y vino.

ooo

Fura y Soledad, sentados a la mesa en casa de Agila frente a jarras de vino caliente y especiado, agua, queso, panes y pasteles, escucharon la historia que el alcalde tenía que contarles. Agila había despedido a los esclavos, y los tres estaban solos en un gran salón. Ardía el fuego en la chimenea y los mastines del alcalde roncaban sobre las baldosas. Agila, repantigado en la silla, comenzó a hablar:

–Como os dije, estábamos asustados y tristes por el incendio que ese monstruo del infierno causó en el puerto. Semanas después, la pesca era poca y el agua tenía un sabor odioso que provocaba tristes desvaríos a quienes la bebían. No sabíamos qué hacer, pues las esclavas no querían lavar la ropa en el río a pesar de los azotes, y ni yo me atrevía a beberla aunque tuviera sed. Alrededor de los pozos había pleitos y los hombres sacaban los cuchillos, dispuestos a matarse por un odre lleno o por una cubeta de agua lodosa. Derretimos nieve y fue lo mismo: el sabor era horrible y las pesadillas atormentaban a quien la bebía.

No nevó en esos días y la sed nos fustigó. El vino escaseaba. Tuvimos que enviar una embarcación río abajo para abastecernos de agua, vino y comida. Los víveres nos costaron una fortuna. Pero hace tres días pasó algo: la pestilencia del agua desapareció y el río se aclaró. Majestad, duque, si queréis, luego iremos al embarcadero. Veréis cómo el agua parece sacada del pozo más profundo. Pescamos truchas, carpas, anguilas... Incluso hubo temerarios que rompieron el hielo y se bañaron. Por la noche, los jóvenes resolvieron patinar con antorchas en las manos. Aquello fue una fiesta como nunca habíamos visto. Las anguilas de estos pasteles son frescas, pescadas ayer. Probadlos; no, mejor probad el agua y ved cómo lo que os digo es verdad. Un sorbo os pondrá felices. Es más dulce que el vino moselano y tiene efectos parecidos en el ánimo.

–¿Todos en el puerto han bebido? –preguntó el duque.

–La mayoría. Y los animales. Después de que saciáramos nuestra sed, pasaron cosas extrañas: muchos esclavos se fueron, y a ninguno de los dueños le importó. Los vieron irse con alegría y hubo quien puso monedas en las manos de los servidores. Yo devolví su libertad a cuatro esclavos de las cocinas. He de decir que casi ningún siervo de esta casa quiso irse; soy un buen amo. Además, di un sueldo de oro a quien se marchó. Regalé cuatro monedas –declaró, ufano, el alcalde.

–¿Qué dices? –preguntó Fura.

Soledad, impertérrita, miraba a Agila con recelo. *Quizás el agua esté embrujada*, pensó. Pero ¿qué clase de maleficio era ese, que dejaba a los amos de los esclavos indiferentes ante la pérdida de sus propiedades?

–¿Por qué permitiste que se fueran? ¿No será que el agua provoca borracheras? La borrachera, bien lo sé, puede nublar el entendimiento –inquirió.

Agila la miró, se encogió de hombros y rompió a reír.

–No, mi señora. Y también vi cómo se fugaba una piara de cerdos de mis corrales. Y pensé que estaba bien que escaparan, pues los íbamos a matar para hacer salazón. Dicen que hoy por la mañana los vieron en el bosque, yendo tras un jabalí, pero no sé si eso es verdad. Otros cerdos, así como patos, gallinas, burros y caballos, se fueron al bosque igualmente.

–¿Estás en ti, Agila? ¿Qué dices? Te has vuelto loco, amigo mío... –dijo el duque acercando el rostro al del alcalde.

–Entonces estamos locos todos, señor. Pero jamás me sentí tan cuerdo, os lo aseguro. Debo deciros también que el efecto del agua pasa. No es permanente. Pero da una alegría tal, que uno siente deseos de beber mucho y todos los días, como si fuese el mejor vino del mundo.

Soledad resopló.

–El vino es mal consejero a la hora de decidir. Aquellos asuntos que no tienen importancia salen mal. Las decisiones arduas..., peor. Lo mejor es no beber si vas a tomar una resolución.

Agila la miró y se puso serio. Todos en Moriana sabían del sufrimiento de la mujer y las hijas del Lobo, de los que vivían en Bento, por el amor del Lobo hacia el vino.

–Me expliqué mal. No se parece a la borrachera –afirmó.

–¿Tienes hombres? ¿Soldados? ¿O quizás los dejaste ir por amor a la paz? –preguntó el duque, inquieto ante el rumbo que tomaba la conversación.

–No, señor mío: hay soldados aquí listos para defender vuestras vidas y las nuestras. Si de pronto decidiera consagrar mi existencia a la paz, no lo haría sin antes instruir a mi sucesor, ya que la subsistencia de los habitantes de este puerto depende de las espadas que lo guardan –rio el alcalde.

Soledad tuvo deseos de sacudirle los hombros, de apretarle los brazos para que dejara de bromear y hablara con seriedad.

Fura se puso de pie y caminó nerviosamente hasta la ventana.

–No entiendo. No me gusta. Te encuentro extraño... Dices cosas que no concibo.

Soledad sintió que el corazón le batía contra las costillas. ¿Miedo? ¿Desconcierto?

–Señor, probad el agua y me entenderéis. Es natural que mi parloteo os resulte incomprensible. Bebed, bebed. Y si teméis alguna celada, dejadme beber primero para probaros mi lealtad y la devoción que siento por vos.

Agila se sirvió una copa, bebió largamente y cerró los ojos con arrobo, meciéndose y sonriendo. Cuando los abrió, Soledad le tendió la mano con ademán perentorio –temblaba un poco, pero Agila no se dio cuenta– y el alcalde le acercó la copa. Soledad olisqueó el contenido y examinó el agua al trasluz. Estaba limpia y no olía a nada.

–¿Dudáis, señor? Traed a Dungalo. Que venga con la espada desenvainada, y si el agua os hace daño, que me mate –pidió Agila.

Fura negó con la cabeza, mirando al alcalde con una sonrisa incrédula en los labios.

–Creo que eres sincero, Agila. No hace falta que llames a nadie. Ya te vi beber y vi la cara que pusiste después. No sé qué podrá ser esto. Veamos.

Agila les llenó dos copas. Soledad dudó, pero apartó la jarra de hipocrás. Un estremecimiento le recorrió el cuerpo; quería un poco de vino, soltar el cuerpo después de todo lo sufrido, pero le parecía afrentoso rechazar el agua. Levantó la copa y bebió un sorbo diminuto.

El agua era, en efecto, dulce, pero no a la manera de la miel. Era una dulzura más delicada y tenue. Estaba fresca, pero la frescura nada tenía que ver con su temperatura. Dejaba en la lengua un vestigio perfumado, un sutil sabor a espliego. Al beberla era como si una luz bajara por la garganta.

Dio un grito:

–¡Por mi padre!

Bebió largamente. Se disipó el miedo que la agobiaba desde el día en que tocó el diente del dragón. Se sintió limpia como cuando, niña, jugaba con Tagaste. Pensó en su madre, en Tórtola, en su padre. En Cuervo y su pobre mano quemada.

Una lágrima rodó por su mejilla. Se volvió a mirar a Fura y lo vio beber. Fura probó, tosió, inhaló profundamente y se quejó. Miró hacia arriba, con la mano puesta sobre el pecho. Se le arrasaron los ojos en lágrimas y su prominente nuez de Adán tembló. Luego se cubrió la cara con el antebrazo y sollozó. Cuando se descubrió, en su rostro de hurón apareció una amplia sonrisa. Soledad le tendió la mano y el duque la besó. Agila contemplaba la escena con benevolencia cómplice, como si la abierta emoción del duque y de Soledad fuesen habituales.

–Os lo dije –declaró con satisfacción.

Fue a la puerta y llamó a un esclavo, quien se acercó con dos jarras. El esclavo puso una delante del duque y la otra frente a Soledad.

–Bebamos de este milagro –dijo Agila. Sus huéspedes, sonrientes y llorosos, asintieron y permitieron que los esclavos les llenaran las copas hasta los bordes.

ooo

Cuervo, en el improvisado hospital que dispusieron en una posada, imaginaba lo que había pasado. Al pasar junto a los terrenos donde había alguna casa quemada, o al lado de un torreón achicharrado, había sentido de nuevo la pesada mano de la culpa cerrándose sobre su corazón. Pero se repuso, pues ansiaba vigilar a sus pacientes.

Al principio la gente de Rodosto no había sabido cómo tratarlo, pero al ver la confianza con la que los soldados del rey charlaban con él, pronto le contaron cómo los había atacado el dragón y cómo el agua del río los había salvado de la melancolía.

Cuervo supo inmediatamente que la causa era la virtud del cuerno del Unicornio: por eso los reyes del mundo se disputaban su posesión. Un cuerno valía lo que un reino próspero, incluido el trabajo de todos los que allí vivían.

Antídoto universal, medicina contra la morriña y el dolor, purificador del agua, el cuerno era mil veces más potente que los bezoares y mil veces más difícil de conseguir. Su padre le había enseñado, allá en Alosna, que algunos reyes atesoraban trozos de cuerno y los engastaban en pesados relicarios de oro y rubíes.

Sintió una gran alegría. Seguía sin entender el porqué de los actos del Unicornio, de sus razones para seguirlos, pero pensó que el agua terminaría de curar a los soldados. También les llevaría un poco a los dos tungros heridos, pues Atalai tenía inflamadas las dos manos y Mengu estaba casi mudo debido a la herida del cuello. Algunos de los soldados le habían dicho que el Unicornio se les apareció en sueños la noche después de la batalla y que habían despertado con el ánimo renovado, tranquilos, como si estuvieran lejos de la guerra, en sus casas, con sus mujeres y sus hijos.

Él mismo bebería agua honrada por el Unicornio, para que lo aliviara de la tentación que sentía. No podía dejar de pensar en Soledad.

ooo

Desde la tarde de su última conversación, los dos se rehuían, aunque Cuervo no podía evitar mirarla. Soledad, a su vez, asustada por lo que el mago le había dicho de su madre y Tórtola, procuraba mantenerse apartada. Quería olvidar la sospecha de que ella –¡ella!– podría llevar sangre de magos en la venas.

Él, en cambio, encontraba un placer contrariado en revivir cada palabra y cada gesto. Descubrió que la muchacha, que tan desabrida y fea le había parecido, era bella. Ese descubrimiento lo asustó aun más. Era una hermosura secreta, rara y disimulada por la ferocidad de su carácter. Cuervo se maravillaba ante la singularidad de sus delgadas muñecas o el pico que formaba el nacimiento del pelo y le bajaba por la frente, emparentándola con un halcón. Cuando iba sobre Fum, Cuervo estudiaba la esbeltez de su espalda erguida, los muslos, las rodillas angulosas, las esbeltas pantorrillas, la seguridad con la que galopaba. La apretada trenza se mecía rítmicamente con el trote, la mano derecha sujetaba las riendas. De cuando en cuando volvía el rostro y Cuervo sentía que el corazón se le salía del pecho al mirar su perfil.

Se torturaba al pensar que Soledad podía haber muerto al tocar el colmillo y que él no la había ayudado. Agradecía que Ámbar hubiera sido tan valiente y generosa. Muchas veces se preguntó por qué no se había enamorado de ella en lugar de sentir atracción por Soledad, pero por más que indagaba dentro de sí, no hallaba respuestas. La belleza de Ámbar era más dulce y alegre. También era enemiga del Lobo. A su manera, era tan valerosa como Soledad y tenía el corazón dispuesto para el amor.

¡Desear a la hija del Lobo! ¿Existirá en el mundo una forma mejor de traicionarme?, se repetía. Entonces, para castigarse, pensaba en la cara benévola de Erec, en sus padres, en Alosna, hasta que le daban ganas de golpearse la cabeza. El cuervo, como si le leyera la mente, le picoteaba las orejas para distraerlo, pero de poco servía. Cuervo pensaba y pensaba, y cuanto más lo hacía, más confundido quedaba.

ooo

Un esclavo le trajo un cuenco lleno de agua y Cuervo apuró el contenido sin respirar. Reconoció el sabor del agua que había bebido en aquel río de Alosna, el mágico brebaje que lo había sanado del rencor. Cerró los ojos y se abandonó a él. El agua le lavó la boca, le limpió la lengua manchada por la bilis y la saliva amarga de la ansiedad. El engranaje de sus huesos, tendones y músculos se distendió como si estuviera dormido. Pudo abrir la mano quemada y experimentó sin dolor la tirantez de la cicatriz.

El agua recorrió el estómago, alumbró las cavidades del corazón y los pulmones, que aspiraron el aire como si jamás lo hubieran probado. Percibió su propio olor: el almizcle del sudor, la peste a sangre de la batalla, el rastro del vaho sulfúrico del dragón que le manchaba la túnica. El cuervo, en su hombro, olía a carroña.

Cuervo siguió con los ojos cerrados y contempló el interior rojo de sus párpados, surcados por venitas minúsculas. Detrás resplandecía la luz de la mañana. Las voces de los esclavos y los heridos y la tos de Berengario le llenaron los oídos como música. Abrió los ojos y miró el rostro del esclavo. Este le sonreía. Cuervo contempló los labios, las mejillas, los ojos brillantes del hombre que tenía frente a él, y le tomó la mano. El esclavo le cubrió la mano con la suya, tibia y seca.

Cuervo buscó dentro de sí el deseo por Soledad y lo encontró intacto, pero ya no lo asustó. Encontró otros: el deseo de salvar Alosna del dragón, de expiar su pecado. Entonces pidió al esclavo más agua, mucha agua: agua fresca para mezclar con las pociones, ollas de agua caliente para lavar las heridas de los soldados y los tungros cautivos, agua para los caballos, agua para lavar el plumaje del cuervo, agua, agua.

El esclavo, con una carcajada, se retiró para cumplir la petición.

ooo

Había en Rodosto un grupo de personas que no habían participado del milagro. Eran los esclavos que se iban a subastar esa tarde y que se hacinaban en una bodega oscura y hedionda. El traficante, un hombre llamado Alderico, no había querido darles agua fresca. «Que se beban la que tienen allá dentro, que ya trabajé lo suficiente para además cambiarles el agua todos los días», dijo a quienes le contaron de la repentina pureza del río. Él tampoco bebió. Desconfiaba, pues su barcaza había recorrido varias leguas de agua putrefacta y no creía que nada en el mundo pudiera garantizar la pureza del Drin, aunque los habitantes del puerto dijeran que estaba limpio. Alderico tenía vino, muchos odres que había comprado río arriba y que le pertenecían solo a él. No los iba a desaprovechar por un cuento de viejas.

Acarició con torva dulzura el látigo de siete colas que siempre llevaba al cinto. Esa era la única magia en la que creía: la de los azotes. Bajo el látigo, el más tozudo se volvía un manso cordero y la más altiva se doblaba, humillada. Él, despreciado por los soldados y las mujeres debido a su cara llena de granos, su escasa estatura y sus piernas enclenques, se había adiestrado en el uso del látigo hasta convertirlo en un arma. Ahora, todos a quienes compraba y vendía pagaban con sangre los insultos que tan bien recordaba: las burlas de los mozalbetes de su aldea, de las muchachas que lo habían rechazado burlándose de sus manos sudorosas y sus piernas flacas como carrizos.

Si en verdad el agua tenía esas dotes curativas, si alegraba el corazón, Alderico no la quería cerca de sus esclavos. Era peligrosa: sus esclavos eran muchos, y de su lado solo tenía el látigo. La oscuridad y el desaliento eran sus aliados: quienes habían vivido en la bodega de su barco ya no tenían fuerzas para tratar de quitarse los grilletes. Para felicidad, a él le bastaba con la que el vino y el dinero le daban. No quería embrujos de Rodosto. Del puerto, Alderico solo quería el dinero de las ventas.

Había pagado diez monedas de oro a los porteadores del muelle para que levantaran la tarima, y ya los habitantes del pueblo sabían que su nave estaba allí. Siempre animaba a los compradores con aguardiente y pasteles. Así se aseguraba de tener público y de que los clientes no se fijaran en minucias como una espalda llagada o un labio hinchado por una patada.

Alderico suspiró y comprobó que las uñas del látigo estuvieran bien afiladas. Con suerte, esa misma tarde se desharía de los esclavos que le quedaban: entonces levaría el ancla y se dejaría llevar por la corriente río abajo hasta Mangual, el puerto de traficantes donde lo esperaban su casa, llena de servidores que le tenían miedo; las esclavas escogidas por su belleza, tungras, negras, morianíes, árabes, y sus bodegas repletas de vino, en las que se encerraba a beber hasta que el alcohol diluía la certeza de ser un miserable.

capítulo cincuenta

El mensaje de Fura

El emisario que Fura había enviado desde Peña Verde apareció en el castillo del Lobo en medio de la noche, cuando todavía faltaban varias horas para que amaneciera. El centinela que lo vio llegar sabía, como todos en Bento, que el rey esperaba noticias de Soledad. Por eso, aunque quien arribaba de noche era generalmente recibido con una flecha, le preguntó:

–¿Quién vive? ¡Di qué buscas aquí y quién es tu señor!

El emisario, llamado Mauro, levantó la cara. Bajo la luz azul de la luna el centinela pudo ver la fatiga del recién llegado, las mejillas hundidas y los ojos rodeados por una sombra densa. Montaba un caballo de lástima que arrastraba las patas. Parecía un fantasma.

–Soy un mensajero del duque Fura de Mongrún. Abre: traigo noticias y vengo solo –contestó con un hilo de voz que se reventaba por las toses.

–¿Estás armado?

–Sí, como lo estarías tú si hubieras tenido que recorrer media Moriana sin escolta. Abre rápido, que me caigo de mi pobre caballo, pues no he hecho más que cabalgar durante días. No he dormido desde ayer. Soy Mauro, pregunta por mí a Meroveo. Él me reconocerá. ¡Abre, te digo! –gritó el emisario, y se desplomó sobre el cuello de su montura.

El vigía mandó bajar el puente y levantar el rastrillo sin dilación. Luego él mismo fue a llamar a Béogar, quien, como siempre, dormía cerca de la cámara del rey. Los esclavos ayudaron a desmontar a Mauro, que se había atado las piernas y la cintura a la silla para no caer si se dormía, y se llevaron al caballo, casi reventado, al establo. A pesar de su agotamiento, Mauro no quiso descansar ni aceptar la comida y la bebida que los esclavos le ofrecieron.

–Después de que el rey escuche lo que mi señor el duque me mandó que le dijera –repetía.

El rey y sus hombres se reunieron en la sala del consejo.

–Señor, ¿despierto a Senen? –preguntó Tagaste.

Pero el Lobo no tenía intención de escuchar la cháchara intrigante de Senen, y menos si el mensajero traía noticias de Soledad. Había comenzado a detestarlo. Y no por el pesimismo que Senen trataba de hacer pasar por lucidez, sino porque el consejero exhalaba un tufo a miedo. Ante el Lobo se conducía con su habitual falsedad, pero sus modales almibarados apenas disimulaban el pavor. El Lobo lo encontraba cada día más repelente, aunque no barruntara siquiera que Senen lo había traicionado.

–No. Mañana se enterará de todo, pero ahora no tengo ánimos para soportarlo. Además, no quiero hacer esperar a este hombre.

Tagaste asintió, confortado por la certeza de que Senen se estaba atando él solo la soga al cuello. Mejor excluirlo, guardarse de él. Se alegraba de que también al rey le costara tolerar el miedo, el carácter traicionero, la mentira que envolvía a Senen como un ropaje inmundo. Desde la mañana aquella con el halcón, Tagaste lo vigilaba resueltamente y espiaba todo lo que el consejero hacía, dispuesto a enfrentarlo a la primera señal de traición.

Meroveo reconoció a Mauro y le hizo una señal de conformidad a Béogar. El emisario, de tan cansado y ansioso, olvidó el protocolo, se acercó al rey y, sin reverencias ni pedir su venia, puso en las manos del Lobo el sello del duque de Mongrún.

El Lobo, pálido por el temor a escuchar malas noticias, sintió el deseo de beber un vaso de vino, pero un pudor extraño le impidió hacerlo. *Mejor sobrio*, se dijo mientras miraba al mensajero y apretaba el sello en el puño.

La decisión de no beber le había comenzado a pesar. Al principio le había alegrado comprobar que la sobriedad traía con ella días más largos, vislumbres del futuro, respuestas, pero el arma para combatir la ansiedad era el vino. Se imaginó la copa, el olor, el manso fuego del alcohol deslizándose por su garganta... Sacudió la cabeza.

–Habla –ordenó dejándose caer pesadamente sobre el trono.

Mauro juntó las manos como si rezara, cerró los ojos y repitió el mensaje del duque. Al tener los ojos cerrados, no vio cómo el rey palidecía al oír que la comitiva había encontrado un diente de dragón, o que un mago de Alosna venía con el duque y su hija. Tampoco pudo ver cómo la cara de Tagaste se iluminaba al escuchar las palabras con las que el duque elogiaba a Soledad.

Cuando terminó de hablar, abrió los ojos y cayó de rodillas.

–Has cumplido, Mauro. Descansa y mañana me contarás todo –dijo el rey con serenidad fingida. *¡La guerra!*, pensaba, *¡la guerra contra el dragón! ¡Moriana auxiliada por los magos de Alosna! ¿Qué significa esto?*

Mauro, hincado y a punto de desfallecer, atinó a decir:

–Señor, tu hija es temeraria como un varón. Es digna de tu sangre.

–Mañana me lo contarás. Ahora debes dormir –ordenó el rey. Con una seña ordenó a Cínife el esclavo, quien esperaba muerto de curiosidad, que desarmara a Mauro y lo llevara a descansar. El mensajero salió tambaleándose, apoyado en el brazo de Cínife. El Lobo se puso en pie.

–Extrañas noticias en días extraños. ¿Qué dices, Béogar?

El mariscal levantó la cabeza bruscamente.

–Si no fuera por el sello del duque, no lo creería. No sé qué decir.

–Mauro es un hombre fiel. Lo conozco bien –dijo Meroveo, siempre susceptible, mirando a Béogar con acritud.

–No sospecho de Mauro, pero, en verdad, me desconciertan estas noticias. Nunca he dudado de la existencia del dragón. Pero que los magos nos ayuden... Eso sí que me sorprende. No sé qué pensar –dijo Béogar.

El Lobo caminó hacia la ventana.

–Ojalá lleguen pronto y podamos ver con nuestros propios ojos al mago y el colmillo. Mientras, debemos prepararnos para la guerra con todo nuestro poder y con el auxilio de cada uno de nuestros aliados. Mañana Tagaste escribirá misivas a nuestros barones, para que estén sobre aviso –ordenó.

–Así lo haré, alteza –contestó Tagaste poniéndose la mano sobre el corazón.

El Lobo, casi tan pálido como el mensajero, les hizo una seña para que se retiraran. Cuando los otros salieron de la habitación, se dejó caer sobre el trono y clavó la vista en el fuego. Allí lo encontró Tagaste al amanecer, dormido y con el sello del duque todavía apretado en el puño.

ooo

Cuando Senen se enteró de que no lo habían convocado al consejo, sufrió un ataque de miedo. Las piernas le temblaban, el corazón le latía desbocado y no podía pensar con claridad. No tenía noticias de los emisarios que había enviado a la corte de Aybar. Si las cosas seguían así, tendría que urdir un plan de emergencia para evitar que la trampa se cerrara sobre su cabeza. El eunuco era más bravo de lo que había imaginado: quizás ya hubiera revelado todo y esa fuera la razón por la que el rey no lo admitía en su presencia. No, no podía ser. El Lobo era impetuoso como un caballo: si hubiera barruntado algo, ya Senen estaría encadenado en un calabozo.

¿Por qué Aybar no contestaba? ¿Tendría, quizás, que ofrecerle aún más cosas? ¿Oro? Senen era rico, pero la sola idea de desprenderse de una moneda lo hacía sufrir. ¿Qué nuevas había traído el emisario? Algo malo para él. Algo... alguien sabía de su traición. Acaso Fura hubiera interceptado a uno de sus hombres. Tal vez los hubiera torturado, y bien sabía Senen que la tortura desvelaba la verdad, mentiras, fantasías, recuerdos o lo que el verdugo quisiera oír. Una pinza al rojo podía convertir al más callado en un surtidor de palabras. Y hablarían, lo confesarían: el consejero planeaba vender el reino y al rey. Pero Fura había salido antes, en otra dirección... ¡Si hubiera despertado! ¡Si tan solo hubiera advertido la llegada del emisario!

Sintió el calambre familiar en el bajo vientre y corrió a la letrina. Su cuerpo, como siempre, se rendía ante el miedo. Cruzó el patio, doblado por los retortijones. Apenas tuvo tiempo de alzarse la túnica y acuclillarse con un gemido de humillación antes de que su intestino se vaciara.

capítulo cincuenta y uno

La opinión de Cuyuc

En las largas conversaciones que Húbilai y Cuyuc sostuvieron mientras buscaban una cura para el mal del sueño, el viejo guerrero supo todo lo que había padecido el hechicero en su vida de esclavo. A Cuyuc le habían dolido los golpes y la pérdida de su dignidad, pero lo que más lo atormentó fue vivir atado y bajo techo como un animal doméstico.

La vida sedentaria le parecía una esclavitud tan onerosa como el trabajo forzado y el alimento escaso: los morianíes eran, para él, sórdidos topos, desde el más pobre hasta el Lobo.

–Lo mejor de ser tungro no es la guerra –decía–: es la estepa, Húbilai. Aquí todos son esclavos, desde el que limpia el vertedero y vive hundido en la mierda, hasta el rey.

–Dices eso porque no eres un guerrero. Ellos son combatientes como nosotros, aunque los tungros somos superiores. La guerra nos une porque ansiamos la lucha, y nos separa porque somos enemigos. Así es la guerra. ¿Qué puede haber en el mundo que sea preferible a la batalla?

Cuyuc miró los ojos color estaño, brillantes en la cara arrugada de Húbilai, y le aferró la mano.

–La estepa. La yurta en el carro y el año por delante. Ir de un lado a otro en el mundo bajo el cielo, con el viento en la cara. Aquí todos viven cuidando sus posesiones. Son sirvientes de lo inanimado: guardianes de sus vestidos, de sus tapices, de sus vajillas. No se apartan de sus cofres ni abandonan sus casas, sus feas guaridas de piedra. No se mueven ni saben del viento. Para mi dueña, que su alma se pudra como su cuerpo, el sol era una mezquina moneda de oro. Son ciegos como murciélagos y tienen almas detestables.

–¿Todos?

–Quizás algunos buhoneros, algunos marineros... Yo no sé. Casi todos aquellos a quienes vi temían: no sabían escuchar al viento ni mirar las estrellas en la noche. Nada. El hombre teme al rey, la mujer al hombre, el esclavo a la mujer y todos al mundo.

–¿Es por eso que viven en esas casas oscuras como cuevas?

–Salvador de mi vida, escúchame: estos, por su propia voluntad, mueren en el mismo hoyo infecto en el que nacieron y no gustan de asomarse a ver el mundo. Es asqueroso. Te aseguro que fui más feliz en la jaula donde me encontraste que en el castillo, porque al menos en la jaula podía ver el cielo. ¿Y sabes? Si no fuera porque llegasteis al reino y lo invadisteis, mis amos no se hubieran movido de su horrible madriguera.

Húbilai calló y, pensativo, frotó los dientes de su brazalete.

–Dime, ¿es verdad que aquí no hay magia?

Cuyuc se pasó la lengua bífida por los arrugados labios.

–Eso era antes. Ahora hay mucha, te digo. El letargo que te atormenta es mágico, y por más que lucho por desprenderlo de tus párpados, no lo logro. Me pregunto si la magia de Alosna defiende ahora a Moriana. Quisiera curarte.

–No te agobies por mí. No hay con qué pagar tus desvelos, pero sí que hay oro para tu vejez. Si quieres, te daré veinte esclavos y una carreta llena de monedas. Te las mereces por los cuidados que me has procurado –ofreció Húbilai.

Pero el anciano hechicero se echó a reír.

–Salvador de mi vida, vale más un odre de agua o un abrigo caliente que una olla de oro. El oro pesa y no se puede comer. Creo que deberíamos regresar. En verano, volveremos tú y yo a consumar tu venganza. Ahora la nieve oculta los caminos, pero verás: cuando haga buen tiempo, sabré cómo ir a Bento. Entre los dos mataremos a Senen. Nos disfrazaremos con alguna de las ropas que hemos arrebatado a los muertos y ocultaremos nuestras trenzas bajo gorras de piel de yegua.

Húbilai dudó.

–¿Y la aparición de Tengri? ¿Acaso no es favorable? En estos días he sentido mi devoción como una fuerza que me levanta y me sacude. Jamás antes pensé tanto en Tengri...

–Ah, salvador de mi vida... ¿Qué puedo saber yo de Tengri? Jamás me escuchó mientras me quejaba bajo el látigo. Si he de decir la verdad, yo creía que Tengri había muerto ya y que adorábamos solamente su recuerdo. Me parecía bien. Hasta la sombra de los dioses es formidable. Y por eso, cuando pienso que está vivo, me apabullo y mi mente se silencia.

Húbilai se puso en pie y le ofreció la mano al viejo hechicero.

–Vete a dormir, amigo mío. Seguiremos hablando de esto, pero otro día. Yo tengo sueño, como siempre, y tú, cara de cansancio.

ooo

Una semana después, Húbilai hizo llamar a Cuyuc para continuar la conversación. Era de noche, y los hechiceros conversaban alrededor de una fogata encendida a la que arrojaban de cuando en cuando puñados de hierbas de olor.

Cuando Cuyuc llegó a la yurta de Húbilai, este hizo salir a sus esclavos y confesó que ahora la somnolencia lo acosaba de tal forma que soñaba los sueños ajenos. Sentados con las piernas cruzadas sobre una alfombra –tomada del castillo de Cicuta–, Húbilai dispuso el vino y la carne. Entonces comieron y hablaron largamente.

–Dime, Cuyuc, ¿por qué a veces siento que veo el mundo a través de los ojos de Tengri? –preguntó Húbilai–. Escucha lo que he de decirte: en sueños he contemplado nuestro ejército arrastrándose por la nieve. El mundo me parecía una gran fosa, un pudridero en el que solo había muerte. Y buscaba a alguien, pero esa persona estaba escondida en un pliegue del tiempo, tan encubierta como la hora de mi muerte.

Cuyuc lo miró con asombro y dio un trago al cuerno de aguardiente.

–¿Qué dices, Húbilai? ¡Pobre de ti, salvador de mi vida! Es verdad que el mundo es un cementerio inmenso, pero es también un huerto, una cuna y un lecho para amar. ¿No has soñado con algo hermoso?

Húbilai sonrió.

–Con mi mujer. Con el primer caballo que domé. Con el pantano lleno de mosquitos donde nací. Con mi primera batalla, alabado sea Tengri. Y sueño los sueños de todos aquí. Aybar sueña con la gloria, Bati sueña con Atalai, su hijo, y tú, Cuyuc, sueñas que estás aquí, entre nosotros, pero joven y con todos tus dientes.

–Huuuy –exclamó Cuyuc, y se puso en pie de un salto.

Era verdad: ese era el sueño que le alegraba las noches. Desde el inicio de la conversación, el cuerpo de Húbilai había comenzado a irradiar oleadas de magia que el pobre hechicero confundió con el calor del vino.

–Dime más, salvador de mi vida, dime –pidió Cuyuc.

–Anoche soñaste con la mujer que te maltrataba, pero abriste los ojos y escuchaste las canciones de los guerreros. Entonces te dormiste de nuevo y soñaste que estabas en Tarkán y que el Mar de Hierba se abría al paso de tu caballo como si sus patas fueran la proa de un barco en el río. Eras feliz y joven. Eso soñaste.

Cuyuc asintió y se dio cuenta de que las lágrimas le mojaban las mejillas. Había tanta magia en la yurta que el aire se adensaba hasta hacerse casi irrespirable. El fuego chisporroteaba y las chispas se elevaban al techo. El escaso pelo de la cabeza del hechicero se erizó, y Cuyuc sintió comezón. Caminó hasta la entrada y se asomó. Sobre ellos se extendían la noche y el fuego frío de miles de estrellas.

–Tengo sueño –murmuró Húbilai, y se dejó caer sobre el costado. Cerró los ojos. Inmediatamente, el rostro del viejo guerrero se transformó: frunció el ceño y la piel de sus mejillas se tensó hasta parecer una lámina translúcida que irradiaba luz amarilla. Cuyuc volvió a su lado y se arrodilló.

–¿Qué ves, salvador de mi vida?

Húbilai no contestó, pero sus manos se crisparon. Cuyuc tuvo una idea que lo llenó de miedo. Se retorció los dedos y se mordió los bigotes hasta que se atrevió a preguntar:

–Dime, ¿eres tú, Tengri?

Húbilai contestó con una voz grave, seca como el crepitar de los leños en la hoguera:

–Soy Tengri, hechicero.

Cuyuc sintió que el pavor le apretaba el pecho hasta sacarle el último soplo de aire. Inhaló y se puso la mano sobre el corazón. Temblaba. Húbilai abrió la boca y siseó:

–Veo al ejército de mis hijos perdido en la nieve. A mi criatura, el viejo Húbilai, dormido sobre el costado, y a Cuyuc el hechicero arrodillado junto a él. El mundo se acaba. Yo me acabo. Todo lo vivo va hacia el reino oscuro, a dispersarse en la nada, empujado por el río invencible del tiempo. ¿Dónde está la pequeña dragona, la solitaria? Ella es como yo. Es mi hija. ¿Qué me la oculta? ¿La magia de Alosna?

Cuyuc le acarició la trenza canosa y una chispa le quemó los dedos. Una lágrima se escurrió entre los párpados apretados de Húbilai. Cuyuc lo acomodó sobre la piel de oso, se tendió junto a él y cubrió la mano del guerrero con la suyas.

Húbilai se quejaba. Cuyuc lo observó, compadecido, hasta que el dolor del viejo guerrero lo agobió tanto que él también se puso a llorar.

ooo

Una mañana, dos días después, Tengri voló sobre ellos sin detenerse. Los tungros se desalentaron. Los esclavos estaban tan asustados que no había manera de hacerlos avanzar. Tengri los había ignorado. ¿Estaba enfadado con ellos? ¿Qué habían hecho para incurrir en su disgusto? Aybar había tratado de hablar con Húbilai, pero el viejo guerrero, hundido en el trance, montaba rígido, mudo y con los ojos cerrados. No hubo manera de despertarlo: Bati, con riesgo de su vida –pues Húbilai mataba por mucho menos–, desató el brazalete de dientes que ceñía la muñeca del anciano, pero este siguió imperturbable.

Le rociaron nieve en la cara, tocaron el tambor cerca del caballo, que se encabritó airadamente, y encendieron una antorcha frente a sus párpados cerrados. Nada. Húbilai conducía el caballo, sin embargo, con tranquila deliberación: sus manos movían las riendas como si estuviera despierto y su montura avanzaba sin tropiezos sobre la nieve. Aunque no contestaba a las preguntas que los capitanes le hacían, los guerreros habían decidido seguirlo. Era su guía. De pronto, Húbilai se alzó sobre los estribos con un grito:

–¡No la encuentra!

Aybar se volvió a mirarlo.

–Di, di, ¿quién es esa? ¿De quién hablas, Húbilai?

–¡No hay gloria para nosotros en esta guerra! –gritó Húbilai dormido, y las venas de su cuello se hincharon con la fuerza del alarido.

Aybar desmontó y aferró la rienda del caballo de su tío. Con cautela, pues temía hacerle daño, sacudió uno de los brazos del anciano, pero este solo dejó caer la cabeza sobre el pecho.

–Todo va a terminar pronto –dijo con la voz metálica del sueño–. Cuando la encuentre, será el fin.

Aybar puso una mano sobre el magro muslo del viejo y vio cómo la cara de este se contraía: las cejas se unieron, las comisuras de los labios dibujaron una mueca de aflicción y dos lágrimas rodaron por las mejillas y se perdieron en el bigote.

–¿Qué tienes, padre? ¿Qué te aflige? –preguntó Aybar, asustado.

Él estaba listo para la guerra, incluso para la muerte, pero la magia lo perturbaba y lo llenaba de inquietud. Temía que todos cayeran bajo el hechizo que atormentaba al más célebre de los guerreros de su raza.

Húbilai se desplomó y cayó en sus brazos.

capítulo cincuenta y dos

Una mañana en Rodosto

Cuervo despertó antes de que cantaran los gallos. En la oscuridad, disipada apenas por un fuego moribundo, distinguió el techo y aspiró el tufo a medicamentos mezclado con la pestilencia de los heridos. Hedía a vómito y a orines, pues los pacientes no tenían fuerzas ni ganas de orinar fuera y vaciaban la vejiga por los rincones. Por un momento fue incapaz de reconocer la barraca y un soplo de pánico le atenazó la garganta.

Se incorporó sobre el codo e hizo memoria. Recapituló con los dedos: primero, el techo perfumado del templo, allá en Nebral. Después, el palio de árboles deshojados del bosque de su exilio. Luego, la paja reseca atada con cordeles del techo de casa de Liaza. Siguieron las noches bajo el cielo en los caminos de Moriana. ¿Dónde estaba ahora? ¿Adónde lo había llevado su penitencia?

El ronquido de Berengario y el gemido de un hombre que se dolía en sueños lo llevaron a Rodosto. Recordó dónde estaba, y que los esclavos alegres de casa de Agila le habían contado que esa mañana un traficante habría de ofrecer su mercancía en la plaza.

Con un bostezo, se levantó y salió a lavarse. El agua de la pileta estaba cubierta por una filigrana de hielo que se quebró bajo sus manos. Se lavó la cara y los brazos. El frío disipó la confusión que lo atontaba. Movió la cabeza, nervioso por la idea de la subasta. Había visto subastas en la olla mágica y lo habían enfurecido.

–Debo serenarme –murmuró. Metió la cabeza en la pileta y aguantó hasta que el dolor en las sienes lo obligó a sacarla. Con el pelo empapado y los labios azules por el frío, entró en la barraca dispuesto a cuidar de sus pacientes.

ooo

A media mañana, mientras mezclaba aceite con miel y polvos de ruda para las heridas enconadas, un tintineo de campanas y el eco de los gritos que anunciaban la subasta llegó hasta sus oídos. Berengario, sentado sobre el catre, sonrió.

–Se prepara ya la venta. ¿Irás? –preguntó con aire cómplice.

Cuervo se encogió de hombros.

–En mi tierra no hay esclavos. ¿Qué tengo yo que hacer en una subasta?

Berengario frunció el ceño, intrigado.

–¿Y quién hace el trabajo? ¿Quién siembra? ¿Quién baja a la mina y empuja la noria? ¿Lo hacéis por medio de hechizos?

–Lo hacemos nosotros, con las manos. Yo te curé con un hechizo, pero te limpié la herida con vino, te puse ungüento, te cosí y te vendé. Con las manos. La magia ayudó, pero de poco sirve sin mi trabajo –repuso Cuervo, cortante.

–¿Conoces algún conjuro para librarte de las pulgas? –rio Berengario–. Porque este catre está lleno. Me chupan la sangre y me atormentan como a un perro. Di una palabra mágica para que se vayan.

Cuervo sonrió.

–Yo las mato lavando la manta con agua hirviente. Así me enseñó mi madre. ¿Cómo las matáis en Moriana?

–Igual. Me gustaría tener algunos esclavos para ayudar a mi mujer y a mis hijos en la siembra. Pero no tengo dinero. Por eso estoy aquí, en la guerra: tal vez me toquen hombres cuando termine. Oro y hombres jóvenes. Quién sabe: si regreso a mi casa con uno como ese, lo pondré a espulgar la cama –y señaló a Atalai, quien dormía con las manos vendadas sobre el pecho.

Cuervo movió la cabeza en un gesto de desaprobación.

–No entiendes, Berengario –dijo, y caminó hacia Mengu, el tungro lastimado en el cuello, para revisarle la herida.

Después de cambiar el emplasto al tungro, Cuervo comió un pedazo de pan y salió en dirección al río. Berengario lo miró alejarse y se rascó la cabeza, desconcertado. El cuervo, posado sobre el techo, continuó acicalándose las plumas. La mañana estaba luminosa, el aire transparente y afilado como un vidrio.

ooo

Cuervo aspiró y sintió la frescura en el pecho. Escuchó a los hombres del mercader llamando a la multitud, vio las literas de las mujeres llevadas a hombros por porteadores, los corros de comadres que chismorreaban, los vendedores de vino y pasteles de miel. Bajo los portales y los toldos, en el zaguán de la hostería y en la puerta de la taberna se arremolinaban domesticadores de urracas, mendigos, saltimbanquis, sacamuelas, prostitutas y falsos médicos. La multitud, alegre a causa del agua encantada y del vino, se apiñaba alrededor de los puestos que los comerciantes de comida habían improvisado cerca de la tarima, y los ladrones se preparaban para cortar las bolsas con sus cuchillos o meter los dedos en las faltriqueras. Las vendedoras de pescado frito pregonaban sus mercancías. Las muchachas se dejaban arrinconar por los buhoneros que les ofrecían cintas y perfumes; los jóvenes, por los quincalleros que les mostraban cuchillitos y botones de cobre.

Un grupo de arrapiezos miró a Cuervo con curiosidad. El más vivaz se aproximó y le tendió una mano pequeña y sucia:

–Dame una moneda para comprar un pan de miel.

Cuervo lo observó. El niño le sonreía con la cabeza ladeada. Tenía el pelo amarillo, enmarañado, y los ojos negros. Estaba mudando los incisivos, y en la parte frontal de sus encías apenas despuntaban los dientes. Iba descalzo y sus pies, menudos y blancos, se hundían en el lodo.

–Dame una moneda, que tengo hambre –porfió.

Los otros miraban la escena dándose codazos y sacando la lengua.

–No tengo dinero –repuso el mago.

–¡Puaf! ¿Cómo que no tienes dinero? ¿Eres un esclavo?

–No –contestó Cuervo.

–¡Es un esclavo! ¡Es un esclavo! ¡Tu amo te quemó la mano por desobediente! –gritó el niño, y chapoteó en el barro. Los otros rapazuelos rieron y corearon el grito del atrevido.

–¡Esclavo! ¡Esclavo! ¡Mano de perro! –se burlaron haciendo gestos obscenos con los dedos y moviendo las caderas.

–No soy un esclavo –insistió Cuervo. La ira y un vago pesar comenzaron a bullir en su pecho. Respiró profundamente y cerró los ojos.

–Entonces dame la moneda y yo te daré algo dulce a cambio –dijo una voz de mujer detrás de él.

Cuervo se volvió y vio ante sí a una muchacha con los ojos pintados y las mejillas empolvadas con albarino. Olía a canela y a rosas. Usaba el corpiño abierto hasta medio pecho y mostraba el curvo nacimiento de los senos. La muchacha aferró la mano quemada y se la llevó al cuello.

–Toca, toca. Compra, hermoso extranjero. A mí no me importa que tengas la mano así; tu cara es gentil. Ven, ven conmigo detrás del galpón.

Cuervo se soltó con brusquedad, se restregó la mano en la túnica y se apartó. Empujó a la gente que se interponía en su camino y no se detuvo hasta que dejó de escuchar las risas de los niños y los insultos de la muchacha. Decidió salir del puerto y buscar un lugar solitario cerca del río.

ooo

En casa de Agila, mientras miraba la calle asomada a la ventana, Soledad escuchó el pregón de los hombres de Alderico. Había roto el ayuno al amanecer en compañía del alcalde y de Fura. Fueron atendidos espléndidamente por los servidores, eficientes y alegres, aunque propensos a mirar a los ojos de los amos. A Soledad le costaba trabajo sostenerles la mirada, pues no estaba acostumbrada a que los esclavos la encararan. La noche anterior, dos muchachas jóvenes la habían ayudado a bañarse y le habían dicho sus nombres (los olvidó inmediatamente). Luego, sin aspavientos ni zalemas, las sirvientas se tendieron sobre el piso cerca del lecho y durmieron. Soledad había conciliado el sueño escuchando la respiración pausada de las dos. *Qué extraño, no me temen*, pensó. *Tampoco fingen que me aman. Incluso los soldados fingen un poco, pero no estas dos. No me miraron de reojo, no temblaron cuando les hablé. Y solo son unas niñas*. No le gustaba la adulación, pero estaba acostumbrada a ella. El trato llano y directo era algo inaudito, sobre todo si venía de esclavos.

Al amanecer abrió los ojos y las descubrió sentadas cerca del fuego, erguidas y sonrientes. Al verla despierta, le ofrecieron peinarla. Soledad aceptó, vacilando entre la timidez y la soberbia. Le cepillaron el pelo hasta que brilló como una tela tejida con hilos de cobre y lo trenzaron. Luego se dedicaron a arreglar las mantas y alimentar el fuego, sin prestarle más atención. No le preguntaron si deseaba romper su ayuno, o si le apetecía un vaso de leche mezclada con vino. Nada. Soledad, desorientada, bajó las escaleras y, guiada por las voces de Agila y Fura, entró en el salón donde el alcalde y el duque bebían cerveza tibia.

Fura había aconsejado a Agila no beber agua del río hasta la tarde.

–Algo sucede en el ánimo al beberla. Soledad tiene razón: no puedes actuar bajo el influjo de una poción que altera el pensamiento. No. Si no te importó que tus esclavos se fueran, está bien. Eran tuyos. Pero debes ejercer tu autoridad hoy, durante la venta. Dices que ha escaseado el comercio, que pocos barcos han atracado aquí. Espera a que pase, a que el traficante pague el impuesto, que zarpe con la bolsa llena y que aquí se quede la mercancía, que no haya tumultos. Yo tampoco beberé hasta la tarde, cuando regrese de mi visita.

Los dos hombres levantaron la vista al oírla llegar y sonrieron.

–Alteza, necesito salir con Dungalo a las tierras de Tamaral para visitar a uno de mis barones –dijo Fura–. Nosotros no beberemos del agua, al menos no en la mañana. ¿Vos queréis un poco?

Soledad no tuvo más remedio que imitarlos, empeñada como estaba en parecer sensata y señorial.

–No. Hoy es mi primer día en el puerto y haré como vosotros: descansaré ahora y quizás más tarde beberé el agua. Puede que en algún momento decida salir a recorrer las calles, pues nunca antes había estado en una ciudad como esta.

–Señora, si lo hacéis, permitid que mis hombres os acompañen –repuso Agila–. No porque exista peligro alguno en estas calles, no: por vuestro rango, por el honor que nos hacéis al estar aquí. ¿Querríais comprar un esclavo o esclava?

Soledad se encogió de hombros, apabullada por la pregunta. Jamás había pensado en eso. En Bento había muchos esclavos y cada año llegaban más. Los que iban a casa de Senen solían morir. Los que se quedaban al servicio del rey Lobo vivían, y ella dedicaba poco interés al asunto. Claro que pensaba en Tagaste, en Edurne, en Orri, en algunos más, pero ignoraba hasta el nombre de la mayoría de los servidores que mantenían el castillo en orden.

–No sé si Soledad necesitará un esclavo –intervino Fura–. Alteza, ¿os gustaría asistir a la venta?

Soledad negó con la cabeza. Agila dijo:

–Si cambiáis de opinión, avisad a Casio el senescal y él mismo os llevará, acompañados de una escolta.

Soledad se quedó sola. Después de recorrer la casa –mucho más pequeña y hermosa que cualquier parte de Bento–, de visitar a Fum en el establo y de pulir la espada con un trapo humedecido en aceite, se aburrió. Tibot, Cuervo y Dungalo estaban acuartelados al otro lado del puerto, y los esclavos de Agila parecían absortos en sus tareas y pláticas. Además, no deseaba entablar conversaciones con extraños ni tolerar miradas curiosas. Fuera, sin embargo, las calles del puerto bullían y el rumor del ajetreo llegaba hasta ella.

Soledad, como Cuervo, tampoco había asistido nunca a una subasta, pues al castillo llegaban las recuas de esclavos comprados por los agentes reales, hombres competentes a quienes nadie podía engañar, diestros en el arte de auscultar, de revisar dentaduras y calcular precios. Imaginó una tarima llena de hombres y mujeres a quienes el traficante inspeccionaría frente a todos; un espectáculo que seguramente hubiera atraído el entusiasmo de Jara. La circunstancia de la venta la repelía, pero la curiosidad por ver la ciudad disipó su tedio.

Tuvo una ocurrencia: recorrería las calles sin revelar su identidad, como los reyes de las leyendas que Tagaste le contaba cuando era niña. El día anterior se había sentido como una campesina, aturdida por el gentío y la algazara. Apenas pudo ver lo que la rodeaba.

Caminaría entre la gente sin que nadie la precediera anunciando su rango, fuera del círculo de soldados que la escoltaba por los caminos. Se echó sobre la capa una de las mantas que había usado en el camino y se la ajustó alrededor del cuello con la fíbula de hierro que empleaba para cerrar su alforja. La manta, parda y un poco raída, la cubría hasta los tobillos. Se quitó la espada, la guardó en un arcón y se rehízo la trenza. La sensación de travesura la hizo sonreír.

Abrió la puerta con cuidado y miró en todas direcciones. No vio a nadie. Aguzó el oído y escuchó un murmullo de voces que venía de la planta baja. Repasó, con su precisa memoria de cazadora, la ubicación de la cocina, el salón, el patio, la entrada. Esperó a que el corredor estuviese vacío. Apresuró el paso y bajó las escaleras, cuidándose de no hacer ruido. En el salón se ocultó tras un tapiz. El polvo le ensució la mejilla y las palmas pegadas a la pared, pero no le importó. Desde su escondite, oloroso a moho y a hilaza, escuchó a dos soldados que conversaban cerca de la puerta. Hablaban de una mujer, de sus pechos y caderas, del precio que pedían en el burdel por pasar un rato con ella. Los mastines dormían cerca, aprovechando el breve calor de la mañana. Soledad calculó que faltaba poco para el cambio de guardia. Estuvo resguardada y silenciosa hasta que los hombres se alejaron. En el momento propicio salió de la casa. Los perros levantaron la cabeza al verla pasar, pero no ladraron.

ooo

Los guardias de Alderico habían levantado la *catasta*, o tarima para subastar, en el centro de la plaza. Alba, la dueña de uno de los burdeles del puerto, había aceptado la encomienda de adecentar a los esclavos para que comparecieran ante los compradores con el mejor aspecto posible. Acompañada de dos jóvenes prostitutas llamadas Bruna y Mélida, subió al barco, donde una veintena de esclavos desnudos y ateridos esperaban tendidos en cubierta. Algunos se tapaban el rostro ante la luz del sol, porque les hería los ojos después de tantos días a oscuras; otros dormitaban permitiendo que el sol los desentumeciera. Todos despedían una peste amoniacal, pues se habían macerado en su propia orina durante días, encerrados sin moverse. La mayoría tenían las piernas manchadas con sus propias heces.

Las mujeres, que habían bebido el agua mágica del río, sintieron una compasión inesperada que las animó a cubrir, por lo menos, a las prisioneras. Bruna y Mélida les taparon las vergüenzas con sus propios velos y mantas y se quedaron vestidas solo con la túnica y los zapatos. Cubrieron las erizadas pieles de los niños, estremecidas por el relente húmedo del río. Alba se despojó de su chal bordado para arropar a una jovencita que la miraba en silencio y que no tuvo fuerzas ni para darle las gracias.

Los guardias de Alderico las vigilaban con impaciencia, burlándose de su generosidad mientras ellas peinaban a los esclavos con jugo de agallas de roble para disimular las canas y las liendres.

–¡Mélida! ¡Dale también tu vestido! ¡Deja que te veamos como te ven tus clientes en el burdel! –gritó uno.

–Alba, Alba, ¿desde cuándo tan dadivosa? ¡No tienen con qué pagar! –gritó otro.

–Bruna, si me desnudo como ellos, ¿me taparás con tu falda? ¡Dame un beso y no les pegaré aunque tropiecen!

Pero las mujeres no les prestaron atención, ocupadas en mejorar el aspecto de los esclavos. Les untaron sebo mezclado con jugo de zarzamora en las mejillas y les oscurecieron los párpados con carboncillo. Los esclavos, hundidos en la apatía, las dejaron hacer sin protestar. Las prostitutas no pudieron reprimir los suspiros de lástima que les inspiraron las huellas del látigo; sin embargo, el miedo a Alderico les impidió hacer nada más que lavar las espaldas de los más magullados con una mezcla de vino y miel y enjuagar las manchas de excremento con trapos humedecidos en agua de azahares. Los esclavos apenas reaccionaron a pesar de que el vino escocía, y Alba sospechó que Alderico los había sedado con jarabe de adormidera antes de venderlos para que no se resistieran aunque el comprador tuviese cara de diablo.

Cuando todo estuvo listo, los esclavos, tambaleantes, fueron sacados del barco y conducidos a la plaza. Los niños de Rodosto acostumbraban arrojar boñigas de vaca y cabezas de pescado a los esclavos que los traficantes llevaban a vender, pero esta vez se conformaron con verlos pasar. Ninguno quiso cantar las canciones burlescas que solían acompañar a los esclavos a la *catasta*, ni preguntarles de dónde venían. En silencio contemplaron el melancólico desfile de hombres, mujeres y niños semidesnudos, unidos entre sí por una cadena que los ataba del cuello, que arrastraban los pies por el lodo helado, con la cara gacha y las manos colgando. Un niño, compadecido, corrió hacia la fila y puso una manzana seca en la mano de una mujer, pero el guardia que conducía la procesión arrebató la fruta a la prisionera y se la metió en la boca.

–Me hará más provecho a mí que a ella, mocoso necio. ¡Vete a jugar a otra parte o te doy un bofetón! –gruñó mientras masticaba.

Los niños se fueron corriendo a jugar en la ribera.

capítulo cincuenta y tres

Una nostalgia secreta

Sentada sobre un taburete en casa de Liaza, Ámbar miraba el fuego. Dentro de un tronco ya negro ardía una brasa. La leña verde, tal vez húmeda, soltaba humo, pero Ámbar miraba el fuego aunque le irritara los ojos. Por primera vez en su vida disponía de leña para quemar en el día invernal. Los habitantes de Peña Verde enfrentaban el invierno sin miedo. Afuera, la cellisca caía en grandes copos y el suelo nevado parecía reflejar el cielo gris. Era temprano y agonizaba el corto día. Carbón roncaba a sus pies, gruñendo quedamente. De cuando en cuando, el anciano perro soñaba y movía las patas en una pantomima de carrera.

–¿Qué sueñas, querido? ¿Que vas tras las ardillas? ¿Que acompañas a la abuela al bosque para recoger hierbas? –preguntaba Ámbar en murmullos, y se inclinaba para frotarle las orejas.

Carbón abría un ojo, cambiaba de posición y Ámbar continuaba mirando el hogar.

Amaba el fuego y los sonidos que salían del brasero: el crepitar, el crujido de la madera, la pequeña detonación del leño al partirse, el velo blanco que la ceniza extendía sobre el manso rescoldo. Podía pasar horas frente al fogón, mirando las llamas y pensando en Cuervo.

Lo extrañaba muchísimo. Se aburría sin él. Sin su abuela. Era como si hubieran pasado años y años desde la muerte de Liaza. De su abuela recordaba todo; del mago, menos. ¡Había sonreído tan poco! Ámbar tenía decenas de interpretaciones para cada gesto y palabra; para la forma en la que el mago se había dirigido a los aldeanos, a Caliela. Recordaba cómo había curado al caballo de Dungalo, el valor con el que se había enfrentado al soldado a pesar de que no tenía cuchillo ni espada. A veces olvidaba su voz. Lo que tenía marcado, lo que podía recuperar inmediatamente, era la sensación de pérdida que le produjo su rechazo cuando lo besó. Lo recordaba tan vívidamente que se volvía a retorcer de vergüenza.

¿Qué estaría haciendo Cuervo? Seguramente estaba cerca de Fura, cerca de Soledad –al pensar en eso, una punzada de celos la obligaba a chasquear los labios– y completamente entregado a la empresa de destruir al dragón. Aliado con el Lobo. Porque eso querían hacer esos incómodos cofrades: destruir a esa criatura espléndida hecha de carne y metal, de fuego y viento.

Siempre que llegaba a ese punto en sus reflexiones, Ámbar se confundía, se detenía. Sí, se decía, debían acabar con él. El dragón amenazaba el reino y era cruel. Pero también era hermoso, tenían que admitirlo. Nadie en la aldea quería ni mencionar su belleza, y cuando Ámbar hablaba de eso, la miraban como si ella fuera la malvada y peligrosa. Aceptar que el dragón era majestuoso, una visión gloriosa y mágica, no significaba aprobar la destrucción que lo acompañaba.

Verlo le había cambiado la vida. Lo que experimentó al apretar el colmillo contra su pecho, el contacto con ese pedazo de marfil lleno de plata viva, tibio y pesado, la había llenado de una luminosa exaltación.

Ah, qué vergüenza, soy una miserable, se imprecaba, y se daba con los nudillos en la frente. *El dragón mató a mi abuela. No, no el dragón*, negaba. *Fue culpa mía por dejarla sola, a merced del miedo. Luego encontré el colmillo y sentí alegría. Pero la alegría fue por darle la razón a mi abuela. Y bueno, sí, porque el colmillo era una prueba de que el dragón existía. Y gracias a que lo entregué al duque, ya nunca vendrán a robar, ni a llevarse a nadie, ni a violentar a las mujeres.*

Ámbar le daba vueltas al anillo que llevaba en el meñique, el anillo que garantizaba la libertad de los aldeanos de Peña Verde, y se mordía los labios, desconcertada.

No quería a la princesa. La respetaba y a ratos le inspiraba ternura, una simpatía construida a partir de honestas cavilaciones: Soledad era valiente, era leal, era agradecida. Los había librado del tributo. Pero hablaba del rey, de ese miserable, como si fuera un dios benévolo. Era terca, engreída. Quería acabar con el dragón y, además, iba por los caminos cerca de Cuervo mientras ella se aburría en Peña Verde. Porque se aburría. Todos los días le parecían iguales. Soporíferos, vacíos, tediosos. ¿Qué iba a ser de ella?

Al llegar a ese punto, se ponía en pie –Carbón le mostraba la panza con la esperanza de que se la rascara– y se paseaba por la choza. Se asomaba a la puerta, abría el cesto de los retales, miraba la estatuilla que Cuervo no se quiso llevar, examinaba la urdimbre del telar y husmeaba los ungüentos preparados por el mago.

¡Cuántas cosas se había obligado a considerar en esos sosegados días de invierno! ¿Cómo haría para librar la distancia que se había abierto entre ella y los aldeanos? Porque debía hacerlo, en nombre de su abuela. Ahora ella era la curandera. La sucesora de Liaza, a quien seguía extrañando. Pero la partida de la princesa y el mago, en lugar de restituirla a la aldea, había ahondado sus diferencias con la familia y el resto de los campesinos.

Había vuelto a dormir en casa de sus padres, aunque solo para dar gusto a Caliela, quien algo sospechaba de la tristeza que embargaba a su hija.

–¿Qué piensas, hija? –preguntaba en un esfuerzo por romper la taciturna coraza con la que Ámbar se protegía desde la mañana en que Cuervo se fue.

¿Cómo responderle?, se preguntaba la muchacha. ¿Cómo decirle a su madre que se había enamorado del mago? ¿Que pensaba continuamente en el dragón, en la magia de Alosna?

ooo

Había comenzado a darse cuenta de cómo la miraban los jóvenes, pues la seguían por la vereda cuando iba al pozo y se peleaban por llenarle la cubeta o regalarle brazadas de leña y panes de centeno. Pero a Ámbar le parecían pueriles y tediosos. Las muchachas de su edad también. Solo hablaban de matrimonios y parcelas, de las ubres de las cabras y los críos de las recién casadas.

En las reuniones de las mujeres para trabajar y cocinar, ella se mantenía en silencio. Las demás la consideraban con respeto y un poco de recelo. Ámbar se había hecho amiga del mago y acreedora de Soledad, murmuraban. Por eso la dejaban en paz. Ámbar pensaba que hasta Soledad la podría entender mejor que esas mozas murmuradoras, que se reían tapándose los dientes con impostada feminidad y fingían no conocer las canciones para tejer que le había enseñado la abuela.

Atesoraba en la mente la breve aparición del dragón, las enseñanzas del mago. A veces se sentaba a la mesa con un cuenco de caldo a imaginar el Unicornio. Cerraba los ojos y pensaba. ¿Cómo sería? El dulce y feroz Unicornio... De él apenas conocía algunas leyendas. Liaza acostumbraba hablarle del dragón, no del Unicornio, pero Cuervo le había contado cosas. Que era el animal más hermoso del mundo: el rey del bosque, el purificador de las aguas, el matador de cazadores. Estaba segura de que era bello, pero dudaba que fuera más hermoso que el dragón.

–¿Es como Fum? –le preguntó un día.

Pero Cuervo negó con la cabeza.

–La diferencia entre el Unicornio y Fum es la misma que hay entre Carbón y el lobo más feroz y corpulento, o el gato de tu madre y un lince de la nieve. Además, es más ligero y su cuerno es largo como una lanza blanca.

Y Ámbar siguió pensando que, por bella que fuese esa criatura, ni volaba ni arrojaba fuego por la boca. Pero por nada del mundo le hubiera dicho eso a Cuervo. La intuición la previno. Se hubiera llevado una regañina.

¿Por qué soy así? ¿Por qué desde la primera vez que mi abuela me habló del dragón quise verlo? Debería ser devota del Unicornio, el animal más sagrado de Alosna, el protector de las fronteras y los magos, se decía.

¿Me dejaría acercarme? ¿Tocarlo?, se preguntaba mirándose las manos a la luz del fuego. Cuervo le había dicho que el Unicornio permitía que las vírgenes puras se le acercaran. *¿Seré pura yo?*, se preguntaba mordiéndose los labios. *¿Es puro quien admira tanto la belleza que se olvida de la bondad?*

capítulo cincuenta y cuatro

La subasta de los esclavos

Cuando Soledad llegó a la plaza, ya Alderico y sus hombres recorrían la *catasta* examinando atentamente a los espectadores. Los esclavos aguardaban, cabizbajos y llorosos. Había mucha gente: parecía que todos los habitantes de Rodosto estaban allí, dispuestos a mirar.

Soledad buscó a Cuervo en el tumulto, pero solo vio el pelo amarillo y erizado de Agila, quien, rodeado por sus soldados, vigilaba.

Era la primera vez en su vida que veía tantas personas reunidas, y el olor a bocas sucias, pelo grasoso y pies curtidos en sudor le pareció repugnante. Se echó la capucha sobre la cabeza y se envolvió en los pliegues de la manta. Se abrió paso entre la muchedumbre y fue oprimida, empujada y restregada por extraños. En toda su vida solo había sido tocada con esa brusquedad el día de la batalla. No deseaba acercarse a la *catasta* todavía; quería caminar un poco más y mirar las casas, los talleres, las tabernas, las hosterías, los corrales.

La arrogancia casi la traicionó: con la barbilla en alto y una mirada glacial, empujó rudamente a un joven que se atravesó. El joven le sonrió burlón y, mientras se alejaba, dijo:

–No me empujes, moza impertinente. Te perdono por esos ojos verdes de princesa.

Soledad sintió el impulso de desenvainar. Echó la mano al cinto y recordó que había dejado la espada en casa de Agila. Sintió una ráfaga de vergüenza al reconocer su susceptibilidad, su peligrosa impaciencia. Se alejó caminando rápidamente y apartó los pliegues de la capucha, pues le ardían las mejillas. El aire estaba lleno de olores nuevos y deliciosos. Se inclinó sobre un cesto de pan de haba. En la corteza de las hogazas brillaban verdes trozos de semilla cocida y granos de sal. Así era como Orri decía que un buen pan de haba debía verse al salir del horno: cubierto de esmeraldas y diamantes buenos para comer. Soledad sintió que la boca se le llenaba de saliva y se irguió para preguntar el precio. Entonces, la vendedora la reconoció; era la anciana que vendía pasteles cerca de Agila cuando Fura reveló quién era Soledad, la que la había llamado «bella». La vieja le tendió las manos. Soledad aferró los dedos de la panadera en la diestra. Quiso pedirle que guardara silencio, pero antes de que pudiera hacer nada, la mujer se arrodilló.

–Señora nuestra, ¿qué hacéis sola entre vuestros súbditos? –preguntó.

Soledad apretó los dedos fríos de la mujer con una mano y se puso el índice de la otra sobre los labios. La vieja la miró sin comprender.

–Mujer, no llames la atención sobre mí. He venido a observar –dijo Soledad en voz baja.

La vieja se irguió, soltándose. Con una sonrisa, se inclinó, tomó un pan de la canasta y lo puso en la palma abierta de Soledad.

–Probad mi pan, hermosa dama. Probad el pan de haba de la vieja Juana y decidme si no es el mejor que habéis comido.

Soledad mordió la hogaza y se llenó la boca con masa cocida, tibia y esponjada. Sabía a harina, habas, sal, humo de leña. Cerró los ojos y masticó. Un bienestar terreno la invadió y miró a la mujer con agradecimiento.

–Tu pan es delicioso, Juana.

Juana sonrió. Le faltaban varios dientes, pero su sonrisa era cálida.

Soledad agradeció el pan con una inclinación y se apartó para comprobar si desde allí se podía ver la tarima de la subasta.

ooo

Alderico se adelantó con el látigo en la mano:

–¡Mirad! ¡Mirad! –gritó.

Un hombre abrió los grilletes que rodeaban el cuello y los tobillos de una niña y la empujó hasta que quedó sola frente a la hilera de esclavos cabizbajos. El pecho de la niña se estremecía y el pelo le cubría la cara. En sus tobillos se veía la úlcera sanguinolenta del grillete y tenía los pies pintados con tiza, para señalar su condición de mercancía.

–Aquí tenemos a una hija de pastores, virgen y bien alimentada, cuya madre jamás le negó un pan o un cuenco de leche. ¡Miradla bien! –y con un gesto teatral, Alderico arrancó la manta que la cubría y la dejó caer en el suelo ocultándole los pies.

La niña, cuyos brazos y rostro tostados por el sol contrastaban con la palidez del torso y las piernas, trató de cubrir sus senos incipientes con una mano, mientras la otra bajaba en un frenético esfuerzo por tapar el delta del sexo.

Soledad enrojeció y sintió que las orejas le ardían. Hasta ese momento, la desnudez de los esclavos había sido, para ella, semejante a la de los animales: no la incomodaba ni le dedicaba más de un pensamiento. Pero en ese momento fue como si una chispa la encendiera. Sorprendida, se descubrió a sí misma enojada con los pocos que gritaban:

–¡Muéstrala, Alderico!

–¡Niña! ¡Abre los brazos para que podamos verte!

La niña gimió mientras Alderico le levantaba las dos manos unidas por las muñecas sobre la cabeza. Los pechos diminutos, sacudidos por el llanto, quedaron expuestos a las burlas.

–¡Mirad a vuestro antojo! ¡Mirad estos senos que pronto harán las delicias de su amo!

Una de las mujeres que estaban junto a Soledad chasqueó los labios con rabia y señaló al traficante con un índice que temblaba de rabia.

–Ese hombre es un miserable. Todos sabemos lo que hace con las niñas. ¿No te dan ganas de azotarlo con su propio látigo? –preguntó en voz baja dirigiéndose a Soledad, quien no contestó.

La niña ahogó un grito. Un delgado chorro amarillo se deslizó por sus muslos y mojó la *catasta*. Una voz de mujer se alzó sobre el griterío:

–¡Alderico! ¡Es una niña! ¡Déjala, puerco!

–¡No la estropees! –exclamó una ronca voz masculina–. ¿Qué le habrás hecho antes de traerla? ¿Acaso no naciste tú también de una mujer?

Alderico escupió y el salivazo manchó la tarima.

–Mi madre no era esclava... ¡Muéstrate, perra! –gritó. Con una sonrisa torcida, tomó a la niña del pelo y la zarandeó.

Soledad se estrujó las manos. Deseaba pegar al traficante en la cara con la plana de la espada. No se preguntó las razones de su enojo: ella, que había presenciado el tormento de los magos con indiferencia, que había sido displicente con Tagaste e irritable con esclavos que la amaban, ahora se erizaba de furia ante el maltrato a una niña desconocida.

Pensó en regresar por la espada a casa del alcalde. Entonces, una vibración en la multitud la distrajo. Oyó gritos de asombro y miedo, el llanto de un niño, una carcajada nerviosa. A la izquierda, una brecha se abrió en la muchedumbre. Un gruñido profundo como un temblor de tierra se levantó sobre la algarabía. Soledad se encaminó entre la gente hacia el lugar de donde todos se apartaban para hacer espacio... ¿A qué? ¿A quién?

–¡El oso! ¡El oso! –oyó gritar.

Un tufo a orina y almizcle llegó hasta ella. Al acercarse descubrió –y por un momento creyó que veía visiones– a un oso negro que transitaba, lento y majestuoso, entre el gentío.

Soledad se frotó los ojos con los nudillos. *¿Qué hace un oso fuera de su cueva tan adelantado el invierno?*, se preguntó. *¿Será un animal para la venta? ¿De qué corral se ha escapado?*

Los compradores de pescado se dispersaron en una estampida de pavor cuando vieron que el oso marchaba hacia ellos. Soledad sospechó que se había escapado del juego vil con el que los aldeanos celebraban sus borracheras: el oso atado al poste, los perros que lo mordían y quedaban colgados de su pelaje hasta que el oso moribundo los despanzurraba de un zarpazo. Muertes sin la gloria de la caza, sin honor. Pero no había visto el poste, y todos parecían tener miedo. Algunos hombres permanecieron en sus lugares, mirando a su alrededor con expresión incrédula, mientras los niños corrían de un lado a otro. Agila fue el único que tuvo la presencia de ánimo suficiente para desenfundar la espada y acercarse con cautela. El oso lo rechazó con un golpe casi afectuoso y Agila cayó al suelo. Uno de sus hombres lo ayudó a levantarse y juntos retrocedieron hasta quedar al lado de los esclavos.

El oso siguió adelante, meciendo la enorme cabeza de un lado a otro. La cruda luz de la mañana mostraba el polvo y la tierra que le opacaban el pelaje. Con cada paso los músculos temblaban bajo la piel. El grave resuello se hizo más potente. Los esclavos retrocedieron, pero las pesadas cadenas que los ataban les impedían huir. Dos guardias escaparon de la *catasta* y se mezclaron con la gente.

Alderico soltó a la niña, quien, a gatas, miró al oso con la boca abierta. Un coro de ladridos, cacareos y maullidos se unió a las voces de alarma y los gritos.

El traficante aferró el látigo. El oso se irguió pesadamente sobre las patas traseras y las colas del látigo silbaron. Una de las uñas de hierro hirió el hocico negro y húmedo: la sangre borboteó y manchó el pelaje más claro del vientre. El oso levantó una pata con un gesto casi humano y se tocó la cara. Soledad vio la sangre en la zarpa acojinada. La bestia se tambaleó y alzó el hocico, del que salió un rugido de dolor que hizo que los asustados esclavos de la tarima lloraran a grito pelado. Soledad sintió un empujón y trastabilló.

Alderico volvió a esgrimir el látigo y un segundo golpe hizo bramar al oso. La niña esclava se arrastró y se metió entre los otros esclavos, que se apelotonaron en la parte de atrás en una mezcolanza de cuerpos, harapos y cadenas.

Alderico se disponía a azotar al oso por tercera vez cuando un grito de hombre lo distrajo. Otro grito, esta vez de mujer y lleno de miedo, intranquilizó a la multitud, y un coro de ayes le siguió. Un potente berrido resonó sobre la barahúnda. Soledad advirtió que un animal atravesaba velozmente la plaza. A primera vista le pareció un toro contrahecho: era un gran jabalí de colmillos estriados y amarillentos que iba atropellando todo lo que se interponía en su camino. Del tamaño de un ternero, cubierto de pelaje áspero y sostenido por patas breves y vigorosas, clavó los ojillos en la figura del traficante. Derribó una mesa sobre la cual había panes de centeno y pasteles de anguila, arrolló a un muchacho ebrio que no se apartó a tiempo y pisoteó a una gallina que quedó aplastada, convertida en un amasijo de plumas rotas. Luego subió ágilmente los cuatro escalones que conducían a la *catasta*.

Soledad vio el rabo como una extraña borla manchada con excremento, las pezuñas cubiertas de fango, las huellas lodosas que dejó en la madera. El animal inclinó la cabeza y se oyó el rechinar de su quijada. Bufó con ímpetu, un berrido telúrico que espeluznó de nuevo a los esclavos. Soledad sintió que la incredulidad la mareaba. La gente tropezaba en la huida. El suelo se había convertido en un barrizal donde se mezclaban huellas de pies y de patas.

El jabalí bajó la cabeza y arremetió; uno de sus colmillos hirió al mercader en el brazo y el látigo cayó sobre las tablas. Alderico gritó, tropezó y cayó, cubriéndose la cabeza con los brazos y recogiendo las rodillas sobre el pecho.

Agila trató de acercarse, pero un animal, que Soledad confundió por un momento con un perro, le cerró el paso mostrándole los dientes. Soledad se detuvo. Su mirada se encontró con la del animal y soltó un jadeo, estremecida por la mirada de oro, las pupilas redondas, los ojos amarillos ribeteados por una línea oscura. Era una mirada humana sobre el hocico afilado, la nariz negra, las altas orejas triangulares. *Lobo*, se dijo, y el vello de los brazos se le erizó. No era el lobo heráldico del estandarte de Bento: era un lobo de carne y sangre que jadeaba y se inclinaba, vigilándola. El pelaje era gris y negro, excepto en el pecho claro. Tenía una mancha negra que cubría el fino hocico y se extendía por el lomo. Un halo rubio le envolvía el cogote. Brillaban los colmillos a los lados de la lengua que goteaba saliva, brillaban los pelos blancos que coronaban las orejas, brillaban las cerdas oscuras y enhiestas del espinazo. Avanzaba lento, inclinado sobre la tierra, gruñendo suavemente. Soledad se llevó una mano a la garganta.

Se oyó un nuevo repiqueteo de cascos. Semejante a un caballo blanco, el Unicornio saltó sobre la *catasta*. Los esclavos dejaron de gritar y se quedaron quietos. Entonces la niña esclava, desnuda y sucia, se puso en pie y extendió el brazo en un saludo de bienvenida. Soledad vio una expresión de alegría pura en el rostro infantil, hacía apenas unos minutos deformado por el dolor.

El Unicornio ambló ágilmente –Soledad pensó que se movía con la gracia de una bailarina– y sus pezuñas tamborilearon contra la madera. Echó la cabeza atrás y los músculos del pecho dibujaron una uve. Miró a la niña y relinchó. La niña rio y algunas mujeres rieron con ella. El Unicornio arqueó el cuello, y el cuerno, recto y nacarado, brilló bajo el sol. La multitud exhaló un largo suspiro. Una carcajada infantil, rápidamente acallada, surgió de entre la gente. La niña dio un paso. Levantó uno de los pies y, con gesto ausente, se frotó las úlceras abiertas por el grillete. Seguía extática mirando al Unicornio.

El jabalí esquivó al comerciante, quien gimoteaba y se estremecía, y se acercó. El oso se dejó caer sobre las patas traseras y quedó sentado frente a ellos, semejante a un hombre corpulento y cansado. Agila puso una mano sobre el pomo de la espada y contempló la escena, respirando agitadamente.

Soledad trató de decir algo, pero nada salió de su boca. Era como si se hubiera quedado muda y sorda, pues los ruidos parecían llegar desde muy lejos, apagados por el redoble de su propia sangre en los oídos. Se quitó la capucha y su pelo rojo brilló. La gente la reconoció, alguien gritó su nombre.

El Unicornio movió la cabeza y un ojo almendrado, velado por pestañas largas y negras, se posó sobre ella. Soledad dio un paso. El Unicornio resopló y sacudió las crines. Encogió los belfos y Soledad distinguió el brillo de los dientes, más blancos y limpios que los de ningún caballo. Sus ollares eran azulados. Algo se desató en el pecho de Soledad y echó a correr.

Al pasar junto al lobo, extendió el brazo y le rozó el pelaje. El lobo la siguió retozando, cruzándose en su camino, mordisqueándole las botas, abalanzándose sobre ella, mirándola con sus ojos amarillos. Soledad oyó gritos, la advertencia de Agila, un «¡Ay!» de Alderico y la risa cantarina de la niña esclava.

Al llegar a la *catasta*, colocó las manos en el borde, impulsó el cuerpo para subir y quedó acuclillada sobre la tarima. El Unicornio bajó la cabeza y Soledad aferró el cuerno para ponerse en pie. El hálito del animal llegó hasta ella en una tibia vaharada. Olía a miel. Soledad miró con arrobo el pelaje blanco, la testuz. Sintió bajo la palma el terso tacto del marfil. El Unicornio tenía las orejas largas, y el interior de esas orejas era sonrosado y velludo.

El Unicornio relinchó y Soledad contestó:

–Aquí estoy.

La plaza estaba casi en silencio. Soledad se preguntó si la gente alcanzaba a oír el resollar del Unicornio y el sordo gruñido del lobo. El Unicornio seguía con la vista fija sobre ella. Se sintió examinada.

–Aquí estoy –repitió. Con lentitud, soltó el cuerno y acercó la mano al lomo del animal. El cuerpo del Unicornio estaba fresco. El jabalí exhaló un bramido satisfecho.

El Unicornio volvió la cabeza y alzó el cuello en un brusco movimiento. Soledad retiró la mano, azorada. El Unicornio pisoteó la tarima y las tablas se resquebrajaron. Levantó las patas delanteras y se irguió. Soledad, asustada, levantó los brazos sobre la cabeza. Entonces el Unicornio giró sobre las patas traseras, corcoveó y, con un retumbar de cascos, se dejó caer –el cuerno apuntando hacia abajo– en dirección al traficante.

La punta del asta atravesó el torso de Alderico, a quien la princesa había casi olvidado. El comerciante abrió mucho la boca y un ronco gruñido escapó de sus labios. Soledad vio la lengua, estirada como la de un ahorcado. El Unicornio sacó el cuerno empapado en sangre oscura y embistió de nuevo, introduciendo el asta en la misma herida que había abierto. Se oyó un crujir de huesos y la punta salió por el otro lado astillando la tarima. La niña esclava gritó y pataleó.

Alderico tosió y expulsó una aspersión escarlata por la nariz, un abanico hecho de minúsculas gotas de sangre. Abrió la boca, trató de inhalar y se orinó. Estaba muerto.

Soledad se cubrió el pecho con las manos y se dobló en una arcada. Abrió la boca y un chorro de hiel verdosa mojó la *catasta*. Se ahogaba. Después de la batalla había temido el encuentro con más sangre, y ahora, en este momento y bajo el sol, tropezaba con ella de nuevo: el olor a cobre, la brusca agonía. Las lágrimas asomaron a sus ojos. ¿Dónde estaba la paz que prometía la mirada del Unicornio? ¿Por qué había traído más muerte?

El Unicornio dio un paso atrás y alzó la cabeza, liberándose del cuerpo del traficante. La sangre que manchaba el cuerno bajó por la quijada y dejó un fino rastro rojo sobre la piel. La gota cayó en la tarima. Las miradas del Unicornio y de Soledad volvieron a encontrarse: no había ya en él la ira que lo animaba hacía unos momentos. Había matado con la precisión y serenidad de un verdugo. Los animales habían sido los testigos, Alderico el condenado.

Es su justicia. Es la justicia, pensó ella. Bajó la vista y repasó la herida, la sangre negra que manchaba la tarima, los labios estirados sobre los dientes en un rictus colérico, las manos encogidas.

El oso, el lobo y el ciervo la rodearon, pero ella siguió con la mirada fija sobre el cadáver. La niña esclava se había cubierto los ojos con las manos. En ese momento Soledad enfrentó una verdad: de hombres como Alderico dependía la riqueza del reino de su padre. Recordó a los ahorcados pestilentes que había visto en Álamos y tuvo la certeza de que el Unicornio la mataría. ¿No era ella la hija del rey injusto?

Se frotó las sienes con los dedos y se volvió a mirarlo. Se iba. Vio la grupa, la cola con el leonino mechón en la punta, la crin que ondeaba en el trote, la erguida cabeza y la mirada de despedida. Soledad siguió a los animales con la vista antes de que se perdieran por las callejuelas: el oso con su paso renqueante, el lobo como una sombra, el jabalí rechoncho y veloz. Algunos perros, gatos y gallinas se les unieron. Se sentía hueca: la felicidad y los dolores la habían abandonado. Cuando se volvió, se dio cuenta de que todos la miraban. Agila tendía las manos hacia ella; incluso los niños se detuvieron y la contemplaron. Un susurro corrió como un incendio por la plaza: «¡La virgen! ¡La virgen del Unicornio!».

Dio unos pasos para bajar de la *catasta*. Entonces sintió el tacto de una mano pequeña y fría en la suya. La niña esclava estaba a su lado.

Soledad vio el cuerpo esmirriado, los senos diminutos, los tobillos ulcerados. En silencio, se quitó la capa y la colocó sobre sus hombros.

–¡Señora! –gritó Agila mientras se acercaba a la carrera.

Cuando estuvo frente a ella, Soledad empujó a la niña hacia él y ordenó:

–Que la vistan y le curen las llagas. Hay que enviarla de regreso con sus padres. Pregunta a los hombres de Alderico dónde nació esta criatura.

–Se hará hoy mismo, señora –contestó el alcalde con una reverencia. Tenía el pelo erizado y los labios blancos–. El Unicornio solo será domado por la virgen de corazón puro –añadió–. Por vos, señora. Doy gracias por haber presenciado cómo él os elegía.

Soledad trató de interrumpirlo, pero Agila hablaba rápidamente.

–Sois nuestra salvación. Yo vi cómo pusisteis la mano sobre él, cómo os esperaba... Doy gracias a mi suerte por ser vuestro súbdito.

Agila comenzó a llorar. Soledad retiró la mano y balbuceó:

–Yo no soy esa... No soy la salvación...

Una mujer se hincó junto al alcalde. Soledad sintió un rubor quemante que le subía del pecho.

–Agila, levántate. ¿Qué haces? ¿Qué hacen?

Todos la miraban. Soledad estaba acostumbrada a las miradas, pero de otro tipo. Conocía el miedo, la adulación, el bisbiseo malévolo de las damas de compañía de su madrastra, la curiosidad de los soldados, el recelo de los aldeanos. Esto era distinto

–Enterrad a ese hombre y liberad a los esclavos que traía a vender –dijo por fin.

La niña esclava le tomó la mano. Soledad se dejó encaminar a casa del alcalde. Sintió el roce de muchas manos, caricias en el pelo, en los hombros, en los brazos. Escuchó bendiciones, palabras llenas de afecto, su nombre repetido mil veces.

ooo

En el castillo del Lobo, Tagaste, sentado sobre un taburete en la cocina, contaba barriles de cerveza para embodegarlos. De pronto, una felicidad inexplicable lo invadió. La cicatriz del hombro le ardió como una llamarada. Tagaste se quejó y los esclavos lo miraron con alarma. Fue un dolor como el que había sentido de niño cuando el médico de Cicuta lo marcó con el hierro del barón, pero duró lo que un latido. La sensación de quemadura dejó tras de sí un suave frescor. Desconcertado, levantó la mano.

–Orri, sigue contando. Van treinta. Ahora vuelvo –dijo, y se dirigió tan rápido como pudo a sus habitaciones.

Los esclavos sospecharon que un repentino malestar lo aquejaba y se apartaron de su camino.

En su cuchitril, Tagaste se descubrió el hombro frente al espejo y vio –frotándose los ojos, que ya se llenaban de lágrimas de alegría– que la cicatriz había desaparecido. Puso las yemas de los dedos sobre la piel y la sintió fría y tersa. Azorado por el súbito milagro, sintió que las fuerzas lo abandonaban y, tambaleante, fue a su lecho. Se dejó caer sobre el maltratado colchón y cerró los ojos. En su mente apareció el rostro amado de Soledad.

Aquí estoy, dijo la voz de la princesa.

Tagaste lloró hasta que se le acabaron las lágrimas. Comprendió que la sangre maga de Genoveva se había impuesto sobre la del Lobo, y que Soledad era, quizás, quien salvaría Moriana. Si para esto había muerto el pobre Tórtola, si esto lograba su horrible sacrificio y el de tantos magos, tal vez había un poco de justicia en el mundo.

Se puso en pie, más decidido que antes a hacer frente a las intrigas de Senen. Desde hacía semanas, todos los esclavos, tanto del Lobo como de Senen, se habían acercado al eunuco. Aunque Tagaste no se había atrevido a pedirles que espiaran para él, un aire de discreta rebelión se respiraba en las cocinas y los establos.

Los esclavos sabían que la guerra se avecinaba: tenían sueños nostálgicos y dulces en los que veían a sus parientes, o pesadillas llenas de fuego y oscuridad. Abandonaron sus rencillas y sus míseras disputas. Se unieron, tungros y morianíes, hombres y mujeres, viejos y jóvenes, con el propósito de sobrevivir. Habían oído decir, además, que los esclavos de todo el reino huían de sus amos sin vengarse de ellos y sin dudar. A Bento habían llegado los rumores de las deserciones en masa, de la llegada de los tungros, de las oleadas de campesinos que abandonaban todo para ir a Alosna. Se decía que el Paso del Mago había sido reconstruido y que diariamente era atravesado por centenares de morianíes que desafiaban las leyendas de los magos antropófagos para huir de la guerra. Se decía también que los bueyes huían al bosque aún uncidos a la yunta; que los perros mordían a sus amos; que los gatos escapaban por la ventana y no regresaban, a pesar de la leche que sus dueños dejaban en el alféizar; que los cerdos les gruñían a los porqueros. Nadie sabía si era verdad, pero la sola existencia de una habladuría semejante los llenaba de determinación.

Edurne era la única que sabía lo que Senen había hablado con Tagaste. La vieja nodriza vigilaba constantemente la comida y la bebida para que el consejero no tuviese oportunidad de envenenar a nadie. Y como Senen era el enemigo de todos, cada movimiento suyo era espiado, calibrado, delatado. Aquellos a quienes había humillado o golpeado sentían que la liberación estaba cerca.

Soledad estaba viva, se dijo el eunuco. Y desde donde se encontraba, lo había liberado. Lucharía por ella como un guerrero.

Tagaste se encaminó de nuevo a las cocinas. Quienes lo vieron pasar descubrieron que caminaba con una nueva dignidad que nadie le conocía.

capítulo cincuenta y cinco

Encuentro en la ribera

Cuervo tendió la túnica y las calzas sobre la hierba y se metió en el agua. Había encontrado un lugar en la ribera donde el hielo era apenas una delgada franja bajo la cual dormitaba un cardumen de truchas verdes. Se quitó las sandalias y caminó cinco pasos sobre la superficie, esperando que de un momento a otro el hielo se rompiera. Cuando sintió cómo se abría y separaba bajo sus pies acalambrados, se apretó la nariz con los dedos y se quedó quieto. Sonó un chasquido y el mago se hundió hasta la cintura. Metió la cabeza bajo el agua, pero el frío lo obligó a sacarla. Inhaló y se sumergió. Tocó el fondo, se impulsó de una patada y emergió con un grito. Tomó aire, soltó una carcajada y vadeó laboriosamente hasta la orilla.

Su pelo, liso y oscuro como el de las nutrias, brilló bajo el sol. Su cuerpo, antes frágil, se había vuelto fuerte por los rigores del camino. Hasta en el brazo mutilado había más vigor que cuando era un novicio entero en Alosna. Se miró el estómago, el pecho, las piernas, y enarcó las cejas: se le marcaban los músculos y una fina capa de vello oscuro le subía del sexo al pecho. Nunca había tenido interés en los espejos, pero por un momento quiso mirarse en uno. Seguro que su cara había cambiado. Se pasó la mano por la mejilla: al tacto seguía tan lisa como siempre. Le hubiera gustado tener barba, como tantos hombres de Moriana, o como Erec. Frunció el ceño. ¿Por qué pensaba en esas tonterías?

Se tendió sobre la tierra arenosa para secarse al sol, pero el agua lo llamaba y entró de nuevo en el río. Sintió el frío del agua como una sensación aterciopelada; estaba aterido. El baño había apaciguado la rabia que sentía contra los habitantes de Rodosto.

¿Acaso él no había tardado en cambiar? Recordó los primeros días en el bosque de Alosna, su terca rabia, y suspiró. ¿Quién decía que cambiar era fácil? Él lo había intentado con toda el alma y, a veces, sus viejos pecados levantaban la cabeza y lo miraban esperando un descuido para gobernarlo.

Miró un témpano plano y liso que flotaba en la corriente. Lo cogió y, tiritando, estudió el corazón opaco y blanco del hielo, erizado de agujas cristalinas Entonces vio los ojos de Munin, como si su padre estuviera detrás de él y se reflejara en el espejo del hielo. Se acercó el témpano a la cara. Miró el reflejo móvil, semejante a una nube avistada en el río. Sí, eran los ojos de Munin, la cara afilada, las mejillas hundidas, la nariz inconfundible. El hielo se tiñó de rojo y Cuervo dio un grito destemplado:

–¡Padre!

Se figuró que sus miradas se cruzaban y creyó percibir que la boca de Munin se abría en un gesto de asombro. Un rayo de sol destelló sobre el hielo y la imagen desapareció. Cuervo alzó el témpano y lo movió buscando la cara de su padre. La corriente del río lo empujó y se tambaleó. Con un gemido de frustración trató de salir del agua, pero las piernas agarrotadas le respondieron con torpeza. Salió estremecido por los escalofríos.

Se dejó caer sobre el lodo de la orilla. El hielo le quemaba las manos, pero no lo soltó. Se lo acercó a los ojos. El rostro de su padre había desaparecido. ¿Lo había visto realmente? El témpano se derretía en sus manos.

–No –resopló, y repitió con la voz temblorosa–: No, no, no.

Murmuró un conjuro, pero aunque la mano quemada le dolió, ya no pudo ver más. Entonces oyó una estampida a sus espaldas. Con el trozo de hielo en las manos, se ocultó agazapándose entre los juncos y trató de distinguir a los jinetes. No quería que los soldados, o quienes fueran, lo descubrieran desnudo.

El Unicornio apareció en la vereda seguido por su pequeño ejército de animales salvajes y domésticos. Olían a orina, a flores, a almizcle, a grasa, a lana mojada, a heces. Cuervo vio al oso marchar en compañía del perro, al cerdo al lado del jabalí, al gato junto al lince, al lobo saltar ágilmente entre ovejas que lo miraban sin temor. En la retaguardia venían gallos, gallinas y un pato que se balanceaba. Cuervo soltó el hielo, se incorporó y salió al camino. Alzó los brazos y gritó:

–¡Tú!

El Unicornio se detuvo. Era él, el que se había acercado a su amada, el joven alosneño del bosque. Ya le había devuelto la salud: ¿qué más quería? ¿Acaso no había lamido su mano negra a pesar del tufo a dragón? Resopló y pateó el suelo.

Cuervo abrió los brazos. El Unicornio soltó un relincho amenazante y Cuervo retrocedió, asustado. El cuerno era una lanza que sobresalía entre la seda revuelta de las crines, apuntando a su corazón. Cayó de rodillas.

–¡Perdóname!

El Unicornio dio un salto y pasó a su lado, dejando un rastro floral que el mago apenas alcanzó a percibir. Con las piernas temblorosas por el miedo y el frío, trató de alcanzarlo, pero el Unicornio reanudó la carrera y lo dejó en la vereda.

Junto al muchacho desnudo pasaron los animales sin prestarle atención: el jabalí, el lobo, el oso, el lince. De nada le valieron sus artes de mago: los animales no lo miraron siquiera. El Unicornio iba en busca de su enemigo, de la sombra.

Cuervo sintió la soledad como una losa. El Unicornio no quería acercarse a él y –miró el pedazo de hielo en el lodo, sucio, deshaciéndose– Alosna estaba lejos. Este era el castigo y debía cumplirlo. ¿Quién hubiera dicho que el bosque nevado sería para él un cálido recuerdo? Todo su ser necesitaba una voz familiar. ¿Por qué no se había quedado con Ámbar en Peña Verde?, se preguntó, y comenzó a llorar. Porque, se respondió prontamente, esa no era su encomienda. Suspiró y, limpiándose las lágrimas a manotazos, fue a palpar su túnica y sus calzas. Seguían húmedas. Se acuclilló, puso la cabeza sobre las rodillas y aspiró el olor a tierra y su propio olor almizclado, vagamente acre. Tenía la piel erizada.

Con cada día que paso en esta tierra, mis poderes disminuyen. Soy como una curandera que no sabe más que dar remedios para el dolor. Mi corazón no me obedece y he olvidado mis artes. ¿Qué será de mí? ¿Seré todavía un mago cuando llegue al final?, se preguntó.

Desde el día de la batalla, el miedo que lo enervaba le impedía comprender claramente a los animales. La tranquilidad que había reconquistado en Peña Verde se disipó en la lucha después de ver a los muertos. El terror y el amor por Soledad lo agobiaban; eran como una enfermedad, lo cambiaban cada día un poco más, tan profundamente como antes lo transformó la quemadura en la mano. Estaba indefenso.

ooo

En Alosna, los magos, atónitos, habían visto en la olla mágica a Soledad con el Unicornio y a Cuervo desdeñado en el camino. Munin era el más asombrado, y la indignación apenas lo dejaba hablar.

–¿Por qué ha permitido que ella lo toque para luego dejar a mi hijo sin respuestas? ¿Acaso no es él un hombre nacido en esta tierra?

Erec intentó tranquilizarlo:

–Munin, debemos esforzarnos por comprender este misterio. Es inútil enfadarse: estamos lejos de ellos y, además, el dragón se cierne sobre todos nosotros. ¿Por qué dejó solo a Cuervo? No lo sé. Él cumplió su condena y se purifica aún más con cada día que pasa. Quizás debamos volver sobre nuestros pasos: ella no es el hijo que el Lobo quería. Es una mujer virgen. No sé si su corazón es puro, pero el Unicornio se comporta como si lo fuera... –el viejo mago calló y se frotó las sienes.

Senlac intervino:

–Si ella es la elegida por el Unicornio, debemos protegerla con la misma devoción con la que deseamos resguardar a nuestro novicio.

–Ni un conjuro para ella, la hija del enemigo –protestó Munin–. ¿Somos acaso cortesanos al servicio de los poderosos? ¿Y no es el poderosísimo rey, su padre, quien ha matado más magos en este mundo?

–Hermanos, yo no sé más que lo que vi –murmuró Nit–. He visto que esta mujer no ha derramado sangre y que perdonó a su adversario. Sabemos que ama a su padre, pero ¿no es acaso natural? El Lobo no le ha hecho daño a ella, y si algo entendemos de su historia, esta es la primera vez que cabalga fuera de las murallas de Bento. Quizás sea nuestra salvación, no la enemiga que creíamos...

–*¿Nuestra salvación?* –Gan alzó la voz y apretó los puños–. ¡Nuestra salvación! ¿Es que crees semejante absurdo? Ella lleva en las venas la sangre negra y cruel de los Lobos. Es idéntica a él, el malvado rey cruel, borracho. Mírala. No hace falta más que asomarse a la olla. Lleva su sangre.

–Y de la familia de Tórtola, no lo olvidéis –dijo Espinela–, y tal vez en este mismo momento esas dos sangres peleen por dominar su corazón. Es solo una muchacha.

Erec se volvió a mirar a su viejo amigo.

–Como siempre, lo que dices señala la verdad. Debemos recordar los términos de la profecía: el Lobo morirá sin hijos que lo sucedan, pero nada dice sobre la niña por cuya vida Tórtola sacrificó la suya. ¿Quién sabe?

–Yo sugiero, hermanos, que tejamos una red de conjuros para protegerla al mismo tiempo que amparamos a Cuervo –propuso Espinela.

–Sea –refunfuñó Munin–. Pero no puedo olvidar que es la hija del Lobo y temo que, si la salvamos, nos devuelva un mal por un bien. ¿Por qué estamos en esta encrucijada?

–Porque la verdad es difícil de conocer. ¿O habrá entre nosotros, hombres de saber, quien haya visto de la verdad más que vislumbres? –contestó Erec.

Senlac dijo gravemente:

–Hay días, como este, en los que creo entrever un orden más amplio que nos gobierna a todos sin que nos percatemos de ello. Todos estamos atados a leyes insondables: nacimos para saber que vamos a morir. ¿Por qué? Hermanos, un pobre mago que trabaja con las plantas, como yo, no es nadie para responderlo. Algunos aman, otros odian... Pero si detrás de este misterio existe otro más vasto que se resuelve poco a poco, un misterio que incluyera nuestras acciones... ¿no sería mejor que nos entregáramos a ese destino con la decisión de hacer bien? Lo demás está en manos de lo inescrutable.

–Senlac, para ser, como tú dices, un pobre yerbero, hablas igual que un sabio –dijo Erec.

Senlac alzó la cabeza bruscamente y sonrió mostrando un diente roto. Su tosca cara se transfiguraba al sonreír y se embellecía, iluminada por la sonrisa.

–Tejamos la red. Es lo mejor que podemos hacer –concluyó Erec.

–Yo obedeceré a mis hermanos porque confío en sus corazones –dijo Munin–. Pero que conste que no me fío de la hija del Lobo.

–Ya no discutamos más –zanjó Espinela–. Preparemos el fuego, las hierbas, las largas recitaciones, la música secreta. Algunos de nosotros somos viejos y la labor nos dejará maltrechos. Nos espera un día laborioso y debemos ayunar mientras trabajamos.

Gan, con el ceño fruncido, asintió.

capítulo cincuenta y seis

El descubrimiento de Fura

Después de romper el ayuno con Soledad y Agila, Fura y Dungalo salieron sin escolta en dirección a las tierras de Tamaral. Una vez en el camino, Fura corrigió el rumbo y condujo a Dungalo por las orillas del Drin, entre sauces cubiertos de nieve y amplias veredas lodosas. Estaban, sin saberlo, cerca del lugar donde Cuervo se bañaba. Mientras Fura y su escudero miraban cómo algunos témpanos bajaban lentamente por el río, Cuervo vislumbraba el rostro de su padre en un pedazo de hielo y desesperaba.

Fura iba cabizbajo, afinando una idea que había llegado a él después de beber el agua mágica la tarde anterior. También a él esta guerra lo había cambiado. Nunca creyó que pudiera sentir semejante lealtad por la hija del Lobo, ni tanta inquietud acerca del futuro del reino.

A pesar de su ignorancia en asuntos de magia, Fura recordaba bien las leyendas de Mongrún. Esas leyendas afirmaban que el Unicornio y el dragón eran los animales más viejos del mundo, y que su enemistad era tan antigua como ellos mismos. Al beber el agua mágica, Fura había tenido una inspiración: ¿qué pasaría si sumergiera el colmillo en el río? ¿Cómo se manifestarían los poderes del Unicornio? Porque el Unicornio tenía que ver con que el Drin se hubiera limpiado del veneno del dragón, no le cabía duda.

Decidió comprobar lo que sucedería acompañado solamente por Dungalo, lejos de Soledad y de Agila. No quería hacerles concebir falsas esperanzas acerca de la suerte de Moriana, y no había avisado a Cuervo porque no quería levantar las sospechas de Soledad.

Dungalo iba detrás de él, intrigado porque el duque había abandonado la vereda que iba a las tierras de Tamaral, pero sin atreverse a preguntar el porqué. Entonces, en un claro con una pequeña playa donde la arena brillaba cubierta por la escarcha, Fura acercó a Bajel al agua, desmontó y dejó que bebiera. Dungalo hizo lo mismo con Calabaza. El sol estaba alto y la mañana era fría y luminosa. Los granos de escarcha parecían diamantes y las ondas del río se engarzaban en rizos de oro. Los hombres contemplaron a los caballos mientras abrevaban.

–El agua ¿les hará tanto bien a ellos como a nosotros? –preguntó Dungalo.

–Quizás. Según Agila, hace que los animales están menos dóciles y más vivaces, más alegres. Quizás los caballos no necesiten de las bondades del Unicornio para estar felices. No lo sé –contestó el duque encogiéndose de hombros. Miró la playa, el río que resplandecía y la mancha oscura de los árboles–. Este lugar está bien. Amarra los caballos a esos sauces y regresa aquí –le ordenó al escudero. Luego soltó los cordones que ataban la alforja al arzón y la puso en el suelo.

Dungalo condujo a Bajel y a Calabaza al bosquecillo de sauces. Ató las riendas a los troncos y dejó a los caballos ramoneando la escasa hierba. Lleno de curiosidad, volvió al lado de su señor, pero se detuvo amedrentado cuando vio el colmillo que el duque sujetaba.

–Ven, no tengas miedo –ordenó Fura, pero Dungalo no se movió.

–Señor, sí me da miedo. El día aquel, Cuervo me castigó con magia por herir a Dardo y me dolió mucho. Todavía me acuerdo.

–Yo también me acuerdo. Ven. No lo toques, aunque no creo que te haga daño. Tibot, Cuervo, Nap, Berengario, Ámbar, Orosio, Cosmas... Soldados y campesinos lo tocaron y no les pasó nada. Sigue tibio, como entonces. Es magia, pura magia.

El colmillo despedía un vapor tenue y brillaba bajo el sol.

Dungalo se frotó las manos sudorosas con el borde de la túnica y se aproximó. Fura caminó a la orilla y, cuando el agua del río le mojó las puntas de las botas, se puso en cuclillas con el diente sobre el regazo. Lo asió y con cuidado lo sumergió.

Al principio no pasó nada. Dungalo contempló cómo las manos del duque y el colmillo mismo se veían más grandes y más blancos a través de la transparencia móvil del río. De pronto, un pequeño estallido enturbió las ondas y el agua salpicó la cara de Fura, quien, asustado, soltó el colmillo y retrocedió poniéndose en pie. El agua comenzó a burbujear.

–¿Qué prodigio es este? –gritó Dungalo. Sentía la garganta apretada y el corazón se le salía del pecho.

–Lo veo... Mira –dijo Fura.

El duque se acuclilló de nuevo y estudió el agua. Dungalo dio tres pasos miedosos y se inclinó para observar. El colmillo reposaba sobre el fondo limoso. Estaba cubierto por miles de burbujas diminutas, perfectamente esféricas, que brillaban como perlas.

Fura hundió cautelosamente el índice en el agua.

–Está tibia, pero ya no hierve. Lo voy a sacar.

Se arremangó, metió las manos en el agua y tomó el colmillo. La superficie del diente relucía de forma distinta. Ya no era liso: cada burbuja había dejado un agujero diminuto, un pinchazo en el marfil. Fura lo levantó hacia la luz.

–Ya no está tibio: está fresco como el agua. El agua que ha sido purificada por el Unicornio no es buena para el dragón –dijo con una sonrisa.

–En Peña Verde, el agua del río no le hizo nada. Ha de ser el Unicornio como decís vos, señor. Pero ¿cómo haremos para que el dragón caiga en el río?

–Dungalo, no sé si eso es lo que hay que hacer. Pero estoy seguro de que al mago le interesará saber que el colmillo es vulnerable ante lo que el Unicornio toca. Esta es una buena noticia para el rey y para Moriana. Vámonos; tal vez lleguemos a las tierras de Tamaral antes del mediodía.

Dungalo corrió y desató los caballos, mientras el duque metía el colmillo dentro de la alforja y ataba los cordones que la cerraban.

capítulo cincuenta y siete

Preguntas

Cuervo regresó a Rodosto helado y hambriento; la brisa le enfriaba la ropa húmeda y le provocaba escalofríos. Suponía que el Unicornio había pasado por el puerto antes de su encuentro con él, y temía por Soledad: si el diente del dragón la había quemado como un rayo, ¿qué pasaría si la tocara el Unicornio?

Recordaba que Soledad había visto al Unicornio en la batalla y no había pasado nada. Pero en esa ocasión, el Unicornio había matado solo a soldados tungros. ¿Por qué? ¿Por qué no lo había amenazado a él, el más indigno, el responsable de la violencia del dragón? Caminaba, casi trotaba, tan rápido como se lo permitía el cuerpo, ofuscado por una dolorosa pulsación en la garganta, tan absorto en sus preguntas que apenas se dio cuenta de que la nieve estaba tachonada de gencianas azules aunque todavía no era tiempo de que florecieran; que en las ramas de los árboles habían aparecido botones amarillos y que una luz más dulce iluminaba el día.

Al distinguir los arrabales, apretó el paso. No tenía idea de lo que iba a encontrar. ¿Un castigo? ¿Una matanza? ¿Y si el Unicornio había pasado de largo frente al puerto y se preocupaba en vano?

Se acercó y comprobó, con un suspiro en el que se mezclaron el alivio y la desazón, que los rostros que se volvían hacia él estaban encendidos y abiertos como ventanas iluminadas. Las calles estaban llenas de gente que se apartaba para dejarlo pasar. Oyó música y vio una orquesta improvisada que se deshacía de júbilo tocando flautas, vihuelas, tambores y laúdes. Los músicos estaban rodeados por un corro de muchachas y niños que bailaban y cantaban. Las agudas voces de los niños se mezclaban con las notas de las flautas y las carcajadas de las muchachas. Otros jóvenes que miraban el baile reían, pero la mayor parte de la gente guardaba un plácido silencio.

Las mujeres más viejas lo miraron como si lo consideraran desde lejos. Una anciana flaca, vestida con una modesta túnica, se le acercó con una manta y se la ofreció:

–Mírate: la boca azul de frío, las uñas amoratadas. Abrígate.

Cuervo, agradecido, se quitó la capa húmeda y se cubrió con la manta. La anciana le frotó las manos entre las suyas, huesudas y tibias. Cuervo sintió el repentino impulso de besarle la frente arrugada, tostada por el sol.

–Gracias –dijo el mago, pero la vieja no contestó. Se alejó con un lento paso de pato y Cuervo vislumbró la piel sucia y reseca de los tobillos, la punta de la trenza, rala y blanca bajo el borde de la tela con la que se cubría la cabeza. La anciana sorteó una pila de inmundicias y se metió en una casucha. Antes de entrar, se volvió a mirarlo y Cuervo vio con asombro una sonrisa inocente y cómplice en la cara de la vieja.

Los niños jugaban a todos los juegos: corrían de un lado a otro, se arrojaban bolas de nieve y chapoteaban en el lodo. El mago se dijo con certeza: *Lo han visto*. Volvía a sentir la misma clemencia en la luz de aquella mañana en el bosque de Alosna, cuando los ciervos se habían dejado tocar.

Tuvo miedo de encontrarse con el niño cruel y la prostituta que se le había ofrecido en la mañana, pero no los vio. Nunca supo que ellos sí lo vieron: uno arrepentido por haber insultado al pobre forastero con el brazo deshecho; la otra pensando que el extraño era bello a pesar de su mano quemada, y que con gusto le besaría los labios.

Al llegar a la plaza vio a los vendedores de comida y vino recogiendo las tiendas. Olía a pescado frito, a buñuelos. Un espasmo de hambre le retorció el estómago y le llenó la boca de saliva. Un grupo de hombres desmontaban la *catasta*. Habían encendido un fuego sobre cuyos rescoldos calentaban cerveza y pan. El mago, mustio y trémulo, se dirigió a ellos:

–Soy un forastero y creía que hoy, allí –señaló la tarima–, habría una subasta de esclavos. ¿Qué pasó?

Se aproximó al fuego y sintió cómo el calor destensaba el nudo duro y doloroso que desde la mañana le trababa los omóplatos. Los miró y ellos le sonrieron. Uno de los trabajadores, un hombre alto y rubicundo, se acercó y le puso la mano en el hombro.

–Un prodigio. Los esclavos fueron liberados por orden de la hija del rey. El Unicornio mató al traficante y reconoció en la princesa a la virgen de las historias. De eso estamos hablando: de que hay magia de nuevo en este reino. Porque, extranjero, creímos que el dragón iba a quemar Moriana entera y que la única magia que había era la maldición de nuestra desgracia.

Cuervo asintió, tiritando.

–¿Quieres un pan caliente? –preguntó el hombre.

–No le preguntes: dale el pan –le dijo un joven moreno de ojos redondos y brillantes, que limpiaba con un balde y un trapo–. Tiene cara de hambre. Forastero, mira, el Unicornio lo mató aquí mismo. Yo limpié la sangre. Mira la madera astillada, mira las huellas. La princesa estaba de pie a su lado. Vinieron los animales del bosque y le rindieron pleitesía. Yo lo vi.

El hombre alto le acercó un cuenco con leche y un pedazo de pan. Cuervo aceptó la comida con gratitud. Bebió la leche ávidamente y, mientras masticaba, contempló los maderos que le mostraban. Vio las astillas, el agujero, la marca húmeda del agua con la que habían limpiado. Estaba apabullado y no sentía nada más que el alivio concreto del hambre.

Los hombres siguieron conversando entre ellos:

–¿Tú crees que las bestias vinieron a verla a ella? Yo creo que venían tras el Unicornio. Son su corte y él es el rey. Y se encontraron aquí.

–Yo creo que vinieron a verla. A ella. La reina es ella, ¿no lo viste? La hermosa Soledad.

Cuervo, al oírlo, sintió que despertaba de un sueño y notó una nueva punzada en el estómago. Lo inundó una confusa mezcla de júbilo y celos: el Unicornio y Soledad habían estado juntos, habían salvado a los esclavos. Pero ¿por qué sentía, además del alivio, tristeza? ¿Porque *ella* era la elegida del Unicornio? ¿Porque quizás sería excluido de la alianza entre ellos? ¿Porque los animales que se habían inclinado ante ella pasaron de largo junto a él? Carraspeó nerviosamente. Si Soledad era realmente la virgen del Unicornio, nunca podría ser de él ni de ningún otro. Un dolor nuevo se añadió a la pesada carga que llevaba en el pecho.

–Ojalá esto sea bueno –comentó en un susurro, abrumado por la confusión y el miedo a perderla.

Se acomodó sobre la tarima, se cubrió la cara con las manos y lloró. Los trabajadores lo dejaron solo y continuaron con su tarea, aunque de cuando en cuando se acercaban a rozarle la cabeza o darle palmaditas en la espalda. Irradiaba una tristeza tan pura que se distrajeron de su alegría para compadecerlo. Le ofrecieron otro pan, que aceptó sin fijarse en lo que hacía y que apretó contra el pecho. El calor que transmitía la hogaza lo aplacó. Cuando pudo serenarse, agradeció las bondades de los trabajadores, se comió el segundo pan y, con el estómago lleno, se encaminó a la barraca de los enfermos.

ooo

El cuervo salió a su encuentro y se posó en su hombro antes de que traspusiera el umbral. Percibió el rumor grave de las voces de los hombres. Conversaban. Empujó la puerta con el hombro y entró. Cuando sus ojos se acostumbraron a la oscuridad, vio los rostros de todos vueltos hacia él. Sonreían.

–Enhorabuena –dijo Tibot.

Berengario se puso en pie y, con gesto fraternal y torpe, le puso la mano en la nuca, lo atrajo y le dio un beso en la frente. El cuervo protestó con un graznido y voló a un catre.

Cuervo sonrió.

–¿Bebisteis del agua del Unicornio?

–Sabemos que la hermosa Soledad nos salvará del dragón –respondió Berengario.

–Yo siempre la vi hermosa. Otros tardaron en darse cuenta. Como tú, Berengario –dijo Tibot.

Cuervo sintió de nuevo el aguijón de los celos, pero disimuló. Ellos también la amaban. Tenían derecho: habían luchado y sufrido con ella. Seguía helado. Se acercó al fuego, se quitó las esparteñas y la túnica, las puso sobre un banco y las acercó a la lumbre para secarlas. Se dejó las calzas y se cubrió con la manta que la vieja le había dado. Entonces Berengario se acercó y añadió su propia capa a la manta, ayudándolo a abrigarse. Cuervo le sonrió y se sentó sobre un catre.

Atalai se acercó y le mostró las manos. Las marcas ya no tenían los bordes sonrosados de una herida reciente: apenas se distinguían, blancas como viejas cicatrices. Cuervo tomó las manos que se le ofrecían. Atalai movió los dedos y el mago arqueó las cejas.

–¿Puedes moverlos?

Tanto el mago como el tungro estaban seguros de que Atalai jamás podría recuperar el uso de las manos, pues la espada de Soledad le había cercenado los tendones. Cuervo colocó el índice sobre la palma del tungro y le ordenó:

–Aprieta.

Atalai jadeó por el esfuerzo y cerró la mano. Débilmente, pero la cerró.

Cuervo trató de no temblar.

–Me alegro por ti. Ella se alegrará también, estoy seguro.

–Somos de ella, le pertenecemos aunque no quiera esclavos –dijo una voz que no había oído hasta ese momento. Era Mengu.

El joven tungro se acercó. Era evidente que se había lavado, pues no hedía a sangre y se había soltado la trenza. Cuando sonreía se le marcaban hoyuelos en las mejillas. Parecía otro, mucho más joven que el soldado con el cogote hinchado y la mirada perdida que se negaba a comer.

–Un servidor de casa del alcalde vino a decirnos que los tungros eran libres de irse, pero no quisieron –dijo Berengario encogiéndose de hombros y mirando a Atalai.

–Yo le pertenezco. No quiso matarme –repuso Atalai.

–Yo no tengo adónde ir. No sabría cómo regresar. Ya veré después, cuando la guerra termine –dijo Mengu.

–Ya te dije que, si quieres, vengas conmigo a mi aldea –rio Berengario.

Cuervo frunció el ceño y miró al arquero.

–¿No oíste que son libres? –preguntó con brusquedad.

–¿Y quién te dice que lo quiero como esclavo? Le dije que venga a vivir cerca de mí, no que me sirva.

Cuervo se dejó caer sobre un catre y, estupefacto, los miró atentamente. Ellos le sostuvieron la mirada. Dungalo le sonrió y Cuervo se sintió incómodo. No había nada impostado en los gestos de aquellos hombres: la aspereza había sido sustituida por calma, por una cordura que le recordaba a la sensatez inquebrantable de Munin, Erec y Espinela. Sintió nostalgia al pensar de nuevo en Alosna.

El cuervo lo miraba con el pico entreabierto. El mago le puso la mano sobre la cabecita y le frotó el pico con el índice hasta que cerró los ojos.

capítulo cincuenta y ocho
El dragón se arroja sobre Bento

Los temores del dragón se cumplieron: por primera vez en su dilatadísima existencia, sintió una herida que creyó mortal. No fue como el dolor que lo crispó al despertar, ni como los padecimientos de juventud, cuando las zarpas de los rivales le abrían surcos de los que manaban lumbre y mercurio. Este dolor fue un rayo que sintió bajo la coraza, como si hubiera salido de su propio corazón y contra su corazón se hubiera vuelto.

Resultó tan terrible que lo obligó a plegar las alas. Cayó girando como un torbellino de escamas y oro que brilló bajo el sol. Por poco murió ahí mismo, pues solo pudo recuperarse cuando ya su cuerpo tocaba el agua del Drin, ese río innoble en el que acostumbraba chapalear su enemigo el Unicornio. ¿No había ya escupido sobre el río, meado y vomitado el fuego de su vientre? El agua había cambiado de color entonces, y se había alzado en torbellinos y borrascas pestilentes. ¿No se habían elevado ya las nieblas de vapor sulfúrico de las ondas, y las manadas y los hombres habían retrocedido ante los vahos?

Odiaba el agua porque el agua podía apagarlo. La espuma lo salpicó y su piel –esa piel que ninguna espada podía abrir– se cubrió de úlceras. Rugió y una llamarada vitriólica disipó las nubes con un chasquido. Sabía que iba a morir, porque los dragones eran mortales, pero vivía como todos los hombres y los dragones: creyendo que creía en la muerte, pero viviendo como si fuera inmortal.

Los hombres lo llamaban el Hijo del Tiempo por su edad incalculable, pero él sabía que el tiempo borra todo.

ooo

Después de mucho pensar, concluyó que *ella* se había acercado a su enemigo y lo había tocado: ese contacto lo había herido con este dolor desconocido y terrible. No la había encontrado a pesar de la presteza de sus alas. Experimentaba una especie de ceguera que le impedía verla y lo obligaba a surcar el cielo de Moriana de un lado a otro. Percibía debajo de su cuerpo una espesa red de encantamientos de protección. No entendía por qué cubrían Moriana, pues eran encantamientos de Alosna. Tengri, más mágico él mismo que cualquier conjuro, se daba cuenta de que la defensa de Moriana venía de sus enemigos y que había una historia, un pormenor que se le escapaba.

Miró hacia abajo y distinguió su sombra descomunal sobre la nieve. Un ejército se arrastraba por la blancura. El dragón lo miró con indiferencia, a pesar de que inmediatamente supo quiénes eran esos guerreros que sacudían sus lanzas, le tendían las manos, se arrojaban al suelo en lugar de huir y lo llamaban con voces de desamparo como hijos perdidos.

–¡Tengri! ¡No nos abandones! –gritaban.

Pero él no tenía deseos ni fuerzas para acompañarlos. Todo lo que ellos hacían terminaría en la muerte. Aunque triunfaran, morirían. Como los animales, los árboles, las montañas: todo acabaría por desaparecer. El final era ya lo único en lo que pensaba. Abrió el hocico y silbó: la nieve se alzó en remolinos que velaron el bosque y los tungros se detuvieron, excepto uno que cabalgaba solo a lomos de un caballo gris.

El dragón aleteó con furia. A lo lejos distinguió un monte y, sobre él, un castillo que parecía un montón de peñascos nevados, una torre chata y sin gracia, un foso lleno de hielo que en verano, seguramente, se convertía en lodazal.

Soledad, mi soledad, pensó. *Ya nos veremos muy pronto*, se dijo. *Es hora de acabar con esta soledad.*

Cerró los ojos felinos, aspiró el aire frío y trató de sentir la magia de Alosna. Un adelgazamiento se abrió bajo su cuerpo y percibió un cambio placentero: sobre el castillo, la red de encantamientos se atenuaba y el dragón podía ejercer su magia sin cortapisas. Allí no había protección.

ooo

Senen había comenzado a enloquecer de miedo. Sus espías habían regresado tarde y sin lengua. Como llegaron disfrazados de campesinos, los labriegos les habían dado asilo. Fingieron que eran víctimas de Aybar y, hasta cierto punto, lo eran; por eso los admitieron dentro de

Bento. Aunque mudos, habían logrado que el consejero entendiera que Aybar y Húbilai no deseaban pactar con él y que le tenían deparado un trato especial. Vaciaron la talega de gemas sobre la mesa y lo miraron.

–¿No las quisieron? –preguntó Senen, pálido.

Los espías negaron con la cabeza. Senen pasó las manos temblorosas sobre el montón de piedras preciosas:

–¿Vosotros cogisteis alguna gema como pago?

Los espías se encogieron de hombros y abrieron la boca. Le enseñaron el muñón donde estuvo la lengua y acumularon guijarros para indicarle el número de tungros.

–¿Visteis a Húbilai?

Los espías asintieron vigorosamente y uno movió los dedos alrededor de su muñeca, simulando un brazalete. El otro señaló el gesto y se inclinó sobre Senen para tocarle el cuello. Senen comprendió. Se levantó bruscamente de la mesa y, sin recoger los diamantes y esmeraldas que rodaron al suelo, corrió a la letrina apretándose el vientre con las dos manos. Desde ese día, a Senen le dio por estorbar a los centinelas que cuidaban la muralla. Dormía allí y se paseaba sin descanso de un extremo a otro, gastando las suelas de las botas en caminatas interminables. Ni siquiera intentaba ser admitido cerca del rey, pues el Lobo, asqueado por el tufo a miedo que exhalaba, le había prohibido, sin decirlo, entrar en la sala del consejo.

ooo

El dragón llegó al atardecer. Senen fue el primero en verlo. Al principio no comprendió qué era aquello que había oscurecido la luz del crepúsculo. Vio un barco negro en el cielo, cuyas velas, semejantes a alas de murciélago, batían el aire. La cabeza del dragón remataba con donaire el cuello, en el que los músculos se entreveraban en alta curva. Algo de caballo y de serpiente tenía esa cabeza escamosa, alargada y fina, pero ni los caballos ni las serpientes tenían hocicos que brillaran con esa incandescencia que hacía palidecer la luz roja del sol poniente. El vientre era dorado.

El mundo guardó silencio. Solo se oían el resuello gigantesco del dragón –un soplar como el de un fuelle monstruoso– y el viento que, impulsado por las alas, rompía las ramas desnudas de los árboles y levantaba remolinos de nieve. Aun en su vejez, era más poderoso que cualquier ejército. Los soldados que vivían al pie de las murallas, aquellos que habían llegado al final y que tenían permiso para ocupar las chozas de los aldeanos, se cubrieron la cabeza mientras daban alaridos. El viento del dragón arrancó las lanzas clavadas en la nieve, los pendones, la paja de los techos. Hizo volar a los perros y los gatos, las inmundicias de las letrinas, los carbones de las hogueras, las mantas, las vituallas.

El dragón respiró aceleradamente: había descubierto que esa era la forma de calentarse, de evitar que la vejez que lo enfriaba le entumeciera los huesos. Ante él, lo sabía, estaba la madriguera donde había nacido *ella*.

Senen quiso gritar, pero nada salió de su boca. El aire caliente, oloroso a azufre, le revolvió el pelo y le sacó lágrimas de los ojos. Uno de los vigías dio la voz de alarma y tocó a rebato la campana mientras el otro soplaba el cuerno, pero el consejero apenas si oyó un eco distante, absorto en la contemplación de la belleza malévola de aquello que venía a quemarlos a todos.

Cuando logró apartar la mirada, descubrió que no podía dar un paso. Cayó de rodillas y se pegó al muro tapándose la cabeza con las manos. Un hilo de bilis le salió de la boca y le mojó la túnica. El Lobo salió a la explanada, seguido por una veintena de soldados. Tagaste estaba entre ellos, con Alagrís sobre el brazo izquierdo.

El Lobo levantó la espada. El dragón escupió una llamarada roja, orlada por humo negro y espeso. La gente de Bento salió al recinto detrás de su rey.

El dragón miró a los hombres. *Minúsculos.* Distinguió el pelo rojo del rey y advirtió que era semejante al de Soledad. Se dejó caer para estudiarlo de cerca. Las patas traseras asieron el borde del cerco amurallado: metió cada uno de sus cuatro dedos, largos y gruesos como el muslo de un hombre, armados con uñas curvas de metal reluciente, entre las almenas y los merlones. La muralla se resquebrajó.

Senen sintió la sacudida de las piedras y vio las fisuras que comenzaban a extenderse. El aire reverberaba. Miró las garras: el filo estaba gastado y roto en algunas partes. Las escamas de la piel del dragón eran hexagonales y del tamaño de una mano. El consejero sintió cómo las piedras de la muralla se calentaban, y el sudor le corrió por la frente y los sobacos.

La cola del dragón barrió la nieve. Una nube de vapor espeso se elevó de la base de la muralla y un olor acre subió hasta los adarves. La cabeza se inclinó y el hocico quedó suspendido sobre los hombres. Entonces, una voz enorme, grave y chirriante como el crepitar de un incendio, preguntó:

–¿Dónde está mi Soledad?

Alagrís graznó con furia y los ladridos de todos y cada uno de los perros de Bento inundaron el aire. Los animales de los establos y corrales aullaron, mugieron, relincharon, balaron. El estrépito era ensordecedor. En el bosque, detrás del dragón, la corteza de los árboles más viejos se encogió y se desprendió a causa del aire súbitamente caliente. Los señores de Moriana gritaron, se llevaron las manos a las espadas y dieron voces de alarma. Algunos capitanes ordenaron tensar los arcos; un grupo de esclavos rompió a llorar y otros –esclavos, soldados y nobles– quisieron escapar y entraron de nuevo en el castillo, atropellándose en medio de ayes y gritos de terror. Orri, apostado en el umbral del pasillo que llevaba a la cocina, miró al dragón, a los esclavos que se empujaban, a los nobles desconsolados, y sintió el impulso de cortarse las venas con el cuchillo que tenía en la mano. *Pero si muero, ya no veré a Soledad. Quizás viva, pues el demonio no sabe dónde está*, pensó, y se detuvo. Las lavanderas y cocineras lloraban y retorcían la tela de sus delantales.

Aquellos que estaban más cerca del dragón callaron. Se sentían niños y huérfanos bajo esa mirada de oro; el desánimo había invadido sus corazones.

Todo es inútil, pensó Béogar. *Es el fin*, pensó Meroveo. También Tagaste sintió el deseo de recostarse en la nieve, cerrar los ojos y dejarse matar. *De algo se tiene uno que morir. Ya es hora*, pensó tristemente, pero la furia del halcón que graznaba y aleteaba le impidió ceder y tenderse en el suelo. Tuvo que asir la pihuela con toda su fuerza, pues Alagrís parecía querer lanzarse.

El Lobo no contestó. La mano que sostenía la espada temblaba.

–Pregunté, gusanos, dónde está Soledad –repitió el dragón. El aire alrededor de su hocico centelleaba.

El Lobo se adelantó y sintió cómo el metal de la coraza se calentaba y le quemaba la piel a través del fieltro del coleto. El sudor le mojaba las sienes.

–Yo soy su padre –dijo. Su voz sonó como el piar de un pajarito.

Tagaste sintió una oleada de amor por el rey: era una figura casi risible, pero se erguía ante la mole colosal de la que emanaba un calor insoportable.

–No pregunté si eres su padre. Pregunté dónde está ella. ¡Dime!

La lengua del dragón era un grueso látigo del que salían chispas.

–No lo sé. Y si lo supiera, no te lo diría –contestó el rey tambaleándose. Tuvo que bajar el brazo: la espada pesaba y el pomo quemaba como un carbón encendido.

El dragón abrió el largo hocico y sus dientes brillaron con blanca fosforescencia. Exhaló una llamarada. Su magia le reveló que el rey decía la verdad: Soledad no estaba en Bento.

–¿Por qué te afanas? No podrás defenderla de mí. No podrás salvarla de lo que le tengo deparado. ¿No sabes que la muerte es inevitable? ¡Mírame!

–¡No lo mires, señor! –gritó Tagaste. El dragón movió la cabeza y vio al eunuco, al halcón y a los soldados.

El rey se adelantó con la espada en ristre. Sentía que la piel se había pegado al metal y que el brazo, la espada, todo se quemaba. Pero dio un paso y luego otro, por la costumbre de ser valeroso y porque pensaba en Soledad.

–Qué conmovedor –susurró el dragón–. El padre defiende a la hija. Te desarmaré para que escuches con atención.

Un chispazo cayó sobre la espada y la punta del acero se puso roja. El rey gimió y la soltó. El hierro siseó al caer sobre la nieve.

–¡Tensad los arcos! –ordenó Lémur de Islán, pero Béogar gritó inmediatamente:

–¡No! ¡El rey está muy cerca!

El Lobo se inclinó a recoger la espada y el dragón sopló sobre él. No hubo fuego en su aliento, solo un calor seco que lo derribó.

–¿Dónde está? ¡Dime dónde!

El Lobo, de rodillas, se cubrió los ojos con el brazo. Escuchó en su mente, aun sobre el rugido del dragón, la voz de Tórtola, esa voz que había tratado de silenciar a lo largo de su vida con borracheras y batallas: *Te irás a la tumba sin heredero que te suceda y en medio del fuego, como yo.* El Lobo asintió, aunque no supo si logró mover la cabeza. Era justo. Pero ni su gente ni Soledad tenían por qué expiar crímenes de los que solo él era culpable. Trató de ponerse en pie, pero el calor, como un peso sólido y duro, le doblaba la espalda. El dragón rio y una luz roja cegó al rey.

–Sé que no está aquí –dijo–. Lo sé.

El Lobo asintió. No podía respirar

El dragón vomitó una bocanada de fuego que cayó sobre él y lo encerró en un círculo de llamas. Se oyó un alarido. El cerco era una pira funeraria en medio de la cual el Lobo se retorcía como una fiera rabiosa, hasta que se derrumbó sobre el charco humeante en el que se había convertido la nieve. Una decena de arqueros disparó; las flechas se estrellaron contra el pecho del dragón y rebotaron convertidas en astillas. Alagrís se soltó y voló hacia el dragón.

–¡Señor! ¡Mi rey! –gritó el eunuco, y echó a correr.

El yelmo del Lobo rodó sobre el hielo. Tagaste trató de recogerlo, pero el metal estaba caliente. Lo soltó y se arrodilló al lado del Lobo: el rey tenía quemados el brazo derecho y parte del hombro. Humedeció su capa en la nieve y le arrancó el peto. La tela del coleto se había convertido en un harapo carbonizado que se desprendió junto con jirones de piel achicharrada. Tagaste gimió. El Lobo tenía un ojo abierto, el otro cerrado por la hinchazón y la boca estirada sobre los dientes. Los pelos de la barba se convirtieron en polvo negro cuando la mano de Tagaste los rozó.

Huele a carne asada, pensó el eunuco. Acarició los restos de pelo chamuscado y acunó la ennegrecida cabeza del Lobo en sus brazos. Un sollozo le agarrotó la garganta. Oía gritos, llantos, una barahúnda en la que participaban perros y caballos. La aguda voz de la princesa Lirio resonaba como el quejido de un perrito.

Alagrís pasó al lado del dragón como una pequeña saeta que aleteaba rabiosamente y desapareció en el aire rojo de la tarde. El dragón, con gracia siniestra, extendió las alas, pero antes de elevarse descubrió junto a sus patas la figura encogida del consejero.

–Yo te diré dónde está la princesa si me perdonas la vida –chilló Senen.

La pupila vertical del dragón se deslizó hasta la comisura del ojo y se posó sobre él. *¡El enemigo de Húbilai!*, pensó.

Senen hizo un esfuerzo y berreó, interrumpiéndose con hipos y sollozos:

–También es mi enemiga. La odio. Lo odio a él –y señaló al rey–, a todos ellos. Yo, dueño del mundo, envié espías a Aybar porque sé que para los tungros eres un dios, como para mí. Siempre te he adorado, pero en secreto.

La extraña voz de Tagaste resonó sobre el lloriqueo del consejero y la algazara de la gente del castillo.

–¡Miente! ¡Nunca ha creído en la magia, ni en ti, ni en nada! ¿Qué quieres con Soledad, dragón? ¿Qué te ha hecho? ¿Qué te hizo el rey mi señor para que lo quemaras? ¡Maldito!

El dragón entornó los ojos. El desplante del eunuco le interesó. Lo distrajo de su melancolía. Solo por eso lo dejaría vivir un poco más, en lugar de aplastarlo. El eunuco sacudía el puño cerrado, un puñito regordete y blanco, idéntico a una bolita de masa, y lo miraba con odio.

–¡Miserable! –aulló Tagaste.

–¡Lobos de Moriana! ¡A mí! –gritó Béogar. Con la espada en alto, corrió por la barbacana seguido de tres soldados. El dragón los miró con divertido menosprecio. ¡Qué estúpidos podían ser los hombres!

Exhaló un chorro de vapor por la nariz y el eunuco se inclinó sobre la cabeza del rey para protegerlo. El Lobo se quejaba suavemente. Entonces el dragón escupió fuego en dirección a Béogar y este cayó de rodillas y tosió, esforzándose por respirar. El dorso de sus manos enrojeció dolorosamente y la barba se le rizó, chamuscándose.

–Soledad, esa virago repugnante, se fue a Alosna con el duque Fura –gimoteó Senen.

El dragón volvió la larga cabeza. Con razón Húbilai odiaba a este hombre. Era un amasijo de mentiras y cobardía.

–Te lo juro, amo del mundo –insistió el consejero.

El dragón lo levantó delicadamente con una de sus garras. Senen sintió una pinza enorme que se cerraba sobre su pecho. Olía a cuero caliente, a azufre, a quemado. Tosió. El aire ondulaba por el calor.

–Llévame con ella, gusano –ordenó el dragón con su voz de incendio.

Senen asintió y se orinó de miedo.

El dragón, con dos aletazos, ascendió con el consejero preso en las patas traseras, semejante a un halcón que hubiera cazado una rata.

capítulo cincuenta y nueve

Un regalo para Húbilai

De cuatro aletazos, el dragón, con Senen en las garras, se alejó de Bento y se internó en el cielo de Moriana. El consejero, loco de terror y medio ahogado, iba dejando tras él un rastro de vómito, orina y lágrimas que se dispersaba en el aire. El dragón apenas le prestaba atención, absorto en la búsqueda. Jadeaba, pero a pesar de sus esfuerzos por inhalar el aire que avivaba las llamas de su cuerpo, se le entumecían las alas. Imaginaba el cansancio semejante a un velo de cenizas que le enfriaba el corazón y lo detenía. Tenía poco tiempo para encontrarla.

Alagrís volaba cerca de ellos, veloz como una flecha. Los miró y describió medio círculo, apartándose. Subió con ímpetu y pronto el dragón estuvo debajo del neblí. El aire estaba caliente. Alagrís aprovechó la delgadez del aire y voló con más rapidez. Para el halcón, el rastro de Soledad era tan claro como una mancha roja en medio de la nieve, aunque la protegiese el hechizo de los magos.

En cambio, el dragón, que surcaba los aires como un barco luctuoso, era incapaz de percibirla. En Bento había olfateado la presencia de la hermana, pero era tan poco lo que había de Soledad en Lirio, que no fue suficiente para detenerlo o apremiarlo. El padre, en cambio, había sido otra cosa.

Fue bravo, reconoció. Osado, con un coraje torpe e inútil, como el de la mayoría de los hombres que se le habían enfrentado. ¡Y el otro, el hombre gordo de la voz extraña! Al reír, grandes columnas de vapor salieron de sus ollares al rojo vivo.

Los hombres de Bento eran semejantes a gatitos, que en las manos de los hombres se revolvían y bufaban como si pudieran enfrentarse a aquello que era mucho mayor, más poderoso y sabio. Pero ella, ella era más valiente que su padre. Era como una dragona.

Debajo de su cuerpo, el dragón veía el reino, blanco y silencioso. Sentía la magia de Alosna, impenetrable. Opacaba todo. Vio a los tungros, vio a Alagrís que bajaba a descansar sobre una rama. No le prestó atención. El halcón era una diminuta partícula de vida, una chispa. Ni siquiera se había percatado de que era el halcón de Soledad. Además, allí, debajo de él, sobre la nieve, estaba su guerrero que soñaba, Húbilai.

Para él traía la rata inmunda apresada entre las garras. Se alegró de haberla acarreado desde el castillo.

Bajó un poco más y alcanzó a distinguir las caras de miedo y éxtasis de los guerreros y al viejo dormido en un lecho de pieles tendido en el suelo. Sintió la presencia de Húbilai en la mente y quiso decirle algo, pero lo único que pudo manifestar fue su deseo de morir.

Estaba cansado. Solo le faltaba encontrar a la muchacha, y quién sabía si encontrarla le traería felicidad. La mataría, eso era lo único indudable. Aunque también podría esperar a que el tiempo la extinguiera, como lo estaba apagando a él.

¡Ánimo!, se dijo. Y para animar un poco las cosas, dejó caer a Senen en medio de los tungros. *Húbilai, te traje un regalo*, pensó.

ooo

Cuando Aybar apretó contra su pecho el enflaquecido cuerpo de Húbilai, se dio cuenta de que pesaba tan poco como una doncella. Le tomó la huesuda barbilla entre los dedos y suspiró con alivio al sentir el aliento que salía, casi imperceptible, de la boca del anciano guerrero. Húbilai tenía los labios secos, las mejillas mustias y las cejas unidas en un gesto de dolor.

–¡Tungros! ¡Traed la piel más tupida y llamad al curandero, que Húbilai está muy enfermo! –gritó.

Bati desmontó de un salto y se metió entre los hombres, dando órdenes y amenazando a quienes no obedecían con rapidez.

Los capitanes se apresuraron a cumplir y pronto tendieron varias pieles de oso y almohadones de lana sobre la nieve. Aybar acomodó el cuerpo de Húbilai en el improvisado lecho y se inclinó sobre él para auscultar los ruidos de su corazón. Escuchó, bajo la túnica y las pieles, el tamborileo apagado de una sangre que se aplacaba, sojuzgada por un sueño cada vez más profundo.

Bati, pálido, miraba la escena retorciéndose las manos. El delirio de Húbilai le inspiraba miedo, pero se sobrepuso y mandó encender diez antorchas. Él mismo las colocó, encerrando a Húbilai y a Aybar en un ruedo de luces que brillaba apenas en la luz grisácea del día.

El olor familiar de la resina que se quemaba y el crepitar de la brea le devolvieron la presencia de ánimo, y dispuso que uno de sus hombres fuera por el hechicero que Húbilai había rescatado en Oblada.

Cuyuc llegó sin aliento, corriendo tan rápido como podía, que no era mucho. Sobre la lana negra de la túnica llevaba colgadas decenas de amuletos hechos con hilos de colores, plumas y pedazos de piel que los otros hechiceros le habían regalado, pues reconocían en él mayor sabiduría.

Pasó entre las antorchas y se arrodilló al lado de Aybar. Se humedeció la yema de un índice artrítico con una lengüetada y la pasó sobre los párpados cerrados de Húbilai. Los ojos del viejo guerrero se movieron como los de quien sueña, pero no se abrieron.

–Duerme y no despierta. Mira –dijo, y recogió nieve en el cuenco de la mano. Con la punta de los dedos puso un poco sobre los ojos de Húbilai. Nada.

–¿Sabes qué tiene? –preguntó Aybar.

–No. Solo sé que el sueño lo amenaza todo el día. Me pidió una poción para mantenerlo despierto. La bebió y no sirvió de nada. Observa, Aybar el Joven.

El viejo abrió la túnica de Húbilai y Aybar vio cortes frescos y poco profundos que rayaban el pecho. Diez heridas verticales del largo de una mano surcaban las costillas salientes.

–Él mismo se los hizo para despertar, con un cuchillo que yo bendije. Pero tampoco sirvió. Yo creo que Tengri está en su alma: por eso el caballo no se ha metido en un agujero ni mi amo se ha caído de la silla. Sus sueños nos guían mejor que un explorador, y ve lo que los que cabalgan con los ojos abiertos no pueden ni vislumbrar. He pasado mucho tiempo junto a él, oyendo lo que dice. Parece que delira, pero no es así. Está hundido en el alma de Tengri.

Aybar abrió mucho los ojos y se dejó caer sentado sobre la nieve.

–Pero ¿Tengri desespera? ¿Por qué ha gritado que no hay gloria en esta guerra? ¿Por qué voló sobre nosotros sin darnos una señal?

–Aybar, escucha: yo solo soy Cuyuc, un pobre hechicero. No sé nada de lo que Tengri quiere. Además, en esta tierra la magia es otra. Me atrevería a decir que es la magia de Alosna, si supiera cómo demostrarlo. Siento una magia potente que nos cubre, una red de hilos que no veo y que jamás percibí durante todos mis años de esclavo en este reino de miserables. Mira –y el viejo señaló las copas de unos abetos–, la magia va de un árbol a otro como una malla. Los animales que hemos visto traen la punta de un hilo de magia en el hocico o en el pico. Cada gota de agua, piedra o pedazo de hielo tiene una chispa de magia en el centro.

–¿Y esa magia está ahí contra nosotros?

–No sé –respondió Cuyuc–. Te digo que aquí todo es diferente que en la estepa. Mira atrás: no se ven nuestros pasos. Mira adelante: no hay camino. Yo quisiera volver. Cuando mi señor Húbilai me rescató, creí que viviría para ver la estepa de nuevo y olvidar en el Mar de Hierba que alguna vez fui el esclavo de una mujer de Moriana.

El viejo habló sin subir la voz, pero en sus ojos de ardilla brillaba el desasosiego. Bati, quien alcanzó a escucharlo, asintió vigorosamente. También él deseaba ver el Mar de Hierba. Sintió una mano en el hombro: era Kadac, su primo, que miraba a Húbilai con gesto preocupado. El ejército esperaba detrás, silencioso como una horda de fantasmas. Apenas se oía un resoplar o un ladrido amortiguado por la niebla. Todo se disipaba en la nieve.

–Muerte. Muerte. Muerte –susurró Húbilai con una voz tan pedregosa y ronca que no parecía la suya.

–Esa muerte de la que habla ¿es la nuestra? –preguntó Aybar.

Cuyuc suspiró.

–No sé, Aybar. Yo no tengo miedo, pero estoy cansado de esta blancura. Y, ¿sabes?, mi señor no tiene otra enfermedad que los sueños de Tengri. Examiné su lengua, los dientes. He probado su orina, su sangre, y he visto sus ojos y sus oídos.

Aybar se golpeó la frente con los puños.

–¿Qué es esta negra confusión que me invade? ¡Es indigna de un guerrero! –vociferó.

Bati se adelantó y se acuclilló junto a él.

–Tal vez no comprendiéramos lo que Tengri deseaba; tal vez sea hora de volver –dijo.

Kadac, al oír a su primo, entró en el círculo de antorchas y se sentó al lado de los tres hombres, cerca del cuerpo tendido de Húbilai.

–¿Tienes miedo de morir? –le preguntó Aybar a Bati con un dejo de burla.

–No –contestó Bati con sencillez–, mientras sea en la batalla. Pero la batalla parece rehuirnos y los esclavos no saben pelear.

–Tú –interrogó Aybar a Kadac–, ¿regresarías a la estepa con las manos vacías?

Kadac rio alegremente y se palmeó los muslos.

–¿Vacías? En los carromatos hay más oro que comida. Las pocas veces que peleamos, ganamos. Bati perdió a su hijo y yo he perdido más guerreros en la nieve que en la refriega. No hemos sido derrotados por hombres. Contra el frío, ¿quién puede?

–El frío rompe los dedos –intervino Cuyuc–. Nuestros hombres dejan sus orejas en la nieve. Aybar, yo te seguiré adonde vayas, pero hay poca gloria en morir convertido en un pedazo de hielo. He curado más hombres mutilados por el hielo que por la espada.

–¿No habíamos dicho que capturaríamos a Senen? –insistió Aybar–. Yo, que soñé con una batalla como la de Monte Bermejo, ¿debo regresar a Tarkán sin gloria?

¡Qué lejanos le parecían los días de planes, al principio de la campaña, cuando todos se reunían en la tienda para planear la derrota del Lobo con ayuda del dragón!

Kadac se encogió de hombros y dijo con una amplia sonrisa:

–Sí, queríamos entregar ese hombre a los esclavos; pero yo me conformo con el miedo que sintió, puedo jurarlo, al ver llegar a sus espías sin lengua. Escucha: si seguimos lo cogeremos, pero con los dientes, porque habremos perdido los dedos. Solo espero que no sea tan escurridizo como las víboras a las que se parece.

Aybar rio y palmeó la espalda de Kadac. Amaba en él la capacidad de burlarse y bromear hasta en el desierto helado que los acorralaba. Kadac asintió y le mostró los dientes en una sonrisa mordaz. Elástico como un gato, se acostó al lado de Húbilai, extendió los brazos sobre la cabeza y bostezó:

–Quiero dormir aunque sea de día y el sueño de Húbilai me asuste. Me gustaría quedarme aquí con él. Solo te pediría otra piel de oso para cubrirnos. ¡Qué forma mezquina sería esta de morir! ¿A esto hemos llegado? ¡Dime! ¿Nos volvemos a la estepa? ¡Míralo!

Kadac acarició la mejilla yerta de Húbilai y se pegó a él para darle calor. Bati dijo:

–Yo también quiero regresar, primo. Temo que mis hombres se amotinen, y cada día que pasa sin batalla o con nieve, la revuelta se acerca. Los tungros no son afectos a la intriga, pero van con caras largas y muestran los dientes como perros cuando escuchan las órdenes. He tenido que azotar a varios y se me murieron tres, porque al desnudarse cayeron congelados. Tengo espías e informantes que quieren regresar. Ahora muchos me miran con rencor. No me da miedo, pero no quiero ser un jefe detestado. Vine a guerrear contra el Lobo, no contra mi familia. Mira, la niebla cae y se hace espesa como leche.

Aybar miró alrededor y vio cómo, efectivamente, un vapor tupido y opaco se adensaba y ocultaba a sus hombres. Abrumado, cerró los ojos y él también se tendió en la nieve junto a Húbilai. Puso la cabeza sobre un almohadón y suspiró. Entonces vio cómo la perezosa sonrisa de Kadac se borraba, sustituida por una expresión de alarma. Rápido como un lince, Kadac se puso en pie y señaló el cielo con un dedo que temblaba:

–¡Tengri!

Una dilatada sombra oscureció la nieve. Las antorchas chisporrotearon y las llamas se avivaron, alargándose. Aybar se puso en pie y vio en las alturas el gran cuerpo, las alas desplegadas y un punto rojo donde ardía el hocico.

–¡Tengri! –gritó con todas sus fuerzas–. ¡Ven! ¡Ven y dinos qué quieres!

El dragón estaba suspendido como una libélula monstruosa. De pronto algo se desprendió de él, una partícula. Un ascua. Los tungros vieron caer ese fragmento sobre ellos. El dragón siguió en el mismo lugar, pero su voz colosal rodó como un trueno de un extremo al otro del blanco horizonte:

–Mintió para vivir un poco más, pero no sabe dónde está mi Soledad.

El ejército se dispersó en una estampida de miedo y confusión. Las mujeres y los esclavos se arrojaron sobre la nieve y se taparon los oídos; los caballos relincharon y los perros se arrastraron, quejándose, con el rabo entre las patas y el pelo del lomo erizado.

Aybar, Kadac, Bati y Cuyuc permanecieron al lado de Húbilai, dentro del círculo de antorchas. Los jóvenes contemplaban al dragón. Cuyuc, el más sereno, tenía las manos de Húbilai entre las suyas y la vista puesta en el rostro del viejo.

Nadie vio cómo Alagrís se posaba en la copa de un abeto cercano. La mirada amarilla del halcón registró la escena: bajo la rama se apretujaban los guerreros. Detrás del círculo de antorchas se abrían las filas de soldados dispersos. El viejo Cuyuc se inclinaba sobre Húbilai y vigilaba su respiración. El halcón oteó el cielo, consideró la figura que aleteaba con inverosímil lentitud y graznó rabiosamente.

Lo que caía era un hombre. Se estrelló en la nieve con un chasquido húmedo, a unos pasos de los jefes. Cuyuc levantó la vista y susurró flemáticamente:

–¿Quién es ese que Tengri nos ha traído?

–No sé, pero era rico –dijo Kadac al ver la capa verde de lana con una orla de piel de nutria. El muerto estaba boca abajo. La sangre comenzó a teñir la nieve y Aybar se acercó. Al voltearlo, a pesar de que la caída le había deshecho las facciones, reconoció la cara odiada, que conocía porque los espías se la habían dibujado sobre un pedazo de cuero: Senen.

Bati se acercó también. Miró el cuerpo y resopló.

–Así que este es el buitre medroso que torturaba a los esclavos tungros. El consejero dispuesto a vender a su rey, el cobarde que nunca participaba en el combate pero exigía su parte del botín. Tengri hizo bien en dejarlo caer desde el cielo.

Cuyuc sonrió y al mismo tiempo sintió que el llanto asomaba a sus ojos. Se inclinó sobre Húbilai y le susurró al oído:

–Ya eres libre, salvador de mi vida. ¿Qué más puedes desear? Tengri ha vengado a tu familia: ha dejado caer a tus pies al perro infame que los mató. Despierta, despierta.

Húbilai sonrió en sueños. Fue un gesto fugaz que duró lo que un latido, pero alentó a Cuyuc: Húbilai podía escucharlo.

Aybar, asqueado, soltó el cuerpo de Senen y le escupió con furia. Kadac presionó el torso aplastado con la punta de la bota.

–¿Qué quieres que hagamos con él? –gritó al cielo.

El dragón, con un aletazo, se elevó y desapareció. Kadac se encogió de hombros.

Bati frunció el ceño y se encaró a Aybar.

–Ya ves –dijo–. El dragón hizo justicia. Es hora de regresar, primo. No te burles de mí; ya guerrearemos contra el Lobo el verano del año entrante, como siempre. Tenemos oro, más esclavos de los que podemos alimentar y este despojo, el pellejo del perro traidor. Nos lo trajo Tengri. Hay que curtirlo para mostrarlo como trofeo. Yo no conozco los designios de Tengri, pero sé que los tungros no pueden vivir de nieve. Vamos.

Aybar se dio por vencido con una carcajada:

–Está bien. Tengri así lo ha dispuesto.

Kadac intervino con sonriente desengaño en la voz:

–Los hombres somos juguetes de los dioses. No sé qué quiso decir, y te aseguro que los sacerdotes tampoco. Los dioses, si son dioses, son misteriosos.

–Que empaquen a este hombre en un saco de sal y metan el saco en un barril con nieve –ordenó Aybar–. Ya lo verá mi tío cuando despierte. Porque ya despierta, ¿verdad?

Cuyuc se irguió lo más que le permitió el curvo espinazo.

–Señor, yo no soy más que un hechicero que ignora muchas cosas, pero sé que tu tío ha sido elegido por Tengri. No sé cómo librarlo de este encantamiento.

En ese momento, Húbilai gritó:

–¿Dónde está? ¡Ah! ¡El Unicornio! ¡La batalla!

El viejo se sacudió y apartó las pieles que lo abrigaban. Cuyuc le aferró las manos.

–Oye, zorrito, soy Cuyuc. Escúchame.

Húbilai temblaba y se retorcía. Kadac se acercó a Aybar y le apretó el hombro.

–Regresemos o morirá.

Alagrís, asustado por el grito de Húbilai, levantó el vuelo. Su ama estaba cerca.

capítulo sesenta

La alianza en peligro

Soledad caminó a casa de Agila escoltada por una pequeña multitud que reía y cantaba. Era tal su aturdimiento que no entendía una palabra. Las voces eran como la algarabía de los pájaros en la mañana: ruido puro, agradable e incomprensible. Alguien le arrojó un puñado de flores secas. Soledad, en su confusión, se cubrió el rostro con el antebrazo y dio un grito de alarma que hizo reír a un niño.

Estaba vacía. Con la punta de la lengua se tocó el agujero que le había dejado la muela perdida en la batalla. Dolía un poco. Era eso lo que sentía: un hueco, pero más doloroso y en el pecho.

Las mujeres y hombres que la seguían la asustaban, así que se volvió con los brazos extendidos y las manos abiertas en un gesto que era al mismo tiempo súplica y mandato.

–Dejadme y regresad a vuestras casas –pidió cortésmente–. Agila, ordena que liberen a los esclavos de Alderico y que estas buenas gentes me dejen sola...

Agila se inclinó en una reverencia y otros muchos se inclinaron también mirándola con amor, aunque pocos renunciaron a seguirla. Le sonreían, murmuraban su nombre, le hablaban cariñosamente.

Soledad sentía que todo era una escena vista desde lejos, algo que apenas le atañía. Sentía la cabeza ligera, como si su mente y su cuerpo se hubieran separado, pero descubrió que podía seguir caminando si se aplicaba en poner un pie delante de otro y si no pensaba en la muerte de Alderico.

En cambio, si su mente consideraba apenas el recuerdo de la sangre o el tacto del Unicornio, el corazón comenzaba a batirle y sentía un dolor en el pecho. Mejor mirar abajo y verse la punta de las botas, los pies que avanzaban turnándose: derecho, izquierdo; las rodillas enfundadas en las calzas de lana; el borde de la túnica; el lodo, las piedras, el barro del camino. Mejor no pensar en que ya no podía regresar a Bento y ser la de antes. ¿Qué la había impulsado a ser parte de la comitiva el día aquel de la cacería, cuando Fura curó a Alagrís? El recuerdo de su halcón, de Bento, era un emblema lejano. ¿Su padre, ser el hijo que el Lobo necesitaba? ¿Ella misma y su ingobernable soberbia? Todo eso le quedaba ahora tan distante... Era otra Soledad, otra vida.

Tagaste, Edurne, Orri... Los esclavos de Moriana debían ser liberados inmediatamente. Pero ¿cómo decírselo a su padre? ¿Cómo hacerle entender? ¿Qué pasaría si el Unicornio y el Lobo se enfrentaran? Su padre y su justicia de perro rabioso, de devastación y terror, de alguaciles de corazón pétreo, de recaudadores rapaces como buitres.

Sintió una náusea y tuvo la sensación de que algo la levantaba en vilo. Miró el suelo cenagoso: charcos, plumas y huesos de pollo, bosta de caballo, excremento humano... Una apestosa confusión de inmundicias.

Entonces, sobre el murmullo de las voces y los pasos, oyó el trueno apagado de un galope y levantó la cabeza. Al ver la mezcla de miedo y esperanza en el rostro de Soledad, Agila se puso de puntillas para ver si venía el Unicornio, pero no. Era Fum. Fum, sin arreos ni silla, había venido por ella.

–¡Hermano! ¡Ven! –gritó Soledad.

El caballo se detuvo. Al percibir el olor agreste del pelaje de su montura, Soledad sintió que la cara se le descomponía. El gesto adusto que tanto esfuerzo le había costado mantener se disolvió en un sollozo.

Depuso la resistencia y permitió que el llanto se apoderara de ella. Presionó las manos abiertas sobre el flanco redondo y sintió la dilatada respiración del caballo. Apoyó la frente sobre él. Cuanto más sollozaba, más oprimía la cara contra Fum, que esperaba paciente, bufando para alejar a los curiosos.

Poco a poco, el círculo alrededor de la muchacha y el caballo se fue ampliando. Los devotos, los curiosos, los incrédulos retrocedieron, avergonzados ante ese desconsuelo y asustados por la mirada del caballo.

–Señora –oyó que alguien decía detrás de ella.

Soledad se volvió y vio el rostro de Agila. Este se inclinó y le ofreció las palmas entrelazadas para ayudarla a montar. Soledad le asió el hombro, puso un pie sobre sus manos y montó con soltura.

–Gracias –dijo limpiándose la nariz con la manga–. No me sigas, no temas por mí. Volveré por la tarde.

Sentía que apenas le quedaba una minúscula porción de autoridad después de haber llorado delante de todos, pero Agila se inclinó como si hubiese sido el Lobo mismo quien se lo ordenaba. Soledad se apoyó sobre el cuello de Fum. Al ver la forma familiar de la cabeza del caballo, las orejas, el musculoso nacimiento de la crin, sintió cómo se renovaba el amor que sentía por él, ese amor inagotable. Se irguió, empuñó un manojo de crin en cada mano y apretó los talones.

Fum dio un salto y galopó calle arriba, entre las chozas y las casas de piedra, entre la gente y los animales, en dirección al bosque.

ooo

Cuervo la encontró sentada sobre el tronco de un gran olmo. El árbol había caído hacía años y estaba cubierto por una hirsuta capa de liquen. Soledad estaba sobre el almohadón que formaba el liquen, rígida, con la capa ceñida sobre el cuerpo y las manos en el regazo. Tenía la cara crispada y los párpados hinchados. Fum ramoneaba, hundido hasta las rodillas en hojarasca.

Al ver llegar al mago, Soledad se dio cuenta de que Cuervo traía puesto el cinto del que colgaba Mirals. Se preguntó con desgana si Agila le habría dado la espada y con qué fin. Miró el arma con indiferencia. Luego alzó la vista al rostro del mago y preguntó con voz monocorde:

–¿Quién te dijo que estaba aquí? ¿Te enviaron para hacerme volver? ¿Por qué traes mi espada?

Cuervo hizo un tímido ademán que abarcó el bosque.

–Agila te envía la espada porque es tuya. Le pregunté por ti y me contó lo que había sucedido. También me dijo que habías llamado mágicamente a Fum y quise hablar contigo. Yo quería venir al bosque. Estoy harto del ruido y la gente.

Soledad esbozó una sonrisa apática.

–¿Dónde está tu cuervo?

–El cuervo está en el barracón de los enfermos y hoy no me ha hecho caso en todo el día. Cuéntame qué pasó.

–No llamé mágicamente a Fum. Él vino. Yo no sé nada de magia. Estoy cansada de la magia. ¿Por qué no me quieres dar el remedio contra el miedo? Es la única magia de la que quiero saber algo. Le tengo miedo al Unicornio. ¡También a él! Terminaré convertida en una llorona, asustada por el cuchicheo de los ratones...

Los sollozos le sacudieron los hombros.

El mago colocó la espada a sus pies y le tocó el hombro con la punta de los dedos. Ella se estremecía en cortos espasmos marcados por sollozos. Cuervo se acercó y percibió un leve olor a sal. Se preguntó si esa sal que impregnaba el aire venía de las lágrimas de ella y si lo rechazaría cuando la abrazara. Se sentó a su lado y le puso la mano buena sobre la espalda. Soledad se enderezó y lo miró. Tenía las mejillas empapadas. Sus pestañas, mojadas, parecían negras.

–No soy la que ellos creen –dijo roncamente–. Me han convertido en una impostora, pero les he dicho mil veces la verdad. No me escuchan, se engañan. ¿Por qué no me das el remedio contra el miedo?

Cuervo le acarició la mejilla y le limpió las lágrimas.

–No hace falta. Tampoco eres lo que creías tú. Has cambiado. Ya no eres aquella que conocí en el Paso del Mago.

–¿Quién soy? ¿Qué soy?

Cuervo la abrazó. La apretó con fuerza sintiendo cómo ella alzaba las manos, se las ponía sobre el pecho y lo rechazaba, vigorosa, dura. Pero no la soltó, aunque ella era más fuerte que él: persistió en estrecharla con toda el alma, en meter las manos bajo la capa y acariciarle la espalda. Bajo sus palmas maravilladas, a través del cuero de la túnica y el lino raído de la camisa, se dibujaron la planicie entre los omóplatos, el surco de la columna, las largas líneas de los músculos que se angostaban en la cintura. Le frotó cariñosamente la espalda hasta que sintió cómo Soledad se aflojaba. Ella dijo:

–Solo tú, entre todos los que estamos aquí, entiende lo que me pasa, aunque te niegues a darme el hechizo que me hace falta. Sé que fuimos enemigos, pero la noche aquella dejamos de serlo.

–Esa noche te comprendí. Supe quién eres.

Ella se apartó para mirarlo y se limpió la nariz con la manga.

–¿Supiste que me llamarían la virgen del Unicornio?

–No, no. Quién eres, no tu futuro. Me gustaría que me contaras tu encuentro con él. Es un animal sagrado en Alosna, venerable para todos los magos. Cuéntame, dime qué pasó.

–Estáis todos equivocados. Yo no soy la virgen del Unicornio y no tengo nada que ver con la magia. Sentí, sí, que es sagrado. Pero yo... yo soy la hija del Lobo. ¡Del enemigo de Alosna!

La muchacha apoyó la frente sobre el pecho del mago y ahogó un grito de frustración. Cuervo le acarició la cabeza y contó los sollozos que se espaciaron hasta convertirse en suspiros, inhaló el olor almizclado de su pelo y puso la mano mala sobre la nuca. Los dedos torcidos se relajaron y pudo moverlos sin sufrimiento. Le acarició la piel. Soledad dejó escapar un quejido infantil.

Cuervo sintió que la sangre se le convertía en espuma: un raudal de miel caliente le desbordó el corazón, bajó por las venas sorprendidas y se arremolinó en la entrepierna. Asustado y con la cara roja, quiso huir, pero las rodillas le temblaron. Trató de detener el arrebato del cuerpo y atrajo a la memoria la penitencia, el pecado de haber despertado al dragón, la sangre del Lobo corriendo por las venas de ella, pero fue inútil. Se sintió ridículo. Vano, ridículo y perdido.

Soledad abrió la boca para respirar mejor. Cuervo inhaló su aliento y miró la pelusa rubia que le cubría la piel. Con el índice le tocó el borde de los dientes. Ella, brusca, le apartó la mano y se frotó los labios.

–¿Qué haces?

–Eres muy hermosa. Como un río –dijo él a punto de llorar.

–¿Qué te pasa?

–Te amo.

Soledad lo miró en silencio.

–No vine a Moriana a buscar esposa. Esto es una locura –añadió Cuervo negando con la cabeza.

–Dime más –pidió Soledad, y levantó la barbilla.

Él le colocó las manos en los hombros. Se inclinó y puso los labios sobre los de ella. Mojados por las lágrimas, sabían a sal. Cuervo jadeó y apretó los párpados. Ella, sin separarse, habló, y sus labios se movieron bajo la boca de él.

–¿Quién soy?

Su aliento olía a leche.

–Eres mi Soledad –contestó el mago.

ooo

Después de volar sobre los tungros y matar a Senen, el dragón se había metido en una cueva a descansar. Volar de día lo fatigaba y le hería los ojos. La cueva, un angosto agujero en la ladera de una colina, era estrecha y fría. El dragón sentía un penoso ahogo. Cerró los ojos con trabajo y se entregó al sueño.

Entonces el dolor lo despertó. La misma punzada en el pecho, la misma desazón mortal. Miró hacia atrás y vio que aún había luz. Tuvo miedo, pero un instinto profundo lo impulsó a salir y buscar de nuevo a Soledad, a desafiar el frío y la luz que le cristalizaban el tuétano. Clavó las garras en la tierra helada y dura y se impulsó hacia atrás. Reptó laboriosamente hasta que liberó su vasto cuerpo y quedó ovillado en la ladera como un farallón inmenso.

Movió las alas y se arqueó, pero fue incapaz de alzar el vuelo. Aleteó de nuevo, impulsado por la furia: si había de morir, no sería adosado a una caverna como un murciélago. Se apagaría en el aire, aunque la luz del sol, esa estrella enemiga, opacara el esplendor de la deflagración. Tenía frío, irradiaba frío. Había comenzado a agonizar. Lo aceptó durante un segundo, para después rechazar la idea. ¿Acaso estaba herido? Era solo tiempo; años, nada más. Él era el Hijo del Tiempo. No moriría aún, no.

Por fin, suspendido en parte por la ira, pudo escalar el viento. Trató de exhalar una llamarada, pero solo expulsó una voluta de humo.

Debía encontrarla, era preciso, era lo único importante. ¿Dónde estaba? Su presa, su espejo, su soledad.

ooo

Munin enrojeció: su hijo amaba a la hija del Lobo, a la hija del enemigo. Erec, grave y silencioso, tenía la mirada puesta sobre el agua de la olla mágica. Espinela se apartó con un suspiro y cruzó los brazos. En el agua, como en una miniatura, se distinguían claramente dos figuras unidas en un abrazo.

–No sé qué significa esto. ¿Mi hijo nos traiciona de nuevo? –preguntó Munin en un susurro.

Erec se volvió a mirarlo, con el asombro pintado en el rostro.

–¿Traición? No. Esto que vemos no es una traición. Es otra cosa. Es algo bueno, aunque, tal como están las cosas ahora, supone una prueba. Ojalá Cuervo la supere. ¿Cómo va a ser traición?

–Además, es la muchacha la que se arriesga a morir –intervino Senlac–. La alianza del Unicornio es con la virgen, no con la mujer.

–¿No os parece que esa expresión, «hacerla mujer», es inadecuada? ¿Cómo un hombre puede convertir a una mujer en lo que ella ya es? –preguntó Espinela–. Ella es una mujer, no una niña. Ha cambiado. Ha conocido el dolor y la muerte. ¿Y por qué es importante la virginidad? ¿Por qué el amor mancilla? No lo entiendo. Nunca lo he entendido.

Gan se encogió de hombros.

–Y tú, ¿quieres corregir lo que nuestros mayores nos enseñaron? Yo no sé nada de eso. Pero sí sé que si yace con Cuervo, la alianza entre ella y el Unicornio se romperá –repuso.

–Sin oprobio. Aunque ya no podría ayudarnos igual –dijo Espinela.

Munin se frotó la cabeza con los nudillos. Seguía ruborizado.

–Munin, tú sabes mejor que ninguno de nosotros que hay mucha verdad en el amor entre hombres y mujeres. No te avergüences... Pero apartémonos de la olla mágica. Decidan lo que decidan, deberán determinarlo a solas –dijo Nit, quien hasta ese momento había callado.

–Tendamos, eso sí, un hechizo aún más potente sobre ellos. Están más vulnerables ahora, absortos el uno en el otro –dijo Erec.

Metió los dedos en el agua y los movió hasta que las imágenes desaparecieron. Nit cubrió la olla con un trapo.

Munin, colorado como un rábano, repitió:

–Nunca, nunca lo hubiera imaginado. Nunca, nunca...

–Munin, pareces una comadre. Ven a trabajar –gruñó Gan.

ooo

Cuervo se arrodilló detrás de ella, levantó la trenza y miró la lisa, inmaculada piel de la nuca. Una guedeja semejante a un listón de cobre bajaba y se perdía dentro de la túnica. Le aferró los hombros, la atrajo hacia sí y puso la boca sobre la redonda vértebra que remataba la columna. Soledad olía a pan. Su pelo olía a almizcle, su piel a pan, su aliento a leche. *La estoy besando. Estoy besando a la hija del Lobo y nunca he sido más feliz,* se dijo con incredulidad. Olía tan dulcemente que pensó: *Si la mordiera, en lugar de carne y sangre se me llenaría la boca de pan. Sus huesos han de ser de almendra, su sangre de miel. Ah, Soledad.*

La muchacha respiraba sosegadamente. Él, en cambio, jadeaba encendido por la aquiescencia de ella, el beneplácito con el que aceptaba las caricias.

Súbitamente, Soledad se volvió a mirarlo y le aferró los antebrazos con el brío de sus manos acostumbradas a la espada. Cuervo sintió la fuerza de esos dedos y gimió de alegría, aunque un relámpago de dolor le recorrió el brazo quemado. Acunó los codos de Soledad en las palmas y le acercó el rostro. Así estuvieron, respirándose el aliento y apretándose los brazos hasta hundir las uñas en la carne. De cuando en cuando se besaban con ávida torpeza. Soledad se quejaba por lo bajo como un cachorro. Aunque él se resistía, Soledad le aferró la muñeca y se llevó la mano quemada a la boca.

–Así, así, apagar el fuego que te quemó –murmuró mientras besaba las cicatrices. Cuervo jadeaba. El placer, puro placer humano, lo avasallaba. Solo mirar el perfil de esa tierna fiera amansada por el amor lo aturdía.

–Ahora sé por qué tu padre enloqueció cuando murió tu madre, amor mío –le susurró al oído.

Ella levantó la vista. Cuervo, con la mano buena, le quitó la capa, abrió la túnica de cuero y apartó la vieja camisa de lino. El hombro de Soledad apareció en la luz. La clavícula era un delgado arbotante sobre el que brillaba la piel. Cuervo imaginó los huesos del tórax, la jaula dentro de la cual el corazón de Soledad, semejante a un petirrojo, cantaba. Puso los labios sobre la clavícula y miró, detrás de los dos, el bosque, el mundo. No se atrevía a bajar la vista. No quería ver el pecho oculto por la túnica. Le daba miedo. *Ella es la virgen del Unicornio*, recordó. Un ascua de angustia le quemó la garganta y tosió nerviosamente.

En ese momento se cerró el encantamiento de protección tejido por los magos de Alosna. Algo de esa bóveda que la magia había construido sobre ellos se hizo sentir, pues dejaron de prestar atención al bosque, a los ruidos de los pequeños animales que de cuando en cuando se movían en la maleza, a los pájaros en las ramas, a Fum paciendo en la hierba escasa.

ooo

El Unicornio se encabritó. La alianza entre la virgen y él estaba a punto de romperse. Él tampoco comprendía por qué, si ella se entregaba a un hombre, se vería obligado a abandonarla. No la convertía en otra, no, aunque la luz de su corazón cambiara de color.

¿Por qué? Ella seguiría siendo la esbelta columna de lumbre. Y sin embargo, su luz se sosegaría y él seguiría solo; seguido por los animales, pero solo. Si después ella tratara de acercarse, la esquivaría. Y si intentaba amansarlo, la mataría. Esos, desde el comienzo del mundo, eran los términos de la alianza a la que estaban uncidos los dos.

El aire olía a hojas podridas, a madera húmeda, pero debajo del olor a bosque el Unicornio percibió una brisa azufrosa. Era apenas un vaho en el cielo, pero el Unicornio lo presintió y su furia se duplicó: el dragón estaba cerca. La buscaba, los buscaba. Tal vez lucharía solo, sin ella. Y quizás el dragón vencería y Moriana entera se hundiría en el reino de la muerte, el reino negro donde solo existía la sombra.

Fum amusgó las orejas y dejó de buscar hierba. El olor meloso de las hojas maceradas en escarcha le llenaba la nariz, pero un perfume más claro se movía en el aire como una luz. Era la huella reverenciada del Unicornio.

Fum, como todos los animales, lo amaba. Pero a diferencia de la mayoría de los caballos, el amor que sentía por el Unicornio no lo apartaba de su dueña. El apasionado amor que Soledad sentía por su caballo era correspondido: para Fum, ella era todo.

Pero el Unicornio lo llamaba. Miró de reojo al mago y a la muchacha, abrazados e inmóviles sobre el tronco. Vio una vibración verdosa en el aire, el conjuro de Alosna, cerrado sobre ellos. Decidió alejarse, ver al Unicornio. Si Soledad lo llamaba, regresaría.

ooo

El Unicornio se encolerizó. Al cocear derribó un árbol, pero el tronco caído se cubrió inmediatamente de retoños y una alondra revoloteó cerca del cuerno, buscando cómo posarse en la larga lanza de marfil.

Galopó por el bosque. Bajo sus pezuñas, la nieve se derretía y la tierra despertaba de su letargo. La nieve se manchaba con el verde lozano del trébol y el aire se llenaba de perfumes. En minutos florecieron las campánulas, reverdecieron las agujas de los pinos, el hielo del río se resquebrajó con un agudo y prolongado chasquido. El aire del bosque se llenó de gorjeos y zumbidos, y hasta algún sapo que había sobrevivido al invierno se hizo notar. Cuervo y Soledad lo oyeron, pero el retumbar del deseo en sus oídos les impidió prestar atención.

ooo

Soledad tomó los bordes de la túnica de Cuervo y los alzó sobre su cabeza, desnudándole el torso. Vio la piel morena, la densa maleza que oscurecía la cavidad de las axilas, la línea de vello que subía desde el tosco cordel que le ataba las calzas a la cintura. En el pecho, la mancha de vello se abría y ensanchaba, dibujando la fronda de un árbol en cuyo follaje se adivinaban los pezones como pétalos de malva.

Al descubrir la fina hendedura del ombligo, se le escapó una exclamación de alegría y deseo. Él, ruborizado, la miraba con grave asombro. Soledad acarició el brazo encogido por la quemadura. Cuervo, avergonzado, quiso apartarle la mano, pero ella se obstinó, mirándolo a los ojos mientras sus dedos recorrían la piel estriada y rugosa, la tiesa concavidad de la mano, las falanges torcidas, el anular mutilado, las uñas deformes. Luego se inclinó y besó el interior del codo, justo sobre el trazo azul de una vena.

–No podemos –murmuró él.

Ella, sonriente, frunció las cejas.

–¿Por qué? Sé que eras enemigo de mi padre y que lo odiabas. Pero te quiero. Tal vez por virtud de este amor que nos tenemos dejes de odiarlo.

–No es eso, amor mío. Es algo más importante, más grave que mi odio.

–¿Qué puede ser más importante que amarnos? Esta felicidad es mía, lo único que he poseído aparte de mis animales. Mi padre fue dueño de mi vida hasta hace unos momentos, pero esto es nuestro. Nunca he bailado o escuchado una galantería; no sé verme en el espejo o en los ojos de los hombres. No supe de flores. No fueron para mí las palabras hermosas ni las sonrisas. Yo era el galope que se escuchaba a lo lejos, la que amanecía vigilando las caballerizas del rey, la que recorría el pasillo a oscuras. Fui la fiel esclava de su locura.

–¿Por qué? Tú lo veías todo. Dime la verdad. Tú entendías que él estaba equivocado y que es cruel –dijo él.

Soledad le deslizó una mano tibia sobre la espalda. Con la otra mano le acarició la boca.

–No vi nada porque el amor por mi padre era un trapo negro que yo sola me até alrededor de la cabeza. Y yo fui cruel también, sin que él me obligara a serlo. No sé por qué.

Tiró suavemente del labio inferior de Cuervo, expuso los dientes y los lamió con delicadeza. Con los ojos cerrados, él se dejó hacer.

–Todavía lo amas, ¿verdad?

–Es mi padre –dijo ella con sencillez–. Dame el amor en este día. Mañana vendrán las obligaciones y volveré a ser la hija del Lobo. Dame lo que te pido. ¿Por qué no?

–Porque debes ser virgen para que el Unicornio te obedezca –dijo Cuervo, desolado.

Soledad rio y en su risa Cuervo escuchó un dejo de agria burla.

–¿Acaso es un cortesano? ¿Qué le importa mi virginidad? Esa consideración es digna de mi madrastra.

–No digas eso, amor mío. No son las mismas razones. La virgen del Unicornio debe estar preparada, con el alma limpia, tal vez vacía, para conocer el misterio más alto: el secreto de la vida. Adán lo depositó en el oído del Unicornio al darle nombre... Eso afirman nuestros libros. Te lo juro.

–Este es el secreto de la vida. De mi vida –respondió ella tocando la cara de él–. Sobran las vírgenes en Moriana. Que se acerque a otra, a una muchacha pura, no a un remedo de soldado como yo. Mi corazón es sombrío y apenas ahora se ilumina. ¿Por qué negarle la luz? Hay muchas solteras castas en Moriana, la mayoría más dulces y virtuosas que yo. Soy fea. Ser la virgen del Unicornio es un honor que no busqué.

–Pero eres tú, hermosa. Eres un milagro. Yo lo sé. Mi corazón y mi cuerpo, ay, lo saben.

–No es verdad. Yo he tocado al Unicornio –y mientras hablaba le acariciaba y le besaba los hombros y el pecho– y su tacto es maravilloso, como tocar luz. Vi que es como un dios al que siguen los animales y los hombres. Pero ahora estoy cerca de ti y algo se ha rendido en mi alma. Te prefiero a ti que a todo el honor del reino, que al Unicornio, que a ser la favorita de mi padre. Te prefiero con tu brazo quemado –y cubría con besos cortos y rápidos las cicatrices–, tu miedo –y besaba el pecho a la altura del corazón–, tu no saber guerrear –y apoyaba la mejilla en la mano abierta de él–. Ven. Pongamos las capas en el suelo, recostémonos sobre ellas.

Se deshizo la trenza y el pelo le cayó a los lados de la cara. Cuervo miró la sonrisa oblicua dulcificada por la ternura, la cara enmarcada por la pesada melena roja y el hombro descubierto. Estuvo a punto de dejarse ir y ahogarse felizmente en ella.

–Aunque siempre odié la palabra rey, tú eres la reina de mi vida.

–Entonces obedece. Decreto que seamos, por hoy, otros. Dos aldeanos. Dos forasteros que han llegado del confín del mundo. Dos animales. Que hoy no seamos ni de Alosna ni de Moriana. Que seamos solo tú y yo.

Cuervo pensó en su padre y en Erec. Soledad se quitó la túnica y la camisa. Quedó, como el mago, vestida solo con las calzas y las botas. Cuervo vio el altivo torso de estatua, el largo cuello, los senos diminutos, y sintió que se moría de amor.

Quiso, no supo si por cumplir con la encomienda que le habían confiado o por no manchar su amor con una omisión funesta, decirle que la presencia del dragón en Moriana era culpa suya. Que él lo había despertado. Entonces, si ella lo aceptaba, se dedicaría a amarla aunque Moriana y Alosna se incendiaran al mismo tiempo, o hasta que el Unicornio los matara a los dos.

Pero tal vez fuera Soledad quien, al saberlo todo, quisiera matarlo con la misma resolución con la que ahora quería ser suya. Él la amaba: aceptaría la muerte como el desenlace de su penitencia.

Miró la espada –el arma que él mismo había traído– cerca de los pies de ella, casi debajo del talón derecho. Mirals, la espada de los Lobos.

No tuvo tiempo de decir nada. Un brusco aleteo interrumpió sus pensamientos. Cuervo miró el cielo y vio un ave que se precipitaba sobre los dos. Quiso abrazar a Soledad, cubrirle la cabeza con las manos, protegerla, pero ella gritó y en su grito hubo miedo y regocijo:

–¡Alagrís!

Alzó el brazo izquierdo (Cuervo pudo ver la piel erizada por el frío, el vello rubio, las pecas, las cicatrices) y el halcón se posó sobre él. Con el halcón en el brazo, Soledad miró a Cuervo y el mago supo que el honor y el deber habían caído entre ellos. Púdica y altiva, la muchacha se cubrió los senos con la mano libre.

Cuervo bajó los ojos y le acercó la túnica. Miró alrededor y descubrió la capa entre los dos, hecha un amasijo de lana. Soledad sacudió la muñeca y lanzó al halcón. Alagrís aleteó y se posó en el tronco. El mago se puso en pie y, con gesto solemne, le colocó la capa a Soledad sobre los hombros.

Mansamente, acomodó los pliegues de la tela y le trenzó el pelo. Miró con desolación los sedosos mechones rojos que sus dedos entretejían.

–Ya está –dijo cuando anudó el remate.

Aunque ella estaba de espaldas, el mago advirtió el súbito envaramiento, el orgullo que cubrió el cuerpo de ella como una armadura. Frente a sus ojos, la tierna fiera se convirtió de nuevo en la princesa Soledad.

Las lágrimas le escocieron los ojos, pero se dominó y se vistió con cuidado. Se inclinó, tomó un puñado de escarcha y se frotó el rostro. Fue como despertar de un sueño. El halcón graznaba con insistencia.

El mago se dispuso a tratar de entender lo que el ave decía. Se inclinó hacia el halcón y miró a Soledad de reojo. Ella no sonrió. Tenía en la cara el remoto gesto habitual y una tristeza nueva en los ojos. Entonces Cuervo pensó que no hacía falta morir para que la penitencia se cumpliera.

capítulo sesenta y uno

El encuentro

Fura de Mongrún y Dungalo emprendieron el camino de vuelta a Rodosto antes del atardecer. Habían comido y bebido con alegría en la mesa de celebración que había preparado Tamaral, pero a pesar del afecto que los unía con el viejo barón, estaban impacientes por regresar. El descubrimiento de que el agua del Drin podía dañar al dragón era un brillante secreto que ansiaban compartir con Soledad, Agila y Cuervo.

Al internarse en el bosque se dieron cuenta de que el espacio blanco y silencioso que habían recorrido en la mañana había desaparecido. Ahora cabalgaban sobre nieve sucia, marcada por las huellas encontradas de decenas de animales. Un variado canto de pájaros resonaba en la fronda escasa del invierno.

Los dos iban alerta, con el oído atento y los ojos entrecerrados. El aire olía a hierro. Las sombras cetrinas que se adensaban en las raíces de los olmos albergaban martas, liebres, linces, erizos y hurones que los miraban pasar sin huir. Bajo la nieve despuntaba la hierba con un murmullo incesante. Los búhos ululaban en pleno día y Dungalo, cuyo despavorido corazón le advertía que estaba rodeado de magia, no pudo evitar hacer el signo contra el mal de ojo cuando un montón de murciélagos pasó junto a él como una humareda.

De pronto, Bajel se detuvo. Fura se llevó el índice a los labios y Dungalo sintió cómo se le secaba la boca y se le cerraba la garganta. Su caballo, el sereno Calabaza, se detuvo detrás de Bajel.

Se había hecho un silencio absoluto, roto solo por el lejano murmullo de voces humanas. Fura y Dungalo se aproximaron al lugar de donde provenían las voces y se encontraron con Soledad y Cuervo sentados en actitud solemne sobre el tronco de un árbol, nimbados por un halo de luz verde que el duque apenas registró y que el escudero miró con recelo.

La princesa estudiaba con atención a un halcón que graznaba posado a su lado. Cuervo miraba al ave, esforzándose por comprender los graznidos. Al mirar al pájaro, Fura creyó que los ojos le engañaban.

–¡Alagrís! –exclamó.

El halcón volvió la cabeza, fijó sobre el duque los ojos dorados y profirió una especie de maullido de reconocimiento. Fura desmontó rápidamente y se acercó.

–Duque –exclamó el mago poniéndose de pie–, el halcón llegó aquí hace unos momentos. Aunque he echado mano de la magia para comprender lo que ha vivido, solo logro entrever que el dragón estuvo en Bento y que ahora se acerca a nosotros. Siento que se halla muy próximo. Es como si su sombra estuviera sobre mí. Desde que Alagrís se nos acercó siento una pesadez en la sangre, una opresión en el pecho. El dragón viene hacia acá. Escucha el rumor del bosque: es distinto. En el cielo hay una oscuridad que ensombrece todo. En el bosque brilla una luz. Percibo dos fuerzas que se oponen. Eso es lo que puedo decirte.

–Fura, debemos socorrer a mi padre. ¿Qué podemos hacer? –preguntó Soledad. La voz le temblaba.

Fura sacudió la cabeza, ofuscado. El Lobo en peligro, los tungros cerca. Respiró hondo y apretó los puños.

–Señora, en el castillo están Béogar, la reina y Tagaste, quienes lo cuidarán con sus vidas. Nosotros haremos frente a lo que nos toca encarar ahora: la amenaza del dragón.

–También han ocurrido otros prodigios –intervino Cuervo–. El Unicornio estuvo en el puerto y se acercó a Soledad después de matar a Alderico, el traficante de esclavos, cuando comenzaba la subasta. Todos lo vieron.

–Señora, ¿mataste al traficante? ¿Por qué? –preguntó el duque, aturdido.

–El Unicornio lo mató, no yo. Lo mató porque era un hombre vil. La gente dice que el Unicornio me escogió, ya que me permitió tocarlo. Pero yo no soy la virgen que buscan. Soy solo la hija de mi padre.

Fura la observó con atención y Soledad le sostuvo la mirada. *Yo he visto esa mirada en otra parte*, pensó el duque. Era, pero en ese momento no se dio cuenta, idéntica a la suya: Soledad tenía la misma resignación en los ojos que Fura encontraba cuando se miraba en su espejo de cobre durante las treguas que le otorgaba la guerra. La princesa le dio lástima y se alegró de traerle una buena noticia.

–Alteza, quería deciros que el agua del río es mala para el dragón. Lo descubrimos mi escudero y yo esta mañana. Si Cuervo cree que estamos en peligro, vayamos hacia la ribera y resguardémonos allí. Cuando aparezca el dragón, nos meteremos en el agua y no podrá herirnos. Dungalo –ordenó volviéndose al escudero–, ve a Rodosto y trae a todos los hombres que puedan empuñar un arma. ¡Ve! ¡Vuela!

Dungalo asintió y clavó los talones en los flancos de su caballo. Calabaza dio un salto y se alejó.

–Vamos, señora mía –pidió el duque, y le tendió la mano.

Soledad asintió y se inclinó a recoger algo a sus pies. Mirals.

Fura, al ver la espada, sintió una oleada de piedad. Miró a Cuervo y lo descubrió contemplando a Soledad con ojos de desahuciado.

La espada entre los dos. Mirals, el filo asesino, la hoja bruñida por la que corrían los lobos, los Lobos. El viejo, antiquísimo signo de castidad obligada entre dos que se aman. No importaba que Mirals estuviera envainada, pensó: el filo escindía aunque estuviera enfundado. Mirals era una espada, como todas las espadas, adversa al amor. Por eso Soledad irradiaba tristeza y Cuervo también. Recordó los versos que describían a Tristán e Isolda en el bosque: «Hay una espada dispuesta entre los dos, clara, brillante y desnuda».

El duque fue hacia Bajel y abrió la alforja que colgaba del arzón de su caballo. Sacó el colmillo del dragón y Soledad sintió miedo al verlo y recordar la quemadura, el dolor en la mente. El duque se acercó a ella con el diente sobre las palmas de las manos, como una ofrenda, y se lo mostró. Soledad comprobó, sin tocarlo, que la superficie antes lisa del marfil estaba picada, perforada por miles de alfilerazos minúsculos.

Fura le sonreía con las cejas alzadas. Soledad sintió cómo la esperanza se añadía al enredo de sentimientos que la ofuscaba y respiró hondamente.

Cuervo, curioso a su pesar, se aproximó a Fura y pasó una mano insegura sobre el diente.

–Ya no está tibio. Además, parece envejecido –dijo mirando a Soledad–. Vamos al río. Ya lo decía mi padre: el agua es enemiga del dragón.

Soledad asintió, dolida al comprobar que Cuervo se conformaba rápidamente. Estaba, como antes de las palabras de amor y los besos, consagrado a la necesidad de vencer al dragón. Sintió enojo y olvidó que había sido ella quien rompió el abrazo con la llegada de Alagrís. Hubiera querido que Cuervo luchara por amarla, aunque fuese un combate inútil. No vio cómo él la miraba; no supo cuánto le costaba al mago mantener la serenidad y no abrazarla frente a Fura.

Recogió la espada con gesto malhumorado y apretó los dedos alrededor del pomo.

Qué me importa. Yo tampoco puedo amarlo. ¿Cómo podría ser la obediente esposa del mago de Alosna, dedicada al telar y la cosecha?, se preguntó. Bruscamente, se puso en pie y se ató el cinto.

Alzó el brazo y Alagrís se posó en él. Miró a su alrededor y no vio a su caballo. El corazón le dio un salto.

–¡Fum! –gritó.

El duque y Cuervo escudriñaron las sombras, pero la figura blanca que buscaban no apareció. ¿Dónde estaba el caballo de Soledad?

ooo

Fum estaba con los ojos cerrados y la cabeza apoyada en el lomo del Unicornio, aspirando el olor a miel que emanaba, rodeado por los animales del bosque. El Unicornio, a pesar de la cercanía del dragón, que lo enervaba y llenaba de furia, permitía que Fum asentara la cabeza sobre su lomo porque lo había reconocido: era el caballo de *ella*. Ella, quien había superado la prueba. Se había apartado del mago al ver al halcón y había roto la cadena casi indestructible del deseo.

El Unicornio no sabía si la presencia de Alagrís en el bosque se debía a un secreto designio o si era casualidad. No importaba. Muchas mujeres hubieran hecho caso omiso del halcón, pero ella había renunciado y se había consagrado a la batalla que venía.

Fum y el Unicornio se parecían mucho. Tenían la misma alzada, la misma cabeza fina, las mismas crines blancas y espesas que caían a un lado del cuello como un velo de seda. Pero el Unicornio estaba armado por el cuerno y su cola era semejante al rabo del león, mientras que la cola de Fum era una cascada de pelo blanco y ondulado. Las afiladas pezuñas del Unicornio partían las piedras; los cascos de Fum eran negros, redondos, pulidos. Soledad misma los cepillaba. Ella en persona había supervisado, allá en la fragua sofocante de Bento, la colocación de las herraduras que ahora dejaban semicírculos dibujados en la nieve.

Cuando oyeron la voz de Soledad, ambos animales levantaron la cabeza en un gesto brusco. El Unicornio miró a Fum y este retrocedió un paso, obediente. La numerosa asamblea de animales se dispuso a seguirlos. El lobo, ansioso por verla, se anticipó: veloz y sigiloso, las orejas echadas adelante, el afilado hocico apuntando en la dirección de donde había salido la voz. Un olor a leche, una mezcla de sudor humano y almizcle de lobo, saturaba el olfato del animal y lo conducía a ella. La Loba, Soledad.

ooo

A unas horas de distancia, los tungros se preparaban para volver a Tarkán guiados por Aybar, burlón y resignado, y por Cuyuc, a quien impulsaba el miedo a perder a Húbilai. En la tienda de los capitanes se discutía a gritos. Los guardias apostados a los lados de la entrada se miraban entre sí y aguzaban el oído.

La aparición de Tengri y la muerte de Senen habían convencido a la mayoría de los tungros de que la guerra de Húbilai había concluido. Así comenzaron a llamarla: la guerra de Húbilai. Y fue Tengri quien decidió que Húbilai sería vengado. Ahora solo quedaba despertar al viejo y volver.

Los hombres encargados de salar y preparar el aplastado cuerpo de Senen habían procedido con celeridad y destreza. Primero lo desnudaron, guardaron las hermosas ropas en un cofre y cepillaron las botas de cuero bordado. Lavaron el cadáver con nieve y le llenaron la boca y las orejas con hielo. Le acomodaron brazos y piernas de forma que cupiera en un barril y mezclaron decenas de talegas de sal –más valiosa en ese momento que oro en polvo– con vinagre. Vaciaron la mezcla sobre el cuerpo y lo empacaron ceremoniosamente. Tengri mismo había honrado a ese Senen, hombre despreciable y cobarde, con una muerte espectacular. Una prueba más de que la voluntad de los dioses era siempre misteriosa.

–Nos iremos de Moriana sin haber visto al Lobo –refunfuñaba Aybar mientras repartía órdenes y calculaba las riquezas que correspondían a sus hombres.

–Qué terco eres, primo. Ya regresaremos en verano –contestó Kadac con una sonrisa. Apretó el hombro de Bati y este le sonrió.

Kadac se dio cuenta de que sonreía solo con los labios. En los ojos de Bati había una sombra cuya razón compartía: ¿dónde estaba Atalai, si es que seguía vivo? Esta campaña le había dado a Bati más riquezas de las que había imaginado, pero también le había arrebatado al hijo mayor.

Ya charlarían en Tarkán. Kadac comprendía que los acontecimientos iban tan rápido que sus almas no podían asimilarlo todo: solo ver a Tengri era suficiente para alimentar una vida de conversaciones junto al fuego. Si a la aparición del dragón con Senen en las garras se añadían las riquezas, las tormentas, las batallas y el delirio de Húbilai, se darían cuenta de que, por más que Aybar protestara, esa incursión en Moriana había transformado el mundo. A Kadac le parecía que habían salido del Mar de Hierba hacía años, décadas.

Aybar, distraído por el delirio de Húbilai, no prestaba atención a la tristeza de Bati. Cuyuc, en cambio, atendía a todo, a pesar de que tenía el alma pendiente de la respiración discontinua del viejo. Húbilai se retorcía sobre el lecho de pieles y se arqueaba con la espalda tiesa. Cuyuc acercaba la oreja a los labios de su salvador y trataba de comprender el torrente de palabras que salía de ellos.

–Vamos, vamos, ¿dónde está? ¿Dónde está? Ven a mí, Soledad. Ven –murmuró Húbilai esforzándose por levantarse–. Pronto nos veremos, y ahora conocerán mi furia. En Rodosto, sí, Rodosto –giró sobre el costado y a gatas, pero con los ojos todavía cerrados, trató de avanzar ante las miradas de pasmo de los capitanes tungros.

–¿No hay nada que puedas hacer, hechicero? –exclamó Kadac–. Tengri debía haberlo liberado ya. ¿Qué quiere?

Cuyuc se puso en pie y aferró el brazo de Aybar. El guerrero miró con asombro al viejo arrugadísimo, frágil y desdentado que lo encaraba resueltamente.

–Aybar el Joven, vamos los tres solos a Rodosto. No sé bien dónde está ese lugar, pero tu tío nos lo mostrará –dijo, y señaló a Húbilai con un dedo torcido por la artritis.

Aybar se echó a reír.

–¿De verdad crees que puedes interpretar el desvarío de Húbilai, hechicero?

–Creo que sí. Pero si fallo, no importa. Prefiero morir en la nieve con él a dejarlo morir aquí como a un ternero. Tu tío me quitó las cadenas cuando yo creí que moriría esclavo.

Aybar sintió el revolverse de su ánimo, la alegría que lo aligeraba. Una aventura más. Se inclinó y besó a Cuyuc en la cabeza. El ralo pelo blanco del viejo olía a grasa de caballo. Cuyuc lo miró con amor y sonrió, mostrándole las encías.

–¡Bati! ¡Kadac! ¡Dirigid la retirada! Mientras, yo iré con mi tío y su hechicero a buscar a Tengri. ¡Tal vez hasta regresemos vivos! –gritó Aybar.

–Tú –ordenó Cuyuc a uno de los centinelas que custodiaban la entrada–, prepara un lecho en la mejor de las carretas y unce los caballos de Aybar. ¡Ahora! ¡Muévete, hijo de una yegua baldada y de un perro sin cola, si no quieres que te hechice y se te desprenda la hombría!

El centinela, con una paciente sonrisa, echó a correr para disponerlo todo. Aybar el Joven, el gran Húbilai y su hechicero loco iban tras el rastro invisible de Tengri.

capítulo sesenta y dos

El dolor del Lobo

El dragón volaba cerca de Rodosto y olfateaba el aire en busca de Soledad. Mientras, en el bosque y cerca del agua, el Unicornio se preparaba para la batalla. En Bento, el Lobo se retorcía en el lecho con el cuerpo quemado y la mente en llamas. *Mi hija, mi hija. El dragón quiere cazarla*, repetía en un murmullo sibilante. Béogar, inconsolable, él mismo cubierto de ampollas, el pelo chamuscado y revuelto, estaba a su lado. No podía tocarlo, pues el cuerpo de su viejo compañero de armas era una llaga sufriente. Le parecía que no tenía un pedazo de piel que no estuviese desollada o herida, y apenas podía contener el llanto al mirarlo.

La cámara real olía a ungüentos y a carne quemada. Béogar había expulsado a Jara y a Lirio, pues la reina se quejaba mucho más que el rey, y la princesa no hacía más que llorar y estorbar el paso del médico.

Tagaste repartía órdenes a gritos y con una especie de furia, pero, a pesar de sus alaridos, nadie se llamaba a ofensa. Varias veces en el curso de la tarde el eunuco se enfrentó a los altivos barones de Moriana y salió victorioso. No aceptó la presencia del conde Lémur, quien deseaba estar al lado del Lobo, y negó el consentimiento al marqués de Estigia, quien insistía en bajar el puente levadizo y salir con un destacamento a buscar ayuda.

Era evidente que Estigia deseaba huir. No era un buen soldado y había traído pocos hombres con él, pero Tagaste creyó que su salida ocasionaría una desbandada que no estaba preparado para enfrentar. En esos momentos lo único que importaba era el rey, y así se lo hizo saber.

–No, mi señor Estigia, no podéis retiraros ahora. El rey os necesita –dijo con su extraña voz aguda y pedregosa.

Se inclinó y cerró la puerta de la cámara para volver al lado del lecho. Los barones, pasmados por la insolencia del esclavo y por la autoridad repentina de su mirada, se retiraron a hablar de guerra con sus pares.

Los esclavos, agitados, murmuraban en las cocinas y los establos: la mayoría se alegraba por la portentosa desaparición del consejero, pero todos tenían miedo de que el Lobo muriera y no quedara nadie para defenderlos del dragón.

–¿Visteis cómo se le enfrentó?

–Es valiente, eso nadie lo niega. ¡Qué bueno que el dragón se llevara a Senen!

–Es extraño que el dragón dispense la justicia que nuestro señor el rey no administraba.

–¡Cómo me gustaría saber qué hizo con él! ¿Lo habrá devorado?

–¿Será que lo llevó a su guarida?

Esas y otras preguntas se hacían unos a otros mientras reparaban los destrozos que los animales habían hecho en los establos o recogían las ollas rotas en las cocinas.

ooo

Todos los soldados que acampaban a los pies de la muralla entraron en el castillo, y ya no cupo dentro ni un hombre más. El destino de Soledad preocupaba a todos: hasta Jara, tal vez dolida al ver la zozobra del rey y el terror de Lirio, se preguntaba por la suerte de la princesa.

Tagaste, auxiliado por uno de los médicos que habían llegado al castillo con los barones, había desvestido al rey para lavar las quemaduras y tratar de aliviar sus sufrimientos con apósitos y emplastos. Tanto el médico como el eunuco estaban agotados y cubiertos de sudor. Habían tardado mucho en desnudarlo, pues el Lobo se retorcía y aullaba; las ampollas se reventaban; la piel se deshacía bajo los cautelosos dedos de Tagaste; el pelo chamuscado se había convertido en rizos de ceniza que manchaban la almohada con espirales de tizne. Limpiar las quemaduras con agua tibia bajo la mirada de halcón de Béogar no fue tarea fácil. Cada queja del rey hacía que el viejo mariscal se llevara la mano a la espada o aferrara el hombro del eunuco con dedos de hierro.

–Cuidado, cuidado –murmuraba entonces, con la vista sobre su señor.

Tagaste, para seguir curando las quemaduras, tenía que soltarse con delicadeza.

El Lobo tenía achicharrados un hombro, el brazo, la mano derecha y la mitad de la cara. Su cuerpo devastado irradiaba un calor fortísimo. Al eunuco le temblaban las manos y los ojos se le llenaban de lágrimas a todas horas, pues al retirar la tela quemada la piel se quedaba pegada al harapo, y el dolor del rey le partía el alma. La mejilla era una llaga de la que se habían desprendido jirones de piel y barba; del ojo cerrado por la hinchazón manaban lágrimas sanguinolentas. El quemado, además, padecía una sed insoportable, pues le era arduo pasar el agua por la garganta inflamada.

Tagaste había empapado un lienzo en agua tibia y había envuelto al Lobo en él. Apiadado por el dolor que evidentemente lo martirizaba, le ofreció un vino calmante:

–Majestad, puedo daros jarabe de adormidera, prepararlo con más cabezas de amapola y el mejor de los vinos de Malvasía. Así no sufriréis y podré limpiar vuestras heridas sin molestaros. Si sabemos algo de Soledad, os despertaremos.

–No, Tagaste. Si he de vivir poco, quiero estar sobrio y gobernar lo que me dejó el dragón. Dame agua, mucha agua. Dime, que algo había visto, aunque no le di importancia: ¿sospechabas de Senen? –preguntó el Lobo con voz casi inaudible.

Béogar levantó la cabeza con un gesto de sabueso. Tagaste, con los ojos bajos, asintió y murmuró:

–Majestad, yo lo vigilaba para que no os hiciera daño. Un día me confesó que planeaba traicionaros, pero al ver mi rabia se retractó y me aseguró que era una prueba para confirmar mi lealtad.

–¿Habrá pactado esa serpiente vil la muerte de mi hija? Quizás Soledad esté muerta ya y su cuerpo descanse en una zanja helada... ¡Ojalá pudiera echar el tiempo atrás! ¡Ciego, sordo y necio fui! –tosió el Lobo. Se incorporó con un gemido y escupió sangre.

–Hermano, ten valor y paciencia. Algo me dice que Soledad vive –dijo Béogar adelantándose.

Tagaste limpió la barba sanguinolenta del Lobo y murmuró:

–Majestad, tengo algo importante que deciros. Que salga el médico, os lo ruego. Necesito mostraros algo.

El Lobo asintió y el médico, trémulo, salió de la habitación y cerró la puerta. Solo quedaron el rey, Tagaste, Béogar y Edurne, invisible para todos, encogida en un rincón.

–Señor, os revelaré algo –dijo entonces el eunuco–. Para mí, un milagro, y quizás la prueba de que vuestra hija está viva. Mirad.

Tagaste, laboriosamente –por el frío llevaba tres túnicas, una encima de otra–, se desnudó el torso. Sintió vergüenza al mostrar su cuerpo pálido y la blanda barriga lampiña a los dos hombres que lo miraban con asombro. Ellos, a pesar de los años y la guerra, eran duros y correosos; las cicatrices que los cubrían los llenaban de orgullo porque eran rastros de la batalla. Se acercó al lecho y le mostró el hombro al rey.

–Señor –y señaló con el dedo–, aquí, hasta hace unos días, yo tenía la marca de Cicuta. Una C hecha en los establos del barón con los hierros de marcar cuando yo era un niño. Desde el día en que llegué a vivir aquí, todas las noches, antes de dormir, miraba mi afrenta con rabia. Me untaba pomadas y remedios para hacerla desaparecer, pero no servían.

–No veo nada. ¿Qué quieres? No entiendo –dijo Béogar con impaciencia.

–No hay nada ya. Eso es lo que quiero mostraros. Desapareció. Hace unos días sentí un dolor agudísimo, oí claramente la voz de la princesa y la cicatriz desapareció.

El Lobo se apoyó en el brazo sano y tocó el hombro del eunuco con los dedos de la mano quemada.

–¿Oíste su voz? ¿Qué decía?

Tagaste sintió los calientes dedos del Lobo en la piel. Ardían.

–Dijo: «Aquí estoy».

–¿A quién se lo dijo? ¿A ti? ¿Por qué no a mí, si soy su padre? –preguntó el rey entre toses.

–Alteza, yo no lo sé. Pero estoy seguro de que la princesa sigue viva. Y ha de estar escondida, porque el dragón no la ha encontrado.

–Su cicatriz desapareció, Lobo, majestad. Es verdad lo que te dice. Yo sé que para ti no es un gran milagro. Que quizás nunca habías visto la marca de Cicuta en el hombro de Tagaste, y que no prestas atención a esas cosas –intervino Edurne desde su rincón.

–¿Y por qué aseguras que esto es una prueba de que Soledad está viva? –preguntó Béogar.

–Porque la oyó, señor. Oyó su voz –afirmó Edurne, desafiante.

–Tagaste no es nada de ella –repuso el mariscal.

–Ah, señor, ya dijisteis lo que me temía que dijerais. Pero si salimos con vida de esta, veréis que, aunque esclavo, sí soy algo de ella. Soy suyo, pero no solo por ser su sirviente –dijo Tagaste cubriéndose con las túnicas.

–Además, su madre, la reina Genoveva, tenía sangre de magos en las venas –susurró el Lobo–. Tal vez por eso la busca el dragón, tal vez por eso se manifestó así a Tagaste.

–¿Qué dices? –preguntó Béogar, pálido.

–Lo que oyes. Y el eunuco lo sabía. Guardó el secreto todos estos años. Mi hija, como tú y como los demás, lo ignora, pero Tagaste lo sabía, te digo.

–¿Cómo pudiste ocultarme eso, si soy más que tu hermano?

–Porque me daba vergüenza; no quería dejar de hacer la guerra a Alosna. No sé... –el Lobo cerró los ojos. Béogar se acercó al lecho y le tocó el hombro sano con el índice.

–Dime por qué. Y tu hija, ¿lo ignora?

–Yo traté de olvidarlo y él –señaló a Tagaste– no dijo nada. Pero es verdad. Tórtola era el primo de la reina. Soledad es mi herencia; lo que Genoveva me dejó. En ella late el corazón de su madre. No supe verlo. En sus venas corren unidas Alosna y Moriana, en esa sangre que es mezcla de la mía y la sangre feliz de su madre. ¿Cómo pude ser tan cruel con ella? Tagaste, te recompensaré –tosió.

El eunuco lo miró.

–Señor, yo os quiero sin esperar mucho, pues solo soy un esclavo. Pero hacedme caso: vuestra hija vive.

El Lobo comenzó a llorar; era un llanto terrible de escuchar, porque su respiración semejaba el crujir de un leño en la hoguera. Béogar se arrodilló junto al lecho y murmuró con urgencia:

–Dime, da la orden. ¿Quieres que salga ahora mismo en su busca?

–En cuanto muera, que falta poco, irás –contestó el rey–. Pero antes debes escuchar mi voluntad. Estas son mis órdenes postreras y han de ser obedecidas. Llama a Meroveo y a mis barones. Quiero que escuchen. Ve... Id, corred, que mi vida se consume en este fuego que encendió el dragón... ¡Corred!

Béogar salió aprisa de la cámara, mientras Tagaste se afanaba alrededor del lecho. El Lobo, a medio gemido, cerró los ojos y se durmió, agotado por el esfuerzo de hablar. Cínife entró con una brazada de ramas de manzano. El humo olía dulcemente y la habitación estaba tibia, pero el Lobo se quejaba en sueños.

Edurne había vuelto a su rincón y desde allí miraba todo con los ojos brillantes por las lágrimas. Cantaba, aunque tan suavemente que nadie la alcanzaba a oír: *Tres heridas tiene de muerte / cual de la menor moría. / Por una le entraba el sol, / por otra el viento salía. / Por la más pequeña de ellas / un gavilán volaría...*

ooo

En Nebral, el agua de la olla mágica comenzó a bullir. Nit, cubierto por su capa y encogido sobre sí mismo, dormitaba en el suelo a unos pasos. Cuando el resplandor le aclaró el interior de los párpados se despertó, ofuscado. Vio el trapo luciente y oyó el rumor de las burbujas.

Todo en el templo parecía azul, dibujado nítidamente por la luz de la olla: las caras de los magos dormidos, los libros, los dados oraculares, los cacharros llenos de hierbas secas.

–Magos, ¡despertad! –gritó.

Munin, a quien había vencido el sueño mientras estudiaba un viejo texto, se incorporó y vio la señal. Corrió y se apresuró a retirar el trapo. La luz lo encandiló, pero luego se atenuó poco a poco. El agua se serenó y la superficie volvió a ser un terso espejo.

Lo primero que vieron fue al dragón en Bento. Cuando la llamarada alcanzó al rey, Munin dio un grito:

–¡El rey se quema! ¡Se cumple la maldición de Tórtola!

Erec lo miró con gravedad y asintió.

–Es verdad. Qué extraño camino para morir en el fuego. Yo hubiera creído que moriría en un asedio, bajo una flecha incendiaria. Hasta llegué a pensar que el fuego sería el de un veneno. Pero ahora, busquemos a Soledad y a Cuervo con la mente y la mirada. ¡Deprisa!

Nit se levantó y arrojó un puñado de hierbas al fuego, Gan movió las manos alrededor de la olla y Erec humedeció los dedos en el agua y se frotó los ojos con ellos. El Lobo, atendido por Tagaste, apareció en el agua.

En una rápida sucesión de imágenes observaron la muerte de Senen, la llegada de Alagrís al bosque y el Unicornio sembrando la primavera a su paso. Luego emergieron las figuras de Soledad, Cuervo y Fura, de pie entre los árboles con la actitud de quien busca algo.

Munin y Erec levantaron la vista.

–¿Qué sucedió entre ellos? ¿Qué pasó entre mi hijo y la princesa? –preguntó Munin.

Erec, pálido, se encogió de hombros.

–Cuando se enfrenten con el Unicornio, lo sabremos.

–¡Mirad! –exclamó Senlac.

–Esto está sucediendo ahora mismo... –murmuró Erec. Espinela le puso la mano sobre el hombro y los dos entornaron los ojos, completamente entregados a mirar.

Munin, que había pasado noches enteras de trabajo, creyó que sus ojos fatigados lo engañaban: en el agua de la olla había dos unicornios que se acercaban a la princesa, a Cuervo y al soldado con cara de hurón que custodiaba a Soledad desde que salió de Bento. Pero no, no eran dos unicornios. Eran el Unicornio y un caballo sin arreos, blanco y alto.

Solo se oía el crepitar del fuego en el brasero y la respiración de los magos que, absortos, registraban la escena que se desplegaba en el agua, enmarcada por la boca de la olla.

Soledad se acercó a los dos animales, pero el caballo se apartó para que el Unicornio se adelantara. Un lobo salió de entre la maleza y se aproximó a la muchacha, quien, sin quitar la vista del Unicornio, se inclinó sobre él y le tendió la mano. El lobo hundió el hocico en la palma ahuecada que se le ofrecía y la lamió. La princesa sonrió y dio un paso más hacia el Unicornio.

–La Loba... Es la Loba y el lobo le rinde pleitesía –dijo Espinela.

El Unicornio bajó la cabeza y la punta del cuerno blanco enfiló el pecho de Soledad. Munin exclamó:

–¡La rechaza! ¡Por haberse entregado a mi hijo! ¡Salvémosla!

–¡Calla, Munin! –dijo Espinela–. ¡No sabemos nada todavía!

Por la mente de Munin desfilaron tres posibilidades: Cuervo trataría de salvar a la princesa y no podría hacerlo; el soldado aquel desenfundaría la espada y comenzaría una carnicería en la que los humanos morirían destrozados por los animales; el Unicornio mataría a Soledad y abandonaría Moriana a su suerte...

Pero antes de que pudiera esbozar una solución siquiera para el primer problema, la imagen de la olla se hizo más nítida y los magos pudieron, por arte de una magia superior a la suya, oír lo que pasaba: el crujido de la hierba y la nieve bajo las pezuñas del Unicornio, el jadeo del lobo, la respiración desacompasada de Soledad, el resoplar de Fum. En el templo resonó la voz de Soledad, grave y un poco ronca, que interpelaba al Unicornio:

–Cumplí, señor mío, pero no por mi voluntad. Cumplí porque todo se confabuló contra mi deseo. Amo al mago. Cumplo ahora porque soy la hija de mi padre y no me queda otro remedio que rendirme a mi destino. He adivinado la cadena: él –y señaló a Cuervo– tiene algo que ver con la desgracia que nos flagela. Mi padre también. No alcanzo a entender qué hizo este hombre, pero estoy dispuesta a expiar su falta.

Fum trotó para interponerse entre el Unicornio y su dueña. Soledad, agradecida, lo miró y ordenó:

–De nuevo quieres salvarme, pero ahora debemos enfrentarnos él y yo. Apártate, Fum.

Fum, obediente e inquieto, retrocedió.

–Yo desperté al dragón, Soledad, yo fui –exclamó Cuervo–. ¡Yo seré quien lo pague, no tú! ¡Perdóname!

Soledad siguió inmóvil, como si no lo hubiera oído. Fura miró al mago con ultrajado estupor y dio un paso para apartarse. El Unicornio piafó y comenzó a trotar hacia Cuervo, con la cabeza inclinada y el cuerno enfilado. El mago se esforzó por mantenerse erguido y por que las manos no le temblaran mucho.

Voy a morir por haber despertado al dragón. Este es el castigo, no el exilio. Lo merezco. Muchos han muerto por mi culpa. Lástima que ella se entere así de lo que hice. Nunca me perdonará, pensó. Sintió una pena inmensa, pues la vida terminaría, pero también un vago alivio: el remordimiento era una carga muy pesada.

Pero cuando el Unicornio pasó a su lado, Soledad giró sobre los talones y extendió el brazo con la mano abierta. Sonreía con el gesto triste de siempre. Su palma se posó sobre la grupa. El Unicornio, al sentir el contacto, alzó la cabeza y se detuvo con un bufido. Encabritado, se levantó sobre las patas traseras. Los ojos brillantes por la cólera se fijaron un momento sobre el mago.

–¿Lo ves? Él despertó al dragón porque odia a mi padre. Y mi padre, ay, mi padre y yo merecemos el odio de los magos. Escucha: te ofrezco mi espada y mi vida a cambio del perdón de ellos dos –dijo Soledad.

Cuervo comenzó a llorar. El Unicornio relinchó y se acercó a la princesa con los ojos muy abiertos, los ollares palpitantes y los belfos de terciopelo recogidos sobre los dientes. Sacudía la cola con furia. La crin, erizada, resplandecía. Ella no se movió ni cuando el animal bajó la cabeza y apuntó a su pecho con el cuerno. Cuervo quiso interponerse, pero la mano de Fura, rigurosa como un cepo, le aferró el brazo y lo clavó en su lugar.

Fum resopló con inquietud. El lobo se echó a los pies de Soledad y cruzó las patas delanteras con gesto delicado. Cuervo, con un gemido, se tambaleó y Fura lo sostuvo por el codo, reprendiéndolo:

–Cuervo, templanza, por tu honor. Sé hombre, al menos ahora.

Los magos, en Alosna, lo escucharon sorprendidos. Munin apretó los puños.

Soledad avanzó un poco más. El Unicornio no retiró el cuerno. Las pezuñas delanteras golpearon el suelo hasta que la nieve y el lodo mancharon las patas níveas y mojaron las botas de la muchacha. En el cuello enarcado del animal vibraron los músculos y movió las orejas hacia atrás.

La punta del cuerno casi tocaba el pecho izquierdo de la joven. Ella avanzó un paso, se abrió la capa, dio otro paso. Alzó el perfil zorruno, la frente estrecha, los ojos de gato, la barbilla echada adelante en tranquilo desafío. El Unicornio siguió inmóvil. El cuerno y el pecho de la muchacha se tocaron.

–Pienso que para el hado vale más el sacrificio a sabiendas que la víctima inocente. Te obedeceré en todo. Sobre mi voluntad está la tuya. No la de mi padre ni la de Cuervo. Soy tu sierva. Mi vida te pertenece.

Tanto en el bosque como en el templo reinaba un raro silencio. Soledad se irguió. Hubo una crispación casi imperceptible en su sonrisa y se le escapó un gemido. En el desgastado cuero de la túnica apareció una gota de sangre roja y oscura –un rubí, pensó Fura– que bajó un corto tramo antes de coagularse en el frío.

La muchacha dio un paso. Cuervo gritó: un sonido de dolor puro, sin palabras. Erec cerró los ojos y no los abrió hasta que oyó a Espinela suspirar con alivio: el Unicornio había subido la cabeza y alejado el cuerno del corazón de Soledad.

Ella se dejó caer de rodillas, inclinó la frente y cerró los ojos. Una grave sonrisa le suavizaba la cara. Juntó las palmas y el Unicornio se aproximó con gracia solemne para tocarle con el cuerno el hombro derecho, la frente y el hombro izquierdo. El copete que cubría la testuz se abría como una corola de espuma alrededor del nacimiento del asta. Fue como si un rey nombrara un caballero.

En la frente de Soledad quedó una marca redonda y roja, pintada con su sangre. Entonces el Unicornio caracoleó frente a ella y bajo sus pezuñas florecieron campánulas, gencianas y violetas. Despuntaron los filos verdes de la hierba entre la nieve y el aire se llenó de zumbidos y gorjeos. El búho y el murciélago surcaron los aires con la alondra y el gorrión. La larva dormida se convirtió en mariposa y la sorda parálisis de las riberas del Drin se trocó en estallido. El hielo cedió y se levantó en conos que se abrían y manaban espuma: las láminas se partían, todo fluía aguas abajo. El agua abandonó su silencio de invierno y comenzó a cantar. La asamblea de animales apareció bajo los árboles cercanos, multiforme y abigarrada.

ooo

En Rodosto, Agila miraba el río, acodado en la ventana. Trataba de pensar en todo lo que había ocurrido, pero era incapaz de reflexionar. El deseo de representarse las escenas vividas se lo impedía. Deseaba recordar, pues lo alegraba. Recordar, sobre todo, al Unicornio y a Soledad. Inquieto, se preguntaba en qué momento ella volvería a casa. Con la vista fija sobre la blanca capa helada, soñaba con lo que le diría. Entonces advirtió, al principio con extrañeza y luego con incredulidad, que el hielo vibraba y se cubría de grietas. Con un rechinido semejante al de un enorme madero que se torciera, el hielo se partió y un témpano del tamaño de una vaca se alzó sobre una ola. Los barcos que habían estado inmóviles se mecieron entre borbotones de espuma. Agila dio un grito de alarma, se aseguró de llevar la espada al cinto y se precipitó escaleras abajo. En el patio se encontró con Dungalo, quien llegaba al galope.

–¡Al río! ¡Al río, señor Agila, que la princesa nos necesita! –gritó.

Los vigías hicieron sonar las trompetas. Agila corrió a la cuadra, montó el primer caballo que vio y, acompañado por Dungalo, salió a la calle.

Alertados por los gritos del escudero, una multitud de hombres y mujeres, niños y animales ya corrían por el camino al bosque. Algunos iban armados con palos, azadones y algún cuchillo. Detrás de ellos venían los animales domésticos y el ganado: bueyes, vacas, toros, ovejas y cerdos, patos y perros, gatos y gallinas... Atalai y Mengu corrieron a sumarse y los habitantes de Rodosto los recibieron con miradas de reojo y sonrisas suspicaces. A pesar del recelo en muchas miradas, nadie los rechazó.

ooo

La muchacha subió al tronco caído. Se puso en pie sobre el liquen y esperó. El Unicornio se colocó a su lado. Soledad montó sobre él, primera jinete del Unicornio en mil años. Aferró un puñado de crin, mientras el lobo retozaba entre las patas del Unicornio y Alagrís revoloteaba alrededor. La muchacha se inclinó sobre el cuello del animal y lo acarició. Él levantó la cabeza y relinchó.

–Cuervo, no intervengas en la lucha que se avecina –pidió Soledad–. El dragón me busca, está cerca de nosotros. Siento su presencia. No intervengas, dame tu palabra.

El mago no supo qué responder. Se cubrió la boca con los dedos de la mano sana. Alagrís se posó en el hombro de Soledad y lo escudriñó con ojos de oro. Bajo esa mirada, Cuervo se sintió aún más avergonzado.

–Te doy mi palabra –dijo tratando de imprimir a sus palabras una serenidad que estaba lejos de sentir.

El Unicornio relinchó de nuevo y un desordenado coro de animales prolongó el sonido con bramidos en todos los tonos. Fura de Mongrún mantuvo la mirada sobre la princesa. El Unicornio comenzó a galopar.

Cuervo corrió tras ellos.

–¡Perdón! –gritó.

No supo si ella lo alcanzó a escuchar, pues no se volvió a mirarlo.

ooo

Las imágenes brillaban en la olla y la luz iluminaba los rincones del templo y las caras de los magos. Al ver a Soledad sobre el Unicornio –imagen inconcebible hasta para ellos–, Erec gritó:

–¡He ahí a Moriana y Alosna unidas!

Los otros asintieron.

ooo

Por fin os delatáis, gusanos, pensó el dragón. Dejó que su vasto cuerpo planeara sobre las copas de los árboles mientras, con los ojos cerrados, se esforzaba por sentir en la piel el adelgazamiento de la malla protectora que le había permitido escuchar el grito de Erec.

capítulo sesenta y tres

Entrecruzamientos

El Lobo accedió a beber un poco de jarabe de adormidera preparado con diligente cuidado por Tagaste, aunque se negó a apurar la copa.

–Solo lo suficiente para poder hablar sin quejarme –insistió.

Así, tanto a Tagaste como al médico no les quedó más remedio que asentir y administrar menos jarabe del que creían necesario. Sin embargo, la mirada perspicaz del eunuco registraba la diferencia entre esta ocasión y todas las anteriores: el dolor de la quemadura consumía el jarabe de adormidera como si la droga fuese agua que se evaporaba bajo el sol. El Lobo apenas si experimentó alivio, aunque los efectos de la adormidera le permitieron pensar con claridad y hablar con alguna fluidez. Béogar no intervino, apabullado por la aflicción. El rey le había dado el anillo con el sello real y Béogar apretaba la mano, como temiendo que la joya escapara.

–Toma. Gobierna en mi lugar mientras regresa Soledad. Y si no regresa, reina hasta que mueras y escoge a un sucesor digno. Se acabaron los Lobos, Béogar –murmuró el rey al oído de su amigo mientras le ponía el anillo en la mano.

Béogar lo miró con horror.

–No pongas esa cara. Los dos sabemos que serás mejor rey que yo.

Béogar retrocedió como si lo hubiera picado una culebra, y el Lobo rio como si estuvieran en la taberna hasta que el dolor lo obligó a callar.

ooo

El rey fue llevado al salón del trono por Tagaste, Béogar y cuatro esclavos que prepararon una angarilla con rasos y sedas. No había querido recibir a sus barones en el lecho, pues pensaba que revelaría debilidad de ánimo.

–Una cosa es morir, otra rendirse. La muerte es la soberana del mundo, pero no me entregaré a ella como una ternera. Agonizo, sí...

–Calla, te digo –interrumpió Béogar apretándole la mano sana.

–Déjame hablar, que me quedan pocas palabras. No me rendiré. Y mis barones lo sabrán... Pienso dar órdenes desde el más allá, aunque sé que nadie obedece a los muertos –dijo con una sonrisa. Iba a añadir algo cuando lo interrumpió la tos–. Vísteme, Tagaste, que no quiero estar desnudo como un crío –ordenó en cuanto pudo hablar.

El eunuco sintió que la sangre se le detenía en las venas, pero, obediente, abrió el arcón con los ropajes del Lobo y se dispuso a vestirlo.

Sin embargo, y a pesar de sus esfuerzos por sobrellevar el dolor, la piel del Lobo no resistió el contacto con las rígidas telas ceremoniales. Cada vez que un bordado le rozaba las quemaduras, al rey se le escapaban aullidos, así que tuvo que conformarse con la amplia túnica de seda que Tagaste usaba en los días importantes, colocada sobre los vendajes.

ooo

Ahora, medio vestido y sentado en el trono con la corona en el regazo –pues el peso y el tacto del metal laceraban su cabeza quemada–, se dirigía a sus hombres. El rostro era una máscara mitad llaga, mitad el semblante de un rey moribundo. Solo le había quedado una porción de la barba, y semejaba una llama que bajaba de la cara al pecho. La pierna sana asomaba enfundada en la bota bajo el borde de la túnica, junto a la otra, la abrasada, desnuda y descalza. La piel escaldada brillaba tensa bajo el tapiz de vello chamuscado, y el tobillo estaba hinchado como un odre. El Lobo, envarado, respiraba roncamente y sus barones lo miraban con los ojos como platos.

–¡Qué valor descabellado! –susurró uno de ellos. El Lobo alcanzó a escuchar y, furioso, escudriñó la asamblea en busca del deslenguado, pero no lo descubrió.

Béogar le miraba el pie, todavía sin tumefacciones o ampollas. Blanco, estrecho, absurdamente hermoso bajo la pantorrilla deforme y colorada, semejaba un trozo de mármol adherido al cuerpo arruinado. Ese pie tenía las uñas malvas por el frío y estaba asentado como una ofrenda de cera sobre la piedra negra del piso. Béogar miraba el pie de estatua del rey, el pie joven pegado al hombre agónico, y sentía que sus lágrimas pugnaban por correr.

El salón del consejo apestaba a cebollas, vino y barones sin bañar. Los guerreros miraban al Lobo con asombro: habían sido espectadores del ataque del dragón y pocos creían que viviría más de un momento. Ahora estaba frente a ellos convertido en una piltrafa supurante; pero en el ojo intacto brillaba la astucia de siempre, y la sonrisa modelada por la cicatriz era, más que nunca, una mueca feroz.

–Barones de Moriana, he aquí a mis testigos –y señaló con una mano a Béogar y a Meroveo.

Meroveo frunció el ceño y miró altivamente a los nobles, mientras Béogar se trenzaba y destrenzaba los bigotes.

–Dudo que mi pobre cuerpo aguante mucho más; por eso estáis ahora frente a lo que queda de mí –continuó el rey–. Primero, un asunto doméstico: desde el momento en el que yo muera, todos mis esclavos serán libres gracias al valor y lealtad demostrados por Tagaste. Los que quieran permanecer al servicio de mi casa, serán pagados como siervos. Los que no, serán libres y podrán irse si así lo desean. Nadie podrá acosarlos ni darles tormento. También son libres los esclavos que pertenecían a Senen, el traidor.

Los barones se miraron entre sí con muecas de extrañeza e incredulidad, mientras Tagaste ahogaba como podía un sollozo de agradecimiento. El amor por el rey lo llenó de una luminosa exaltación. ¡Libre! Y no solo él: Edurne, Cínife, Orri, los habitantes de los barracones, los pobladores de la ergástula, los pobres condenados que servían en casa de Senen, sujetos a la cruel voluntad del consejero... Ya no aparecerían por los establos niñas embarazadas, cocineros mancos, mozos cegados con la punta del cuchillo. Su felicidad se empañó. ¿Cómo bajar a las cocinas a decirles que el día que el Lobo muriera iba a ser el más feliz de sus vidas?

Pensó en Alagrís, en la mañana nevada en la que se había enfrentado a Senen. Con deliberación, se esforzó por no recordar ese momento ni deleitarse pensando en lo que la libertad significaba, para prestar atención a lo que el rey intentaba decir. Se sentía desgarrado por la certeza de la muerte del Lobo y la alegría de la liberación.

Un barón, el joven y fiel duque Arides, se acercó al trono con paso inseguro. Era del norte, un pariente lejano de la reina. Como ella, poseía una belleza pálida y saturnina, enmarcada por rizos negros. En el rostro adolescente apenas despuntaba la barba. Hincó la rodilla y dijo:

–Señor, no hagáis peligrar vuestra recuperación. Id a vuestra cama, que aquí no hay traidores. Estáis diciendo cosas que no tienen sentido. ¿Quién trabajará las tierras de vuestro reino cuando os repongáis de vuestra enfermedad?

El Lobo rio hasta que la tos le cortó las carcajadas.

–Sin sentido... Sí, hijo mío. Tal vez lo parezcan, pero tú no has visto de cerca el hocico del dragón. ¿Mi recuperación? Arides, estar aquí sentado es lo único que puedo hacer para irme luchando al infierno, como me propuse siempre. No hay poder humano capaz de curarme. Escuchad: mi hija Soledad me sucederá. No importa que sea mujer, es más que un soldado. Ya visteis que el dragón la busca. Ella es la reina de Moriana. No voy a hablar ahora de su valor: de eso sabréis cuando os gobierne. Fura está ahora a su lado, y ya conocéis al señor de Mongrún. Debéis jurar ahora mismo lealtad a mi hija, u os doy mi palabra, por Moriana y por mi sangre, de que mi maldición os perseguirá hasta la tumba.

Arides lo miró con miedo, pero el Lobo extendió la mano ilesa y el joven guerrero la tomó. Se puso en pie y miró al rey.

–No llores, Arides, ni dudes –dijo el Lobo–. Tú, al menos, saldrás con vida de esta guerra. Te doy mi palabra. Tendrás hijos, serás aún más rico y tu esposa será bella y leal.

Una docena de manos hicieron el signo para protegerse del mal de ojo, y otra docena de espaldas fueron recorridas por un escalofrío. El rey, sí, había tenido extrañas relaciones con lo sobrenatural. Garlón de Salgar retrocedió un paso, pero se recompuso y carraspeó:

–Señor, yo nunca he visto a vuestra hija. ¿Por qué no elegir al sucesor ahora que estamos todos vuestros nobles aquí reunidos?

–Porque a mi hija la señalaron el dragón y otros poderes que ni yo entiendo. Porque mi hija es más leal que tú y más valiente que yo. Sé bien lo que piensas: que Soledad está muerta o que, si regresa, demostrará ser una doncella cualquiera, lista para el telar y el matrimonio. Pero no es así. Ya verás, señor de Salgar, quién es Soledad.

–Prestaré juramento, majestad, porque así me lo exigís y porque os debo la vida –repuso Garlón–. Yo también aprecio mi honor. Pero no me alegra.

El Lobo asintió; el dolor regresaba. Garlón, ante el rey quemado, sentía una mezcolanza de emociones que lo aturdía. El Lobo era más valiente que nadie; su audacia para enfrentarse al dragón, el temple con el que resistía el dolor, le hacían desear que viviera. Él era el verdadero rey de Moriana, no su hija. La idea de obedecerla lo enfurecía. Además, en el fondo de su corazón una esperanza traidora ya se encendía y lo obligaba a sonreír un poco. Jara. Jara viuda, libre, la hermosa, la dueña de Moriana. El señor de Salgar se sintió enrojecer y bajó la cabeza, no fuera a ser que el Lobo, con esos poderes maléficos que evidentemente poseía, le leyera el pensamiento.

–Señor, ¿y los tungros? –preguntó Coscoja de Diploé.

El Lobo ladeó la cabeza.

–¿Quién teme a Aybar ahora que nos hemos enfrentado a su dios? –tosió–. No me hagáis reír. Encaradlos con la espada. ¡Moriana es vuestra tierra, la tierra donde nacisteis y murieron vuestros padres! Vosotros conocéis cada valle, cada colina, cada río. Ellos no conocen nada y aborrecen las montañas.

–Decidnos, señor, ¿dónde los enfrentamos? –preguntó Arides.

El Lobo respiró entrecortadamente. Los barones esperaban. Cuando pudo hablar, su voz era tan débil que Coscoja se vio obligado a acercarse al trono y repetir cada palabra.

–A dos días de aquí hay un valle profundo llamado Tépalos. Provocadlos con un pequeño destacamento como cebo. Dadles batalla en el fondo del valle y haced avanzar a la mitad de vuestras mesnadas hasta cerrarles la retirada. Los demás, esperadlos del otro lado. Matadlos a todos o morid en el intento. Pero sabed que si no les dais pelea, los tungros se adueñarán de vuestras tierras y matarán a vuestras familias.

–¿No hay otro plan? –preguntó Acetábulo.

–No muchos. Aquí hay vituallas suficientes para pasar el invierno, pero yo no confiaría mi suerte a la nieve. Quizás convenga esperar a verlos cerca, y entonces hacer tiempo y aguardar a que el frío haga su parte mientras nuestras flechas hacen la suya. Pero el que salga de aquí, por grande y fiera que sea su hueste, si sale solo, es hombre muerto. Con Aybar no se juega, aunque ande por tierras desconocidas para él –dijo el Lobo roncamente.

–Alteza, ¿y si salimos de noche a emboscarlos? –se atrevió a preguntar Vindel de Támara.

El Lobo abrió el ojo sano, abrió la boca, pero no pudo hablar. Trató de inhalar y no pudo. Miró a los barones. Vio ante sí a los que lo amaban; a otros que hasta hacía pocos días le temían tanto que no se atrevían a mirarlo a la cara, contemplándolo ahora con descaro. Vio a los que se alegrarían por su muerte; a los que se sentirían huérfanos sin él; a los leales y los traidores. Supo que Garlón se alegraba, pues codiciaba el cuerpo de la reina, y que al mismo tiempo se avergonzaba por su perfidia. Vio en los ojos de Arides una lealtad que su muerte reforzaría. Vio que Béogar lucharía por el reino hasta la última gota de sangre. No quería ni pensar en Jara, pues no se engañaba: le había dado poco. Genoveva, el vino y la guerra: esos habían sido sus amores, y lo lamentó sin hipocresías. Supo que se moría y en su mente, desorientada por el dolor, Moriana y Soledad se confundieron hasta ser una sola cosa.

El reino y su hija. Su hija, el reino. Los barones esperaban. Por fin pudo murmurar:

–Si es para desjarretar los caballos o para matar a los vigías... Ellos ven de noche, como diablos. Id, quizás con un pequeño destacamento. Calzad las monturas con herraduras ásperas para que no resbalen. Llevad bolsas llenas de espinas de plomo para romper los cascos de los caballos enemigos... –calló, cada vez más cansado–. Haced lo mismo que ellos: atacad y huid –remachó–. Ahora, prestad juramento.

Los barones, uno por uno, se arrodillaron frente al rey. El Lobo entraba y salía de la inconsciencia, esforzándose por, al menos, mirarlos mientras hacían sus votos. Cada inhalación repetía el tormento de respirar el fuego del dragón. Los barones prestaron juramento sobre la espada real, doblada por el fuego. El Lobo les dejaba acercar las frentes sudorosas a la garra desollada que apoyaba sobre las rodillas y les rozaba la cabeza con la mano sana. Hasta los descreídos, aquellos que se habían convencido a sí mismos de que el dragón era una ilusión, un espejismo convocado con malas artes, se asombraron al comprobar que la hoja de la espada estaba retorcida. Luego comentarían entre ellos que el calor que despedía el cuerpo maltrecho del Lobo era semejante al de una hoguera y que, cerca del trono, el aire olía a humo.

Cuando el último guerrero salió del salón, el rey, postrado, cerró los ojos y se hundió en la inconsciencia sin oír la voz de Béogar que lo llamaba.

ooo

La carreta, tirada por los caballos de Aybar, corría sobre la nieve. Aybar llevaba las riendas atadas alrededor de la muñeca derecha, pero era Húbilai quien guiaba aunque iba recostado, envuelto en la piel de oso y con los ojos cerrados. Cuyuc, a quien la cantidad de magia que había en el aire le hacía acalorarse y sudar, lo vigilaba, acuclillado junto a él. El viejo hechicero sentía cómo el sudor le mojaba las axilas, le corría sobre el huesudo pecho y le volvía resbaladizas las palmas de las manos con las que se esforzaba por apaciguar a Húbilai, mientras este gritaba órdenes y Aybar obedecía:

–¡Así, más rápido! ¡Al río! ¡A la ribera, al encuentro de nuestra suerte! ¡Hay una piedra negra debajo de la nieve! ¡Cuidado! ¡Aminora el paso, que hay agujeros!

Aybar reía a carcajadas al comprobar que Húbilai parecía verlo todo, lo visible y también lo oculto por la nieve. Guiaba a los animales con las riendas, atento a los gritos de su tío, pero era como si los caballos esquivaran hoyos y piedras orientados por la voz infalible del sonámbulo. Aunque la nieve se licuaba bajo las ruedas, el lodo no era obstáculo para la carreta, impulsada por la magia de Tengri.

En los árboles despuntaban las yemas de las hojas. Algunas flores asomaban los capullos abiertos y coloreaban la nieve de rojo y amarillo; pero aunque Aybar y Cuyuc lo registraron, no tuvieron tiempo de preguntarse qué sucedía. Todos los animales que se habían ocultado de su vista cuando entraron en Moriana los miraban pasar ahora, agazapados debajo de los árboles, sin esconderse ni huir. Así, los tungros vieron a los célebres venados de Moriana, bellos a pesar del hambre invernal, al jabalí, al zorro con su abrigo de plata, al oso, despierto antes de tiempo y bostezando, a la magra liebre y al hurón malhumorado e inquieto. Pero no tuvieron deseos de cazar, porque en el cielo habían vislumbrado ya la figura de Tengri, quien volaba delante de ellos como un pájaro colosal.

Húbilai se convulsionaba y daba alaridos con una voz que no era la suya, una voz potentísima y grave que pronunciaba las eses con un soplo metálico que erizaba los pelos:

–¡Ella, ah, ella y mi enemigo juntos! ¡Y el mago miserable que me despertó está cerca! ¡Acabemos de una vez!

Después de un rato que para Aybar pasó como un suspiro y para Cuyuc duró una eternidad, se acercaron al bosque que lindaba con Rodosto. Tengri se detuvo en el aire.

Los caballos se encabritaron. Aybar levantó la mirada, vio a Tengri suspendido sobre ellos y tiró de las riendas. Los caballos trastabillaron, extrañamente silenciosos. Temblaban, con las cabezas gachas y las patas sujetas por el miedo. Aybar discernió su terror y bajó de la carreta para tranquilizarlos con caricias y susurros.

La sombra de Tengri dibujaba una mancha oscura en la nieve. Aybar, bajo esa sombra, dejó de reír y sintió un silencio en el alma. Por primera vez en su vida pensó que había gloria y dolor lejos de la guerra, pero no comprendió más.

Cuyuc abandonó por un instante a Húbilai, bajó de la carreta y acompañó al guerrero en su contemplación. Era tanta la magia que adensaba el aire, que su túnica estaba empapada de sudor. No sentía miedo: tenía el alma colmada por la magia, el advenimiento de algo que, intuía, lo rebasaba. Sería testigo de un hecho maravilloso, tal vez mortal. Se sentía ligero, ingrávido como un copo de nieve, pronto a deshacerse en el violento correr del tiempo o la vida, y no le importaba.

Solo un sentimiento lo anclaba: el miedo por Húbilai. Miró de reojo el perfil de Aybar y vio las lágrimas que le bajaban por las mejillas. Cuyuc le apretó el brazo y Aybar, por segunda vez en el día, lo besó en la cabeza. El viejo hechicero le asió la cintura y le apoyó la frente en el hombro, pensando que la vida que tantas veces le había parecido un tormento –cargado de cadenas desde su juventud, sin hijos ni mujer– había valido la pena si terminaba así: frente a Tengri, al lado de Aybar, por el que en ese momento sentía un lazo paternal, y, sobre todo, cerca de Húbilai, a quien amaba como solo se puede amar a quien se debe la dignidad. Bajo sus dedos, la cintura de Aybar era sólida y estrecha como un árbol. Cuyuc sintió orgullo. De nuevo era un tungro hecho y derecho, ya no un esclavo medroso a quien una mujer morianí hacía retroceder con solo mostrarle el látigo.

Tengri, en vilo sobre el mundo, aleteaba con lentitud. La cola serpentina era un rizo negro que se agitaba en consonancia con las alas, enroscándose y desenroscándose al compás del inmenso corazón. Hasta ellos llegó un agrio olor a quemado. Tengri era sinuoso: su cabeza era larga como la del caballo; su cuerpo tenía la sedosa elasticidad de la serpiente; las vastas alas de cuero eran semejantes a las del murciélago. Las garras colgaban laxas, negras tarántulas rematadas por guadañas. Aybar miró el vientre de Tengri, empedrado con oro, erizado de espadas y lanzas medio derretidas. Se le secó la boca.

La lengua de Tengri era un cometa rojo contenido por los dientes. El sol que se ponía arrancaba destellos cobrizos de sus alas. No los miró siquiera. Tenía los ojos de oro fijos sobre algo que quedaba más allá del bosque.

De pronto, Cuyuc advirtió que, durante los breves minutos de su contemplación, no había oído la voz de Húbilai. Preocupado, se desprendió de Aybar para ir al lado del viejo. Tengri era lo más grandioso que había visto, pero Húbilai estaba inmóvil y a Cuyuc le mortificaba que muriera el hombre que lo había librado de las cadenas.

Apartó la piel de oso, miró el rostro macilento y le tocó la mejilla. Estaba yerta. Acercó el oído a la boca de Húbilai y sintió el vaho levísimo de la respiración. Una sospecha lo asaltó: ¿acaso Tengri había desechado al viejo guerrero que había contenido parte de su mente? ¿Y si al salir del alma de Húbilai lo dejaba muerto? Miró al cielo y vio al murciélago descomunal cernerse sobre ellos, hermoso y funesto. Sintió rabia.

–¿Por qué? –gimió el hechicero–. ¿Por qué lo escogiste? ¿Qué importaba que nosotros conociéramos tu voluntad? ¡En nada cambió nuestros destinos! ¡Tampoco cambió el tuyo! ¡Ni siquiera nos hablas!

Aybar escuchó el lamento de Cuyuc y pensó con tristeza en la posible muerte de su tío. Decidió conducir la carreta al corazón del bosque. Una extraña aflicción lo acongojaba ahora que estaban cerca del dragón. Algo se preparaba, ominoso, grande. No era la guerra. Era otra cosa para la que no estaba listo. Los caballos se negaban a avanzar, pero no en balde Aybar era el mejor jinete entre los tungros. Con dedos inflexibles tiró de las riendas, repitiendo los nombres de los caballos, hasta que obedecieron y trotaron bajo los árboles en dirección al río. Tengri, con dos aletazos, voló sobre ellos y quedó encima del agua.

ooo

Debajo del dragón, Soledad, montada sobre el Unicornio, esperaba ya metida en el río. En la ribera estaban Cuervo y Fura, Bajel y Fum. Absortos, con el corazón en un puño, ambos hombres se habían unido en una tácita e incómoda tregua. En el momento en que Soledad se había perdido de vista, el duque había desenvainado y se había vuelto contra Cuervo.

–Cobarde, infeliz y traidor. Fuiste tú, miserable. ¡Y comías nuestro pan en la misma mesa que nosotros! No te atravieso y te dejo desangrándote, corrompiendo el bosque con el fango pútrido que te corre por las venas, porque ella me lo ha pedido.

Tenía la espada sujeta con las dos manos y temblaba, tal vez por el ansia de hundirla en el pecho del mago.

–No podía confesártelo porque me habrías matado y ya no podría expiar mi pecado. Perdóname –imploró Cuervo con la cabeza gacha. No tenía miedo. Estaba mortalmente cansado y solo le importaba la suerte de Soledad.

–Entonces, ¿es verdad que vosotros lo lanzasteis en nuestra contra? ¿Sabes, miserable, cuántas vidas se han perdido? –preguntó Fura con los dientes apretados. La punta de la espada oscilaba cerca del cuello de Cuervo.

–Duque, fui yo. También fue un crimen en Alosna; por expiarlo padecí el exilio. Mis mayores me excluyeron de la compañía humana, pero descifraron los signos en los dados y las estrellas y supieron que mi destino era este. Acompañarla, servirla. Amarla –abochornado, se echó a llorar.

–¡No llores, no seas cobarde! –repuso el duque con aversión.

–No soy cobarde ni temo que me mates. Lloro porque la amo y porque tal vez mi castigo sea mayor de lo que imaginaba. Déjame, apártate. Si te asqueo, no me importa. Solo me interesa su destino.

Fura lo miró con repugnancia, se dio la vuelta y silbó. Bajel se acercó y Fura montó rápidamente. El duque clavó los talones y el caballo se perdió en el bosque. Cuervo gritó:

–¡Fum!

Pero el gran tordo rodado lo miró con indiferencia y fue galopando tras el duque. El mago los siguió, tropezando y tambaleándose.

ooo

Al llegar a la orilla del riachuelo, Cuervo se dobló en una arcada cavernosa y seca.

–Mago, ten valor... Echa mano del que tuviste para despertar al dragón. ¿Por qué te asustas ahora? –susurró Fura con áspero reproche.

Cuervo se inclinó sobre sí mismo y un ronco gemido le salió de la garganta.

–¿Te enfermas y vomitas como una mujer preñada cuando ella está a punto de enfrentar lo que tú convocaste?

–Duque, si ella está dispuesta a perdonarme, ¿por qué tú no? –preguntó el mago, secándose con la manga la saliva que le empapaba la barbilla–. No me injuries más. Mátame o cállate, pero no me humilles. Ignoras todo acerca de mis razones.

Fura no contestó. Cuervo siguió, macilento, trémulo, pero tratando de erguirse:

–Yo daría mi vida por ella, pero es como si ni el Unicornio ni el dragón estuviesen interesados en mí. El dragón, lo sé porque mi padre me lo advirtió, desea matarme. Pero desde el día aquel en el Paso del Mago, dejé de sentir su atención sobre mí... Si tolero tus insultos sin enojo es porque estoy arrepentido, no por miedo.

Fura iba a replicar cuando se oyó una algarabía hecha de voces humanas y animales. Los dos hombres vieron llegar a Dungalo, acompañado por Agila y su séquito. Detrás de ellos, a pie o a lomos de caballo, mula o burro, venía el puerto entero: una muchedumbre que, exaltada por la curiosidad, el terror y la esperanza, había invadido el bosque. De pronto sonaba algún llanto infantil, un bramido o una voz aislada que gritaba: «¡La virgen del Unicornio!». Cuervo sintió una agitación en el aire. El cuervo, su compañero, se le posó en el hombro con un aleteo ansioso.

Soledad no volvía el rostro: inmóvil y serena, mantenía la mirada fija en el dragón. El Unicornio, tan quieto como ella, miraba ante sí, y el cuerno irradiaba un resplandor blanco que contrastaba con el rojo del sol que se ponía. Parecían una frágil estatua ecuestre. Solo los espesos chorros de vapor que salían rítmicamente de los ollares del Unicornio revelaban la energía contenida en esa pausa que era, en realidad, el preámbulo de la lucha.

Fura metió la mano en la alforja para sacar el colmillo. Entonces se dio cuenta de que la punta se había roto, quizás al galopar tras el Unicornio. Lo mostró a Cuervo y este miró al duque como pidiendo clemencia. Fura, a su pesar, sintió piedad y le habló como antes, como a un aliado, venciendo la ira que lo sofocaba.

–Escucha, mago: el diente está quebrado. El poder del agua es aún mayor de lo que pensábamos.

Cuervo extendió el índice, tocó la punta rota. El corazón le dio un salto y asintió.

Fura retorció el cordel que le ataba la barba en un gesto familiar de preocupación.

–Lo malo es que este vado es muy estrecho, tiene poca profundidad y varias leguas de longitud. Aguas abajo se junta con la parte ancha, pero aquí... Este afluente es muy pequeño. Ni nombre tiene. Por eso no hay barcos. Mira, se alcanza a ver perfectamente el otro lado. ¿Habrá agua suficiente para protegerla?

Cuervo miró la otra orilla. Desde donde estaban podían distinguir el brezal helado, los grumos de mica en la arena, un sauce. Detrás, como colinas azules, se veía la masa indistinta del bosque. El río corría lento y oscuro. En las aguas plomizas se distinguía de cuando en cuando el brillo lechoso de un trozo de hielo. El Unicornio aguardaba en medio, sumergido hasta las rodillas.

–Duque, es mejor que sea así. ¿Quién podría luchar contra una corriente impetuosa en un tramo profundo? El Unicornio emplearía parte de su fuerza en mantenerse a flote... No, yo creo que está bien este lugar. Pero no soy un soldado, como sabes.

Fura lo miró melancólicamente. Desde que Cuervo reveló que él era el culpable del despertar del dragón, sentía una mezcla de rabia, desengaño y dolor. El mago lo había embaucado, se había aprovechado de él.

–Lo sé –contestó.

Con esas dos palabras, el duque creó un muro infranqueable de frialdad y repulsa. Cuervo tuvo el impulso de explicarle el porqué de sus actos, pero se dio cuenta de lo pueril que resultaría. Sintió el tibio cuerpo del cuervo cerca de su oreja y eso le dio fuerza para mantenerse en silencio. El duque miraba a Soledad. Con gesto ausente, frotaba una y otra vez la cúspide fracturada del diente, indestructible hasta esa mañana.

ooo

En Alosna, los magos se esforzaban por tejer la más espesa y sólida red de encantamientos sobre la mente y el cuerpo de Soledad. Era indispensable proteger su cordura y, hasta donde fuera posible, su vida. Munin había decidido, secretamente todavía, sacrificarse por ella si era necesario. Su hijo había desatado esta tempestad, y él haría lo posible por apaciguarla.

Además, aunque se sorprendió al sentirlo, cuando vio en la olla cómo Soledad amaba a Cuervo, la honestidad y generosidad con las que lo trataba, quiso protegerla.

Senlac, Gan y Nit se mecían mientras enunciaban las fórmulas ancestrales con esmero: cada sílaba debía ser dicha con plena conciencia, con nitidez y sin vacilaciones. El templo olía a hierbas, a incienso y a sudor. Erec temblaba por la fatiga y tenía el pelo erizado, pues cada vez que su mente tropezaba con un obstáculo, se restregaba la cabeza. En su frente se cruzaban apretadas arrugas, unas verticales –las del desasosiego– y otras horizontales –las del asombro–. Había envejecido mucho en los últimos días.

En conciliábulo con Espinela, se había agotado buscando la estrategia para alcanzar el corazón del Lobo, pues el amor del rey por su hija podría ser parte medular del hechizo para protegerla, el ingrediente más potente y preciado. El impulso del Lobo, ahora sin rumbo y encerrado en su cuerpo agonizante, podría reforzar las palabras de los magos y darle a Soledad una oportunidad de salir con vida de la batalla.

–Pero ¿cómo alcanzarlo? ¿Cómo tocar esa mente tan corrompida por la violencia? –preguntaba Espinela.

–No sé –contestaba Erec, desesperado–. No puedo entrar en Moriana como un aparecido: yo mismo sellé el encantamiento que la cierra. Si la clausuramos para el dragón, ¿cómo sortear la defensa? Como tú, no concibo un resquicio en la mente brutal de ese hombre. ¿Qué hace él ahora?

–Miremos en la olla. Quizás algo diga en su dolor, algo que nos ayude.

Los dos magos se asomaron a la olla y musitaron un conjuro. En la superficie del agua apareció el lecho de enfermo del Lobo. El rey dormía y se quejaba. Jara, Lirio y Béogar estaban a su lado. Tagaste se afanaba en la mesa preparando lienzos húmedos con el médico, y Edurne lloraba en un rincón.

Erec apretó el hombro de Espinela.

–Tómame la mano. Lo veré en el sueño. Si me agito, háblame y tráeme de vuelta. Si no despierto cuando me hables, frótame las sienes con nieve o acércame un tizón a la mano. El Lobo es peor que su padre, así que resulta peligroso hasta dormido.

Espinela dudó.

–No lo hagas. El dragón se metió en los sueños del ejército tungro y los ha envenenado. Húbilai está casi muerto. No digo que tu magia se parezca a la del dragón; al contrario. Pero como el Lobo tiene el corazón podrido por la sangre que ha derramado, puede herirte, intoxicarte.

–Ama a su hija. Se dio cuenta tarde, pero aún puede auxiliarla. Y, querido Espinela, yo no tengo la fuerza del dragón. Mi presencia en la mente del Lobo no lo dañaría, y a mí tampoco. Seré apenas una sombra en el mundo de las sombras, un fantasma entrevisto en un sueño. Le pediré que nos deje usar su amor por Soledad. Si se niega, me resigno y regreso.

Espinela asintió y tomó la mano de su amigo en la suya, entrelazando sus dedos con los flacos dedos de Erec. Con la otra mano hizo una seña mágica para darle fortaleza. Llamó a Munin, quien acudió a su lado.

–Protégelo tú también –susurró, pues ya Erec cerraba los ojos y se hundía en el mágico sopor en el que buscaría al Lobo. Munin, obediente, puso las manos abiertas sobre la cabeza de su maestro e imaginó que su fuerza se abría como un abanico.

ooo

El Lobo soñaba que iba por el bosque, a pie y vestido con armadura completa. La coraza le pesaba y el sudor escurría bajo el yelmo. Se había alzado la visera para ver mejor, pero una niebla lechosa lo velaba todo. Llevaba la espada en la diestra, pues presentía que una amenaza se cernía sobre él. Quizás una emboscada. Un cuervo graznaba en el cielo gris y repetía dos notas estridentes.

Detrás de un árbol aparecieron Genoveva y Tórtola. El Lobo se alegró al ver a Genoveva, pero la presencia de Tórtola lo incomodó. *Es mi enemigo*, se dijo, pero blandamente, sin cólera. El joven mago ya no estaba quemado. Mostraba el semblante afable con el que había llegado a Bento y, como entonces, lo miraba con abierta curiosidad. El Lobo descubrió que verlo entero le parecía bien y se lo dijo:

–Me alegra que ya no estés muerto, pero debes irte. Quiero hablar con mi esposa. Además, tú sabes que no tolero a los magos.

Levantó la mano izquierda, cubierta con el guantelete de hierro, y señaló a Genoveva, quien le sonreía amorosamente. El índice acorazado del rey brilló como una oruga de plata.

Tórtola asintió.

–Me iré cuando me concedas lo que vine a buscar. ¿La recuerdas? –contestó, e indicó una figura que hasta ese momento el rey no había visto. Era una mujer pelirroja, erguida, montada sobre un caballo blanco y coronada con una guirnalda de hojas de acebo. En la mano llevaba una espada. Por el filo corría un resplandor verde que se derramaba y caía al suelo, semejante a un hilo de agua. La mujer tenía los párpados espesos y los ojos oblicuos. Se cubría con una raída y amplia capa negra que contrastaba con el resplandor de la espada. Miraba al Lobo con remota melancolía.

–Es la Loba, la Loba de Numa, la madre de nuestro linaje –contestó el rey, dubitativo como un niño.

Tórtola negó con la cabeza. Genoveva sonrió y le preguntó:

–¿No la reconoces? Mira con cuidado. No es la madre de los Lobos: es la hija, el vástago postrero del árbol de nuestra genealogía. Nuestra hija.

El Lobo sintió una gran angustia. Genoveva se daría cuenta. ¿De qué? No lo sabía bien, pero era algo malo. ¿Una omisión? Tenía que confesárselo, pero a solas.

–Vete –ordenó al mago.

–No puedo –contestó Tórtola, contrito.

–Ayúdala: es nuestra hija, Lobo –rogó Genoveva.

El Lobo se quitó el yelmo y lo colocó en el suelo. Al mirarlo pensó que parecía su propia cabeza, pero sin cara. Examinó, como si lo viera por primera vez, el cilindro de acero, las colas de lobo en la cimera, la visera cuadrada, los remaches de oro. Ese trozo de metal había sido casi un pedazo de su cuerpo. Quería dejarlo atrás. Le había pesado tanto...

Avanzó y miró a la mujer. Comprobó que, efectivamente, se trataba de Soledad. El caballo ambló con gracia y se acercó. El Lobo pudo ver mejor el rostro de la muchacha.

–¿Qué deseas de mí? –preguntó.

–Nada, padre mío, no deseo nada. Siempre te he querido –contestó Soledad con voz ronca y dulce.

–Yo quisiera unir lo roto, que viviera lo muerto, que el llanto se secara y lo sustituyera la serenidad. Pero todo ha pasado ya, y no puedo hacer nada –dijo el Lobo tristemente.

No comprendía bien lo que había dicho, pero le dolía.

Soledad miró al cielo. El sol estaba negro e irradiaba oscuridad, ondas de densa sombra. Pronto se haría de noche. Su caballo resopló, inquieto, y sacudió la lanza que le salía de la testuz. La princesa, con el gesto que su padre recordaba tan bien, se inclinó sobre el animal y le palpó el cuello para tranquilizarlo. El Lobo se deleitó mirándola: Soledad montaba mejor que la mayoría de los soldados. Se acercó aún más a ella y le ofreció un diminuto guijarro rojo. No se había dado cuenta de que estaba en su mano, pero sabía que les pertenecía a los dos, a ella más que a él. Tenía forma de corazón. Un pequeño corazón de piedra, veteado con líneas de mármol. Rojo, áspero y pesado, una partícula dorada relucía en su centro.

Soledad abrió la mano y el Lobo le puso el guijarro en la palma. Ella cerró los dedos y se llevó el puño al corazón. Entonces lo miró con un amor tan puro que la preocupación del Lobo se disolvió. No habría emboscadas ni peligros. Ya no.

–¿Vienes conmigo? –preguntó Genoveva.

El Lobo asintió. Estaba exhausto. Soltó la espada, que cayó con un ruido esponjoso sobre las hojas. Se quitó los guanteletes, los arrojó lejos y le tomó la mano. La mano de Genoveva era como un gorrión: había que apresarla con cuidado. Estaba tibia y seca. Se inclinó sobre el rostro de la reina y la besó. Los labios de Genoveva seguían como los recordaba: suaves, hospitalarios. Su saliva tenía un regusto a hierbabuena. Genoveva lo abrazó y el Lobo gimió al acariciar el torso largo y estrecho con las manos. La había extrañado muchísimo. *Por fin*, se dijo. Fue tanta la alegría, que el corazón se le rompió.

ooo

Mientras en Bento Jara y Lirio lloraban tendidas sobre el cadáver del rey, en Nebral Erec lloraba recostado cerca del fuego. Los otros magos estaban afligidísimos, pues en cuanto abrió los ojos sin necesidad de que nadie lo auxiliara a regresar, había comenzado a llorar.

–Erec, te lo suplico, ¿tiene que ver con mi hijo? ¿Qué viste? –le preguntaba Munin una y otra vez.

Espinela, acuclillado a su lado, repetía:

–¿Qué te aflige? Estás aquí, en el templo, rodeado por quienes te aman, tus hermanos en la magia. ¿Qué pasa?

Cuando por fin cesó aquel llanto imprevisible que los magos atribuyeron a una crueldad o prueba impuesta por el Lobo enemigo, Erec los sorprendió diciéndoles con voz mortecina:

–El rey ha muerto, en paz con su hija y con la memoria de Tórtola. Murió convertido en otro hombre, o quizás convertido en el hombre que fue antes de la muerte de Genoveva.

Munin levantó las cejas. Parecía que solo él entre los magos se había dado cuenta de que Erec había llamado rey al Lobo. El título, que nadie como Erec despreciaba, había sido pronunciado con respeto.

Gan intervino precipitadamente:

–¿Tuviste que matarlo?

–No, no, no he matado a nadie –respondió Erec con alarma–. No me hizo nada. Por alguna razón que ignoro, no tuve necesidad de cubrirme con disfraces. Aparecí con la cara de Tórtola y se alegró de verme vivo. Él se encaminaba a la muerte y tenía un poco de miedo, pero al verme a mí, a Genoveva y a Soledad, decidió partir con alegría. Podemos completar el hechizo. Antes de morir le entregó el corazón a su hija.

El anciano mago se puso trabajosamente en pie, ayudado por Espinela.

–Qué peligroso es asomarse al corazón de los hombres, Espinela. Siempre encuentra uno cosas insospechadas. Todos llevamos mundos enteros dentro y, ay, cuánto dolor hay en ellos –dijo en voz baja.

Espinela lo miró sin contradecirlo. Intuía que su viejo amigo había aprendido algo y que quizás más tarde, cuando el peligro hubiera pasado, se lo diría.

–¿Sufrió?

Erec movió la cabeza.

–Creo que no. Pero a mí me hubiera resultado más fácil creer que era un asesino y nada más.

Espinela se inclinó sobre él y le apretó cariñosamente la nuca.

–Hay que trabajar. Por su hija y por el hijo de Munin. Por todos nosotros.

Tenían que terminar de tejer el hechizo de protección sobre Soledad, y ahora contaban con un ingrediente potentísimo. Ni siquiera tendrían tiempo para ponderar lo que significaba la muerte de su enemigo.

capítulo sesenta y cuatro
Frente a frente

Soledad, en el agua, descubrió que imaginar –solo imaginar– la muerte de su padre era imposible. Sabía, sí, que algo había ocurrido, pues Alagrís había volado desde Bento hasta Rodosto para estar con ella, pero la ausencia del Lobo en el mundo era algo que apenas podía concebir. Asombrada, se dio cuenta de que la sola sospecha de la muerte del rey la aligeraba del miedo a enfrentar lo que se avecinaba.

Al principio, había deseado triunfar en la embajada a Alosna para ser útil y digna de su amor. Era imperativo regresar victoriosa e impedir que el vino y el miedo lo mataran. Hasta sobrevivir había sido necesario por él.

Luego, la vida la había cambiado. La certeza de la que la magia no existía había desaparecido. Vinieron la batalla, la muerte de Nap, Cuervo. Pero el amor que sentía por su padre era el mismo, aunque ya no lo idealizaba. Aceptaba que era terco, malvado, supersticioso. Así lo amaba. No podía ocurrir algo más doloroso que la muerte del rey. Sin su padre, la vida se convertiría en un país extraño.

El Unicornio alzaba la cabeza y olfateaba el aire en busca del río, del agua. Las aves gorjeaban a su paso. Soledad las escuchó con una serenidad rayana en la indiferencia. Iba a enfrentarse al dragón y todo su ser se concentraba en ese hecho.

Montar el Unicornio no era como cabalgar sobre Fum. Por un momento, mientras galopaba hacia la playa diminuta de la ribera, fue como si volara. Alcanzaba a oír el muelle golpeteo de los cascos en la hojarasca, pero apenas percibía el contacto del Unicornio con el suelo. A diferencia de Fum, cuyo cuerpo la vinculaba a la tierra a veces de forma más categórica que sus propios pies, el estrecho lomo del Unicornio parecía ponerla en contacto con el aire. Además, el Unicornio descifraba la voluntad de Soledad antes que ella misma: bastaba una levísima presión de las rodillas para determinar el rumbo, el ritmo del galope. De la crin emanaba un olor a miel, a rosas y a algo agreste y penetrante.

Salieron del bosque y llegaron a la orilla de un estrecho afluente bordeado por matorrales de brezo. Soledad se alegró al ver el riachuelo, la poca profundidad, la rapidez de la corriente. Supo que tenía un aliado en ese pequeño tributario lodoso que le había salido al paso cuando buscaba el Drin.

El Unicornio entró en el agua y Soledad se llenó los pulmones de aire húmedo y frío. El olor del afluente le colmó la nariz con vahos en los que flotaba el aroma de crustáceos y peces, plumas mojadas, hierba, mil caparazones de insectos pudriéndose en estuarios diminutos. El Unicornio avanzó hasta la mitad del remanso.

En la mano que había tocado el colmillo sentía un cosquilleo caliente. Bajó la vista y miró el agua que espumaba entre las patas del Unicornio. Entonces oyó el grave batir de las alas y sintió las ráfagas glaciales que le helaban la espalda. Alzó la vista.

El olor del río fue sustituido de golpe por el ácido tufo a chamusquina que salía del hocico del dragón. La sombra de su cuerpo lo enfriaba todo. Era como estar debajo de una pesada nube negra cargada de agua, relámpagos, truenos. De un momento a otro la tormenta descargaría sobre ella.

En verdad no lo temía, comprobó. Pensó en su padre, en Cuervo, en los campesinos colgados del árbol cerca de Álamos. Pero aquello que había modelado su carácter y sus decisiones se desdibujaba ante la urgencia del presente, ante la fragancia montuna del Unicornio y el hedor acre del dragón.

Las borrascas levantadas por las alas encrespaban el agua y pulverizaban las olas hasta convertirlas en esquirlas. Semejantes a hoces de aire, las ráfagas quebraban las ramas de los árboles y despedazaban los juncos. La gente que se apretujaba en la orilla sentía que el viento les enfriaba la médula. Con bruscos dedos invisibles, el soplo levantaba faldas, arrancaba capas, túnicas, capuchas, arrastraba montones de guijarros y nieve. Los animales pegaban el vientre a la tierra o esponjaban las plumas, pero Soledad no veía nada de eso.

Cerró los ojos y pensó en Cuervo. Asombrada, se dio cuenta de que, aunque lamentaba que el amor entre los dos quedara trunco, no le dolía pensar en él. El azar o el destino –al final igualmente inexorables– la habían traído hasta la batalla.

Con un suspiro se irguió, lista para pelear. Se dio cuenta de que combatir le daba menos miedo que regresar a Bento para vivir sin su padre, sin las certezas que la habían sostenido. Para esta batalla había aprendido, sufrido, amado; para este momento había montado a caballo hasta que sus piernas se convirtieron en las duras zancas de un jinete y sus dedos se transformaron en las falanges callosas del soldado. Tal vez también para esto su corazón se había abierto. *¡Tanto, y para morir!*, pensó. Pero le quedaba la alegría de ser ella, *ella*, quien remediara el mal que su padre y el mago habían hecho. Sintió una fugaz alegría. *No he matado a nadie. Jamás*, se dijo.

Desenvainó y aferró un puñado de crin con la mano izquierda, mientras la derecha se cerraba sobre el pomo de Mirals. Balanceó la espada sobre el muslo. Mirals era tan ligera que quizás resultaría inútil para la lucha que se avecinaba, pero era la espada de Moriana. Miró los lobos de nácar taraceados en el filo, enrojecidos por la luz del ocaso.

Bajo la palma de la mano izquierda, entre el pelo espeso y sedoso de la crin del Unicornio, percibió el tacto áspero de un objeto. Era un guijarro. Lo recogió con el pulgar y el índice y lo miró: rojo, estriado, casi triangular. Atravesado por finas líneas blancas y una sola mancha dorada, brillante, una chispa de oro. El guijarro pesaba y estaba caliente. ¿Habría caído del vientre del dragón? Tal vez fuera un fragmento de una tierra lejana, traído hasta ella entre las escamas del enemigo. Soledad se encogió de hombros y se lo echó dentro de la túnica, debajo de la camisa de lino. Pegado a la piel. Sería su talismán. No sabía de dónde había salido, pero no la inquietaba.

Cualquier cosa era posible en esos momentos, y ella estaba dispuesta a aceptar hasta la muerte. El guijarro rodó y se detuvo sobre el pliegue que el cinturón formaba. Su aspereza y calor le resultaron extrañamente agradables.

Soledad sonrió. Entonces el dragón habló con la voz que ella recordaba, semejante a una avalancha o a una cascada rugiente. La sonrisa se borró de la cara de la muchacha y fue sustituida por un gesto de dolor.

–¿Sacrificarás tu vida por el padre que no te amó porque eres mujer? Tú, a quien conozco mejor que a nadie, no deberías ofrecer la vida por un mal rey y peor padre. ¿Qué deseas? Yo puedo dártelo.

ooo

En Peña Verde, Ámbar, sentada frente al fuego, preparaba sopa al lado de su madre. Brau y Florián dormían una siesta tardía en el suelo, sobre jergones de paja. Brau roncaba.

De pronto, con un trozo de cecina en la mano, Ámbar sintió una angustia mortal que la obligó a cerrar los ojos y aguantar la respiración. Su mente se alejó de la choza, de la aldea: creyó percibir que algo en el mundo se había salido de su lugar. Algo terrible sucedía.

Abrió los ojos y la cecina cayó al suelo. Un abismo invisible se abrió a sus pies y también sobre su cabeza. Se ahogaba. Quiso correr, arrojar todo lejos de ella, pero le faltaba el aliento. El universo se cerraba sobre sí mismo. Todo moría. El sol, la luna y las estrellas seguirían allí, pero la vida se iba. El dragón estaba en peligro. El dragón. Cuervo también estaba en peligro. *Soledad.*

Se llevó la mano al pecho y tosió. Caliela no se dio cuenta: siguió cortando pedazos de carne seca con el cuchillo, mojándolos en vinagre y echándolos en el puchero que hervía sobre el fuego.

Ámbar aferró el borde de la mesa con las dos manos. Desde el día en que la comitiva dejó la aldea, la mente de la muchacha había bregado en una confusión de tristeza, desencanto y hastío. Si antes de la muerte de su abuela había sido rebelde y apasionada, después de la partida del mago se sentía frágil. Se aburría muchísimo y desesperaba pensando en el futuro. Callaba, comía poco y ya no reía más que cuando acariciaba a Carbón.

Sabía que el destino del reino estaba en juego, pero en los últimos días, nevados y silenciosos, Moriana se había convertido para Ámbar en una palabra, una idea de la que la aldea, además, había sido liberada. ¿Qué tenían que ver ellos ya con el Lobo? Nada. Alosna, los padres de Cuervo, la formidable reputación de la tierra de los magos, tenían más solidez, más realidad. Cuando la nostalgia por Cuervo se agudizaba, Ámbar recordaba la oferta que él le había hecho: «Tú cruza si quieres y entra en Alosna. Di a quien te encuentre que eres mi amiga».

Un pinchazo en el costado la obligó a doblarse sobre sí misma. Caliela levantó la vista.

–¡Hija! ¿Qué te duele?

Ámbar trató de erguirse, pero estaba paralizada y fría.

–Falta poco. Falta poco... –gimió.

–¡Florián! ¡Brau! ¡Traed las mantas! –gritó Caliela.

Arroparon a la muchacha con todas las mantas de la casa; calentaron una piedra en el fogón para ponerla envuelta bajo sus pies, pero Ámbar tenía frío y no paraba de llorar.

ooo

Aybar condujo la carreta sobre la nieve blanda, sobre parches de tierra por la que asomaban manojos de hierba mustia y brotes verdes. El aire olía a quemado. Los árboles se hacían más escasos conforme se acercaban a la orilla, pero en lugar de sentir alivio por dejar atrás las frondas esqueléticas, Aybar sintió un súbito desamparo. El cielo plúmbeo se abría sobre ellos y allí, casi sobre la otra orilla, estaba Tengri suspendido como una araña descomunal colgada de un hilo invisible. Debajo de él, un jinete.

Aybar entrecerró los ojos. No era un jinete ni era el Lobo, como había querido creer: era una muchacha idéntica a su enemigo, montada sobre el espectro blanco.

–¡Cuyuc! –llamó.

El hechicero acudió a su lado y observó la figura que Aybar le señalaba.

–Es la hija del Lobo –murmuró.

–¿Cómo lo sabes?

–Escucha: el Lobo tiene dos hijas. Una es un guerrero, la otra es una niña. Toda Moriana lo sabe. La que es un guerrero es fiel y valiente. No sé qué hace aquí ni por qué el fantasma blanco le permite montarlo, pues es una criatura indomable y nadie jamás le había echado la pierna encima. Pero todo es extraño ahora. Tu tío está dormido, pero no descansa.

Aybar volvió a mirar a la muchacha. Entonces oyó el rugido del dragón.

ooo

Por fin la tengo, pensó. Era tan pequeña y frágil que, por un momento, dudó del impulso que lo había obligado a buscarla. ¿En qué podría cambiar el destino, la totalidad de su aislamiento, un ser tan nimio?

Pero era ella, el mismo rostro que había visto en la cueva, la huraña, la solitaria. Era su Soledad y algo se conmovía en él al mirarla. No era solo la rabia de verla montada sobre el Unicornio; sentía algo más, una emoción emparentada con la nostalgia. Pero el Unicornio era su enemigo. Aborrecía su animalidad pura, casi sin lenguaje, sin pasado, sin futuro. Su eterno brío que ignoraba la duda. Lo maldecía porque vivía en un presente inmenso, mientras que el suyo se hacía cada vez más pequeño, acotado por el denso muro del pasado y el ya cercano límite del futuro: la muerte.

Allí estaba la muchacha. Había sido sincero al ofrecerle el mundo. Quería comprobar que ella era su semejante, su Soledad.

–Deseo vencerte –contestó ella mirándolo desde el lomo del Unicornio–. ¿Me lo concederás?

A pesar de la fatiga que lo lastraba, el dragón rio. ¿Creía que podría vencerlo en un juego de ingenio?

–¿Por qué renunciaste a la única oportunidad que tuviste de ser feliz? Sé que amas al hombre que me despertó. También a él lo conozco mejor que nadie.

–Yo te conozco a ti –provocó ella.

–¿Quién soy, pequeña impostora? De la respuesta dependen tu vida y la de todos los gusanos que se amontonan en el bosque para ver cómo te sacrificas por ellos, los cobardes.

La trenza se deshizo y el pelo rojo se sacudió como un torbellino alrededor del blanco óvalo de la cara. La muchacha sonrió melancólicamente debajo de la cúpula de sonido creada por la voz del dragón. Este continuó:

–Otros más valientes que tú me miraron sin miedo antes de morir. El valor no basta.

El Unicornio se encabritó y sus patas delanteras cayeron con un chapoteo sobre el limo. Soledad le palmeó el cuello, sin despegar la mirada de los ojos del dragón. Este se dio cuenta de que solo otros dragones lo habían mirado así y se preguntó qué poderes tendría la deleznable figurita que montaba al Unicornio y respiraba pegada a la tierra, cerca del agua vil.

Ella vio en los ojos dorados del dragón una soledad viejísima. Era como mirar el relámpago. *Con razón los tungros piensan que es un dios.*

–No te temo. Sé quién eres, gran rey demente. Otro que también te conoce me dijo que siempre tienes hambre, que eres viejo y que quieres poder y oro. He visto antes un corazón como el tuyo: el de mi padre. Quiero decirte esto: los dos vamos a morir hoy. Tú y yo entraremos juntos en el reino oscuro.

–¿Ese es tu secreto? A mí, destructor de ejércitos y cosechas, ¿qué me importan tu vida o tu muerte? ¿Pretendes saber cuándo moriré yo?

El dragón exhaló una llamarada con la que dibujó un círculo en el agua. El río crepitó y un millar de burbujas estallaron: Soledad y el Unicornio quedaron en el centro de la hirviente circunferencia. Cuando el agua comenzó a evaporarse, el vapor los ocultó y el dragón, inquieto, descendió y se detuvo más cerca de ella.

–Ven, ven, dragón. Yo te daré lo que quieres. Quieres compañía en tu vejez intolerable. Vamos, encendámonos juntos en el aire de la tarde –dijo la voz de la muchacha–. ¡Ven y deja que te toque! ¿No quieres sentir mi mano sobre tu piel antes de morir?

–No me hagas reír, pequeña. ¿Crees que tu tacto significa más para mí que el roce con una piedra?

Es una trampa. Una trampa pueril tendida por una niña. ¿Qué alivio me podría ofrecer esa mano minúscula?

–¿Por qué me buscabas? Yo escuché tus pensamientos... No te temo. ¡Ven! No son para nosotros las alegrías. No será para mí el lecho conyugal, ni el amor, ni la felicidad. A ti no te queda más que la decrepitud... Pero tu corazón arde. Nos queda la muerte, acompañados uno por el otro en un acto soberano. Atravesemos juntos el umbral. ¡Ven!

ooo

Aunque no alcanzaba a descifrar las palabras que Soledad y Tengri intercambiaban, pues las apagaba el ruido del vuelo del dragón, Cuervo sentía cada vez más angustia. Al ver cómo del fuego se alzaba una cortina de vapor que ocultaba a la muchacha y al Unicornio, no pudo más: soltó el brazo de Fura y corrió tambaleándose a la orilla.

–¡Yo te desperté! ¡Mátame a mí! ¡Déjala! –gritó.

Tropezó y cayó, pero siguió a gatas, hundiendo las palmas doloridas en el lodo. Fura lo miró con impaciencia. Chasqueó los labios y fue tras él. El mago sintió unos dedos de hierro que se le hundían en las axilas y lo alzaban en vilo. Se volvió y miró el gesto adusto en la cara de hurón iluminada por la luz naranja del ocaso, las canas en las sienes.

–Parece que, a pesar de todo, sí eres un hombre entre hombres. Verás que no es poca cosa –gritó el duque.

Cuervo quiso darle las gracias; pero ya Fura le daba la espalda, atento solo a la batalla en el río.

ooo

Aybar y Cuyuc se miraron con asombro. Alrededor de la carreta se habían congregado un centenar de jinetes tungros, entre los que estaban la mayor parte de los capitanes. Kadac y Bati, graves y pálidos, con las bridas en la mano y los ojos puestos sobre Tengri, habían detenido los caballos a un lado de la carreta, pero no se atrevían a preguntar si Húbilai estaba muerto.

Temblaban bajo el peso de la magia que se condensaba en el aire; las alas de Tengri creaban ventarrones que los obligaban a toser y lagrimear. No sabían quién era la mujer que montaba al Unicornio, pero el parecido con el Lobo era evidente hasta para aquellos que solo habían oído hablar del pelo rojo del rey de Moriana.

–Voy a atender a tu tío, porque está muy quieto y tengo miedo de que se muera –dijo Cuyuc mientras tiraba de la manga de Aybar.

Este, sin quitar la vista de la escena que se desplegaba ante sus ojos, contestó:

–Ah, viejo, eres un tungro de verdad. No tienes miedo, ¿verdad?

–Miedo me daba morir en el barracón de los esclavos, asfixiado por el olor asqueroso de la letrina, bajo ese techo vil. Morir así, al aire libre y sin cadenas, no. Pero tengo otros miedos.

Fue al lado de Húbilai y se acuclilló junto a él.

–Tengo miedo de que mueras tú, y tengo miedo de quedarme aquí y no ver Tarkán –le susurró.

Trató de contar a los jinetes que los habían seguido, pero la vista le falló. Eran muchos. También serían testigos de la batalla.

ooo

Soledad, oculta por el vapor, desmontó y caminó por el agua. Puso la mano izquierda sobre el lomo del Unicornio y aferró a Mirals con la derecha. No sentía miedo ni alegría.

Había desmontado porque quería sentir el agua en la piel. Helada, se le metió por los bordes de las botas y las costuras de las suelas, le mojó las calzas y le empapó el borde la capa. Pero Soledad no tuvo frío, porque el guijarro rojo que guardaba preso sobre el cinturón irradiaba una generosa calidez. Un témpano, fugaz como un pez de hielo, le rozó la rodilla.

Percibió confusamente que la velocidad de la corriente aumentaba y que el agua subía de nivel. Recogió un poco en la mano ahuecada y bebió. Tenía un regusto mineral, como si hubiera recorrido un largo camino de piedra para llegar a ella. Recogió más y se la ofreció al Unicornio. Este la bebió y una lengua de terciopelo le acarició la palma. Soledad sonrió.

–¡Dragón! –desafió–. ¡Ven a luchar!

–Creo que maté a tu padre, pequeña. Lo castigué por ser malo contigo. Por dejarte sola, por preferir a tu hermana, por ignorarte. ¿Qué te parece?

Soledad levantó la cabeza. Se burlaba de ella. Quizás fuera verdad: tal vez el Lobo estuviera muerto. Pero eso no cambiaba en nada el amor que sentía por él.

–¿Crees que dejaré de amarlo? ¿De luchar contigo? Hace falta más que *su* muerte, dragón. Para que lo deje de amar es necesario que yo desaparezca. Y aun así, tal vez el amor que le guardo me sobreviva. ¿Quién tiene más miedo, dragón? El miedo que tengo es el que me cabe en el corazón. ¿De qué tamaño es el miedo que sientes tú, rey del mundo? ¿No lo sabes? ¡Pelea! –retó Soledad.

No sentía rabia contra él. Quería luchar porque era inevitable. Todo la había traído a este momento.

El dragón entrecerró los ojos. Apenas distinguía, moviéndose entre jirones de vapor, la figura de la muchacha al lado del Unicornio. Todo cuanto había dicho Soledad era previsible: patético, humano y sentimental. Pero algo había despertado en él, algo semejante a la furia de la juventud. Cuando era joven no peleaba con la certeza de salir vencedor en la batalla, pues los dragones a quienes había vencido eran fuertes, sabios, venenosos. Como él. Esa incertidumbre había sido parte de la exaltación. Tal vez esa fuera la diferencia más importante entre la vejez y la juventud. ¿Cómo podía haberse resignado a morir lentamente, a dormir para siempre enterrado bajo una montaña? No: mejor así, aunque la muerte se le presentara bajo la guisa irrisoria de una muchacha.

Decidió luchar y se dejó caer.

Soledad vio cómo el cielo se oscurecía. Apenas tuvo tiempo de soltar la capa y aferrar a Mirals con las dos manos. El Unicornio se levantó sobre las patas traseras y el río se alzó con él.

capítulo sesenta y cinco

La batalla

Una calidez súbita derritió la nieve de los lugares por los que había pasado el Unicornio en su viaje en pos de Soledad. En lo alto de la montaña, la nieve y los arroyos congelados se fundieron y comenzaron a precipitarse cauce abajo arrastrando lodo, piedras, ramas y raíces podridas.

Soledad oyó el estruendo del agua que se despeñaba montaña abajo, en una primera crecida semejante a una ola. Apenas alcanzó a ver el alto muro de agua fangosa crestado de espuma antes de que se derrumbara sobre ellos con un fragor de avalancha. La ola le golpeó el pecho, le quitó el aliento y la aplastó contra el flanco del Unicornio.

Este, igualmente rebasado por el agua, corveteó y alzó aún más el cuello y la cabeza. Absurdamente, Soledad pensó que parecía un caballo heráldico justo antes de que el agua la golpeara en la cara y la ahogara, llenándole la nariz y la boca. Asustada, se aferró a las crines y cada hebra, sedosa y resistente, le dejó una fina herida en los dedos.

Entonces, sin aviso, el agua regresó a su nivel y la dejó de rodillas, tosiendo y escupiendo, asida a una rodilla del Unicornio. Intuyó que la ola había sido un primer asalto, pues oía un rumor lejano y grave que parecía bajar de la montaña. El vapor se había deshecho en jirones y ahora podía ver claramente que estaba debajo del dragón. Tan cerca que percibía el redoble de su corazón enorme.

Miró las riberas y vio a la gente de Rodosto. En la otra orilla, apiñados en grave silencio, los tungros contemplaban a Tengri. No pudo calcular el número, pero no le importó. La actitud de los tungros no era la de un ejército: no se veían estandartes de crin de caballo ni lanzas, ni se oían los desafíos o el ulular que precedía a la batalla.

Entumecida, se irguió laboriosamente. El guijarro le calentaba el torso, los brazos. Comprobó con asombro que el frente de su vieja túnica de piel se secaba rápidamente. Le pareció extraño, pues el calor que emanaba del guijarro no ardía ni quemaba.

El dragón despidió una llamarada. Soledad alcanzó a advertir el esfuerzo por arrojar el fuego: la contracción del cuello escamoso, la quijada que se abría. El fuego pasó sobre el Unicornio y este, rabioso, corcoveó. Una llama lamió el cuerno; el marfil se oscureció y el Unicornio, herido, soltó un relincho de dolor. Soledad extendió la mano para tocar el cuerno y la retiró con un grito: quemaba. Una mancha amarilla se extendía por la superficie del marfil.

El Unicornio relinchó de nuevo. Al escucharlo, los animales enloquecieron, y una barahúnda de gruñidos, ladridos y bramidos le contestó. Soledad alzó la mirada y vislumbró una bandada de gorriones, herrerillos y alondras que volaba hacia el dragón. Este escupió otra llamarada; las aves ardieron y cayeron al agua como una lluvia de centellas que se apagó entre chasquidos.

–¡Dragón! ¿Vivirás más tiempo si me matas? –gritó Soledad, enardecida por la cercanía de la muerte–. ¿Te sientes poderoso al quemar pajaritos?

Trató de montar al Unicornio, pero el barro le aprisionaba los tobillos y la entorpecía. El dragón se rio.

–Muchacha ridícula... No puedes ni montar a ese animal y quieres pelear conmigo. ¡Mira! –el fuego que le salió del hocico encendió los árboles de la orilla.

Algunos troncos estallaron. La gente de Rodosto se dispersó entre gritos y ayes.

Soledad trató de montar y fracasó por segunda vez. El Unicornio volvió la cabeza, la miró y bajó las ancas, doblando las patas traseras. Ella enfundó a Mirals y por fin pudo subir a su lomo, aferrándose al asta con toda el alma. El tacto del marfil era fresco de nuevo, y ya no se veía la huella amarillenta del fuego.

–Sigue entero –musitó Soledad–. No te dañó.

El Unicornio volvió la cabeza para mirarla y una complicidad absoluta se estableció entre los dos.

–¡Ven, ven, Tengri! –gritó la muchacha–. ¡Cumplamos nuestro destino!

El dragón descendió un poco más. Percibió el extraño calor del guijarro y entrecerró los ojos: algo brillaba con luz escarlata dentro de la túnica de la muchacha. Veía el resplandor a través de la tela, latiendo acompasadamente. Sintió la luminiscencia como una caricia. ¿Qué era esa magia? No era una malla tendida por los magos de Alosna ni la magia del Unicornio: era otra cosa, potente y desconocida. Con dos aletazos se colocó sobre la cabeza de ella, tan cerca que alcanzó a percibir su aroma de dragona mezclado con el sudor ácido del miedo. Inhaló y todos los olores de ella le llenaron la cabeza: el sudor de los pies, el tierno olor lácteo de su aliento, el almizcle de su entrepierna, el humo rojo y levemente acre de sus axilas. Quiso acercarse más, aspirar ese aroma complejo y salvaje, esa fuerza acompañada de miedo. La cola y las crines del Unicornio, empapadas, chorreaban, la punta del asta refulgía; pero el dragón, saturado por la presencia de la muchacha, lo ignoró.

Inclinó la cabeza y bajó un poco. La aplastaría y sería como caer sobre una flor fragante y blanda que reventaría en una perfumada burbuja llena de vísceras y huesos, de linfas impulsadas por su brío. Entonces su olor se transformaría en el cobre de la sangre, y el humo bermejo y acre que emanaba del cuerpo de la muchacha se disiparía.

Soledad sintió la opresión, el aire que se desplazaba por el cuerpo inmenso que descendía sobre ella. La piel del dragón rechinaba como el velamen de un barco. Todo se oscureció. Impulsada por el miedo, Soledad apretó los muslos contra el lomo del Unicornio y se irguió. Casi de pie, dobló el codo y alargó el brazo como si quisiera arrojar lejos la espada.

Mirals entró por la fina membrana entre dos escamas; pero aunque la membrana era lo más delgado en la piel del dragón, no era frágil. La muñeca de Soledad se dobló por el esfuerzo. El Unicornio comprendió y dio un salto, impulsándose con las patas traseras y arqueando el lomo. Mirals se hundió hasta la empuñadura en la piel del dragón y el hierro se calentó.

El dragón sintió el puntazo en la mandíbula y se replegó con un violento batir de alas. Nunca un arma fabricada por manos humanas le había lastimado, pero Mirals hería. El dragón se estremeció y sacudió el cuello con violencia. Mirals se tronchó. Una lluvia de mercurio caliente se derramó sobre el Unicornio y la princesa. Soledad gritó.

Sacudió la mano, con la empuñadura aferrada. El filo con los lobos coronados había desaparecido.

La espada de Moriana había sido destruida.

ooo

En el pelaje del Unicornio aparecieron úlceras. Allí donde la sangre del dragón lo había manchado, el vello se deshizo y la piel quedó llagada. Soledad se pasó la mano escaldada por el pelo y un grueso mechón se desprendió. Ardía, todo ardía. Desmontó y metió las manos en el río para aliviar el dolor y limpiar de veneno al Unicornio, pero ya el dragón bajaba sobre los dos y abría el hocico. El Unicornio corveteaba. Con un relincho altísimo que hirió los oídos de la muchacha, llamó al agua y el agua vino: bajó de las colinas y de nuevo desbordó el cauce.

Soledad abrazó el cuello del Unicornio y la ola la cubrió; tragó agua mezclada con tierra, convertida en un caldo fangoso. Sintió la aspereza de la arena en los oídos y en los ojos, a pesar de que apretaba los párpados. Creyó que se ahogaría por la tierra y el lodo, pero el Unicornio corcoveó y Soledad pudo sacar la cabeza y respirar.

El dragón se retorció, empapado por el agua que lo acuchillaba y malhería. Otra bandada de aves se lanzó contra él y esta vez los gorriones se le metieron entre las alas, las garzas se prendieron de sus garras y los halcones, las águilas y los buitres le picotearon los hermosos ojos semejantes a soles. El dragón mató a todos los que pudo con aletazos. Caían convertidos en amasijos sangrientos, en pequeños bultos de plumas, sangre y huesos, y la corriente se llevaba sus cuerpos. Él batía las alas y los alejaba, pero las aves volvían. Una llovizna mercurial manaba de la herida de Tengri y repiqueteaba sobre el agua.

Húbilai, en la carreta, murmuraba en sueños:

–¡Qué fiera es!

ooo

Cuando la ola pasó, Soledad se aferró al lomo del Unicornio y esperó la nueva acometida. El dragón ahuecó las alas como envolviéndolos, y el frío entumeció los dedos de la princesa. La oscuridad era casi total, encerrados como estaban por las alas del enemigo. El Unicornio arqueó el lomo y el cuerno se aproximó al cuello de Tengri. Este lo presintió, abrió las alas para elevarse y, casi por accidente, una uña curva y larga, más afilada que cualquier hoz, chocó con el marfil. El Unicornio dio un bramido y Soledad vio con incrédulo dolor la cabeza desnuda, desarmada, semejante a la de un ciervo al que le hubieran arrancado la cornamenta. El cuerno, la lanza de nácar, se había roto.

El Unicornio amusgó las orejas y relinchó con angustia. Soledad se arrojó al agua, cayó de rodillas sobre el lecho y tanteó el légamo del fondo. Vio el cuerno, que fosforescía tenuemente. Lo esgrimió como una espada y se dio cuenta de que su mano –herida, tiesa– lo blandía como si fuera la espada perfecta. Se puso en pie y desafió al dragón:

–¡Viejo! ¡Ven, viejo! ¡Vámonos juntos!

La sombra descendió. Soledad y Tengri se miraron. La muchacha escuchó en su mente, como el día lejano en el Paso del Mago, la voz del dragón. Pero en lugar de la algarabía, discernió una frase en la voz del hermoso monstruo que se cernía sobre ella. Decía: *Es la hora. Soy muerto.*

Esgrimió el cuerno y se tambaleó río arriba para alejar a Tengri del Unicornio.

–¡Ven, Hijo del Tiempo, enfréntate a mí!

El dragón la siguió, escupiendo llamaradas que caían a los lados. El Unicornio, paralizado por la voluntad de la virgen, no se movió. A su pesar, contempló cómo avanzaba (sola, sola, y cómo le dolía verla así, sola) por el agua que hervía, el agua envenenada por el metal. *Soledad. Solitaria, Soledad.* Llevaba su cuerno –su arma, una parte de él– en la mano, en alto, como una antorcha que brillaba con una luz sosegada y fría en medio del desastre y la confusión.

–¡Los dos! –gritó Soledad–. ¡Tú y yo! ¡Ahora!

Y Tengri se precipitó. Pero no sobre ella. Soledad lo alcanzó a rozar con el cuerno y le hizo una herida debajo del ojo de la que manaron más mercurio y una andanada de chispas. El ojo, esa almendra encendida, la miró, y ella comprendió.

Tengri se alejó un poco más río arriba, desplegó las alas y alzó la cabeza arqueando el cuello. Soledad lo miró y pensó que tal vez esa estampa fuera lo más hermoso que vería en su vida. El oro del vientre brillaba como una constelación y la cola era una espiral de humo fúnebre. En la punta del hocico ardía una pequeña hoguera.

Los extremos de las alas vibraron y Tengri se dejó caer en el agua con un chapoteo ensordecedor. Una nube de humo y gases amarillentos se elevó en el cielo rojo de la tarde. Los tungros gritaron y se lamentaron, al tiempo que Soledad corría.

ooo

En Alosna, Erec y Munin cayeron al suelo. Espinela se precipitó sobre ellos. Respiraban, pero estaban desfallecidos. Senlac, Gan y Nit, pálidos y cubiertos de sudor, permanecieron en sus lugares alrededor de la olla. Poco a poco, fueron disolviendo el escudo que habían dispuesto sobre Soledad y el Unicornio.

Espinela puso los dedos sobre el cuello de Munin. Había discernido que el viejo estaba dispuesto a dar la vida por la princesa, y temía que hubiese agotado sus fuerzas en la pugna por mantener la protección sobre ella. Cuando la sangre del dragón bañó a Soledad, los ojos de Munin se vidriaron y su respiración se hizo estertorosa.

Luego, cuando el cuerno del Unicornio se rompió, fue el turno de Erec. El anciano se tambaleó y cayó de rodillas. Ahora los dos viejos yacían en el suelo, a punto de entrar en el reino oscuro con Tengri, y sus compañeros se disponían a luchar por devolverlos a la vida.

ooo

El agua borboteaba. Quizás en el último momento el horno del corazón se avivara, pues el cuerpo de Tengri dejó de irradiar frío y volvió a ser caliente.

Las calzas de la muchacha se convirtieron en harapos al contacto con los ácidos que fluían río abajo, y ella fue consciente por un momento de que esa agua nunca más volvería a ser buena para beber, por más que el Unicornio la tocara.

Medio ciega, llorando a gritos, siguió avanzando contra la corriente. Las ponzoñas que manaban del cuerpo de Tengri veteaban el agua como anguilas hechas de veneno.

Una mano la agarró del hombro y, enloquecida, volvió el rostro para ver quién se atrevía a interrumpir su camino hacia Tengri. Era Cuervo. El mago vio los ojos desorbitados, el pelo quemado, la boca seca, y creyó que no comprendería una palabra.

–No te acerques. Es mortífero –dijo.

Ella, con un manotazo, apartó los dedos del mago.

–Ven, ven, Soledad. Lo venciste. Ven.

–No lo vencí, necio. ¿No viste? ¡No luchó! –le puso el cuerno en la mano–. Guárdalo y no dejes que nadie lo toque –murmuró roncamente–. Si puedes, acércate al Unicornio. Déjame.

Tengri yacía sobre un costado, con un ala plegada bajo el cuerpo y la otra extendida como la vela de un barco. Jadeaba y su lengua, larga y negra, flotaba en el agua. Soledad se acercó. Olía a azufre.

–¡Tengri! –gritó con toda el alma.

La pupila vertical del ojo se deslizó hacia ella y el dragón metió la lengua en el hocico con un sonido semejante al de una espada al ser envainada. Soledad le tendió las manos y siguió aproximándose. Tengri cerró los párpados. Cuando Soledad estuvo junto a él, apoyó todo el cuerpo sobre la quijada y extendió los brazos.

–Tengri, te acompañaré hasta el umbral, hasta la entrada del reino oscuro –le dijo, aunque estar cerca de él era un tormento. No podía respirar, pues la garganta se le agarrotaba debido a los vapores amarillos que saturaban el aire.

–Sí te pareces a mí, pequeña dragona, pero no tanto como yo creía. Mosca de mayo… Te pareces más a mi enemigo, el Unicornio –susurró Tengri. Suspiraba y su voz era el silbido de mil serpientes.

Soledad sacudió la cabeza.

–¿Por qué matas a los hombres? ¿Por qué lloro si has matado a tantos? –y lo acariciaba y lo besaba aunque los labios le dolieran y la boca le supiera a bilis.

–Y tal vez maté a tu padre. Déjame morir a solas.

–¿Por qué? ¿Qué te había hecho? ¡Yo lo amo! ¿Por qué lo hiciste? ¿Para aliviar el tedio? –lloró Soledad golpeándolo con los puños, aunque era como aporrear un muro.

–¿No sabes cómo es la guerra, mosca de mayo? –gruñó el dragón–. Vete ya. Déjame morir tranquilo.

–No, no. No me iré.

Soledad se colocó frente al ojo y acarició el párpado cerrado. El ojo se abrió y la pupila vertical, una llama negra, la miró. El dragón rio y un delgado chorro de vapor le salió de la nariz.

–La guerra está en nosotros: también dentro de los hombres. Anida en el tuétano y acecha. Luego se adueña de la vida y nos mata. Los animales son libres de ella. ¿Por qué? Ni siquiera los dragones conocemos la respuesta, pequeña larva. Anda, ve con mi enemigo, con los animales, con los hombres. Ve.

–No. Me quedaré contigo hasta que te mueras. ¿Tienes miedo? –preguntó mientras besaba una y otra vez el borde del párpado coriáceo, las escamas, el labio negro, más duro que un látigo. El guijarro rojo seguía entibiándole el pecho y dándole fuerzas.

El dragón respondió:

–Pertenezco a la noche y soy viejo.

El párpado se cerró y, aunque ella lo acarició una y otra vez, ya no se abrió. Poco a poco, la pedregosa respiración de Tengri se fue haciendo más lenta. Soledad permaneció recostada contra su cuerpo hasta que murió.

Entonces, llorando, salió del río.

ooo

En Peña Verde, Ámbar, recostada en el lecho de sus padres, sintió que el corazón se le desgarraba. Se imaginó un anzuelo afilado que se deslizaba entre las costillas y se le clavaba en el corazón, perforándolo con cada latido.

La muchacha, ante la consternación de sus padres y su hermano, gritó y lloró hasta que la fatiga terminó por silenciarla. Se sentía tan desamparada como el amanecer en que murió su abuela.

Caliela pidió a Brau y Florián que salieran de la choza para hablar a solas con ella. Tal vez así le diría qué la atormentaba. Y se sorprendió porque, en lugar de las confidencias de mal de amores que esperaba escuchar, tuvo que oír hablar de Alosna, del dragón y la princesa. Ámbar tenía la certeza de que el dragón había muerto. Le atormentaba pensar en el cielo despoblado.

–Pero quizás el mago siga vivo y sano, hija –balbuceaba Caliela, a quien las historias de Ámbar ofuscaban.

–Sí, madre, y eso es bueno para todos. Pero el cielo... El cielo está desierto, madre –gemía la muchacha, con la frente perlada de sudor.

–¿Y los pájaros, las mariposas? ¿El sol no cuenta? ¿La luna, las estrellas?

Ámbar se encogió de hombros y se limpió la nariz con la manga.

–Está vacío de su habitante. Hablar de los pájaros es como decir que las hormigas ocupan esta casa. Que las ollas son las dueñas. El dragón pensaba, hablaba. No me preguntes por qué, pues no sabría decírtelo, pero lo amé desde que lo vi. Al encontrar el colmillo sentí que se abría una puerta que ahora se cierra. Era un cometa viviente, una llama que respiraba. Ahora hay menos magia en nuestra vida. El mundo es un lugar más triste sin él.

–Hija, ¿qué locuras dices? El dragón era malo.

–También los hombres son malos, madre. Y él no era solamente malo. Era una estrella viva. Todos en el mundo somos más pobres sin él –respondió la muchacha. Cerró los ojos y volvió el rostro a la pared.

ooo

Los tungros, al ver la muerte del dragón, desmontaron y se lamentaron a gritos. Muchos metieron las manos en la tierra y se frotaron la cara con nieve y lodo; otros se rasguñaron las mejillas o se hirieron el pecho con los cuchillos. Aybar sollozaba con las manos sobre el rostro. Por eso no vio cómo Cuyuc bajaba de la carreta y se metía en el río.

Soledad sintió que alguien tiraba de su capa. Creyó que un jirón se habría enganchado en una rama, pero al volverse vio ante sí a un tungro viejísimo y encorvado, envuelto en una toga negra tachonada de abalorios. Sus trenzas eran grises y ralas, y las pupilas brillaban como guijarros en una red de arrugas. Se pasó una extraña lengua bífida por los labios y suplicó:

–Ven. Tengri se metió en la cabeza, en el alma de mi señor. Morirá si no lo ayudas. Ven.

Soledad siguió al viejo a la otra orilla y salió del agua, sin importarle estar desarmada o que sus calzas se hubieran desbaratado y dejaran asomar las rodillas.

Los tungros se prosternaban a su paso y ella los miraba sin decir nada. Aybar no se arrodilló al verla llegar, pero inclinó la cabeza en un respetuoso saludo. Soledad miró al tungro, el más alto entre todos. Registró las largas cejas oscuras sobre los ojos felinos, los collares de oro que le daban vueltas en las muñecas, las trenzas espesas, pero no entendió de quién se trataba. No le interesaba. Iba tras el anciano. Este, ágilmente, subió a una carreta. Allí, envuelto en una piel de oso, había un cuerpo.

Soledad se inclinó para mirarlo y creyó que llegaba tarde: el rostro yerto y los labios blancos le parecieron los de un muerto. Sin embargo, el hechicero murmuró en su oído:

–Háblale, señora, para que despierte.

–¿Cómo se llama?

–Húbilai, señora. Háblale con cuidado. Lleva semanas así.

Se arrodilló sobre los tablones de la carreta, se inclinó sobre el durmiente y le habló al oído con cautela.

–Húbilai –susurró–, Tengri se ha ido al reino oscuro. Ya eres libre, Húbilai. Despierta.

El rostro dormido se aflojó, pero el hombre no despertó. La princesa le rozó los ojos cerrados. Nada. Entonces recordó el amuleto. *Mi piedrecilla*. Seguía en su lugar, sujeto por el cinturón. Se metió la mano dentro de la túnica y lo sacó. Brillaba tibio, rojo.

Soledad besó el guijarro, preguntándose al mismo tiempo el porqué de aquel gesto, y rozó con él las mejillas del guerrero. Conforme tocaba la piel de Húbilai, el guijarro se iba destiñendo y enfriando. En cambio, la piel exangüe del tungro se coloreaba y entibiaba.

Húbilai gruñó y abrió los párpados. Vio el rostro de una mujer. Un rostro pálido y familiar, aunque solo lo había vislumbrado en sueños con punzante añoranza. Tomó la mano de la muchacha y susurró roncamente:

–Soledad, amada por Tengri. Soy tu esclavo.

Soledad sonrió y miró su guijarro. Ahora, descolorido y frío, parecía una piedra cualquiera. Se lo guardó de nuevo dentro de la túnica.

–Me salvaste. Sé quién eres. Eres la hija del Lobo. No soy tu enemigo –murmuró Húbilai.

Soledad le iba a preguntar cómo sabía quién era cuando oyó una voz socarrona a su espalda:

–Pues si él no es tu enemigo, yo tampoco.

La princesa se volvió. Allí estaba el tungro alto, aquel que traía collares de oro enredados en las muñecas. Inclinado sobre ellos, le tendía la mano.

–Si Tengri se negó a matarte, si eres capaz de montar al espectro blanco y de despertar a mi tío, no seré yo quien te desafíe.

Ella no contestó, pero tomó la mano que se le ofrecía y se puso en pie. Entonces Aybar se arrodilló y besó el borde mojado de la capa.

Un murmullo recorrió las filas de los tungros. Comenzaron a ponerse de hinojos. Algunos extendieron los brazos y otros apoyaron la frente en la nieve. Soledad los miró y tuvo deseos de correr, de huir. Pero ¿adónde?

Se irguió, alzó la barbilla, echó los hombros atrás y ofreció los dedos a Aybar.

–Levántate, hermano –dijo con la voz apagada por el nerviosismo y el cansancio–. Debemos ir a Bento en busca de mi padre. Tengri lo hirió.

Aybar se puso en pie y se inclinó en una reverencia digna de un cortesano morianí. Murmuró una fórmula de aquiescencia, pero Soledad no alcanzó a escucharlo. Rendida por el agotamiento, se desvaneció y cayó sobre las tablas de la carreta.

capítulo sesenta y seis

Dos lechos

La despertó el dolor. Le ardían la cabeza, las manos ampolladas, los pies, el costado; todo el cuerpo escaldado. Le costó abrir los párpados, pegados por una delgada costra de sal.

El aire estaba tibio y olía a leña de manzano. Lo primero que vio fue a Alagrís posado en una percha al lado del cuervo, cerca de una ventana agraciada por un vidrio azul que coloreaba la luz de la mañana. Soledad sintió la luz como una punzada y entornó los ojos. Debía de ser media tarde, pensó, pues no había escarcha en el vidrio. El afecto en la mirada de Alagrís la envolvió como una niebla de oro y Soledad le sonrió, aunque le dolió la boca. El cuervo dormía con el pico escondido bajo el ala. Alagrís parecía, como siempre, un príncipe; el cuervo, un niño vestido de luto.

Trató de incorporarse y se le escapó un gemido. Se miró las palmas y vio las finas incisiones que las cruzaban. ¿Qué había pasado? Entonces recordó: al llegar la ola, se había colgado de las crines del Unicornio y cada pelo le había abierto una herida.

Estaba vestida con una camisa de mujer hecha de tela sedosa. En las mangas vio bordados de pájaros y rosas rojas. Los examinó con desconcierto. ¿Dónde estaba su ropa? ¿La túnica de cuero, la camisa de lino? La habitación olía a ungüento de árnica, el mismo aroma de la mixtura con la que Edurne le curaba las heridas. Soledad sintió sobre ella el peso de la manta, miró las vigas pintadas del techo y recordó dónde estaba: en casa de Agila. El dragón estaba muerto. El Lobo había sido herido, Mirals destruida.

Se irguió sobre un codo y vio a Cuervo. Demacrado y ojeroso, estaba dormido en el suelo, con la boca entreabierta y las cejas fruncidas en un gesto intranquilo. Tenía la espalda apoyada en la pared, el cuerno del Unicornio en el regazo y las piernas abiertas, desmadejadas, las puntas de las esparteñas apuntando hacia fuera. Roncaba suavemente.

Soledad, al ver su indefensión, la cara dormida, se conmovió. Sintió un penoso nudo en la garganta al mirar el calzado deshecho del mago. Y también recordó que Cuervo había confesado haber sido él quien despertó a Tengri. Estupefacta, comprobó que la revelación no había destruido lo que sentía por él. Tal vez fuera porque había comenzado a creer, sobre todo después de la batalla, que entre el dragón y ella existía una cita, un encuentro emplazado desde siempre. No estaba resentida con el mago. Los dos eran parte de algo mucho mayor. Quizás solo él en el mundo pudiera entenderla.

Como si hubiera sentido la mirada de Soledad sobre él, Cuervo abrió los ojos. Su rostro se iluminó.

–¡Por fin! –exclamó, y se puso en pie. El cuerno cayó al suelo con un repiqueteo cristalino.

El mago, los ojos fijos en Soledad, lo recogió y se acercó al lecho. Ansioso, examinó el rostro, el pelo, los ojos, la boca. Le acarició la mejilla y la ayudó a incorporarse, afanándose como una nodriza con los cojines y almohadas. Sus manos la tocaron con familiaridad. Soledad lo miró y él sonrió cuando sus miradas se encontraron. Ella sintió que el bochorno del rubor se añadía al de las quemaduras y bajó la cabeza.

–Recuéstate. El contacto con el cuerno ha cerrado algunas de tus heridas, pero has de seguir dolorida. Tienes una ampolla abierta en la cabeza y las manos abrasadas.

–Había veneno en el agua.

–Lo sé. Cuando te desvaneciste, atravesé el río con el cuerno para tocarte, pues creí que esas mismas ponzoñas te habían envenenado. A mí también me quemó. Te rocé la cabeza con el cuerno y despertaste. ¿Te acuerdas de lo que dijiste?

Soledad negó con la cabeza:

–Dijiste: «No temáis. Debo dormir», y cerraste los ojos de nuevo. Húbilai, el tungro hechizado, tenía miedo de haberte contagiado su mal, la somnolencia encantada, pero lo convencí de que el cuerno del Unicornio era antídoto suficiente. Además, el dragón ya estaba muerto.

Soledad, a su pesar, sintió que el llanto pugnaba por salir. Apretó los dientes.

–¿Qué más?

Cuervo le puso la mano sobre la frente y prosiguió:

–El hechicero, Cuyuc se llama, me dijo que buscara el guijarro mágico. Le pregunté cuál y me contó que habías curado a Húbilai con una piedra de virtud y que te la habías guardado en la túnica. Cuando llegamos aquí y las esclavas te desnudaron, encontraron esto entre tus ropas.

Cuervo se alejó unos pasos de la cama y se acercó a una mesa. Regresó a su lado con el guijarro en los dedos. Blanco, frío, ligero.

–¿Qué es? –preguntó mientras se lo ofrecía.

–No sé. Lo encontré entre las crines del Unicornio cuando estábamos dentro del agua.

Soledad cerró la mano sobre él.

–Me dio calor y fuerza. ¿Tú no sabes de dónde viene?

–No, no lo sé –repuso Cuervo–. Hay que guardarlo. En tu alforja, si quieres. Mientras, pongámoslo en la mesa.

Soledad asintió, lo devolvió y se recostó. Un pinchazo repentino le alanceó la cabeza y se quejó. El mago dejó la piedrecilla y se apresuró a su lado.

–Preparé tintura de árnica y fenogreco, pero lo que te ha sanado ha sido esto –dijo poniendo el cuerno a su lado.

Soledad extendió la mano y sintió la tersura del marfil bajo los dedos.

–Toqué con él cada herida –explicó Cuervo–. Lo puse junto a tu cabeza y sonreíste en sueños. He estado cerca de ti todo el tiempo. Fura pasó aquí parte de la noche y Dungalo lo relevó hasta hace un rato. Pero no han logrado moverme de tu lado.

–¿Dónde está el Unicornio? ¿Fum? ¿Dónde está Fum? –preguntó ella, y se incorporó con brusquedad. Una oleada de náusea la silenció.

Cuervo bajó la cabeza y se apretó el puente de la nariz entre el pulgar y el índice.

–No sabemos dónde está el Unicornio. Después de la batalla se internó en el bosque. Muchos animales lo siguieron. Hombres también, aunque no supieron hallarlo y han regresado a sus casas. No hirió a nadie, pero era imposible acercarse a él. Fum está abajo, en los establos. Tampoco se deja tocar.

Soledad pensó en su padre y sintió el hormigueo del miedo.

–Mi padre... Debemos ir a Bento. Llama a Fura. Dile que aparejen a Fum –dijo. Trató de ponerse en pie, pero una arcada la sacudió.

–Escúchame, Soledad. El dragón está muerto. Solo ha pasado una noche desde que lo venciste. Tienes que recuperarte, o lo menos que puede pasar es que te caigas del caballo.

Soledad chistó, burlona.

–No lo vencí. No luchó. Me perdonó la vida, no entiendo por qué. Tú eres un mago. Dime por qué lo hizo.

–No lo sé, aunque lo agradezco con toda el alma. También me regaló la vida a mí, pues no podría vivir si hubieses muerto luchando contra él. Y creo que ya no soy un mago. Traté de curar algunas de tus heridas, pero no pude. Nada. Ya no siento poder en las manos. Amor por ti, eso es todo lo que tengo. Ya no soy nada. Nadie.

Soledad sintió una vergüenza insoportable y no supo qué contestar. Prefirió hablar de Tengri.

–¿El dragón está en el río?

–No –respondió Cuervo–. Cuando su carne se deshizo, porque se disolvió en el agua como una estatua de sal, algunos tungros entraron en el río y llevaron los huesos a la orilla. Enormes huesos hechos de metal. ¡De metal! –repitió como para sí–. Según Atalai, los hechiceros de las tribus oficiaron ayer una ceremonia en la que envolvieron los huesos del dragón con sedas y pieles para escoltarlos de regreso a Tarkán. También se llevaron el oro que le cubría el vientre, aunque algunos morianíes, como Dungalo, dicen que el oro debía quedarse en Moriana, pues de Moriana lo arrebató Tengri. Pero Fura no quiere ni oír hablar de oro cuando la oportunidad de una paz honrosa está a la mano. No le importa que se lleven hasta el último anillo. Además, los tungros lo respetan y le han jurado lealtad.

–¿A Fura? ¿Cómo?

–Soledad, escúchame: cada acontecimiento es un eslabón de la cadena que te condujo a la lucha con Tengri. Has de saber que Fura tenía el colmillo del dragón en la alforja y que, después de la muerte de Tengri, se lo mostró a los tungros. El colmillo estaba maltratado por el agua del río, por el poder del Unicornio. El duque se lo ofreció. Ellos lo aceptaron y desde ese momento consideran a Fura un elegido. El duque es, para ellos, tu protector.

–Lo es –murmuró Soledad–. Ha tenido paciencia, ha sabido educarme.

Cuervo bajó los ojos.

–Es verdad. Gracias a sus buenos oficios y al colmillo que Ámbar nos dio, los tungros están dispuestos a obedecer no solo a la amada de Tengri, sino también a su capitán. Abajo están los jefes, esperando a que despiertes para rendirte homenaje y hacer voto de obediencia.

–¿Abajo, dices? ¿Y dónde está el tungro hechizado?

–En el patio, junto con los otros príncipes de Tarkán. No sé cómo no te despertó antes el ruido de la gente del puerto que viene a apostarse junto a las puertas para mirarlos.

–¿No han peleado? ¿Nadie ha desenvainado?

–No. Si me hubieran dicho que esto iba a pasar, no lo hubiera creído. El patio está lleno de hombres que ayer eran nuestros enemigos y que ahora beben el agua purificada por el Unicornio y bendicen tu nombre. Afirman que son tus servidores, pues vieron cómo Tengri te perdonaba la vida en la batalla. Proclaman que prefirió morir a hacerte daño y que irán contigo al castillo a prestar juramento a tu padre. Han restituido la mitad del botín. Ya el oro lo guardan los hombres de Agila, y se dividirá más adelante entre los nobles que han sobrevivido a la guerra.

–¿Cómo es posible que no peleen? –murmuró asombrada.

–Porque están bajo la impresión de lo que vieron, Soledad. Quizás la magia de mis mayores tuviera algo que ver. No sé. Además, el deshielo del río tiene muy ocupada a la gente de Rodosto. Eso, y la huida de casi todos los perros, gatos, caballos y burros. Hasta las gallinas se fueron y andan por el bosque. ¿Sabes? Es como si el Unicornio trajera la primavera con él. ¿Quién querría hacer la guerra si ante sus ojos la nieve se llena de flores?

–A los guerreros no les interesan las flores ni las gallinas. No menciones las flores si no quieres que se burlen –dijo Soledad ácidamente.

–Pero son portentos y dan miedo –repuso Cuervo.

Soledad suspiró y Cuervo consideró la posibilidad de hablarle de la muerte de Senen, que Cuyuc le había revelado. Dudaba: apenas había pasado tiempo, y no quería apenarla. Desconocía cuál era la relación de Soledad con el consejero de su padre; enterarse así de su muerte podía retrasar su mejoría. Soledad carraspeó.

–¿Atalai? ¿Mengu? –preguntó.

–Atalai está aquí, con su padre –contestó Cuervo–. Tu generosidad al perdonarle la vida ha dado frutos. Su padre se llama Bati. Es un gran capitán de los tungros y daba a Atalai por muerto, pues no regresó de la emboscada aquella que nos tendieron. Y ahora, cuando ya se preparaba para regresar a Tarkán con la certeza de que su hijo estaba muerto, se reencuentra con él en medio del río. Eso fue después de la derrota de Tengri. Atalai contó a su padre que lo sometiste y lo indultaste. Si ya habían decidido seguirte, que perdonaras la vida de Atalai provocó que los capitanes redoblaran sus juramentos. La gente de Rodosto te llama la virgen del Unicornio; los tungros te llaman la amada de Tengri.

Guardaron silencio. Soledad cerró los ojos, agotada. Entonces oyó la voz del mago.

–Soledad... –dijo Cuervo, y se cubrió la cara con las manos.

Ella vio cómo se sacudían los delgados hombros y, abochornada, comprobó que lloraba. Extendió la mano para consolarlo, pero él la apartó con suavidad. Una lágrima bajaba por el pómulo y la mejilla hundida. A ratos parecía un viejo.

Cuervo levantó la barbilla, se enjugó la cara con el borde de la túnica y sonrió de nuevo. La miró y vio su rostro pálido, sus párpados pegoteados, sus ojos enrojecidos. Soledad tenía los labios despellejados, el pelo sucio. Había tenido que raparle un lado de la cabeza para curar la herida y él mismo había embadurnado el bálsamo de árnica en las quemaduras. Sintió que la ternura lo avasallaba y tuvo deseos de abrazarla, pero le dio miedo dañarla. Estaba herida, postrada. *¿Cómo puedo desearla así ahora que está tan cansada, tan magullada?*, se preguntó con vergüenza. El cuerpo era tan tirano como el corazón, y él no quería ser esclavo del deseo. Tal vez ya no tuviera poderes, pero había sido un mago y no se iba a portar como un borracho en la taberna. Más tarde...

Cuando ella estuviera entera. Entonces, quizás, se abrazarían de nuevo. Suspiró. Apresuradamente, se puso en pie.

–Voy a avisar a Fura. Hemos estado muy preocupados por ti.

Antes de que ella pudiera protestar, abrió la puerta y llamó a un esclavo. En un momento, Fura, Agila, Dungalo y Tibot entraron y se arrodillaron junto al lecho.

Al cansancio se sumó la confusión. Uno tras otro –y a veces todos juntos, en un vocerío que la atontaba– preguntaron, juraron fidelidad, contaron lo que habían visto. Ninguno de ellos le supo decir cómo estaba el rey, lo que a ella más le preocupaba.

–Sabemos lo que tú, señora. Di, ¿el dragón te aseguró que lo había matado? –preguntó Agila.

–Sí. Pero cuando me lo dijo se estaba burlando de mí. Se burlaba, me acosaba, me quemó... y luego me perdonó la vida. Es difícil entender lo que quería... No sé. En la batalla pasaron tantas cosas que apenas puedo recordarlas. Sentí la presencia de mi padre junto a mí, protegiéndome. Y la del padre de Cuervo, y la de otros magos. No puedo decir que comprendo lo que sucedió.

Calló, con la garganta cerrada y ardorosa. Fura, ceñudo, era el único que parecía de verdad temer por el Lobo. Agila, Dungalo y Tibot, exaltados por la visión del dragón derribado y la paz repentina e increíble, en esos momentos creían que la muerte estaba lejos de todo lo que amaban.

A pesar de la fatiga, Soledad percibió la tensión entre Fura y Cuervo, vio cómo se apartaban el uno del otro y se hablaban con cortesía glacial. Supuso que el duque se había enfrentado al mago. Luego lo aclararían. Ella haría ver a Fura que todo había sido obra del destino. O del azar. En todo caso, Cuervo no era un enemigo.

ooo

Tras la puerta se oyeron voces, un intercambio de preguntas y órdenes. Húbilai entró seguido por Cuyuc: los dos tungros eran pequeños, nervudos, con las piernas curvas de quien cabalga todo el día desde la infancia. El guerrero se movía con indifererente cortesía. Su aspecto ya había intrigado a la muchacha cuando lo despertó después de la batalla, pero apenas había alcanzado a vislumbrar los ojos color humo, el bigote blanco, la trenza jaspeada de plata. Los morianíes se apartaron. Veteranos de incontables batallas, observaron a sus antiguos enemigos con recelo. Húbilai se arrodilló y colocó las manos morenas sobre el brazo de la princesa. Olía a caballo y a lana mojada.

La habitación se convirtió en una cueva donde dos pugnaces leopardos de Tarkán y cuatro lobos de Moriana se husmeaban y se acechaban, rondando alrededor del lecho. Cuervo percibió la tensión y se irguió, atento. Notaba una enérgica presión en el aire, como el preludio de la tormenta. Los tungros parecían serenos a pesar del recelo que sentían por el encierro, por estar bajo techo con la espesa pared interpuesta entre ellos y sus hombres. Eran más pequeños y delgados que los morianíes, pero se movían con mayor agilidad y con una suerte de brío reprimido.

Soledad escuchó la narración de Húbilai: la irrupción del dragón en su mente, la virtud de compartir los sueños que le había sido concedida. Sentía el calor de las manos del tungro sobre el brazo. Los morianíes y el mago, pasmados, escucharon la historia en silencio. Soledad sintió sueño. La quemadura de la cabeza le escocía. A pesar del interés que le suscitaba la historia, sintió que se hundía en el letargo.

–Perdóname, Húbilai.

–Señora, mi señora, descansa –murmuró el tungro, y besó la manga bordada del camisón–. Anoche, gracias a ti, dormí y no soñé nada. Por primera vez desde que pisamos tu tierra, descansé. Gracias, gracias –y de nuevo besó fervorosamente la manga.

Soledad, abrumada por el peso de las historias y de los dolores que la aquejaban, buscó a Cuervo con la mirada. Bastó que sus ojos se encontraran para que el mago comprendiera.

–Señores, está fatigada. Vamos fuera y dejémosla descansar, que bien lo merece.

Húbilai se apartó para dar paso a Cuervo, quien se acercó con un cuenco en la mano. Adormidera. Soledad sintió que el aroma la acercaba a su padre como un conjuro. Bebió un largo trago y apartó el cuenco.

–Un trago para el dolor. Solo uno, para despertar temprano mañana.

La dulzura del jarabe le envolvió la lengua y la esencia del vino le calentó la garganta. Cerró los ojos y los hombres salieron. Cuervo permaneció junto a la puerta. Soledad esperó una palabra de amor, pero se quedó dormida, el dolor apagado, antes de escucharla.

El mago guardó silencio, mirándola con atención. Cuando se cercioró de que dormía, se acomodó en el suelo cerca de la cama, apoyó la espalda en la pared y se dispuso a custodiarla.

ooo

Mientras Soledad se recuperaba en Rodosto, en Bento Lirio y Jara lavaban el cadáver del Lobo, asistidas por Béogar, Tagaste y Edurne. El ritual fúnebre de los reyes de Moriana era muy sencillo, concebido para hombres que morían en el campo de batalla, alejados de las comodidades.

Primero lo desnudaron. Tagaste recortó y peinó lo mejor que pudo el pelo quemado y la barba carbonizada, mientras Jara ungía las quemaduras con una mixtura de aceite y vino. Guiada por la intuición y un dolor inesperado –muchas veces había deseado la muerte del Lobo, sobre todo cuando estaba borracho y hablaba de Genoveva–, Jara inventó su ritual de despedida.

Libre del miedo al rechazo, besó una y otra vez la boca fría que tanto temió en vida de su dueño. Aceptaba que lo había deseado, que había amado el cuerpo del Lobo. Fue siempre un deseo triste, atizado por los celos que sentía por Genoveva. Ahora, el deseo se consumía serenamente, semejante a una vela.

Contó una a una las cicatrices que dibujaban el mapa de las batallas en la piel de su marido y se demoró en aquellas partes que parecían las de un muchacho. Frotó con el paño mojado el brazo izquierdo, el hombro redondo y duro, la cadera, la nuca, el nacimiento de la columna, los hoyuelos sobre las nalgas, el arco del pie intacto, el ombligo, el sexo en su nido de vello rojo. Entretuvo las yemas de los dedos sobre las líneas, hendeduras, oquedades, huellas de espadas, flechas y mazos que tachonaban la piel del muerto. Al llegar a las quemaduras que lo mataron –la piel calcinada parecía un mineral negro veteado con líneas rojas–, sopló sobre ellas sin tocarlas y besó por última vez la marca que le bajaba de la sien a la boca y le arremangaba el labio.

–¿Por qué te siento más cerca? –le susurró al oído–. ¿No es ahora cuando estás más lejos?

Tagaste se interrumpió en la melancólica tarea de peinar la barba del muerto y la miró con ternura. La reina le devolvió la mirada y se inclinó sobre su marido, quien en la muerte parecía veinte años más joven, pues se había ido del mundo con una sonrisa de alegría dibujada en la cara y la frente lisa de arrugas.

ooo

Cuando el cuerpo enjuto del Lobo estuvo arropado con sedas y terciopelos, las calzas de púrpura y la capa de lana, Jara y Edurne se dieron cuenta de que era necesario cubrirle las manos con los guanteletes, pues una de ellas estaba negra. Se las cruzaron sobre el pecho y colocaron la empuñadura de la espada bajo los dedos quemados.

Para Lirio, que lloraba sin cesar, fue difícil enfundar el pie chamuscado de su padre en la bota.

–Mi pobre hermana. Cómo sufrirá cuando sepa que nuestro padre ha muerto –lloraba, con la bota en una mano y la otra mano sobre el pie destruido del rey.

Trató de serenarse. Cuando lo logró, se arrodilló para fijar en los talones del rey las espuelas que ella misma había pulido hasta que brillaron como luciérnagas. Sansón, el sabueso favorito, caminaba incansablemente alrededor del lecho olfateando el aire. De cuando en cuando apoyaba la enorme cabeza contra las rodillas de Béogar para luego proseguir la ronda, siempre con los ojos fijos en el cadáver.

Juntas, las tres cubrieron el lecho de flores secas. Peinaron al muerto y depositaron sobre el pecho la coraza con el lobo grabado. Edurne asentó el yelmo en el suelo, mientras Béogar disponía la panoplia en la cabecera. Béogar alzó el escudo y cubrió el cuerpo con él. Jara colocó la corona en el suelo: su lugar, mientras llegaba Soledad, era el asiento del trono, pero solo podrían colocarla allí cuando hicieran pública la muerte del rey. Mientras, la esconderían en un baúl, debajo de los vestidos de la reina.

El Lobo quedó listo, enjoyado y frío.

–Helo aquí. No habrá nunca rey más digno de ser obedecido. Con él también se muere el reino. Estamos sitiados por el dragón, los tungros, el invierno... Se acabó –dijo Béogar con rabia.

Tagaste se acercó.

–Señor, no quiero irritaros con cuestiones engorrosas, pero me pregunto si será prudente avisar ahora mismo a los barones de la muerte del rey. Su majestad fue capaz de intimidarlos en su agonía, pero me temo que a Garlón de Salgar le durará poco el susto. Además, sospecho que codicia la mano de la reina.

–¿Ha dicho algo? ¿Ha ofendido a la reina? Miserable... Maldito bellaco, hijo de mala madre –murmuró Béogar.

–No ha hecho nada más que ser cortés. No, no ha traicionado al rey hasta ahora. Pero sus ojos lo traicionan a él. Sigue a Jara con la mirada, una mirada que revela mucho más que mil indiscreciones. Ahora la reina es viuda. Y creo que Moriana no resistiría una guerra interna mientras el dragón y los tungros nos amenazan.

Béogar miró al eunuco con respeto.

–Tienes razón. Debemos posponer la noticia lo más que se pueda. ¡Ojalá regresara Soledad! Temo por ella, por todos nosotros. ¿Qué hacemos? Creo que debemos fingir que el Lobo vive, aunque roto y destruido por las quemaduras.

–Y mientras, contar a nuestros aliados. Mirad, señor –Tagaste señaló la ventana, por la que se veía caer la nevada–, aunque Garlón de Salgar o cualquier otro quisiera regresar a sus tierras ahora mismo, los caballos se hundirían en la nieve. El invierno es nuestro aliado. También el frío nos ayudará a ocultar la muerte del rey, pues su cuerpo no se corromperá tan rápidamente.

–Debemos decirles que el rey está dormido. Hay que apagar el fuego y acercar el lecho a la ventana para que el Lobo se enfríe todavía más –dijo Béogar con una sonrisa agria.

Jara los miró con desconcierto, pero luego a su pálido rostro asomó la comprensión.

–Es verdad. Despidámonos, pues.

Se inclinó sobre el Lobo y besó los labios, la mejilla intacta, la frente. Béogar le puso las manos en la cabeza, Tagaste en los pies. Edurne metió una mano artrítica dentro del peto y palpó la piel sobre el corazón, como asegurándose de que ya no latía. Lirio, por último, besó las manos recubiertas por los guanteletes, el pelo. Tocó el pomo de la espada, las espuelas.

Tagaste encendió el brasero y dejó caer en el fuego un puñado de mirra.

–Así se cumple la vida del último Lobo –dijo.

–Y la maldición de Tórtola –añadió Béogar.

capítulo sesenta y siete

La poción

Erec abrió los ojos y vio que estaba en el templo, arropado y tendido cerca del fuego. Era de noche y las antorchas chisporroteaban. Lo cubría una manta que olía a enebro, y tenía una almohada bajo la cabeza. Sintió una agradable lasitud. Todo estaba dispuesto según las leyes: el brasero en el centro, las lámparas de barro alrededor, el altar al fondo y cuatro antorchas empotradas en la pared. En cada templo, pobre o próspero, en valles o montañas de Alosna, los enseres se distribuían de la misma forma. Erec pensó que siempre, por arduas que fueran las circunstancias, se sentía protegido por la sabia armonía del templo. Estiró los brazos como un gato y bostezó.

¿Qué había pasado? Se volvió y, alarmado, vio a Espinela cerca, de rodillas e inclinado sobre él. Tan cerca estaba que Erec podía aspirar el aliento ligeramente ácido de su amigo y ver las venitas rotas que le surcaban la piel de la nariz.

–¿Qué haces? ¡Muévete, que me caes encima!

Estuvo a punto de empujarlo, pero la amistad pudo más que el sobresalto.

–¿Qué me ves? –preguntó con una sonrisa desconcertada.

Espinela frunció el ceño, entrecruzó los dedos y con ellos formó una red cuya parte inferior era una ventanita triangular. Los pulgares eran el vértice de ese triángulo. Tocó la frente de Erec con la punta de los pulgares. Erec sintió un frío que bajó desde los dedos de Espinela a su frente y se le derramó sobre el cuerpo. El bienestar se disipó. Recordó el conjuro y la muerte del dragón. Las imágenes le llenaron la memoria: se acomodaron semejantes a los ladrillos de un muro, sólidas, pesadas. El anciano suspiró, abrumado, y se incorporó sobre un codo.

–El dragón se dejó caer al agua... ¿Murió?

Espinela asintió, se puso en pie con un gruñido y se restregó los riñones.

–Te di un susto. Perdón. Es que estaba pendiente del momento en el que despertaras. Llevas mucho tiempo dormido.

Erec se arrebujó en la manta.

–Me cansé cuando le llevé el guijarro rojo a Soledad. Al final sirvió de algo entrar en la mente del Lobo... Pero ignoro por qué Tengri se arrojó al agua. Da lo mismo –suspiró roncamente–: ya no se puede hacer más.

De pronto recordó algo más, algo importante.

–Munin... ¿está bien? Sentí cómo se desvanecía.

Espinela se encogió de hombros con un gesto ambiguo.

–Sospechamos que ha perdido la voz. Pero, la verdad, pensé que iba a perder la vida. Opino que estaba dispuesto a morir por ellos. Seguramente supuso que era su deber, puesto que Cuervo es su hijo. Ninguno de nosotros ha tenido fuerzas para hacer ni un conjuro, así que ahora está amparado por los cuidados de su mujer y mudo como una piedra. Tanto él como tú habéis dormido una noche y un día.

Erec miró el fuego.

–Val es, a su manera, una maga. Munin se repondrá, verás. Aunque, amigo mío, hay que asumirlo: sacrificamos años y años de nuestras vidas en sostener el conjuro. Espero que haya valido la pena. ¿Qué habéis visto en la olla? –preguntó.

–Nada. La hemos cubierto con un lienzo. Lo que suceda ahora está fuera de nuestras manos –dijo desde las sombras la voz de Senlac.

Erec rio por lo bajo y, envuelto en la manta, se incorporó con ayuda de Espinela.

–Es verdad, Senlac –repuso–. La suerte de Moriana depende de ellos. Nosotros hicimos nuestra parte.

–La muchacha me sorprendió, lo admito –dijo Gan, quien se acercó con un banco en las manos–. Creí que sería la destrucción de todo. Nos salvó. Será una buena reina de Moriana.

–No sabía que ya habías consultado a los astros y los dados –replicó Erec con ironía.

–No lo hice, pero es lo que sigue. Es natural –contestó Gan, y se dejó caer sobre el taburete.

ooo

La fiebre asaltó a Soledad en mitad de la noche. Comenzó como un calorcillo que le volvió inquieto el sueño y la obligó a apartar las mantas, pero poco a poco la temperatura fue subiendo. Aunque seguía dormida, temblaba, se sacudía, arqueaba el pecho y la trenza empapada se le pegaba al cuello. El hermoso camisón bordado se mojó de sudor hasta convertirse en una suerte de velo translúcido bajo el cual se distinguían los moretones, cortes y golpes que le cubrían el costado. Cuervo preparó fomentos con vinagre y agraz mientras se esforzaba por recordar todo lo que sabía sobre la fiebre. El médico de Agila, abrumado por la importancia de la paciente, no hacía más que balbucear, dar vueltas alrededor de la cama con una esponja mojada en vinagre y estorbar.

Al tratar de refrescarle la frente, el médico dejó caer una gota en el ojo izquierdo de Soledad. Esta, medio dormida, se quejó como una niña y se frotó con la mano cubierta de pomada.

–Me quemo, me arde el ojo... –murmuró con voz pastosa.

–Perdón, perdón –repitió el médico mientras trataba de limpiarle el párpado con un pulgar pringoso.

Cuervo perdió la paciencia y expulsó al médico, aunque este se retorcía las manos y se deshacía en excusas:

–Señor, el duque me envió. No, no fue el duque. Fue mi amo, el alcalde Agila. Señor, me reprenderán por vuestra culpa; quiero decir, por la mía. No me saquéis de aquí. Tengo buenos remedios, veréis.

Pero Cuervo fue inflexible.

–Ningún médico de Moriana sabe más de medicina que un mago de Alosna. Fuera de aquí. Ella está a mi cargo –gruñó, mientras lo empujaba fuera de la habitación y cerraba la puerta tras sus espaldas encorvadas por el nerviosismo. Tal como había previsto, no pasó mucho tiempo antes de que se escucharan los pasos malhumorados de Fura en el corredor.

–¿Qué has hecho? –preguntó el duque al abrir la puerta, pero enmudeció al mirar a Soledad.

–Tiene fiebre –dijo Cuervo con la vista fija en ella.

Fura se acercó.

–¿Dónde está el cuerno del Unicornio?

–Aquí –respondió el mago, y apartó la manta. El cuerno fosforecía suavemente pegado al flanco de Soledad–. Le hace mucho bien. Tiene el costado llagado, pero los trapos están mojados con vinagre de cedro y agraz, bueno para las úlceras y el veneno de serpientes. Si la tocas, verás que allí, al menos, está fresca. La he obligado a beber cuatro semillas de heliotropo molidas con vino y le he dado unas gotas más de jarabe de adormidera. No le puedo dar más; podría matarla.

Fura exhaló un suspiro. El camisón de Soledad estaba cubierto por pequeños rectángulos de tela que olían a medicina.

Las miradas de los dos hombres se encontraron. No solo Cuervo la amaba: Fura la había llegado a querer como a una hija. Estaba pálido y tenía los ojos enrojecidos por el humo y la falta de sueño. Cada uno, a su manera, temía por ella.

Fura miró al mago con rencor mal disimulado.

–Tienes que curarla. Es tu obligación.

–Daría mi vida por ella –repuso el mago.

–Hazlo, si es lo que le conviene para sanar. Si pudiste despertar al dragón, podrás sanarla. Y si te cuesta la vida, sea. Recuperarías una porción de tu honra.

–Duque, déjame. Sé mejor que tú lo que hice.

Fura se acercó, amenazante. Cuervo le sostuvo la mirada.

–No me importa lo que sepas si no sirve para devolverle la fuerza. Cúrala. No hace falta que te amenace... Sabes lo que te espera si ella muere.

–No tengo miedo –murmuró Cuervo con la mirada sobre el lecho.

Soledad se quejó y el mago se inclinó sobre ella. Fura sintió el impulso de abofetearlo. Pero ¿qué honor habría en golpear a un hombre tan débil? Recordaba vívidamente el desamparo del mago durante la emboscada tendida por los tungros. ¿De dónde había salido, entonces, la fuerza para despertar al dragón? Lo miró, encorvado sobre Soledad, diligente, cariñoso.

Se frotó la mejilla con el dorso de la mano y salió.

ooo

Cuervo trabajó sin pausa. Mientras molía, medía y mezclaba, murmuraba fórmulas de protección y conjuros. Ignoraba si aún había en él magia suficiente para ayudar a Soledad, pero no le importaba: quería hacer lo que pudiera por ella. La mano quemada le dolía, pero quizás fuera el cansancio, porque la espalda le dolía igual.

Soledad empezó a delirar. En su extravío llamaba al Lobo, a Tagaste y a Cuervo.

–Cuervo, Cuervo, no te vayas –pedía agitándose entre las mantas.

Cuervo, sentado junto a ella, le tomó la mano y la besó. Notó el sabor del ungüento de árnica y un resabio amargo en la lengua. *El sabor del miedo*, pensó.

–Aquí estoy. No me moveré de aquí hasta que te pongas bien –murmuró.

Pero Soledad no escuchaba. Cuervo machacó hojas de bardana crudas y las colocó sobre el cuello de la enferma, pero no sirvió. Desesperado, empapó trapos en agua fría y los puso bajo su espalda. Le dolió ver cómo le castañeteaban los dientes y se le erizaba la piel. Asió el cuerno del Unicornio y se lo acomodó sobre el pecho, entre los senos. Ante la mirada ansiosa del mago, el rictus en la cara de la enferma se relajó.

Esta es la mejor medicina para ella, pensó. *Es el antídoto natural y verdadero contra el veneno de dragón.*

Pero si los delirios se apaciguaban, la fiebre, en cambio, no bajaba. El cuerpo de la muchacha irradiaba un calor cada vez más fuerte y su respiración se iba haciendo estertorosa. Cuervo trató de obligarla a beber agua, pero ella no quiso y se debatió en sus brazos.

–No, déjame, tengo frío –suplicaba medio dormida–. No seas cruel. ¿No sientes el viento helado? Tengo mucho frío. Sueño...

La fiebre siguió subiendo. Soledad abrió los ojos, pero no veía. Cuervo se aproximó a la puerta. Iba a llamar a las mujeres para que la bañaran, pero ya con la mano en el picaporte tuvo una idea. No sería necesario bañarla, violentarla, obligarla a dejar la cama para meterla en una tinaja de agua fresca.

Volvió a su lado y tomó el cuerno. Lo puso en el suelo, lo sujetó con la mano izquierda y con la derecha aferró el mazo del mortero. Era granito liso y pesado, tallado hábilmente, pulido por el uso. El mago lo limpió de hierbas y remedios, lo elevó y murmuró una rápida plegaria: «Dioses, ella no tiene la culpa de nada. Salvadla, os lo ruego». Inhaló y golpeó la punta del cuerno con toda el alma. El marfil vibró bajo sus dedos y se partió con un tañido de campana. Asustado, Cuervo miró el cuerno despuntado y lo cogió. Vacilante, se acercó a la cama, lo acomodó junto al costado de la enferma y la tapó con la manta. Entonces se arrodilló y recogió el fragmento que brillaba en el suelo. La astilla era cónica, afilada y del largo de su dedo pulgar. El mago jadeaba y sentía que la habitación daba vueltas.

Soledad suspiró; pero Cuervo apenas la oyó, apabullado por lo que había hecho. La astilla en la palma de su mano era una llama que no quemaba. Cerró los dedos y se fijó en cómo la luz se filtraba a través de la carne y la convertía en materia translúcida: vio sus propias venas como ramitas oscuras, las uñas, la sombra tenue de los huesos. Recordó el colmillo del dragón, la punta rota a causa del agua. El asta del Unicornio estaba fresca y brillaba tenuemente. El colmillo, hasta el día en que Fura lo sumergió en el río, poseía una extraña densidad: era marfil pesadísimo, siempre caliente.

Colocó la astilla en el mortero y la vio relucir contra el fondo pétreo. Sonrió, aunque estaba muerto de angustia, al pensar en el precio de la poción que estaba mezclando. ¿Un reino? ¿Minas, campos, bosques? Su valor sería incalculable. *Como la vida de Soledad*, se dijo.

Levantó el mazo y lo dejó caer. En lugar del chasquido que esperaba, sonó una nota clara y diáfana. Sacudió la cabeza y dio otro golpe. La astilla se partió en tres pedazos y tres notas repicaron en la habitación. De nuevo levantó el mazo y lo dejó caer. Más música, una nota por cada fragmento. Absurdamente, el mago rio. Miró a la enferma. ¿Cómo era posible que el sonido no la despertara? ¿Cómo no acudían todos a enterarse de lo que pasaba?

Entrecerró los ojos, hechizado por el sonido. Era como si una ristra de cascabeles se sacudiera al contacto con el mazo. Cuervo hizo girar la muñeca y escuchó el tintineo. El cuenco relucía, chisporroteaba el nácar, polvillo luminoso se le pegaba a la punta de los dedos.

Sonrió y observó a Soledad. Estaba dormida. Se acercó y puso el dorso de la mano sobre la frente. Todavía estaba febril, pero pronto estaría bien, se dijo. Se inclinó sobre ella y aspiró su aliento. Aun enferma, olía a leche y manzanas. Tenía los labios resecos, el pelo sudoroso pegado a las mejillas. Cuervo se acercó aún más y puso los labios sobre los de ella. Soledad se quejó.

El mago se enderezó, fue a la mesa y tomó una redoma de vino. Sus dedos dejaron marcas de polvillo reluciente en el vidrio. Sin pensarlo, recogió el polvillo con la yema del índice y se lo metió en la boca.

Fue un momento, solo un momento, pero bastó. Vio. Vio *luces*. La vio a ella, su aureola de llamas, la vida que la colmaba, que saturaba su aliento. Vio en cada objeto de la habitación un rastro del mundo, la luz de días y noches estrelladas, el reflejo del sol en el agua, el destello del amanecer en el rocío, la semilla incandescente en el brasero. El halcón y el cuervo brillaban como dos pavesas. El guijarro mágico fulguraba, «la piedra de virtud», como la había llamado Cuyuc. Alumbraba la mesa, los recipientes llenos de mezclas medicinales, las paredes. Cuervo intuyó vagamente qué era esa piedra aparecida en el momento decisivo. *El Lobo participó con un hechizo imbatible en la contienda*, pensó. ¿Cómo? El Lobo era el peor enemigo de los magos. ¿Qué podía saber él de magia?

Pero el efecto del cuerno de Unicornio cesó antes de que Cuervo pudiera averiguarlo. Las revelaciones se disiparon en el aire que olía a fenogreco y a sudor. Solo se oían la respiración pedregosa de Soledad y el rechinar de las brasas. En el mortero había un polvo blanco, tan blanco que parecía luminoso. El guijarro era una piedrecilla sobre la mesa. Miró a Soledad: carne y hueso.

Tragó saliva y se secó las mejillas y la nariz con el trapo. Había llorado. ¿Cuánto tiempo había durado la visión? Con cuidado, añadió una medida de vino al polvo del cuerno y lo mezcló. Vació la poción en una escudilla y se acomodó al lado de Soledad. Deslizó el brazo malo bajo su espalda, la levantó y le acercó la escudilla a los labios.

–Abre la boca. Bebe.

Ella gruñó una respuesta ininteligible y trató de volver el rostro.

–Bebe –insistió.

Soledad entreabrió los ojos.

–No quiero. No quiero nada. Déjame dormir. Me duele...

Alagrís graznó una advertencia y Cuervo chasqueó los labios.

–Silencio, Alagrís. Sé lo que hago.

Mojó el índice en la poción y humedeció el labio inferior de la muchacha. Ella se quejó y se frotó los labios con la mano. Cuervo, pacientemente, inclinó la escudilla y el líquido entró en la boca reseca. Una gota roja se posó sobre los dientes. Soledad la recogió con la lengua. Entonces inhaló ruidosamente, retuvo el aire y abrió mucho los ojos. Exhaló un pequeño ladrido de alegría. Cuervo le acercó la escudilla y ella la sostuvo y bebió hasta la última gota. El mago registró el rubor que le tiñó la cara y los labios, el brillo en los ojos, la energía con la que le aferró la mano. Las ampollas desaparecieron. *Está mirando las luces*, pensó. Las lágrimas comenzaron a fluir de los ojos de Soledad, sin sollozos ni tristeza. Sus párpados se deshincharon.

Cuervo mojó un trapo en agua tibia y le limpió las legañas. Soledad lo permitió, dócil. Lo miró como si fuera la primera vez que lo veía y le puso la mano en la mejilla. Cuervo vio, aunque solo el fuego mortecino de la chimenea alumbraba la cara de la muchacha, el verde de sus ojos. Soledad sonrió.

–¿Qué era eso que me diste a beber? Ya no me duelen las heridas –dijo con voz clara.

Se tocó el cuello con desconcierto y las hojas machacadas del emplasto se le adhirieron a los dedos. Soledad las olfateó y las colocó cuidadosamente sobre la manta.

–¿Esto? ¿Qué hierba es?

–Bardana. Pero no fue la bardana lo que te curó. Fue una poción hecha con vino y polvo del cuerno del Unicornio. Solo usé un pedazo pequeño. Una astilla.

Soledad lo miró con incredulidad.

–¿Qué hiciste?

–Estabas enferma y nada te ayudaba.

–¿Dónde está el cuerno?

Cuervo apartó la manta y Soledad miró el astil despuntado. Lo asió y se sentó en la orilla del lecho, al lado del mago. Puso el cuerno sobre sus rodillas, apoyó las palmas sobre él, suspiró y, con los ojos apretados, echó la cabeza atrás.

Cuervo esperó tranquilamente. No sabía si había incurrido en un sacrilegio y tampoco le importaba.

Soledad abrió los ojos.

–Gracias –dijo, y lo abrazó. Los delgados brazos que lo estrecharon parecían de hierro. Cuervo quiso apartarse para mirarla, pero ella sintió el movimiento del mago y lo apretó con más fuerza. Cuervo profirió una queja y ella lo soltó, avergonzada.

–Estoy curada. Mi padre, tu padre: los dos me protegieron. Ellos, tu padre y el mío, tendieron sobre mí su valor. ¿Entiendes? Tus mayores también, otros magos. Estuve mucho tiempo cerca de Tengri, lo toqué, puse la boca sobre su piel. Y Tengri tenía tanto veneno... Tal vez por eso enfermé. Quizás. Debo ir a Bento. Ayúdame.

Cuervo asintió, fascinado por el efecto de la poción.

–¿Qué hago?

–Llama a Fura, a los jefes tungros, a Agila. Debo vestirme. ¿Dónde está mi ropa?

–Ya no existe. Todo era un harapo: las botas se deshicieron, la capa... Y tengo que decirte algo: el dragón mató a Senen, el consejero de tu padre. Lo arrojó desde el cielo sobre el campamento de los tungros. Cuyuc, el hechicero que acompaña a Húbilai, me lo contó.

Soledad bajó la cabeza y se pasó el dorso de la mano por los ojos.

–Yo sospechaba de Senen, pues sabía que era cobarde y cruel –dijo con voz opaca–, pero no me alegra. Tengri fue justo con él. Esa es la muerte que merecía. Pero Tengri no se preocupaba por ser justo.

Se puso en pie y miró el camisón que la cubría.

–Qué primoroso es esto –pasó los dedos sobre las flores de las mangas–. Es como si me hubiera disfrazado. Estos adornos son para mujeres como mi hermana. Yo prefiero una túnica de cuero, mi camisa de lino. Que me traigan ropa de hombre: calzas, una túnica de lana, una capa. Necesito un par de botas.

Cuervo la miró. Los pliegues del camisón, todavía húmedo de sudor, dibujaban la forma de los hombros, los senos. Le pareció bella, pero intuía que le hubiera parecido hermosa aunque estuviera vestida con una piel de cabra llena de pulgas.

–¿Sabes? –dijo Soledad–. Jamás volveré a blandir una espada ni a tender el arco. El cuerno es ahora mi defensa.

Cuervo la abrazó. Soledad, con timidez, acarició el brazo quemado.

–¿No se te curó?

Cuervo, mortificado, bajó la vista.

–No.

Soledad puso los dedos sobre la mano mutilada y asió el anular. Con la yema acarició el muñón, donde la quemadura del hechizo había destruido la falange.

–¿Duele?

–Un poco.

–Seguimos vivos, amor mío. Por eso te duele.

Cuervo la miró. Había postergado el deseo para cuando ella estuviera fuera de peligro, para cuando sanara. Ahí estaba, fuerte y animosa. Se inclinó a besarle los labios, pero Soledad volvió el rostro.

–¿Por qué me rechazas? Ya no es necesario. Somos libres, te has curado, el dragón ha muerto. Los tungros desean la paz con Moriana.

–¿No lo entiendes? El pacto no era para un día.

Cuervo le tomó la barbilla con firmeza e intentó besarla de nuevo, pero ella le aferró la muñeca sana y lo miró con enojo. Por un breve momento, Cuervo vio un resplandor azul, ultraterreno, que emanaba de la cara de la muchacha. Cerró los ojos, asustado. Cuando los abrió, Soledad lo miraba, ceñuda y alumbrada por la luz anaranjada de la chimenea.

Estoy muy cansado, concluyó.

–Recuerda todo, no solo lo que deseas –dijo ella apretando los dientes.

–¿Cuándo? –pidió él roncamente, atontado por el deseo y el cansancio. No podía creer que lo rechazara. Menos ahora, que habían compartido la enfermedad y la curación.

–¿Cuándo? ¿Cuándo seré tuya? ¿Como si fuéramos dos aldeanos que se citan detrás del molino, como el cortesano que le mete la mano en la falda a la dama falsamente pudorosa?

Cuervo se sintió ridículo, afrentado. La soltó con un leve empujón y se puso en pie. Soledad perdió el equilibrio y tuvo que asentar la mano en la cama.

–Voy a llamar a Fura –masculló el mago.

Cuando la puerta se cerró, Soledad se incorporó, se acercó a la mesa, tomó el guijarro y apretó los dedos. Abrió la mano y se miró la palma:

la piedra se había convertido en polvo. Reprimió un sollozo y se sentó. Se inclinó, apoyó el torso sobre los muslos y dejó que la pena la vapuleara, pero solo un momento. Cuando Fura llegara, ella debía tener la compostura necesaria para ser obedecida.

ooo

Faltaban horas todavía para el amanecer cuando Soledad, montada sobre el Unicornio, tomó el camino que llevaba a Bento. Había logrado que se respetara su decisión de marcharse, después de un rato de agria discusión. Todos la habían mirado con incredulidad: apenas habían pasado dos días desde la muerte del dragón y ya quería irse, seguir batallando. Era más fuerte que ningún guerrero. El mago, después de mucho hablar, zanjó:

–Es demasiado pronto. Es una imprudencia. Ni aunque sea a lomos del Unicornio. Es un disparate; tu salud está en juego. Además, te repito, nadie ha visto al Unicornio desde que el dragón murió. Nadie.

–Estoy de acuerdo con el mago –le apoyó Fura–. Señora, desde el momento en el que desafiasteis al dragón, carezco de autoridad sobre vos. Nadie la tiene. Pero el afecto tiene derecho a ser escuchado: por lo que más queráis, deponed este plan temerario y regresad al lecho. Esperaremos a que mejoréis e iremos juntos.

Soledad negó con la cabeza y se volvió hacia Agila.

–Dime –preguntó al alcalde–, ¿cuál es el camino más corto a Bento?

–Señora, solo tardaréis dos días si atravesáis Valsalva. Pero ir de noche es una locura. Valsalva es un lugar peligroso, donde nadie vive excepto los malhechores más crueles y los animales más feroces –dijo Agila, y se detuvo al recordar cómo los animales la habían rodeado en la lucha contra el dragón.

Soledad sonrió.

–Agila, por favor, trae a Húbilai, Aybar y Cuyuc. Quiero que escuchen.

El rostro del alcalde se oscureció.

–¿Los tungros? –farfulló–. Alteza, ya no son nuestros enemigos, pero... ¿participar en nuestros consejos? ¿Por qué?

–Porque, como dices, ya no son nuestros enemigos. Son mis súbditos, y espero que sean leales a mi padre. Por eso.

El alcalde, rígido y con el bigote erizado, salió de la habitación para cumplir la orden. Fura y Cuervo, unidos en su desaprobación, la miraban en silencio, pero Soledad se mantuvo impasible.

Los tungros entraron en la cámara, se acercaron y se arrodillaron con la vista baja. Venían con Atalai, a quien no hubo forma de cerrarle el paso. El joven tungro respiraba agitadamente y dio un grito de alegría al verla.

–Mi vida es tuya –exclamó arrojándose a los pies de Soledad–. ¿Por qué no me permites demostrártelo? No temo a nada ni estoy cansado. Debo estar contigo. Dame permiso para ir a tu lado –pidió.

Soledad, impaciente y cortés, le pidió que se pusiera en pie.

–Voy a ir sola. Si permito que alguien me acompañe, ofendería a los demás. Seguidme todos, pero no esperéis que yo ajuste mi paso al vuestro. El Unicornio es mucho más rápido que cualquier caballo. Necesito ropa, comida, un baño. Que alguien me señale el camino.

Cuervo, después de la negativa final de la muchacha, no volvió a pronunciar palabra. Con una expresión indescifrable en la cara, se cruzó de brazos y miró cómo los barones y los tungros discutían con ella. Suponía que Soledad saldría esa misma noche y la idea lo apesadumbraba.

ooo

Cuervo, Agila, Fura, Aybar y Húbilai la vieron partir. Soledad iba abrigada con dos camisas, una de lino y una de lana, debajo de una gruesa túnica de soldado que olía a sudor y a cebollas. Llevaba el cuerno envainado y colgado del cinto. También llevaba una alforja con pan, queso, carne salada y un odre lleno de agua del río.

Los hombres habían prestado juramento a Soledad en el bosque, justo antes de despedirla. Agila llevó dos antorchas y dio una a Cuervo.

Los tungros acudieron con aprensión –el Unicornio había sido su enemigo desde tiempo inmemorial–, pero sin tardanza, ya que ella era la amada de Tengri. Los morianíes comparecieron rápidamente, intranquilos por el viaje.

Soledad los recibió a todos con la misma grave cortesía. Fura y Agila prestaron juramento, aparentemente serenos. Fura le había ofrecido su propia espada, la espada de los señores de Mongrún:

–Mirad, Soledad, señora mía, en el esmalte que adorna el pomo se ven los colores de mi casa, el oro y el verde. Si decidís aceptarla, podemos añadirlos a los de los Lobos. Y si así lo deseáis, agregaremos a vuestro estandarte la figura del dragón caído bajo el lobo rampante.

–No llevaré espada ya nunca –respondió Soledad en tono sosegado–. No vencí al dragón: el dragón me perdonó la vida. No portaré tu espada, aunque nada me honraría más que adoptar los colores de

Mongrún y añadirlos a los de mi padre. Pero yo no tengo colores ni estandarte. Soy sola.

Cuervo observaba atentamente, con la antorcha en la mano.

–¿No vas a prestar juramento? –le preguntó Agila.

–Los votos que unen a Moriana con Alosna son ahora más firmes que los de sangre –respondió Soledad antes de que el mago tuviera tiempo de contestar–. Ya hemos hablado y concertado una paz que no se romperá nunca.

Cuervo sonrió.

Cuando Aybar y Húbilai se arrodillaron frente a ella, Soledad les dio a besar el cuerno, pues ya no tenía espada. Ellos acercaron el rostro al astil de nácar. Aybar tuvo miedo y una sensación de absurdo. La muchacha quería que él besara el cuerno que tantos tungros había matado. La paz que le suavizaba el corazón era todavía muy nueva. ¿De verdad podrían absolverse tantos hechos de guerra? Aybar suspiró y recordó la muerte de Tengri, el espectáculo de la ruina humeante en medio del agua y la muchacha abrazada a la enorme cabeza del dragón.

También imaginó a los hombres dormidos en el patio de Agila. En la posibilidad de la traición. ¿Y si esta mujer ordenaba la muerte de todos los tungros que dormían en Rodosto? Se encogió de hombros. *Sabrán morir valientemente*, pensó.

Cuando sus labios tocaron el cuerno, el escalofrío que le recorría la espalda se convirtió en un rayo que lo cimbró y lo obligó a ponerse en pie con un gruñido. Se le acababa de revelar una porción del futuro. Soledad rio al ver su cara de asombro; Aybar la vio reír y supo que ningún tungro moriría en Rodosto, y que la alianza con la hija del Lobo era la proeza con la que había soñado cuando decidió invadir Moriana. El nombre de Soledad sería repetido junto al suyo en las noches de la tribu, al lado de la hoguera.

Húbilai no tuvo reticencias. Ya había prestado juramento, en su corazón y al lado del lecho. Ella lo había liberado de la pesada carga que Tengri le había impuesto, y solo eso le importaba. Besó el cuerno, se llenó de alegría y se puso en pie.

–Somos tus aliados, tus súbditos. Iremos adonde digas.

Soledad los miró de hito en hito.

–Id a Bento en cuanto podáis, acompañados de vuestros hombres –ordenó–. Estad listos para secundarme, pues debo socorrer a mi padre.

Echó los hombros atrás, se acomodó la trenza y se alejó del pequeño grupo en dirección al bosque. Esperaba con toda el alma que el Unicornio acudiera. No sabía por qué estaba tan segura de que aparecería; nada lo garantizaba. Apoyó la palma de la mano en la base del cuerno y los bordes irregulares y afilados se hundieron en la piel. Aferró el astil y lo deslizó fuera de la funda. Trató de tragar saliva, pero tenía la boca seca. Alzó el cuerno y este brilló con un pálido resplandor.

ooo

Cuervo, inquieto, entrecerró los ojos siguiendo la esbelta figura que se confundía con las sombras de los árboles.

Se oyó un galope sobre la escarcha. El mago sintió que la sangre se le aligeraba en las venas y un aleteo de risa se elevaba en su pecho. Un murmullo devoto surgió del pequeño grupo. El Unicornio apareció detrás de un roble, a unos pasos de la muchacha. Su blancura iluminaba el lodo que le salpicaba las pezuñas. Era inequívocamente distinto a cualquier otro animal del mundo, aunque quizás el único entre todos que podía ver –de veras *ver*– la luz que emanaba su piel era el mago.

Algo le había conferido la gota de poción a Cuervo, una mirada más penetrante. El aire olía a hojarasca mojada y a miel.

Soledad puso la mano sobre la grupa del Unicornio y dijo:

–Ha venido por mí.

Tendió una mano a Cuervo y este, por un momento, albergó la esperanza de acompañarla, de montar al Unicornio.

–¿Quieres que te acompañe?

–No. Que me ayudes a subir a su lomo. Dale la antorcha a Fura –ordenó.

Cuervo dudó. Caería de bruces si Soledad apoyaba su peso en la mano quemada.

–No te dolerá –dijo ella.

Él se miró la mano, mutilada y rígida. Obedeció. Se acercó y entrelazó los dedos. Sintió la suela de Soledad y apretó los labios, dispuesto a sufrir en silencio, pero el dolor no llegó. Advirtió, sí, y con exactitud, el peso, la presión, la forma de la bota. Ella echó la pierna sobre el lomo del Unicornio, montó y le sonrió. Luego inclinó el torso y puso la mano abierta sobre la testuz, donde faltaba el cuerno. El Unicornio cerró los ojos. Soledad, todavía inclinada, dijo:

–Cuervo, tú montarás a Fum hasta Bento. Él sabrá seguir nuestro rastro. Que otro monte a Dardo, o que Dardo nos dé alcance sin jinete. Que vengan Tibot y Cuyuc. Aybar, Húbilai, decidid quiénes formarán vuestra comitiva. Me voy.

Rozó con los talones los costados del Unicornio. Este, impaciente, se alzó sobre las patas traseras y Aybar retrocedió, atemorizado al vislumbrar la punta afilada de las pezuñas.

Soledad se volvió y dijo:

–No temas, Aybar. Acércate.

El tungro se aproximó cautelosamente. El Unicornio piafó y resopló. Aybar se puso pálido.

–Dame la mano –ordenó ella.

Aybar obedeció. Soledad asió su muñeca, le colocó la mano sobre la piel del Unicornio y presionó. Aybar sintió la larga y estrecha mano de la muchacha en el dorso y, bajo la palma, el pelaje del Unicornio como una humedad tersa. El animal volvió la cabeza hacia él y lo miró con un ojo semejante al de una mujer: húmedo, enorme, orlado de pestañas espesas y largas. El rostro del tungro se contrajo y, por tercera vez en tres días, se echó a llorar, aunque sonreía en medio de las lágrimas.

–He llorado como una doncella en estos días de portentos. No me gusta. Creí conocerme mejor. Espero que no me vuelva a suceder –dijo, pero no retiró la mano. Abrió los dedos, presionó la palma y frotó vigorosamente el costado curvo del Unicornio. Luego cerró el puño, se lo puso sobre la frente y rompió a reír.

–Recuerda lo que sentiste. Llorar no es nada –dijo Soledad.

Aybar asintió. Cuervo se volvió a mirarlo. El tungro sonreía.

–Señores... –saludó ella.

El Unicornio dio un salto y se perdió en la oscuridad.

capítulo sesenta y ocho

Visitantes

Munin, vigilado atentamente por Val, bebía un tazón de leche de cabra mezclada con miel y pimienta. La bebida le calentaba la garganta con un suave picor y lo obligaba a carraspear. Tosió, abrió la boca y le salió un murmullo:

–No quiero más. Gracias –bisbiseó, y apartó el cuenco.

–Da gracias porque te quedó algo de voz, viejo necio –le amonestó Val con una sonrisa que desmentía su tono malhumorado.

Junto a Munin, Erec exhaló un suspiro de satisfacción, se relamió y recogió con el índice las migajas del pan esparcidas por la mesa.

–¿Dónde están Senlac, Gan y Nit? –le preguntó Val–. Ya es tarde. Está a punto de caer la noche.

–En el bosque, desde el amanecer. Espinela fue con ellos. Como la muerte del dragón y el viaje del Unicornio trajeron la primavera antes de tiempo, hay animales amodorrados por todas partes. He visto osos, tejones, abejas, sapos... Ayer, Gan pasó todo el día mirándolos. Hay mucho que aprender. También hay brotes rarísimos, flores nunca vistas. Yo creo que son efímeras, pero Senlac opina que pueden durar. Dice que las semillas estaban en el bosque desde hace muchos años.

–No comieron nada –acusó Val.

Munin alzó los hombros en un gesto de alarma fingida.

–No son niños –susurró.

Erec sonrió, se sentó al lado de su amigo y le puso la mano en la rodilla.

–Tú tampoco, pero te conviene descansar y permitir que Val te atienda.

Munin sonrió resignadamente y abrió las manos como diciendo: «Lo sé». Los tres se acomodaron alrededor de la mesa en un silencio cómplice. Val colgó el puchero sobre el fogón y esperó a que el agua hirviera para echar un puñado de tomillo.

–¿Cuándo vais a destapar la olla mágica? –preguntó.

Erec apoyó los codos sobre las rodillas y clavó la vista en el fuego.

–Todavía nos falta un poco. Mañana, tal vez. Cuervo está bien. El dragón y el Lobo están muertos. Me imagino que ahora mismo, mientras hablamos, se gestan problemas en Moriana por la sucesión. Eso no es asunto nuestro ni de Cuervo. Si estuviera en peligro, ya el cuervo ese que anda con él habría venido a avisarnos.

Suspiró. Seguía cansado, pero estaba contento. Cuervo y Soledad habían sobrevivido, Alosna estaba a salvo. El futuro era un misterio. No tenía fuerzas ni para echar los dados y tratar de averiguar lo que les deparaba el mañana. Un ronquido lo distrajo y se volvió a mirar a Munin, quien dormía con la barbilla apoyada sobre el pecho como un ave canosa.

Entonces se oyeron ladridos y dos golpes en la puerta.

–Ya están aquí. No tardaron, creí que pasarían más tiempo en el bosque –dijo Erec levantándose con dificultad. Los huesos de sus rodillas rechinaron.

Abrió la puerta. En lugar de los magos, en el umbral había una muchacha morena, con una tosca capa de viaje y una bolsa al hombro. Detrás de ella, a paso lento, venía un perro negro y viejísimo, con el hocico canoso y los ojos casi apagados, azulosos. A pesar de la edad, el perro movía la cola y olfateaba laboriosamente el aire. La muchacha lo llamó:

–Ven, Carbón.

El perro se dejó caer a su lado. Ella le frotó la cabeza con los dedos y se irguió. La muchacha tenía la pequeña nariz roja y pelada por el frío. Sus ojos, sobre los pómulos redondos, eran enormes y oscuros. Traía el pelo recogido en una trenza de la que escapaban mechones rebeldes que se rizaban alrededor del cuello. Se secó la nariz con la manga, sonrió y un hoyuelo se dibujó en su mejilla.

–Soy Ámbar de Peña Verde, hija de Brau y Caliela, nieta de Liaza, la curandera –dijo–. Cuervo me dijo que viniera a aprender con vosotros.

Dejó la bolsa en el suelo y se restregó las manos. Erec sintió la abierta curiosidad de la muchacha como un hormigueo que lo obligó a sonreír. Enarcó las cejas y extendió el brazo.

–Pasa, muchacha –dijo, y se apartó para dejarla entrar.

ooo

Tagaste había pasado una de las peores noches de su vida. Había dormido, junto con Edurne, en la cámara real, a los pies del lecho del Lobo. Se habían preparado un camastro con jergones rellenos de estopa y se habían cubierto con varias pieles, pero aun así estuvieron helados. El único fuego encendido en la habitación era el de las antorchas.

Edurne, encogida sobre sí misma y con el rostro oculto entre las manos, lloró toda la noche en un lamento discreto y continuo por el rey al que había criado.

La reina y Lirio dormían en sus habitaciones. Que estuviesen pálidas, con las caras hinchadas por las lágrimas, no llamaba la atención. «El rey está a punto de morir, es natural que estén llorosas», decían unos. «Qué fidelidad», murmuraban otros. Todos se apartaban a su paso susurrando palabras de aliento. Sabían que el rey estaba quemado y al borde de la muerte; lo que ignoraban era que el Lobo había entrado ya en el reino oscuro. Béogar, con el anillo real oculto entre los pliegues de la ropa, cenaba con los barones y se esforzaba por no delatarse.

Meroveo había sollozado como un muchacho al saber de la muerte del Lobo. Béogar le prohibió sentarse a la mesa con los capitanes y lo dejó a cargo de la puerta. Tagaste se sentía seguro. Conocía de primera mano la ferocidad de Meroveo y sabía que si Garlón de Salgar intentaba entrar por la fuerza, Meroveo desenvainaría.

Por la ventana abierta se colaban el frío y el viento. La figura del muerto, semejante a una cordillera vista de lejos, dibujaba sombras móviles en la pared. Tagaste no podía dejar de temblar. Se arropó lo más apretadamente que pudo, sin destapar a Edurne. La pobre apenas había logrado conciliar el sueño y sus ronquidos tenían una resonancia húmeda, el eco del moco y las lágrimas.

Tagaste se echó el aliento en los dedos y se tocó la mejilla entumecida. Tenía miedo por Soledad. Estaba seguro de que su vínculo con ella –y al pensarlo se frotaba el hombro, allí donde había estado la C de Cicuta– era tan fuerte que, si algo malo le sucedía, él se daría cuenta. Pero ¿cómo asegurarlo? ¿Cómo imaginarla segura si el dragón había ido tras ella, con Senen para mostrarle el camino? ¡Maldito Senen!

ooo

Alagrís, empujado por el viento cálido que el Unicornio había convocado, sobrevolaba el bosque. Era una noche estrellada, clara como un trozo de hielo. Debajo de él, entre la maraña de ramas desnudas, vislumbraba a Soledad sobre el Unicornio: una figura sobre el blanco de la nieve, la fina cabeza de la muchacha, la espalda inclinada, la capa como un pendón que se agitaba en el aire. El halcón reconocía un parentesco con el Unicornio, fundamentado en la velocidad y la luz. No importaba que el Unicornio fuera semejante a los caballos: se parecía más a las aves que el dragón. El dragón no pertenecía al aire. Era nativo del fuego y los animales no le importaban. Alagrís había presenciado el combate, se había lanzado contra Tengri y sus ojos como soles venenosos. Y Tengri había muerto.

Ahora iban a Bento, donde esperaban Tagaste y Sagramor. Las estrellas se movían lentamente en la bóveda negra. El Unicornio corría y el halcón volaba sobre él.

ooo

Val contempló a la muchacha, miró las esparteñas envueltas en trapos, la gruesa lana de la falda, la capa, el rostro joven y franco. Observó al perro mientras este se echaba cachazudamente junto al fuego, como si conociera la casa desde siempre.

–Conocí a tu hijo y él me dijo que podía venir aquí –le explicó la muchacha a Erec, y se dejó caer en el banco al lado de él–. Ayer por la tarde crucé el río a la altura del Paso del Mago. Todavía está helado, pero ya hay mucho hielo negro que se puede quebrar, y tardamos horas en esquivarlo. Caer en el agua... Dicen que el corazón solo puede latir tres veces si caes entre los témpanos del río. Luego, puf, te mueres. Además, mi perro es viejo y le dolían las patas. Extendí la manta sobre el hielo, lo puse sobre ella y lo arrastré hasta la otra orilla. Me duelen los brazos, la espalda...

Se frotó los hombros y la nuca con un suspiro satisfecho. El perro la miró, gruñó complacido y se mordisqueó el pelaje en busca de pulgas.

Erec los miró a los dos, asombrado por la familiaridad con la que se acomodaban en la casa. Ámbar era muy joven y sus manos parecían las de una mujer del campo.

–Todavía me queda comida en la bolsa, pero tenía miedo de perderme. Un miedo tonto, porque tu hijo me describió los caminos y veredas. ¿Sabes algo de él? –inquirió.

Erec apuntó a Val. Ella tardó unos segundos en contestar.

–Tú lo viste después que nosotros. ¿Qué sabes tú de él? Estamos preocupados. Y el padre de Cuervo es él –aclaró señalando a Munin, quien, sentado sobre la cama, observaba todo con los ojos muy abiertos.

–Solo sé que fue tras Soledad, la hija del Lobo, a encontrarse con el rey –respondió Ámbar pausadamente–. El dragón asolaba el reino, pero en mi aldea, a dos días de aquí, nadie lo ha vuelto a ver desde el otoño. Una noche pasó sobre nosotros echando lumbre. Quemó como por juego las copas de los árboles del bosque. Pero no destruyó nuestra aldea. Mi abuela murió esa noche.

Erec percibió un cambio de tono en la voz de Ámbar al mencionar la muerte de la abuela: un oscurecimiento, una mínima vacilación. Consideró los ojos de la muchacha.

–¿Cómo se llamaba tu abuela?

–Liaza. Liaza la curandera.

Algo se movió en la memoria de Erec. Algo lejano, un eco. Algo que quizás tenía que ver con Prisco. Estaba cansado, así que lo dejó para después. Ya recordaría de qué se trataba.

–Y tú, ¿por qué estás aquí? –susurró Munin.

Ámbar sonrió.

–Cuervo me dijo que viniera, que me recibiríais. Él y yo trabajamos fabricando medicinas, curando a la gente de Peña Verde. No vengo huyendo ni me sigue ningún pecado. Cuando haga falta, cruzaré la frontera de vuelta y ayudaré a los de Peña Verde. Tengo familia: padre, madre, un hermano. No los he abandonado. Solo quiero aprender. Traje esto, además.

La muchacha metió la mano en su bolsa y sacó el puño cerrado. Una sonrisa traviesa le cruzó la cara, y luchó por reprimirla. Grave, con los ojos empequeñecidos por el esfuerzo de poner gesto serio, abrió la mano. Erec alzó los brazos y dio un pequeño grito de alegría. Ámbar rio y puso la estatuilla sobre la mesa.

El pequeño dragón de piedra había sido de Prisco. Era una estatuilla muy vieja y a Prisco le gustaba su pátina sedosa, el brillo que las caricias de mucha gente a lo largo de centenares de años habían logrado sobre la aspereza del basalto. Se la había regalado a una mujer de Peña Verde. Una buena mujer, una amiga.

–Un mago se lo dio a mi bisabuela. Lo reconociste, ¿verdad? –preguntó la muchacha.

Erec asintió, contento, y sopesó la estatuilla.

–Tienes que hablarme más de esa Liaza tuya, de tu aldea. Yo fui discípulo de ese mago. Se llamaba Prisco y era muy sabio. Fue como mi padre.

Ámbar sonrió, triunfante. El hoyuelo se marcó en su mejilla y acentuó la sonrisa.

–¿Ves, Carbón querido? El dragón de Liaza perteneció a un mago muy bueno.

Desde su lugar junto al fogón, el perro gruñó gustoso y resopló. Era evidente que la muchacha y el animal pasaban mucho tiempo juntos. Aunque ella no era una maga, podía comunicarse perfectamente con él.

Munin susurró:

–Bienvenida, Ámbar de Peña Verde. Yo te enseñaré lo que sé. Y cuando mi hijo regrese, nos organizaremos para buscarte un lugar donde vivir. Mientras, esta será tu casa.

Ámbar se puso en pie y fue hacia Munin. Con delicadeza se inclinó en una reverencia, tomó la mano del viejo y se la puso sobre la frente.

–Obedeceré en todo –respondió con sencillez.

Erec rio por lo bajo. Por lo visto, las sorpresas todavía no terminaban. Una muchacha, una aprendiza, enviada, ni más ni menos, por Cuervo. Y, como diría Espinela, ¿por qué no?

capítulo sesenta y nueve

Los fantasmas de Valsalva

Soledad alzó la cabeza y clavó la vista en el cielo. Pensó que la noche parecía una manta de terciopelo. Las estrellas eran lises de plata, la luna un botón brillante marcado por cicatrices redondas. Escuchó el ulular de un búho y alcanzó a ver la rauda sombra que cruzó sobre ellos.

Nunca le había gustado la noche, pero en ese momento la oscuridad la protegía, la abrigaba. El Unicornio se movía con seguridad entre los gruesos troncos de roble, las piedras, los hoyos, las raíces como enredados lazos de madera tendidos entre un árbol y otro. Ella amaba el amanecer, el diario comienzo, la luz que fundía la bruma y revelaba el mundo; pero esa noche era más loba que nunca y la luna le descubría mucho que ignoraba de sí misma. Debido a la poción, ahora era parte del Unicornio y entendía el mundo como un mago, aunque ignorara el más simple de los conjuros. Quizás estaba en la vida con más plenitud que los magos, porque el poder ya no formaba parte de sus deseos ni de sus preocupaciones. *Era*, y ser le bastaba.

Levantó una mano para sentir el viento. No había nieve en el aire y eso la reconfortó. La brisa estaba seca. Soledad pensó que en poco tiempo le dolería la cabeza a causa del frío, pero no sucedió. En verdad, el Unicornio parecía traer la tibieza de la primavera con él. Un chillido sonó cerca de su oído derecho y un murciélago le acarició la frente con la punta afilada de un ala. Soledad miró de soslayo y chistó llamándolo. Con la yema de los dedos rozó el vientre sedoso, y sintió cómo el incansable aleteo agitaba el aire. El murciélago surcaba la noche frente a ella, entre sus brazos, sobre el hombro, orientado por la brújula infalible de su oído. La princesa jugó con él hasta que el murciélago oyó que una hembra lo llamaba y se alejó.

ooo

El bosque de Valsalva se hacía más compacto conforme se alejaban de Rodosto: los árboles parecían sostenerse unos a otros como si se abrazaran. Todo el espacio estaba ocupado por troncos, ramas, raíces, y la espesa hojarasca se alzaba en olas sucesivas y muelles. Soledad le habló al Unicornio:

–A todos les da miedo este lugar. A mí no, porque estoy contigo.

A pesar de lo tupido de la vegetación, el Unicornio galopaba sin pausa sobre una apretada alfombra de agujas de pino, ramas secas y hojas maceradas por la escarcha. Los árboles parecían abrirle camino. Soledad cerró los ojos, se recostó sobre el cuello del animal y dejó caer los brazos a los lados, con los dedos enredados en las crines.

¿Quién soy? ¿Qué soy?, se preguntó. Ella, que había odiado a los magos, no había conocido nunca una paz como la que sentía cerca del Unicornio, un ser hecho todo –cada nervio, músculo y respiración– de magia. La ambición humana le parecía pueril. Pero en su corazón seguían aquellos a quienes había amado: Cuervo, el Lobo, Tagaste, Lirio, Edurne. Fum, Alagrís.

–No tengo miedo –repitió.

Iban tan veloces que Soledad apenas oía el golpeteo de los cascos. A su lado se inclinaban los abetos, con las agujas cubiertas de nieve; los pinos, las crestas coronadas de hielo; los alisos oscuros, con anillos de niebla alrededor de los troncos. Las ramas de los olmos se entrelazaban y se frotaban con un rumor seco. En algunas varas despuntaban las hojas y el olor a humus llenaba el aire. Sobre los árboles, una aparición hecha de luz se tendía sobre ellos. Soledad la percibía y, aunque no sabía lo que era, no temía. Respiraba tranquilamente mientras el Unicornio surcaba la espesura. Bajo los muslos notaba la respiración pausada del animal, reposada y profunda, aunque iba más rápido que ningún caballo.

Sentía el bosque lleno de presencias. Los animales diurnos habían salido de su sueño, mientras que los nocturnos se habían llamado entre sí con chillidos, graznidos y ululares. Pero además de los ojos que relampagueaban entre las sombras y las carreras furtivas sobre la nieve, Soledad percibía otras manifestaciones.

Un estremecimiento le recorrió la espalda y le erizó el vello de los brazos. Se irguió y creyó ver con el rabillo del ojo a Nap, al pobre Nap, cuya muerte tanto había cambiado dentro de ella. Se volvió a mirar, pero solo vio árboles, niebla. Parpadeó. Nap volvió a aparecer. Semejaba esperarlos con la espalda apoyada en el tronco de un abedul. Era él, sí, con los brazos cruzados sobre el pecho. La luz de la luna hacía brillar el pelo áspero como un estropajo, ese pelo del que tanto se había burlado cuando era niña, el mismo cuya visión la había hecho llorar después de la batalla.

Se inclinó sobre el Unicornio y musitó:

–Detente.

El Unicornio interrumpió la marcha y piafó. Debajo de sus pezuñas saltaron terrones de lodo. Alzó la cabeza y un relincho musical le salió de la garganta. No temía al espectro.

Soledad levantó la mano en un saludo.

–Gracias. Perdóname si alguna vez fui injusta –pidió.

Nap se estiró, alzó los hombros con una soltura que Soledad nunca le conoció en vida y se inclinó en una reverencia.

–Os perdono. Serviros era mi deber, señora. Lo cumplí con alegría y os fui leal. Buen viaje.

Se cruzó de brazos nuevamente y sonrió con irónica afabilidad. Soledad rio y el fantasma inclinó la cabeza. El Unicornio se puso en marcha de nuevo. Soledad se volvió a mirar. La silueta del fantasma se desdibujó y a través del cuerpo del soldado apareció el tronco cenizo del abedul. Soledad, con una sonrisa, volvió a recostarse sobre el cuello del Unicornio. El galope recuperó su ritmo, el vaivén hipnótico que la adormecía. Cerró los ojos.

ooo

Soñó que veía los fantasmas de todos los animales que había cazado en la vida. Las ramas de los árboles, ajadas por el invierno, estaban llenas de luces titilantes. Soledad se preguntó de qué materia ligera estaban hechos esos cuerpos, pues las ramas apenas se inclinaban bajo las apariciones casi ingrávidas de tórtolas, palomas, garzas, pichones, ánades... Un gorjeo de plata atravesó el aire. Los reyezuelos, los valerosos y diminutos cantores de Bento, cazados por Alagrís y también por Soledad misma cuando era niña armada con una honda y una piedra de río, la miraron pasar. Lloró de vergüenza al oírlos, pero pronto el llanto se cortó por el asombro. El bosque se llenó de graznidos apagados y zureos, el agudo ladrido del zorro, el bramido telúrico del jabalí. Entre las raíces se asomaban liebres, zorros, ardillas, martas y tejones; detrás de los troncos vio las cornamentas de los ciervos y el gran cuerpo rechoncho del único jabalí en cuya caza había participado, años atrás, en una partida con el Lobo. Los cuerpos de los animales parecían estar hechos de niebla, pues veía a través de ellos, y en los ojos de cada uno brillaba un punto verde semejante a un fuego fatuo. Soledad, dormida, frunció el ceño y suspiró. La perdonaban. Un peso que no sabía que la sofocaba se disolvió.

De pronto oyó un gorgoteo cristalino y abrió los ojos. Se irguió con un bostezo y escudriñó la oscuridad. Los fantasmas seguían allí, radiantes. El bosque rutilante, el aire adensado por el soplo de las apariciones, le pareció más hospitalario y luminoso que una mañana de caza en Bento. Exaltada, deseó que entre los árboles aparecieran los magos asesinados por el Lobo; los tungros; los nobles morianíes destruidos en la guerra; Tórtola, el mago a quien debía la vida... Quería pedirles perdón como a Nap, pero solo distinguió los benévolos fantasmas de los animales muertos y los cuerpos sólidos de las bestias vivas, reunidos en una fosforescente mezcolanza. Escudriñó la oscuridad en busca del agua que había oído. Entonces, delante y todavía lejos, vislumbró una chispa de plata sobre el lomo curvo de una onda. Hasta ella llegó el olor del agua, el leve tufo a peces, a juncos podridos.

Detrás del contorno erizado de los árboles, Soledad vio cielo abierto. Estaban cerca del río, de un tramo ancho. El sonido del viento se atenuaba en ese claro despejado. El Unicornio avanzó sin aminorar el paso y cruzó la lodosa ribera. Cuando entró en el agua, gotas heladas salpicaron las manos de la muchacha. Se tensó esperando el momento en el que el agua subiría a sus pantorrillas, a sus muslos, pero no sucedió. El chapoteo de las pezuñas del Unicornio siguió, sin ser sustituido por el sonido apagado del avance dentro del agua. Soledad miró hacia abajo y no pudo contener un grito: iban sobre el río.

–¿Por qué? ¿Acaso no luchamos contra Tengri dentro del agua? –preguntó, pero el viento dispersó sus palabras.

La superficie del agua semejaba una lámina elástica que impulsaba al Unicornio y hacía más veloz la carrera. Soledad sintió, al contrario de lo que esperaba, un hálito tibio que la envolvía, y percibió en el aire un perfume acre, un vago olor a quemado. Un calor de seda le ciñó el cuerpo, distendiendo la rigidez que le envaraba la espalda.

Se frotó la nuca, desconcertada, y entrecerró los ojos para aguzar la mirada. Entonces vio una espiral que salía del agua y subía al cielo. Detrás de la espiral, que giraba sobre sí misma, brillaba la luna. Era una voluta transparente, materia diáfana que volaba frente a ella. El aire se calentó y el olor a quemado se hizo más penetrante. El Unicornio aceleró la carrera. Soledad sintió claramente el momento en que entraron en la espiral: atravesaron una barrera tenue y sintió un condensarse del aire, una presión uniforme y tibia sobre la piel, un terso abrazo.

Se le suspendió el aliento al quedar envuelta por el corazón fantasmal de Tengri. Aspiró el olor a chamusquina hasta que sintió un punto caliente entre las cejas y una contracción en la garganta.

–¿Tengri? ¿Eres tú? ¡Tengri!

No obtuvo respuesta. La brisa caliente la obligó a cerrar los ojos. Cuando pudo abrirlos, vio que la espiral continuaba el ascenso y derramaba pavesas sobre ellos. El pelo de Soledad se erizó y chispas calientes le hirieron los párpados, el dorso de las manos, los labios. Centenares, miles de fantasmas, los espectros de los guerreros a los que Tengri había matado, flotaban alrededor. El Unicornio manoteaba, encabritado.

Soledad apenas si podía respirar, pues el aire no solo estaba caliente: también estaba saturado de magia y añoranza. Había otros dragones en el aire de la noche: los hermanos, los padres, las hembras de Tengri remontaban el cielo entre los rayos de luna.

El Unicornio sintió que la paciencia se le agotaba. Eran demasiados dragones y lo ahogaban. Piafó y galopó, esquivándolos. El agua salpicaba las piernas de Soledad, el viento caliente le fustigaba las mejillas. Pronto los dejaron atrás. Casi al llegar a la otra orilla, Soledad pidió al Unicornio que se detuviera:

–Para. Déjame despedirme. Espera.

Los dragones ascendían al cielo nocturno por última vez. Quedaron justo debajo del cinturón del Cazador, entretejiéndose y apartándose. Luego se quedaron quietos. Cada uno se convirtió en una estrella. Juntos formaron una constelación: un dragón con las alas abiertas. Era Dragón, que preside el cielo desde el final del otoño y que abre las alas sobre Tarkán, Alosna, Moriana y los reinos vecinos. Cuando un cometa sale de su hocico, la gente, al ver la luz que cruza el cielo, le llama «la voz de Tengri».

ooo

El viaje continuó. Soledad, despabilada por el contacto con el dragón, iba atenta. Sus ojos ya acostumbrados a la oscuridad miraban a los animales y a los fantasmas que se amontonaban bajo los árboles. Entre los negros troncos de un robledal aparecieron los lobos: una manada de carne y hueso que se movía tan silenciosa como los fantasmas que los rodeaban.

El Unicornio aminoró el paso. Soledad se volvió a llamar a los lobos.

–Venid –invitó.

La manada rodeó al Unicornio, que se mantuvo inmóvil como un caballo de mármol a pesar de que los lobos gruñían, ladraban quedamente y retozaban entre sus patas. Soledad se apeó para jugar con ellos, pero se tambaleó porque tenía entumecidas las piernas y la espalda envarada. Se friccionó los muslos, los riñones, la nuca. Uno de los lobos se acercó a restregarse contra sus piernas y la derribó.

Soledad rio y se levantó con torpeza. El lobo le propinó un amistoso empujón y volvió a derribarla. Le mordisqueó el brazo y Soledad se puso en pie. El animal reanudó el jugueteo. La muchacha se inclinó y metió los dedos en el pelo del espinazo. El cuerpo del lobo irradiaba calor. El animal le lamió la mano; la muchacha se echó a reír y se arrodilló.

El lobo le puso las patas sobre los hombros y ella lo miró a los ojos: era el que había aparecido en la plaza de Rodosto, frente a la *catasta*.

–Enhorabuena, lobo –dijo. Apoyó su nariz contra la nariz del animal y él echó la cabeza atrás.

Entonces, detrás de su cabeza Soledad vio al otro lobo, el gran lobo fantasma.

Era enorme y tenía la cabeza ceñida por una corona de hojas de acebo que refulgían como si estuvieran hechas de vidrio. Todo él parecía de vidrio, un lobo de cristal dentro de cuyo cuerpo se movían jirones de niebla. El lobo de carne y hueso soltó un gañido, se apartó de Soledad y se reunió con la manada. La muchacha se puso en pie y advirtió que las rodillas le temblaban, que toda ella estaba atravesada por una ráfaga de extenuación y melancolía.

El Unicornio resopló. Los otros lobos se echaron, expectantes. Soledad dio un paso hacia el fantasma. Vislumbró el indicio de un pelaje, tal vez cobrizo. El color era apenas un atisbo, un impreciso resplandor sobre el vaho. También tenues eran las almendras verdes de los ojos, el contorno de la lengua que colgaba entre los dientes. En el amplio pecho, visible sobre el vientre cóncavo, titilaba una luz roja, la única brillante. La cola era un grueso penacho enroscado alrededor de las patas. Soledad dio otro paso. El lobo no se movió. La luz de su pecho latía: se abría y cerraba, se hacía más intensa y se opacaba. Soledad sintió una gran ternura.

–Padre... –dijo, y se inclinó hasta quedar de rodillas frente al fantasma. Tendió la mano. Sus dedos entraron en el pecho del lobo. Con delicadeza, los cerró sobre la luz. Sintió dentro del puño una tibieza exquisita que se le extendió por el brazo, el cuello, el pecho. El gran lobo apoyó la cabeza en el hombro de la muchacha y comenzó a disolverse. Ella abrió la boca y jadeó. Le faltaba el aire, el corazón se le distendía, se abría, una rasgadura lo partía en dos.

El amor la venció. Todavía tenía la mano cerrada y la tibia almendra de luz seguía allí. La sentía latir contra la palma. Se llevó el puño a los labios y lo abrió. Un fulgor brilló en la oscuridad antes de apagarse. Soledad, con un lamento, se dejó caer sobre el costado y se cubrió la cabeza con la capa.

Los lobos vivos empinaron los hocicos y aullaron.

Soledad permaneció recostada hasta que el frío de la tierra comenzó a aterirla. Trató de incorporarse y cayó. A gatas, avanzó hacia el Unicornio. Entonces los lobos de carne y hueso la rodearon, se apretujaron contra ella, la ciñeron. El calor de sus pelajes, de sus respiraciones, la animó. Apoyó una mano sobre un lomo aquí, otra mano sobre una cabeza allá, un costado peludo la apuntaló, hasta que por fin logró ponerse en pie. Se tambaleó hacia el Unicornio y, al llegar frente a él, colocó las manos ahuecadas frente a su hocico. El vaho del Unicornio las calentó y Soledad pudo mover los dedos.

El lobo de Rodosto se colocó al lado del Unicornio. Soledad lo encaró, sin atreverse a ponerle el pie encima. El animal le sostuvo la mirada.

–Ayúdame a subir –pidió. El lobo jadeó, inclinó la cabeza y se quedó inmóvil. Soledad colocó el pie entre los omóplatos que se le ofrecían y montó de un salto. Desde el lomo del Unicornio miró al lobo.

–Gracias, hermano.

El Unicornio se puso en camino. De cuando en cuando, una lágrima rodaba por la mejilla de la muchacha y se secaba en el aire helado. Los lobos la miraron hasta que se perdió de vista y luego aullaron el resto de la noche.

capítulo setenta

El regreso de la Loba

Mientras Soledad cabalgaba bajo los árboles hechizados de Valsalva, Garlón de Salgar arengaba a un puñado de barones para que lo eligieran rey en cuanto el Lobo fuera depositado sobre la pira funeraria. Ignoraba que el rey ya estaba muerto, pero en la asamblea, al verlo tan malherido, dedujo que apenas le quedaban unas horas.

A pesar de que el Lobo se había ganado la obediencia más fervorosa después de haberse enfrentado a Tengri, Garlón estaba dispuesto a contrarrestar el entusiasmo de los barones con ambición. Muchos eran leales, pero también había dentro de Bento un grupo que tenía aspiraciones políticas.

Él mismo había sido sincero al prestar juramento, pero luego lo había pensado mejor: ¿lealtad apalabrada a una mujer nunca vista? ¿Cómo era posible que el Lobo, un rey astuto si los había, pidiera semejante cosa de sus barones? Ah, no. Era evidente que el dolor de la quemadura lo había sacado de quicio. Garlón sabía que otros –los más jóvenes– opinaban como él, y quería aprovechar la noche para atraer a los indecisos a su lado. Los había citado en la muralla, con el pretexto de patrullarla mientras el Lobo se recuperaba de sus heridas.

–Hoy que nuestro señor el rey sufre, quiero que descanse con la seguridad de que sus barones custodian su castillo –le había dicho a Béogar.

El mariscal sospechaba lo que había detrás de la hipócrita cortesía del barón, pero decidió no enfrentarse a él. No esa noche. Béogar estaba exhausto; ni él ni Tagaste tenían fuerzas para deshacer conspiraciones o parlamentar con renegados. Asintió con sequedad y lo miró con desprecio mientras subía la escalera.

Se sorprendió al ver a Tirant y Acetábulo entre aquellos que acompañaban a Garlón, pero el viejo Tirant le hizo una seña con el meñique enhiesto. Era el gesto silencioso que usaban en las batallas para anunciar que iban a explorar un lugar inseguro. Béogar suspiró con alivio: dos fieles estarían entre los traidores, enterándose de todo.

Con la mano sobre la hebilla del cinturón, bostezó. Al día siguiente se las vería con ellos. La obligación de disimular el dolor le pesaba tanto como el cansancio.

En el salón del consejo, un puñado de hombres entretenía la noche jugando a los dados y bebiendo jarras de vino caliente. Béogar tomó asiento al lado de Arides, apoyó los codos sobre la mesa y miró alrededor.

–Sírveme –pidió a Cínife, quien atendía a los jugadores.

Lo vio apresurarse, inclinarse ante otro barón, correr por la jarra. Cínife lo ignoraba, pero era ya un hombre libre. Béogar sintió una oleada de amor por el Lobo muerto.

ooo

–Está poseído por un humor maligno, por la demencia. No niego que sea el hombre más valiente de Moriana, pero no está ya en sus cabales. ¿Liberar a los esclavos? ¿Qué necedades son esas? ¡Palabras dignas de una vieja con miedo de morirse y ser juzgada por el demonio! –refunfuñó Garlón.

A su lado, apoyados en el parapeto, los barones miraban la nieve, se despiojaban las barbas y bostezaban. Tirant y Acetábulo escuchaban el chismorreo con rostros inexpresivos. Eran viejos, habían batallado al lado del Lobo y Garlón les parecía un tonto. Pero las palabras del rey los habían llenado de perplejidad. No era hora de liberar a nadie. Los tungros habían invadido el reino y el dragón andaba quién sabía dónde, con el consejero en las garras. El Lobo, estaba claro, agonizaba. Era una lástima.

Acetábulo gruñó:

–Demente, pero no cobarde. ¿Quién eres tú para decir que tiene miedo de morirse? Yo no vi que tuviera miedo –y lanzó un escupitajo entre las almenas.

–Lo que me preocupa es la sucesión –intervino Lémur, conde de Islán–. ¿Alguien de aquí conoce a la hija? ¿Es hermosa? Está en edad de casarse.

–El rey no nos ofrece a su hija en matrimonio. Nos la impone como soberana. Jamás he visto a la muchacha, pero no creo que pelee mejor que yo ni que pueda enfrentarse a los tungros –repuso Garlón.

–Si está con Fura, ya ha de haber aprendido algo –objetó el marqués Estigia–. Fura no es un cortesano ni un hombre que pierda el tiempo. Lo que temo es que tanto Fura como Zorro y la muchacha estén prisioneros o muertos. Y quizás no lo sepamos hasta que llegue la primavera, porque los caminos están cerrados por la nieve. ¿Qué vamos a hacer si los tungros sitian el castillo?

–Resistir –contestó Acetábulo–. ¿Qué más? Tratar de clavarles una flecha en el culo. Es lo que se hace.

–Sí, pero ¿quién será el rey que nos capitanee? –preguntó Garlón.

Faraute y los hermanos Fromesto, Bibalbonud y Olecranón, todos jóvenes, lo miraron.

–¿Tú? –preguntó Faraute.

Garlón sintió sobre él, deslizándose como frías serpientes, las miradas de Tirant, Acetábulo, Lémur y Estigia. Alzó la barbilla y frunció las cejas.

–Valgo más que cualquier princesa liviana y puta. Valgo más que los esclavos del rey, que serán libertos... –tartamudeó.

–¿Más que Béogar? –preguntó Estigia con una risita sardónica–. ¿Y por qué hablas así del honor de una mujer a la que jamás has visto? El Lobo está quemado, pero aun así podría retorcerte el gaznate como a un pichón. Y ya viste lo que les pasa a quienes lo traicionan. Se los lleva el diablo como se llevó a Senen.

Garlón rio, desconcertado. El recuerdo del dragón lo asustaba. Pensó en la espada del Lobo, doblada por el fuego. Acetábulo volvió a escupir, pero esta vez el esputo cayó en las baldosas, cerca de las botas del señor de Salgar.

–Béogar es viejo –murmuró Faraute.

–Yo también, barón, pero todavía puedo pelear –repuso Tirant con fingida dulzura–. No sé a cuántos bellacos he mandado al infierno, pero todavía puedo mandar a algunos más. Y soy viejo.

–No quise ofenderte –farfulló Faraute–. Solo decía que Béogar es viejo. Mi padre peleó a su lado.

–Deberías respetar más a tu padre. Si no recuerdo mal, era de esos soldados que son como el caldo de altramuces: cuando estaba frío, quemaba –gruñó Tirant.

Garlón los miró de reojo. Por lo visto, ponerse de acuerdo no iba a ser tan fácil como había creído. Pero no importaba: el Lobo estaba a punto de dejar vacío el trono y tenían tiempo por delante para discutir.

ooo

Cuervo, montado sobre Fum, cabalgaba a la cabeza de un grupo de jinetes. Fum no permitía que nadie más se le acercara, así que Cuervo lo había ensillado torpemente, orientado por Fura. Apenas había logrado asegurar la silla y montarse cuando Fum salió del establo a todo galope en dirección al bosque.

Detrás de él venían Agila, Fura, Tibot y los capitanes tungros, acompañados por un grupo de arqueros y algunos hombres encargados de aparejar una almadía si encontraban el río crecido y los puentes en mal estado. Cabalgaban despacio, con cautela. A nadie le gustaba correr de noche y los caballos marchaban nerviosos, asustadizos.

Cuyuc y el cuervo habían hecho amistad y el hechicero transportaba al ave metida en una bolsa que llevaba colgada a la espalda. A Cuervo le había sorprendido la docilidad con la que el pájaro se sometió al encierro. Sin embargo, pronto lo olvidó, preocupado por mantenerse sobre Fum, un caballo mucho más veloz y corpulento que Dardo. Le dolían la espalda, las manos, los pies apresados en los estribos, todo el cuerpo tieso y encogido, pero apenas prestaba atención, absorto en el rastro luminoso que habían dejado Soledad y el Unicornio. Seguramente debido al polvo de cuerno que había probado, era el único hombre del cortejo que podía verlo.

–¡Mirad! –había gritado al descubrirlo, pero ni siquiera Cuyuc lo vio. En vano el tungro murmuró salmodias, se mojó los párpados con saliva y frotó amuletos sobre la tierra: el rastro siguió invisible y los jinetes tuvieron que encender las teas para ver por dónde iban.

Para Cuervo y Fum, en cambio, el rastro era una lucífera vereda del ancho de un caballo, que serpenteaba por el bosque oscuro esquivando piedras, brechas, raíces y agujeros. Y no era el mago quien conducía al caballo: sin la menor vacilación, Fum lo llevaba a él.

Pasaron las horas. Cuervo levantó la vista y vio que el cielo clareaba y la luz desvaída del amanecer dibujaba los contornos de los árboles. El rastro brillaba sobre la pinaza, semejante a la baba plateada de un caracol. El bosque de Valsalva florecía y en el aire se mezclaban corrientes tibias y ráfagas heladas, resbalosos montones de hojarasca podrida y crestas de trébol nuevo.

No quedaba ya un solo fantasma, pero el mago sentía en el cuerpo y la mente los vestigios de las apariciones. Tenía el pelo erizado y, de cuando en cuando, oía cantos de pájaros, el agudo y breve ladrido del zorro, gruñidos, voces. No las de los hombres que lo seguían, no: esos venían en silencio, oprimidos por el vestigio de los espectros.

Habían acordado que se detendrían en cuanto amaneciera, para comer y descansar un poco. El mago sentía los muslos tiesos, un dolor punzante en los hombros, la boca seca. Él también apetecía un pan con queso y algo de agua.

ooo

Ya era de día cuando Soledad entró en el bosque familiar y amado que rodeaba Bento. A pesar de haber cabalgado toda la noche, no sentía cansancio ni hambre. Reconoció los parajes de las cacerías con su padre, las sendas recónditas, los peñascos, las encinas, un olmo cuya corteza debía a ella las cicatrices que la marcaban. Aquí y allá descubrió huellas de trabajo militar: árboles talados, veredas ensanchadas, claros quemados. Intuyó que los animales estaban ocultos en las partes más impenetrables y ásperas, pues fueron pocos los que salieron a ver pasar al Unicornio. Oyó el graznido de Alagrís y sonrió. Alzó la vista y lo llamó con un silbido. El halcón bajó y voló a su lado.

A lo lejos, sobre la colina, divisó la muralla, rodeada por un foso lleno de troncos cuyas puntas habían sido afiladas hasta convertirlas en armas. La torre del homenaje, robusta y carente de gracia, se alzaba en una de las esquinas. De lejos, iluminado por la luz oblicua del amanecer, el edificio semejaba un montón de peñascos cubiertos de escarcha.

El Unicornio se detuvo antes de abandonar el amparo del bosque. Ante él se abría una aldea vacía, chozas con las puertas cerradas y las ventanas tapiadas. Una vía llevaba al puente, recogido sobre el foso. La nieve estaba sucia. El Unicornio resopló y piafó, mostrando los dientes y amusgando las orejas.

Soledad recorrió las murallas con la vista, examinándolas. Dio un grito de alegría y se llevó la mano al corazón. Faltaban las jaulas, las jaulas que albergaban el recuerdo horrible de los crímenes del Lobo; las jaulas que contenían los huesos de los magos quemados en las hogueras de Bento. La visión de los muros sin su macabra advertencia fue la bienvenida más cordial. Su padre, ella lo sabía, estaba muerto, pero antes de irse había ordenado –o aceptado– que alguien bajara los esqueletos de los magos. *No maté a nadie, a nadie. Fui a la guerra y regresé con las manos limpias de sangre. Soy libre*, pensó Soledad. *Es hora de cumplir.* El Unicornio corveteó y Soledad puso la mano sobre la funda que había sido de Mirals. Al tocar los bordes cortantes del cuerno envainado, sonrió con un dejo de ferocidad. Sí, era hora de cumplir.

ooo

Tagaste miraba el amanecer por la ventana. Era la hora del cambio de guardia, y hasta él llegaba el apagado rumor de las armas y la conversación de los hombres. ¿Habría logrado algo el miserable Garlón de Salgar? En el patio, el trabajo de los esclavos comenzaba y algunos soldados se movían entre ellos. Inquieto, se calzó, tomó la capa y se dispuso a salir de la cámara real. Edurne dormía a los pies del muerto. Tagaste se acercó al cadáver azulado y duro. Se inclinó sobre él, miró el párpado bueno orlado de pestañas rubias, las pecas, las arrugas. Le acarició la mejilla con los dedos. ¿Cuánto tiempo más podrían guardar el secreto de su muerte? No lo sabía. El Lobo parecía un pedazo de piedra. Tagaste salió.

Meroveo, con los ojos enrojecidos por el llanto y la falta de sueño, se apartó para dejarlo pasar.

–¿Puedo entrar? –preguntó.

Pero el eunuco, ensimismado, no lo escuchó, y Meroveo volvió a apostarse en su lugar, con la espalda apoyada en la puerta de la habitación y la mano cerrada sobre el pomo de la espada.

Tagaste quería caminar, aclarar la mente. Sentía la sangre espumosa. Puro miedo, lo sabía. Subió la escalera hasta la muralla. Ya no perdía el aliento como antes. Estaba más fuerte gracias al continuo subir y bajar, por correr de un lado a otro empujado por la confianza del rey.

Puso los codos sobre un merlón entre dos almenas, se frotó los párpados y miró la nieve. Entonces la vio. Vio el caballo blanco que casi volaba y la muchacha que lo montaba. Reconoció la figura querida, la actitud al montar, la complicidad con el caballo mil veces observada. Pero no era Fum, ¿o sí? ¿Cuál era ese caballo más veloz que un ciervo que la traía a Bento sin silla ni bocado?

Sintió que el alivio le desataba el nudo del pecho y reprimió un sollozo. Entrecerró los ojos. Era ella. No era un espejismo convocado por las ansias. Senen había fracasado. Corrió alzándose los faldones de la túnica hacia la torre del vigía, y gritó con su voz quebradiza. Los centinelas lo vieron llegar con una mezcla de asombro e hilaridad, pero pronto se contagiaron de su urgencia al escucharlo:

–¡Bajad el puente! ¡Es la princesa Soledad!

En los establos, los gallineros, el cobertizo de los halcones, los animales supieron que el Unicornio se acercaba y una mezcolanza de ladridos, mugidos, relinchos, graznidos y cacareos le dio la bienvenida.

ooo

Soledad escuchó, atenuado por la distancia, el fragor de las cadenas al girar en las poleas, de los maderos destrabándose del quicio: el ruido del puente levadizo al tenderse sobre el foso. El Unicornio, irritado por el estruendo, se alzó sobre las patas traseras y golpeó el aire con las manos. Soledad se mantuvo derecha, atenta, con la mirada sobre el puente que bajaba poco a poco. Entrecerró los ojos y vio las almenas abarrotadas de hombres cuyas facciones no alcanzó a distinguir y, en la torre del homenaje, el estandarte con el lobo de plata sobre campo de azur.

Su padre estaba muerto, pero el emblema de los Lobos se recortaba todavía contra el cielo del alba. El aire olía a humo; no al humo venenoso del fuego de Tengri, sino al doméstico humo de cocina, de hogueras encendidas con leña.

El rastrillo se alzó lentamente. Soledad vislumbró el interior del recinto, pero apenas distinguió el confuso movimiento de una muchedumbre. Entonces, una figura apareció en el puente y corrió hacia ella. Tagaste. Soledad apretó los puños e inhaló profundamente. Quiso resistir el impulso y dejar que él se acercara, consciente de las miradas de los hombres que atestaban las almenas. Pero no pudo: desmontó y echó a correr. Se abrazaron. Soledad le apoyó la cabeza en el pecho y aspiró el olor del eunuco a lana lavada, azafrán y humo. Tagaste lloraba.

La muchacha se desasió y lo miró. Reparó en que Tagaste había adelgazado y envejecido: ahora sus delicados huesos eran más prominentes. Los ojos eran pozos de melancolía en la cara, mojada por el llanto.

–Mi niña, reina mía –dijo. Quiso arrodillarse, pero la mano de la muchacha sobre su hombro se lo impidió.

–No te arrodilles. Está muerto, ¿verdad?

El eunuco le sujetó la mano y bajó la cabeza.

–Sí. El dragón vino a buscarte y se le enfrentó. Murió anteayer. Ahora eres la reina de Moriana. Lo expresó claramente: fue su última voluntad. Estaba seguro de que regresarías.

Soledad le apretó los dedos. *Reina*. La reina de Moriana.

Aunque ya lo sabía –lo había intuido al encontrar el guijarro rojo en la batalla, y en el bosque de Valsalva lo confirmó–, Soledad sintió que la desolación y el cansancio le lastraban las piernas. Era como si la fiebre le hubiera dejado un sedimento, un polvo rojo en las venas, y ahora ese sedimento se mezclara con una ceniza negra y fina. Sentía la sangre espesa, transitando con dificultad hasta su corazón.

–Ten cuidado, majestad. Hay barones que codician la corona. Conspiran contra ti. Béogar y yo hemos ocultado la muerte de tu padre a todos.

Soledad asintió. No sentía aprensión ni miedo, solo esa rara pesadez y la tristeza de haber perdido a su padre.

–Yo encenderé la pira donde arderá el cuerpo de mi padre. El dragón ha muerto. Senen también: el dragón lo aniquiló.

El suspiro de alivio de Tagaste se mezcló con un sollozo y una brevísima carcajada.

–Soledad, mi niña, mi reina. Yo esperaba... yo sabía. Pero casi no me atrevía a desearlo. No sé qué has hecho en el mundo, pero la cicatriz, la marca de Cicuta, se borró de mi hombro una mañana. Fue doloroso y rápido. Supe que era por ti.

Soledad sintió un ramalazo de alegría. Se preguntó si sería un buen momento para decirle que ella había decidido ya, en Rodosto, que no habría más esclavitud en Moriana. En las almenas atestadas, los hombres los miraban.

–Tagaste, eres libre. Ya eres libre. Así lo he decidido.

El eunuco sonrió y, con dedos fríos, le asió suavemente la barbilla. Se abrió una pausa. Soledad no supo leer su actitud.

–¿No te alegra? ¿No es lo que siempre has deseado? ¿No es lo que mereces? –preguntó, y le apartó la mano.

–Majestad, me da tanta felicidad que apenas puedo expresarlo. Y más me alegra lo que voy a contarte: tu padre, antes de morir, liberó a los esclavos de la casa. En Bento ahora hay siervos, no esclavos. Pero no puedo pregonarlo todavía, porque el rey fue claro: al morir él seríamos libres, y hemos ocultado la noticia de su muerte. Y ahora tú... –la mirada del eunuco se detuvo en algo detrás de ella.

Soledad sintió una amable presión en la espalda. El Unicornio se había aproximado y la empujaba entre los omóplatos con la testuz. Tagaste reprimió una exclamación al ver de cerca al animal que había traído a la princesa: ¿a qué caballo le despuntaba un pedazo de marfil en medio de la testa? ¿Qué caballo tenía las pezuñas hendidas? ¿Qué caballo tenía la cola como la de un león?

–¿Qué es? –preguntó en un susurro ronco.

–Tú sabes lo que es: el Unicornio.

El Unicornio avanzó y Tagaste dio un paso atrás. *¿Me matará?*, se preguntó. No sabía mucho de unicornios, pero había leído que eran feroces y que solo toleraban la cercanía de los puros de corazón. *Amé al Lobo, su enemigo. ¿Qué hará conmigo?*

El Unicornio vio en él una luz que le atrajo, amarilla como la de los magos. La luz de Tagaste irradiaba también fulgores azules. Avanzó y le puso la barbada sobre el hombro. El alegre y retador gorjeo de un reyezuelo cruzó el aire. Tagaste sintió el peso de la cabeza del Unicornio sobre el hombro, el vaho tibio de sus ollares calentándole la oreja, y se quedó inmóvil, arrebatado por la felicidad.

Varias vacas, ovejas y un cerdo se amontonaron en la puerta del castillo y avanzaron sobre el puente. Los hombres y mujeres encargados de cuidarlos trataron de devolverlos al interior del recinto, pero los animales no obedecieron: los perros enseñaron los dientes, las gallinas aletearon por todas partes, un halcón voló desde el corral y las vacas ignoraron al servidor que intentaba devolverlas al establo.

Tagaste soltó al Unicornio y se volvió para ver de dónde venía ese estruendo. El Unicornio alzó el cuello, relinchó y los animales apresuraron el paso en una estampida alegre, una fuga imposible de atajar. El Unicornio dio la vuelta y trotó para internarse en el bosque, con la heterogénea manada detrás.

Soledad sonrió y se acercó a Tagaste. En el aire flotaban el tufo de las pocilgas, motas de polvo, plumas y pelo, dorado todo a la luz de la mañana.

–¿Sabes si volverán? –preguntó Tagaste.

–No lo sé –contestó ella, y se encogió de hombros.

Juntos entraron en Bento. En el patio, Soledad miró a su alrededor y distinguió rostros familiares entre la multitud de desconocidos que atestaba el recinto. Vio caras ajenas: bocas abiertas, curiosidad, incrédula displicencia. Le pareció que Bento era mucho más pequeño y ruinoso de lo que recordaba, pero la cantidad de hombres y mujeres que la miraban la sorprendió. Era una multitud tan variopinta como la que había visto en Rodosto. Béogar apareció entre los soldados y Soledad, al dar con ese rostro familiar, añorado, tuvo que luchar contra el llanto. Se llevó la mano al cinturón, aferró el cuerno del Unicornio y lo mostró.

–Mirad –gritó con la vista sobre Béogar.

En los ojos del viejo capitán había una mezcla de amor y orgullo, y Soledad siguió esa mirada como una luz que la guiaba entre la muchedumbre.

–¿Qué es eso? –gritó Faraute de Calcis. Vulpeja le golpeó suavemente el hombro y chistó para callarlo, pero Faraute insistió–: ¿Qué nos muestras?

Soledad alzó el cuerno con una mano. Un suspiro, como el que había oído aquella mañana en la subasta de esclavos en Rodosto, surgió de la muchedumbre. Sostener el cuerno en alto era fatigoso. La muñeca de Soledad se dobló, el sol arrancó un destello al marfil. Gruñó, volvió a alzarlo y giró en redondo para que todos lo vieran y ella viera a todos.

De nuevo escuchó la pregunta, ahora detrás de ella:

–¿Qué muestras?

–El asta del Unicornio –respondió. Tenía la garganta seca y le ardían los ojos. Oyó voces que preguntaban, negativas, exclamaciones de incredulidad.

Los barones de Moriana veían, a su vez, a una muchacha erguida como un joven, con la catadura impávida de un arquero y a la que no le temblaban las manos aunque venía sin escolta. Jara miró el rostro anguloso y tuvo que apoyar la mano en el hombro de Lirio para no caer: Soledad tenía el mismo semblante del Lobo, pero limpio de odio y de cicatrices. La diáfana mirada, lavada por el llanto, observaba todo con serenidad bajo las largas cejas femeninas. La sonrisa –tan oblicua como la del padre– era apenas irónica, sin el desdén que, en la cara del rey, obligaba a los barones a bajar los ojos. Casi tan alta como el Lobo, se movía con gracia huraña. La reina no podía dejar de mirarla.

–Sé que mi padre ha muerto –continuó Soledad. Su voz se quebró y sacudió la cabeza, irritada consigo misma. La trenza, como una cadena de cobre, se meció sobre su espalda.

Un escándalo ahogó su voz. Béogar alzó la voz sobre el griterío:

–Es verdad. Nuestro rey ha muerto. La reina y yo íbamos a decíroslo cuando Tagaste me avisó de que la princesa estaba a las puertas del castillo.

–Hubiera querido que Soledad alcanzara a despedirse de mi señor el rey, pero todos visteis la ferocidad con la que el dragón lo hirió. Por amor a ella y al reino murió el Lobo. Así fue, hija –dijo Jara, llorosa.

Soledad entendió que la alianza con Jara era un resultado de la muerte de su padre. Las dos lo habían perdido. «Hija», la había llamado. Le sonrió con timidez. Luego miró a los otros.

–Silencio –ordenó, y la gente obedeció–. Sabed que ya no hay guerra, ni con el dragón ni con los tungros –se esforzó por encauzar la tromba de recuerdos y sentimientos que estaba a punto de ahogarla, de enmudecerla. Tomó aire y continuó–: Sé, también, que él deseaba que lo sucediera en el trono de Moriana.

Un griterío, no supo si de rabia o alegría, la ensordeció. Vio caras felices y bocas abiertas en sonrisas, pero también vio ceños fruncidos y puños cerrados sobre los pomos de las espadas, y al fondo, como una muralla al pie de la muralla, la agitación reluciente de las lanzas.

Jara se abrió paso hasta llegar a ella. Soledad enfundó el cuerno, abrió los brazos y la estrechó. La viuda del Lobo estaba muy delgada, y un abanico de arrugas se abría en las comisuras de sus ojos. Jara aspiró el aroma de Soledad y creyó que se moriría de nostalgia, pues olía como el rey muerto, aunque percibió un hálito lácteo, inocente, unido al almizcle montaraz del sudor del Lobo. Soledad sintió que la reina se desmadejaba entre sus brazos.

–Jara, te lo ruego, ten fuerza. Sé que amaste a mi padre. Moriana peligra –le dijo al oído.

La reina asintió y apretó los puños. Para su sorpresa, pudo recuperarse; pero en lugar de erguirse, se arrodilló, tomó la mano de su hijastra y pronunció clara y lentamente:

–Soledad, reina mía, os ofrezco mi lealtad.

Se puso en pie, la señaló y dijo con voz temblorosa:

–¿Acaso hay entre vosotros alguno que niegue que el rey, su padre, dio la vida por defenderla del dragón? Soy la viuda del rey, el dueño y señor de este castillo. Allí están las huellas de lo que digo

Todos los ojos se dirigieron a un punto en la muralla. Allí, entre dos almenas, los merlones estaban resquebrajados y cubiertos de tizne como si un fuego enorme los hubiera quemado. Soledad miró con dolorosa inquietud. ¿Allí se había posado Tengri? ¿Desde allí había herido a su padre?

Jara continuó, con voz cada vez más firme:

–Os exijo que honréis el juramento que prestasteis ante mi marido cuando agonizaba. Esta –la esmeralda en el índice de Jara relumbró bajo el sol de la mañana– es la reina.

Soledad buscó a Beógar con la mirada y este asintió, avanzó hacia ella y se arrodilló al lado de Jara sin hacer caso de la mano que la princesa le tendía como una invitación para que se abrazaran. Pronto se les unieron Meroveo, Tirant, Acetábulo, Vulpeja, Arides, Estigia, Lémur, Braco, Urián de Villlagrís, Claudás, Lot, Faraute de Calcis... También había rostros desconocidos entre los leales. Soledad los miró, arrodillados, solemnes. Tragó saliva y declaró, aparentando una serenidad que no sentía:

–El dragón ha muerto. Antes de morir destruyó a Senen, el traidor. Lo dejó caer sobre la nieve, frente a los tungros. El cuerpo de Senen, conservado en salmuera, es ahora un trofeo que va a Tarkán. Así era la justicia del dragón.

Un murmullo de miedo y beneplácito, salpicado con exclamaciones de incredulidad, recorrió las filas de los barones. Las preguntas y las aclamaciones se mezclaron en la algarabía.

–¿Tú mataste al dragón con el cuerno que nos mostraste? –preguntó Vulpeja.

Soledad trató de explicarse. Sentía una dolorosa punzada al hablar del dragón.

–El Unicornio lo hirió y el dragón le arrancó el cuerno. En esa misma batalla se perdió Mirals, la espada de los Lobos, y ahora el cuerno es mi arma. He concertado la paz con los tungros y con Alosna. Los magos son nuestros aliados.

–¿Dónde está Fura? –inquirió Meroveo.

–Ahora mismo ha de estar en medio de Valsalva –el murmullo se tiñó de alarma–, con Agila de Rodosto, un mago de Alosna y dos jefes tungros. Los vigías deben estar pendientes de su llegada. Nadie, so pena de muerte, podrá herir o ultrajar a los tungros o al mago de Alosna que acompañan al señor de Mongrún.

La princesa encontró el rostro de Lirio entre las caras. Su hermana la miraba amorosamente y el labio inferior le temblaba. No quedaba en ella nada de la niña caprichosa y regordeta que había dejado: ahora era una joven de ojos tristes y boca suave y dulce. *Fui a la guerra y regresé con las manos limpias de sangre*, quiso decirle.

–Ahora debo atender a mis deberes. Hoy se celebrará el funeral de mi padre –zanjó Soledad. Se sentía insustancial como un recuerdo.

Enfundó el cuerno y avanzó. Jara la tomó de la cintura y Soledad se dejó llevar. Béogar, Tagaste y Acetábulo caminaban delante, abriéndoles paso. Soledad sintió la mano de Béogar en el brazo, se volvió y apoyó la cabeza en el pecho del viejo. La trenza blanca del mariscal olía, como siempre, a cuero y a caballo.

–Mi niña, mi niñita querida –musitó Béogar.

–Béogar, el dragón destruyó la espada que me diste. Quemó a Mirals.

–Soledad, majestad, eso no importa...

–¿Cómo que no importa? –preguntó Soledad, y por fin rompió a llorar.

capítulo setenta y uno

Destinos cumplidos

Al atardecer el Lobo fue colocado sobre la pira, con la espada sobre el pecho y la panoplia detrás de la cabeza. Los barones entonaron el canto fúnebre y Soledad encendió el fuego con mano temblorosa. Los esclavos se lamentaban a gritos. Soledad bajó la cabeza. No quería mirar. El calor de la pira le acariciaba la cara. Escuchó el crujir y los pequeños estallidos de la madera mientras la lumbre devoraba el cadáver. El aire olía a carne quemada, a las hierbas y flores secas con las que lo habían cubierto, a lana achicharrada, a incienso. De pronto, un coro de aullidos se elevó sobre los sonidos que inundaban el recinto.

–Oíd –dijo Soledad–. Son los lobos de Moriana y aúllan antes de que llegue la noche. Se despiden de mi padre.

ooo

La princesa había pasado el día a solas con el cuerpo del rey. Al entrar en la habitación se había encontrado con Edurne. La anciana tenía los ojos hinchados por el llanto, pero la alegría de ver a Soledad viva y sana la había serenado. Edurne la abrazó largamente. Después de un rato, Soledad se desasió.

–Déjame con él.

–Quiero quedarme a tu lado y velar contigo –contestó la vieja.

–No, querida. Ha pasado mucho tiempo desde la última vez que lo vi, y esta es mi despedida. Déjanos.

La puerta se cerró. Soledad se acercó al lecho y se inclinó sobre el cuerpo de su padre. El Lobo se veía pequeño, agostado y sereno. Las quemaduras de la cara parecían amasijos de cera, goterones de alguna vela sobre la piel amarilla. Soledad se acercó y tomó la mano rígida, la besó y lloró hasta que quedó exánime.

–Ya se ha hecho la paz. Ofrecí mi vida al Unicornio a cambio del perdón para ti y para Cuervo. ¿Dónde estás ahora? ¿Sabes que tu hija llora por ti? Sé que me salvaste. Lo sé –repetía.

Besó las quemaduras y pensó, con mordaz resignación, que Tengri había herido con fuego a los dos hombres que ella amaba: su padre y el mago.

–Padre –murmuró en el oído del muerto–, quiero que sepas que me enamoré, igual que tú, de alguien con sangre mágica en las venas. Pero no como mi madre, en cuyas venas la magia era un rastro, no. Me enamoré de un mago. Ah, padre, pensé tanto en tu enojo, tuve miedo de que lo mandaras quemar... Traté de no enamorarme. Quise odiarlo, padre. No sé si hubieras podido aceptarlo. Tal vez no, pues no sabe guerrear. Y ahora, padre, no sabrías qué hacer conmigo, porque yo también detesto la guerra. No he matado a nadie, padre. Dicen que maté al dragón, pero es mentira. Me perdonó la vida.

Soledad cerró los ojos.

–He visto a tus barones, padre mío. Tendré, quizás, que luchar con alguno. No me aman. Pero peores cosas he vivido, y no tengo miedo. Siento un gran dolor. Es como si el vacío que dejaste al morir se hubiera llenado de dolor. ¿Qué hago, señor?

Sin querer, se quedó dormida con la mano sobre el pecho cubierto de metal.

Despertó a la tarde, desorientada por la tristeza. La luz entraba por la ventana y dibujaba un estrecho rectángulo sobre las baldosas. Salió de la cámara con paso inseguro y cenó en compañía de Edurne, Jara y Lirio. Reanimada por el sueño y por la comida, se encerró con Béogar, Meroveo, Tagaste, Acetábulo, Tirant y Arides en el salón del consejo. La corona descansaba sobre el trono, pero Soledad no la tocó. Tomó asiento en un escabel y ordenó que bajaran la cabeza amojamada que colgaba de las vigas.

–Entiérrala dentro de la muralla y señala el lugar con una piedra pintada –le ordenó a Tagaste.

El eunuco, incómodo con el macabro trofeo del Lobo en las manos, asintió. Siempre había detestado la visión del despojo polvoriento suspendido sobre el rey: los ojos como guijarros, amarillos y resecos, la piel convertida en un cuero negro, la ola de pelo brillante y oscuro que a fuerza de estar muerto había mudado de seda en estopa.

–¿Por qué haces esto, señora? ¿Qué importancia tiene esa cabeza? ¿Acaso conoces el nombre del muerto? –preguntó Arides.

–Era un hombre. Solo eso sé –respondió Soledad.

Arides la miró sin comprender, pero Tagaste sonrió. Béogar se arrodilló, a pesar de las protestas de Soledad, para colocarle el anillo del Lobo en el pulgar. Tagaste ya había comunicado a los esclavos la noticia de su liberación, pero ni uno había querido irse de Bento.

–Es invierno, además. ¿Adónde podrían ir? –explicó–. Trabajarán a cambio de comida y techo. En primavera les pagaré como a siervos; entonces veremos si quieren seguir aquí. Señora, se perdieron seis gallinas, cuatro perros y todos los gansos. Las vacas y los cerdos regresaron. Orri me pidió que os preguntara esto: ¿sabéis si los gansos volverán?

Soledad negó con la cabeza.

–Señora, decidme, ¿y el duque de Mongrún? –intervino Meroveo–. ¿Cuándo lo visteis por última vez?

–Lo vi ayer... o anteayer. Estoy tan molida que ya no sé ni cuándo. Vive y ha sido un leal aliado, un compañero cuya honra me importa tanto como la mía.

Soledad no quería contar, describir. No quería pensar en Cuervo ni tener que persuadir a nadie de la lealtad de Aybar y Húbilai. No quería, sobre todo, hablar de la muerte de Tengri.

–Me alegra saber que el señor de Mongrún y el alcalde de Rodosto estarán presentes en vuestra coronación, señora –intervino Tagaste.

–Luego pensaremos en la corona. Ahora, lo que apremia es despedir a mi padre. Ya es hora –declaró cansinamente.

Soledad se puso en pie e imaginó la pira. Sintió un temblor que subía de los tobillos a los muslos y dio un paso. *Regresé de la guerra con las manos limpias de sangre. Pero no te lo pude contar.*

ooo

El recinto olía a quemado. En el centro del patio, los carbones humeaban y el manso corazón de los rescoldos era un cúmulo de brasas bermejas. El cuerpo había ardido furiosamente sobre la pira. De él solo había quedado un montón de huesos que fueron lavados con vino y enterrados, con las armas al lado, al pie de la torre del homenaje, en un cofre de madera de encino forrada con rasos y sedas. Jara, aturdida, desorientada, se había desvanecido sobre el cofrecito –era imposible, en verdad, imaginar allí dentro al Lobo, con su espléndida rabia y su valor demente– y el médico la había obligado a beber una medida de jarabe de adormidera.

La noticia de la paz había sido tan repentina que la mayoría de los barones no la había asimilado aún. No se sabía si Soledad ya era la reina de Moriana, aunque todos habían visto el anillo de los Lobos en su mano. ¿Cuándo sería la coronación? Esperaron en vano que les hablara, pero ella se retiró a sus habitaciones cuando la pira se apagó.

Ahora dormía profundamente, custodiada por una docena de soldados. Meroveo y Béogar se habían tendido en el umbral de la habitación y roncaban con las manos cerradas sobre el puño de las espadas. En las barracas de los esclavos, los nuevos libertos cuchicheaban alrededor de los braseros.

Nadie se sentía libre todavía.

ooo

Un grupo de nobles, reunido en el salón del consejo, hablaba a la luz de la chimenea. Un plato rebosante de castañas asadas humeaba sobre la mesa, y un siervo había acercado al fuego seis hogazas de pan. También había llevado jarras de vino que los barones bebían aplicadamente. Luego, Garlón de Salgar lo echó de la habitación:

–Largo, holgazán, palurdo infeliz. No haces nada y estorbas mucho.

El hombre lo miró de hito en hito, sin saber qué hacer. Dejar a los huéspedes para que se las arreglaran solos era impensable, pero el señor de Salgar era uno de los invitados más caprichosos y ya había abofeteado a un esclavo por servirle a destiempo. Finalmente, salió cerrando la puerta tras de sí. Entonces Garlón, con aire cómplice, tomó asiento y expuso su plan:

–Es muy simple. Debemos matar a Soledad.

–¿Matarla? ¿Qué demonio perjuro se te ha metido debajo del pellejo? –preguntó Faraute de Calcis.

Garlón comenzó a limpiarse las uñas negras de mugre con la punta del cuchillo. La luz del fuego hacía brillar el vello oscuro y denso que le cubría el dorso de las manos. Sonrió.

–¿Por qué no? ¿Acaso es la reina? ¿Quién dice que la paz que anunció es verdadera?

–No tiene sentido mentir –repuso Fromesto–. ¿Para qué? Si miente pronto lo sabremos, porque tendremos a los tungros fuera sitiándonos y arrojándonos porquerías. Entonces podremos elegir un rey a nuestra conveniencia, alguien que no mienta. Pero yo la creo.

–Tú –la punta del cuchillo, sucia por la inmundicia de las uñas del señor de Salgar, señaló el pecho de Faraute–. ¿Has visto a la viuda? Me gusta para señora de Salgar.

–¿Jara? ¿Estás en ti? Apenas hoy enterramos los huesos del rey. ¿No te das cuenta de lo que dices?

–El rey ya llevaba dos días muerto –intervino Coscoja de Diploé. Ambicioso y susceptible, Coscoja estaba indignado con Béogar y Tagaste por no haberle hecho partícipe del secreto de la muerte del Lobo.

Al escucharlo, los hermanos de Fromesto, Clarión y Caradós, sonrieron y asintieron con placidez beoda.

–Esperaban a la pelirroja, no querían intrigas. Yo hubiera hecho lo mismo –gruñó Vindel de Támara con la mirada puesta en el vaso.

–Nos mintieron, eso es lo que importa. Y ahora, quién sabe si Soledad mentirá también –recusó Coscoja limpiándose los mocos con el borde de la capa.

–Mira, Coscoja, la mujer llegó hoy. No hay forma de que conspirara o tuviera preparada una simulación. ¿Para qué mentir? Todos aquí vimos al dragón quemar al rey; todos vimos al Unicornio y su cuerno en la mano de la princesa –replicó Faraute.

–Yo no vi al Unicornio. Estaba en la cama con una dama de la reina, quien ahora, después del funeral del rey, se niega a recibirme. Dice que quiere estar cerca de su señora. Qué disparate –gruñó Garlón, y clavó el puñal en la mesa.

–Pues yo sí lo vi, y me niego a levantar la mano contra Soledad –contestó Faraute–. Tú le debes la vida a su padre. No lo olvides.

Garlón dio con el vaso en la mesa y el vino se derramó.

–Ten cuidado con lo que dices, Faraute. Si te niegas no te haré nada, pero mataré a quien me delate. Por eso no están aquí Arides, Estigia, Vulpeja, Lémur ni Braco de Calcarino –replicó–. No quiero denuncias.

–¿No quieres traiciones mientras traicionas? –le reprochó Faraute con los dientes apretados.

Acetábulo, quien había guardado silencio mientras guardaba en la memoria cada palabra dicha por los conspiradores, intervino en tono conciliador:

–Señores, calma. ¿Para qué perder el tiempo con amenazas? Estamos dentro de las murallas de Bento. No podemos luchar desde dentro contra Béogar y sus incondicionales –*entre los que me cuento, pues no soy un traidor como vosotros, bellacos, hijos de mala madre,* pensó–. ¿Por qué no esperar? Mañana sabremos qué sigue. Tal vez la pelirroja nos convenza. Yo vi al Unicornio y vi al Lobo cuando luchó contra el dragón. Es una familia en la que abunda el valor... Tengamos paciencia.

Vindel de Támara asintió y sacó una baraja de la alforja.

–Una partida, señores. Una partida de naipes para disipar el mal humor y pasar las horas. Que alguien me llene el vaso, que tengo sed.

Coscoja abrió la puerta y llamó a un siervo:

–Tú –ordenó–, trae leña y más vino y ven a cortar los pabilos, que se apagan las velas. Rápido.

El siervo lo miró con recelo y asintió.

Garlón extendió la mano y tomó la baraja.

–Hablen cartas y callen barbas –rezongó.

Acetábulo se recostó en un banco, se arrebujó en la capa y fingió que dormitaba. *Que pase pronto la noche, que la oscuridad es el manto de los traidores*, pensó.

ooo

Soledad despertó reanimada y alerta. La luz iluminaba la habitación, *su* habitación. Era tarde, casi mediodía. Alagrís dormía como si nunca hubiera salido de Bento, en la percha y con la cabeza bajo el ala. La visión la llevó por un momento a su vida antes de Fura, del dragón, de Cuervo. Pero ese pasado quedaba muy lejos. Soledad sabía que Fum estaba con Cuervo, en la travesía por el bosque de Valsalva.

Se levantó, se vistió y se puso el cinto con el cuerno envainado. Iría a buscar a Tagaste y a Béogar. Debía hablar con los barones.

Antes de reunirse con el maestresala bajó a las cocinas, donde fue recibida por Orri como si fuera la reina. Los siervos allí reunidos se arrodillaron al verla llegar y le besaron, por más que ella quiso impedirlo, el borde de la capa. Cínife fue el primero en jurarle lealtad con un voto conmovedor y torpe:

–Así como serví a vuestro padre, aunque antes era su esclavo y no me quedaba otro remedio, así os serviré a vos, y con más gusto ahora que soy libre, señora, mi señora –murmuró fervorosamente, con la boca pegada a la mano de la muchacha.

Soledad lo ayudó a ponerse en pie y le besó las dos mejillas y los labios, como su padre besaba a los aliados.

–Gracias por tu lealtad –murmuró gravemente.

Todos –cocineros, lavanderas, mozos de cuadra– insistieron en jurar ahí mismo, antes que los barones.

–Porque, señora, nosotros os conocemos desde niña y ellos apenas llegaron hace dos meses –dijo Orri–. Nosotros os amamos desde siempre; ellos vinieron a pelear junto a vuestro padre. Ya os conocerán después, pero el turno de quien os ama como nosotros es el primero.

Sin embargo, tuvieron que interrumpir el ceremonial. Había demasiados servidores, la princesa estaba cansada y hambrienta y no se podía suspender el trabajo en todo Bento: las vacas se quedarían sin ordeñar, los caballos sin heno, las canastas de la cocina vacías de huevos, los caballeros sin nadie que los ayudara a vestirse y los perros encerrados en sus cobertizos.

Soledad les mostró el cuerno del Unicornio; al verlo hubo quien lloró, quien rio y quien tuvo miedo. Orri le preparó huevos fritos en manteca, pan untado con miel, queso asado y un vaso de malvasía mezclado con clavo y canela. Cuando Edurne entró a buscarla, la encontró contenta y satisfecha, sentada cerca del fuego, con Sansón a sus pies y un gato sin nombre al lado.

ooo

En el establo, inclinados sobre la pata doblada de un caballo y fingiendo que examinaban la herradura, Acetábulo y Béogar sostenían un urgente intercambio de susurros.

–Vigílalo. No te separes de él. Trata de que no sospeche de ti –cuchicheó Béogar, con el dedo puesto sobre los clavos–. ¿Por qué hace esto después de jurar al Lobo que la respetaría?

–¿Quieres que lo mate? –preguntó Acetábulo sacudiendo polvo imaginario de la rodilla del animal–. «Para un traidor, dos alevosos», reza el dicho.

–Si lo matas habrá guerra, o alguno de sus aliados te matará a ti. Espera. Necesito pruebas de su traición. Es preciso coronarla. Así, la conjura de Garlón será un crimen gravísimo. Ahora ella solo es la hija del Lobo, la princesa Soledad, la heredera. Todavía no es la reina.

–Pero lo será, no temas. Me voy antes de que Garlón despierte; anoche se quedó bebiendo y jugando hasta el amanecer. No dudes, soy tus ojos –aseguró Acetábulo mientras palmeaba el anca del animal. Béogar miró su rostro ancho y curtido, que le había acompañado en tantas batallas. Sonrió y le puso la mano sobre el antebrazo.

–Lo sé.

ooo

En el bosque de Valsalva, Fura, Húbilai y Cuervo descansaban bajo un aliso. Cuervo estaba ojeroso, molido. Fura no se dignaba a mirarlo ni a hablarle. El duque apenas mostraba huellas de cansancio, y Húbilai, el más viejo entre ellos, parecía que se había levantado de un lecho suave y tibio, pues no mostraba el menor signo de fatiga. Sentado con las piernas cruzadas, el sable envainado sobre las rodillas y la espalda erguida, miraba el día con serenidad. De cuando en cuando metía los dedos entre las agujas de pino, tomaba granos de escarcha y se los metía en la boca. Entonces rompía el silencio con preguntas acerca de Soledad:

–¿Siempre fue una hija leal, mi señora?

–Sí.

–Eso es bueno. ¿Siempre fue buena jinete?

–Y buena cazadora.

Húbilai asentía y miraba el vacío.

Detrás del aliso, entre los pinos, los caballos pacían la escasa hierba y resoplaban. Más allá, Agila y sus hombres dormitaban o comían, silenciosos, alterados. Cuyuc caminaba en círculos y movía los brazos en una danza estrafalaria que asombraba a Cuervo, quien, aunque era mucho más joven que el hechicero, apenas podía caminar por el dolor en las piernas. Aybar, recostado cerca de Húbilai, observaba el cielo en actitud perezosa. Todo él semejaba un gran gato, sedoso y aletargado; pero Cuervo intuía que, como los gatos, estaba presto a mostrar las garras ante cualquier peligro.

Fura, tan desasosegado como Cuervo, vigilaba que no hubiera roces entre los tungros y los morianíes, aunque la extraña atmósfera del bosque hacía que sus precauciones resultaran superfluas: los hombres, enervados por la magia, formaban un grupo compacto y eficiente. Lo que todos querían, tungros o morianíes, era dejar el bosque atrás. Al llegar al río no habían tardado en aparejar las almadías y habían remado en silencio, tranquilizando a los caballos y envueltos en una niebla que les dejó las caras mojadas.

El cuervo se posó en la rodilla del mago: Cuyuc lo había dejado salir después de pasar la noche en la bolsa. Cuervo sintió el alfilerazo de las garras y miró el brillo azul de las plumas. Quiso tener alas él también, volar hacia ella. Espantó al cuervo con la mano y se irguió laboriosamente. Se frotó los muslos y dijo:

–En marcha, señores, que Soledad nos espera. Debemos llegar lo antes posible.

ooo

El sol entraba por las ventanas y pintaba grandes cuadrados luminosos sobre las baldosas. El salón del consejo olía, como ya era costumbre, a barones sin bañar. Soledad, pálida y serena, se había negado a sentarse en el trono y ocupaba una silla cerca de Jara, quien la miraba de reojo con una mezcla de melancolía y preocupación. La corona, el centro de las miradas, estaba colocada sobre el asiento del trono vacío. Resplandecía tosca, opulenta, tachonada de esmeraldas. Al lado de Jara, en un escabel, estaba Lirio, esforzándose por parecer tranquila. Béogar, Meroveo, Tirant, Tagaste y Arides, de pie tras Jara, vigilaban a los barones, algunos de los cuales no resistían la curiosidad y se movían de un lado a otro, o se ponían de puntillas para ver mejor a la hija del Lobo. En el pasillo se arremolinaban algunos cortesanos entre los cuales se mezclaban lacayos, nodrizas y mozos de cuadra, muchos inquietos y dispuestos a morir –se decían unos a otros en susurros– por la hija del Lobo.

La escena tenía un aire teatral: los barones, conocidos y desconocidos, se amontonaban con cara de circunstancia; Tagaste carraspeaba, enfundado en la túnica de seda roja; Béogar se había trenzado los bigotes y abrochado el peto; el pelo de Meroveo parecía un casco de oro, de tanto aceite como tenía impregnado. La actitud de la concurrencia le recordó a Soledad los pocos espectáculos de juglares y saltimbanquis que había presenciado en la vida. Como ante el escenario, presentía una oculta corriente de fuerzas, silencios que esperaban el momento de romperse, parlamentos ensayados.

Béogar se mordía la punta de los bigotes. Acetábulo no se había enterado de nada nuevo, por más que se había pegado a Garlón como una chinche. El mariscal reflexionaba acerca de los posibles desenlaces.

No había querido contarle a Soledad nada más de la conjura. Ella poseía la astucia suficiente para deducir que no todos los nobles aceptarían dócilmente que ocupara el trono: ya Tagaste le había dicho que había quien conspiraba en su contra. Parecía despreocupada. Miraba a su alrededor sin sonreír y sin miedo, con el cuerno al cinto y Alagrís posado en el respaldo de la silla. La mirada amarilla del halcón recorrió los rostros de los barones, y aquellos que habían insultado a la hija del Lobo sintieron una inesperada vergüenza.

Tagaste carraspeó y Béogar se dispuso a hablar.

–Todos prestasteis juramento al rey cuando os pidió que aceptarais a su hija. Todos. Ahora la princesa está aquí, y solo falta esperar a Fura y a Agila para la coronación. Zorro de Álamos está en sus tierras; ya le enviaremos un emisario. La paz está hecha. Se ha desvanecido el peligro que se cernía sobre el reino. Después de la coronación, podréis regresar a vuestros dominios.

Lémur de Islán alzó la voz:

–Señora, no deseo ofenderos con esta pregunta, pero ¿estáis segura de que el dragón ha muerto? Cuando lo vimos aquí me pareció invencible, un demonio salido de las entrañas de la tierra...

Soledad lo miró melancólicamente.

–Sí, señor de Islán –respondió–. Era invencible y está muerto. Yo lo vi morir, pero que no te baste mi testimonio: también lo vieron Fura de Mongrún y Agila, el ejército tungro y casi todos los que viven en Rodosto. Fura y Agila llegarán pronto a este castillo con pruebas de que la paz está concertada.

Lémur sonrió y cruzó los brazos sobre el pecho.

–Yo confirmo mi juramento –dijo Tirant–. Al veros llegar sobre el Unicornio, señora, me di cuenta de que habíais salvado Moriana. Vuestro padre estaría orgulloso de vos. Yo no soy un cortesano que sepa cómo hablar y elogiar, pero reconozco el valor cuando lo encuentro y os seré leal.

Soledad asintió. Garlón frunció las cejas y escupió. Béogar alcanzó a vislumbrar a Acetábulo, quien se acercó al señor de Salgar con la mano sobre el pomo de la espada.

–Todo está muy bien y suena mejor, pero no hay pruebas –dijo Garlón–. Yo, al menos, no te creo, Soledad. ¿No será más bien que Fura está muerto y los tungros se acercan a Bento para matarnos? ¿Quién dice que tú, una pobre mujer, pudo concertar la paz con hombres como Aybar y Bati, con quienes nosotros nos hemos medido en la guerra?

Soledad bajó la cabeza. Béogar supuso que lloraría, pero cuando se enderezó, sonreía y el rubor le coloreaba las mejillas.

–Señor de Salgar, si supieras... Pero no tienes cómo saberlo, pues en tu corazón no hay más que ambición. ¿Así le pagas a mi padre el haberte salvado la vida? Espera a que lleguen Fura y Agila con las pruebas de las que te he hablado. Entonces no dudarás.

–¿Y por qué no lo resolvemos ahora? –replicó Garlón.

Por la ventana abierta entraba la brisa con jirones de palabras. En el patio los siervos hacían la colada, y la mayoría de los reunidos en el salón oían las bromas de las lavanderas, exclamaciones, ladridos. Era un ruido alegre, que contrastaba con el ánimo sanguinario de algunos de los presentes. Béogar advirtió que Acetábulo desenvainaba la espada, pero también vio cómo Coscoja caminaba hasta colocarse a su lado y le apoyaba la punta de un cuchillo en los riñones.

–Ya lo sospechaba, Acetábulo. No te muevas o te lo hundo hasta la empuñadura –susurró Coscoja.

Béogar le vio mover los labios y adivinó el sentido de sus palabras. Sintió un tirón en el estómago y un apremiante hormigueo en las piernas. Llevó la mano a la espada. Tirant y Arides, a su lado, hicieron lo mismo. La inquietud se diseminó por el salón, rápida y perturbadora como un mal olor.

–¿Cómo quieres resolverlo, Garlón? –preguntó Soledad con tono afable.

–Como se acostumbra, señora: con un combate. Escoge a tu campeón y que venza aquel a quien la razón asiste.

–Yo seré el campeón de la reina Soledad –gritó Arides.

Béogar le puso la mano en el brazo y, con los ojos clavados en Coscoja y Acetábulo, dijo:

–Yo seré su campeón, Arides, aunque bien mereces serlo tú también. El Lobo me confió su bienestar. Coscoja, envaina, no vaya a ser que por accidente hieras a Acetábulo y yo tenga que atravesarte como a un cerdo.

Coscoja retrocedió un paso, como si Béogar lo hubiera abofeteado. Los barones lo miraban. Soledad contempló la escena con tranquilidad.

–Béogar, no es necesario que seas mi campeón –sonrió–. Me defenderé sola. Y no necesito espadas. Esto –se puso en pie y desenvainó el cuerno– es suficiente.

Todos, desde Béogar hasta el más inexperto de los barones, miraron el cuerno con curiosidad. Fosforescía. En la punta faltaba una astilla. No parecía una espada. Béogar tragó saliva. ¿Se habría vuelto loca? ¿Un pedazo de nácar frente a acero templado? No podía permitir que peleara. El cuerno era, sin duda, un objeto encantador. Un antídoto universal, decían los médicos. En cuanto la coronaran, lo adornarían con anillos de oro y lo colgarían de las vigas con una cadena de plata. Ocuparía el lugar de la cabeza amojamada. Lo añadirían al escudo de los Lobos. Lo que ella quisiera, lo que ordenara. Pero por hermoso que fuese, el cuerno era seguramente inútil frente al más mellado de los aceros.

–Mirals, la espada que fundó Moriana, *mi* espada, fue destruida por el dragón –prosiguió Soledad–. Este cuerno es mi blasón y mi defensa. Vamos, señor de Salgar, que no se diga que tuve miedo. Y te revelaré algunas cosas que me fueron confiadas, ya verás.

Alagrís graznó y aleteó en su lugar sobre el respaldo.

Garlón, resoplando, se abrió paso entre los barones y quedó frente a ella. Soledad hizo un gesto en redondo con el brazo que esgrimía el cuerno y los barones se replegaron hasta dejar a los adversarios en medio de un amplio círculo. Acetábulo se volvió hacia Coscoja y le arrebató el cuchillo.

–Dame, traidor. Quizás después nos llegue la hora de enfrentarnos a ti y a mí.

Garlón levantó la espada. Soledad, a su vez, aferró el cuerno con las dos manos apuntando hacia abajo, dobló ligeramente los codos y adoptó la posición llamada *posta di donna*, la defensa de la reina. Respiraba pausadamente. Apenas percibía a su alrededor los rostros ávidos o inquietos, los hombres que, asustados, se acariciaban las barbas o los que abrían los ojos esperando la sangre.

Su adversario sonrió burlonamente y se aproximó un paso.

–¿No es un poco presuntuoso usar esa defensa? Todavía no eres la reina.

–¡Te mato, bellaco! –gritó Meroveo.

Soledad alzó la mano.

–No te inquietes. Ahora veréis todo lo que Béogar me enseñó.

Garlón dio un paso a la izquierda y tiró un mandoble. Soledad lo detuvo con un pequeño movimiento de la muñeca y el nácar repicó. Garlón propinó otro, pero a la mitad del movimiento hizo girar la espada. Soledad se encogió de hombros y atajó. Quedaron cara a cara y ella sonrió. El gesto irritó a Garlón, quien dio un paso atrás, enarboló el acero como si fuera un garrote y se arrojó sobre ella. El cuerno tintineó como un cristal y la espada de Garlón se atrancó en las espirales del marfil. Soledad rio y, durante un momento, fue la muchacha joven y desafiante que Béogar conocía.

Garlón dio un paso a la izquierda, levantó la espada por encima de la cabeza y lanzó un tajo. Soledad lo contuvo, movió la mano armada y se acercó el filo. Con la otra mano aferró a Garlón por la nuca –Tagaste miró los dedos blancos entre los mechones de pelo oscuro y grasoso– y le acercó los labios al oído. Algo le dijo, algo que nadie alcanzó a escuchar pero que lo hizo palidecer. Los barones, que nunca habían visto luchar a nadie de esa manera, miraban todo con los ojos desorbitados y la boca abierta. Nadie en la sala podía creer que los dedos de Soledad, finos y delgados, pudieran demorar el envite rabioso de Garlón, quien jadeaba y gruñía como un animal.

Soledad hizo girar el cuerno –mucho más ligero que ningún acero– hasta que el pomo de la espada de Garlón dio una incómoda vuelta. Él se vio obligado a desligarse con un quite desmañado que a punto estuvo de hacerlo caer. Se oyó el bufido satisfecho de Béogar y el suspiro esperanzado de Arides. Soledad esperó, con el cuerno frente a ella.

–¿Me temes? –preguntó Garlón.

–No, señor de Salgar, no te temo. Quiero contarte algo más.

Intercambiaron una veintena de golpes. Ni las fintas ni las más bruscas acometidas alteraban la expresión de la muchacha. Garlón asaltaba, rezongaba, jadeaba y perdía la paciencia a ojos vistas. Soledad tenía las mejillas sonrosadas y sonreía amable, como si bailara.

–Entonces, ¿por qué retrocedes? –preguntó Garlón para irritarla, pero Soledad no respondió–. ¿Tal vez porque soy más fuerte y mejor soldado? ¿O porque el cuerno es un engaño para embaucar a los incautos? –siguió Garlón, pero la vacilación y el cansancio hacían que la voz le saliera en borbollones impostados, como la de un mal actor.

Describió un arco con la espada y la dejó caer con fuerza, pero Soledad echó el cuerpo atrás, esquivó el golpe y le sujetó la muñeca. Garlón trató de soltarse, pero, ante los ojos incrédulos de los barones, no pudo. Sacudía el brazo, las venas de la mano se abultaban, los dedos que aferraban la espada enrojecieron. La muchacha, con el cuerno en una mano y la muñeca de Garlón en la otra, parecía ser más fuerte que él. Garlón jadeó roncamente y todos alcanzaron a oír sus gruñidos. Soledad seguía en silencio, respirando normalmente. Con parsimonia, envainó el cuerno y atrajo a Garlón hacia ella. El señor de Salgar movió la cabeza hacia atrás, pero Soledad, inexorable, le puso la mano libre sobre la nuca y se lo acercó. Garlón trató de alejarse. Mostraba los dientes, el cuello distendido por el esfuerzo. Soledad colocó la cara cerca de la él y volvió a verterle palabras al oído. El rostro del señor de Salgar se contrajo y el labio inferior le tembló. Soledad lo soltó y lo alejó de sí con un empujón. Desenvainó el cuerno y sonrió. Garlón se tambaleó.

–¿Dónde están tus embates? –preguntó con voz trémula–. Tu padre solo atacaba, no se defendía.

Soledad bajó el cuerno y, veloz, tiró un golpe de abajo arriba. La punta rozó apenas, en una afilada caricia, el antebrazo de su contrincante. Un largo tajo abrió el cuero hervido, la manga de lana gris, la piel hirsuta y blanca del señor de Salgar. Brilló la piel sombreada por el vello, cruzada por la herida. Garlón se apretó el brazo y miró a Soledad con incertidumbre. La sangre le manchó los dedos y los barones murmuraron. Béogar se inclinó, anhelante.

Soledad alzó el cuerno y se acercó a su adversario. Garlón blandió la espada con las dos manos, pero el arma de Soledad le tocó los nudillos de la izquierda. La punta del cuerno los tajó de forma tal que todos vieron relampaguear el cartílago bajo la piel, y lo obligó a soltar la empuñadura. Ahora asía la espada con una sola mano que vibraba de fatiga. Retrocedió y ella le volvió a rozar el brazo. Otra herida, casi idéntica a la primera, se abrió en la piel del señor de Salgar, y este se estropeó las calzas con su propia sangre. La diestra le temblaba y la punta de la espada se movía.

–¿Qué haces? –preguntó, y en su voz ronca y áspera vibró el miedo.

–Acércate para que te lo diga. Ven –respondió Soledad mientras el cuerno hería la mano de la espada.

–¿Qué dijiste? –gimió Garlón, y la espada cayó al suelo.

–Ven. Te diré otra cosa. Ven –musitó Soledad, y con dos pasos ágiles se colocó detrás de él. Aferró un mechón de pelo y tiró hasta que la oreja de Garlón quedó de nuevo cerca de su boca.

Como amantes contrariados, pensó Tagaste al mirar la extraña intimidad, la cercanía de los combatientes.

La sangre del señor de Salgar dejaba delgados regueros sobre sus muslos, sus botas, el suelo enlodado. Soledad siguió murmurando y Garlón negó con la cabeza, los labios torcidos en un gesto de dolor. Ella continuó hablando en voz bajísima. Con el rostro deformado por el llanto, Garlón se tambaleó y trató de abrazarla. Soledad lo rechazó y, apartándose, se mojó el índice con saliva. Extendió la mano. Garlón le ofreció el antebrazo herido y ella le pasó el dedo sobre las heridas. Los cortes se cerraron y el barón dejó de sangrar. Garlón exhaló ruidosamente, cayó de rodillas y quiso tocar el cuerno.

Soledad recordó a los tungros que morían aferrando el cuerno como si lo acariciaran y lo envainó. Garlón le rodeó las rodillas con los brazos y oprimió la cara contra sus muslos. Soledad sintió el calor, la humedad del lloro del hombre, las enormes manos que le apretaban las piernas. Le restregó la cabeza con suavidad y, con los dedos, le peinó los rizos.

–Perdóname, señora, por haber conspirado contra ti –hipaba Garlón, y su frente, roja y sudorosa, era la única parte visible de su rostro.

–¿Qué le dijisteis? –preguntó Meroveo vigilándolo con repugnancia.

–Sí, señora, decidnos qué razones le disteis para que cejara en su traición –pidió Faraute.

Soledad sonrió melancólica, distante.

–Le dije lo que aprendí en el bosque de Valsalva. Ven, Garlón, levántate.

El señor de Salgar se puso en pie. Estaba pálido. Tenía el rostro hinchado y moqueaba. Se tambaleó un poco y se inclinó para que Soledad le besara las mejillas y los labios. Soledad le acarició la cara enfebrecida. Con la manga, como si fuera una madre con su hijo, le limpió y secó los labios. Luego lo besó.

En ese momento preciso se oyó la alta nota del cuerno centinela dando la voz de alarma. Garlón se irguió y se llevó la mano al pecho, sobresaltado. Los barones desenvainaron. Soledad los miró con afabilidad y mostró las palmas de las manos.

–No es necesario desenfundar la espada: son el duque de Mongrún y el alcalde de Rodosto, acompañados por nuestros aliados. Tagaste, que bajen el puente y dejen entrar a Fura y su comitiva.

Tagaste se remangó los faldones de la túnica y corrió al patio.

ooo

Cuando Fura entró en el salón seguido por Agila, Tibot, Dungalo, cuatro tungros y un mago, la perplejidad de los barones superó al miedo. Muchos de los allí reunidos conocían a Húbilai y le temían, así que, por mucha paz que se hubiera anunciado, se asombraron ante su presencia en Bento. El tungro, movido quizás por un oscuro pudor –el mismo que había impulsado a Soledad cuando ordenó que Tagaste enterrara la cabeza que colgaba de las vigas–, se había quitado el brazalete hecho con los dientes de sus enemigos y lo había arrojado al río durante la travesía por Valsalva, aunque conservaba la fría expresión que tantos soldados morianíes encararon antes de morir. A su lado estaban Aybar, Bati y Cuyuc. Detrás, recatado y grave, venía el mago, con el cuervo al hombro. Al mirarlo Soledad sintió que el mundo daba un vuelco, pero mantuvo la serenidad. Alagrís graznó y el cuervo, con dos aletazos, se posó a su lado en el respaldo de la silla.

La mirada de Fura recorrió la estancia.

–Todos reunidos. Me alegro. ¿Sabéis ya que el dragón fue destruido por la princesa Soledad en combate singular?

Béogar inhaló ruidosamente y un agitado barullo hecho de preguntas, exclamaciones de estupor y promesas recorrió el salón. Soledad se dejó caer sobre la silla y permitió que Jara la arropara con una manta.

Húbilai se aproximó. Soledad le sonrió. Esa cara feroz y franca le resultaba más cercana que las de algunos barones, por morianíes que fueran. Se puso en pie y, atenta a la tradición, le colocó las manos sobre los hombros y le besó mejillas y labios, como había hecho con Cínife en la cocina y con Garlón hacía apenas unos momentos. El tungro desenvainó el sable, se arrodilló y lo puso a los pies de la princesa.

–Mientras yo viva y viva Aybar, mi sobrino, jefe de las tribus de Tarkán, y vivan sus hijos, que son muchos y fuertes, no saldrá una sola flecha de una aljaba tungra como no sea para defender tu reino. Ahora, señora, ordena a tus hombres que juren la paz, que prometan y den su palabra de no robarnos caballos ni mujeres para hacerlas esclavas, y de no atacar por la espalda matando a los niños como hacía Senen, a quien Tengri arrojó a mis pies.

Fura levantó la mano y juró:

–Por mi honor y el nombre de mi hijo muerto, por los huesos de mis padres, por mi vida.

Soledad, ceremoniosa y formal, pidió a los barones de Moriana que prestaran juramento y estos obedecieron a una, aturdidos por tanto prodigio.

Aybar rio y se postró ante Soledad, alegre como un niño.

–Aliada, señora mía, te defenderé con la espada y el espíritu –declaró–. Ya refieren al lado de la hoguera la historia de tu lucha contra Tengri, y nuestros nombres se cantan junto al tuyo.

Cuervo se adelantó.

–Escuchad, hombres de Moriana. Yo estoy aquí por Alosna, la tierra de los magos. Nuestra enemistad ha terminado, pues sé que Soledad prohibirá las correrías y las incursiones de los hombres que están bajo su autoridad. Nosotros, a cambio, os protegeremos de la sequía, las tormentas y las plagas.

–Hay una aldea cerca de la frontera con Alosna, llamada Peña Verde –añadió Soledad–. Oíd mi deseo, en el que va mi honor: nunca nadie podrá volver allá por tributo ni por hombres para la leva. Empeñé mi palabra.

Los barones murmuraron su beneplácito. Cuervo la miró amorosamente.

–Ahora –dijo Béogar–, creo que es el momento de coronar a nuestra señora. Después habrá tiempo de fiestas y banquetes, torneos, regalos. Es imperativo, por el bien de Moriana, que haya una cabeza coronada.

Soledad se volvió a mirarlo.

–Béogar, Fura, Aybar, Húbilai, Cuervo, mis hombres, mis brazos: yo no puedo reinar. Soy la virgen del Unicornio.

–Y la amada de Tengri –dijo la voz cascada de Cuyuc.

–Hice una promesa, un trueque –prosiguió Soledad–. A cambio del perdón para mi padre y para... para la magia, ofrecí mi vida. Mi vida, no mi muerte. Estaré siempre cerca de Bento, en el bosque, en Valsalva, quizás. Y también, porque esa es la naturaleza del Unicornio, iré a Alosna.

Mi existencia entera le pertenece. A él está consagrada. No obstante, vuestros juramentos, señores, os atan como si yo fuera la reina. No habrá guerra, al menos durante la vida de los hijos de Aybar, que, según Húbilai, son muchos. Alosna me protegió durante mi combate con el dragón, y en los magos confío. Ningún hombre nacido en este reino puede levantar la mano contra nuestros aliados. Si lo hace, será ajusticiado. He cumplido. Fui a la guerra y regresé sin matar a nadie.

–A Tengri –intervino Cuyuc.

Soledad negó con la cabeza.

–He dicho que no. Me perdonó la vida, y ahora creo que sé para qué.

Se quitó el anillo de los Lobos del pulgar, se acercó a Béogar y lo colocó sobre la palma del mariscal.

–Reina en mi lugar, Béogar. Eres tan padre mío como el Lobo. No hay nadie mejor que tú para dirigir los destinos del reino. Yo siempre estaré cerca, aunque no me veas. Ya no habrá más Lobos en el trono de Moriana. Húbilai, Aybar, Bati: asistidlo cuando sea necesario, amadlo como si fuera uno de vosotros. Ya os habéis frecuentado en el campo de batalla; ahora, comed juntos el pan de las alianzas. Cuervo, sé que tus mayores han velado por Béogar. Pídeles en mi nombre que lo amparen, que ni las intrigas ni la guerra lo toquen.

Béogar, estupefacto, miró el anillo y trató de detenerla asiéndole el brazo con la mano libre.

–¿Y la corona?

–Mi hermana la colocará sobre tus sienes, querido mío. Yo, en este momento, te rindo homenaje y te juro fidelidad.

Se arrodilló frente a Béogar y le besó la mano.

Béogar la retiró inmediatamente, rojo y tembloroso, y se cubrió el dorso tocado por los labios de la joven como si el beso le hubiera abierto una herida. Ella, sin inmutarse, se puso en pie y, de puntillas, lo besó en los labios. Béogar abrió los brazos, pero ella ya había dado un paso alejándose.

–Adiós –dijo.

Los barones, los tungros, todos se apartaron. Soledad atravesó el salón y, cuando ya se acercaba a la puerta, Cuervo le tocó el hombro y murmuró:

–Tal vez el Unicornio quiera aceptarme a mí y permita que tú reines sobre las tierras de tu padre.

–No quiero reinar, no quiero riquezas ni honores. Cuando estoy con el Unicornio entiendo el misterio que tanto te empeñabas en averiguar. ¿Trajiste a Fum? Él vendrá conmigo y con Alagrís.

–¿Cómo voy a vivir sin ti? ¿Puedo quedarme en Bento, cerca de la gente que te ama? ¿Cerca de Béogar, Tagaste, Edurne?

–Sí, si así lo deseas.

–¿Cuál es el misterio de la vida? Dime, dime, te lo ruego.

Soledad se acercó a Cuervo y pronunció algunas palabras en su oído, tan quedas que solo él las pudo escuchar. El rostro del mago se iluminó y los ojos se le llenaron de lágrimas. Soledad sonreía tranquilamente. Cuervo se pasó la mano quemada por la frente y dobló una rodilla.

–Adiós. Acuérdate de mí, recuerda que te amaba.

Soledad lo ayudó a levantarse. Se abrazaron. Béogar, sonrojado, inquieto, se mordía los bigotes, Fura los miraba lleno de piedad y Húbilai vigilaba a los barones. Jara, atónita, apenas respiraba. El mago sollozaba con la cabeza apoyada sobre el hombro de la princesa; ella le tomaba la mano desfigurada y se la llevaba a los labios; el halcón graznaba desde su lugar en la silla y los guerreros morianíes se frotaban los párpados.

No podían creer que Soledad besara a un hombre tan extraño, que el mago dijera que la amaba –¡el atrevimiento!– y que además llorara como una mujer en medio del salón del consejo. Los tungros, inmóviles, miraban la escena con expresión indescifrable. Cuando por fin se separaron, Tagaste se acercó a ella y le preguntó:

–¿No querrás, por lo menos, llevarte oro, ropa digna de ti, comida? ¿Una espada? Te lo ruego, mi niña: piensa qué necesitas y yo te lo procuraré.

Soledad negó con la cabeza y Tagaste le besó el pelo. Alagrís graznó y aleteó, inquieto. Soledad alzó el brazo y el halcón se posó sobre él.

–Recordad: este hombre y todos los que aquí sirven son libres. No me sigáis y apartaos de mi camino, que debo irme –dijo.

Tagaste asintió y alzó la mano.

Soledad franqueó el umbral, y los servidores que se amontonaban en el pasillo se retiraron para dejarla pasar. La vieron irse, apresurada, ligera y sonriente. Cuando Orri trató de tocarla, Soledad lo miró amablemente y el cocinero se apartó con una sonrisa empañada por el llanto. La muchacha, con el halcón en el antebrazo y envuelta en una capa que le quedaba corta, dejó atrás las habitaciones, las despensas, las celdas de los soldados, las armerías, el horno y las cocinas. Cruzó el recinto y saludó con la mano a las lavanderas y los siervos que hacían la colada. Pasó de largo frente a la tenería, el granero, los establos, los corrales, los talleres y los telares; se despidió a gritos de los guardias que se amontonaban en las almenas para verla pasar. Cuando se acercó a la puerta –el rastrillo estaba levantado, el puente tendido–, Béogar, Tagaste y Húbilai hicieron ademán de seguirla, pero Cuervo negó con la cabeza.

–La orden era también para nosotros. No podemos detenerla. Tanto la magia como la espada son inútiles. No necesita nada.

El mago se asomó a la ventana. Vio cómo el Unicornio salvaba el puente, cómo el lobo se acercaba, cómo Soledad apoyaba el pie entre las paletillas del animal para montar, cómo se acomodaba sobre el lomo del Unicornio, cómo los dos se alejaban rodeados por un variopinto tropel de animales entre los que destacaba la forma orgullosa y pura de Fum. Al paso de la cabalgata, la nieve se derretía, despuntaba la hierba y las ramas de los árboles se cubrían de hojas y botones.

Los barones hablaban todos al mismo tiempo y se arrodillaban frente a Béogar; la reina se daba cuenta de que Arides miraba a Lirio con atención; Garlón se negaba a contar lo que Soledad le había dicho. Húbilai, Aybar, Bati y Cuyuc formaron una apretada escolta alrededor de Béogar. Cuervo seguía llorando, con las manos apoyadas en el alféizar.

Y siguió llorando hasta que Fura, compadecido, lo abrazó.

Ω

Agradecimientos

Esta novela no hubiera podido ser escrita sin David Huerta. Agradezco al Sistema Nacional de Creadores de Arte su confianza en el proyecto. Gracias, muy especiales, a Claudia Canales y a Carlos Campillo por darme ánimo cuando estaba tan perdida como los tungros en Moriana. Su hospitalidad me dio fuerza para enfrentar el último tramo de escritura. Sin mi editora, la sagaz y gentil Xohana Bastida, Soledad habría encontrado muchas más dificultades para llegar al final.

Además, quiero agradecer a mi familia y a mis amigos su sonriente indulgencia con mi larguísimo encierro.

Aquí está.